DIE NEUE KLASSISCHE SAU

DIE NEUE KLASSISCHE SAU

DAS HANDBUCH
DER LITERARISCHEN HOCHEROTIK

ZWEITE FOLGE
IN 6 STELLUNGEN

HERAUSGEGEBEN VON
EVA ZUTZEL UND ADAM ZAUSEL
MIT BILDERN VON NIKOLAUS HEIDELBACH
UND EINER EINFÜHRUNG VON
ROBERT GERNHARDT

HAFFMANS VERLAG

HIN- UND NACHWEISE
– AUCH DER VON DEN HERAUSGEBERN
GEWÄHLTEN TITEL – IM ANHANG
DIE BILDER VON NIKOLAUS HEIDELBACH
WURDEN EIGENS FÜR DIESEN BAND
GEFERTIGT

UMSCHLAGBILD VON NIKOLAUS HEIDELBACH

GESAMTHERSTELLUNG: EBNER ULM
ISBN 3 251 00316 X

Selbst in der Tugend ist der letzte Zweck
unseres Trachtens die Wollust.

Michel de Montaigne

Doch alle Lust will Ewigkeit,
will tiefe, tiefe Ewigkeit.

Friedrich Nietzsche

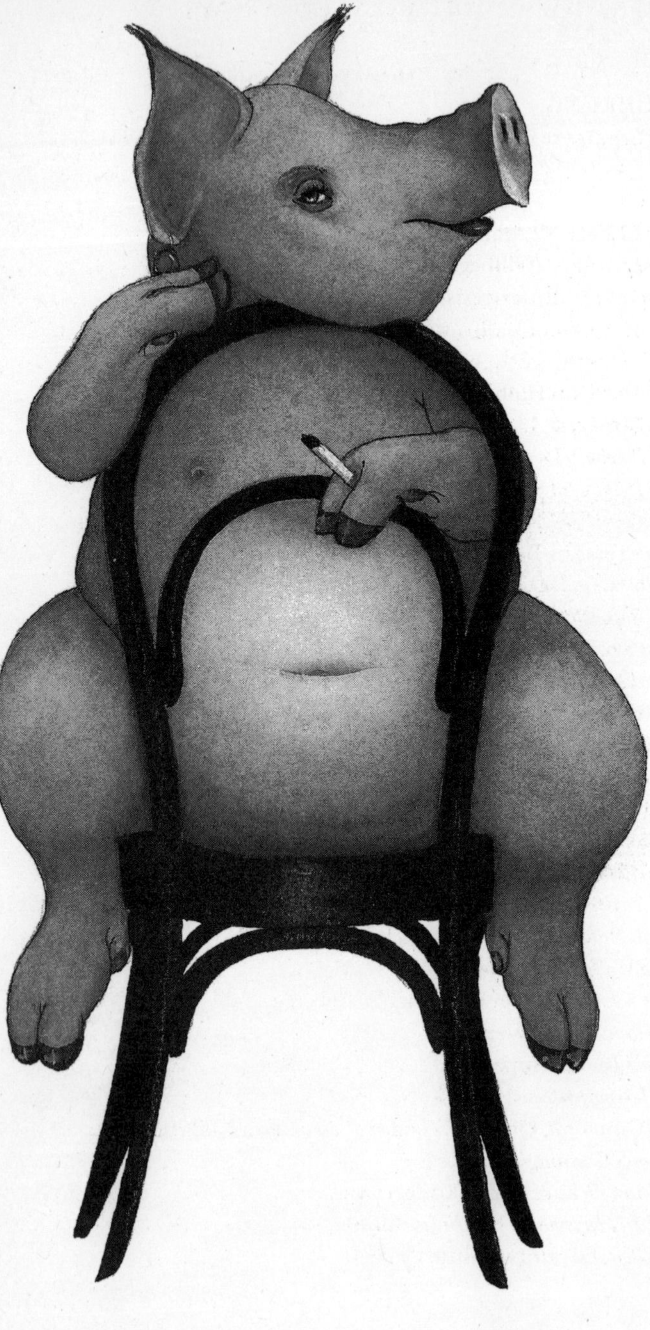

INHALTSVERZEICHNIS

III. LASSET DIE KINDLEIN ZU MIR KOMMEN –

IV. FRAUENFREUDEN –

V. HARDCORE –

VI. FINALE FURIOSO –

EINFÜHRUNG

Robert Gernhardt

ERMUNTERUNG

Hallo, süße Kleine,
komm mit mir ins Reine!

Hier im Reinen ist es schön,
viel schöner, als im Schmutz zu stehn.

Hier gibt es lauter reine Sachen,
die können wir jetzt schmutzig machen.

Schmutz kann man nicht beschmutzen,
laß uns die Reinheit nutzen,

Sie derart zu verdrecken,
das Bettchen und die Decken,

Die Laken und die Kissen,
daß alle Leute wissen:

Wir haben alles vollgesaut
und sind jetzt Bräutigam und Braut.

I.

DIE ELEMENTAR-TEILCHEN

Weiber, Wollust, Wißbegier

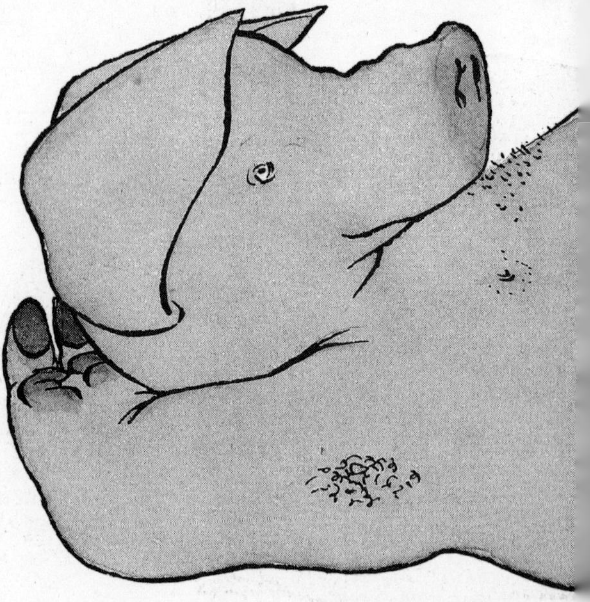

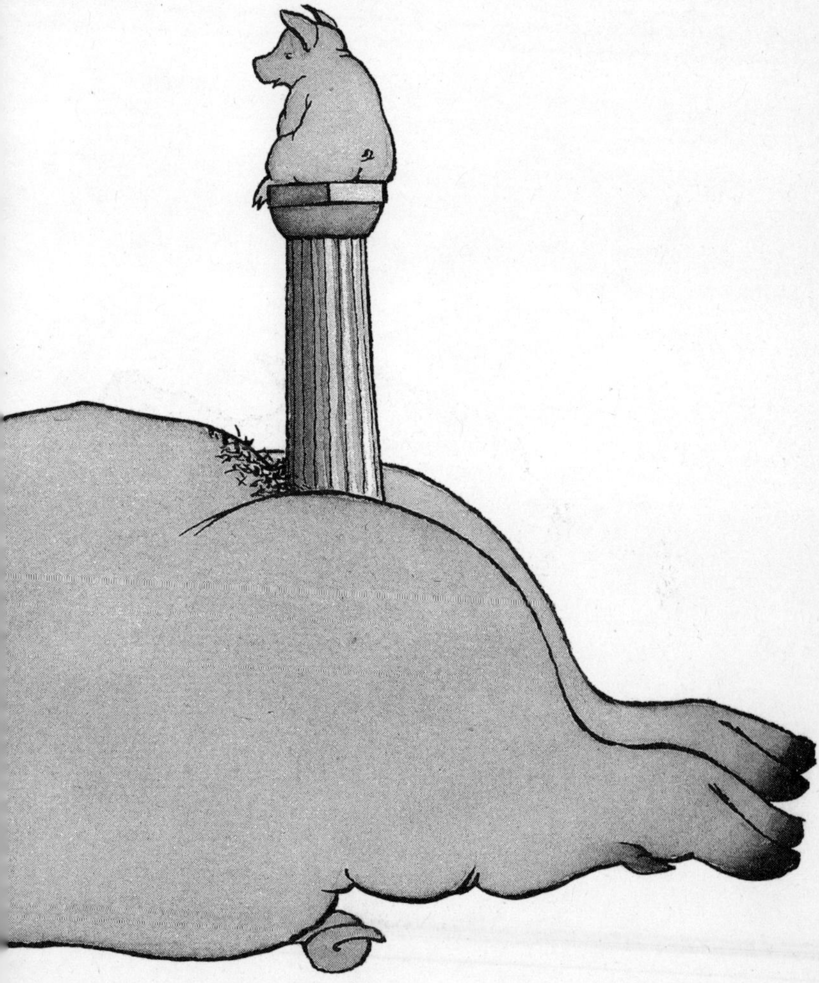

Thomas Mann

BITTERE LUST

Ach, Kinder, Kinder!
wie den Ochsen,
der mit verbundenen Augen die Ölmühle dreht,
treibt es euch um das Rad des Werdens,
wobei ihr noch ächzt vor Inbrunst,
ins zuckende Fleisch gestachelt
von den sechs Mühlknechten der Leidenschaften.
Könnt ihr's nicht lassen?
Müßt ihr äugen und züngeln und speicheln,
vor Begierde schwach in den Knien
beim Anblick des Trug-Objekts?
Nun ja, nun ja, ich weiß es ja!
Der Liebesleib, von bitterer Lust betaut,
gleitendes Gliedwerk unter fettiger Seidenhaut,
der Schultern holdes Kuppelrund,
schnüffelnde Nas', der schweißgetränkte Achselbart,
ihr Weidetrifte ruheloser Hände,
geschmeidiger Rücken, atmender Weichbauch,
schöne Hüft' und Lende,
der Arme Wonnedruck, der Schenkel Blust,
des Hinterfleisches kühle Doppellust,
und, von dem allen gierig aufgebracht,
das Zeugezeug in schwül unflätiger Nacht,
das man voll Entzücken zeigt,
einand' damit zum siebenten Himmel geigt
und dies und das und hier und da,
ich weiß es ja! Ich weiß es ja . . .

Henry Miller

DER KNALLFROSCH ZWISCHEN DEN BEINEN

Eine Woche war vergangen, und ich hatte Mara nicht gesehen. Maude hatte mich gebeten, sie in New York ins Theater zu führen – in ein Theater genau gegenüber dem Tanzpalast. Ich dachte die ganze Vorstellung über an die so nahe und doch so weit entfernte Mara. Meine Gedanken beschäftigten sich so beharrlich und unaufhörlich mit ihr, daß ich beim Verlassen des Theaters den Impuls nicht zu unterdrücken vermochte zu sagen: »Hättest du Lust, dort hineinzugehen«, und deutete auf den Tanzpalast, »und sie kennenzulernen?« Es war grausam, so etwas zu sagen, und sie tat mir in dem Augenblick, als es meinem Munde entfuhr, aufrichtig leid. Sie, Maude, sah mich an, als habe ich ihr einen Faustschlag versetzt. Ich bat sie sofort um Verzeihung, und indem ich sie am Arm ergriff, führte ich sie rasch in die entgegengesetzte Richtung, wobei ich sagte: »Es war nur so eine Idee von mir. Ich wollte dir nicht weh tun. Ich dachte, du wärst vielleicht neugierig, das ist alles.« Sie erwiderte nichts darauf. Ich machte keine weiteren Anstrengungen, die Sache zu beschönigen. In der Untergrund schob sie ihren Arm in den meinen und ließ ihn dort ruhen, als wollte sie sagen: »Ich verstehe, du warst eben taktlos und gedankenlos wie gewöhnlich.« Auf dem Heimweg machten wir bei ihrer Lieblingseisdiele halt, und dort, bei einem Becher französischer Eiscreme, für die sie schwärmte, reagierte sie sich genügend ab, um ein mageres Gespräch über häusliche Belanglosigkeiten in Gang zu bringen, ein Zeichen, daß sie den Vorfall aus ihrem Gedächtnis gestrichen hatte. Die französische Eiscreme, die sie für einen Luxus hielt, und dazu das Aufreißen einer kaum verheilten Wunde machten sie ausgesprochen liebebedürftig. Statt sich wie gewöhnlich oben im Schlafzimmer auszuziehen, ging sie in das an die Küche angrenzende Badezimmer und zog sich dort bei offener Tür aus, gemächlich, wie einstudiert, fast wie bei einem Striptease, und als sie ihr Haar kämmte, rief sie mich herein, um mir einen blauen Fleck an ihrem Schenkel zu zeigen. Sie stand nackt da, nur in Schuhen und Strümpfen, das Haar fiel ihr üppig über den Rücken.

Ich untersuchte den Fleck sorgfältig, weil ich wußte, daß sie das von mir erwartete, berührte sie leicht da und dort, um zu sehen, ob es noch andere empfindliche Stellen gab, die sie vielleicht übersehen hatte. Gleichzeitig hielt ich sie mit besorgten Fragen unter Beschuß, in ruhigem sachlichem Ton, was es ihr ermöglichte, sich auf einen kaltblütigen Fick vorzubereiten, ohne sich selbst gegenüber zuzugeben, daß es das war, worauf sie hinauswollte. Als ich zu ihr mit der ruhigen, unbeteiligten, professionellen Stimme eines Arztes sagte: »Ich glaube, du legst dich besser auf den Tisch in der Küche, da kann ich dich besser untersuchen« – tat sie das ohne das leiseste Zögern, spreizte die Beine weit auseinander und ließ mich meinen Finger widerspruchslos einführen, denn inzwischen erinnerte sie sich, daß sich, nach einem kürzlichen Fall, ein kleiner Höcker in ihr gebildet hatte – so wenigstens glaubte sie. Er beunruhigte sie, dieser Höcker, wenn ich meinen Finger so sanft wie möglich hineinsteckte, könnte sie ihn vielleicht lokalisieren und so weiter und so fort. Als ich ihr vorschlug, sie sollte dort auf dem Tisch liegen bleiben, während ich meine Kleider auszog, denn es sei mir zu heiß in der Küche neben dem rotglühenden Herd *und so weiter und so fort*, schien sie das nicht im geringsten zu stören. Also zog ich mir alles bis auf die Schuhe und Strümpfe aus, und mit einem Steifen, der glatt einen Teller zertrümmert hätte, trat ich gelassen heran und nahm meine Tätigkeit wieder auf. Das heißt, ich war mir inzwischen selbst vergangener Blessuren, Beulen, Blasen, Flecken, Warzen, Muttermale usw. bewußt geworden, und ob sie wohl die Güte hätte, *mich* einmal zu überholen, wo wir nun schon einmal dabei waren, und dann wollten wir zu Bett gehen, denn es sei ja schon spät, und ich wollte sie nicht überanstrengen.

Seltsamerweise war sie überhaupt nicht müde, wie sie gestand, als sie vom Tisch herunterstieg und besorgt meinen Schwengel, dann meine Eier und dann die Wurzel meines Schwengels drückte, alles mit so festem, diskretem und delikatem Griff, daß ich ihr beinahe einen Strahl ins Auge gespritzt hätte. Danach wollte sie unbedingt feststellen, um wieviel größer ich war als sie, also stellten wir uns zuerst Rücken an Rücken und dann Vorderfront an Vorderfront. Sogar dann, als er zwischen ihren Beinen hüpfte wie ein Knallfrosch, tat sie, als denke sie nur an Meter und Zentimeter und sagte, sie müsse ihre Schuhe ausziehen, weil sie so hohe Absätze hätten, *und so weiter und so fort.* Und so veranlaßte ich sie, sich auf den Küchenstuhl zu setzen, und zog ihr langsam Schuhe und Strümpfe aus, und sie, als ich ihr höflich diesen Dienst erwies, streichelte gedankenverloren meinen Specht, was in der Stellung, in der sie sich befand, gar nicht so einfach war, aber ich unterstützte ihr Vorgehen gnädig damit, daß ich näher heranrückte und ihre Beine im richtigen Winkel hochhob. Dann, ohne weitere Umstände, hob ich sie bei den Hinterbacken hoch, schob ihn bis zum Heft hinein und trug sie so ins Nebenzimmer, wo ich sie auf die Couch warf, ihn wieder in sie hineinversenkte und mich mit Pauken und Trompeten ans Werk machte, während sie dasselbe tat und mich in einer äußerst offenen, direkten Sprache bat, es zurückzuhalten, es dauern zu lassen, ihn für immer drin zu lassen, und dann, als einen Nachsatz, einen Augenblick zu warten, während sie herausschlüpfte und sich umdrehte, sich auf den Knien hochhob, den Kopf tief gesenkt, ihren Hintern heftig hin und her bewegte und mit ihrer heiseren, glucksenden Stimme in englischer Sprache laut und deutlich, aber zugegebenermaßen für ihre eigenen Ohren bestimmt, sagte: »Steck ihn tief hinein ... bitte, bitte tu's ... *ich bin geil.*«

Ja, gelegentlich konnte sie mit einem solchen Wort aufwarten, einem vulgären Wort, das sie vor Entsetzen und Entrüstung hätte zusammenzucken lassen, wenn sie bei nüchternem Verstand war. Aber jetzt nach den kleinen Scherzen, der vaginalen Untersuchung mit dem Finger, nach dem Gewichtstemmen und dem gegenseitigen Maßnehmen, nach dem Vergleichen von blauen Flecken, Muttermalen, Beulen und was noch allem, nach dem beiläufigen Betasten von Schwanz und Hodensack, der köstlichen französischen Eiscreme und dem gedankenlosen Fauxpas draußen vor dem Theater, ganz zu schweigen von all dem, was sich in ihrer Phantasie seit dem grausamen Geständnis vor einigen Abenden abgespielt hatte, war ein Wort wie »geil« gerade das richtige und passende, um die Temperatur ihres Bessemer Ofens anzuzeigen, in den sie ihre entflammte Möse verwandelt hatte. Es war das Signal, sie richtig fertigzumachen und ihr nichts zu ersparen. Es bedeutete etwas wie: »Gleichviel, was ich heute nachmittag oder gestern war, gleichviel, was ich zu sein glaube und wie sehr ich dich verabscheue, gleichviel, was du morgen oder übermorgen mit diesem Ding tust, ich will es jetzt und mit allem, was dazugehört: Ich wollte, es wäre größer und dicker und länger und saftiger, ich wollte, du würdest es abbrechen und dort drin lassen, es kümmert mich nicht, wie viele Frauen du gefickt hast, ich möchte, daß du *mich* fickst, meine Möse fickst, mir den Arsch wegfickst, daß du fickst und fickst und fickst. *Ich bin geil,* hörst du? Ich bin so geil, daß ich ihn abbeißen könnte. Schieb ihn ganz hinein, härter, noch härter, brich deinen großen Pint ab und laß ihn dort drin. *Ich* bin geil, sage ich dir ...«

Deutsch von Kurt Wagenseil

Karla Schneider

STÖCKCHENSPIELE

Annelie konnte es unmöglich noch länger aushalten; sie ging voraus, ich hinter ihr. Wir gingen mit langsamen, ziellosen Schritten, als wüßten wir selbst nicht, wohin es uns verschlagen würde, dazu sangen wir mit ganz zarten hohen Stimmen *Wahre Freundschaft:*

»Wenn der Wein : stock=trägt dihie Rehebänn,
undaraus flihießt=küh leher Wein,
wennder=todmier : nihimmt dahas Lehebänn,
hörich=auf gehetreu zuhusein ...«

Frau Böhme hielt Kinder, die sangen, für unschuldig. Sie hat sich nie gewundert, daß Annelie dreimal die Woche nachmittags angeblich zu den Proben vom Schulchor mußte. Wahrscheinlich kam das daher, daß Frau Böhme selber nie sang.

Hintereinander krochen wir durch die Buchsbaumhecke, die einen Zaun um den Pavillon zog, und Annelie zeigte es mir: Der Schlüssel hing an einem Nagel an der Rückwand des Pavillons, genau über einer halbverfaulten Regentonne. Er war gar nicht versteckt gewesen.

Jetzt kam ein gefährlicher Moment, denn während Annelie, auf dem hölzernen Leiterchen stehend, an der verquollenen Tür des Pavillons herumfuhrwerkte, konnte Frau Böhme auf dem Hauptweg erscheinen, um ihre Blumentaschen zu holen, und alles verderben.

»Komm!« Annelie wedelte heftig mit der Hand, und wir glitten in die stickige Bretterbude, die Tür hinter uns anlehnend. Der Pavillon war leer. Staub tanzte wie mikroskopisch verkleinerter Schneefall. In einer Ecke lag lediglich ein Stapel Zeitschriften oder Broschüren, vor den Annelie sich hinkauerte. Sie legte ihren Zeigefinger vor den Mund, dieses rote Brühwürstchen; überall war Annelies Haut milchweiß, nur ihre Hände sahen aus wie gerade gehäutet; sie hatte sich nämlich als kleines Kind die Finger erfroren.

Die Hefte, die Annelie mir nun vorführte, hatten alle denselben Titel: *Die Schönheit.* Das Papier war glatt wie Porzellan, und auf jeder Seite waren Photographien von ausgezogenen Erwachsenen. Ohne Unterhosen, ohne Hüftgürtel, ohne Beha. Ich habe die Luft eingeschlürft und meine Unterlippe mit den Zähnen festgeklammert. Annelie blätterte eins nach dem anderen für mich auf, aber so furchtbar schnell, daß ich gar nicht dazu kam, mich in Einzelheiten zu vertiefen. Ich habe sie gefragt, ob ich mir die Hefte nicht selber angucken dürfte, und Annelie hat »von mir aus« gesagt. Ich klatschte eine *Schönheit* auf den Bretterboden, hockte mich mit hochgezogenen Heuschreckenknien davor und preßte die eng gebundenen Seiten mit der Hand auseinander. Weil Annelie mich dabei beobachtete, konnte ich nicht so lange auf jede Seite niederstarren, wie ich gern gewollt hätte. Ich tat gelangweilt, unbeteiligt, wendete um, blätterte unauffällig wieder zurück.

Die ausgezogenen Männer und Frauen tollten und turnten vor den Kulissen von Waldlichtungen, Seeufern und Dünen am Meer. Sie zeigten und bogen und streckten sich an Feldrainen, an Lagerfeuern und in Wiesen mit weißdoldigen Gewächsen. Sie traten als seltsam verrenkte Paare auf, als hopsende Trios, aber auch in gemischten Reigen, angefaßt wie beim Kreisspiel auf dem Schulhof. Sie balancierten schwammige Leiber und Knochig-Androgynes auf den Zehenspitzen wie tanzende Kinder und gefielen sich in Gedalber und Getändel. Von »Schönheit« keine Rede. Mein Schönheitsideal, geprägt durch die *Moderne Kunst in Meisterholzschnitten,* die zwei sechzehn Pfund schweren Prachtbände, die meinem Großvater gehörten und ständig griffbereit unter seinem Lampentisch lagen, fühlte sich verletzt; den Hüften fehlte der Celloschwung, den Brüsten das Pampelmusenhafte, keine »Rehzwillinge, die unter Rosen weiden«, das Muskelspiel an den Schultern der Männer war bescheiden. Und die Linien von den Achselhöhlen zu den Gesäßbacken hatten hier kaum den Trend, sich nach unten zu verjüngen. Die hier abgebildeten »Schönheiten« sahen vielmehr aus wie die Leute von den Badedecken auf den Elbwiesen, nur eben ohne Unterröcke und Turnhosen.

Mit medizinischem Interesse studierte ich die runzligen Gürkchen, die den photographierten Männern aus einer Art Vollbart in der Leibesmitte herabhingen, zusammen mit je zwei behaarten Aprikosen. Diese Rüssel hatten nichts gemein mit den zierlichen Kännchentüllen, die ich bei meinem Cousin Niko, bei dem kleinen Gernot Vogeler und Wunderwalds Gunterli an den entsprechenden Stellen gesehen hatte, wenn sie sich an der Elbe umzogen oder mit hohem Strahl ins Wasser schifften.

Als ich Annelie schließlich die Hefte zurückgab, damit sie sie wieder auf den Stapel legen konnte, sind wir einander mit den Blicken ausgewichen. Wir haben auch keine Bemerkungen gemacht. Hinter dem Pavillon, wo die Buchsbaumhecke und die Magnolie einen finsteren Winkel bildeten, ging Annelie, nachdem sie den Schlüssel wieder an den Nagel gehängt hatte, in die Hocke. Ich tat dasselbe, denn während Pinkeln, allein vorgenommen, eine lästige Unterbrechung des Spiels bedeutete, war es, in Gesellschaft absolviert, ein Vergnügen.

Mit gespreizten Knien, den heruntergelassenen Vorhang der Schlüpfer als Blickschutz zwischen den Waden gespannt, lauschten wir auf das kaum vernehmbare Zischen und verfolgten die Rinnsale, die aufeinanderzurollten, deltaförmig auseinander strebten, um augenblicklich in der Erde zu versickern. Das Fächeln der Luft an den freigelegten Stellen ließ uns die Situation auch nach Beendigung der reinen Notwendigkeit noch ausdehnen. Wir blieben in der kauernden Haltung, brachen wie auf Verabredung jede ein Ästchen ab und berührten uns damit. Wie Puppenspieler, die bei geschlossenem Vorhang auf einer ihnen selbst nicht einsehbaren Bühne hantierten, führten wir die Ästchen im engsten Radius an uns spazieren. Annelie stimmte einen halblauten Singsang dazu an, ich griff ihn auf, ein Kinderlied aus der Vorschulzeit, für das wir eigentlich längst zu alt waren. Gleichzeitig erhob mich ein Gefühl der Verworfenheit, so überwältigend, daß es schon beinah an Erhabenheit grenzte.

In Annelies Zimmer haben wir uns dann mit winzig kleinen Tassen beschäftigt, mit verbogenen Alpakalöffelchen, mit den Miniaturnachbildungen von Tortenstücken und Semmeln und haben Kaffeetrinken gespielt. Den Kaffee holten wir aus der Küche, wo, wie bei uns, eine früh gekochte Dreiliterkanne stand. Vom Küchenfenster aus konnten wir sehen, wie Frau Böhme mit einem Fuder Dahlien aus dem oberen Garten kam und es in einer der beiden Wachstuchtaschen unterbrachte. Wir haben gehört, wie sie »Kurt, ich gehe jetzt!« rief und dann noch, daß er die Hühner füttern sollte. Annelies Vater hatte an seinem Jackenärmel eine gelbe Binde mit drei schwarzen Punkten; er war auch schon ziemlich alt. Nicht mal im Krieg hatten sie ihn gebrauchen können. Ich wollte mir vorstellen, wie Frau Böhme und Herr Böhme, ausgezogen und Hand in Hand, in ihrer Gemüsetaiga herumhopsten, aber es klappte nicht, jedenfalls nicht richtig. Nicht so, daß man lachen mußte. Wahrscheinlich pinkelten sie nicht mal mehr zusammen, wobei es wichtig war, sich dabei in die Augen zu sehen, mit so einem verlorenen, halb nach innen gerichteten Blick.

Noch Jahre später, in der Enge des Klassenzimmers oder auf dem Perron der Straßenbahn, eingekeilt in einer Masse aus fremden Rücken, Bäuchen und Schultern, nagelte Annelie aus heiterem Himmel meinen Blick mit ihrem fest und summte das Nudelverschen von damals, worauf wir in quiekendes, schamvolles und nicht zu stoppendes Gelächter ausbrachen.

Robert Musil

IM HALBSCHLAF ERHITZT

In der Nacht hätte Törleß beinahe Basini überfallen. Solch eine mörderische Sinnlichkeit war in ihm nach der Pein des gedankenlosen, stumpfsinnigen Tages erwacht. Zum Glück erlöste ihn noch rechtzeitig der Schlaf.

Der nächste Tag verging. Er hatte nichts als die gleiche Unfruchtbarkeit der Stille gebracht. Das Schweigen – die Erwartung überreizten Törleß, – die beständige Aufmerksamkeit verzehrte alle geistigen Kräfte, so daß er zu jedem Gedanken unfähig blieb.

Zerschlagen, enttäuscht, bis zu den ärgsten Zweifeln mit sich unzufrieden, legte er sich frühzeitig zu Bett.

Er lag schon lange in einem ruhelosen, erhitzten Halbschlafe, als er Basini kommen hörte.

Ohne sich zu regen, folgte er mit den Augen der dunklen Gestalt, die an seinem Bette vorbeischritt; er hörte das Geräusch, welches durch das Lösen der Kleidung verursacht wurde; dann das Knistern der über den Körper gezogenen Decke.

Törleß hielt den Atem an, dennoch vermochte er nichts mehr zu hören. Und doch verließ ihn nicht das Gefühl, daß Basini nicht schlafe, sondern ebenso angestrengt wie er durch das Dunkel horche.

So vergingen Viertelstunden, – Stunden. Hie und da nur durch das leise Geräusch der sich im Bette bewegenden Körper unterbrochen.

Törleß befand sich in einem eigentümlichen Zustande, der ihn wach erhielt. Gestern waren es sinnliche Bilder der Einbildungskraft gewesen, in denen er gefiebert hatte. Erst ganz zum Schlusse hatten sie eine Wendung zu Basini genommen, gleichsam sich unter der unerbittlichen Hand des Schlafes, der sie verlöschte, zum letzten Male aufgebäumt, und er hatte gerade daran nur eine ganz dunkle Erinnerung. Heute aber war es von Anfang an nichts als ein triebhafter Wunsch, aufzustehen und zu Basini hinüberzugehen. Solange er das Gefühl gehabt hatte, daß Basini wache und zu ihm herüber horche, war es kaum auszuhalten gewesen; und jetzt, da dieser doch wohl schon schlief, lag erst recht ein grausamer Kitzel darin, den Schlafenden wie eine Beute zu überfallen.

Törleß spürte schon die Bewegungen des Sichaufrichtens und aus dem Bette Steigens in allen Muskeln zucken. Trotzdem vermochte er aber noch nicht, seine Reglosigkeit abzuschütteln.

»Was soll ich denn eigentlich bei ihm?« fragte er sich in seiner Angst fast laut. Und er mußte sich gestehen, daß die Grausamkeit und Sinnlichkeit in ihm gar kein rechtes Ziel hatte. Er wäre in Verlegenheit gekommen, wenn er sich wirklich auf Basini gestürzt hätte. Er wollte ihn doch nicht prügeln? Gott bewahre! Und in welcher Weise sollte sich denn seine sinnliche Erregung an ihm befriedigen? Er empfand unwillkürlich einen Abscheu, als er an die verschiedenen kleinen Knabenlaster dachte. Sich vor einem anderen Menschen so bloßstellen? Nie! ...

In dem Maße aber, als dieser Abscheu wuchs, wurde auch der Antrieb stärker, zu Basini hinüberzugehen. Schließlich war Törleß ganz von der Unsinnigkeit eines solchen Unterfangens durchdrungen, aber ein förmlich physischer Zwang schien ihn wie an einem Seile aus dem Bette zu ziehen. Und während alle Bilder aus seinem Kopfe wichen und er sich unaufhörlich sagte, daß es jetzt wohl am besten wäre, den Schlaf zu suchen, richtete er sich mechanisch von seinem Lager auf. Ganz langsam – er fühlte ordentlich, wie dieser seelische Zwang nur Schritt für Schritt gegen die Widerstände Boden gewann – richtete er sich auf. Erst einen Arm, ... dann stützte er den Oberkörper auf, dann schob er ein Knie unter der Decke hervor, ... dann ...: doch plötzlich eilte er mit bloßen Füßen auf den Zehen zu Basini hinüber und setzte sich auf den Rand des Bettes.

Basini schlief.

Er sah ganz so aus, als ob er angenehm träumte.

Törleß war noch immer nicht Herr seiner Handlungen. Einen Augenblick saß er still und starrte dem Schlafenden ins Gesicht. Jene kurzen, abgerissenen, gleichsam nur den Situationsbefund konstatierenden Gedanken zuckten durch sein Gehirn, die man hat, wenn man sein Gleichgewicht verliert, stürzt oder wenn einem ein Gegenstand aus den Händen gerissen wird. Und ohne Besinnen faßte er Basini an der Schulter und rüttelte ihn wach.

Der Schläfer reckte sich einige Male träge, dann fuhr er auf und blickte Törleß mit schlafblöden Augen an.

Törleß erschrak; er war völlig verwirrt; seine Handlung kam

ihm zum ersten Male zur Besinnung, und er wußte nicht, was er nun weiter tun solle. Er schämte sich furchtbar. Sein Herz klopfte hörbar. Worte der Erklärung, Ausreden drängten sich auf seine Zunge. Er wollte Basini fragen, ob er keine Streichhölzchen habe, ob er ihm nicht sagen könne, wie viel Uhr es sei ...

Basini glotzte ihn noch immer ohne Verständnis an.

Schon zog Törleß, ohne ein Wort hervorgebracht zu haben, den Arm zurück, schon glitt er von dem Bette herunter, um lautlos in das seine zurückzuschleichen, – da schien Basini die Situation erfaßt zu haben und richtete sich mit einem Rucke auf.

Törleß blieb unschlüssig am Bettende stehen. Basini sah ihn noch einmal mit einem fragenden, prüfenden Blick an, dann stieg er vollends aus dem Bette, schlüpfte in Mantel und Hausschuhe und ging mit schlurfenden Schritten voran.

Törleß wurde es mit einem Schlage klar, daß dies nicht zum erstenmal geschehe.

Im Vorbeigehen nahm er die Schlüssel zur Kammer, die er unter seinem Kopfkissen versteckt gehabt hatte, mit. ––––––

Basini schritt geradenwegs zur Bodenkammer voraus. Er schien mit dem Wege, den man ihm damals doch noch verheimlicht hatte, inzwischen genau bekannt geworden zu sein. Er hielt die Kiste fest, als Törleß daraufstieg, er räumte die Kulissen zur Seite, umsichtig, mit diskreten Bewegungen, wie ein geschulter Lakai.

Törleß sperrte auf, und sie traten ein. Er stand mit dem Rücken zu Basini und zündete die kleine Lampe an.

Als er sich umdrehte, stand Basini nackt vor ihm.

Unwillkürlich trat er einen Schritt zurück. Der plötzliche Anblick dieses nackten, schneeweißen Körpers, hinter dem das Rot der Wände zu Blut wurde, blendete und bestürzte ihn. Basini war schön gebaut; an seinem Leibe fehlte fast jede Spur männlicher Formen, er war von einer keuschen, schlanken Magerkeit, wie der eines jungen Mädchens. Und Törleß fühlte das Bild dieser Nacktheit wie heiße, weiße Flammen in seinen Nerven auflodern. Er konnte sich der Macht dieser Schönheit nicht entziehen. Er hatte vorher nicht gewußt, was Schönheit sei. Denn was war ihm in seinem Alter Kunst, was kannte er schließlich davon?! Ist sie doch bis zu einem gewissen Alter jedem in freier Luft aufgewachsenen Menschen unverständlich und langweilig!

Hier aber war sie auf den Wegen der Sinnlichkeit zu ihm gekommen. Heimlich, überfallend. Ein betörender warmer Atem strömte aus der entblößten Haut, eine weiche, lüsterne Schmeichelei. Und doch war etwas daran, das zum Händefalten feierlich und bezwingend war.

Aber nach der ersten Überraschung schämte sich Törleß des einen wie des anderen. »Es ist doch ein Mann!« Der Gedanke empörte ihn, aber ihm war zumute, als ob ein Mädchen nicht anders sein könnte.

Robert Gernhardt

LIEBE – EROS – SEXUS

Auf einer Abendgesellschaft wurde der greise Casanova von einem blutjungen Mädchen gefragt, welches eigentlich der Unterschied zwischen Liebe, Eros und Sexus sei. Er schaute sie bekümmert an und antwortete sinngemäß, was der Quatsch solle.

Diese Antwort ist bedauerlicherweise auch heute noch typisch. Dabei sind diese Unterschiede ebenso wichtig wie einfach.

Beginnen wir mit der Liebe. Sie meint das geistig-seelische Eins-Sein mit einem anderen Menschen, das meistens ganz harmlos beginnt, dann jedoch dazu führt, daß das Ich den Weg zum Du findet, um schließlich in einem ewigen beglückenden Geben und Nehmen zu enden.

Der Eros ist dahingegen schon daran zu erkennen, daß er auf den ganzen Partner, auf Körper *und* Geist gerichtet ist. Leider kann jedoch auch er zu einem beglückenden Eins-Sein und all den anderen Weiterungen führen, wenn man nicht sehr aufpaßt, da die Grenzen des Eros zur Liebe hin fließend sind. Wer sich absichern will, der sollte vor allem sein Ich unter Kontrolle halten und es, wenn es versucht, sich auf den Weg zum Du zu machen, notfalls mit Gewalt zurückzupfeifen.

Der Sexus schließlich sieht im Partner ausschließlich ein Objekt der Lust. Kennzeichnend für ihn ist, daß er an die Stelle des Gebens und Nehmens das sehr viel einträglichere Nehmen setzt.

Doch so erfreulich und verlockend das alles klingt – rein sexuelle Beziehungen sind ebenso selten wie schwierig zu gestalten. Sobald sie über das rein Körperliche hinausgehen – und das kann bereits mit harmlosen Fragen und Gesprächen beginnen –, schleicht sich nur allzuleicht der Eros in das Verhältnis ein, und von ihm zur Liebe ist es bekanntlich kein weiter Weg.

Daher ist Wachsamkeit nirgendwo so geboten wie gerade in den zwischenmenschlichen Beziehungen. Die geflügelten Worte Julias, mit denen sie Romeo an jenem berühmten Mittwochabend empfing – »Heute mußt du aber ganz besonders aufpassen!« –, sie gelten hier nicht nur für eine Nacht oder eine Woche.

Harry Rowohlt

DR. FUMMEL LEBT

Hat jemand »Wunder der Liebe« von Oswalt Kolle gesehen? Nein? Zu jung, zu alt, zu fein? So ist es recht. Ich auch nicht beziehungsweise ich auch. Aber die Parodie von Gernhardt/Waechter/Weigle, die LP »Im Wunderland der Triebe«, kennen wir hoffentlich alle, und eigentlich genügt das auch. Die offizielle Parodie auf »Die Rechnung ohne den Wirt« von James M. Cain zum Beispiel ist von James Thurber und spielt nicht in einem Schnellimbiß, sondern einer Sternwarte, und wenn man zuerst die Parodie liest und dann das Original, fragt man sich, warum das Original nicht gleich in einer Sternwarte spielt.

Ich war also von der Parodie verwöhnt und wollte mir Michael Strauvens »Aufklärungsrolle« (nach der »Cannes-Rolle« und der »Hamburg-Rolle« – wobei die »Hamburg-Rolle« eine Kann-Rolle und die »Cannes-Rolle« eine Muß-Rolle ist) eigentlich gar nicht ansehen, weil ich dachte, man sähe nur Herrschaften, die es miteinander treiben, während im *Off* ein fremder Onkel vorliest, wie's gemacht wird. Und da, dachte ich, sehe und höre ich nicht so gern zu; da bin ich nicht Voyeur und Ecouteur genug.

Es ist aber ganz anders und sehr zum Lachen. Käthe Strobel, Heinrich Lübke, Werner Höfer und »die Außerparlamentarische

Opposition« (wie die APO damals vornehm genannt wurde) spielen mit, und manchmal, wenn man gerade mal nicht lacht, sagt man sich beklommen: »Na ja, *so* viel schlauer als damals bin ich nun auch wieder nicht.«

»Kommt man ihnen (den Kinogängern) mit Wissenschaft, werden sie unruhig und zu kecken Zwischenrufen ermuntert«, schrieb das ›Film-Telegramm‹ am 8. 10. 1968. So ist das leider mit ihnen (den Kinogängern) und wohl auch mit Ihnen (den ›Zeit‹-Lesern), und gegen den Lachknorpel vermag der schönste Schwellkörper nichts.

Und manchmal weiß man sogar etwas besser, besser als die Aufklärer. Da wird uns eine nächtliche, sacktote BRD-Innenstadt gezeigt, regennaß, voll Karstadt, C & A und Horten. Dazu schnarrt Prof. Dr. Buhmann-Dumpfspecht im *Off*: »Wir alle halten uns für normal und anständig. Doch hinter diesen Fenstern geschieht manches, was wir kaum verstehen können. Da sprechen wir von anormal.« Genau. So ganz hatten wir den Schaufensterdekorateuren und Wachmännern und Schäferhunden noch nie über den Weg getraut. Und wie entsteht Homosexualität? »Oft entsteht Homosexualität aus folgenden Gründen: Der Vater ist schwach und nachgiebig, oder er ist im Krieg gefallen.« Schwul werden wir also lieber nicht. Jedenfalls nicht jetzt gleich. Lieber schon Transvestit, denn das wird man laut Aufklärungsfilm folgendermaßen: Man hat eine abweisende, harte Mutter und dazu eine putzsüchtige, nette Tante, die auch schon mal den Blick auf ihre Dessous freilegt. Danach brummt man dann in einem schnittigen Karmann-Ghia durch das herrliche bayrische Voralpenland, und wenn irgendwo in einem Vorgarten ein fesches Leiberl auf der Wäscheleine hängt, schnappt man es sich ratschbatsch und probiert es zu Hause in aller Ruhe über. Also, wenn ich mal pervers werden muß, werde ich Transvestit, schon zwengs dem Karmann-Ghia, dem verreckten.

Ein rundherum schöner Film, in den man getrost auch selbst reingehen kann. Leider fehlt ein Ausschnitt aus meinem Lieblingsfilm jener Jahre, den ich schon damals nicht gesehen habe und nun wohl auch nie zu sehen bekommen werde. Mein Lieblingsfilm ist er wegen seines Titels: »Dr. Fummel und seine kranken Schwestern«.

Monty Python

HERANWACHSEN UND LERNEN

Ein Klassenzimmer. Die Jungen sitzen still und lernen.

JUNGE Er kommt!

Höllenlärm bricht los. Der Rektor tritt ein.

REKTOR Ist ja gut, ist ja gut, beruhigt euch. *Er breitet seine Papiere aus.* Bevor ich mit dem Unterricht beginne, werden diejenigen von euch, die heute nachmittag das Match bestreiten, ihre Sachen an den unteren Haken hängen, und zwar unmittelbar nach dem Mittagessen, noch bevor ihr euren Brief nach Hause schreibt, falls ihr nicht mit Haareschneiden dran seid und vorausgesetzt, ihr habt keinen jüngeren Bruder, der dies Wochenende Ausgang hat und bei einem anderen Jungen eingeladen ist, in welchem Fall ihr seinen Bericht nehmt und eurem Brief beilegt, nachdem ihr euren Haarschnitt verpaßt gekriegt und euch vergewissert habt, daß er eure Sachen für euch am unteren Haken aufgehängt hat. – Nun ...

WYMER Sir?

REKTOR Ja, Wymer?

WYMER Mein jüngerer Bruder ist dies Wochenende bei Dibble eingeladen, Sir, aber ich bin nicht mit Haareschneiden dran, soll ich also meine Sachen selbst runterbringen oder ...

REKTOR Ich wünschte mir, Wymer, du hättest eben zugehört: es ist doch ganz einfach. Wenn du nicht mit Haareschneiden dran bist, brauchst du die Sachen deines Bruders auch nicht an den unteren Haken zu hängen – du nimmst nur einfach seinen Bericht vor dem Mittagessen, nachdem du deine schriftlichen Hausaufgaben gemacht hast, und sobald du deinen Brief nach Hause geschrieben hast, vor der Nachmittagsruhe, hängst du deine eigenen Sachen an den unteren Haken, begrüßt die Besucher und meldest Mr. Viney, daß dein Wisch unterschrieben worden ist. – Nun aber: Sex. Sex, Sex, Sex – wo waren wir stehengeblieben?

Beredtes Schweigen. Jede Menge tiefes Nachdenken der Art, der sich Schüler hingeben, wenn sie wissen, daß sie die Antwort nicht kennen.

Also war ich schon so weit, daß der Penis in die Vagina eindringt?

SCHÜLER Äh ... äh ... nein, Sir. Nein, Sir. So weit noch nicht.

REKTOR War ich wenigstens mit dem Vorspiel fertig?

SCHÜLER ... Ja, Sir.

REKTOR Nun, da wir alles über das Vorspiel wissen, kannst du mir bestimmt sagen, was der Zweck des Vorspiels ist ... Biggs!

BIGGS Keine Ahnung, tut mir leid, Sir.

REKTOR Carter.

CARTER Äh ... war das das mit dem Sachenausziehen, Sir?

REKTOR Und danach?

CARTER Hängen wir sie an den unteren Haken?

Der Rektor wirft einen Schwamm und trifft ihn.

REKTOR Der Zweck des Vorspiels ist es, die Vagina so weit zu bringen, eine Flüssigkeit abzusondern, welche es dem Penis erlaubt, leichter einzudringen.

WATSON Dürfen wir ein Fenster öffnen, Sir?

REKTOR Ja ... Harris, übernimmst du das ...? Und, natürlich, den männlichen Penis zum Anschwellen zu bringen und zum Ver ... stei ... fen. Also, hatte ich beim letzten Mal Vaginalsekrete hervorgebracht ...? Paß doch auf, Wadsworth, ich weiß, es ist Freitagnachmittag ... Fußballgucken, was, mein Junge ...? Die Augen rechts! Ich warne euch, ich könnte mich dazu entschließen, sofort eine Prüfung anzusetzen.

SCHÜLER Aber, Sir ...

REKTOR Also hört zu ... Habe ich nun Vaginalsekrete hervorgebracht oder nicht?

SCHÜLER Doch, Sir.

REKTOR Nenne mir zwei Möglichkeiten, sie zum Fließen zu bringen, Watson.

WATSON Reiben der Klitoris, Sir.

REKTOR Und was hast du gegen einen Kuß, Junge? Hmm? Warum fangen wir nicht einfach mit einem Küßchen an? Du brauchst dich doch nicht gleich wie ein wildgewordenes Trüffelschwein zur Klitoris durchzuwühlen. Gib ihr einen Kuß, Junge!

WYMER An den Brustwarzen saugen, Sir.

REKTOR Schön, schön. Bravo, Wymer.

DUCKWORTH Die Schenkel streicheln, Sir.

REKTOR Das will ich meinen.

EIN ANDERER In den Nacken beißen.

REKTOR Gut, am Ohrläppchen knabbern, das Gesäß kneten und so weiter und so fort. Wir haben also tausend Möglichkeiten, bevor wir die Klitoris stürmen, Watson.

WATSON Klar, Sir, tut mir leid, Sir.

REKTOR Alle diese Formen der Stimulation können jetzt stattfinden.

Der Rektor klappt ein Schrankbett herunter.

. . . Und selbstverständlich wird mein Zungenspiel euch den besten Eindruck davon geben, wie die Säfte zum Fließen gebracht werden. *Ruft* Helen! *Zur Klasse* Wir kommen also zu Penetration und Koitus, das bedeutet Geschlechtsverkehr bis zum und einschließlich Orgasmus.

Mrs. Williams ist eingetreten.

Ah, Hallo, meine Liebe.

Die Schüler haben sich mehr oder weniger von ihren Plätzen erhoben.

Steh auf, wenn meine Frau den Raum betritt, Carter.

CARTER Oh, Verzeihung, Sir, Verzeihung.

MRS. WILLIAMS Humphrey, ich hoffe, du hast nichts dagegen, daß ich Garfields für heute zum Abendessen doch zugesagt habe.

REKTOR *fängt an, sich auszuziehen* Ach ja, ich fürchte, wir müssen . . .

MRS. WILLIAMS *legt ihre Kleider ab* Ich habe gesagt, wir kämen gegen acht.

REKTOR Na ja, wenigstens hab ich dann einen Grund, es auf der Lehrerkonferenz kurz zu machen.

MRS. WILLIAMS Ich weiß ja, daß du sie nicht leiden kannst, aber ich konnte doch nicht schon wieder absagen.

REKTOR *hat sich sein Hemd ausgezogen* Das war auch mein Eindruck – Wymer, das hier geschieht auch zu deinem Nutzen. Würdest du bitte so freundlich sein aufzuwachen. Ich habe nicht die Absicht, das alles noch mal zu wiederholen.

Die Jungen sind nicht stärker bei der Sache als in der letzten Stunde beim Binominalen Theorem, lassen sich das aber, wie üblich, nicht anmerken.

Wir betrachten also das Vorspiel als erledigt, wenn es dir nichts ausmacht, Liebes.

Mrs. Williams Aber natürlich nicht, Humphrey.

Rektor Der Mann beginnt also einzudringen und besteigt dazu sein gutes Weib auf Altväterweise. Der Penis ist nun, wie ihr unschwer erkennen könnt, so gut wie vollständig erigiert. So weit, so gut. Ah, so geht's noch besser. Nun ... – Carter!

Carter Ja, Sir?

Rektor Was haben wir denn da?

Carter Eine Okarina, Sir.

Rektor Bring sie hierher. Der Mann beginnt nun damit, stoßende Bewegungen aus dem Beckenbereich heraus zu machen, so daß der Penis innerhalb der Vagina auf und nieder bewegt wird *Carter hält ihm das Instrument vor die Nase* ... leg sie dahin, Junge, dahin ... auf den Tisch ... während die Frau ihre klitorale Stimulation durch den Schaft des Penis vermittels Aufwärtsbewegungen noch verstärkt, danke, Liebes ... Indem nun die sexuelle Erregung steigt ... Was ist daran so lustig, Biggs?

Biggs *gnickert* Ach, gar nichts, Sir.

Rektor Ach, bitte, laß uns doch alle an deinem kleinen Spaß teilhaben ... wie ich sehe, findest du doch irgend etwas hier unwiderstehlich komisch ...

Biggs Nein, echt nicht, Sir.

Rektor Und weil es so komisch ist, solltest du, finde ich, zur Knaben-Auswahl gehören, die heute nachmittag gegen die Oberstufe Rugby spielen darf.

Biggs *schaut entsetzt; mit erstickter Stimme* O nein, Sir!

Deutsch von Bernd Eilert

Stephen Fry

FUCK SAGEN

Wenn Fernsehen, Radio und Presse das Wort »fuck« als Selbstverständlichkeiten benutzten, also ausdrücklich *nicht* als Kraftausdruck oder als Fluch oder aus Frustration, sondern im eigentlichen Sinn, dann würde es mich keineswegs überraschen, wenn wir dadurch nicht eine gesündere Nation würden. Wenn Lehrer im Biologieunterricht davon sprächen, wie Tiere ficken, und nicht vom Paarungsvorgang, wenn Anwälte und Richter in Rechtssachen »fuck« sagten, wenn es um Penetrationen geht, statt sich auf diese sonderbaren gerichtsmedizinischen Phrasen wie »Intimverkehr« und »Beischlafbeziehungen« zurückzuziehen, wenn Eltern es benutzen würden, um ihren Kindern die Fortpflanzung zu erklären, dann würde eine Generation aufwachsen, für die das Wort nicht mehr schuldbeladenen Schrekken und seltsam schmutzigen Reiz hat als das Wort »Omelette«. Wie würde die Statistik der Sexualdelikte darauf reagieren? Hätten wir Tabus über dem Gebrauch des Wortes »töten« oder der Worte »verstümmeln« und »foltern«, wäre das vielleicht auch gesund: Grausamkeit und Mord sind Sachen, derer wir uns wirklich schämen sollten.

Egal, ein Wort gab das andere, und irgendwann benutzte ich das Wort »fuck« und seine zahlreichen vierbuchstabigen Verwandten circa achtzehnmal in drei Minuten, womit ich alle bekannten Rekorde weit hinter mir ließ. Susan Jay bekam etwas glasige Augen, und ihr linkes Knie begann zu zittern, aber insgesamt ertrug sie die Druckwelle wie ein echter Profi. Die These, die nicht von mir stammt, wird auch noch dadurch gestützt, daß bei Central TV keine Beschwerden über eben diese Sendung eingingen.

Das Wort »fuck« hat nichts Schockierendes: Schockierend ist, daß wir es schockierend finden. Das ist ein Koitus von Problem. Es ist ein Problem, bei dem ich vor Angst fast mein großes Geschäft in die Hose mache.

Deutsch von Ulrich Blumenbach

Gustave Flaubert

BRÜSTE ZUM BETEN

Was für ein albernes Altertum all dieser braven Leute. Sie haben etwas Kaltes und unerträglich Dürres daraus gemacht. Und doch braucht man nur am Parthenon die Reste dessen zu sehen, was als Typus des Schönen bezeichnet wird. Wenn es jemals auf dieser Welt etwas Kraftvolleres und »Naturhafteres« gegeben hat, so möge man mich hängen. Auf den Tafeln des Phidias sind die Adern der Pferde bis zum Huf hinab wiedergegeben, und sie treten hervor wie Stricke. Die Verzierungen aus fremdem Material, die Bemalungen, Halsbänder aus Metall, kostbaren Steine, waren verschwenderisch angebracht. Das mochte einfach sein, aber auf jeden Fall war es reich.

Der Parthenon ist ziegelrot. An gewissen Stellen hat er asphaltartige und tintenfarbige Töne. Die Sonne scheint fast unablässig darauf, er strahlt bei jedem Wetter. Auf das zerbröckelte Gesims setzen sich Vögel, Falken, Raben. Der Wind pfeift zwischen den Säulen, Ziegen weiden das Gras ab zwischen den Steintrümmern aus weißem Marmor, die einem unter dem Fuße rollen. Hier und dort in Löchern Haufen menschlicher Gebeine, die vom Kriege herrühren. Kleine türkische Ruinen zwischen der großen griechischen Ruine, und dann in der Ferne wie stets das Meer.

Unter den Skulpturresten, die man auf der Akropolis gefunden hat, fiel mir besonders ein kleines Basrelief auf, das eine Frau darstellt, die ihre Sandale festbindet, und ein Rumpftorso. Es sind nur die beiden Brüste vom Ansatz des Halses bis oberhalb des Nabels erhalten. Die eine Brust ist verhüllt, die andere bloß. Was für Brüste! Zum Teufel! Welch eine Brust! Sie ist rund wie ein Apfel, voll, üppig, von der andern abgelöst und schwer in der Hand. Es liegt eine fruchtbare Mütterlichkeit darin und eine Süßigkeit der Liebe, daß man vergehen möchte. Regen und Sonne haben diesen weißen Marmor gelbblond gemacht. Er hat einen falben Ton angenommen, der ihn dem Fleische ähnlich macht. Das ist so ruhig und so edel! Man möchte glauben, sie schwelle und die darunterliegenden Lungen füllten sich mit Luft und begännen zu atmen. Wie schön dieser Marmor seine enggefältelte Drapierung trug, wie würde man sich weinend darauf gestürzt haben! Wie wäre man mit gefalteten Händen davor auf die Knie gesunken! Ich habe bei seinem Anblick die Schönheit des Ausdrucks »Stupet acris« empfunden, es fehlte nicht viel und ich hätte gebetet.

Deutsch von G. H. Müller

Maurice Scève

DER BUSEN

Der Schöpfergeist, der dieses Leibes Pracht,
Dies regsam Gliederwerk, hervorgebracht,
Er tat die Schönheit an den höchsten Ort,
Doch um sie nicht gar einzuschränken dort,
Nicht auf so kleinem Raume abzuschließen,
Ließ er vom Antlitz sie hinüberfließen
In einen Busen, weiß wie Elfenbein,
So rund und kernig mag ein Ast wohl sein
Oder ein Pfeiler, drauf das Schauspiel gründet,
Welches unfehlbar von der Liebe kündet.
Dort hab in tiefinbrünstger Frömmigkeit
Ich manches Opfer, manchen Schwur geweiht
Aus einem Herzen, das von früh bis spät
Auf seinem Altar loh in Flammen steht.
Ich spreng und gieße es mit Tränen scheu
Statt Weihwasser, und statt der Blütenstreu,
Statt Rosen sä' ich, wo ich geh und steh,
Aus todbetrübter Seel mein Ach und Weh.
Statt Weihrauch duften Seufzer um mich hier,
So glühend heiß, daß ich verbrenne schier.
In dir, o Busen, also ruht mein Sinn,
Wie wölbst du dich, beginnend unterm Kinn,
Dem zarten Leibe zu, der weiß und glatt
Das Schachbrett bildet, welches schach und matt
Setzt Menschen sowie Götter, wenn mit ihren
Entzückten Blicken sie auf dir flanieren.

Busen, der meiner Herrin dient als Schild,
Sooft es Liebesglut zu dämpfen gilt,
Vor deiner kalten Front die Waffen streckt,
Der sie noch eben wild emporgereckt,
Er kann sie nimmermehr zum Herzen treiben:
Das wird ihm widerstehn und Sieger bleiben.
O Busen, der so oft die Kanzel ist,
Von der Frau Venus die Epistel liest,
Die in den Liebenden entfachen muß
Begierde nach dem lieblichsten Genuß.
O Busen, manchmal auch ein heilger Schrein,
Den zärtlich wir der Keuschheitsgöttin weihn,
Darin der Leumund, dieses edle Gut,
Meiner Geliebten als Reliquie ruht.
Busen, der manches strenge Urteil beugt:
Sind auch von Schuld die Richter überzeugt,
Wie bald wird ihre finstre Miene mild,
Wenn Phryne etwas ihre Brust enthüllt.
Schatzkästlein, unversehrtes Heiligtum
Und Ruhestätte Amors, dessen Ruhm
Wir demutvollen Herzens preisen müssen:
Hätt's gern gewagt, mich ihm zu nahn mit Küssen,
Doch ach! es würd mir keinesfalls gebühren,
Die Weihestätte auch nur zu berühren.
Begnüg ich mich doch, anzuschaun von weit
So holde Schönheit in Glückseligkeit.
O schöner Busen, Bild der höchsten Zier,
Als Zeugnis meiner Arbeit laß ich dir
Dies Blatt: die einzge Beute, die mir blieb,
Seit mir der Gott die alte Wunde hieb.
So mag es nun getreulich vor dir hangen,
Bis meine Herrin wird der Tod umfangen.

Deutsch von Lothar Klünner

Walter Satterthwait
DUFTENDE NIPPEL

Die Unterseiten ihrer weißen Brüste sind perfekt gerundet, und die Oberseiten laufen in einem graziösen Bogen auf breite, hellrosa geriffelte Aureolen und steife, duftende Nippel in der Dicke einer Fingerspitze zu. Aufrecht und nackt auf dem riesigen Himmelbett kniend, der lange Körper gleichzeitig schlank und üppig, bietet sie sie ihm an, hält sie in ihren schmalen Händen, während er seinen Kopf zwischen ihnen versenkt und den unbeschreiblichen, schwindelerregenden Geruch einatmet. Ein Stöhnen wie von kleinen, gefangenen Tieren bewegt ihren Kehlkopf. Keiner von ihnen hat etwas gesagt seit ihrem »Hinterher« und seinem »Ah«.

Deutsch von Gunnar Kwisinski

August Stramm
VERHALTEN

Meine Augen schwingen in deinen Brüsten
Dein Haupt beugt glutrot weichen Schatten
Drauf!
Der Atem schämigt hemmend
Das Gewoge.
Mich krallt die Gier
Und herbe Dünste bluten
In seinen Ketten
Rüttelt
Der Verstand.
Fein
Knifft die Scheu die Lippen lächelnd
Kälter!
Mein Arm nur
Faßt
Im Schwung
Dich
Heißer heiß!

Gerhard Mensching

DAS ENDE DES KUNSTVEREINS

Die Sache ereignet sich im ›Verein der Kunstfreunde‹ einer mittleren deutschen Stadt, genauer gesagt im Kegelclub des Vereins der Kunstfreunde. Dieser Kegelclub ist von einigen jüngeren, dynamischen Mitgliedern als kleinere Gruppe in der Gruppe gegründet worden, denke ich mir, damit man sich auch sonst mal sieht und nicht immer nur die Kunst hat, sondern auch etwas Handfesteres, Derberes, problemlos Geselliges. Diese Kegelbrüder und Kegelschwestern, denn auch die Ehefrauen kegeln mit, stehen im Ruf, ein ungeheuer munterer Haufen zu sein. Berühmte Karnevalsbälle, man reißt sich um die Karten, die allsommerliche »Große Ausfahrt«, eine Kutschen- und Kahnpartie, die in »Mohrs Herberge« endet, wo es dann bis zum frühen Morgen geht, so daß es für alle Unzugehörigen reichlich Munkelstoff gibt. Ich habe vor, das Bild dieses Kegelclubs und seiner Mitglieder recht genüßlich auszumalen. Von den einzelnen Personen habe ich bis jetzt nur eine etwas schattenhafte Vorstellung. Auf alle Fälle aber gehört ein Künstler dazu, ein Bildhauer, der den Duft der Bohème in den im Grunde recht knackbürgerlichen Verein bringt, obwohl er natürlich auch kein freischwebender, sondern ein angeseilter Künstler ist, der am Knabengymnasium Kunstunterricht erteilt. Die eigentliche Geschichte handelt nun davon, daß dieser Künstler, ich nenne ihn mal vorläufig Mollwitz, einen tollen Einfall für die nächste »Große Ausfahrt« hat. Er will, die Einwilligung aller zuständigen Ehemänner vorausgesetzt, von allen Ehefrauen – es gibt deren fünfzehn – Busenabdrücke in Gips anfertigen. »Sitzender Busen«, erläutert Mollwitz, also keine Rückenlage, das gibt Pfannkuchen, und kein Liegestütz, sondern das Modell sitzt auf einem Stuhl, wenn sein Busen von Gips umhüllt wird, und der Künstler garantiert absolute Naturtreue. Die Abdrücke werden in Mollwitzens Atelier in Einzelsitzungen gefertigt, wobei Janka, seine Freundin, mithelfen wird, damit keiner was Dummes denkt. Die fertigen Gipsbrüste sollen dann, jede mit einer Nummer versehen, nach »Mohrs Herberge« geschafft und im »Grünen Saal«, wo man feiern wird, zu einer kleinen Ausstellung arrangiert werden. Am Eingang zum Saal erhält, wenn es losgeht, jeder Herr einen Zettel und einen Bleistift. Auf dem Zettel stehen nur die Nummern der ausgestellten Busen, und nun müssen die Namen der vermuteten Eigentümerinnen hinter die Nummern geschrieben werden. Mollwitz wird am Ende alle Zettel einsammeln und auswerten, und derjenige Herr, der die meisten Treffer hat, ist Sieger. Erster Sieger, zweiter Sieger, dritter Sieger. Tolles Hallo nach diesem Vorschlag, das ist man sich schuldig, und keiner ist zu prüde, ist doch wohl klar. Das wird eine Mordsgaudi, jeder freut sich schon wochenlang vorher oder sagt wenigstens, daß er sich freut.

Mollwitz beginnt seine Tätigkeit und hat alle Hände voll. Die Vorbereitungen ziehen sich natürlich über einige Zeit hin, und zwischendurch sieht man sich immer beim Kegeln, und Mollwitz wird allseitig angepflaumt wegen der Zunahme seiner Kenntnisse. Wie denn die Qualität im Schnitt so sei, will man wissen, und ob er den permanenten Reizungen gewachsen sei oder ob ihm die Lust gründlich vergehe. Mollwitz grinst immer nur vielsagend, äußert sich nicht, macht es spannend. Und dann kommt der große Tag.

Wenn ich daraus eine Erzählung mache, koste ich die Situation natürlich voll aus. Die Anfahrt zu »Mohrs Herberge«, wo die Abendlustbarkeit stattfindet, dauert ziemlich lange, denn traditionsgemäß werden mehrere Kutschen gechartert, das heißt, es sind zwei Kutschen, mehr lassen sich in der Stadt nicht auftreiben, und je nach Teilnehmerzahl zwei oder drei bäuerliche Leiterwagen, auf denen man es sich, so gut es geht, bequem macht. Dann folgt eine Kahnpartie mit einer kleinen Ruderbootflotte, und dann ist man schließlich am Ort der Tat. Diese kleine Reise gibt mir Gelegenheit, einige Personen mehr ins Spiel zu bringen, Verhältnisse zwischen einzelnen Figuren anzudeuten, den Haufen zu polarisieren. Nach dem Abendessen nun endlich geht es los. Man strömt in den »Grünen Saal«, mit Stift und Papier, und bestaunt die gut plazierte und effektvoll beleuchtete Ausstellung. Großes, ungeheures Gelächter. Das ist wirklich die gelungenste Idee unseres originellen Kegelclubs, davon wird man noch lange reden. Die Torsi sehen aus wie Fundstücke aus der Antike, weiß, glatt, ein Stückchen Hals noch andeutend und kurz über dem Bauchnabel endend. Die Assoziation zur Antike muß man beim zweiten Blick korrigieren. Nur wenige der ausgestellten Stücke entsprechen klassischem Maß. Das Ganze wirkt nun mehr wie eine Lehrschau über Geiz und Verschwendung in der Natur. Unsozial ist diese sogenannte Mutter, von Chancengleichheit keine Spur. Mit großem Eifer geht es nun ans Raten, und es zeigt sich, daß die Zuordnungen gar nicht so einfach sind. Ein Austausch der Meinungen verbietet sich, da ja jeder möglichst die meisten Punkte erzielen will. Immer wieder erfassen die Augen der Ratenden forschend die Busenpartien der abwartenden Ehefrauen. Welcher Busen findet welche kleiderhafte Ausdrucksform? Verdammt schwer zu sagen. Und dann diese heimtückischen Büstenhalter! Welcher Busen kriegt welches Gefälle, wenn die Trossen gekappt sind? Na ja! also schließlich sind alle soweit und geben recht skeptisch, aber doch sehr amüsiert ihre Zettel bei Mollwitz ab, der sich sofort mit ihnen zurückzieht. Nach einer halben Stunde: Verkündung der Sieger. Große Überraschung: Herr Plotz hat sechs Busen richtig identifiziert. Das hätte ihm keiner zugetraut. Herr Plotz ist ein ganz stilles, harmloses Kerlchen, Musiklehrer an der Mädchenschule. »Plotztausend«, wird gewitzelt, stille Wasser, ja, ja. Der Favorit hat enttäuscht, ein Herr Baier, der beträchtlichen Ruf als Casanova genießt und eine Ehefrau hat, die ein Miederwarengeschäft besitzt. »Mieder-Baier«, was Herrn Lauterbeck, den Poeten des Clubs, zu dem treffenden Schüttelreim inspirierte:

»Die Directrice von Mieder-Baier
liebt Möbel aus dem Biedermeier.«

Man muß sich zu trösten wissen. Aber dem Herrn Baier haben seine fundierten Kenntnisse nichts genützt. Bröckelnder Ruhm. Der zweite Sieger, ich habe mir zu seiner Person noch nichts einfallen lassen, hat vier, der dritte, über den weiß ich auch noch nichts, hat drei Busen richtig erkannt.

Die Stimmung ist wirklich ganz prächtig. Es wird getrunken, getanzt und schrecklich gelacht, und irgendwann möchte Frau Plotz, die Gattin des stolzen Siegers, den ausgefüllten Zettel ihres

Mannes einmal sehen. Das wollen die anderen Damen auch, und Mollwitz verteilt. Überall beugen sich neugierige Köpfe über die Papiere.

Und dies ist nun der Wendepunkt meiner Geschichte, aber ich habe noch nicht viel ausgeführt. Vielleicht fällt dir noch was dazu ein. Frau Plotz also, damit beginnt es, muß feststellen, daß ihr gefeierter Mann zwar sechs Damen den passenden Busen zuerkannt hat, daß sie selber aber unter diesen nicht zu finden ist. Ihr Name kommt auf dem ganzen Zettel überhaupt nicht vor. Der Gatte hat gekniffen. Warum? Das sei ganz einfach, erklärt der Befragte in Champagnerlaune, er habe sich keinen billigen Triumph verschaffen wollen. Der Busen der eigenen Ehefrau zähle nicht, habe er gedacht, das sei doch wohl eigentlich auch klar, den kenne man doch. – Aha! Dann solle er ihr mal zeigen, welches ihr Busen sei. Die Falle ist zugeschnappt. Herr Plotz steht zwar auf, etwas schwankend, vor Unsicherheit oder vor Champagner, geht zur Ausstellung hinüber, schaut sich um, beginnt zu zögern, rafft sich dann mit dem Mute der Verzweiflung auf und zeigt auf einen Busen. – Waaas? Das soll ich sein, na hör mal! Diesen mickrigen Busen willst du mir anhängen? Großes Gelächter, aber Frau Plotz findet die Sache überhaupt nicht komisch. Sie wird richtig böse, und das ist doch Spielverderberei. Man redet auf sie ein, vergebens. Der Spaß hat für Frau Plotz aufgehört. Aber da wird sie plötzlich von einer anderen Seite angegriffen: von der echten Inhaberin des von ihr als mickrig bezeichneten Busens. Das sei ja nun eine bodenlose Frechheit. Jeder Busen gehöre einer anwesenden Frau, einer Kegelschwester, und wenn schon die Männer diese dumme Qualifiziererei betrieben, so sollten die Frauen sich nicht gegenseitig die Busen heruntermachen. Sie redet dann noch etwas von Solidarität, und alle wundern sich, denn so etwas hat man von ihr noch nie gehört, aber dann wird klar, warum sie so böse ist: zu ihrem Busen ist keinem der Herren ein Name eingefallen. Hinter der Nummer lauter leere Stellen auf den Zetteln. So furchtbar mickrig muß ihr Busen wohl sein, daß keiner jemanden damit beleidigen wollte. Aber das ist nicht wahr! Ihr Busen ist entstellt worden, böswillig entstellt. Von Mollwitz natürlich. Er hat ihr so schweren Gips draufgepappt, daß er abgesackt ist. Und nun reißt sich die Frau die Bluse runter, und alle sehen, daß sie keinen BH trägt, und sie tritt neben ihr Gipsporträt und fordert zum Vergleich auf. Sie meint, daß sie sich sehen lassen könne, durchaus könne sie sich sehen lassen, das könne man ja nun sehen. Und ihr Mann soll mal was dazu sagen, schließlich hat man auch ihn beleidigt, aber dem ist das zu peinlich. Der sitzt am Tisch, starrt in sein Weinglas und winkt ab.

So geht das nun weiter, stelle ich mir vor. Der Krach steigert sich. Jeder greift jeden an. Ein Gipsbusen fällt runter und zerbricht in tausendunddrei Stücke. Das animiert. Mit Geheul geht es auf die Busen los. Krach, krach und krach, werden sie einer nach dem anderen zertrümmert. Man watet in zerbröckelndem Gips. Am Ende der Geschichte ist der Kegelclub des Kunstvereins im Innersten zerstört. Er wird aufgelöst. Die Mitglieder treten auch aus dem Kunstverein aus, der aus diesem Grunde bei der nächsten Vollversammlung nach einem riesigen Streit auseinanderbricht. Trümmer. Aus. Und alle sind ziemlich betreten, denn sie haben sich ihres Freizeitinhaltes beraubt. Aber keiner hat den Mut zu sagen: Kinder, das war doch alles Quatsch, und jetzt tun wir so, als sei nichts gewesen. Das ist das Ende des Kunstvereins.

Eckhard Henscheid

FREIE SICHT

Unabhängig davon ließ Adorno aber auch fortan nicht von seiner Unart. Einmal, an der Bockenheimer Warte in Frankfurt, überquerte ein sehr schönes Mädchen die Straße. Adorno sah ihm begeistert durch die dicke Brille hindurch nach. Um Ärgeres zu verhüten, trat nun Frau Gretel zwischen den Philosophen und die junge Frau, so jenem barsch den Blick verstellend. Doch Adorno, nicht faul, legte einfach den Spazierstecken waagerecht an den Bauch seiner Gattin und schob diese mit einer Kraft und Entschlossenheit, die bei einem so kleinen Mann verblüffen mag, wieder weg. Jetzt war die Sicht wieder frei. Ah! Welche adorablen Titten! O meraviglia! O sogno! O divina bellezza!

Erica Jong

EIN LEISES PING

Es ist sonderbar, wie ich, trotz meines Widerstandes gegen eine Schwangerschaft, in meiner eigenen Möse zu leben scheine. Alles, was in meinem Körper an Veränderungen vor sich geht, beschäftigt mich. Nichts bleibt unbemerkt. Zum Beispiel weiß ich offenbar genau, wann bei mir der Eisprung eintritt. In der zweiten Woche des Zyklus verspüre ich ein leises *Ping* und dann eine Art von kribbelndem Schmerz im Unterleib. Einige Tage später entdecke ich öfters einen winzigen Blutfleck in der kleinen Gummimulde meines Pessars. Ein leuchtend roter Punkt, die einzig sichtbare Spur des Eies, aus dem ein Baby hätte werden können. Dann wallt Trauer in mir auf. Trauer und Erleichterung. Ist es wirklich besser, nicht geboren zu sein?

Das Pessar ist für mich so etwas wie ein Fetisch geworden, ein geheiligter Gegenstand, eine Schranke zwischen meinem Schoß und dem Mann. Irgendwie empört mich die Vorstellung, *sein* Kind gebären zu müssen. Soll er sein Kind doch selbst gebären. Wenn ich ein Baby bekomme, soll es ganz und gar *mein* Baby sein. Ein Mädchen wie ich, aber vollkommener. Ein Mädchen, das irgendwann seine eigenen Babys wird haben können. Es ist nicht das Kinderkriegen als solches, das mir so unfair vorkommt, sondern daß es für den Mann geschieht. Kinder, die *seinen* Namen bekommen. Kinder, die einen durch die Mutterliebe an einen Mann ketten, dem man, bei Strafe des Verlassenwerdens, zu Gefallen und dienstbar zu sein hat. Und Liebe ist schließlich das stärkste Band, das Band, das am meisten scheuert und am längsten hält. Und dann säße ich endgültig in der Falle. Die Geisel meiner eigenen Gefühle und meines eigenen Kindes.

Deutsch von Kai Mohrig

Fritz Graßhoff
ZUR PERSON

Nelke Mies ist neunzehn Jahre,
hat pißgelbe Haare,
eine kitzlige Stelle
und hinterläßt
im Sand eine Delle.

Daniil Charms
ABER DER MALER SETZTE DAS AKTMODELL

Aber der Maler setzte das Aktmodell auf den Tisch und drückte ihm die Beine auseinander. Die junge Frau leistete kaum Gegenwehr und schlug nur die Hände vor das Gesicht.

Die Amonova und die Strachova sagten, man hätte die junge Frau erst ins Bad bringen und zwischen den Beinen waschen sollen, denn wie sie röche, sei einfach widerwärtig. Die junge Frau wollte aufspringen, aber der Maler hielt sie fest und bat sie, nicht darauf zu achten, sondern sitzenzubleiben, wie er sie hingesetzt hatte.

Die junge Frau, die nicht wußte, was sie tun sollte, setzte sich wieder. Der Maler und die Malerinnen begaben sich an ihre Plätze und begannen, das Modell zu zeichnen. Die Petrova sagte, das Modell sei sehr verführerisch, aber die Strachova und die Amonova erklärten, sie sei zu dick und ordinär. Zolotogromov sagte, eben das mache sie so verführerisch, aber die Strachova sagte, sie sei einfach widerwärtig und alles andere als verführerisch. »Schaut doch nur, – sagte die Strachova, – pfui! Es rinnt aus ihr, direkt auf das Tuch. Was ist verführerisch daran, wenn ich bis hierher rieche, wie sie riecht.« Die Petrova sagte, das sei ein Beweis ihrer weiblichen Stärke. Die Abelfar errötete und pflichtete dem bei. Die Amonova sagte, so etwas habe sie noch nie gesehen, die junge Frau müsse den Punkt der höchsten Erregung erreicht haben, sonst könne es nicht so rinnen. Die Petrova sagte, dieser

Anblick könne selbst sie erregen, und Zolotogromov sei sicher schon erregt. Zolotogromov bejahte, die junge Frau mache einen starken Eindruck auf ihn. Abelfar saß, hochrot im Gesicht, und atmete schwer. »Aber die Luft im Raum wird unerträglich!« – sagte die Strachova. Abelfar rutschte auf dem Stuhl hin und her, sprang auf und ging hinaus. »Seht ihr, – sagte die Petrova, – da habt ihr das Ergebnis weiblicher Verführungskunst. Sie wirkt sogar auf Damen. Abelfar geht hinaus, um sich wieder in Ordnung zu bringen. Ich spüre, mir wird es bald genauso ergehen.« – »Seht ihr, – sagte die Amonova, – das ist unser Vorteil, der Vorteil der mageren Frauen. Bei uns ist immer alles in Ordnung, ihr und Abelfar seid dick, also müßt ihr immer auf euch aufpassen.« – »Aber, – sagte Zolotogromov, – die Üppigkeit der Formen und eine gewisse Unreinlichkeit werden bei Frauen doch gerade besonders geschätzt.«

Deutsch von Peter Urban

Jean Eustache

EINE SCHMUTZIGE GESCHICHTE

Das war früher, was heißt schon früher, vor acht Jahren, neun Jahren; ich ging häufig in ein Café, an der Station La Motte-Picquet-Grenelle. Ich verbrachte viel Zeit dort, denn ich hatte zu Hause kein Telefon, ich hatte eine Menge Anrufe zu tätigen, ich verließ also sehr häufig meinen Tisch, um zum Telefon hinunterzugehen, das sich neben den Toiletten befand. Es gab die Herrentoiletten, die Damentoiletten, Waschbecken, Telefon. Nehmen wir an, ich hatte jedesmal sechs oder sieben Anrufe zu machen, was bedeutete, daß ich doppelt so oft zu den Toiletten hinunterging ... einmal weil es besetzt war, ein andermal, weil ich nochmals hinaufgehen mußte, um der Kassiererin zu sagen, daß sie vergessen hatte, das Freizeichen durchzuschalten. Ich ging also sehr oft da hinunter.

Das war ein ... ziemlich leeres Café. Es kamen wenig Leute hin. Und dann ein heftiger Ansturm, aber ich gab nicht allzusehr darauf acht. Und dann, nach und nach, glaubte ich eine Ironie in den Blicken der Kellner zu erkennen. Einmal glaubte ich zu hören: ». . . der dort ist aber jung, er ist nicht wie die andern.« Und ich . . . ich verstand das nicht. Und dann, ein andres Mal, hörte ich, diesmal deutlich: »Und das alles für ein Loch.« Ich sagte mir: welches Loch, was redet er da? Und sofort dachte ich: Loch in den Damentoiletten. Also ging ich zu den Damentoiletten hinunter, ich sah nach, ob da ein Loch war, es gab keines. Normalerweise ist da eins, in Höhe des Sitzes, mit Zeitungspapier verstopft. Jedenfalls war mir das immer lächerlich erschienen, weil ich mir sagte, eine Frau, die sich anschauen läßt, müsse das auch wirklich wollen; an dieser Stelle gab es kein Loch.

Also erzählte ich jemandem davon, der mit mir wohnte, ein Bursche, der berufsmäßiger Perverser war und der all diese Dinge ein wenig erforschte, der ein klein wenig all die kleinen Geheimnisse der Pariser Cafés kannte. Das war ein meisterhafter Perverser. Wie alle wirklichen Perversen machte er aus seiner Perversion einen Beruf. In seiner Perversität hatte er einen schulmeisterlichen Tonfall, und er sagte mir: »Aber ja doch, mein Lieber, aber ja, mein Lieber, es gibt ein Loch, du hast dich nicht getäuscht, du hast dich nicht verhört, es gibt ein Loch. Aber dieses Loch ist sehr ungünstig plaziert, was die Stellung betrifft, die man einnehmen muß, um durchzuschauen, aber sehr gut für das, was du siehst, das ist ein Loch ganz knapp über dem Boden.« Ich sagte ihm: »Aber wie stellt man es an durchzuschauen, wenn es knapp über dem Boden ist? Muß man sich hinlegen?« Er sagte mir: »Nein, das ist auch wieder nicht notwendig«, und er zeigte mir die Stellung, die man einnehmen mußte. Und auf dem Teppich, neben dem Bett, nahm er die mohammedanische Gebetsstellung ein, auf die Unterarme gestützt, den Hintern in der Höhe und am Boden entlangschauend.

Die Wange an den Boden gepreßt, ja. Das war es, was mich so störte, schließlich ist das eine Stellung, die ich überhaupt nicht mag, die ich niemals einnehme, und ich sagte ihm: »Aber schließlich und endlich, das kann man nicht machen, an einem öffentlichen Ort, sich so hinknien.« Und er sagte mir: »Aber ja doch, mein Lieber, ja, mein Lieber, kein Vergnügen ohne Mühe; geh hin; du hast die Wahl.«

Also ging ich hin und dann, sobald eine Frau hinunterging, begab ich mich wirklich in diese Position, und es gab dort ein Loch; das ist wahr, das heißt, die Tür war unten abgehobelt. Unten abgehobelt, an der Ecke, wo sie aufgeht, und was mich überraschte, war ... daß die Stelle ordentlich angestrichen war. Das heißt, daß da nicht einer mit einem Bohrer zugange gewesen war, sondern man hatte den Eindruck, daß es zur Konzeption ... zur Architektur des Cafés selbst gehörte.

Also beobachtete ich, und der Blickwinkel war absolut direkt. Zunächst beobachtete ich aus Neugier, dann einmal, zweimal, dreimal. Und am Ende verstand ich das ganze Spiel. Es waren wenig Leute in dem Café, und dann ein plötzlicher Ansturm in dem Augenblick, wo eine Frau zu den Toiletten hinunterging. Mit einem Mal sah ich ... ich sah die Typen an der Theke, und ich verstand, warum sie gesagt hatten: »Der dort ist aber jung.« Das heißt, das waren Typen, die waren ... also die versuchten, normal auszusehen, mit einer Krawatte ... aber die ein bißchen schmierig wirkten, die unbestreitbar ein bißchen schmierig wirkten; und dann hatten sie Schweiß auf der Stirn und wippten mit den Schuhen ... und es gab einen plötzlichen Ansturm, sobald eine Frau hinunterging. Also nahm ich meine Position in diesem Ansturm ein.

Es gab einen Kode. Sie gingen die Stiege mit laut klappernden Absätzen hinunter, was heißen sollte: Ich bin an der Reihe. Also ich beobachtete zunächst aus Neugier, denn ich war nicht ... wie sie gesagt hatten ... ich war etwas Besseres. Und ich fing an, ein irres Vergnügen daran zu haben, ich fing an, fing an ... das alle Tage zu tun. Also brachte ich nicht mehr zwei Stunden am Nachmittag in dem Café zu, wie ich es üblicherweise getan hatte, sondern fünf. Und ich machte mich etwas zu sehr breit, ich fing böse Blicke auf, die sagen sollten: Mein Lieber ... du übertreibst.

Ich nahm die Gewohnheit an, Frauen anzuschauen, die ich überhaupt nicht kannte, überhaupt nicht, und oft wußte ich nicht einmal, wie sie waren, weil ich sie entweder von der Telefonkabine oder von den Herrentoiletten aus abwartete, und ich sah eine verschwommene Silhouette und nicht mehr. Manchmal sah ich sie, weil ich sie schon vorher sitzen gesehen hatte, und dann gingen sie erst hinunter. Also schaute ich durch das Loch, und ich sah sie durch ihr Geschlecht. Unmittelbar durch ihr Geschlecht. Nach und nach packte es mich, und ich fing an zu sehen, daß es höllische Unterschiede zwischen den Geschlechtsteilen gab, die ich früher nicht bemerkt hatte. Zum Beispiel kam es vor, daß ich ein Geschlecht sah, das mich irr erregte, und ich prägte mir die Schuhe ein, die Farbe, die Form, dann wollte ich am Ausgang sehen, zu wem dieses Geschlecht gehörte, und die Frau war gräßlich, und andere Male war es umgekehrt, ich nehme zwei Extremfälle, aber so ungefähr war es. Manchmal, wenn ich wieder herauskam, schaute ich, zu wem dieses Geschlecht gehörte, das mich gruselte, von dem ich fast kotzen mußte, all das auf den Knien, meine Haare hochhaltend, damit sie nicht in die Pisse hingen, die mehr oder weniger den Boden bedeckte, und auf das Signal der Absätze der Männer wartend, die herunterkamen, weil sie an der Reihe waren, und ich sah, daß es eine sehr schöne Frau war, deren Geschlecht mir mißfiel. Ich sah plötzlich ein, in welchem Maß ich mich getäuscht hätte, wenn ich versucht hätte, die Bekanntschaft dieser Frau zu machen. Und dann, mit einem Mal, kehrten alle Hierarchien des Körpers sich um. Das heißt, um eine bekannte Redensart abzuwandeln, könnte man sagen, daß der Spiegel der Seele das Geschlecht ist. Und, ehrlich gesagt, wenn eine Frau ein schönes Geschlecht hat, die Augen, da kann man ein Auge zudrücken, sogar die Beine, die sind zwar wichtiger als die Augen, trotzdem kann man da ein Auge zudrücken, das ist nicht so schlimm.

Und das ging so weiter . . . ununterbrochen. Ich tat nichts andres mehr als das, als das, als das. Ich war genau wie diese Typen, diese ein wenig schmierigen Typen, die kamen und herumhingen . . . und ich ging, wenn ich an der Reihe war . . . und ich dachte an nichts andres mehr. Und wenn ich durch Zufall die Gelegenheit hatte, in der Gegend ein Mädchen kennenzulernen, das ich nicht . . . sagen wir, frequentiert hatte . . . ging ich mit ihr ein Glas trinken, ich versuchte, sie dazu zu bringen, daß sie Tee trank, oder Bier, und hatte meinen Telefonjeton schon vorbereitet, so daß ich sie unmittelbar durch ihr Geschlecht anschauen gehn konnte, und das erschien mit sehr viel aufregender, als die Etappen zu durchlaufen.

Zugleich quälte mich diese Geschichte, ich versuchte sie

Frauen zu erzählen, aber das gefiel ihnen ganz und gar nicht. Keine Frau hörte sich diese Geschichte an, außer ich erzählte sie einem Mann und sie nahm an seinem Zuhören teil. Anders funktionierte es nicht, sie unterbrach mich sehr schnell und sagte: »Ich will davon nichts mehr hören, du gehst mir auf die Nerven.« Und sie behandelte mich ein wenig wie einen Frustrierten, dachte ich: All diese Mühe, um das Geschlecht einer Frau zu sehen, während man doch, im Grund genommen, Gelegenheiten hätte; aber diese Gelegenheiten interessierten mich nicht mehr. Und gerade da wohnte ein Mädchen bei mir, mit dem Typ, der mir den Tip gegeben und gesagt hatte, kein Vergnügen ohne Mühe, und ich rührte sie nicht an. Das interessierte mich überhaupt nicht. Ihr Geschlecht war buchstäblich zu einem Haus-Geschlecht geworden. Ich hätte es seit langem und ohne die geringste Anstrengung sehen können, aber das interessierte mich nicht, weil ich jene unmittelbare Sicht auf das Geschlecht vorzog.

Und da war es soweit: Alle Hierarchien des Körpers waren vollständig umgekrempelt. Ich begriff, also, in welchem Maß seit ... seit ... oh ... 4000 Jahren vielleicht, sagen wir eher länger, man vollständig für blöd verkauft worden war, man hat uns glauben gemacht, daß die Begierde eines Mannes von der Schönheit der Frau abhänge, und ich wurde mir klar darüber, daß das völlig falsch war ... und daß diese Schönheit aus den Gazellenaugen bestehe, dem Wasweißichmund, der Silhouette ... aber das war völlig falsch, völlig falsch, es war das Geschlecht, und der Rest zählte nicht. Ich erinnere mich, da kam ein Mädchen ins Café, sie hatte sich hingesetzt, es war ein Covergirl oder ein Mannequin, also ein Mädchen ... ein Luxusgegenstand, prachtvoll, und sie wußte das ... sie hatte einen großen Fotokarton dabei. Mehrmals saßen wir uns praktisch allein gegenüber, und ich versuchte ein klein wenig ihren Blick zu erhaschen ... und sie schaute mich nicht an. Das heißt, sie schaute mich nicht ausdrücklich an ... sie hätte mich wenigstens anschauen können, wie den Kerl, der gegenübersaß, mehr verlangte ich nicht von ihr ... Und sie hatte ihre hochmütige Miene aufgesetzt, und ich schwor mir ... sie zu sehen, die da. Sie zu sehen. Also sie anzuschauen, will ich sagen. Es traf sich gut, sie trank eine Menge Tee, wenn sie nicht Tee trank, trank sie Bier. Eines Tages ging sie hinunter, also habe ich zugeschlagen. Ich stellte klar, daß ich an der Reihe war und nicht die andern . . . und dann . . . und dann schaute ich. Und wie ich schon ein wenig gehofft hatte, weil sie mir auf die Nerven ging, hatte sie ein gräßliches Geschlecht. Ein Geschlecht, das mich ekelte, das mich total ekelte, dieses schöne Mädchen. Außerdem blieb sie lange auf der Toilette, sie war verstopft . . . und ich wohnte all dem bei, das heißt . . . es war eine Schande, eine Schande, ich weiß nicht, ob für mich oder für sie, aber es war wirklich eine Schande, daß sie dermaßen verstopft war. Nebenbei bemerkt hatte ich zu jener Zeit den Eindruck, daß viele Frauen verstopft waren. Auf diese Weise entdeckte ich einen der kleinen charakteristischen Unterschiede zwischen den Geschlechtern. Also schaute ich, ich sah, ich war angeekelt, und ich richtete mich zitternd wieder auf in dem Moment, wo sie aufstand. Sie kam heraus, und ich wollte ihr etwas zeigen, ich blieb in der Nähe der Waschbecken, in ihrer Nähe. Sie schaute mich mit einer etwas verächtlichen Miene an, aber nicht verwirrt, in der Art: Schon wieder so einer . . . bei dem Erfolg, den ich habe. Aber ich schaute sie starr an, so starr, daß sie mich doch etwas unruhig musterte. Dann schaute ich auf den Unterrand der Tür. Sie hob die Augen zu mir, sie wirkte ein wenig verwirrt, dann schaute sie auf den Unterrand der Tür, und sie begriff sofort . . . wobei es gar nicht leicht zu begreifen war, weil tatsächlich . . . dieses Loch . . . Es war kein Loch, es war ein abgehobeltes Stückchen am Unterrand der Tür. In diesem Augenblick ist sie kopflos abgerauscht, kopflos, beinah gerannt, sie begriff, was ich getan hatte, daß ich sie gezwungen hatte, sich anschauen zu lassen, und ich habe sie nie wieder in dem Café gesehen, nie wieder. Ich glaube, ich hätte egal was tun können . . . versuchen sie zu vergewaltigen, sie hätte es leichter hingenommen. Das gehörte zu den Fährnissen, wenn man ein schönes Mädchen war, aber dies konnte sie nicht ertragen.

Deutsch von Walter Klier

Walter

ÜBER DIE KOPULATION

Während meiner Krankheit war ich so keusch, wie ein Mann nur irgend sein kann, wenn ihm die Gelegenheit zur Unkeuschheit fehlt, aber ich dachte viel über die Frauen nach und über die komplizierten Organe der Geschlechter, mit deren Hilfe die Gattung sich fortpflanzt. Ich sann über die Geheimnistuerei nach, mit der die Menschen ihre Liebschaften bemänteln – über die Scham, die lächerlich genug mit jeder ausdrücklichen Erwähnung oder auch nur Andeutung der Kopulation einhergeht – obwohl es sich dabei um die Triebfeder der Menschheit schlechthin handelt, die in der einen oder anderen Gestalt ihren Ausdruck in allen Dingen des täglichen Lebens findet, sei es in Worten oder Taten; ein Gegenstand, der den meisten wohl tagtäglich durch den Kopf geht, ob Mann oder Frau, wenn sie nur in einem körperlich gesunden Zustand verkehren und schon einmal gefickt haben, womöglich aber auch schon zuvor. Es erschien mir seltsam, daß beide Geschlechter viel Freude daran haben, die Genitalien des anderen zu betrachten – und doch außerordentlich bemüht sind, sie den Blicken zu entziehen, es als unwürdig ansehen, sie ohne gegenseitiges Einvernehmen darzubieten, und eine solche Darbietung in der Öffentlichkeit allein oder gemeinsam unter Strafe stellen. – Ich kam zu dem Schluß, bei den Frauen sei dies eine Folge ihrer Erziehung, mit dem Hintergedanken, für den Anblick ihrer geheimen Körperteile den höchstmöglichen Preis zu erzielen – sowie die Männer dazu zu bewegen, diesen Preis auch zu bezahlen – der im Ehering besteht. Frauen werden allesamt käuflich erworben – von der Hure bis hin zur Prinzessin. Nur der Preis ist verschieden, und eine Frau erzielt den höchsten Preis in Form von Geld oder Ansehen. Dann schrieb ich das Folgende, denn freimütig und ohne Umschweife hatte ich es noch nirgendwo gedruckt gefunden.

Die folgende Beschreibung der Genitalien sowie der Formen ihrer Vereinigung enthält aller Wahrscheinlichkeit nach eine Vielzahl von Irrtümern und Auslassungen, bin ich doch kein Arzt, aber sie umfaßt alles, was ich bei der Niederschrift darüber wußte. Weder anatomische noch wissenschaftliche Genauigkeit wird angestrebt. – Sie ist, was im wesentlichen als anschauliche Beschreibung gelten mag, leichtverständlich auch bei geringer Auffassungsgabe, beiden Geschlechtern zum Nutzen – oder je nach Belieben – eine aufschlußreiche Lektüre für die Jugend. Der Jugend insbesondere bietet sie unverzichtbare Kenntnisse – obwohl allem Anschein nach das erklärte Ziel aller Erwachsenen ist, sie vor jeder Form des Wissens in diesen Dingen zu bewahren.

* * *

Die Vorsehung hat die Erhaltung der Art auf einen Vorgang gegründet, der in der Vereinigung der Geschlechter besteht und Ficken genannt wird. Beteiligt sind zwei Organe. Das männliche wird gewöhnlich und vulgär als *Schwanz* bezeichnet, das der Frau heißt *Möse*. Höflicher nennt man das eine Penis und das andere Vulva. – Der Schwanz ist, grob gesprochen, ein längliches, fleischiges und knorpeliges Rohr. – Die Möse ist ein fleischiges, warmes, nasses Loch oder ein ebensolcher Schlauch. Von Zeit zu Zeit und in eigentümlicher Weise stößt der Schwanz in die Möse vor, wo er eine dickflüssige Materie ausstößt, dieses ist der Vorgang, der als Ficken bezeichnet wird. – Keine besonders würdevolle Betätigung – tatsächlich keinen Deut schicklicher als Pissen oder Scheißen, und doch dazu der Lächerlichkeit preisgegeben; dafür vermittelt sie aber den Beteiligten eine solch vehemente Lust, daß die meisten danach streben, es so häufig wie möglich zu tun.

Der Schwanz befindet sich am unteren Ende des Bauches und hängt zwischen den Schenkeln des Mannes. Er besteht aus einem runden, herabhängenden Rohr oder auch Schlauch aus Haut und Knorpel, durch dessen Öffnung in der Mitte Pisse und Sperma ausgestoßen werden. – Das Ende besteht aus einer Verdickung oder Spitze in der Form eines unten abgerundeten Herzens, überzogen mit einer denkbar zarten, dünnen Haut, die über eine außerordentliche Empfindlichkeit gegen jede Art der Berührung verfügt. Diese Verdickung oder Spitze wird von einer dickeren Haut bedeckt, die auch den Stamm des Schwanzes umschließt, dergestalt, daß sie von der Spitze leicht zurückgezogen werden kann. Sie schützt die Spitze vor Verletzungen und hält sie gleichzeitig feucht und gefühlig. Man nennt sie Vorhaut oder Praeputium. In der Regel hängt der Schwanz schlaff herab, ist ungefähr drei Zoll lang und fühlt sich weich an. – Die äußere Haut umschließt ihn lose, dem Gefühl nach ähnlich wie die Vorhaut, die die Spitze bedeckt. – Ist der Mann hingegen geil, was bedeutet, daß er ficken möchte, so wird der Schwanz länger, dicker, reckt sich steif in die Höhe, und die Vorhaut zieht sich ein wenig zurück, wobei sie einen Teil der Spitze entblößt, die dann eine feine karminrote Färbung angenommen hat. Hat die Haut sich bis zu diesem Augenblick noch nicht von selbst zurückgezogen, so kann sie doch leicht zurückgeschoben werden. Wenn die Spitze in die Möse eindringt, zieht sich die Haut ganz von allein zurück, und die Spitze in ihrer außerordentlichen Empfindlichkeit nimmt unbedeckt ihren Weg in das Innere der Möse, gefolgt vom restlichen Schwanz, der bis hin zu den *Eiern* in die Möse eindringt. Die Eier befinden sich im sogenannten Hodensack, einem runzeligen, häutigen Sack, der an der Wurzel des Schwanzes und ein paar Zoll unterhalb vom Loch des Hinterteils baumelt. Er enthält zwei Hoden, auch Testikel genannt, deren Größe ungefähr den Eiern der Zwerghühner entspricht, was der Grund dafür sein mag, daß sich der Ausdruck Eier eingebürgert hat. Manchmal fühlt sich dieser Sack fester an als zu anderen Zeiten, und stets umfaßt er eine gute Handvoll. Wenn er sich fest und voll anfühlt, die Runzeln deutlich hervortreten und dicht bei einander liegen, so ist dies meist ein Zeichen, daß der Mann zum Ficken bereit ist. – Der Sack wird gelegentlich auch als Gemächt bezeichnet, wenn aber ein Mann von seinem Gemächt spricht, meint er damit oft Schwanz und Eier zugleich.

Der Stamm des Schwanzes ist glatt und unbehaart bis zu dem Punkt, wo er mit Bauch und Eiern verbunden ist, dort nämlich ist er von gelocktem Haar umgeben. Der Schwanz scheint aus einem haarigen Dickicht emporzuwachsen, das sich den Bauch hinauf bis fast zum Nabel hin erstreckt, aber kurz darunter endet. Gewöhnlich sprießen auf den Eiern selbst die Haare nur spärlich, dafür umso mehr unter ihnen und um sie herum, und gelegentlich bilden sie auf der Innenseite der Schenkel eine

Spur, sowie unterhalb des Sacks in Richtung auf das Arschloch, das bei einigen ebenfalls von kurzen Locken umgeben ist. Bei ausgiebigem Wuchs spricht man von einem haarigen Arsch, was aber eher unvorteilhaft ist, insofern es einer schicklichen Reinigung des Lochs nach dem Stuhlgang im Wege steht.

Der Schwanz ist in der Regel trocken, die Spitze ausgenommen, die meistens von der Vorhaut bedeckt ist und ständig dazu neigt, Feuchtigkeit abzusondern. Ist ein Mann über längere Zeit hinweg scharf, kann sich durch Ficken oder Wichsen nicht erleichtern und wird sein Sperma auch auf andere Weise nicht los, schwitzt die Spitze einen weißlich-pomadigen Stoff aus, der die Spitze überzieht und sich unter dem Rand der Eichel sammelt, wo die Spitze in den Stamm übergeht. Diese Absonderung der Geilheit, Talg genannt, verströmt einen aufdringlichen Geruch. Eine Fickerei reicht aus, damit er verschwindet. Im Inneren des männlichen Körpers befinden sich jene Organe, die der Produktion eines Sperma oder Seim genannten Sekrets dienen, das weißlich und teils dickflüssig ist und an einen zu dünnflüssigen, schlechten Pfannkuchenteig oder ärmlichen Haferschleim gemahnt. Dieses Sekret wird beim Ficken durch die Schwanzspitze in die Möse der Frau hineingespritzt. Der Erguß wird landläufig Abspritzen oder Absamen genannt, er ist der höchste Punkt der Lust beim Fick und das Ende zugleich. Dieser Stoff ist der männliche Samen, von dem die Frau geschwängert wird; oder wie es in einer einfachen Ausdrucksweise heißt, er bringt ihr den Nachwuchs.

Die Möse ist das Organ der Frau, das sich am unteren Ende des Bauches zwischen ihren Schenkeln befindet. Zunächst besteht sie äußerlich aus einem Schlitz von ungefähr fünf Zoll Länge, der Form nach einer Spalte oder einem Schnitt ähnlich und mit Lippen versehen. Sie beginnt unterhalb des Polochs und erstreckt sich in Richtung des Nabels bis zum unteren Teil des Bauches, wo sie in einem kleinen Hügel oder fleischigen Polster gipfelt, gerade oberhalb der Schenkel. Dieses Polster verliert sich dann allmählich in der Bauchoberfläche, es nennt sich Schamhügel, bisweilen auch Venusberg. Bei einigen Frauen ist der Schlitz oder Mösenspalt kleiner als bei anderen, aber immer beginnt er in unmittelbarer Nähe des Polochs, von wo aus die Lippen allmählich fleischiger werden, bis sie sich am Hügel wieder schließen. Bei einigen Frauen sind diese Lippen auf einem Teil ihrer Länge doppelt so dick wie die an eines Mannes Mund. Bei anderen wieder sind sie dünn, einige haben kaum, was man Lippen nennen würde, sie lassen eher an eine Schwellung denken. Bei diesen Frauen hat die Möse das Aussehen eines Schnitts.

Haare wachsen auf dem gesamten Schamhügel, weshalb er auch Busch genannt wird, und um die äußeren Lippen der Möse herum, bis dorthin, wo sie am Poloch endet. Je weiter die Haare auf das Poloch zu wachsen, desto dünner und kürzer werden sie in der Regel; gelegentlich wachsen sie jedoch wie beim Mann auch um das Poloch herum und die Rille hinauf. Das Polster, der Schamhügel oder Busch bedeckt einen gewissen Knochen, der den oberen Teil der Möse begrenzt und den Mann vor Verletzungen am Bauch schützt, wenn er beim Ficken zu tief in die Möse eindringt – was in gewissen Momenten, wenn er in höchster Erregung zu gewaltig hineinstößt, durchaus vorkommen könnte. Der Schamhügel oder Busch weist einen dichteren Haarbewuchs als die übrige Möse auf, besonders dicht ist er dort, wo sich der Spalt öffnet.

Wer den äußeren Teil der Schamlippen beiseite zieht, dem bietet sich das Innere weich, fleischig, ja geradezu saftig dar, ähnlich dem Inneren des Mundes, rosa oder karminrot von der Farbe her, je nach Alter der Frau und wie sie ihre Möse benutzt. Ein wenig unterhalb der Stelle am Bauch, wo die Spalte beginnt, findet sich ein kleiner fleischiger Knopf, *Klitoris* gennant. Sie ist rot und weich wie der Rest, und bei manchen Frauen deutlich größer als bei anderen. – Ist die Frau sexuell nicht erregt, möchte also nicht ficken und ist nicht scharf, um es einmal so auszudrücken, so ist diese Stelle weich – ist die Frau allerdings scharf, dann wird sie härter, oder wie die Frauen sagen, steif, wenn auch nicht bei allen. – Hier ist der Hauptsitz der Lust bei einer Frau, denn obwohl die Klitoris beim Ficken vom Schwanz nur wenig gerieben wird, kann sich die Frau zusätzliche Lust verschaffen, indem sie ihrerseits mit den Fingern nachhilft und sich selber wichst, bis sie sich ergießt.

Dieser Bescheibung der geöffneten Möse, soweit sie äußerlich sichtbar ist, hat nun eine Beschreibung ihres Innern zu folgen. Gleich unterhalb der Klitoris, recht eigentlich in ihrer Verlängerung, oberhalb dessen, was ich Schwanzeingang nenne, weil es dazu dient, beim Ficken den Schwanz aufzunehmen, befindet sich eine kleine Erhebung mit einer Öffnung. Das ist die Pißröhre der Frau. Klitoris und Pißloch sind beide größtenteils von den behaarten Schamlippen verdeckt, deren Haare sich über der Spalte locken und sie verhüllen, so daß sie bei den meisten erwachsenen Frauen versteckt sind; wollen die Frauen allerdings pinkeln, hat die Natur den Frauen eingegeben, sich hinzuhocken, wobei ihr Hinterteil sich unweit vom Erdboden befindet. In dieser Haltung tut sich die Möse auf, Klitoris und Pißloch treten hervor und die Pisse strullt kraftvoll heraus. Die Behaarung der Möse ist kurz, öffnet sich mit den Lippen und wird von dem Strahl trotzdem bisweilen benetzt. Falls das Haar länger ist, können Pißtropfen wie Tau darauf sichtbar werden, wenn sie nach dem Pinkeln aufsteht. – Auch rinnt ein wenig Pisse abwärts zur Öffnung der Vagina oder zum Fickloch, das noch zu beschreiben sein wird, und das – nicht selten ein wenig klebrig – von der Pisse gereinigt wird. Insofern wird also die äußere Behaarung ebenso wie das Innere von Möse und Schamlippen häufig naß vom Pinkeln, so daß die Frau beim Aufstehen ihre Kleider für einen Augenblick zwischen die Schenkel klemmt, um sich abzutrocknen. Der Volksmund sagt dazu: ›Sie wischt ihre Möse.‹

Unterhalb dieser Pinkelöffnung verläuft die weiche, rote Oberfläche abwärts und stülpt sich einwärts, um in ziemlicher Nähe des Polochs einen Eingang zu bilden, tatsächlich so nah daran, daß man ohne weiteres einen Finger in die Möse und den Daumen in das Poloch schieben kann, um die dazwischen befindliche Trennwand zu kneifen. Dies ist die Vagina und Schwanzempfängerin – eine Röhre, die sich in den Bauch der Frau hinein erstreckt, in der sich mit Hilfe des männlichen Schwanzes das Ficken abspielt.

Der Eingang selbst ist bei einigen ein wenig eng, innen aber geräumiger. Alle Mösen sind dehnbar, so daß sie vom kleinen Finger bis hin zum Nudelholz alles aufnehmen können, und alles, was sie dann sanft umschließen, umklammern oder umarmen, haben sie rundherum gleichmäßig im Griff, gleich welcher Größe es sei. – Dieser Fickschlauch ist gewöhnlich tief genug, um einen steifen Schwanz von sechs Zoll Länge aufzunehmen, ohne der Frau Schmerzen zu bereiten. Sollte es weh tun, haben die Frauen einen Kniff, bei dem sie die Pobacken senken, um den Schwanz am zu tiefen Eindringen zu hindern. – Die Vagina, so wird sie auch genannt, wird an ihrem Ende von einer Höhlung beschlossen, die sich zusammenzieht und in die eine Ausstülpung ihres Schoßes hineinreicht. Darin befindlich ist eine kleine Öffnung, die meistens geschlossen ist, sich aber zu gewissen Zeiten während des Fickens öffnet. An just diese Öffnung stößt der männliche Schwanz, wenn er sein Sperma entlädt.

Unter der Klitoris, im Inneren der äußeren Lippen der bereits beschriebenen Mösenspalte, befinden sich dünnere rote Hautlappen, oder vielleicht mögen sie aus Knorpel sein, die zu beiden Seiten bis an das Fickloch heranreichen. Es sind tatsächlich die inneren Schamlippen, Nymphae genannt, vulgär häufig auch Lappen oder Falten. Sie besitzen die gleiche rosa oder karminrote Färbung wie die gesamte Mösenöffnung. – Bei den meisten Frauen sind diese Lippen so klein, daß sie, wenn die Frau ihre Beine schließt oder nur wenig spreizt, von den äußeren, behaarten Lippen verborgen werden, oder sich nur als dünne rote Linie dazwischen zeigen. Bei anderen Frauen hingegen sind sie dermaßen groß, daß sie womöglich wie große rote Lappen heraushängen. Diese inneren Lippen sind immer feucht, und wenn eine Frau mit großen Lappen ihre Schenkel spreizt, teilen sich nur die äußeren Schamlippen, während die inneren zusammenkleben, und die Klitoris oben hervorlugt. Natürlich kann der Schwanz sie teilen und zwischen ihnen hin durch ins Loch eindringen; beim Ficken wird er dann zu beiden Seiten von ihnen gerieben.

Was die Jungfrauen angeht, so besitzen sie gleich am Anfang ihres Schlauches, Ficklochs, also in der Vagina, unterhalb der Austrittsöffnung für die Pisse, ein rotes Häutchen, eine Membrane, die das Loch verschließt, bis auf eine kleine Öffnung, durch die ihre Regel oder ihre Tage, wie ihre monatlichen Blutungen genannt werden, sowie die anderen Mösensäfte der

Frau entweichen. Das ist das Hymen oder Jungfernhäutchen, das der Schwanz zerreißt, wenn die Frau zum ersten Mal gefickt wird, wobei die gezackten Fetzen dieser Membran, dem Aussehen nach wie ein Hahnenkamm, nach einem oder zwei Jahren des Fickens verschwinden.

Dieses Loch, dieser Schlauch, der den Schwanz aufnimmt, ist ebenfalls rosa, weich und glatt von innen und fühlt sich an wie die Haut im Inneren des Mundes. Die Wände geben dem Druck eines Fingers nach, sie sind hinreichend elastisch, um die urprüngliche Form anzunehmen, sobald der Finger herausgezogen wird, weshalb sie jeden Schwanz sanft umschließen, sei er groß oder klein. Diese Eigenschaft macht die Möse zu einem wunderbaren Spielzeug für den Mann. Nichts bereitet einigen Männern mehr Lust, als ihre Finger hineinzustecken, oder ein Spiel darin zu spielen, das als Stinkefinger bekannt ist, während die Frau ihm Riemen und Eier massiert. – Der Kitzel dieser gegenseitigen Verlustierung mit den Genitalien macht beide scharf und reif für das Ficken. Ich vergaß zu erwähnen, daß sich das kleine Loch in der Spitze ein wenig öffnet, wenn der Mann scharf ist und die Frau seinen Schwanz drückt, wobei ein strenger Geruch entweicht. Manche Frauen genießen diesen Duft, wenn sie geil sind.

Die Möse ist im Inneren immer naß. Würde man etwas hineinschieben, um sie zu trocknen, wäre sie innerhalb einer Minute wieder naß. – Möchte eine Frau ficken, wird sie noch nasser, und manche Frauen werden in der Möse ganz außerordentlich naß, wenn ihre Klitoris stimuliert wird. – Diese Feuchtigkeit ist glitschig und schleimig, salzig im Geschmack und von einer Beschaffenheit, die alles noch schlüpfriger macht, was dazu dient, dem männlichen Schwanz und dessen roter, äußerst empfindsamen Spitze mit der zarten Haut eine glatte, angenehme Umgebung zu verschaffen. Sie ist wahrhaftig der Sitz der Lust! Die Möse hat immer einen eigentümlichen Geruch, der als leicht fischig oder käsig bezeichnet wurde, obwohl ich selbst diese Duftnoten nie wahrgenommen habe. Selbst auf peinliche Sauberkeit bedachte Frauen haben diesen Geruch, der stärker wird, wenn die Frau länger sehr heiß gewesen ist, ohne ihre Möse zu waschen, – ebenso bei jenen Frauen, die sich ohnehin kaum waschen, sondern sich auf ihre Pisse und das anschließende Abwischen verlassen, um sich frisch und rein zu halten. Dieser Mösengeruch einer gesunden, sauberen Frau ist angenehm und erregend.

Das Ficken besteht darin, die gerade beschriebene Organe zusammenzubringen. Das heißt, der Mann macht seinen Schwanz steif und schiebt ihn so weit als nur irgend möglich in die Möse hinein, möglichst bis zum Anschlag. Dann wird beim immer schnelleren Vor und Zurück der Schwanz steifer und steifer, ihre Möse noch nasser und enger und enger, bis schließlich die Lust, die beide empfinden, wenn sie ihre Geschlechtsteile zusammenbringen, und die sich mit der Dauer des Fickens bis fast zum Wahnsinn steigert, damit endet, daß die Hoden durch den Schwanz in die Möse hinein ihr Sperma entladen, während sich gleichzeitig die gesamte innere Oberfläche der Möse um dem Schwanz zusammenzieht, und eine dünne, milchige Flüssigkeit ausscheidet, die ich weiter oben schon beschrieben habe. Sobald sich dies auf dem Gipfel der Lust vollzogen hat, sind beide ruhig, befriedigt und für einen Augenblick keiner weiteren Erregung zugänglich. Dann weitet sich die Möse, der Schwanz schrumpft heraus, das Ficken ist vorüber.

Deutsch von Joanna Schroeder

Pietro Aretino

EIN SINNLICHES SONETT

Da mir beschieden ist solch stolzer Schwanz,
Der mir den Saum umstülpt von meiner Fotze,
So möcht ich wohl, ich würde ganz zur Fotze,
Und du natürlich, würdest ganz zum Schwanz.

Wenn ich ganz Fotze wäre, du ganz Schwanz,
Dann kriegte doch genug mal meine Fotze,
Und du genössest auch von meiner Fotze
Die höchste Seligkeit für einen Schwanz.

Doch leider werd unmöglich ich ganz Fotze,
Und leider wirst auch du nicht gänzlich Schwanz,
Drum nimm denn so vorlieb mit meiner Fotze!

– Und ihr, nehmt auch von meinem bißchen Schwanz
Den guten Willen: abwärts fickt ihr mit eurer Fotze,
Und aufwärts ficke ich mit meinem Schwanz.

Ich bitte, tob dich aus auf meinem Schwanz,
So lang es dir gefällt, mit deiner Fotze!
Ich bin dein Schwanz, und du bist meine Fotze.

Nachdichtung von R. R.

François Rabelais
FITZLIBUTZLI

In einem andern ein ganz Besteck voll Hamen und Heftel, womit er öfters in Gesellschaft, wenns gedrang ging, Männer und Weiber miteinander copuliert', zumal wo etwan eine ein Kleid von Armesintaft trug: wenns dann zum Aufbruch kam, zerrissen sie sich die ganzen Kleider. In einem andern ein Feuerzeug mit Schwefel, Zundel, Stein und übrigem Zubehör.

In einem andern zwei bis drei Brenngläser, mit denen er dann und wann Männer und Weiber in der Kirchen schier toll macht' und außer aller Fassung brachte. Denn, *Weiber scheuchen, schinden und placken,* und *Weiber mit weichen Hinterbacken,* das reimt sich, meint' er, ziemlich gut.

In einem andern war Nadel und Zwirn, damit trieb er tausend Teufelsstreich. Als eines Tags im großen Vorsaal des Parlaments ein Franziskaner die Herren-Mess' zu lesen hätt, half er ihn kleiden und ausstaffieren; nähet' ihm aber während des Anziehns die Stol an Rock und Hemd fest an, und schlich sich dann weg, als die Herren vom Rat zu Anhörung der Mess' erschienen und ihre Plätz einnahmen. Als aber nun beim *Ite missa* der arme Frater die Stol wollt abtun, zog er auch Kleid und

Hemd mit vom Leder, denn sie hingen sehr wohl zusammen, streift' sich bis an die Achseln auf und zeigt' allen Leuten öffentlich sein Fitzlibutzli, das traun nicht klein war. Und in einemfort zerret' und zog der Frater, aber je mehr er zerrt', je mehr deckt' er sich auf, bis endlich einer der Ratsherren sprach: »Was! will uns etwan der saubere Pater hie seinen Steiß statt der Monstranz zum Küssen reichen? Ei, so küss ihn doch das Sanct Tönigs Feuer!« – Von der Zeit an ward verordnet, daß sich die armen Meßpfäfflein nicht öffentlich mehr entkleiden durften, sondern in ihrer Sakristei, fürnehmlich wo Weiber zugegen wären, denn man verführet' sie nur damit zu begehrlicher Sünd. Und frug die Welt: Woher kommt es doch, daß die Säck dieser Patrum so lang sind? Aber Panurg löst' das Problem sehr wohl, und sprach: »Was die Ohren der Esel so lang macht, ist, daß ihre Mütter ihnen kein Mützlein aufsetzen, wie Alliacus in seinen Suppositionen lehret. Gleichergestalt auch, was die Säck der armen Pfäfflein so lang macht, ist: daß ihre Hosen nicht Böden haben, da ihnen dann ihr armes Glied, verhängten Zaumes ins Freie schießet, und also bis an die Kniee bammelt wie einer Frau ihr Paternoster. Warum man es aber ebenmäßig auch dick bei ihnen findt, ist Ursach, daß durch dies Bammeln die Leibessäft in mehrberegtes Glied hinabziehn. Denn nach den Legisten ist Agitation und immerwährende Bewegung eine Ursach der Attraction.«

Deutsch von Gottlob Regis

Johann Wolfgang Goethe
DER SCHWANZ

Gib mir statt »Der Schwanz« ein ander Wort, o Priapus!
  Denn ich Deutscher, ich bin übel als Dichter geplagt.
Griechisch nennt ich dich φαλλος, das klänge doch prächtig den Ohren,
  Und lateinisch ist auch Mentula leidlich ein Wort.
Mentula käme von Mens, der Schwanz ist etwas von hinten,

Und nach hinten war mir niemals ein froher Genuß.

Knaben liebt ich wohl auch, doch lieber sind mir die Mädchen,
Hab ich als Mädchen sie satt, dient sie als Knabe mir noch.

Margit Schreiner
ÜBER DAS GESCHLECHT

Das erste Mal, daß mir vor dem Geschlechtlichen so richtig gegraust hat, war, als meine Mutter mich aufgeklärt hat.

Ich war damals vierzehn Jahre alt und wußte besser Bescheid als sie. An dem Abend, an dem sie sich vorgenommen hatte, mich aufzuklären, war mein Vater bei seiner Kegelrunde, und ich weiß noch, daß es Sommer war. Wir saßen vor dem Fernseher – durch das offene Fenster kam die laue Sommerluft – und sahen uns einen Krimi an. Als der Krimi aus war, setzte sich meine Mutter dicht neben mich auf die Couch. Sie hat das öfter mal gemacht, und immer war es mir sehr unangenehm. Ich wollte denn auch damals gleich aufstehen und gehen, als sie mich festhielt.

»Wart einmal«, sagte sie, »ich muß mit dir reden.«

Dann begann sie mich aufzuklären. Ich weiß nicht, was sie mir damals erzählte, ich hörte ja absichtlich weg und wurde stocksteif, ich weiß nur, daß sie lange und ausführlich vom männlichen Glied sprach, während sie ganz dicht neben mir auf der Couch saß. Je mehr meine Mutter sich um Sachlichkeit in der Wortwahl und Natürlichkeit im Tonfall bemühte, desto mehr begann es mich zu ekeln. Was sie Glied nannte, kam mir so nackt, so bloßgelegt, so rot, roh und glänzend vor, so über die Maßen ekelerregend, daß ich an einem Brechreiz würgte. Keiner der vulgären Ausdrücke hatte je so entsetzliche Vorstellungen in mir hochgerufen.

Das zweite Mal, daß mir vor dem Geschlechtlichen so ekelte, war ein paar Wochen nachher, als ich auf dem Heimweg von der Schule zwei Pudel beobachtete, die koitierten.

Der eine Pudel war, als ich sie entdeckte, schon auf dem anderen drauf und wetzte in einer unglaublichen Geschwindigkeit auf ihm rum. Es dauerte vielleicht drei Sekunden, dann steckten sie ratlos ineinander fest und versuchten loszukommen. Was ihnen nicht gelang. Da fiel mir das Wort Glied ein mit seiner klebrig glänzenden Ausstrahlung. Ich mußte mich übergeben. Das dritte Mal, daß es mich so ekelte, war, als ich den Schwanz von G. sah. G. war ein pickliger Junge aus der katholischen Jugendgruppe. Er war musikbesessen, übte den ganzen Tag Klavier und hatte bestimmt noch nie eine Freundin gehabt.

Er hatte mich am Sonntag, als seine Eltern einen Ausflug machten, zu sich nach Hause ins oberste Stockwerk des damals einzigen wirklichen Hochhauses von Linz eingeladen und mich, nachdem er mir am Klavier vorgespielt hatte, unvermittelt an sich gepreßt. Keiner von den Lehrlingen und den jungen Arbeitern, die ich kannte und deren Umgang mit mir meine Eltern so beunruhigte, hatte je so einen Angriff auf mich gestartet. Ich war ganz starr. G. preßte sein rotes, pickliges Geischt an meinen flachen Busen und keuchte vor Erregung. Dann führte er meine Hand zu seiner Hose, und wir holten gemeinsam sein Glied heraus. Ein ungemein hartes, langes, glänzendes, pochendes Glied. Da ergriff mich die Panik, und ich rannte, so schnell ich konnte, die sechzehn Stockwerke des Hochhauses hinunter und in Richtung meiner elterlichen Wohnung. Kurz vor unserem Häuserblock wurde ich langsamer, und ich hatte zum ersten Mal dieses zwiespältige Gefühl von Erregung und Ekel, das ich von da an immer wieder suchte. Und immer waren es die Außenseiter, die mich auf diese Weise angezogen haben, die Besessenen, die Sensiblen, die Häßlichen.

Es war nämlich so, daß ich bei keinem der Männer, mit denen ich länger zusammen war und mit denen mich ein gesundes, vom Ekel weit entferntes Verhältnis verband, je Befriedigung gefunden hätte. Befriedigt war ich einzig und allein, wenn der Ekel eine Rolle spielte, wenn das Glied nackt und roh und glänzend war, wenn der Mann, der mich anzog, sich mir ganz auslieferte, kurz, wenn etwas Klebriges, Unnatürliches, Ekelerregendes dabei im Spiel war, das ich, sofern ich nicht vorher davonlief, schließlich in einer unglaublichen Erregung vergaß, besiegte, auf die Spitze trieb, was mich einzig endlich befriedigte.

Viele meiner Affären sind davon gekennzeichnet, keines jedoch meiner länger anhaltenden Liebesverhältnisse. Weshalb ich ja auch immer unruhig wurde wie eine läufige Hündin, besonders wenn Vollmond war oder ein lauer Sommerabend.

Dieser besonderen, ekelerregenden Art war auch mein Verhältnis zu B.

B. war ein hochintelligenter, sensibler Junge mit schmalen, nervösen Fingern und einem nervösen Lachen. Er warf seine Haare alle Minuten wie ein Mädchen in den Nacken, und seine lange, spitze Nase glänzte rot. Er war Chemiker und verbrachte Tage und Nächte in seinem Labor.

Ich erkenne einen solchen Menschen auf den ersten Blick und er mich. B.s ganzer Körper zuckte, als er mich das erste Mal sah, und er begann ununterbrochen zu reden, was sonst nicht seine Art gewesen zu sein scheint und deshalb sofort allen auffiel. Das Interessante ist nämlich, daß meine Bekannten es immer gleich bemerken, wenn sich einer dieser Außenseiter, dieser nervösen jungen Männer in mich verliebt, daß aber keiner von ihnen je auf die Idee gekommen ist, auch mich könnten sie in ihren Bann schlagen. Obwohl ich es nie an Andeutungen habe fehlen lassen, denn die Zeit, nachdem ich einen dieser Männer kennengelernt habe, war stets eine äußerst qualvolle für mich. Ich wehrte mich nämlich dann lang, zäh und immer ergebnislos gegen solche Affären, wurde von Unruhe befallen, von einer plötzlichen Euphorie und dann wieder von einer entsetzlichen Depression, saß stundenlang vor dem Telephon und überlegte, ob ich denjenigen anrufen sollte.

Keiner meiner Freunde, Liebhaber und Geliebten hat je das Ausmaß meiner Qual in so einem Moment begriffen. Meine Andeutungen, in denen ich mich über die verdammten lauen Sommernächte, über meine Hormonstöße, wie ich meine Unruhe scherzhaft nannte, meine Nervosität äußerte, wurden wohlwollend lächelnd, oder auch, wie mir schien, neugierig hingenommen.

Der Mann, mit dem ich verheiratet war, als das mit B. passierte, war sonst sehr eifersüchtig. Alles jedoch, was B. betraf, beobachtete er interessiert, ja, ich würde sagen, fasziniert. Er grinste, wenn B. mich anrief. Nie wurde ich das Gefühl los, daß mein Mann B. stellvertretend für sich selbst ins offene Messer laufen lassen wollte.

B. stand in seinem Labor, als ich ihn das erste Mal aufsuchte. Er legte mir einen Wattebausch auf die Handinnenfläche und zündete ihn an. Darauf schoß eine Stichflamme von mindestens einem Meter Höhe in die Luft, und meine Hand war leer.

Es waren immer solche Zaubereien, die ich bei den Außenseitern kennenlernte. Einer von ihnen konnte nach dem Stand der Sonne die Himmelsrichtung bestimmen und auch nach dem Moos auf den Bäumen. Ein anderer konnte komplizierte Geräte bauen mit Schrauben und Federn, die waren nicht größer als ein paar Millimeter.

B. hatte eine Couch in seinem Labor stehen. Auf die fielen wir nieder, während in den Retorten schwefliges Zeug vor sich hinbrodelte. Er schwor, selbst LSD herstellen zu können. B. nestelte an meiner Kleidung herum und ließ sich von mir abwehren. Ich gestattete ihm nur, meinen Hals, mein Gesicht und meine Finger zu küssen. Seine Augen zeugten von seiner Ergebenheit an mich. Seine Hände waren feucht und kalt.

Ich lief fort, unerlöst; dem Brechreiz und dem Glück, der Ekstase, dem Vergessen, der Befriedigung so nah.

Bevor ich ihn das nächste Mal anrief, vergingen ein paar Wochen. Ich hatte, bevor ich ihn kennenlernte, zu rauchen aufgehört und inzwischen in doppelter Stärke wieder damit begonnen. Ich konnte kaum etwas essen und fror ständig. In der Nacht konnte ich nicht schlafen, und tagsüber war ich am ganzen Körper matt.

Ich deutete meinem Mann gegenüber meinen Zustand immer wieder an, und er sah mich interessiert an und lachte.

Es war auch längst zu spät, als daß er mich von irgend etwas hätte zurückhalten können. Im Grunde, ja, im Grunde bin ich sicher, niemand kann mich von so etwas zurückhalten. Ich weiß inzwischen, daß ich den Häßlichen verfallen bin mit Haut und Haar und daß ich selbst es so will.

Mein Mann fuhr fort und ließ mich allein, im Sommer, bei Vollmond, viele Nächte lang.

B. führte mir die unglaublichsten Experimente in seinem Labor vor, küßte mich und tat alles, was ich ihm zu tun erlaubte, und ich merkte, wie ich ihm mehr und mehr verfiel.

Als wir zusammen einen Abend verbracht und einiges getrunken hatten und B. mir erzählte, daß er imstande sei, am Geschmack des Wassers seine Qualität zu erkennen, Chlor-, Kalk-, und Eisengehalt, Schadstoffe und Abwässerzufuhr, sah ich, daß er in einem bestimmten Winkel, in einer bestimmten Haltung, mit einem bestimmten Gesichtsausdruck schön war. Das sonst verschlossene Gesicht wurde lebhaft und sein ganzes Verhalten so zutraulich, daß ein Außenstehender hätte meinen können, er erzählte mir die verworfensten Dinge. Als wir jedoch das Lokal verließen und er neben mir herschlich, war er wieder dürr und schlottrig und hatte eine spitze, rote Nase. Er kicherte auch wieder grundlos und pfiff bei jedem dritten Schritt durch die geschlossenen Lippen.

Als wir uns vor meiner Tür mit dem üblichen Kuß verabschiedeten, faßte er mit seiner langen, schmalen, feuchtkalten Hand so überaus zärtlich in mein Haar, daß ich ihm nicht mehr widerstehen konnte. Ich ließ ihn mit mir gehen, obwohl ich um das Unglück wußte, das es für ihn und für mich bedeutete.

In meiner Wohnung fiel er gleich über mich her, und sein Hunger, seine Leidenschaft, das Maß seiner Auslieferung an mich verstärkten den Ekel und die Erregung.

Ich sah seinen dürren Körper an, die Rippen, die aus seiner Brust stachen, die Beine, die dünn waren wie Zündhölzer, den knochigen Brustansatz, die gelbe, nutzlose Haut. B. kniete neben mir und flüsterte mir seine Bewunderung ins Ohr. Er sagte, was sie dann alle sagen. Daß ich die erste Frau sei und die letzte und daß es nirgends auf der Welt eine andere Frau gebe. Und er sagte, und auch das sagen sie alle, daß er nichts sei, der Wind, der im Baum säuselt, die Welle, die sich kräuselt, der Duft, der in der Sommernacht liegt.

»Du«, sagte B. zu mir, »wirst mich verlassen, ich weiß. Aber«, sagte er, »es macht nichts. Nichts zählt als der Augenblick.« Und ich sah sein Glied sich aufrichten gegen den Bauch, sah es lang und fest und glänzend, rot, feucht und zuckend, roh, unbedeckt, unverstellt.

Mein Magen zog sich zusammen, es ekelte mich unsagbar, mein Körper war starr, und ich würgte an einem Brechreiz, als er in mich drang. Und dann, sein Gesicht über mir mit der spitzen, roten Nase, den dicken Lippen und den kleinen, kurzsichtigen Augen, seine feuchtkalten Hände gierig auf meinem Körper, sein Glied in mir roh, hart und zuckend, gelang es mir, ohne die Augen zu schließen, in einem Strudel ekstatischer Willensanstrengung den Ekel zu besiegen.

Wir gingen dann noch zum See in der Dunkelheit, er kostete noch das Wasser. »Der See«, sagte er, »wird sterben«, ich brachte ihn noch zum Bus, er nahm noch mein Gesicht zwischen die Hände, seine Lippen waren noch warm, wir umarmten uns noch, unsere Körper waren einander noch vertraut, dann trennten wir uns.

Ich habe B. noch ein paarmal gesehen.

Alles, was weiter geschah, und es geschieht immer so, war quälend, grausam, kalt.

Ein paarmal noch fielen wir uns verzweifelt in die Arme, ein paarmal noch drang er in mich ein.

Aber es gelingt mir stets nur ein einziges Mal, den Ekel zu besiegen, und dann nie mehr. Der Schrei blieb mir in der Kehle stecken. Er rief mich ständig an, lauerte mir auf und redete auf mich ein, und je mehr er mich drängte, ihn zu lieben, desto kälter wurde ich.

Wenn er seine feuchtkalte Hand auf meinen Arm legte, ekelte es mich schon, und ich konnte ihn nicht länger ertragen. Ich schüttelte ihn ab wie einen lästigen Hund, so war es mit allen.

Mein Mann war inzwischen wieder zurückgekehrt, und wenn B. anrief, grinste er.

»Dein Verehrer«, sagte er, und ich schämte mich.

B. versuchte noch ein paarmal, mit mir zu reden, und ließ dann, wohl endlich ernüchtert durch meine Kälte, von mir ab.

Ich habe ihn nie wiedergesehen. Nur wenn ich nachts um den See gehe, denke ich an ihn. Ich denke an die Retorten und Gläser, an die Pulver und die Wattebausche und daran, daß der See sterben wird.

Fay Weldon

DAS RIESENDING

Mit anderen Worten, Marion machte eines Tages die Badezimmertür auf und sah Leslie Beck aufrecht und allein, mit einem Ding, das gesprenkelt und in ihren Augen riesenhaft war wie der Riese, der in die Kreidehügel von Cerne Abbas in Dorset geritzt ist. Sie machte die Tür zwar rasch wieder zu, aber der Anblick war auf die Netzhaut gebrannt und verleidete ihr (so behauptete sie zumindest) auf alle Zeiten jedweden Sex. »Wenn das Ding da in einem drinsteckt und rein- und rausfährt«, erklärte Marion Loos mit den großen Augen, den schlanken Beinen und dem beschwerlichen Wesen, »und das alles ist, worum es dabei geht, dann komme ich lieber ohne aus.« Sie sei einfach zu mäkelig, sagten alle, damals und oft auch später noch, mäkeliger, als gut für sie war.

Deutsch von Karin Kersten

Gottfried Benn

TRIPPER

Blut, myrtengrüner Eiter,
das ist kein Bräutigamsurin,
die Luft ist klar und heiter
von Staatsbenzin.

Familienglück: der Rammelalte,
der Schweißfuß und das Spülklosett –
hier tröpfelt die geschwollne Falte
das Flirt-Minette.

Die Götter wehn, die Kosmen knacken,
der Dotter fault, es hebt sich ab
der Lust-Lenin in Eisschabracken –
Polar-Satrap.

Max Herrmann-Neisse
DAS KONDOM

Erlösung von verwünschter Schwangerschaft!
Wie schmiegst du zärtlich dich an meine Eichel
und spinnst Zerflatterndes aus meinem Speichel
und wie zu einem Spiel meine Kraft!

Du bist Erretterin, wenn in Gestreichel
das letzte Auf-der-Lauer hingerafft,
in Schlaf gesungen, leichtgesinnt erschlafft
und jede Warnung schmilzt im Nachtgeschmeichel!

Du nimmst die Bitternis aus unserm Becher
und machst aus sehr verhaßtem Leben Tod,
der hold ist wie ein Rain im Abendrot –

Den eklen Nachgeschmack entzieht dem Zecher
dein Zauberkelch, und ohne Kett und Kleid
glühn wir beglückt, vom Zukunftsfluch befreit.

Robert Gernhardt

OBSZÖNE ZEICHNUNG AM VOLKSBILDUNGSHEIM

Pimmel an der Wand –
daß ich dich hier fand!

Malte ihn doch selber mal
prahlend an die Wände,
nahm ihn in natura auch
in die Künstlerhände.

Hielt ihn tags mit Filzstift fest
und ihm nachts die Treue,
taglang stand er an der Wand,
nachts stand er aufs neue.

Daß das nun schon lange her,
ist kein Grund zum Trauern.
Seht: Noch immer malen ihn
Hände an die Mauern.

Ist es auch nicht meiner mehr,
den die Maler feiern,
ist es doch noch immer er,
der von prallen Eiern

mächtig in die Höhe wächst,
um aus seinen Ritzen
den geschwungnen Lebenssaft
in die Welt zu spritzen:

Pimmel an der Wand meint nicht
meinen oder deinen.
War nie unser, wird's nie sein,
denn wir sind die seinen.

William S. Burroughs

HARTE EIER

Sie sitzen auf einem niedrigen Bett mit weißem Seidenbezug. Das Girl macht ihm mit zarten Fingern den Hosenlatz auf und holt seinen Schwanz heraus – er ist klein und sehr hart. Vorne bildet sich ein zäher Tropfen, matt schimmernd wie eine Perle. Sie streichelt ihm zärtlich die Eichel. »Zieh dich aus Johnny.« Er zieht mit raschen geübten Bewegungen seine Kleider aus, steht mit pulsierendem Schwanz nackt vor ihr.

Sie macht eine Handbewegung, er solle sich umdrehen, und er tänzelt durchs Zimmer, die Hand auf der Hüfte, wie ein Mannequin auf dem Laufsteg. Sie zieht ihr Hemd aus. Ihre Brüste sind klein und fest, die Brustwarzen hart. Sie streift sich den Slip herunter. Ihr Schamhaar ist schwarz und glänzend. Er setzt sich neben sie und greift nach ihrem Busen. Sie hält ihm die Hände fest.

»Darling, ich will dich in den Arsch ficken«, flüstert sie.

»Nee. Nicht jetzt.«

»Ich will aber. Bitte.«

»Naja, meinetwegen. Ich geh mir den Arsch waschen.«

»Nee, ich wasch ihn dir.«

»Ah, was soll der Quatsch, der is doch nicht dreckig.«

»Doch. Na komm schon, Johnny-Boy.«

Sie führt ihn ins Badezimmer. »So, runter mit dir.« Er kniet sich hin und beugt sich nach vorn, bis er mit dem Kinn die Badematte berührt. »Allah«, sagt er. Dann sieht er grinsend zu ihr nach hinten. Sie wäscht ihm den Arsch mit Seife und warmem Wasser und steckt ihm den Finger ins Loch.

»Tut das weh?«

»Neeeee.«

»Komm jetzt, Baby.« Sie geht voran ins Schlafzimmer. Er legt sich auf den Rücken, verschränkt die Arme unter den Kniekehlen und zieht sich die Beine hoch über den Kopf. Sie kniet sich aufs Bett, streichelt ihm die Unterseite der Schenkel, die Eier, fährt ihm mit den Fingern über die Sacknaht nach unten. Sie drückt seine Hinterbacken auseinander, beugt sich herunter und beginnt ihm den Anus zu lecken. Sie leckt langsam im

Kreis, am Rand des Lochs entlang, dann drückt sie ihm die Zunge hinein, tiefer und tiefer. Er schließt die Augen und windet sich. Sie leckt nach oben, die Sacknaht entlang, seine kleinen harten Eier . . . Eine große Perle steht vorne auf seinem beschnittenen Schwanz. Ihr Mund schließt sich über seiner Eichel. Sie lutscht, auf und nieder, unterbricht den Rhythmus, wenn sie oben ist, und dreht den Mund hin und her. Ihre Hände spielen zart mit seinen Eiern, gleiten abwärts, und sie steckt ihm den Mittelfinger in den Arsch. Sie saugt sich an der Wurzel seines Schwanzes fest und kitzelt ihm spöttisch die Prostata. Er grinst und läßt einen Furz. Sie lutscht ihm jetzt wie eine Wahnsinnige den Schwanz. Sein Körper beginnt sich zusammenzuziehen, verkrampft sich bis unters Kinn. Jede Kontraktion dauert länger. »Uiiiiii!«, schreit der Junge, seine Muskeln sind zum Zerreißen gespannt, der ganze Körper drängt durch den Schwanz hinaus. Sie trinkt seinen Saft, der ihr in großen warmen Spritzern in den Mund schießt. Er läßt seine Beine flach aufs Bett fallen, drückt den Rücken durch und gähnt.

Mary schnallt sich einen Gummipenis um. »Steely Dan III aus Yokohama«, sagt sie und massiert den Schaft. Milch spritzt quer durchs Zimmer.

»Sieh zu, daß diese Milch da keimfrei ist. Häng mir bloß nicht irgend ne gräßliche Kuhkrankheit an, sowas wie Milzbrand oder Rotz oder Maul- und Klauenseuche . . .«

»In Chicago hab ich immer die Transvestiten-Lizzie gemimt. Hatte 'n Job als Kammerjäger. Hab mich als Mann an hübsche Jungs rangemacht und mich von ihnen schlagen lassen. Ein richtiger Genuß. Später hab ich mir dann so einen Kid gegriffen und gefügig gemacht – mit Überschall-Judo, das mir ein alter lesbischer Zen-Mönch beigebracht hat. Ich hab ihn gefesselt, hab ihm die Klamotten mit nem Rasiermesser runtergefetzt, und dann hab ich ihn mit Steely Dan I gepimpert. Hat mir mein ganzes Wanzenpulver vollgespritzt, so froh war der, daß ich ihn nicht kastriert hab.«

»Was ist aus Steely Dan I geworden?«

»Den hat mir ne ruppige Lesbe mitten durch gebrochen. Sowas von Scheidenmuskulatur hab ich noch nie erlebt. Die konnte sogar ’n Bleirohr verbiegen. Und das war nur *einer* von den Tricks, die sie drauf hatte.«

»Und Steely Dan II?«

»Restlos abgenagt von nem verhungerten Candiru im Oberen Baboon’s Asshole. Und sag jetzt bloß nicht wieder ›Uiiiii!‹ . . .«

»Wieso? Bei nem niedlichen kleinen Jungen gehört das dazu.«

»Barfüßiger Boy, gib deine Kaulköpfe bei der Puffmutter ab.«

Er sieht an die Decke, die Hände hinter dem Kopf, sein Schwanz pulsiert. »Was soll ich jetzt machen? Kann nicht mal scheißen mit diesem Ding im Arsch. Ich frag mich, ob man sich den Saft vielleicht durch bloßes Lachen rauskitzeln kann. Ich erinner mich da, wie wir mal während des Kriegs in Kairo im Jockey Club saßen, ich und mein Arschficker-Kumpel Lou . . . beide Gentlemen kraft Kongreßbeschluß . . . woanders hätte man uns sowas nie angetan . . . jedenfalls, wir lachen uns derart einen ab, daß wir uns vollpissen von oben bis unten, und der Kellner sagt: ›Macht daß ihr hier rauskommt, ihr dämlichen Kiffer!‹ Ich meine, wenn man sich die Pisse rauslachen kann, dann müßte es eigentlich auch mit Saft gehen. Also erzähl mir mal was richtig Witziges, wenns bei mir anfängt zu kommen. Brauchst bloß darauf zu achten, wenn meine Prostata die ersten Zuckungen kriegt . . .«

Sie legt eine Platte auf. Metallischer Kokain-Bebop. Sie fettet den Gummi-Dingus ein, schiebt dem Jungen die Beine über den Kopf und werkelt ihm das Ding mit einer Serie von Korkenzieherbewegungen in den Arsch. Ihre Hüften beschreiben einen langsamen Kreis um die Achse des Schaftes. Sie reibt ihre harten Nippel an seiner Brust. Sie küßt ihn auf den Hals, das Kinn, die Augen. Er fährt ihr mit den Händen über den Rücken herunter, packt ihren Hintern und drückt sie in sich rein. Sie rotiert jetzt schneller und schneller. Sein Körper windet sich, wird von spastischen Zuckungen geschüttelt. »Los, komm schon«, sagt sie. »Die Milch wird kalt.« Er hört es nicht. Sie preßt ihren Mund auf seinen. Ihre Gesichter verschmelzen. Sein Sperma klatscht ihr in dünnen heißen Spritzern an die Brust.

Deutsch von Carl Weissner

Boris Vian

WÄHREND DES KONGRESSES

Es muß wirklich gesagt werden, meine Herrschaften
Unverwüstlich ist die Vorhaut nicht.
Tests kann man selbstverständlich machen
Sie sind das ABC aller experimentellen Wissenschaft.

An einer Jungfernhaut
Verletzt man sich beim ersten Eindringen
Die wunde Stelle sieht grobkörnig aus
Und Blut fließt reichlich
In Form von Johannisbeergelee

Man begegnet auch, leider sind sie selten
Schamlosen alten Votzen
Denen man querdrüber eine Rasierklinge aufgepfropft hat
Wenn man eindringt, hat man eine
Wenn man rauskommt, hat man noch eine
Aber durchgeschnitten ist sie

Einige besitzen desgleichen
Ganz rote horizontale Muschis
Reichlich mit Zähnen bestückt
Sie umschließen die Rüssel mit einem Röcheln
Und nie hat ein Engländer gesehen, daß sie's ausspucken
Engländer haben nämlich Gespür für Respektabilität.
Plinius der Gaul und Kätzchen der Ältere erzählen
Daß es ein fürchterlicher Anblick gewesen ist
Daß die Menschen auf offener Straße baff dagestanden haben

Zweifellos kann man sie nicht genau beschreiben
Da die zahlreichen dies betreffenden Dokumente
Den Termiten Wonne bereitet haben
Sowie den Hunnen, den FFI-Leuten und anderen Nagetieren.

Aber man weiß, daß Ihnen ins Innere wie in bestimmte Schlüssellöcher

Ein ganz langer und spitzer Beinstumpf
In den Meatus drang
Wobei ein knirschendes Geräusch entstand
Und außen sich die Haut grün verfärbte.

Andere saugen wie Tintenschnecken
Und verwandeln ihr gelbrötlich schimmerndes Ding
In eine monstruöse Aubergine
Die in schwarzer Nacht unsichtbar ist
Aber bei Tag voll zur Geltung kommt
Man geht in die Knie davor
Aber man kann sie nicht in den Mund stecken.

Zuguterletzt: verschiedene Unglückselige
Wie Jeanne d'Arc, die heilige Therese, die Passionaria und die Herzogin von Windsor
Wurden mit mehrfach geteilter Möse geboren
Mit einer Unzahl von ganz winzigen Löchern.

Deutsch von Klaus Völker

Joris-Karl Huysmans

DIE ACHSELHÖHLE

Es gibt verdächtige Gerüche, zweideutig wie ein Ruf in einer finsteren Gasse. Gewisse arbeitsame Viertel in Paris scheiden sie aus, wenn man sich im Sommer einer Gruppe von Menschen nähert. Die Gleichgültigkeit und Erschöpfung von Armen, die sich bei qualvoller Arbeit geplagt haben, erklären den scharfen Geruch nach Ziegenbock, der aus den Ärmeln strömt.

Stärker noch und herber habe ich diese Blume auf dem Land erlebt, bei einer Schar von Heuwenderinnen, die unter der glühenden Sonne vorüberzogen. Das war maßlos und schrecklich; das stach einem in die Nase wie ein Fläschchen Salmiakgeist, fiel über einen her und griff die Schleimhäute an; ein herber tierischer Geruch, wie eine mit Oliven geröstete

Wildente ihn hinterläßt, wie der durchdringende von Schalotten. Alles in allem hatte diese Ausdünstung nichts Abstoßendes und Gemeines; sie verband sich wie eine Erwartung mit dem wunderbaren Aroma der Landschaft; sie war der reine Ton, mit dem das vor Hitze schreiende menschliche Tier die duftende Melodie von Vieh und Wald vollendet.

Aber lassen wir das; ohnehin möchte ich mich nicht mit vernachlässigten Achselhöhlen beschäftigen, tierischer, ordinärer, bäuerlicher Menschlichkeit, unbekümmert um Waschungen und Ruhepausen; ich möchte bloß von der erlesenen, göttlichen Witterung sprechen, die die Frauen unserer Städte zustande bringen, da, wo sie sich einfinden und sich erhitzen, auf einem Ball im Winter, auf der Straße im Sommer.

Nicht abgemildert durch Batist oder Leinen, die es verfeinern, indem sie es verdunsten lassen, wie übrigens auch das Taschentuch die Essenz, die man darauf träufelt, ist das Parfüm weiblicher Arme weniger gefiltert, weniger zart und rein in der weitausgeschnittenen Ballrobe. Da gelangt der Duft von Baldriansalz und Urin zur rücksichtlosen Ausprägung, eine schwache Wolke von zerdrücktem, überreifem Pfirsich durch den Hauch von Blütenextrakt und Puder.

Jedoch in dem Augenblick, wo die Pariserin die zauberhafteste ist, wenn sie unter einer stechenden Sonne, zu Zeiten, da ein drohendes Gewitter einem den Atem nimmt, daherwandelt, unter dem Schutz ihres Sonnenschirms, schwitzend wie ein Tonkrug, das Auge in der Hitze geschlossen, der Teint zerflossen, die Züge schlaff und erschöpft, entströmt, durch den Filter der Wäsche geläutert, ihr Wohlgeruch, köstlich kühn und zaghaft fein!

Nie sind Frauen begehrenswerter als in diesen Momenten, wenn die Kleider im Oxfordstil ihre Form vom Scheitel bis zur Sohle nachzeichnen, an ihnen klebend wie die durchnäßten Hemden, in die sie eingezwängt sind. Der Appell, den der Balsam ihrer Arme aussendet, ist nicht so frech, nicht so schamlos wie auf dem Ball, wo die Frauen nackter sind, aber beim Mann läßt er leichter das Tier aus dem Käfig.

Vielfältig wie die Farben, sich kräuselnd wie die Haare, die ihn verbergen, ließe sich der Achselgeruch in eine unendliche

Skala einteilen; kein Aroma hat mehr Nuancen; es ist die Tonleiter, die die gesamte Tastatur des Geruchssinns durchläuft; er rührt an den betäubenden Duft von Myrten und Holunder und erinnert bisweilen an das süße Parfüm von Fingern, die man aneinander reibt, wenn man eine Zigarette geraucht hat.

Gewagt und manchmal zermürbend bei der Brünetten und der Schwarzen, spitz und grausam bei der Roten, strömt der Achselgeruch frei und berauschend wie gewisse süße Weine aus der Blonden, und fast könnte man sagen, daß er vollkommen übereinstimmt mit der Art und Weise, wie die Lippen einen Kuß vergeben, nachdrücklicher und hitziger bei den Brünetten, inbrünstiger und persönlicher vielleicht bei den Blonden.

Ob jedoch die Farbe des Vlieses, das unter den Armen im Verborgenen wächst, nun dunkel oder hell ist, ob sein Büschel sich wellt wie ein Schnurrbart oder sich kräuselt wie hauchdünne Späne von Akazienholz und Palisander, zugeben muß man, daß die Natur mütterlich ist und vorausschauend, weil sie diese Gewürzdosen verteilt hat, um das Liebesragout zu salzen und zu verbessern, das die Gewohnheit so schwer verdaulich und so fade selbst für jene macht, die dem Fleisch abgeschworen und wissentlich ihr Einverständnis gegeben haben, ihrem ausschließlichen Hang nach Ruhe und Diät in einem gemeinsamen Schlafgemach zu entsagen.

Deutsch von Cornelia Hasting

Max Goldt

DER UNBEKANNTE GERUCH

Im Alter von zwölf Jahren pflegte ich meine Freizeit häufig damit zu verbringen, durch die nahen Waldgebiete zu streifen, dort allerlei Pflanzen, insbesondere Pilze, einzusammeln, um diese dann zu Hause anhand von Bestimmungsschlüsseln zu identifizieren. In einem Buch war als Geruchsbezeichnung für einen gewissen Pilz das Wort »spermatisch« angegeben, worunter ich mir gar nichts vorstellen konnte. Ich fragte meine Mutter.

So wie folgt, so ähnlich oder ganz anders spielte sich das ab:

– Mutti, hier in dem Pilzbuch steht, dieser Pilz würde spermatisch riechen.

– Spermatisch? Was ist denn spermatisch? Ich kenne nur sympathisch! *Lacht.*

– Also, du weißt das auch nicht. Riech doch bitte mal dran.

– Igitt, der ist ja schon ganz verfault! Was du uns hier immer anschleppst!

– Riech doch trotzdem mal dran. Der Pilz ist halt schon alt.

– *schnuppert* Ich finde, der riecht einfach nach Erde und Wald, nach Pilz eben.

– Und das ist spermatisch?

– Nein, das ist sicher ein Druckfehler in deinem Pilzbuch. Das muß sympathisch heißen. Der Pilz riecht einfach wie ein sympathischer Waldpilz. *Lacht stockend.* Geh doch zu deinem Vater. Vielleicht weiß der, was spermatisch sein soll.

– Papa, riech doch mal an diesem Pilz. In meinem Pilzbuch steht, der riecht spermatisch.

– Spermatisch? Wo hast du denn das Wort her?

– Ich sagte doch, aus dem Pilzbuch.

– Na, zeig mal her. Pfui Deibel, an dem Ding soll ich auch noch riechen?

– Das ist halt ein älterer Fruchtkörper. Riechen tut er noch gut.

– Dann komm mal her mit deinem *spricht gespreizt* älteren Fruchtkörper. *Riecht.* Der riecht ganz normal, irgendwie würzig. Nach Pilz. Aber spermatisch? Nee. Wie findest du denn, daß er riecht?

– Schon ein bißchen komisch. So muffig. Ich will ja auch nur wissen, was spermatisch ist.

– Das ist halt ein ganz bestimmter Geruch. Wie soll ich dir das erklären. Schreib doch an den Verfasser von dem Pilzbuch.

– Der ist tot.

– Tot? Wahrscheinlich eine Pilzvergiftung. *Lacht schäbig.* Woher weißt du denn, daß er tot ist?

– Weil hinter seinem Namen auf der ersten Seite so ein Kreuz ist.

– Der Herr gibt's den Seinen im Schlaf. *Ärgert sich über die deplazierte Redensart, brüllt unwirsch* Hau jetzt ab mit deinem spermatischen Pilzungetüm. Frag doch deine Biolehrerin. *Wieder ruhig* Habt ihr eigentlich noch das Fräulein Hecht?

– Frau Hecht. Die ist verheiratet.

– Was? Mit den Pferdezähnen und den fettigen Haaren?

– Ja, die läuft manchmal ganz schön schlampig rum. Manchmal stinkt sie auch ein bißchen nach Schweiß. Und ihr Mann ist Ausländer. Marokkaner oder so was.

– Das sieht ihr ähnlich. Also frag die wegen dem Pilz.

– Bis zur nächsten Bio-Stunde ist der Pilz aber ganz verfault.

– Dann frier ihn solange ein. Im Fach ist noch Platz. Aber wikkel Folie drum, sonst dreht Mutti durch.

– O. K. Mach ich. *Geht weg.*

– Komm doch noch mal her. Ich will dir mal was von Mann zu Mann sagen. Du wirst ja bald erwachsen. Frauen, die mit solchen Arabern gehen oder verheiratet sind, die interessiert nur das eine.

– Du meinst, Sex oder so.

– Wir verstehen uns schon.

– Frau Hecht, können Sie mir sagen, wie der Pilz hier riecht? In meinem Pilzbuch habe ich gelesen, der riecht spermatisch.

– Röche.

– Was?

– Röche ... der röche spermatisch. Konjunktiv.

– Ach so. Ich habe zuerst »röcheln« verstanden.

– Na, was ist denn los mit deinem Pilz? Zeig mal her. *Ironisch* Na, das ist ja ein wahres Waldjuwel! Ein Prachtstück! Aber wieso ist der denn so kalt? Der Pilz ist ja eiskalt!

– Ich habe ihn erst heute früh aus dem Tiefkühlfach geholt.

– Ach so, aus dem Tiefkühlfach. Da gehören Pilze ja auch hin. Und wie soll er riechen? Spermatisch? *Riecht.* Ja, mein Gott. Ein bißchen vielleicht. Aber eigentlich riecht er ganz normal nach Pilz.

– *altklug* Pilze riechen aber alle anders. Manche riechen sogar nach Gurkensalat oder alten Küchenlappen.

– Wo hast du denn das her?

– Aus dem Pilzbuch. Aber was ist denn nun spermatisch?

– Spermatisch kommt von Sperma. Das ist der männliche Samen. Der wird zur Fortpflanzung gebraucht. Das haben wir doch durchgenommen. Auch der menschliche Samen heißt Sperma. Du kommst ja auch bald in die Pubertät. Dann wird es auch bei dir soweit sein. Wie alt bist du denn jetzt?

– Zwölfeinhalb.

– Dann kann es nicht mehr lange dauern. *Eifrig* Du wirst eines Nachts aufwachen und denken, nanu, hier ist ja alles ganz naß ... *Erinnert sich plötzlich, daß sie als Lehrerin zu einem Schüler spricht, und zögert* ... Du hast mich schon verstanden.

– *angewidert* Und das riecht? Wie riecht das denn? So wie der Pilz?

– Nein, so wie der Pilz ganz bestimmt nicht. Man kann das schlecht beschreiben, wie das riecht. So ein bißchen dumpf, erdig, mehlig, nicht besonders angenehm eigentlich. Menschliche Ausscheidungen riechen ja meistens nicht so schön. Kot oder Urin zum Beispiel ...

– Oder Schweiß!

– Ja, Schweiß auch. Hör mal, irgendwas gefällt mir heute an deinem Gesichtsausdruck nicht. Wir verstehen uns?

– Ich weiß nicht, was Sie meinen.

– Du weißt genau, was ich meine. Zurück zu deinem Pilz und dem spermatischen Geruch. Es ist ja kein besonders intensiver Geruch. Du brauchst dir da keine Gedanken zu machen. Es ist nicht so, daß man sagen würde, um Himmels willen, das stinkt ja bestialisch ... Es riecht eher mild.

– Ja, wie denn?

– Ja, wie gesagt: ein bißchen dumpf und muffig. Ein bißchen wie ein ungelüftetes Zimmer. Wie so ein muffiger Schlafsaal in einer Jugendherberge, vielleicht etwas gewächshausartig ...

– Ach so. Woher wissen Sie eigentlich, wie das riecht?

– Als Biologin weiß man das zwangsläufig. *Lacht.* Wozu, glaubst du, studiert man jahrelang? Außerdem wissen alle Erwachsenen, wie das riecht.

– Meine Eltern wissen das aber nicht.

– Das glaube ich nicht, daß sie das nicht wissen. Du hast sie vielleicht nicht richtig gefragt.

– Doch, habe ich. Und sie wußten es nicht. Warum sollten die mich anlügen? Außerdem sind meine Eltern Deutsche.

– Was soll denn das nun wieder? Warum sollten Deutsche nicht wissen, wie so was riecht?

– Aber es stimmt doch, daß Sie mit einem Araber verheiratet sind, oder?

– Was du alles wissen willst! Hör mal gut zu! Mein Mann ist nicht Araber, sondern Perser. Er stammt aus dem Iran. Und jetzt lebt er hier, weil man ihn in seiner Heimat nicht gut behandelt hat.

– Entschuldigung. Das hab ich nicht gewußt. Sind Perser denn anders als Araber?

– Äußerlich nicht sehr viel anders. Aber sie haben eine ganz andere Kultur und Sprache und so weiter. Sag mal, was ist das eigentlich für ein Pilzbuch, was du da hast?

– 750 Pilze in Wald und Flur.

– Und da steht wirklich das Wort spermatisch drin?

– Ja.

– Das könnte man aber auch verständlicher ausdrücken. Welcher Pilzsucher hat denn schon ständig den Geruch von Sperma in der Nase? Das hat man doch nicht immer parat. Man hätte doch noch schreiben können, riecht nach Erde oder faulendem Moos. Ja genau, leicht faulendes Moos. Das ist so ein süßlicher, abgestandener Geruch.

– So riecht der Pilz auch. Vielen Dank, Frau Hecht, und auf Wiedersehen. Wieso haben Sie eigentlich einen deutschen Namen. Heißen Sie nicht so wie Ihr Mann?

– *lacht* Den Zungenbrecher könnte ich meinen Schülern nicht zumuten. Tschüß!

– Papa, die Frau Hecht ist gar nicht mit einem Araber verheiratet, sondern mit einem Perser.

– Was soll da der Unterschied sein?

– Die Perser haben eine andere Kultur.

– Das ist ja allerhand. Und was hat sie zu dem Pilz gesagt?

– Daß der nur ganz wenig spermatisch riecht. Und spermatisch kommt von Sperma, und das riecht, sagt sie, wie in einer Jugendherberge, wo nicht gelüftet wird.

– *schlägt die Hände über dem Kopf zusammen und brüllt* Araber!

– Nein, Papa! Perser!

II.

HAND- UND MUNDARBEIT

Schnuppern, Schniepel, Schwuppdiwupp

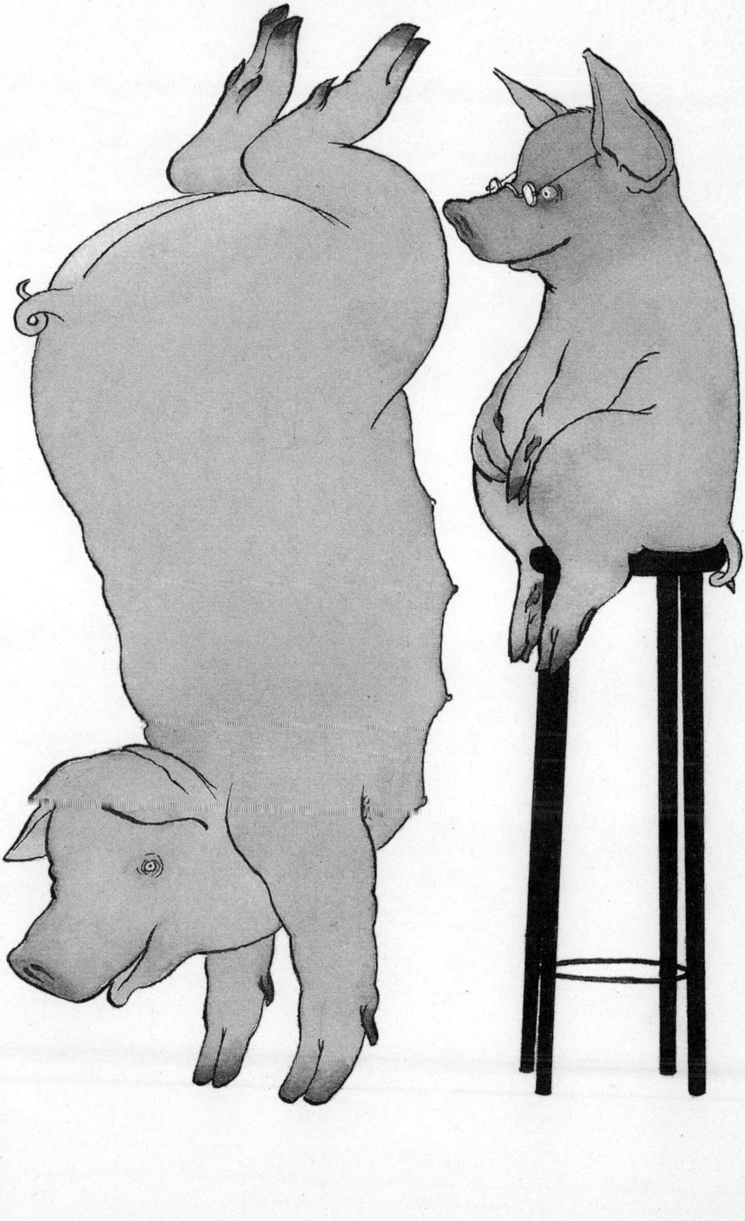

Emile Zola

IN SELBSTVERZÜCKUNG VERSENKT

Nana hatte sich in ihre Selbstverzückung versenkt. Sie neigte den Hals und betrachtete im Spiegel aufmerksam ein kleines braunes Muttermal, das sie oberhalb der rechten Hüfte hatte; sie berührte es mit der Fingerspitze und ließ es hervortreten, indem sie sich weiter zurückbog, weil sie es zweifellos spaßig und hübsch fand an dieser Stelle. Dann studierte sie andere Teile ihres Leibes, amüsiert, wieder von ihrer lasterhaften, kindlichen Neugier ergriffen. Es setzte sie immer in Erstaunen, sich zu sehen; sie hatte das verwunderte und bezauberte Aussehen eines jungen Mädchens, das seine Pubertät entdeckt. Langsam öffnete sie die Arme, um ihren üppigen Venustorso zu entfalten, sie bog die Taille, musterte sich von hinten und von vorn und verweilte beim Profil ihrer Brust und bei den sich verjüngenden Rundungen ihrer Schenkel. Und schließlich fand sie Gefallen an dem seltsamen Spiel, sich nach rechts und nach links zu wiegen, die Knie gespreizt, die Gestalt auf den Lenden rollend, mit dem stetigen Zittern einer orientalischen Tänzerin, die den Bauchtanz tanzt.

Muffat betrachtete sie. Sie flößte ihm Furcht ein. Die Zeitung war seinen Händen entfallen. In dieser Minute des Klarsehens verachtete er sich. Das war es: In drei Monaten hatte sie sein Leben zerrüttet, er fühlte, daß er schon bis ins Mark verderbt war durch Schmutzigkeiten, die er nicht vermutet hätte. Jetzt war alles in ihm in Fäulnis begriffen. Einen Augenblick lang wurde er sich der Begleiterscheinungen des Bösen bewußt; er erblickte die von diesem Gärungsstoff herbeigeführte Auflösung: er vergiftet, seine Familie vernichtet – ein Stückchen Gesellschaft, das krachte und zusammenstürzte. Und da er die Augen nicht abzuwenden vermochte, sah er sie starr an und bemühte sich, sich mit Ekel vor ihrer Nacktheit anzufüllen.

Nana rührte sich nicht mehr. Einen Arm hinter dem Nacken, die Hände ineinandergeschlungen, lehnte sie mit auseinandergespreizten Ellbogen den Kopf zurück. Er sah ihre halbgeschlossenen Augen, ihren leichtgeöffneten Mund, ihr von einem verliebten Lachen überflutetes Gesicht perspektivisch verjüngt; und von hinten bedeckte ihr aufgelöster Knoten gelben Haars ihr den Rücken mit dem Fell einer Löwin. Gebeugt und die Flanke gestreckt, zeigte sie die festen Lenden und die harte Brust einer Kriegerin mit kräftigen Muskeln unter der seidigen Tönung der Haut. Eine feine, von Schulter und Hüfte kaum gewellte Linie zog sich von einem ihrer Ellbogen bis zu ihrem Fuß. Muffat folgte diesem so zarten Profil, diesem fliehenden blonden Fleisch, das in goldigem Schimmer ertrank, diesen Rundungen, auf denen die Kerzenflammen seidige Reflexe hervorriefen. Er dachte an seine ehemalige Abscheu vor dem Weib, an das Ungeheuer der Heiligen Schrift, das geil war und nach wildem Tier roch. Nana war ganz behaart; der Flaum einer Rothaarigen verwandelte ihren Leib in Samt, während in ihrem Kreuz und in ihren Stutenschenkeln, in den fleischigen, von tiefen Falten durchfurchten Schwellungen, die dem Geschlecht den sinnverwirrenden Schleier ihres Schattens verliehen, etwas Tierisches lag. Es war das goldene Tier, unbewußt wie eine Kraft, dessen Geruch allein die Welt verdarb. Muffat sah immer noch hin, so sehr geplagt und besessen, daß das Tier, wenn er die Lider geschlossen hatte, um nichts mehr zu sehen, auf dem Grund der Finsternis wieder auftauchte, größer geworden, schrecklich, seine Haltung übertreibend. Jetzt würde es dasein, vor seinen Augen, in seinem Fleisch, für immer.

Doch Nana kuschelte sich in sich selbst zusammen. Ein Schauer von Zärtlichkeit schien durch ihre Glieder gelaufen zu sein. Mit feuchten Augen machte sie sich klein, wie um sich besser zu spüren. Dann löste sie die Hände, ließ sie an sich entlang herabgleiten bis zu den Brüsten, die sie in einem nervösen Zusammendrücken schier zermalmte. Und in die Brust geworfen, in einer Liebkosung ihres ganzen Leibes zerschmelzend, rieb sie sich schmeichlerisch rechts und links die Wangen an ihren Schultern. Ihr gieriger Mund hauchte Verlangen über sie. Sie spitzte die Lippen und küßte sich lange an der Achselhöhle, wobei sie der anderen Nana zulachte, die sich im Spiegel ebenfalls küßte.

Deutsch von Gerhard Krüger

John Donne

SEINER GELIEBTEN, DA MAN ZU BETTE GEHT

Kommt, Dame; meine Kraft schmäht alle Rast;
bis ich mich müh', ist alles Müh' und Last.
Der Feind ist, hat er lang den Feind in Sicht,
oft Stehens müde, wenn er auch nie ficht.
Fort mit dem Gurt – er gleißt dem Himmel gleich,
doch birgt er weitaus schön'res Sphärenreich.
Löst diesen Flitterharnisch so Ihr tragt,
dran zudringlicher Toren Auge zagt.
Entschnürt Euch; wie harmonisches Geläut
sagt's mir von Euch: Nun ist des Bettes Zeit.
Fort mit dem Fischbein, dem mein Staunen gilt,
da es so nah Euch steht, doch nimmer schwillt.
Des Kleides Fall enthüllt mir Lieblichkeit:
Blühende Au, von Bergschatten befreit.
Fort mit dem Kranz aus Draht; zeigt und erschließt
das härene Diadem, das Euch entsprießt.
Fort nun die Schuh, dann tretet ruhig ein
ins weiche Bett, der Liebe heil'gen Schrein.
So weiß gewandet trat der Engel Schar
vor Menschen hin; du Engel bringst mir dar
den Himmel wie Mohammeds Paradeis;
und wandeln üble Geister auch in Weiß –
wer Dämon ist, wer Engel, sagt dies wahr:
Der läßt das Fleisch ersteh'n, jener das Haar.
   Gib meiner Hand des Schweifens Kaperbrief,
vorne und hinten, zwischen, hoch und tief.
Oh mein Amerika! mein Neu-Fund-Land,
mein Königreich, mit Einem bestbemannt,
mein Kaisertum, mein Hort von Edelstein,
dich so entdecken läßt mich selig sein!
Ich tret' in diese Bande die befrei'n;
wo meine Hand ruht, geh' mein Siegel ein.
   Völlige Nacktheit! Alle Lust ist dein;
Seel' muß entleibt, so Leib entkleidet sein
zu voller Lust. In Männeraugen streut,

Atlantens Bällen gleich, ihr Frau'n Geschmeid',
daß, wenn ein Tor solch ein Juwel sieht, er
statt euer nur das Eurige begehr'.
Für Laien, die ein buntes Buch entzückt,
ein Bild, sind so die Frauen all' geschmückt;
doch sind sie heil'ge Bücher, die allein
wir (da sie bald durch ihre Gunst uns weih'n)
enthüllt seh'n dürfen. Daß ich kundig sei,
zeig dich mir wie der Hebamme so frei:
Wirf all, ja all dies weiße Linnen fort,
Unschuld braucht nicht der Buße Tuch noch Wort.
Schon bin ich nackt, als Vor-Bild; wozu dann
willst du noch mehr Bedeckung als den Mann.

Nachdichtung von Gisbert Haefs

Herbert Rosendorfer
SONETT AN SMEČKAL

Leg', Smečkal, dein reseden Beinkleid ab.
Laß deiner Socken Inhalt dir entlocken,
Entferne auch den Halter deiner Socken,
Der jeder Socke Halt und Spannung gab.

Des Beins ich unverhüllten Anblick hab',
Wenn du von dir wirfst ohne alles Stocken
Das malvenfarbne Unterbeinkleid. Lab'
Mich damit, reibe meine Stirn mir trocken.

Denn dann, wenn du des Hemdes dich entkleidest,
Wenn du dein seiden Leibchen von dir schiebst,
Wenn auch dein Busen frei wird von dem Mieder,

Wenn auch die letzte Hülle du vermeidest,
Dann peitsch' ich, weil ich weiß, daß du es liebst,
Durch lange Gänge dich mit weißem Flieder.

Eugen Neter

DER HEIRATSANTRAG

Lady f. die Gesellschaft,
evtl. Traumfrau f. Sie?

Attraktive junge Frau, Ende 30, 1,49 m, 69 kg, schwarzh., NR, ungebunden, selbständig, sehr erfolgreich, weltoffen, bewege mich in internationaler u. prominenter Gesellschaft, Repräsentieren gewohnt. Suche: weltoffenen, liebevollen, vorzeigbaren, finanziell gutsituierten Geschäftsmann bis 50 J., der mich verwöhnen möchte u. den ich auf seinen Reisen u. auf seinem Lebensweg begleiten kann.

Zuschriften bitte mit zeitaktuellem Foto (garantiert zurück) unter Nr. 31/14/Z an Raffener Tageblatt, Bad Raffen.

Verehrte Lady Ingrid – Ich darf Sie doch so nennen?

Mit innigem Vergnügen las ich Ihre Annonce im Tageblatt. Ach, mit einem Foto kann ich leider nicht dienen; ich möchte daher versuchen, Ihnen mit Worten, so gut ich's vermag, ein Bild von mir zu vermitteln, wobei jeder Satz, das sei gelobt, mir zum Vorsatz werden soll. Erlauben Sie? Dann hören Sie:

Ich stamme aus einfachen Verhältnissen. »Zwangvolle Plage, Müh' ohne Zweck«, so stand es bereits als Losung über der Tür meines Vaters. Und früh schon reifte ich zu der (von meinem Vater bekräftigten) Erkenntnis, daß das Leben *ohne* Zweck öde und *mit* Zweck eine Plage sei. Gott, mein armer Vater – verzeihen Sie! Längst ist er von uns gegangen. Er war Prediger, müssen Sie wissen, ein Berufsstand, welcher in jüngster Zeit so viel Devaluation gelitten – und ich fürchte, verehrte gnädige Lady, ich bringe meinem Vater keine sonderliche Ehre ein, wenn ich hinzufüge, daß er dem Safte Christi reichlich zugesprochen, infolgewessen seine Neigung gegen sein Vaterland keine vorzügliche war – kurz, man fand ihn eines Morgens im Glockenstuhl, in einer seiner geistlichen Stellung durchaus unangemessenen – ja soll ich sagen: Lage? Freien Herzens schied er aus diesem Leben. Meine Mutter, von der ich das katholische Blut habe, ist noch am Leben, ein redliches Weib, dessen Kochkünste es freilich – dies bitte ich nicht mißzuverstehen – zu übertreffen gälte; in diesem Punkte, Frau Ingrid, ersuche ich um Nachsicht bezüglich der Gewohnheiten eines hoch in den Vierzigern stehenden Mannes – ach, noch einmal: mein armer Vater! Zuzeiten soll er so benommen gewesen sein, daß er die Menschen nicht erkannte, die zu ihm ins Zimmer kamen. Ganze Nächte verbrachte er unausgekleidet auf seinem Sessel, und manchen Morgen fand man ihn erstarrt wie einen Toten, vor ihm lagen Blätter, volle Seiten, die mit Männchen und Rößlein bekritzelt waren. »Schaue Se«, erklärte er einmal einem befreundeten Weinhändler, »wenn die Gedanke ausgehe, dann mal ich Rößle.«

Ingrid! Drei Finger halten den Federhalter, aber mein ganzer Körper schafft mit! Ich bin Anwalt, überdies Mitglied des Gemeinderats Raffen und habe allerdings keine Übung im Briefeschreiben. Mein jüngerer Bruder ist Philologe – wenn sie *mich* fragen, ein letternkluger Gefühlskrüppel, auch wenn er in der hiesigen Stadt als sensueller Bursche, als formidabler Verhältnisgänger bekannt ist, der zu keiner Poussade Nein sagen kann. Was mich betrifft, so konnte ich, freilich in anderen Lebensbereichen, schon im zwölften Lebensjahr Ja sagen – und dieses Ja auch beweisen. In meiner frühen Jugend hegte ich eine Vorliebe für den Gesang, besonders im Frühling, da vor meinem Fenster (an dem ich auch eben jetzt sitze und der Sonne zusehe, wie sie in Frankreich versinkt, hinter dem Rhein untergeht – ich bin nämlich ein Freund der Untergänge), da also vor meinem Fenster die Sperlinge lustig ihr Lied zwitscherten. Aber, wie heißt es bei Wagner –: »Seit Frauen ich singen hörte, vergaß ich der Vöglein ganz.« Ein mich oftmals sehr intrigierender Gedanke. – Zu meiner Jugend allgemein wüßte ich sonst nicht viel zu sagen, höchstens vielleicht dies: Manche Talente bewahren ihre Frühreife bis ins späte Alter. Ich war ein Jüngling, der immer scheitern mußte, weil er scheitern wollte; denn was bezeichnet das ewige Scheitern? Den Wunsch nach Trost.

Sie sehen, Mylady, ich bin ein einsamer Mann, dem es wohl ansteht, besser zu schweigen. Ja, damals war ich eine ganz ungebändigte Persönlichkeit, die zwar nicht unrecht hatte, wenn sie die Welt detestabel fand, aber sie freilich dadurch weder für sich noch für andere genußreicher machte. Jung ist man – und verschwenderisch! Und um einen herum die ganzen Hemmungen! Ich will's nur gestehn: Ich male. Ich male Bilder, hauptsächlich Porträts – von Frauen! Und wenn ich sagen müßte, warum ich eigentlich ein Künstler bin und die Leinwand vollmale, so würde ich sagen: Ich male, weil ich keinen Schweif zum Wedeln habe. Ingrid! Ehe ich Ihre Annonce las, war ich nahe daran, selbst eine Anzeige aufzugeben, ein Heiratsgesuch mit der Überschrift: Jung gebliebener Künstler mit prospektivem Lebenswerk sucht eine kleine Frau zum Verwöhnen. Gezeichnet: Ulrich Rauenthal. Freilich, ich weiß, und wahrscheinlich aus erster Hand, was aus Träumen wird, denen kein Geld unter die Arme greift; mein Brot kann ich damit nicht verdienen. Aber meine Wirkung geht nicht in die Breite, sondern durchaus in die Tiefe. Um abermals den verehrten Richard Wagner zu zitieren: »Traulich und treu ist's nur in der Tiefe: Falsch und feig ist, was dort oben sich freut!«

Sie sind attraktiv, jung, Ende dreißig und eins neunundvierzig groß. Ich selbst gehöre noch nicht zu den älteren Semestern, bin keineswegs häßlich, achtundvierzig Jahre jung und eins siebenundachtzig schlank. Ein kleiner Geist baut sich bekanntlich keinen großen Leib! Ich repräsentiere die Grüne Partei im Raffener Stadtrat und betreibe – nebenher – noch eine Anwaltspraxis mit zwei Sekretärinnen. Weltoffenheit ist mir oft nachgesagt worden. Auf Reisen bin ich recht häufig; ich sammle Bierdeckel und fahre zu diesem Zweck gern in die entlegeneren Dörfer des nördlichen Schwarzwalds.

Ingrid! Sie kleine rundliche Lady! Ich sehe Sie vor mir und bete Sie an. Der Erdboden, auf den Sie treten, ist mir teuer und heilig. Wir werden heiraten, und Sie werden den Schleier tragen, das weiße Sterbekleid der Jungfräulichkeit. Wir werden vor den Altar treten und uns vom Priester vereinigen lassen. Und am nächsten Morgen werde ich zu Ihnen – zu Dir! – sagen: »Erwache Frau! Hier steht dein Gatte.«

Und vorher, in der Nacht! Ach fort, alle Hemmungen – schon am Traualtar werde ich eine träumende Hand an Ihren spitzengeblümten Schoß legen und vorsichtig, ganz vorsichtig kitzeln. »Ich bin doch nicht aus Zucker«, werden Sie sagen und Ihrerseits mit molligem Fingerchen an meinen Konstanz tippen. »Fester, Ulrich.« Und hinter meiner Hose regt es sich, will stehen und kann es doch nicht, die Hose ist gar zu eng. Übrigens bin ich Rechtsträger, ein Umstand, den zu erwähnen ich nicht vergessen darf, zumal es in gewissen Kreisen als schick gilt, den »Herrn Karl« auf der anderen Seite zu – ja, zu »knebeln«, muß ich schon sagen; ich habe es oft versucht, aber schon nach wenigen Schritten war mir die Linkslage stets so unpäßlich, daß ich mit einigen (natürlich verstohlenen) Griffen die Sache in ihre altgewohnte Ordnung brachte – was immer mit etlichen Umständen verbunden war: Ich mußte, um richtig in die »Sackgasse« zu kommen, jedesmal einige Sekunden lang beide Knie beugen und dann ein Bein von mir strecken, genau wie die kaukasischen Tänzer. Ich bitte also sehr, mit meiner »Rechtslage« vorliebzunehmen. Verzeihen Sie diese Abschweifung; ich bitte wieder ansetzen zu dürfen. Ich werde Sie kitzeln und streicheln, Sie werden mich kitzeln und streicheln, und der Priester, ein serener Herr, wird wohlgefällig sein Auge auf unser beider Hände richten und dabei von der Grazie des Gebens sprechen, von der Grazie des Gebens, die im Beschenkten keinen Gram aufkommen läßt.

Und nach der Trauung! Ich muß bekennen, schon der Gedanke daran macht meinen Hahnwenzel prall, eben jetzt, ich kann mich kaum noch zurückhalten. Herrliche Ingrid, nach der Trauung beziehen wir unser Gemach, in einem (verschwiegenen) Bierlokal, wir treten ins Zimmer, traulich schimmert ein Spiegelschrank, wir eilen zu Bett, Dein Kleid ist vor Eile schon aufgelöst, meine helfenden Hände ziehen es endgültig herab – und dann! Dann ziehst du mich langsam aus, ganz langsam, aah, wie meine Stoßstange ans Höschen prellt, wie Deine üppigen Knie meine Beutel streicheln, wie Du mir dann mit der Zunge über den Pfeifenkopf fährst. Ich sinke dahin und will mich schier auf den Teppich verströmen, aber Du hältst mich fest, mit fordernden, greifenden Griffen und hauchst: »Warum so schnell, Ulrich?« Weiterhin kneipst Du. »Nicht so schnell«, hauchst du wieder, »sonst spritzt du noch los.« Und Du legst alles ab, was Deinen prallen Körper bedeckt, bist nackt und rund, wie der HErr Dich schuf. Deine Nippel ragen wie Walderdbeeren. Ich werfe mich auf das frische Bett, direkt neben Dich, und pflücke die

Blümchen aus dem Plumeau. »Schatz, ich bin auch noch da«, mahnst du mich, und ich denke ans erste Begattungsgebot: Wage dich nicht über Dinge hinaus, die in Reichweite sind. – Wahr gesprochen! Meine Hand fährt Dir zwischen die Schenkel, schnappt nach den Titten, den Halbkugeln einer besseren Welt, und Du schiebst dich an mich heran, faßt verlangend mein Ding und packst es Dir unter die Achsel. Ich stöhne und spüre mein Ofenrohr kommen. Du walkst meine Klöten, ziehst mir den Sack lang, drückst mir die Zunge zwischen die Lippen. Und ich pumper Dich in die lustfeuchte Achsel, bis, aah, bis mir der Saft aus dem Stiesel fetzt. Und in liebender Brunst sengt es dahin. Nicht genug, lange nicht, Ingrid!

Denn ich, ein mündlicher Meister, vergrabe die Lippen in deiner Moß; aber Du, um ein Güßlein von innen bittend, lockst mich wieder heran – ich schließe die Augen; meine alternden Hände mag ich auf Deinem herrlichen Fleisch nicht sehen. Ich fühl Deine Dose, feucht vor Gier, stecke die Zunge hinein, spiele und spiele, bis Du wimmerst und Dein ganzer Körper ein einziges Zittern ist. Mein Tank ist schon wieder voll, ein Samenschwall kündigt sich an, ich muß schreien, ein grölender Brüll, und wir steigen vom Bett und stellen uns vor den Spiegelschrank. »Du Süßer«, entfährt es Dir; »komm, mach's mir in den Arsch.« »Ich lackier dir die Pfanne, solange du willst«, grunze ich und schiebe uns näher an den Spiegel heran. »Kein schöneres Schauspiel als zwei Liebende zu sehn«, sage ich neckisch, krall Dich am Sterz und laß meinen Propf zwischen den Backen kreisen. Paarungsbereit greifst du nach hinten, unter den Eiern hindurch, steckst mir den Finger ins Loch und streichelst lüstern die Prostata. Dein draller Hintern feuchtet von meiner tropfenden Eichel. Ich kann mich kaum noch beherrschen, schnaube wie ein angeschossener Stier und ramme Dir meinen Stift in den Steiß. Mein Gott, wie Du stöhnst! Ich stopple wie ein Besessener, grapsche vornweg nach Deinen Dudeln und hupe sie, knete sie durch. »Hhh«, keuchst Du, »du geiler Hahn, feg mir nur richtig den Keller aus.« Ich stemme die Latte noch tiefer rein und rumple, was meine Glocken hergeben. Ein spitzer Schrei, Du ziehst Deine Butten zusammen, Dein Prallarsch drängt mir entgegen, und ich, immer geiler das scharfe Spiegelbild äugend, spüre ein wohliges Krampfen im

Sack, der Saft kündigt sich an, kommt, und während er kommt, streichelst du mir gierig die Nüsse, fährst mit den Nägeln die Naht entlang, drückst Deine reifen Schenkel an meine, ich gröle tierisch, brülle: »Scheiße, bist du ein scharfer Zahn!«, mein Kiebitz zuckt ekstatisch, knallt eine satte Kaskade in Deinen Po.

Dann liegen wir wieder im Bett, und Du bist immer noch rallig, willst meinen Samen in Deiner Pitsche. Du, mit verworfenem Lächeln, beugst Dich herab, saugst gierig, bis mein Ding wieder zu hämmern anfängt. Ich zerberste beinah, mein Spargel ragt riesig in Deinen Lutschmund. Dann läßt Du ihn los, ich steche ins Leere, Du spreizest verlangend die molligen Beine, greifst den pulsierenden Dorn und drückst ihn Dir langsam, ganz langsam hinein. Ich bimse wie ein Verrückter, unsre Zungen umwickeln sich, Du lüpfst geil Deine Knie und stemmst mir die Hacken ins Pumpergesäß. Mein Gott, bist Du scharf! Und ich walke Dich durch, knete die saftigen Titten, nuckle und hasple, bin kurz vor dem Explodieren. Du ächzst, läßt Deine Hände jagen, fingerst mir durch den Arsch, knaupelst mich zart an den Eiern. »Aaaah«, stöhne ich, stoße wie rasend, brülle: »Chrrnn! Du kiebige Sau!« rammle mich tot und schieß Dir die Ladung die Fotze hinauf bis ins Herz.

Wir bleiben eine Weile so liegen, Du läßt meinen Otto nicht raus, es tröpfelt klebrig aus Deiner Scheide, immer mehr willst du, immer mehr. Und wir vögeln weiter, die ganze Nacht lang, und so wollen wir's treiben, uns täglich paaren, bis mir irgendeinmal der Glubber ausgeht.

Ingrid! Ingrid! Nimm dies alles als Fingerzeig meiner Demut und hoffnungsfrohen Erwartung. Ersieh daraus, wie brünstig ich mich nach Dir sehne! Mit Verbeugung und erstem Handkuß verbleibe ich Dein Dir treu ergebener

Ulrich Rauenthal.

Frank Wedekind

MINET MACHEN

Im finstersten Winkel sitzt Gaston Fero. Er sagt, er gehe jedenfalls bald fort, er habe etwas vor. Ich bitte ihn, sich nicht abhalten zu lassen. Darauf kommt Alice und fragt mich, ob ich sie mit mir nehme. Ich führe sie zu Mimbach hinüber, wir essen zwei Dutzend Austern, trinken eine Flasche Wein, darauf kommt ihre Freundin Emma und erzählt von Folies-Bergère, von Emilienne d'Alençon, von deren Schönheit sie ganz entzückt ist. Wir kehren ins d'Harcourt zurück, und Emma macht sich auf die Suche nach einem Herrn. Schließlich hat sie einen gefunden, ein konfisziertes Gesicht, der reine Bauchaufschneider. Sie kommt zurück, zeigt ihn uns und fragt, ob sie ihn wohl nehmen solle. Ich habe ihr 10 frs geboten, sie werde sich aber jedenfalls im voraus bezahlen lassen. Bevor sie mit ihm geht, kommt sie nochmal, um uns adieu zu sagen. Neben uns sitzt Bibi mit seinem glattrasierten Spitzbubengesicht, mit eingeschlagenem Hut, und macht mimische Kunststücke, indem er die Augenlider hinaufklappt. Gegen zwei Uhr nehmen wir der scheußlichen Kälte wegen eine geheizte Droschke, in der die Scheiben fehlen, und fahren nach Hause.

Ich mache Feuer, Alice entledigt sich ihrer reizenden Toilette, ich entkleide mich gleichfalls bis auf meine silbergrauen Trikots, und wir setzen uns vor den Kamin, rauchen und plaudern. Sie löst ihr dunkelblondes, üppiges Haar auf, das ihr wie eine Mantille um die Schultern bis auf die Hände fällt. Ihre großen, lichtvollen blauen Augen, das Olympisch-Triumphierende in ihren Zügen, ihre herrlich gezeichneten frischen Lippen, ihre vollen, frischen, weißen Arme, ihr feines Spitzenhemd mit den blauen Schleifen, das alles ist von einem Reichtum, von einer Vollendung, wie ich sie noch bei keiner anderen gefunden.

Ich nehme ihre Füße auf meinen Schoß, klappe sie mehrmals auseinander, sinke dann dazwischen und mache ihr Minet. Obschon sie sich vorher nicht gewaschen, ist nicht der leiseste Beigeschmack zu spüren. Ich genieße die gebotene Delikatesse um ihrer selbst willen, als Lusthyliker, als Gourmet, ohne mich im geringsten sinnlich dabei aufzuregen. Sie hat mir ihre Beine über die Schultern gelegt und setzt mir die Fersen in den Rücken, um mich anzuspornen. Mit den Händen hält sie mich bei den Haaren fest. Ihr voller Körper gerät ins Zittern, er windet sich und bäumt sich auf; schließlich wiehert sie wie ein Füllen. Ich renke mir die Kinnlade wieder ein, merke, daß ich mir das Zungenband zerrissen habe und lispele wie ein Jude. Nachdem sich der Sturm in ihrem Körper gelegt, geht sie ins Cabinet de toilette, um sich zu waschen, ein Bedürfnis, das ich meinerseits nicht empfinde.

Walter Satterthwait

VERBOTENE SACHEN

Sie saugt an seiner linken Brustwarze, ihre Zunge bewegt sich in kleinen, gleichmäßigen, aufreizenden Kreisen auf der faltigen Kruste. Hauchfeine, angespannte Adern, von deren Existenz er bisher nichts ahnte, verbinden diese Brustwarze mit seinem Nakken, seiner Wirbelsäule, seiner Leiste, mit seinen Fußsohlen.

Während sie schweigend schleckt, schmollt er schweigend. Ihr Verbot schmerzt ihn noch immer. So viele namenlose, neue Gefühle öffnen sich in ihm. So vieles muß gesagt werden. Und wie soll er je verstehen, was all das ist, wenn er es nicht in Sprache faßt?

Worte sind seine Spielzeuge, Arbeitsgeräte, Zahlungsmittel und sein Schmuck. Sie sind sein Metier. Werden sie ihm verboten, wie soll er sie gewinnen?

Darf er wirklich hoffen, jemals einen Menschen für sich zu erobern, der ihm die Mittel dazu verweigert?

Im Moment lautet die Antwort eindeutig ja.

Ihr weiches, kräftiges Haar gleitet seine Brust entlang, während ihr Mund sich langsam den Bauch hinab leckt und knabbert und saugt. Schauer laufen ihm den Rücken hinunter. Schließlich nimmt sie ihn in sich auf.

Sie liegt ausgebreitet auf der Satindecke, die gestreckten Arme auf dem rotglänzenden Haarfächer, die Beine auseinander, ein

Knie angezogen. Seine Küsse erforschen ihre Armbeuge, die Rinne zwischen ihren Rippen, die Kuhle unter ihrer Kehle, die Schwellung an ihrer Schulter, die Krümmung ihres Kiefers. Das verletzliche V, das ihre offenen Lippen am Mundwinkel erzeugen. Den niedlichen kleinen Knorpelkringel an ihrem Ohr.

Mit pochendem Herzen, das bis in die Schläfe hinein schlägt, macht er Sachen, die er nie vorher getan hat, weil sie verboten waren; macht sie jetzt, gerade deshalb, weil sie es trotz allem noch immer sind.

Mit der Zunge leckt er das Salz aus ihrer Achsel, fährt wieder und wieder am Haarbüschel entlang. Schmeckt ihren kostbaren Nabel. Kostet den Geschmack ihrer Zehen. (Bei *und dieser kleine Schelm, der ißt sie alle auf* seufzt sie seinen Namen, und der kleine Teil seines Bewußtseins, der nicht völlig benommen ist von der Lust, füllt sich mit männlichem Stolz.) Seine Fingerspitze bohrt und stochert in der Spalte ihres runden Hinterns. Sein Gesicht dringt zum Grunde ihres Fells vor und zu den Falten am Scheitelpunkt ihrer Beine und er schluckt ihre süßlich-würzigen Säfte. Bald sind nicht bloß Zunge und Lippen im Einsatz, sondern auch Nase, Kinn und Finger: ein Maulwurf. Er kriecht, Herr im Himmel, zurück in den Bauch.

Sie stöhnt und ihre Hände klammern sich in seine Haare.

»Oscar«, sagt sie mit atemloser, gehetzter Stimme. »Komm in mich rein. Bitte. Jetzt.«

Ihr gemeinsamer Rhythmus wird schneller, während ihre an der Hüfte verbundenen Körper stoßen und schieben. Ihre Beine sind um ihn herumgewickelt, ihre Faust umklammert den Rand des Kissens, als befürchte sie, sie würde in die Luft schnellen. Ihre Unterlippe klemmt zwischen den Zähnen, und sie keucht durch die feinmodellierten Nasenlöcher.

Er klettert und klettert. Wieder beginnt sich diese unwiderstehliche Energie in den versteckten Ecken und Tunneln seines Körpers zu sammeln, in den geheimen Löchern und Kanälen zu verschmelzen. Gleich, gleich, gleich.

Sie stöhnt aus der Tiefe ihrer Kehle, erst einmal, dann noch einmal, länger und höher. Das Stöhnen wird zu einem Heulen, ein langsam ansteigender Klagelaut entweicht ihrem Körper, als sie sich ihm, gespannt wie der Bogen eines Jägers, entgegenwirft.

Und er ist bereit, mit ihr zu kommen. Kugelblitze rumpeln ihm die Wirbelsäule herunter und die Beine hinauf, verharren einen Moment bebend im Zentrum, bis er auf einmal tief, tief, tief in sie hineinstößt, mitten in ihr Zentrum, ihn eine Eruption von unendlicher, überwältigender Süße und Kraft erschüttert, die die Grenzen seines Seins sprengt, und Trümmer und Funken und glühende Fragmente seines Ichs ins Universum schleudert.

Deutsch von Gunnar Kwisinski

Robert Gernhardt

EINMAL HIN UND ZURÜCK

Kopf, Kopf, Kopf
so hart und rund
war nicht irgendwo ein Mund?
Na, vielleicht auf dem Rückweg

Hals, Hals, Hals
so weiß und weich
wie hieß das darunter gleich?
Schlüsselbein, wenn ich nicht irre

Brust, Brust, Brust,
so fest und klein
das kann doch nicht alles sein –
Richtig! Da geht's weiter

Bauch, Bauch, Bauch
so weich und weiß
wärmer, wärmer, wärmer, heiß –
Na, wer sagt's denn

Bein, Bein, Bein
o soviel Bein
wird es je zuende sein?
Schau, da hat's ja noch Füße

Fuß, Fuß, Fuß
darfst weiter ruhn
ich hab oben noch zu tun:
Hallo, Haare.

Anaïs Nin
LIEBKOSENDE SEIDE

Zuerst brachte sie ihm ein oft getragenes Nachthemd. Es war aus schwarzem Chiffon mit Spitzenbesatz. Bijou hatte sich neben ihm ausgestreckt. Der Afrikaner legte sich das Nachthemd übers Gesicht und sog den Duft ein. Bijou sah, wie er in seinen Hosen einen Steifen bekam. Behutsam beugte sie sich über ihn und öffnete erst einen, dann zwei, dann schließlich drei Knöpfe. Nun war die Hose ganz auf. Bijou suchte den Ständer, der jedoch nach unten gedrückt war, weil die Unterhosen sehr knapp anlagen. Wieder mußte sie Knöpfe aufmachen.

Endlich schimmerte der Schwanz durch: Wie braun und glatt er doch war! Ganz behutsam griff sie mit der Hand hinein, als wollte sie ihn stehlen. Der Afrikaner, dessen Gesicht noch immer mit dem Nachthemd bedeckt war, sah sie nicht. Sie zog den Ständer langsam nach oben und befreite ihn aus seiner beengten Lage. Er schnellte hoch, gerade, glatt, hart. Aber kaum hatte sie ihn in die Hand genommen, als der Afrikaner ihn wegzog. Er nahm jetzt das Nachthemd, das inzwischen ganz zerdrückt war, hoch, legte es auf den Diwan und warf sich mit seiner ganzen Länge darauf. Er vergrub den Schwanz in den Seidenstoff und bewegte sich hin und her, als läge Bijou unter ihm.

Sie sah ihm wie hypnotisiert zu, denn offenbar liebte er nur noch das Hemd und schien sie vergessen zu haben. Seine Bewegungen reizten sie. Er war in einem solchen Zustand, daß er schwitzte und sein ganzer Körper einen berauschend animalischen Geruch ausströmte. Sie warf sich auf ihn, klammerte sich an seinen Rücken, aber er machte einfach weiter.

Sie spürte, wie er sein Tempo steigerte. Dann aber hielt er an, drehte sich um und begann sie auszuziehen. Bijou dachte, sein Interesse an dem Nachthemd sei erlahmt, und er würde sich ganz ihr widmen. Er rollte ihre Strümpfe hinunter, ließ die Strumpfbänder aber auf ihrem nackten Fleisch. Dann zog er ihr das Kleid, das immer noch ihre Körperwärme hatte, aus. Um ihm zu gefallen, hatte Bijou ein schwarzes Höschen angezogen. Auch dieses streifte er langsam hinunter, hielt aber halbwegs an und betrachtete genüßlich das elfenbeinfarbene Fleisch, ihren halbentblößten Hintern und das beginnende grübchengekrönte Tal. Dort küßte er sie und fuhr mit der Zunge die köstliche Spalte entlang. Dann streifte er das Höschen ganz hinunter und ließ dabei keinen Quadratzentimeter ihrer Schenkel ungeküßt. Die Seide fühlte sich an wie eine liebkosende Hand.

Als sie ein Bein anhob, um das Höschen ganz abzustreifen, konnte er genau in ihre Möse sehen. Er küßte sie dort. Dann hob er das andere Bein hoch und legte sich ihre beiden Beine auf die Schultern. Er hielt dabei das Höschen in der Hand und fuhr fort, Bijou zu küssen. Sie war ganz feucht und atemlos. Dann aber drehte er sich weg von ihr und vergrub das Gesicht in dem Höschen, im Nachthemd, wickelte sich die Strümpfe um seinen Ständer und legte sich das schwarze Seidenhemd über den Bauch. Die Sachen hatten anscheinend dieselbe Wirkung auf ihn wie eine streichelnde Hand. Spasmen durchfuhren seinen Körper.

Wieder wollte Bijou seinen Schwanz in den Mund nehmen, wieder entzog er sich ihr. Nackt und hungrig lag sie neben ihm und mußte zusehen, wie er sich immer mehr aufgeilte. Es war quälend, es war grausam. Sie wollte ihn überall küssen, aber er bemerkte es nicht.

Er streichelte und küßte nur ihre Kleider, ihre Wäsche, er schnupperte daran, bis sein ganzer Körper zitterte. Er legte sich zurück, das bebende Glied frei in der Luft. Lust schüttelte ihn von Kopf bis zu den Füßen, er grub die Zähne in das Höschen, er kaute es. Die ganze Zeit über befand sich sein steifer Schwanz ganz nahe an Bijous Mund. Trotzdem konnte sie ihn nicht erreichen. Schließlich zuckte er heftig, und als der weiße Schaum an der Spitze erschien, warf sich Bijou darüber, um die letzten Stöße einzufangen.

Deutsch von Eva Bornemann

Gerhard Mensching
LAUTSPRECHER ATMEN NICHT

Das hatte sie also auch gelernt. Man bedankt sich, wenn man was geschenkt kriegt. Freut sich »ganz toll« darüber. Freuen. Ob die sich freuen konnte? Wirklich freuen? Er beschloß, diese Frage auf eine spätere Gelegenheit zu vertagen. Zunächst einmal mußte sie probeweise angepellt werden, und das war gar nicht einfach. Sie konnte sich zwar erstaunlich gut bewegen, aber Anziehen hatte sie noch nicht gelernt. Warum hatte man ihr das wohl nicht beigebracht? Wahrscheinlich hatte sich la Trémouille, der wohl ihr erster Erzieher gewesen war, gedacht, dieser Unterricht sei für ihren Besitzer von pikantem Reiz, und sich darin nicht getäuscht. Ihre aparte Ungeschicklichkeit erregte ihn. Als sie auf einem Bein stehen mußte, damit er ihr den Slip über das andere hinaufziehen konnte, hielt sie sich richtig süß an ihm fest, und ihre Haare kitzelten ihn im Gesicht. Das Zuknöpfen der Bluse bereitete ihr auch Schwierigkeiten. Mit Hilfe von vier Händen, die sich gelegentlich ineinander verhedderten, schafften sie es in vereinter Mühe. Dabei kam er naturgemäß dauernd an ihre Brüste, und so albern es war, funktionierte der Reizmechanismus bei ihm prompt. Bin ich etwa auch nichts weiter als eine Reflexmaschine? fuhr es ihm durch den Kopf. Er kam nicht dagegen an, und als sie den letzten Knopf der Bluse geschlossen hatten, war es nicht mehr zum Aushalten. Er hob sie hoch und trug sie ins Schlafzimmer, legte sie aufs Bett, zog ihr den Slip wieder aus, und im selben Augenblick begann sie mit einer Wahnsinns-Brunststimme zu stöhnen. – Aha – Erotik-Programm, durch Slip-Abziehen ausgelöst. – Diese Vorstellung ernüchterte ihn keineswegs, nein, im Gegenteil, er wurde nur noch wilder auf sie. Er riß die Hose runter und warf sich über sie. Sie stöhnte ihm ins Gesicht, aber keinen Hauch verspürte er auf der Haut. Lautsprecher atmen nicht. Das war irre, das war wahnsinnig! Das zog! Das zog! Mein Gott, wie das zog! Besinnung verlieren. Total! Absolut! Aber noch nicht sofort! Nicht so schnell! Zusammenreißen, ausdehnen, genießen! Diese Variation im Stöhnen, dieses Anschwellen, Schreien, Verbeben. Mein Gott, als ob sie ... ob sie wirklich ... Und sie griff ihm mit den Händen in die Haare, sie zog sein Gesicht auf ihres herab. Mund auf Mund. Kühler Mund. Heizung nicht ... Aber besser, viel besser ... Und sie küßte ihn. Hatte sogar eine nasse Zunge, die sie ihm ... Gar nicht gewußt, daß sie ... Ohhh! ... Es war nicht mehr auszuhalten ...

Es klingelte an der Wohnungstür.

Jutta Heinrich

LAUTE NÄCHTE

Das elterliche Schlafzimmer begann direkt neben meinem Bett. Mein Holzbett, Wand an Wand mit ihrem, übertrug mir jede Regung aus dem unheimlichen Raum.

Mein Zimmer war lang und kahl, mit mehreren leeren Gestellen, prall gefüllt mit frischem Bettzeug. Ich hatte nur den Mond, der mich, sobald er am untersten Fenster aufstieg, nicht mehr losließ. Er strahlte der Reihe nach die Fensterfront ab, um dann unerbittlich mir genau gegenüber Halt zu machen, mich die lange Nacht hindurch blendete und kalkweiß färbte.

In meine Kissen eingegraben, Weiß gegen Weiß, wurde der Mond mein Vater, ein galliger Dunstkreis, der mein Leben trank, und so manchen Morgen fühlte ich mich als Schatten aus dem Bett steigen, sichelähnlich oder ballonartig.

Mitunter geschah es, daß mir die Augen zufielen und ich mich gegen den Schlaf wehren mußte, weil sich nebenan nichts rührte, doch dann – gleich einem Stein im Kreislauf – vernahm ich plötzlich das Herunterdrücken der Türklinke. Die Hand meiner Mutter tastete nach einem Lichtschalter, und wie im Austausch unserer Wesen übernahm ich ihre Angst, fühlte meinen Körper in einem Anfall von Furcht hinübergleiten.

Ich hörte ihre Schritte in die Mitte des Raumes hinein, das Rascheln ihres Kleides und der Unterwäsche, wenn ihre flüchtigen Hände flüchtig die Kleidung niedersinken ließen, flüchtig über den Körper strichen, sie sich in das Bett flüchtete, ihre Füße mehrmals gegeneinander rieb, blieb ich hellwach, als hätte meine Mutter eine Warnanlage in meinen Schlaf eingebaut.

Nach Sekunden löschte sie das Licht mit einer Kordel, die über ihrem Kopf baumelte, und ich drückte mich fest an die Wand, an ihren Körper, hielt mein Zwiegespräch mit ihr, denn ich wußte, daß sie mich um Verzeihung bitten würde.

Je älter ich wurde, um so mehr verzieh ich ihr, beschloß, stark und fest zu werden, eventuell wie Vater, um ihresgleichen zu beschützen.

In den Sekunden der Stille, der ungebrochenen Verbundenheit, fühlte ich mich wachsen, aber ihr Raum übertrug mir nur Traurigkeit, so als könnte auch mein schnelles Wachsen sie nicht erreichen oder einholen und als vergäbe sie mich jetzt schon an andere. Sobald aber das Klirren von Flaschen zu hören war, wußte ich, daß ich auf der Hut sein mußte, und manchmal war ich dankbar, endlich den unvermeidlichen Schreck leben zu können. Dann erlitt ich nacheinander Geräusche, ein Abschlagen der Zeit bis zur Sprengung: mein Vater ordnete Flaschen in die Bar, verschloß sorgsam die Klappe, räumte Zeitungen auf einen Papierberg, hustete gereizt, leerte den Aschenbecher, löschte das Licht, öffnete die Tür des Wohnzimmers und polterte mit Holzfüßen durch den Flur auf ihr Schlafzimmer zu; mit einem Handstreich hieb er die Klinke nieder, ließ die Tür geöffnet, um dann für endlose Zeiten im Badezimmer zu verschwinden.

Meine Ohren übertrugen mir, wie sie auf dem Operationstisch lag und wartete, während im Bad das Wasser rauschte, die Becher in der Halterung klapperten, die Zahnbürste beiseite geworfen wurde, er noch einmal seinen Hals gründlich sauber hustete, dann näherten sich Schritte dem Schlafzimmer.

Steif und reglos – den Atem verkleinert – erwartete ich ihr gräßliches Ritual.

Erst nach Jahren stellte ich fest, zu welch unerhörtem Instrument sich meine Ohren ausgewachsen hatten, gleich einem Abhörgerät, einem Seismographen, entging ihnen nicht das zarteste Geräusch, ob Fleisch gegen Fleisch, Atem an Atem, eine Heftigkeit des Augenaufschlages, Gelenke, deren Knöchel knackten, Finger, die tasteten, streichelten oder kniffen.

Dabei vermochte ich jedes unwichtige Geräusch abzutrennen, wie das Wedeln unserer Tannen vor dem Haus, das stetige Rascheln der Blattranken, Regen oder das Sammeln des Windes an der Mauerfront.

Obgleich ich nicht ein einziges Mal meine Ohren an die Wand legte, waren meine Eltern an meinem Kopf angeschlossen, geisterhaft überkamen mich Bilder, die fortwährend durch die Ohren, über den Kopf, vor die Augen fielen.

Ich weiß durch meine Ohren, daß mein Vater nackt aus dem Badezimmer kam, daß er zusammen mit dem aufblitzenden Licht im Türrahmen verharrte, die Tür mit einem Knall hinter sich zuwarf, daß er, während er auf meine Mutter blickte, sie zwang, die Schrecksekunden als Männlichkeit zu empfinden.

Nach einem Blickaustausch, bei dem sich ihre Augen zusammenlöteten, er sich gewiß sein konnte, daß sie bloß ein albernes Weib war, trat er an ihr Bett und stöberte ihren Leib auf.

Ich spürte deutlich, wie meine Mutter mit ihren Händen die Schamstellen bedeckte, ich hörte das Zittern der Hände, die so pergamenten klangen wie ihre Füße.

Nach kurzer Zeit ließ mein Vater die Bettdecke zurückfallen, kehrte meiner Mutter den Rücken zu, und während er sich vor dem Spiegel betrachtete, lachte er los, brüllte und grölte über sie, über mich, über uns beide. Sein Rücken bebte vor Genugtuung, es gab nicht ein Haar an seinem Körper, das nicht wie Nadeldolche von der Haut abstand.

Er warf sich in sein Bett, riß an dem Strick der Lampe, und ich wußte, daß er sich abermals in der Dunkelheit auswuchs, sich über meine Mutter schwemmte.

Danach brach Stille ein, die Stille eines gewaltsamen Todes.

Dan Kavanagh

NACKTE GIRLS TANZEN LIVE FÜR SIE

Die Hitze des frühen Nachmittags machte Duffy nicht unbedingt geil, aber er wurde doch ein wenig neugierig. Mit gesenktem Kopf betrat er einen Pornobuchladen an der Ecke der Greek Street. An der Kasse saß ein mediterran wirkender Jugendlicher, der die Rennberichte studierte und ein kleines Regal mit Pornofilmen bewachte. In zwei Ecken des Ladens befanden sich Gestelle für Magazine, die nach Kundeninteressen sortiert waren. Die größte war die Hetero-Abteilung; dann kam Homo; dann Leder und Sadomaso und Fesseln und Busen und Nymphen; zuletzt noch ein paar Regale mit Taschenbüchern. Die Verkaufspraxis in den Läden hatte sich nicht geändert: Die britischen Magazine waren offen, damit sich die Interessenten unverbindlich ein Bild machen konnten – *Rustler* und *Rapier* und *Playbirds* und *Lovebirds* und *New Directions* und *QT* sollten sie erst einmal anmachen –, während die teureren amerikanischen Importe verschweißt blieben, damit es so aussah, als wäre das noch viel geileres Zeug. Duffy lächelte über dieses hoffnungslos selbstbetrügerische Spielchen, für das die Spanner nach wie vor zu kriegen waren, weil sie nach wie vor auf das heiße Titelblatt, den überhöhten Preis und den Plastikverschluß vertrauten. Er schaute sich kurz in der Abteilung der Busen-Magazine um, deren Verleger sich mit dem Titel immer etwas mehr Mühe gegeben hatten. *Monstermöpse* stand immer noch gut da, stellte er fest, und auch *Silicon Mountains*; außerhalb gab es ein Heft namens *Dicke Berta*, bei dem Titten etwas vom Charme der Krupp-Kriegsmaschinerie bekamen; schließlich noch *Milchmädchen.* Duffy erinnerte sich an eins, das erst vor ein paar Jahren herausgekommen war und das ihn damals gereizt hatte: *Charlies Tanten*; es hatte nach wenigen Nummern aufgegeben – die Spanner meinten wahrscheinlich, daß sich dahinter ein Muschikatalog mit reiferen Damen verberge. Vielleicht war der Branche auch einfach die Phantasie ausgegangen, sinnierte er.

Gleich neben der Abteilung Fesseln – ein paar Exemplare von *Lust in Ketten* und ein oder zwei von *Hörig* – war ein Gang, der zu mehreren Kabinen führte. Ein Schild verkündete 10p-EXTRA-SCHARFE PORNOKURZFILME KASSE WECHSELT. Das war neu für ihn. Er ließ sich an der Kasse Kleingeld geben und setzte sich in eine der Kabinen; auf die Tür war ein abgerissenes Stück der Verpackung des Films geheftet: »LESBO-LIEBCHEN – Zwei Mädchen ganz allein mit ihren Lüsten und Lastern gehen zum Reiten und merken, was drunter alles abgeht!!!«

Duffy setzte sich auf die Bank und spielte mit den Münzen. Es gab keinen Riegel an der Tür; man hielt sie mit dem ausgestreckten Fuß zu, während man den Film sah, der auf das weiße Brett auf der Rückseite der Tür projiziert wurde. Duffy gab der Tür einen Tritt, konnte dann aber nicht sehen, wohin er das Geld stecken sollte. Er öffnete die Tür wieder und entdeckte eine metallene Kiste in der Nähe seiner rechten Hand. 10p, und der Film ging los. Ein dickes schwarzes Mädchen saß in der Badewanne und seifte sich ein, vor allem Scham und Titten. Der Film hörte auf. 10p, und das Mädchen nahm den Duscharm und brauste sich die Titten ab, brauste sich die Scham ab und verdrehte dabei die Augen. Das Bild war ziemlich unscharf, aber vielleicht würde es im weiteren Verlauf interessanter werden, dachte Duffy. Wo war das andere Mädchen und wo das Pferd? 10p, und das Mädchen war noch immer im Bad, seifte sich wieder Scham und Titten ein. Ob der Film von epischem Atem getragen oder mit den zweiten 10p bereits an sein Ende gekommen war und wieder neu angefangen hatte, wußte Duffy nicht so recht zu sagen. Seine Aufmerksamkeit ließ allmählich nach. Das Licht aus dem Projektor beleuchtete die Kommentare, die frühere Kunden auf die »Leinwand« gekritzelt hatte: BUMSDUMM hatte einer geschrieben, und ein anderer HERTHA-FRÖSCHE.

Als er aus seiner Kabine kam, glitschte ihm ein Absatz leicht weg. Mit seinem reichlichen Kleingeldvorrat versuchte er es in einer anderen Kabine. Diesmal waren es zwei Mädchen, die einander etwas lustlos küßten. 10p, und sie fingen an, sich gegenseitig die Titten zu bearbeiten, als würden sie Silber putzen. Duffy überlegte – war es das wert, hier nochmal 10p zu risikieren? Warum nicht, dachte er, das geht auf McKechnie. 10p, und die Mädchen griffen einander in die Weichteile und spielten mit aufgerissenen Mündern Begeisterung und Überraschung. Das Bild war hier schärfer, und Duffy stellte fest, daß seinem Schwanz die Vorstellung recht gut gefiel. 10p, und die Mädchen lagen aufeinander. Das brachte nicht so arg viel. 10p, und ein magerer Kerl sprang aus der Dusche, und die Mädchen machten »Iiiih!«. 10p, und der magere Kerl begann ihnen den Hintern zu versohlen. Das machte jetzt keinen Spaß mehr; sein Schwanz sagte ihm, er habe genug.

Als er aus dem Buchladen kam, sprang ein Mädchen auf ihn los. Sie war ein pummeliges, adrettes Mädchen mit runder, goldgefaßter Brille. Sie baute sich vor ihm auf und heftete ihm einen Button ans Revers. Er linste an sich herunter und las die Aufschrift: »Schönen guten Tag«. Sie zirpte:

»Wir helfen armen Kindern in aller Welt. Sie wollen doch sicher auch etwas spenden.«

Ihr Ton war munter, höflich und bestimmt. Man konnte ihr nicht böse sein. Duffy konnte. Scheiß Betschwestern, dachte er, können nicht mal die armen schuldbewußten Spanner in Ruhe lassen. Er machte den Button wieder los und wollte ihn ihr zurückgeben; doch schon zog sie eine Platte aus der Umhängetasche.

»Wir helfen armen Kindern. Sie möchten doch bestimmt was spenden«, wiederholte sie.

Duffy trug sein Herz auf der Zunge. »Scheiß Betschwester«, sagte er, ließ den Button fallen und wandte sich ab. Als er wegging, haute sie ihm die Schallplatte über den Schädel.

Auch das war neu, stellte er fest. Ein Stück weiter die Straße hinunter kam er an ein paar extrascharfen Pornofilmclubs vorbei (die würde er sich für ein andermal aufheben) und stieß dann auf eine weitere Neuerung. PEEP SHOW hieß es da, NACKTE GIRLS TANZEN LIVE FÜR SIE AUF DER BÜHNE. Während er sich mit gesenktem Kopf dem Laden näherte, blinzelte er zur Seite: 50p, hieß es da und LAUFEND NEUE GIRLS. Er lief weiter, machte dann die klassische Spannerkehre, indem er beschleunigte und mit einem Sprung plötzlich in der Tür stand. Er ließ sich für zwei Pfund Kleingeld geben und ging in eine winzige Zelle. Der Riegel hielt gerade noch so gut, daß die Tür nicht einfach aufflog. An der gegenüberliegenden Wand befand sich in Augenhöhe eine etwa briefkastengroße Öffnung. Auf dem Boden lagen Tempo-Taschentücher; einige waren feucht. Aus einer wattstarken Anlage kam Discomusik.

Duffy warf seine 50p in den Schlitz, und vor seinem Gesicht fuhr ein metallener Laden hoch, hinter dem ein kleines Glasfenster hervorkam. Er drückte die Nase ans Fenster und sah ein tanzendes Mädchen. Die Zellen bildeten einen fast vollkommenen Kreis um sie herum und ließen nur eine Lücke für Auftritt und Abgang. Sie war nackt, eher schmächtig, hatte eine deutlich sichtbare Blinddarmnarbe und Brüste, die vermutlich mit Silikon aufgefitscht waren. Sie spielte beim Tanzen mit ihren Titten und rieb sich die Weichteile, wobei sie die Reihe der Sehschlitze im Auge behielt und sich so drehte, daß sie jeweils dem einen zugewandt war, der sich gerade für ein paar Sekunden geöffnet hatte. Duffy investierte weitere 50p in sie, obwohl er einen Teil der ihm zugedachten Zeit damit vertat, zu den anderen Briefkästen mit ihren anonymen Augenpaaren hinüberzusehen.

Er hatte etwa 40p von dem Mädchen genossen, als die Musik plötzlich aufhörte und sie von der Bühne lief. Sofort kam das nächste Mädchen an, das noch im Gehen einen Trainingsanzug abstreifte. Schnell, schnell, sonst werden die Kunden sauer. Die Neue war schwarz und kam Duffy irgendwie bekannt vor. Wie das erste Mädchen war sie mager und hatte einen harten, teilnahmslosen Gesichtsausdruck. Sie tanzte weit besser als ihre Vorgängerin und war überhaupt viel beweglicher. Außerdem war sie sehr viel unanständiger. Wie das vorige Mädchen spielte sie im Tanzen mit Scham und Titten. Doch sie beugte sich auch ganz nach unten und streckte den Hintern in die Luft und zog die Backen auseinander, so daß man Möse und Arschloch sehen konnte. Dann hechtete sie vor einen der Briefkästen, streckte ein Bein hoch in die Luft, den Fuß gegen die Zellenwand gestützt und fummelte mit den Fingern an ihrer Möse herum. Nach einigen Sekunden tanzte sie wieder weg, versuchte nacheinander die Aufmerksamkeit aller Spanner mit hochgezogenen Läden zu erregen und schien sich schließlich einen von ihnen auszusuchen. Für diesen Glücklichen wienerte das Mädchen, vorausgesetzt, daß seine 50p nicht abgelaufen waren, die Fensterscheibe mit ihrer Möse. Dieses widerfuhr Duffy, nachdem er etwa ein Pfund und 30p investiert hatte. Es brachte einen nicht unbedingt hoch (obwohl sicherlich nicht runter), aber ein bißchen komisch war es schon: wie wenn man an der Tankstelle im Auto sitzt, während quietschend die Windschutzscheibe abgeledert wird.

Duffy wußte selbst nicht so recht, warum er auch die vierte 50p-Münze in den Schlitz warf – es war ihm doch klar, daß er den Höhepunkt der Show bereits hinter sich hatte. Bei anderen Männern wäre es die Großzügigkeit des zufriedenen Kunden gewesen, der so oft hereingelegt worden war, daß er für dieses eine Mal seine Dankbarkeit zeigen wollte. Bei Duffy war es bohrender Wissensdrang. Es kam ihm so vor, als hätte er dieses schwarze Mädchen schon mal gesehen. Mit seinen restlichen 50p beschaute er sich nicht ihre Titten oder ihre Möse, sondern ihr Gesicht. Irgendwas daran kam ihm bekannt vor. Dann guckte er weiter und sah es – eine dünne weiße Narbe auf der rechten Schulter. Das war das Mädchen, das vor vier Jahren geschlitzt worden war, das Mädchen, das er im Krankenhaus besucht und etwas unter Druck gesetzt hatte.

Deutsch von Willi Winkler

Curzio Malaparte

JUNGFRAU ZUM ANFASSEN

Das Mädchen rauchte schweigend, den Blick mit abweisendem Stolz starr auf die Tür gerichtet. Trotz der Aufdringlichkeit ihres roten Seidenkleides, dem barocken Aufputz des Haares, den großen fleischigen Lippen und ihrer zerrissenen Hausschuhe hatte ihr vulgäres Wesen nichts Persönliches. Es schien vielmehr der Reflex der vulgären Umgebung zu sein, dieser vulgären Atmosphäre, die sie ganz einhüllte und doch eben nur streifte. Sie hatte ein sehr kleines zartes Ohr, so weiß und durchscheinend, daß es wie aus Wachs nachgebildet zu sein schien. Als ich eintrat, heftete das Mädchen seinen Blick auf meine drei Hauptmanns-Sterne und lächelte verächtlich, das Gesicht leicht zur Wand hin kehrend. Wir waren etwa zehn Personen in dem Raum. Der einzige Italiener war ich. Niemand sprach.

»That's all. The next in five minutes«, sagte die Stimme des Mannes, der hinter dem roten Vorhang auf der Türschwelle stand; dann schob der Mann durch einen Spalt des Vorhangs das Gesicht ins Zimmer und fragte: »Ready? fertig?«

Das Mädchen warf die Zigarette auf den Boden, ergriff mit den Fingerspitzen die Zipfel seines Kleides und hob es langsam hoch: zuerst erschienen die Knie, eng von der knappen Seidenhülle der Strümpfe umschlossen, dann die nackte Haut der Schenkel, dann der Schatten des Schamhügels. Sie blieb einen Augenblick in dieser Stellung – eine traurig stimmende Veronika, den Mund halb verächtlich geöffnet. Dann legte sie sich langsam hintenüber, streckte sich auf dem Bett aus und öffnete ganz ruhig und allmählich die Beine. Wie es das grausig anzusehende Hummerweibchen bei der Liebeswerbung macht, wenn es langsam die Zange seiner Scheren öffnet und das Männchen mit seinen kleinen, runden, schwarz leuchtenden Augen anstarrt und bewegungslos drohend verharrt, so tat das Mädchen, indem es langsam die schwarze und rosige Zange des Fleisches öffnete, so verharrte und die Zuschauer fest anblickte. Tiefes Schweigen herrschte im Raum.

»She is a virgin. You can touch. Put your finger inside. Only one finger. Try a bit. Don't be afraid. She doesn't bite. She is a virgin. A real virgin«, sprach der Mann, seinen Kopf durch den Vorhangspalt ins Zimmer schiebend.

Ein Neger streckte die Hand aus und probierte mit dem Finger. Irgendwer lachte, es schien, als erhebe er Einspruch. Die »Jungfrau« rührte sich nicht, aber sie warf dem Neger einen haßerfüllten, angstvollen Blick zu. Ich sah mich um: alle waren bleich, alle waren bleich vor Angst und Haß.

»Yes, she is like a child«, sagte der Neger mit heiserer Stimme und ließ den Finger langsam kreisen.

»Get out the finger«, sprach der durch den Spalt des roten Vorhanges gezwängte Kopf des Mannes.

»Really, she is a virgin«, sagte der Neger, als er seinen Finger zurückzog.

Unvermittelt schloß das Mädchen die Beine mit sanftem Patschen der Knie, richtete sich mit einem Druck der Hüften wieder auf, streifte sich das Kleid nach unten und nahm blitzschnell einem englischen Matrosen, der dicht am Bettrand stand, die Zigarette aus dem Mund.

»Get out, please«, sprach der Kopf des Mannes, und wir gingen alle langsam, einer hinter dem andern, durch die kleine rückwärtige Tür des Raumes hinaus, verlegen und beschämt mit den Füßen über den Boden schlurfend.

Deutsch von Hellmut Ludwig

Vladimir Nabokov

DER LÜSTERNE BLICK

»Lo! Lola! Lolita!« höre ich mich von der Schwelle aus ihren Namen in die Sonne rufen, und der Hall der Zeit, des Gewölbes der Zeit, befrachtete meinen Ruf und seine verräterische Heiserkeit mit einer solchen Fülle von Angst, Leidenschaft und Schmerz, daß er, wäre sie tot gewesen, den Reißverschluß ihres Nylontotenhemds aufgerissen hätte. Lolita! Mitten auf einer kurzgeschorenen Rasenterrasse fand ich sie endlich – sie war hinausgelaufen, ehe ich mit dem Umziehen fertig war. O Lolita! Da war sie und spielte mit einem verdammten Hund, nicht mit mir. Das Tier, eine Art Terrier, verlor einen roten, nassen, kleinen Gummiball, schnappte ihn wieder und hielt ihn zwischen den Zähnen; griff mit den Vorderpfoten schnelle Akkorde im elastischen Rasen und sprang davon. Ich hatte nur sehen wollen, wo sie war; schwimmen konnte ich bei dem Zustand meines Herzens nicht, aber wen kümmerte das – und da war sie, und hier war ich in meinem Bademantel –, und ich hörte also auf zu rufen; aber plötzlich machte mich etwas im Muster ihrer Bewegungen stutzig, in der Art, wie sie in ihrem aztekenroten Bikini hierhin und dorthin tollte ... In ihrer Ausgelassenheit lagen eine Ekstase, eine Verrücktheit, die über einfache Fröhlichkeit hinausgingen. Selbst den Hund schienen ihre übertriebenen Reaktionen zu verwirren. Ich drückte die Hand leicht gegen die Brust, während ich die Situation näher in Augenschein nahm. Der türkisblaue Swimmingpool jenseits der Rasenfläche befand sich nicht mehr jenseits der Rasenfläche, sondern in meinem Brustkasten, und meine Organe schwammen darin wie Exkremente im blauen Meerwasser von Nizza. Einer der Badenden war vom Beckenrand zurückgetreten, und halb verborgen vom pfauenbunten Schatten der Bäume stand er ganz still, hielt die Enden des Handtuchs, das um seinen Hals hing, und verfolgte Lolita mit seinen Bernsteinaugen. Da stand er in der Tarnuniform von Sonne und Schatten, von ihnen entstellt und von seiner eigenen Nacktheit maskiert, das feuchte schwarze Haar oder was davon übrig war an seinen runden Kopf geklatscht, der kleine Schnurrbart ein verwischter Schmierfleck, die Wolle auf seiner Brust wie eine symmetrische Trophäe ausgebreitet, mit pulsierendem Nabel, die behaarten Schenkel voller glänzender Tröpfchen, die enge schwarze Badehose zum Bersten geschwellt, wo sein großer, fetter Bullenbeutel, hochgezogen wie ein gepolsterter Schild, seine zurückgebogene Tierheit überdeckte. Und beim Anblick seines ovalen, nußbraunen Gesichts dämmerte mir, daß ich ihn nur erkannt hatte, weil er den Gesichtsausdruck meiner Tochter widerspiegelte – die gleiche Grimasse der Glückseligkeit, die jedoch durch seine Männlichkeit etwas Abscheuliches bekam. Und ich wußte auch, das Mädchen, mein Mädchen wußte, daß er sie ansah, ich wußte, sie genoß die Lüsternheit seines Blicks und führte ihm eine Show überdrehter Seligkeit vor, die gemeine, geliebte Schlampe. Als sie auf den Ball zustürzte und ihn verfehlte, fiel sie auf den Rücken, und ihre obszönen jungen Beine radelten wie verrückt in der Luft herum; von wo ich stand, konnte ich den Moschusduft ihrer Erregtheit spüren, und dann sah ich (versteinert von einer Art heiligen Ekels), wie der Mann die Augen schloß und seine kleinen, entsetzlich kleinen, gleichmäßigen Zähne entblößte und sich dabei an einen Baum lehnte, in dessen Laub eine Menge kleiner gesprenkelter Priaps erschauerten. Gleich darauf fand eine märchenhafte Metamorphose statt. Er war nicht mehr der Satyr, sondern ein sehr gutmütiger und törichter Schweizer Vetter, jener bereits mehrfach erwähnte Gustave Trapp, der seine periodischen Saufeskapaden (er trank Bier mit Milch, das gute Schwein) dadurch ausglich, daß er mit Feuereifer Gewichte stemmte – in seinem sonst sehr altmodischen, aber von der einen Schulter keck herabgestreiften Badeanzug taumelte er grunzend an einem Seeufer umher. *Dieser* Trapp bemerkte mich von weitem und ging, seinen Nacken mit dem Handtuch bearbeitend, in gespielter Unbekümmertheit zum Swimmingpool zurück. Und als habe die Sonne das Spiel aufgegeben, erschlaffte Lo und stand langsam auf, ohne den Ball zu beachten, den der Terrier vor ihr niederlegte. Wer kann sagen, welch tiefe Kränkungen wir einem Hund zufügen, wenn wir aufhören, mit ihm zu spielen? Ich wollte etwas sagen, setzte mich aber dann mit einem geradezu monströsen Schmerz in der Brust aufs Gras und erbrach eine Flut von Braunem und Grünem, das gegessen zu haben ich mich nicht erinnern konnte.

Ich sah Lolitas Augen, und sie erschienen mir eher berechnend als verängstigt. Ich hörte, wie sie zu einer freundlichen Dame sagte, ihr Vater habe einen Anfall. Dann lag ich lange in einem Clubsessel und schluckte Gin, ein Gläschen nach dem anderen. Und am nächsten Morgen fühlte ich mich kräftig genug, die Reise fortzusetzen (was mir in späteren Jahren kein Arzt glauben mochte).

Deutsch von Helen Hessel, Maria Carlsson, Kurt Kusenberg, H. M. Ledig-Rowohlt, Gregor von Rezzori; bearb. von Dieter E. Zimmer

David Lodge

GEHEIMNIS IM SCHRANK

Timothy machte die Tür zu, schloß ab und lauschte dem Klicken ihrer Stöckelschuhe. Die Aufzugtür schlug mit einem metallischen Laut zu, sirrend beförderte das Räderwerk die Kabine nach unten. Stille. Er war allein.

Seine erste Tat war es, bei aufgedrehten Wasserhähnen ins Waschbecken zu urinieren; in seiner Not wußte er sich nicht anders zu helfen. Auf der Suche nach einer Toilette durch die Gänge zu geistern wäre sträflicher Leichtsinn gewesen. Ansonsten aber hatte er, wenn Kath ihn abends aufs Zimmer brachte, nicht viel zu befürchten. Den morgendlichen Gang durchs Haus ohne Geleitschutz würde er auch noch überstehen.

Das Gefühl, völlig allein und dennoch gänzlich ungefährdet zu sein, war neu und aufregend. Er konnte machen, was er wollte – ins Waschbecken pinkeln zum Beispiel –, ohne daß jemand es merkte oder je davon erfahren würde. Er kam sich geradezu ausschweifend vor. Als er sich ausgezogen hatte, stieg er nicht gleich in seinen Pyjama, sondern ging unbekleidet im Zimmer herum und genoß die Freiheit seiner nackten Haut. Als er sich in dem hohen Wandspiegel sah, versteifte und verdickte sich sein Glied, es stieg ohne sein Zutun in die Höhe, bis es zur Decke zeigte wie ein Flakgeschütz.

Er wandte sich zur Seite, um dieses Phänomen, das ihn immer wieder in Erstaunen versetzte, im Profil zu betrachten. Er war sich über seine Gefühle nicht recht im klaren. Diese machtvoll-spontane Regung des Fleisches war sehr eindrucksvoll, aber irgendwie auch leicht widerwärtig. Häßlich und brutal sah es aus mit den dick vortretenden Adern und den drahtig schwarzen Haaren drumherum.

Die Größe und Häßlichkeit bereiteten ihm einige Sorgen. Todsicher passierte ihm das, wenn er es irgendwann mit einer Frau machte, wenn er heiratete oder wann auch immer. Wenn er mit ihr allein war, in einem Schlafzimmer, wenn sie sich auszogen, passierte es ihm bestimmt, denn es passierte ihm ja schon, wenn er es sich nur vorstellte. Sie würde Angst haben und sich ekeln, und es würde ihr weh tun.

Er dachte sich das so, daß man sein Ding in die Frau hineinsteckte, solange es klein und schlaff war, und daß es dann in ihr anschwoll, sonst mußte es ihr ja weh tun. Bei der Frau war da unten alles so viel hübscher, muschelrosa und glatt und haarlos.

Spontan nahm er die Nagelschere vom Ankleidetisch und schnitt sich die Haare ab, die sein Glied umstanden. Die schwarzen Borsten warf er ins Waschbecken. Ein- oder zweimal zwickte er sich schmerzhaft in die Haut, aber er ließ nicht locker, bis nur noch ein paar dürftige bartstoppelartige Reste übrig waren. Viel schöner sah es jetzt auch nicht aus. Er versuchte, die Haare herunterzuspülen, und als das nicht ging, klaubte er das nasse Knäuel heraus und versteckte es ganz unten im Papierkorb unter lippenstiftverschmierten Zellstofftüchern.

Jetzt zog er den Pyjama über, aber er hatte immer noch eine starke Unruhe in sich und keine Lust zum Schlafen. Er lief im

Zimmer herum, inspizierte keck, aber mit der gebotenen Vorsicht Dolores' Habe, zog Schubladen mit Schals, Pullovern und Unterwäsche auf, ohne sich an dem Inhalt zu vergreifen, schnupperte an Parfümflaschen, nahm Proben aus Cremetöpfchen und machte hinterher die Deckel sorgfältig wieder zu. In einer Schublade war eine weiße Schachtel mit der rätselhaften Aufschrift *Contessa Comfort Extra*, die seine Neugier weckte. Als er sie aufmachte, fand er darin mehrere weiße, wurstähnliche Bandagen, wie er sie im Zug auf dem WC gesehen hatte. An jedem Ende hatten sie eine kleine Schlaufe. Durch blitzschnelle Verknüpfung einer Reihe bislang unzusammenhängender Beobachtungen und rätselhafter Erscheinungen – in der Schule aufgeschnappte Bemerkungen, unverständliche Anzeigen in den Illustrierten seiner Mutter – gelangte er zu ersten Ansätzen einer Theorie, stockte, machte einen neuen Anlauf – und mußte schließlich doch das Handtuch werfen. Er machte die Schachtel und die Schublade zu.

Erneut betrachtete er sein Spiegelbild, trank ein Glas ziemlich lauwarmes Wasser, zog zerstreut Schubfächer auf und machte sie wieder zu. Dann warf er einen Blick in den großen begehbaren Kleiderschrank. Das war ein regelrechtes Zimmer im Zimmer, ein Schutzraum im Schutzraum. Er ging hinein und zog die Tür bis auf einen kleinen Spalt hinter sich zu. Es war dunkel und roch nach Mottenkugeln. Als er noch ein paar Schritte weitergegangen war, hörte er das leise Klirren von Kleiderbügeln, die auf einer Stange aneinanderschlugen. Eine Männerstimme fragte deutlich vernehmbar:

– Ist das deine Nachbarin?

Thimothy blieb fast das Herz stehen. Sein Glied schnurrte ein und schlaffte ab. Eine träge Frauenstimme erwiderte:

– Wie meinst du, Darling?

– Ich dachte, drüben hätte sich was gerührt.

– Nein, ich hab dir doch erzählt, daß sie Urlaub hat und daß du deshalb mit raufkommen kannst. Oh.

Das *Oh* schien nichts mit dem vorher Gesagten zu tun zu haben. Es war ein jäher Aufschrei, gemischt aus Überraschung, Wollust und Schmerz. Timothys Fleisch regte sich erneut. Er hörte das rhythmische Knarren von Sprungfedern, hörte den Mann grunzen, die Frau stöhnen.

– Warte, Baby, ich komme, sagte der Mann heiser.
– Nein, nicht, noch nicht ... Oh!
– Ich komme.
– Nein. Oh! Oh!
– Jetzt!
– Oh. Ja. Jetzt. Fick mich jetzt. Oh oh oh oh *Oh!*

Und nun gab es kein Halten mehr: Timothy ejakulierte in die muffig-mottenduftende Dunkelheit des Schrankes hinein. Die Tat brachte ihm weder Genuß noch Erleichterung. Sein Pyjama war schweißklamm. Er empfand Angst und Übelkeit. Langsam, unendlich vorsichtig, beugte er die Knie, bis er auf dem Boden hockte. Dort blieb er – eine kleine Ewigkeit, wie ihm schien –, bis jenseits der Schrankwand alles ruhig geworden war. Dann schlich er zurück ins Zimmer und kroch ins Bett. Er knipste die Nachttischlampe aus, zog sich die Decke über den Kopf und wünschte, er wäre zu Hause.

Deutsch von Renate Orth-Guttmann

Mark Twain

EINIGE GEDANKEN ZUR WISSENSCHAFT DES ONANISMUS

Mein [begabter] Vorredner hat Sie vor dem »gesellschaftlichen Übel – Ehebruch« gewarnt. In seinem gekonnten Vortrag hat er das Thema erschöpfend behandelt; absolut nichts mehr kann dem hinzugefügt werden. Aber ich möchte seine gute Arbeit im Dienste der Moralität fortsetzen, indem ich Sie vor jener als »Selbstmißbrauch« bekannten Art von Erholung warne, der Sie, wie ich merke, [zu] sehr zugetan sind. Alle großen Schriftsteller, die über Gesundheit und Moral geschrieben haben, alte und moderne, haben mit diesem erhabenen Thema gekämpft – das unterstreicht seine Würde und Bedeutung. Einige dieser Schriftsteller haben sich für die eine Seite entschieden, einige für die andere.

Im zweiten Buch der »Ilias« sagte Homer mit schönem Enthusiasmus: »Gib mir Masturbation oder gib mir den Tod.« Caesar sagt in seinen Kommentaren: »Dem Einsamen ist sie Gesellschaft; dem Verlassenen ein Freund; dem Alternden und dem Impotenten ein Wohltäter. Die Mittellosen sind nichtsdestoweniger reich, da sie noch diese großartige Ablenkung haben.« An anderer Stelle führt dieser erfahrene [vorzügliche] Beobachter aus: »Es gibt Momente, wo ich sie der Sodomie vorziehe.«

Robinson Crusoe sagte: »Ich kann nicht beschreiben, was ich dieser edlen Kunst schuldig bin.« Königin Elisabeth sagte: »Sie ist das Bollwerk der Jungfräulichkeit.« Cetewayo, der Zulu-Held, bemerkte: »Ein Schwanz in der Hand ist besser als zwei Tauben im Busch.« Der unsterbliche Franklin hat gesagt: »Masturbation ist die Mutter der Erfindung.« Er sagte auch: »Masturbation ist die beste Politik.«

Michelangelo und all die anderen alten Meister – »alte Meister«, möchte ich anmerken, ist eine Abkürzung, eine Kontraktion – haben sich ähnlich ausgedrückt. Michelangelo sagte zu Papst Julius II.: »Selbst-Verneinung ist edel, Selbst-Bildung wohltätig, Selbst-Beherrschung ist männlich; aber für die wahrhaft große und begeisternde Seele sind sie arm und zahm im Vergleich mit dem Selbst-Mißbrauch.« Unser Mr. Brown hier verweist in einem seiner letzten und anmutigsten Gedichte auf ihn in einer beredten Zeile, die bis zum Ende der Zeiten Bestand haben wird – »Niemand, der ihn kennt, liebt ihn nicht; niemand, der ihn nennt, preist ihn nicht.«

Solcherart sind die Äußerungen der erlauchtesten Meister dieser berühmten Wissenschaft und ihrer Apologeten. Die Namensliste derjenigen, die sie verdammen und bekämpfen, ist lang; sie haben starke Argumente vorgebracht und bittere Reden dagegen ausgestoßen – hier ist aber nicht der Platz, sie im einzelnen zu wiederholen. Brigham Young, ein Experte von unbestreitbarer Autorität, sagte: »Verglichen mit der anderen Chose, ist es wie der Unterschied zwischen dem Glühwürmchen und dem Blitz.« Salomon sagte: »Nichts spricht dafür, als daß es so billig ist.« Galen sagte: »Es ist beschämend, jenes großartige Glied zu solch animalischem Gebrauch zu degradieren, jenes mächtige Mit-Glied, welches wir Jünger der Wissenschaft den ›Großen Kieferknacker‹ nennen – falls wir ihn überhaupt nennen –, was selten ist. [Es wäre besser, den ›Großen‹ zu enthaupten, als ihn so zu gebrauchen.] Es wäre besser, diesen Frontknochen zu amputieren, als ihn so zu mißbrauchen.«

Der große Statistiker Smith sagt in seinem Parlamentsbericht: »Meiner Meinung nach sind mehr Kinder auf diese Weise als auf irgendeine andere vergeudet worden.« Es kann nicht geleugnet werden, daß das ehrwürdige Alter [die hohe Autorität] dieser Kunst unseren Respekt verdient; aber gleichzeitig denke ich, daß ihre Schädlichkeit unsere Mißbilligung fordert. Mr. Darwin war bekümmert, daß er sich verpflichtet sah, seine Theorie aufzugeben, wonach der Affe das Bindeglied zwischen dem Menschen und den niederen Tieren sei. Ich denke, er war zu voreilig. Der Affe ist das einzige Tier, ausgenommen den Menschen, das diese Wissenschaft praktiziert; daher ist er unser Bruder; es existiert ein Band der Sympathie und der Verwandtschaft zwischen uns. Hat dieses erfindungsreiche Tier einmal eine geeignete Zuschauerschaft, dann wird es sogleich alle anderen Tätigkeiten ruhen lassen und sich scharfmachen; und an seinen Windungen und seinem ekstatischen Ausdruck kann man erkennen, daß er auf intelligente und menschliche Weise an seiner Vorstellung interessiert ist.

Anzeichen eines exzessiven Schwelgens in diesem zerstörerischen Zeitvertreib sind leicht auszumachen. Es sind: eine Neigung zu essen, zu trinken, zu rauchen, sich gesellig zu treffen, zu lachen, zu scherzen und unanständige Geschichten zu erzählen – und vornehmlich ein Verlangen, Bilder zu malen. [Die Folgen der Unsitte sind: Gedächtnisverlust, Männlichkeitsverlust, Verdüsterung, Deprimiertheit, Charakterlosigkeit und Verlust der Nachkommenschaft.]

Von allen [vielfältigen] Formen sexuellen Verkehrs ist diese am wenigsten zu empfehlen. Als Unterhaltung ist sie zu flüchtig; als Beschäftigung zu ermüdend; als öffentliche Darbietung bringt sie nichts ein. Sie paßt nicht in den Salon; und in höchst kultivierter Gesellschaft ist sie seit langem vom Parkett verbannt. Zumindest ist sie in unseren Tagen des Fortschritts und der Verbesserung abgesunken zur Verwandtschaft mit dem Furzen. Unter den Besterzogenen wird diesen beiden Künsten jetzt nur privat gefrönt, obwohl es bei Übereinstimmung der ganzen Gesellschaft, wenn nur Männer anwesend sind, in besseren Kreisen erlaubt ist, das Ausfuhrverbot für den Seufzer par excellence aufzuheben.

Mein illustrer Vorredner hat Sie gelehrt, daß alle Formen des »gesellschaftlichen Übels« schlecht seien. Ich möchte Sie lehren, daß manche dieser Formen eher zu vermeiden seien als andere. Abschließend also sage ich: »Wenn Sie Ihr Leben schon sexuell verspielen müssen [*müssen*; kursiv], dann spielen Sie den Grand mit einer Hand nicht zu häufig.« Wenn Sie ein revolutionäres Aufbegehren in Ihrem Inneren spüren, dann bringen Sie Ihre Vendome-Säule irgendwie anders runter – holen Sie sich keinen runter.

Deutsch von Ludger Lütkehaus

Axel Marquardt

DER KUNSTWICHSER

Pygmäen haben es in unserer Zeit, in der es mehr und mehr auf die Körpergröße ankommt, wahrhaft nicht leicht –

– wie komm ich denn nur darauf? Ich wollte doch gar nichts über Pygmäen schreiben – oder doch? Gleichviel – wenn ich jemals etwas über Pyrenäen habe berichten wollen, dann habe ich es vergessen. Vielleicht ein andermal. Heute erinnere ich an dieser Stelle an das Leben des Kunstwichsers Alfred Sonnenborn aus Visbek im Oldenburgischen. Auf geht's.

(Diese Geschichte ist insofern nicht ganz unproblematisch, weil die Person, um die es sich handelt, noch lebt. Deshalb habe ich ihren Namen und Heimatort verändert. In Wirklichkeit handelt es sich nämlich um Herrn Arthur Winterfeld aus der Gemeinde Ransbach-Baumbach im Westerwald.)

Alfred Sonnenborns genuines Talent zum Wichsen wurde schon früh erkannt. Sein eigentlicher Entdecker und erster Förderer war sein leiblicher Großvater mütterlicherseits, Harm Mattner (in Wirklichkeit Jakob Stenzen). Als er ihn das erstemal beim Wichsen beobachete – wir schreiben das Jahr 1898 –, soll er ausgerufen haben: »Den Düwel ok – dat Wicht wixt sich ja die Säl ut'n Lief!«, was soviel heißt wie: Alle Achtung – der Kleine wichst ja schon ganz prächtig!

Nun muß gesagt werden, daß das Wichsen gerade in jenen Tagen eine erste Blüte erlebte. Nachdem man es jahrhundertelang mehr als lästige Pflicht angesehen hatte, entdeckte man im Zuge der industriellen Revolution nicht nur seine volkswirtschaftliche Bedeutung, sondern auch die ihm innewohnende Ästhetik. Rasch bildete sich das Wichsen zu einer eigenen kleinen Kunstgattung heraus, die im ersten Drittel des neuen Jahrhunderts ihre Hochzeit hatte.

In diese Zeit hinein wurde Alfred Sonnenborn geboren. In der Tat – die Veranlagung war überreich vorhanden, die Neigung auch. In jeder freien Minute sah man den kleinen Alfred seiner Lieblingsbeschäftigung nachgehen: Ob während der morgendlichen Andachten, beim kleinen Pausensnack zwischendurch, zur Zeit der Mittagsruhe, während die Gleichaltrigen unter ihren Plumeaus schwitzten, ob zum Dämmerschoppen oder während des Angelus-Läutens – Alfred fand immer eine Gelegenheit, nach Herzenslust zu wichsen. So sehr sich seine Eltern in der Folgezeit auch darüber freuten, daß er als Heranwichsender anders als seine Altersgenossen zu Hause blieb, anstatt auf der Straße herumzulungern und den jungen Mädchen schmachtende Blicke nach- und Zoten an den Kopf zu werfen, so sehr gerieten sie in Sorgen darüber, daß Alfred seine Freizeit überwiegend in seiner Dachstube verbrachte, um dort nach Herzenslust seiner Leidenschaft nachzugehen. So blieben Spannungen nicht aus. Nicht selten herrschte ihn sein Vater an: »Hast du denn nichts anderes als Wichsen im Kopf?« woraufhin sein Sohn stets antwortete, er solle sich um seinen eigenen Dreck kümmern, damit habe er wahrhaftig genug zu tun. Die Mutter stand daneben, dachte sich ihren Teil und verhärmte zusehends.

Als Alfred siebenzehn ward, trat er eines Tages vor seine Eltern hin und erklärte rundheraus: »Herr Vater und Frau Mutter, ich möchte gerne in die Welt hinaus und ein Kunstwichser werden wie viele vor mir, die es dadurch zu Ruhm, Ehre und Geld gebracht haben!« Die Mutter fragte zwar bänglich, ob das Wichsen denn auch Zukunft habe, aber der Vater entschied barsch, er solle erstmal »sein Abitur bauen«, dann könne man weitersehen.

Dabei blieb es. Obwohl Alfred seiner Kunstfertigkeit weiter beharrlich nachging, erhielt er ein den Umständen entsprechend ordentliches Reifezeugnis ausgehändigt, in dem lediglich die Note in Leibesübungen deutlich unter dem Strich lag. Für ihn stand fest, daß er nicht, wie sein Vater es gern gesehen hätte, ein Studium an der Brauerei-Hochschule in Weihenstephan aufnehmen würde, sondern daß er fortan sein Leben ganz seiner einzigen Passion widmen würde. Es kam zu einer erbitterten Auseinandersetzung, auf deren Höhepunkt der Vater, zornrot im Gesicht, ausrief: »Gut, in Dreiteufelsnamen, dann hau doch ab und wichs dich durchs Leben – aber komm mir nachher nicht an und beschwer dich – wir haben dich gewarnt!«

Alfred blieb keinen Tag länger im elterlichen Haus; noch in der Nacht schnürte er sein Ränzlein, in das er etwas Proviant und die wichtigsten Wichsutensilien steckte, und als der Tag anbrach, schlüpfte er durchs Gartenpförtchen hinaus und war endlich – frei! Er wußte wohl, wohin er sich wenden wollte: Zu Meister Akkermann nach Böhmen wollte er, dem Lehrer aller Wichser, die es zur Vollendung in dieser Kunst bringen wollten. Ganze drei Wochen war er unterwegs; endlich schüttelte er sich vor dem Haus des Meisters den Staub von Schuh und Beinkleid und klopfte an.

»Wer klopfet an?« rief's von drinnen.

»Ich bin's, Alfred Sonnenborn aus Visbek im Oldenburgischen, und ich will bei Ihnen, großer Meister, das rechte Wichsen lernen!«

Augenblicklich öffnete sich die Tür, und ein vierschrötiges Männchen schaute heraus: »Soso, das Wichsen will Er lernen. Komm Er nur näher, daß ich Ihn mir betrachten kann.«

Sie gingen ins Arbeitszimmer, wo der junge Alfred dem ehrwürdigen Greis zur Probe vorwichsen mußte. Mit sicherem Aug erkannte Meister Ackermann des Jünglings überreiche Begabung. Er sagte ihm zu, ihn alsogleich in die höheren Weihen des ehrbaren Handwerks einzuführen. Nach zwei Jahren würde er es dann mit den größten Wichsern des Kontinents aufnehmen können, wenn er den nötigen Fleiß nicht vermissen lassen und sich keiner unbilligen Zerstreuung in die Hände geben wollte. Wenn er nur füglich bei der Stange bleiben wollte, wäre es nicht auszuschließen, daß er einmal sein würdiger Nachfolger werden würde, denn er habe ohnedies vorgehabt, sich in absehbarer Zeit aus diesem Geschäft zurückzuziehen.

So geschah es. Meister Ackermann nahm Alfred in sein Haus auf und unterwies ihn täglich in der herrlichen Kunst, indem er ihn alles lehrte, was über das alltägliche Gewohnheitswichsen hinausging. »Ein sauberer Stil«, war das Motto Meister Ackermanns, »ist die wichtigste Voraussetzung jeder klassischen Wichskunst!«

Das nahm sich Alfred zu Herzen. Tag für Tag übte er sechs Stunden und mehr; das war anstrengend, aber auch glückspendend. Längst hatte er all jene kleinen unorthodoxen Eigenarten, die sich beim Autodidakten so leicht einschleichen, abgelegt und zu seinem eigenen Stil gefunden: Gleichermaßen locker wie konzentriert, lässig wie elegant ging ihm das Wichsen von der Hand, so daß der Meister seine helle Freude an ihm hatte.

Eines Tages war es dann soweit. Sein Lehrer nahm ihn bei der Hand, führte ihn in sein Übungszimmer, trat mit ihm an einen Schrein aus Ebenholz und öffnete ihn. Er griff hinein und entnahm ihm eine Anzahl abgegriffener, vergilbter Kartons im Folioformat, die er mit feierlicher Geste Alfred überreichte: »Dies, mein Sohn«, sagte er, und die Rührung auf seinem faltigen Gesicht blieb Alfred nicht verborgen, »dies sind die alten Wichsvorlagen, die mir mein Lehrer, Meister Hrabanus aus Königsberg, später Kaliningrad, überliefert hat. Nimm sie hin und studiere sie fortan mit großem Eifer: Sie werden dich zur höchsten Meisterschaft begleiten!« Ergriffen nahm Alfred die Blätter an sich und zog sich flugs auf sein Zimmer zurück, wo er sich in die mannigfaltigen Darstellungen vertiefte und großen Gewinn aus ihnen zog.

Von diesem denkwürdigen Tag an nahm seine Entwicklung rasche Fortschritte. In weniger als einem Vierteljahr wichste er ebenso gut wie sein Meister, ein weiteres Vierteljahr darauf hatte er ihn bereits übertroffen. Dieser war stolz auf ihn, wenn sich auch ein wenig Wehmut in die Hochstimmung mischte, dachte er doch an seine eigene Jugend und an den Tag, als er Meister Hrabanus zum ersten Mal übertroffen hatte, und ohne Neid händigte er seinem Schüler das Abschlußdiplom aus, das ihm die

Tore zu allen wichtigen Wichskonkurrenzen des Kontinents öffnen sollte.

Dies war der Anfang einer glänzenden Karriere als Turnier- und Kunstwichser. Ob er den grimmen Hagen aus Tromsö, den feurigen Don Alonzo aus Cartagena, den sensiblen Maître Jacques aus Nizza oder gar den listenreichen Padre Umberto Guersco von San Vitale di Pompeiana zum Gegner hatte – Alfred wichste sie alle, um einen Ausdruck jener Zeit zu gebrauchen, »an die Wand«. Als er keine Mitstreiter mehr fand, verlegte er sich nun ganz auf öffentliche Demonstrationen seiner Kunst in glänzendem Rahmen; er gastierte an den ersten Musentempeln Europas: im Alcázar ebenso wie im Hyde-Park, im Tivoli wie in den antiken Arenen von Pola im fernen Istrien; hätte es seinerzeit schon das Centre Pompidou gegeben, wer weiß, ob es nicht auch dort zu einer eindrucksvollen Präsentation seiner Kunst gekommen wäre. Er wurde von den glänzendsten Häuptern zu privaten Soireen eingeladen: Er wichste im großen Spiegelsaal der Villa Hügel unter den faszinierten Augen derer von Bohlen und Halbach, er demonstrierte seine Kunst im eigens für diese Gelegenheit ausgebauten Großen OP der Charité auf Einladung von Virchow und Koch, und er bezauberte die Gemahlin des Thronfolgers von Serbien im legendären Neujahrswichsen auf dem Marktplatz von Sarajewo. Einen Höhepunkt seiner strahlenden Karriere erlebte Alfred Sonnenborn, als ihn der Zar, Herr aller Reußen, an seinen Hof rief und ihm die Oberleitung aller Wichsschulen seiner Truppen antrug. Fortan wichste jeder russische Soldat nach seinem Vorbild, eine Tatsache, die für die Russische Revolution nicht ohne Bedeutung bleiben sollte, wie man heute weiß.

All das wurde jedoch übertroffen durch seinen Auftritt vor der greisen Königin Viktoria von Britannien! Zeit seines Lebens bewahrt Alfred Sonnenborn in einer köstlichen Schatulle ein Billet von der Hand der Monarchin auf, auf das sie mit zitternden Fingern jenen Satz niedergeschrieben hatte, der später – falsch und aus dem Zusammenhang gerissen kolportiert – zu großer Berühmtheit gelangen sollte: »The Queen was quite amused«, stand dort zu lesen, wahrlich die höchste Gunstbezeigung, die einem Sterblichen in jenen Tagen zuteil werden konnte.

Alfred Sonnenborn hatte alles erreicht, was ein Wichser seines Formats nur erreichen konnte. Nur eines schmerzt ihn noch heute: Vergeblich wartete er auf eine Privataudienz beim Pontifex maximus, von dem er wußte, daß er dem Wichsen zwar nicht abhold war, es gar in besonderen Fällen als legitimen Teil seelsorgerischen Wirkens ansah, daß er sich aber hartnäckig gegen die Aufnahme des Wichsens als ein integraler Bestandteil der liturgischen Handlung sträubte. Über diplomatische Kanäle war lediglich zu erfahren, daß durch eine Privataudienz das Wichsen über Gebühr konsakriert worden wäre, und dafür sah der Heilige Vater die Zeit noch nicht reif genug. (In jenen Tagen ging im Vatikan gar das Gerücht, eine päpstliche Kommission sei mit dem Entwurf einer Enzyklika unter dem Titel »Sine ira et studio« beauftragt worden, doch soll ihr Reformeifer zu weit gegangen sein, so daß sich der Papst gezwungen sah, sie rechtzeitig zurückzupfeifen, eine Episode, an die man sich auf dem II. Vatikanischen Konzil gern und mit Schmunzeln erinnerte.)

Sei wie es sei – das blieb der einzige Makel an Alfred Sonnenborns sonst fleckenloser Karriere. Im reiferen Alter wurde es dann ruhiger um ihn. Die gesellschaftlichen Umwälzungen (Marx, Nietzsche, Freud), die zunehmenden politischen Wirren (Boxer-Aufstand, Kapp-Putsch, Burenkriege), der rasante Fortschritt der Technik (Otto-Motor, Küchenmaschine, Fernsehen) brachten es mit sich, daß das Wichsen als Kunstform allmählich aus dem Bewußtsein des Menschen schwand. Es wurde schließlich wieder auf das reduziert, was es seit Jahrhunderten war: eine notwendige, aber lästige Pflicht, derer man sich zwar regelmäßig, doch zumeist lustlos entledigte. Man wichste halt, weil eben gewichst werden mußte – eine Haltung, die so meilenweit von der Alfred Sonnenborns entfernt war, wie werweißwas, fällt mir jetzt kein passendes Beispiel ein. So geschah es, daß Alfred Sonnenborn und seine Kunst in Vergessenheit gerieten; enttäuscht, aber nicht verbittert zog er sich in den fünfziger Jahren ans Steinhuder Meer zurück, wo er ein Handbuch des Wichsens verfaßte, das leider nie einen Verleger fand.

Heute wichst Alfred Sonnenborn nur noch sporadisch, zumeist an Sonn- und Feiertagen, immer noch ein Meister seines Fachs. Aber das jugendliche Feuer, das den jungen Sonnenborn so ausgezeichnet hatte, die besonnene Konzentration seiner mittleren Periode, die abgeklärte Überlegenheit seiner Spätphase sind schon längst einer nostalgischen Traditionspflege gewichen, die ihn als den Ungleichzeitigen ausweist, der er heute ist. Als ich ihn vor zwei Monaten in seiner Kate gleich hinter dem Deich besuchte, gab er mir einen Satz mit auf den Weg, den ich so schnell nicht vergessen werde. Er sagte zum Abschied: »Freund, ich habe ein langes Leben gebraucht, um schließlich zu erkennen: Wichsen ist eben nicht alles!« Und das war mir so recht aus der Seele gesprochen.

Günter Grass

SOMMERSPIELE

Schön war er nicht. Er hätte sich seinen Adamsapfel reparieren lassen sollen. Womöglich lag alles nur an dem Knorpel.

Aber das Ding hatte seine Entsprechungen. Auch kann man nicht alles mit Proportionen beweisen wollen. Und seine Seele wurde mir nie vorgestellt. Nie hörte ich, was er dachte. Am Ende bleiben sein Hals und dessen viele Gegengewichte. Auch daß er getürmte Stullenpakete in die Schule, in die Badeanstalt schleppte und während des Unterrichts, kurz vor dem Baden Margarinestullen tilgte, kann nur ein Hinweis mehr auf die Maus sein, denn die Maus kaute mit und war unersättlich.

Bleibt noch das Beten in Richtung Marienaltar. Der Gekreuzigte interessierte ihn nicht besonders. Es fiel auf, daß jenes Auf und Ab an seinem Hals zwar nicht verschwand oder gar zum Stillstand kam, wenn er die Fingerspitzen aneinander legte, doch schluckte er beim Beten in Zeitlupe und vermochte, durch übertrieben stilisierte Handhaltung von einem Fahrstuhl abzulenken, der, oberhalb seines Hemdkragens, seiner Anhängsel an Bindfäden, Schnürsenkeln und Kettchen, immer in Betrieb war.

Sonst war mit Mädchen nicht viel bei ihm los. Hätte er eine Schwester gehabt? Auch meine Cousinen konnten ihm nicht helfen. Sein Verhältnis zu Tulla Pokriefke zählt nicht, war besonderer Art und wäre als Zirkusnummer – er wollte ja Clown werden – nicht ohne gewesen, denn Tulla, ein Spirkel mit Strichbeinen, hätte genausogut ein Junge sein können. Jedenfalls hat sich das zerbrechliche Ding, das nach Laune mitschwamm, als wir den zweiten Sommer auf dem Kahn kleinbekamen, nie vor uns geniert, wenn wir die Badehosen schonten, uns blank auf dem Rost lümmelten und nichts oder nur ganz wenig mit uns anzufangen wußten.

Tullas Gesicht wäre mit einer Punkt Komma Strich Zeichnung wiederzugeben. Eigentlich hätte sie Schwimmhäute zwischen den Zehen haben müssen, so leicht lag sie im Wasser. Immer, auch auf dem Kahn, trotz Seetang, Möwen und säuerlichem Rost, stank sie nach Tischlerleim, weil ihr Vater in der Tischlerei ihres Onkels mit Leim zu tun hatte. Sie bestand aus Haut, Knochen und Neugierde. Ruhig, über gestütztem Kinn, guckte Tulla zu, wenn Winter oder Esch nicht mehr drum herum kamen und ihren Obolus entrichteten. Mit durchtretender Wirbelsäule hockte sie Winter, der immer lange brauchte, um fertig zu werden, gegenüber und maulte: »Mensch, das dauert aber.«

Als das Zeug endlich kam und auf den Rost klatschte, begann sie erst richtig zappelig zu werden, warf sich auf den Bauch, machte enge Rattenaugen, guckte guckte, wollte ichweißnichtwas entdecken, hockte wieder, ging auf die Knie, stand leicht x-beinig darüber und begann mit beweglichem großen Zeh zu rühren, bis es rostrot schäumte: »Mensch, prima! Mach du jetzt mal, Atze.«

Dieses Spielchen – und es ging wirklich harmlos dabei zu – wurde Tulla nie langweilig. Näselnd bettelte sie: »Mach doch mal. Wer hat heut noch nich? Du bist jetzt dran.«

Immer fand sie Dumme und Gutmütige, die sich, auch wenn ihnen gar nicht danach war, an die Arbeit machten, damit sie etwas zu gucken hatte. Der einzige, der nicht mitmischte, bis Tulla das richtige anstachelnde Wörtchen fand, war – und deshalb wird diese Olympiade beschrieben – der große Schwimmer und Taucher Joachim Mahlke. Während wir alle jener schon in der Bibel belegten Beschäftigung allein oder – wie es im Beichtspiegel heißt – zu mehreren nachgingen, blieb Mahlke immer in seiner Badehose, guckte angestrengt in Richtung Hela. Wir waren sicher, daß er zu Hause, in seiner Bude zwischen Schnee-Eule und Sixtinischer Madonna den gleichen Sport betrieb. Da kam er gerade von unten hoch, bibberte wie üblich und brachte nichts mit, das er hätte vorzeigen können. Schilling hatte schon einmal für Tulla gearbeitet. Ein Küstenmotorschiff lief mit eigener Kraft ein. »Mach doch nochmal«, bettelte Tulla, denn Schilling konnte am meisten machen. Auf der Reede lag kein einziger Pott. »Nicht nachem Baden. Morgen wieder.« Vertröstete Schilling, und Tulla drehte sich auf der Hacke, wippte auf gespreizten Zehen Mahlke gegenüber, der wie immer im Schatten hinter dem Kompaßhäuschen klapperte, aber noch nicht hockte. Ein Hochseeschlepper mit Buggeschütz lief aus.

»Kannste das auch? Mach doch mal. Oder kannste das nich? Willste nich? Darfste nich?«

Mahlke trat halb aus dem Schatten und wischte Tulla links rechts mit Handfläche und Handrücken das kleine und gedrängt gezeichnete Gesicht. Das Ding an seinem Hals geriet außer Rand und Band. Auch der Schraubenzieher tat verrückt. Tulla weinte natürlich keinen Tropfen, lachte meckernd mit geschlossenem Mund, kugelte sich vor ihm, verdrehte ihre Gummiglieder und guckte aus mühelos geschlagener Brücke zwischen Strichbeinen hindurch solange in Richtung Mahlke, bis der, schon wieder im Schatten – und der Schlepper drehte nach Nordwest ab – »Na schön« sagte. »Damit du endlich die Schnauze hältst.«

Tulla gab sogleich die Brücke auf und kauerte normal mit untergeschlagenen Beinen, als sich Mahlke die Badehose bis zu den Knien herunterpellte. Kinder staunten im Kasperletheater: einige kurze Bewegungen aus dem rechten Handgelenk heraus, und sein Schwanz stand so sperrig, daß die Eichel aus dem Schatten des Kompaßhäuschens herauswuchs und Sonne bekam. Erst als wir alle einen Halbkreis bildeten, reckte sich Mahlkes Stehaufmännchen wieder im Schatten.

»Darf ich mal schnell, nur ganz schnell?« Tullas Mund blieb offen. Mahlke nickte und ließ seine rechte Hand fallen, aber als Griff bestehen. Tullas immer zerkratzte Hände wirkten verloren an jenem Ding, das unter prüfenden Fingerkuppen Umfang gewann, Geäder schwellen und die Eichel anlaufen ließ.

»Meß doch mal nach!« rief Jürgen Kupka. Einmal ganz und

einmal knapp mußte Tulla die linke Hand spreizen. Jemand und noch jemand flüsterte: »Mindestens dreißig Zentimeter.« Das war natürlich übertrieben. Schilling, der von uns allen den längsten Riemen hatte, mußte seinen rausholen, zum Stehen bringen und danebenhalten. Mahlkes war erstens eine Nummer dicker, zweitens um eine Streichholzschachtel länger und sah drittens viel erwachsener gefährlicher anbetungswürdiger aus.

Er hatte es uns wieder einmal gezeigt und zeigte es uns gleich darauf noch einmal, indem er sich zweimal nacheinander etwas – wie wir es nannten – von der Palme lockte. Mit nicht ganz durchgedrückten Knien stand Mahlke knapp vor der verbogenen Reling hinter dem Kompaßhäuschen, guckte starr in Richtung Ansteuerungstonne Neufahrwasser, sah etwa dem flachen Rauch des schwindenden Hochseeschleppers hinterdrein, ließ sich durch ein auslaufendes Torpedoboot der Möwe-Klasse nicht ablenken und gab, von den leicht über Bord ragenden Zehen bis zur Wasserscheide der Scheitellinie, sein Profil zur Ansicht: bemerkenswerterweise hob die Länge seines Geschlechtsteils das sonst auffällige Hervortreten seines Adamsapfels auf und erlaubte einer, wenn auch bizarren, dennoch ausgewogenen Harmonie, seinen Körper zu ordnen.

Kaum hatte Mahlke die erste Ladung über die Reling gespritzt, begann er sogleich wieder von vorne. Winter stoppte die Zeit mit seiner wasserdichten Armbanduhr: etwa so viele Sekunden, wie das auslaufende Torpedoboot von der Molenspitze zur Ansteuerungstonne benötigte, benötigte auch Mahlke; er wurde, als das Boot die Tonne passierte, genausoviel los wie beim erstenmal: wir lachten überdreht, als sich die Möwen auf jenes, in der glatten, nur selten krausenden See schlingernde Zeug stürzten und nach mehr schrien.

Diese Darbietung hat Joachim Mahlke weder wiederholen noch überbieten müssen, weil keiner von uns, jedenfalls nicht nach dem Schwimmen und auslaugenden Tauchen, seinen Rekord erreichte; denn was wir auch taten, wir trieben Sport und achteten die Regel.

Ulrike Kolb
SCHLAPPSCHWANZ

Mir fällt eine Geschichte von vor zwanzig Jahren ein, als ich dachte, ich sei unfruchtbar, ich ging zum Arzt, wo man mich aufforderte, eine Portion Samen abzuliefern, aber es ging nicht. Ich wurde in ein Zimmer geschickt, in dem eine Liege stand, ich streckte mich darauf aus und versuchte es, aber es ging einfach nicht. Ich stellte mir die verbotensten Szenen vor, aber nichts half. Im Gegenteil, ich hatte das Gefühl, mein Penis würde immer kleiner, er wäre nicht größer als der kleine Finger der Sprechstundenhilfe, die gerade den Raum betrat, nachdem sie angeklopft hatte, und etwas aus dem Medikamentenschrank holte.

Meret lachte, sie strich mir dabei auf diese herablassend ergebene Weise übers Haar, die ich hasse und die mich zugleich erregt, und sagte: Erzähl weiter, ich mag es, wenn du mir solche Geschichten erzählst.

Es war aussichtslos, und als ich die Praxis verließ, hatte ich das Gefühl, vor versammelter Schwesternschaft versagt zu haben. Ich versuchte es zu Hause, ich stellte mir die Sprechstundenhilfen vor, alle in ihren weißen Häubchen und weißen Kitteln, wie sie um mich herumstünden und mich spöttisch anfeuerten, ich war erregt bis ins Mark, und trotzdem ging es nicht.

Nie? wollte Meret wissen.

Nie. Tatsächlich nie. Mindestens drei Wochen lang nie. Es war schon komisch, wie ich von Tag zu Tag erfolglose Versuche machte und mit der Zwangsvorstellung herumlief, ein kleiner Finger sei mir zwischen den Beinen gewachsen. Ich kaufte mir Pornohefte, und indem ich auf erigierte Gigantenschwänze starrte, kam ich mir vor wie ein Greis. Das einzige, was anwuchs, waren meine Scham und meine Angst. Ich war Ende Zwanzig, ich strotzte vor Gesundheit, ich wollte es wissen. Am Ende ging ich zu einer Hure.

Und?

Aber auch sie konnte mir nicht helfen. Sie versuchte es redlich, mit allen Mitteln, sie strengte sich wirklich an. Sie band mir die Hoden mit einem Lederriemen hoch, aber nichts.

Ich träumte, ich sei eine einzige wandelnde Erektion, mein ganzer Körper sei ein mannsgroßer Knüppel, und als ich aufwachte, stand mir der Schweiß auf der Stirn und nichts war zwischen meinen Beinen als das, was mir vorkam wie ein kleiner Finger.

Irgendwann, wenn ich mich recht erinnere, als ich mein Examen hinter mir hatte, ging es wieder. Später dachte ich, vielleicht war alles nur ein Problem von verkappter Examensangst.

Peter Rühmkorf

MÖGLICHE NEBENWIRKUNG ALBTRÄUME

30. 7. Urologie, Dr. G. Lacoste-Hemd, sportlich, sachlich, höflich, bis in jede Nervenfaser beherrscht und insofern selbst beherrschend. Fragte, ob ich die Hose aus?ziehen oder nur herunterlassen solle – ja, runter genüge, was mir dann beinah schon wieder indezent vorkam, zumal ich sofort an die scharfen Stiefelhacken und den dünnen Papierbezug denken mußte, und wer weiß, ob ich nicht auch noch Hundekacke an den Sohlen hatte. Es ging aber alles flotter und bequemer als ich dachte. Beine anwinkeln. Ultraschallbild. Paar alte Kalkablagerungen oder Närbchen, die vermutlich noch aus goldenen Jugendzeiten/Studienzeiten herrührten, als wir alle naslang den Tripper hatten und die verordnete Enthaltsamkeit fast über unsere Kräfte ging. Weiter: Überziehen des Fingerlings; Abtasten der Prostata durch den Hintereingang; Einführung einer mit Auffangwatte bekleideten und mir mindestens spannlang erscheinenden Nadel in den mehr und mehr auf seine wahre Bescheidenheitsform zurückschrumpfenden Pimperling; dann schon wieder draußen das Ding und paar restliche Formalitäten: Rezept, Etikett aufs Reagenzglas, daumendickes Auffangrohr mit auf den Weg: »Das reichen Sie uns bitte morgen mit Ihrem Samen wieder vorbei.« In Apotheke abschreckendes Mittel »Tarivid« gekauft, mögliche Nebenwirkungen Dünnschiß und Albträume.

Abends TV: Miles Davis auf der Museumsinsel, und fand es eigentlich ganz bequem, mir den dem Publikum zugekehrten Bukkel vom Ohrensessel aus anzusehen. 22.30. Einleitung der Zwangsejakulation, worauf E. hinzuweisen mir peinlich war. Abgewartet, bis sie sich schlafen gelegt hatte, was sich wegen Mitternachtskrimi etwas hinzog, dann dem Kühlschrank das lustverhindernde Laborgerät entnommen, mit dem verglichen sogenannte »Seemannsliebchen« beinah schon kuschelig oder einladend erscheinen: viel zu eng, um auch nur ein mittleres Kaliber aufzunehmen, und am Eingang scharfrandig wie eine »Vagina dentata«. Da weder Gebrauchsanweisung vorlagen noch auch der Arzt mir ein paar nützliche Instruktionen ausgefolgt hatte, erstmal halbe Stunde lang Adhäsions- und Abtropfversuche mit Leitungswasser vorgenommen. War ganz überrascht, was Wasser doch für eine widerspenstige und adhärente Flüssigkeit ist, wobei die Verwendung von Alufolie, MS-Papier oder Pergament eigentlich keinen spürbaren Unterschied macht.

Weit schwieriger dann die Bemühung um eine auch nur halbwegs haltbare Erektion. Erinnerte mich an alte, für Textmontagen zum »Niederen Hohenlied« verwendete St. P.-Magazine (Sophie Soaking, Lena Norberg, Silie McBride) und fand sie tatsächlich zwischen Eduard Fuchs' *Illustrierter Sittengeschichte* und Magnus Hirschfelds *Sexualpathologie*: leicht stockfleckige und längst abgebetete Heiligenbildchen, die mir kaum die erhoffte Erhebung zu versprechen schienen. Statt Selbsthilfe durch Starthilfe leiteten sie zunächst nur lyrische Kettenreaktionen ein, was mich dem Zweck der Unternehmung (s. Rilke: »mehr Gefühl zu schleudern, als ich bin«) halbe Nacht lang entfremdete.

Julian Barnes
SCHLEIMIGE FLECKEN

Graham ging nicht ohne eine Spur von Belustigung über sich selbst in sein Arbeitszimmer. Mal abgesehen von allem anderen, war es dämlich, daß sein Arbeitszimmer das einzig sichere Versteck bot. Er zog eine Schublade seines Aktenschranks heraus; die Schublade mit der Beschriftung 1915–19. Die Schnellhefter in der Hängeregistratur waren alle nach oben offen, bis auf einen. Den nahm er heraus, drehte ihn richtig herum und entnahm ihm eine rosa Papiertüte mit schmalen Pastellstreifen. Wohin jetzt? Nach unten nicht, falls Ann überraschend nach Hause kam. Nicht ins Schlafzimmer – das sähe zu sehr nach Ehebruch aus. Hier bleiben? Aber wo? Nicht am Schreibtisch; das wäre ganz verkehrt. Er entschloß sich widerwillig für das Badezimmer.

Graham hatte seit seinem achtzehnten Lebensjahr nicht mehr onaniert; seit dem Abend vor dem Morgen, an dem er Alison, seine erste Freundin, um ein Rendezvous gebeten hatte. Dieser Entschluß hatte ihm mehr Selbstvertrauen für eine Verabredung mit ihr verliehen, und deshalb hatte er hinterher aus frommer Dankbarbeit endgültig entsagt. Außerdem war er mit den Schuldgefühlen nicht zurechtgekommen. Er hatte immer zu Hause auf dem Klo onaniert; entweder vor oder unmittelbar nach seinen Dickdarmaktivitäten, um nicht wirklich zu lügen, falls er nach seinem Verbleib gefragt wurde. Dies verringerte zwar die Schuld ein wenig, aber etwas blieb doch kleben.

Er hatte auch nicht mehr onaniert, so wurde ihm klar, seit der Zeit, als die Leute es als »Onanie« bezeichneten: diese kühle, mißbilligende medizinisch-biblische Wort. Es hatte natürlich auch andere Wörter dafür gegeben, aber empfunden hatte man es immer als »Onanie«. Onanie, Unzucht, Stuhlgang: schwerwiegende Worte aus seiner Kindheit, die Tätigkeiten bezeichneten, die bedacht sein wollten, bevor man sich ihnen hingab. Heutzutage war alles bloß Wichsen und Ficken und Scheißen, und niemand dachte sich groß etwas dabei. Er selber sagte auch »Scheißen«; manchmal, privat. Jack redete natürlich ganz salopp von Wichsen und von Ficken ebenso. Graham war in der Verwendung beider Ausdrücke noch etwas zögernd. »Wichsen« war eigentlich ein so stilles, häusliches, unschuldiges Wort: es klang nach Heimarbeit.

Zweiundzwanzig Jahre, seit er zum letzten Mal onaniert hatte. Gewichst hatte. Und gleich verschiedene Wohnungen und Häuser, wo er es nicht getan hatte. Er setzte sich auf die Klobrille und schaute sich um; stand dann auf und zog die Wäschetruhe mit dem Korkdeckel zu sich herüber. Wo sie gestanden hatte, blieben vier deutliche Vertiefungen im Teppich zurück, eine in jeder Ecke eines Rechtecks aus Staub. Graham nahm wieder auf der Klobrille Platz, zog die Wäschetruhe noch näher und legte die Papiertüte darauf. Dann ließ er sich Unterhose und Hose bis zu den Knöcheln herunter.

Das war nicht sehr bequem. Er stand auf, klappte den Klodeckel zu und breitete ein Handtuch darüber. Dann setzte er sich wieder. Er holte Luft, griff in die Tüte und zog die beiden Magazine heraus, die er auf dem Rückweg von einem abgelegenen Kino bei einem indischen Zeitungshändler in fliegender Hast gekauft hatte.

Er hatte versucht, verwirrt zu wirken, als er sie ausgehändigt bekam, so, als seien sie eigentlich für jemand anders; doch er glaubte, es war ihm bloß gelungen, verstohlen zu wirken.

Das eine war *Penthouse*, von dem er gehört hatte; das andere *Rapier*, von dem er nicht gehört hatte. Er legte sie nebeneinander auf die Wäschetruhe und las die Angaben auf den Umschlägen. Er rätselte über den Titel *Rapier*. Sollte er eine Welt freibeuterischer Sexualität andeuten, wo Errol Flynn König war? »Drin wie Flynn«?

Die zwei Mädchen auf den Titelseiten, die aufgrund einer Übereinkunft irgendwelcher Magazin-Herausgeber beide nur je eine Brustwarze entblößten, wirkten auf Graham außergewöhnlich schön. Warum mußten sich solche Mädchen ausziehen? Oder bestand da ein Zusammenhang zwischen außergewöhnlicher Schönheit und dem *Wunsch*, sich auszuziehen? Höchstwahrscheinlich bestand der Zusammenhang darin, daß man außergewöhnlich schön war und hilfreiche Geldsummen fürs Ausziehen angeboten bekam. So mußte es wohl sein, dachte er sich.

Er holte tief Luft, blickte hinunter auf das, was er sonst seinen Penis nannte – im Augenblick hatte er da seine Zweifel –, nahm ihn in die rechte Hand und schlug mit der linken das Titelblatt von *Rapier* um. Noch einmal Inhaltsangaben, diesmal illustriert mit dem Foto einer tiefen, rosa Schlucht, die ein tropischer Regenwald krönte. Allem Anschein nach hatte es in der Schlucht auch geregnet. Graham war fasziniert und ein bißchen schokkiert. Dann kamen ein paar Seiten mit Leserbriefen, gleichfalls illustriert mit topographischen Aufnahmen, dann vier Foto-Doppelseiten von noch einem außergewöhnlich hübschen Mädchen. Auf der ersten Seite saß sie in einem Korbstuhl und hatte nur ein Höschen an; dann war sie nackt und spielte mit ihrer Brustwarze; dann mit ihrer ... da unten rum jedenfalls; bis sie dann auf der vierten Seite anscheinend versuchte, ihr ... Dingsda nach außen zu stülpen, als sei es eine Hosentasche. Bei dieser letzten Seite schoß, während Grahams Gehirn glotzte, sein Samen (wie er ihn zu nennen pflegte, aber auch da hatte er jetzt so seine Zweifel) ganz unerwartet heraus. Er spritzte über den linken Ärmel seines Pullovers, über die Wäschetruhe und über das Schlangenmensch-Mädchen.

Panisch, als blieben ihm höchsten zwei Sekunden dafür, riß Graham etwas Klopapier ab und begann seinen Ärmel, sein Magazin, seinen (mangels eines besseren Wortes) Penis und die Wäschetruhe abzutupfen. Zu seiner Bestürzung sah er, daß der Korkdeckel der Truhe jetzt einige feuchte, recht schleimige Flekken aufwies. Er spülte das durchweichte Papier das Klo runter und überlegte, was er tun sollte. Die Flecken sahen irgendwie nicht wie einfache Wasserflecken aus. Was könnte er sagen, hatte er verschüttet – After-shave? Shampoo? Er dachte daran, auch ein bißchen Shampoo auf die Wäschetruhe zu tröpfeln, damit er, wenn Ann fragte (wie wenn damals sein Vater gefragt hatte), wenigstens nicht lügen mußte. Was aber, wenn Shampoo ganz andere Flecken hinterließ? Dann würde er sagen müssen, daß er Shampoo *und* etwas After-shave verschüttet hatte. Das klang nicht sehr wahrscheinlich. Dann wurde ihm klar, daß er kaum fünf Minuten im Badezimmer gewesen war. Ann würde noch lange nicht nach Hause kommen. Er konnte in Ruhe abwarten und sehen, was mit den Flecken passierte.

Besonders toll war es nicht gewesen, das ... Wichsen, wie er es jetzt wohl besser nannte. Zu kurz, zu plötzlich und zu alarmierend zum Schluß, um es bewußt genießen zu können. Aber schließlich hatte ihn seine Vorlage mehr als überrascht. Er lehnte sich an den Spülkasten und schlug *Penthouse* auf. Er las das Inhaltsverzeichnis und blätterte bis zur Getränkekolumne. Ganz brauchbar; wenn auch etwas allzu humorig geschrieben. Dann die Autokolumne, einen Modeartikel und eine Science-fiction-Story darüber, was aus den Männern würde, wenn Roboter gebaut werden könnten, die nicht nur bessere Liebhaber wären als ihre Rivalen aus Fleisch und Blut, sondern auch noch fähig, Frauen zu schwängern. Dann las er die Briefkolumne und die Antworten der Redaktion, die, wie er fand, überaus brauchbare Ratschläge enthielten.

Dann fielen ihm zwei Dinge auf. Sein Schwanz, wie er ihn jetzt wohl nennen würde, begann wieder steif zu werden, als er einen Brief von einer Hausfrau aus Surrey las, die erfreut war über die Anzahl dildoid-geformter Gegenstände, die der engagierten Selbstverwöhnerin zur Verfügung standen; und sein Samen (für »Saft« war er noch nicht reif) schien spurlos getrocknet zu sein. Wenn schon, denn schon, dachte er sich vergnügt und begann wieder zu wichsen, doch diesmal mit mehr Sorgfalt, Interesse und Vergnügen zu Anfang, in der Mitte und am Schluß.

Deutsch von Michael Walter

Eckhard Henscheid

WIENER NACHTLEBEN

Als Herbert sich eine halbe Stunde vor Mitternacht zu Bett begab, wurde ihm noch deutlicher und einleuchtender, daß seine schöne Imaginationserregung, so nannte er es erst einmal, ja keineswegs nur gleichsam abgehobener, geheimnisvoll entsinnlicht spiritueller Natur war. Sondern die seit vielen Stunden immer wiederkehrenden und sich zeitweise verdichtenden, ja unaufhörlich strömenden Netzhautbilder vom Wiener Hotelzimmertreiben erregten ihn ganz fraglos auch plan sexuell. Ah, diese Schönheit, Frivolität des fast nackten Frauenleibes! Gudruns füllig schlanken Frauenleibes, wie er in schon äußerster Hingerissenheit und Vertrautheit zugleich sich hin an den nicht sichtbaren Rudis drängte, knapp ehe jener in ihn drang! Kaum mehr verblüfft wartete Herbert noch ein paar Sekunden zu, dann entschlossen begann er zu den schönen Bildern auch zu masturbieren. Jetzt war der Damm geborsten, der Rubikon durchschritten.

Es war schön, fast unermeßlich schön. Zwei Stunden nach Mitternacht hatte Herbert dreimal erfolgreich masturbiert, mit zuerst zaghaft scheuer, dann endlich ruhevoller Freude. Nicht imstande, sich von dem innigen Reiz des Bildes zu lösen, lag Herbert wie gelähmt noch von Entzücken. Ah, diese von Gudrun unverhofft posthum ihm zugefügte Seligkeit! Herbert wunderte sich, denn vor allem in den letzten Wochen und Monaten hatte der Witwer auf Masturbation ja fast zur Gänze verzichtet – zu gleichgültig, langweilig war sie ihm vermutlich erschienen, fad und trüb geworden. Jetzt aber masturbierte er mit mächtigem Vergnügen. Desto mächtiger, ausholender, je genauer er Gudrun im weißen Slip, im weißgerippten kleinen Slip sich vorzustellen vermochte; indessen Rudi unsichtbar blieb. Gudruns bildlich vorgestellte Lüsternheit steigerte seine, Herberts. Ah! Herbert schnurrte beim Beschauen ihres halbnackten, späterhin nackten Leibes gleichsam lautlos. »Geteiltes Leid, geteilte Freude doppelte«, sann Herbert reichlich haltlos durcheinander. Lächelte benebelt. Und setzte zügig zum vierten Masturbationsvorgang an:

Ah, diese prickelnde Begierde schon in Gudruns ganzem weichen, rosig angebräunten Körper! Wie jetzt in seinem, Herberts! Dies äußerst knapp über dem prallrunden Hintern sich wölbende, spannende, das blütenweiße Höschen mit dem winzigen Rippenmuster. Herbert erschauerte andächtig, indessen Gudrun ihrerseits soeben sehr wohlig unter den Liebkosungen Rudis schamlos schaudernd sich zusammenkrümmte. Die treulos hold Verruchte! In flink gelassenem Tremolo hob und senkte jetzt sich geil ihr schöner, ewig schöner Rücken, geflissentlich auf Rudi hingeneigt und gleichwohl Herbert angemessenen Anteil nehmen lassend. Fiebrig buhlfroh gerötet war das Köpfchen huldvoll hold im Halbprofil, der Mund stand leicht geöffnet, eine Locke jetzt wie schon recht schläfrig, doch noch unermüdlich aus der Stirne blasend. Herbert schauerte neu zusammen. Sein Blick pendelte von Gudruns Hinterteil nun hoch zur schummelig rötlichen Deckenbeleuchtung des Hotels, sodann zurück zu Gudruns schlankem Hals, in die längst zerwühlten weißen Kissenschluchten. Da! Jetzt streifte er ihr flink das Höschen ab – Herbert masturbierte schneller, passionierter. Ah, Gudruns rosig bebende Nasenflügel, ah, dieses wie rasende Einwilligen, die schon fast torkelnde Umarmung! Kaum war Gudrun, dachte Herbert heftigst masturbierend, ja mehr zu erkennen – völlig weg war sie, im Rausch ganz jenseits der sonst an ihr gewohnten Zurückhaltung und oft leicht manierierten Ziemlichkeit. Jetzt war sie, ah, versenkt in Leidenschaft, verrenkt vor Leidenschaft – weniger vielleicht, so ahnte Herbert stark ausholend, für Rudi, sondern vielmehr fürs wilde Leben überhaupt, vor allem das in Wien. Ach! Was zaubrisch rundliebliche Wölbung des Leibes! Wie cherubinisch unterm zieren Rücken dieser Hintern! Welche seraphisch holde Backen! Herbert zog das Tempo an, möglichst schnell zum Ziel zu kommen.

»Das war die Rache«, dachte er gegen halb drei beim Einschlafen. Und lächelte. Wie besserwisserisch. Wie heimlichtuerisch? Wie hoffärtig vor allem. Gudruns Blässe um die grünen, maiblaugrünen Augen, – sie freilich hatte ihm, Herbert, keinen guten Eindruck gemacht, die schimmerte schon »tödlich, leider«, höhnte Herbert heiter. Die Bilder schrumpften ein, verkümmerten zu bloßen bunten Flecken. Herberts Gedanken balancierten an unterschiedlichen Fragen entlang, es war nicht ganz klar, welchen denn nun eigentlich. Gar nicht sicher war sich Herbert, ob er denn morgen nach weiteren Briefen und Dokumenten forschen sollte; Belege und Beweise, Gudruns und Rudis Liaison betreffend. Zu wes Behuf? Und wo – war zu suchen? Auf dem Dachboden, in den längst weggepackten gutversorgten Kisten? Wo nochmal lagerten die genau? Und vor allem, allem anderen voran: Was sollte noch groß zu finden sein, was sollte um alles in der Welt geeignet sein, diesen unverhofften, eruptiven, triumphalen Lustgenuß durch Mehrwert – halt: durch Mehrwissen – noch einmal zu steigern?

Etwas kräuselte leis und zag in Herberts Körper; es mochte die Milz, es mochten aber auch die Zehennägel sein. Diese verbuhlten Kreaturen, dieses elende Nachtleben von Wien, bedachte Herbert, schon mit großer Nachsicht lächelnd. Die Nachsicht wiegte ihn in Schlaf.

Marina
LIEBLINGSWERKZEUG

Ich habe schon in einem sehr frühen Alter angefangen zu masturbieren, mit drei Jahren, glaube ich, und zwar so häufig, daß meine Eltern einen Arzt zu Rate zogen. Als Kind dachte ich dabei immer an eine Lieblingsfreundin oder Spielkameradin oder an eine schöne Nachbarin, die ich damals sehr verehrte. Mit ungefähr neun oder zehn begann ich die Männer wahrzunehmen und beim Masturbieren an sie zu denken. Ich hatte eine verschwommene Vorstellung von Liebesszenen, aber die hörte schon beim Zungenkuß auf. Aufgeklärt wurde ich von einer ebenfalls zehn Jahre alten Freundin – im Mittelmeerraum werden die Kinder sehr früh reif –, deren Vater Gynäkologe war; daher war sie eindeutig *au courant.* Ich erinnere mich noch, daß wir an einem schwülen Sommertag auf dem Landsitz meiner Eltern an einem Bach saßen, Weintrauben aßen und endlos, fasziniert über Jungen, Jungen, Jungen, Liebe, Liebe, Liebe, Küssen, Schmusen, Knutschen sprachen . . . Dann fragte sie mich, ob ich wußte, was sich wirklich zwischen Mann und Frau abspielte, und wie, und sie erklärte es mir, überdeutlich. Sofort dachte ich: Aber das muß ja genau wie das Masturbieren sein, nur daß da statt der gerollten Tücher, meinem Lieblingswerkzeug, saftiges, feuchtes Fleisch sein würde. Die Aussichten waren berauschend, und ich sonnte mich in einem herrlichen Nebel ungeahnter Möglichkeiten. »Und wenn du wirklich wissen möchtest, wie sich das anfühlt«, fuhr sie fort, »mußt du dir eine Kanne holen, sie mit warmem, aber nicht zu heißem Wasser füllen, die Beine richtig schön breit machen und es ganz langsam hineingießen.« Wir verloren keine Zeit. Wir hasteten ins Haus, schnappten uns Mummys beste silberne russische Teekanne, schlossen uns im Badezimmer ein, setzten uns mit weit geöffneten Beinen einander gegenüber in die Badewanne und gossen uns abwechselnd den Inhalt der Teekanne über die Klitoris, während wir uns mit zielsicherer, instinktiver Verve die Körper streichelten. Ich sah mich abwechselnd als Mutter Erde, von einem Fruchtbarkeit bringenden Regen bewässert, bei einem Liebesritual in Ägypten oder Kreta und als autokratische Kaiserin, die bei Frühlingsanfang alle jungen Männer ihres Reiches ausprobierte, um sich zu erneuern. (Alle Männer waren schön; die anderen hatte ich umbringen lassen.) Was meine Freundin dachte, kann ich Ihnen nicht sagen, denn ich war ganz in mich selbst versunken.

Deutsch von Antonia Rühl

Erica Jong

SELBST IST DIE FRAU

Sie liegt sehr still neben ihm. Sie berührt sich, um sich zu beweisen, daß sie nicht tot ist. Sie denkt an die ersten beiden Wochen, nachdem sie sich das Bein gebrochen hatte. Damals onanierte sie häufig, um sich zu beweisen, daß sie noch etwas anderes spüren konnte außer Schmerz. Schmerz war damals ihre Religion. Etwas, dem sie sich bedingungslos überließ.

Sie läßt ihre Hand über den Bauch abwärts gleiten. Ihr rechter Zeigefinger berührt die Klitoris, während der linke Zeigefinger tief eindringt, wie ein Penis. Was empfindet ein Penis, umgeben von diesen weichen, nachgiebigen fleischigen Grotten? Ihr Finger ist nicht dick genug. Sie steckt zwei Finger hinein und spreizt sie. Doch ihre Nägel sind zu lang. Sie kratzen.

Und wenn er nun wach wird?

Vielleicht möchte sie, daß er aufwacht und bemerkt, wie einsam sie ist.

Einsam, einsam, einsam. In diesem Rhythmus bewegt sie ihre Hand, spürt, wie die beiden Finger in ihr schlüpfrig werden und die Klitoris hart und rot. Können die Fingerspitzen Farben fühlen? So fühlt sich jedenfalls Rot an. Und drinnen ist es purpurn, fast tief violett. Als sei das Blut dort innen blau.

»An wen denken Sie, wenn Sie onanieren?« hatte ihr Psychoanalytiker, ein Deutscher, gefragt. *Ich denke, also bin ich.* Sie denkt eigentlich an niemand und an alle. An ihren Analytiker und an ihren Vater. Nein, nicht an ihren Vater. Sie kann nicht an ihren Vater denken. An einen Mann in einem Zug, an einen Mann unter dem Bett, an einen Mann ohne Gesicht. Sein Gesicht ist ein weißer Fleck. Sein Penis ist ein Auge. Es weint.

Sie spürt den Orgasmus krampfig an ihren Fingern saugen. Ihre Hand fällt zur Seite, und sie sinkt in tiefen Schlaf.

Deutsch von Kai Mohrig

Raymond Queneau
SUCHENDE HÄNDE

Man kündigt nun die Sitzung in Psychismus an und alle lassen sich um Mrs. Baoghal herum nieder. Sie trug ein Kleid aus rotem, römischen Krepp mit violetter Spitzeneinlage. Die Ärmel waren vom Ellbogen an sehr eng. Nachdem alles sitzt, bittet Baoghal, die Lichter zu löschen und die Vorhänge vorzuziehen. Ich bin jetzt pfiffig genug, um zu begreifen, daß die Dunkelheit nur ein Vorwand ist, um das Kleidungsstück des Nachbarn abzutasten und zu sehen, ob sein Stoff weich ist.

Ich saß zufällig zwischen dem Dichter Mac Connan und Abel Mac Adam, dem Sohn des Primitivisten-Philosophen. Ich sage »zufällig«, denn ich kenne weder den einen noch den andern und weder der eine noch der andere schien je auf mich achtgegeben zu haben. Sobald sie jedoch der Anonymität sicher waren (einer Straußenanonymität), klatschten sie mir ihre Hände auf die Schenkel. Das entsprach keineswegs meinen Absichten; ich war nicht wegen nutzloser Bagatellen hergekommen, sondern um Aufklärung zu erhalten über zwei theoretische Punkte, die für mich noch dunkel waren. Meine übliche Methode anwendend, brachte ich also die beiden Hände miteinander in Berührung, worauf sie sich mit höchster Geschwindigkeit zurückzogen und ich meine Studien fortsetzen konnte.

Ich zögerte zuerst zwischen Mac Connan und dem jungen Mac Adam. Schließlich dachte ich, daß es besser sei, ein junges und kräftiges Subjekt auszusuchen, bei dem sich die Phänomene wahrscheinlich deutlicher und schneller (die Sitzung würde ja nicht ewig dauern) äußern als bei einem Individuum, das vom Alter schon ein wenig mitgenommen ist. Ich beschloß daher, mich an Abel zu halten.

Mit gebrochener Stimme begann Madame Baoghal angeblich fremde Laute auszustoßen, die für eine etwas archaische Marssprache gehalten wurden, während sich neben ihr ein schmales Phantom materialisierte, dessen Ähnlichkeit mit Meve so evident war, daß keiner der Gläubigen an einen Betrug denken konnte. Ich hingegen stellte fest, daß der Stoff von Abels Hose eher rauh war, zweifellos ein heimischer Tweed. Dann stellte ich einige Betrachtungen allgemeiner Art über die verschiedenen Kleiderverschlüsse beim Mann und bei der Frau an; es ist klar, daß der Mann das Knopfloch vorzieht und die Frau die Schleife.

Aber das lenkte mich nicht von meinem Hauptanliegen ab. Ich war fest entschlossen, endgültig klare Vorstellungen zu bekommen über verschiedene entgegengesetzte Aspekte dessen, was ich jetzt in der Hand hielt. Zuerst konnte ich mich vergewissern, daß bestimmte natürliche Gegenstände Veränderungen des Volumens und der Konsistenz zulassen, die sich unendlich schneller vollziehen als jene Veränderungen, die aus einer Tafthülle ein lenkbares Luftschiff machen. Das Beispiel ist schlecht gewählt, denn in bezug auf die Konsistenz war der Gegenstand meiner aufmerksamen Studien unendlich steifer als jenes veraltete Transportmittel, das der Ballon ist. Mit zarter Hand tastete ich den Gegenstand mehrmals ab und erlangte dabei die Gewißheit, daß die Steifheit an allen Stellen gleich war, dann versuchte ich durch rhythmisches Reiben herauszubekommen, ob es nicht möglich sei, jenem Gegenstand, den ich zuerst im Zustand der Schlaffheit berührt hatte, eine noch größere Ausdehnung zu geben. Trotz meines Eifers gelangte ich zu keinem nennenswerten Ergebnis, obgleich ich, um das genau festzustellen, weder über ein Metermaß noch über einen Zirkel verfügte.

Jetzt verlangte es mich danach, auch über den zweiten Punkt der Theorie, der noch unentschieden war, Klarheit zu erlangen, obgleich die Berührung mit dem, was ich warm und sanft zugleich in der Faust hielt, eher angenehm war. Zur Ungeduld bestand übrigens kein Anlaß, denn ich spürte, wie eine Sturzflut sich über meine Hand ergoß, einem Geiser gleich hochschoß und auf meine Finger zurückfiel. Dann erfolgten Veränderungen des Volumens und der Konsistenz, die genau im umgekehrten Verhältnis standen zu denen, die die Krise herbeigeführt hatten, und ich überließ seinem Hosennest ein kleines, feuchtes und bebendes Etwas.

Anschließend machte ich mich an die chemische Untersuchung der Substanz, die ich soeben extrahiert hatte, wobei ich natürlich nur ein ziemlich verkürztes Verfahren der Qualitätsanalyse anwenden konnte, das heißt also, daß ich mich darauf beschränkte, den Geruch, den Geschmack, die Löslichkeit, den Flüssigkeitsgrad usw. zu untersuchen. Trotz der Dunkelheit schien mir, als sei die Farbe weißlich, doch war es keineswegs Milch. Wie ich gleich vermutet hatte, war dieses Produkt der männlichen Aktivität völlig verschieden von allen Produkten, die ich bisher kannte, und von durchaus origineller Beschaffenheit. Ich empfand eine solche Freude, meine Hypothesen bestätigt zu sehen, daß mir sogleich ein neues Experiment einfiel, das es zu wagen galt und das diesmal die Möglichkeit einer Wiederbelebung betraf. Ich machte mich also an die Arbeit, doch zu meiner großen Enttäuschung ging das Licht an, noch bevor ich zu einem völlig befriedigenden Ergebnis gelangt war. Unsere Nachbarn standen auf und ich bemerkte, daß Padraic Baoghal, der vor uns saß, bei unseren ersten Untersuchungen bespritzt worden war. Abel Mac Adam zog schnell sein Taschentuch heraus, um ihm den Rücken abzutupfen. Wütend drehte Baoghal sich um und knurrte: »Was fällt Ihnen denn ein?« Ich lachte dumm.

Deutsch von Eugen Helmlé

Henry Miller

DIE FRANZÖSISCHE BAR

Es ist erstaunlich, was man in aller Öffentlichkeit in einer französischen Bar treiben kann. Für eine *putain* ist jeder, der Englisch spricht – ob männlich oder weiblich –, pervers. Ein französisches Mädchen verliert keineswegs ihre Würde, wenn sie für einen Ausländer eine Schau abzieht – ebensowenig wie ein Seehund kultiviert wird, wenn man ihm ein paar Kunststücke beibringt.

Adrienne, die Garderobiere, war auf einen Drink an die Bar gekommen. Sie saß mit gespreizten Beinen auf einem Hocker. Ich stand neben ihr, den Arm um eine ihrer kleinen Freundinnen gelegt. Plötzlich hatte ich meine Hand unter ihr Kleid geschoben. Ich spielte ein Weilchen mit ihr, dann rutschte sie von ihrem Hochsitz herunter, legte beide Arme um meinen Hals, öffnete verstohlen meinen Hosenlatz und griff mit der Hand nach meinem Kugellager. Die Kapelle spielte einen langsamen Walzer, die Beleuchtung wurde schummriger. Adrienne zog mich aufs Parkett, mein Latz stand weit offen. Eng an mich gedrückt, schob sie mich in die Mitte der Tanzfläche, wo wir wie die Sardinen zusammengepreßt wurden. Wir konnten uns kaum von der Stelle bewegen, so dicht war das Gedränge. Wieder langte sie in meinen Hosenschlitz, zog meinen Piephahn heraus und placierte ihn an ihrer Möse. Es war kaum auszuhalten. Um die Qual voll zu machen, griff jetzt eine ihrer kleinen Freundinnen, die neben uns eingekeilt war, frech nach meinem Pint. In diesem Augenblick konnte ich nicht mehr an mich halten – ich ergoß mich in ihre Hand.

Als wir uns den Weg zur Bar zurückbahnten, stand Carl in einer Ecke über ein Mädchen gebeugt, das zu Boden zu sacken schien. Der Barkeepter war sichtlich verärgert. »Sie sind hier in einem Lokal, nicht in einem Boudoir«, sagte er. Carl blickte benommen hoch, das Gesicht mit Lippenstift verschmiert, die Krawatte schief, die Weste aufgeknöpft, seine Haare hingen ihm über die Augen. »Das sind keine Huren mehr«, murmelte er, »das sind schon Nymphomaninnen.«

Er setzte sich auf den Hocker, der Hemdzipfel hing ihm noch aus dem Hosenlatz. Das Mädchen knöpfte ihm den Hosenlatz zu.

Plötzlich besann sie sich anders, riß ihn wieder auf, holte seinen Specht heraus, beugte sich herunter und küßte ihn. Das ging offenbar ein bißchen zu weit. Jetzt kam der Geschäftsführer angesegelt und erklärte, so könnten wir uns hier nicht benehmen, sonst müßten wir verschwinden. Über die Mädchen schien er sich nicht weiter zu ärgern, er schimpfte bloß mit ihnen wie mit unartigen Kindern.

Deutsch von Kurt Wagenseil

Marcel Proust

GILBERTE SPIELT MIT MARCEL

Einen Augenblick später verabschiedete ich mich von der ›Marquise‹ in Françoises Begleitung und verließ auch diese, um wieder zu Gilberte zurückzukehren. Ich fand sie gleich wieder auf einem Stuhl hinter dem Lorbeerboskett. Sie hielt sich dort vor ihren Freundinnen verborgen, denn sie spielten Versteck. Ich setzte mich neben sie. Sie trug eine flache Toque, die, ziemlich tief in die Stirn gesetzt, ihren Augen den gleichen nachdenklichheimlichen Blick ›von unten her‹ gab, den ich zum ersten Male an ihr in Combray gesehen hatte. Ich fragte sie, ob es keine Möglichkeit gäbe, daß ich mich mündlich mit ihrem Vater auseinandersetzte. Gilberte antwortete, sie habe ihm selbst den Vorschlag gemacht, aber er habe es für ganz zwecklos erklärt. »Halt«, sagte sie, »jetzt nimm aber auch deinen Brief an dich, wir müssen zu den andern zurück, sie haben mich nicht gefunden.«

Wäre Swann damals dazugekommen, bevor ich wirklich jenen Brief wieder an mich nahm, von dessen Aufrichtigkeit er sich meiner Meinung nach so unsinnigerweise nicht hatte überzeugen lassen, hätte er vielleicht festgestellt, wie überaus recht er hatte. Denn als ich mich Gilberte näherte, die, auf ihrem Stuhl zurückgelehnt, mich zwar aufforderte, mein Schreiben zu nehmen, doch es mir nicht hinhielt, fühlte ich mich körperlich von ihr derart stark angezogen, daß ich den Vorschlag machte:

– Komm, tu du alles, damit ich ihn mir nicht nehmen kann, wir wollen sehen, wer von uns beiden mehr Kräfte hat.

Sie hielt den Brief auf den Rücken, ich legte meine Hände um ihren Hals und schob sie bis unter ihr Haar, das sie offen auf die Schultern herabfallend trug, entweder weil es noch ihrem Alter entsprach oder weil ihre Mutter wollte, daß sie länger kindlich wirke, um selbst dadurch jünger zu scheinen; eins übers andere gebeugt, rangen wir miteinander. Ich versuchte, sie an mich zu ziehen, sie leistete Widerstand; ihre eiferheißen Wangen waren wie Kirschen so rund und rot; sie lachte, als kitzelte ich sie; ich hielt sie zwischen den Knien fest wie einen jungen Baum, auf den ich steigen wollte; mitten in dieser Gymnastik aber, ohne daß ich stärker atmete, als ich es infolge der Muskelanstrengung und in der Hitze des Spiels ohnehin schon tat, strömte genau so wie ein paar Schweißtropfen, die die Anstrengung einem entlockt, meine Lust aus mir, ohne daß ich auch nur Zeit gehabt hätte, sie richtig auszukosten; in dem Augenblick faßte ich auch schon den Brief.

Da sagte Gilberte ganz freundlich zu mir:

– Wenn du willst, können wir ruhig noch ein bißchen ringen. Vielleicht hatte sie dunkel gespürt, daß das Spiel, welches ich vorgeschlagen, einen anderen Zweck als den von mir eingestandenen hatte, jedoch nicht bemerkt, daß ich mein Ziel inzwischen schon erreicht. Ich aber fürchtete, sie könne es bemerkt haben (eine gewisse Rückzugsbewegung, der etwas von verletztem Schamgefühl innewohnte und die sie gleich hinterher gemacht hatte, ließ mich meinen, ich hätte mich nicht getäuscht) und ließ mich darauf ein, noch etwas weiterzuringen, damit sie nicht etwa glaubte, ich habe nur die eine Absicht verfolgt, nach deren Erreichen ich freilich nur Lust verspürte, ruhig bei ihr zu bleiben.

Deutsch von Eva Rechel-Mertens

Harold Nebenzal

JADEWASSER

Die Stimme verstummte, das Gewimmer der Pipa erstarb. Der Applaus war spärlich; die Musik hielt die Zuhörer noch immer in ihrem Bann. Victoria merkte, daß jemand hinter ihr stand, und blickte auf. Ein alter Mann, gefärbte schwarze Haarsträhnen über den Schädel geklebt, eine Haut aus straffem Pergament, stand mit zwei jungen Begleitern an ihrem Tisch. Alle drei trugen untadelige gedeckte Anzüge, weiße Hemden und reine Seidenkrawatten. Nach Hongkonger Maßstäben ein Industrieller, vielleicht ein Immobilienmagnat, und seine Assistenten. Der alte Mann musterte Victoria völlig ungeniert. Nachdem seine Neugier gestillt war, blickte er sich flüchtig am Tisch um und identifizierte Eddie sofort als den Gastgeber. Er deutete mit der linken Hand auf Victoria – sie sah eine diamantenbesetzte Rolex aufblitzen –, als wäre sie ein Möbelstück. Dann richtete er das Wort an Eddie. Die anderen am Tisch sahen sich an, doch ihre Gesichter verrieten nichts. Victoria spürte genau, daß es um sie ging. Da sie sich übergangen fühlte, fragte sie: » Was will der Mann?«

Einen Moment lang herrschte unbehagliches Schweigen, dann sagte Eddie: »Er möchte dein *yam seui.* Er sagt, Geld spielt keine Rolle.« Victoria, genau so schlau wie zuvor, forschte in den Gesichtern ihrer Begleiter, die jedoch lediglich die Augen abwandten.

Lily flüsterte ihr ins Ohr: »Er möchte dein *yam seui,* dein Jadewasser; das macht ihn bis zum nächsten Frühjahr potent.«

»Jadewasser? Wovon redest du?«

Wieder flüsterte Lily in ihr Ohr: »Deine Absonderungen, die aus deiner Jadepforte. Er möchte sie trinken. Er bezahlt dir jeden Preis.«

Das Lachen, mit dem Victoria auf dieses absurde Angebot reagierte, blieb ihr im Halse stecken, als sie sah, daß die anderen am Tisch keineswegs empört waren, sondern das Angebot zu bedenken schienen. Sie fühlte sich im Stich gelassen und geriet einen Moment lang in Panik. Im Geiste wurde sie bereits von den beiden Adjutanten nach draußen geschleppt und auf den Rücksitz des Rolls-Royce geworfen. Sie sah schon, wie sie ihr die Kleider vom Leib rissen, ihre Beine auseinanderzwangen, und wie der alte Mann sie mit Zunge und Schnauze mißbrauchte – wie ein monströser Wasserspeier. Sie kehrte in die Gegenwart zurück, als sie hörte, wie Eddie sich, offenbar in höflicher Form, an den alten Mann wandte. Um ihre Anwesenheit zu unterstreichen, fiel sie ihm ins Wort: »Sag ihm, daß mir das *yam seui* ausgegangen ist.« Einer der jungen Männer übersetzte es seinem Arbeitgeber. Der alte Mann hatte noch etwas vorzubringen. »Was sagt er?« fragte Victoria.

Eddie übersetzte. »Er sagt, das sei typisch für junge Leute. Daß du den Wert des Geldes nicht kennst und keine Achtung vor Älteren hast.«

»Genau das sagt mein Vater auch«, antwortete Victoria. Der alte Mann verbeugte sich und verließ, flankiert von seinen Adjutanten, würdevoll den Club.

Eddie brach das Eis, indem er förmlich das Glas erhob, genau so, wie er es in Filmen gesehen hatte, und einen Toast auf Victoria ausbrachte. »Auf Mrs. Phillips, die Dame mit der nie versiegenden Einnahmequelle.« Die anderen erhoben ihre Gläser, schmunzelten über die humorvolle Anspielung. Victoria kam der Gedanke, daß die Bitte des alten Mannes, die, in einem öffentlichen Lokal geäußert, vielleicht ziemlich ausgefallen war, ihren Begleitern aber ganz und gar nicht grotesk erschien. Damit war sie einer in Asien altbekannten Wahrheit auf die Spur gekommen, daß nämlich die Vaginalsekrete einer jungen Frau ein stärkeres Aphrodisiakum sind als Tiger oder Bärentatzen.

Deutsch von Ursula-Maria Mössner

Robert O'Connor

IN DEN HÄNDEN EINER FRAU

Von deinen Träumen ist dies der häufigste: Du stehst im dunklen dritten Stock der Kaserne, kämpfst, stößt, schlägst Kombinationen. Du kannst deinen Gegner nicht sehen, aber du spürst seine Gegenwart, riechst seinen Atem, taumelst von seiner Körperhitze. Wenn du deine Schläge austeilst, hörst du das Klatschen deiner Faust in seinem Gesicht, die Erschütterung des Aufschlags klettert deinen Arm hoch, aber keiner von ihnen zeigt Wirkung. Während du zurückweichst, schlägst du weiter, ein Muhammed Ali auf Spaghettiarmen und -beinen. Du machst weiter, bis du gegen das Fenster gedrückt wirst. Du wendest dich ab, siehst dann aber Parsons McCovey, der sich mit den Fingerspitzen festhält. Dein Gegner im Zimmer trommelt immer noch auf dich ein, aber du beachtest die Schläge nicht, deine Aufmerksamkeit richtet sich auf den Parson. Du greifst hinaus, um ihm zu helfen, aber im letzten Moment verwandelt die helfende Hand sich in einen Stoß, und er beginnt ganz langsam zu fallen. Dann, längst unmöglich weit weg, greift er nach dir und zieht dich mit. Du gleitest durch das Fenster und fällst jetzt auch, stürzt der Erde entgegen, die sich zu entfernen scheint, als du hinabfällst. Du scheinst zu beschleunigen, aber die Erde bewegt sich weiter fort. Du wünschst dir, du könntest aufwachen, aber die Träume rollen weiter, ein Film, der erst bei der zweiten Rolle ist, und schlimmer noch, es gibt keinen Ausweg aus dem Kino.

Als du aufwachst, beobachtet Mireille dich. Du hast deine eigene Regel gebrochen, bist ein zweites Mal zum selben Mädchen gegangen, ein Opfer deiner eigenen Bedürfnisse.

»Wie spät ist es?« fragst du.

»Sonntag«, sagt sie.

»Oh«, sagst du. Samstag ist im schwarzen Loch deines Lebens verschwunden, und jetzt zählt der Wochenendtarif.

»Du hast geträumt«, sagt sie.

»Erzähl keinen Scheiß«, sagst du.

Sie weicht zurück, als hättest du sie geschlagen.

»Ich bin froh, zurück zu sein«, sagst du.

»Komm her«, sagt sie. Sie nimmt deinen Kopf in die Hände, wie sie es bei einem Kind tun würde, und du drückst dich in ihre Schulter.

»Du schwitzt«, sagt sie.

Genaugenommen ist dein Körper glitschig vor Angst. »Schlaf mit mir«, sagst du.

»Ohne alles«, sagt sie, eine als Aussage maskierte Frage. Ihre Zungenspitze zieht deine Augenbrauen nach, berührt sacht dein

Nasenbein und gleitet dann zum Ohr. Du bist erregt, aber hast Angst, ihn zum Akt nicht hochzukriegen.

»Brauch meine Vitamine, weißt du doch«, sagst du und greifst nach der Kodakdose. Der ultimative Sonntagskrieger.

Sie läßt dich los. »Laß mich mal machen«, sagt sie, streift ihr Nachthemd ab und setzt sich auf dich. Sie küßt dich, preßt dir ihre Zunge in den Mund, wie eine alte Freundin, und arbeitet sich deine Brust hinab. Als sie zu deinem Schwanz kommt, hebt sie ihn an der Wurzel an, eine ganz sachte Berührung, und haucht ihre Lippen dagegen, sanft wie der Wind. Sie öffnet den Mund und nimmt dich auf, poliert dich und holt dich ganz in ihren Mund, legt die Zunge um die Spitze und senkt den Kopf auf die Wurzel, während ihre Finger leicht auf dem Schaft ruhen. Das reicht fast, um einen Steifen zu bekommen, aber dein Organismus war in letzter Zeit chemischen Angriffen ausgesetzt, und du weißt aus Erfahrung, daß man Feuer mit Feuer bekämpfen muß.

»Bitte«, sagst du und nimmst ihren Kopf in deine Hände.

Sie sieht hoch. »Noch nicht«, sagt sie und senkt ihren Kopf wieder. Obwohl sich erste Lebenszeichen zeigen, wächst nichts.

Du wartest eine Minute, während der Mireille rhythmisch weiterpumpt, und dann sagt sie: »Komm schon.«

Sie richtet sich auf und streift sich die Haare aus dem Gesicht. Dann rückt sie zurecht, gleitet leicht nach vorn, hält deine Beine unter dir fest und beugt sich vor. Sie legt ihre Brüste an die Seiten deines Schwanzes, macht ihn zum Sandwich. Sie fängt an, ihre Brüste an deinem Schwanz auf und ab zu reiben und masturbiert dich mit ihren Titten. Bei dir und deinem widerwilligen Schwanz klappt das wie bei Aladdin mit seiner Lampe. Du fühlst ihn unter ihr erblühen, dein Schwanz erwacht zum Leben, die Auferstehung, er bewegt sich mit ihr, dein Körper bäumt sich auf, vögelt ihre Brust, und plötzlich dreht sie sich nach links und kratzt dich mit dem rauhen Haar ihrer Achselhöhle. Das ist das höchste der Gevögel. Sie hat dich in ihrer Gewalt, dein ganzes Leben liegt in ihren Händen, und du willst sie haben und besitzen, als du in die weiche Fleischfalte unter ihrem Kinn hochstößt. Du fühlst eine Befreiung, die deinen ganzen Körper sich aufbäumen läßt, weil sie dich an einen Ort gebracht hat, wo du noch nie gewesen bist, und das Keuchen, das sich dir entringt, klingt wie ein Schluchzen. Und du nimmst sie behutsam in die Arme und küßt sie wie Kolumbus den Boden der Neuen Welt.

Deutsch von Ulrich Blumenbach

Hanif Kureishi
LUST MIT EINER BRUST

Ich kniete nieder. Ich wußte, daß dies genau das Richtige war – seit Dads Vorführung war ich in höchstem Maße intuitiv geworden. Ich kroch über den Rasen. Sie mußten hier vor kurzem ein Barbecue veranstaltet haben, denn rasiermesserscharfe Kohlestückchen schnitten mir die Knie auf. Trotzdem überquerte ich die Rasenfläche ohne ernsthafte Verletzungen. Am Rand sah ich undeutlich eine Gartenbank. Als ich noch näher herankroch, erkannte ich im Mondlicht Eva. Sie zog gerade ihren Kaftan über den Kopf. Wenn ich genau hinsah, konnte ich sogar ihre Brust erkennen. Und ich sah genau hin; ich sah so genau hin, daß mir beinahe die Augen aus dem Kopf fielen. Dann wußte ich, daß ich mich nicht getäuscht haben konnte: Eva hatte nur noch eine Brust. Soviel ich erkennen konnte, war dort, wo man eigentlich die andere Brust erwartete, tatsächlich nichts zu sehen.

Unter den Massen von Fleisch und Haaren war, beinahe völlig unsichtbar, mein Vater. Ich war mir sicher, daß es sich um Daddio handelte, weil er fast ohne jede Rücksicht auf die Nachbarn über die Gärten Beckenhams hinwegröhrte: »O mein Gott, o Gott, o Gott!« War ich etwa so empfangen worden, fragte ich mich, in vorstädtischer Nachtluft, beim Geheul eines christlichen Fluches aus dem Munde eines abtrünnigen Moslems, der sich als Buddhist verkleidet hatte?

Mit einem schallenden Klaps schloß Eva meinem Vater den Mund. Das war ein Spur zu gebieterisch, dachte ich, und war nahe daran, aufzuspringen und zu protestieren. Aber, verdammt noch mal, wie die Eva federn konnte! Kopf zurück, Blick zu den Sternen, so stieß sie sich wie ein Fußballer mit fliegendem Haar vom Rasen ab. Was war jedoch mit dem mörderischen Gewicht auf Dads Hintern? Der Abdruck der Gartenbank würde bestimmt noch tagelang wie Grillstreifen auf einem Steak auf seinen Arschbacken zu sehen sein.

Eva nahm ihre Hand von seinem Mund. Er begann zu lachen. Dieser glückliche Ficker lachte und lachte. So klang die Lebenslust eines Mannes, den ich nicht kannte, voller Geilheit und egoistischer Zufriedenheit. Es machte mich völlig fertig.

Deutsch von Bernhard Robben

Benoîte Groult

VÖGLE MIT MIR IN DAS GLÜCK

Sie haben sich noch immer nicht geküßt, aber ihre Augen können sich nicht mehr vom Mund des anderen lösen. Auch ihre Hände können nicht mehr von der Haut des andern lassen, die sie so bedächtig streicheln, daß es fast schmerzhaft wird. Dann schleppen sie sich, ineinander verklammert, in das Schlafzimmer, wo George im Vorübergehen die ungesunde Klimaanlage abstellt. Zwei Bilder, die Negerinnen mit spitzen Brüsten vor Strohhütten und Ananassträuchern darstellen, hängen zu beiden Seiten des großen Bettes – die Benutzer sollen schließlich nicht vergessen, daß sie in den Tropen sind.

Gauvain schiebt George auf dieses Bett, aber noch hat er den Mut, sie nicht mit seinem Körper zu bedecken. Er setzt sich neben sie, als wäre sie ein Instrument, das er nun spielen will. Sie findet ihn schön, wenn er sich auf die Liebe vorbereitet, und wenn sein intensiver Blick sich mit einem Schmerz verschleiert, der ihr nahegeht. Sie wartet. Nicht mehr lange jetzt. Sie sind in jene Zone vorgedrungen, die nur ihnen gehört und wo sie ihren Lebensalltag endgültig hinter sich lassen. Er neigt sein Gesicht zu ihr, und ohne sie mit seinen Händen zu berühren, beginnt er ihre Lippen zu küssen. Erstes intimes Erkunden, noch sind es nur die Zungen. Dann tastet sich die eine Hand zum Busen vor, während die andere sich nach dem Grad der Erwartung bei

George erkundigt, und dies so vorsichtig, daß es gewaltiger ist als Gewalt. Aber sie werden es nicht lange aushalten, nur mit den ineinander verschmolzenen Lippen und mit seinen Fingern an der Innenseite ihrer Schenkel, dort an der Stelle, wo sie Mund werden, und mit ihren Händen, die sein Glied umfassen. Als beide es nicht mehr ertragen können, legt er sich ganz auf sie, spreizt ihr die Beine auseinander mit den seinen, gleich wird das Schiff die Hafeneinfahrt passieren, und mit einem unendlich langsamen Stoß kommt er ans Ziel. »Ein Zentimeter in der Sekunde«, wird sie erklären, falls Ellen wieder alles genau wissen will, und ihre spöttische Anmerkung kann sie sich vorstellen: »Nicht einmal ein Viertel Knoten! Du mußt doch zugeben, daß das für einen Seemann nicht gerade ...«

Als sanft auslaufende Brandung kommt der Orgasmus, sie können ihn kaum unterscheiden, so intensiv ist alles drum herum. Und er dauert lange, vielleicht überkommt er sie zweimal, wer weiß es schon. Sie jedenfalls wissen es nicht, denn sie regen sich nicht, um sich so lange wie möglich auf dem schäumenden Kamm dahintragen zu lassen.

Deutsch von Irène Kuhn

Elisabeth Plessen

ZÄRTLICHER KLUMPEN

»Zärtlicher Klumpen. Ich höre dein Herz pochen. Es pocht in mein Ohr hinein, hat einen schnelleren Rhythmus, schwerer und voller, kommt dumpf. Du, sage ich, denke es erst: du. Wozu hätte ich die Sprache. In die Stille reden. Scham. Fast bin ich erstickt. Du brennst mir immer noch auf der Zunge.«

»Liebling«, sagt er leicht bescholten. »Daß du auch keine Ruhe gibst. Spül dir doch den Mund mit Hexoral.«

»Ich hab's getan. Wohin es führt, ich weiß noch nicht.«

»Wenn du es magst?«

Sie schweigt.

»Ein Experiment?«

»Das Brennen hält an.«

»Wie ist es denn?«

»Ja, wie? Ätzend scharf beißend salzig sengend aggressiv. Gegen das Gebeiße an habe ich immer mehr Spucke entwickelt. Mein Mund ist eine Brackwasserhöhle.«

Heiter sagt er: »In der Kaulquappen schwimmen.«

»Merkwürdig der Unterschied zwischen Geschmack und Geruch. Samen riecht nach Mimosen.«

Vladimir Sorokin

KNÖPF MICH AUF

– Weißt du ... das ist für mich der schönste Abend seit fünf Jahren.

– Wirklich?

– Ja.

– Und warum?

– Weil ... weil ...

– Vadim ... Vadim ...

– Du bist so schön ... bezaubernd ...

– Vadim ... Vadim ...

– ....

so ... schön

– Vadim ... warum ... hm ...

– ....

– .... Vadim ... nicht doch ...

– .... bezaubernde ....

– .... nicht doch ....

– ....

– .... Vadim ....

– ......

– Nun .... und nun .... nun ....

– ....

– ....

– So, ist es so gut?

– Es ist ganz dunkel . . .
– Du bist so schön . . . so schön . . .
– Vadim . . . aber wir kennen uns doch gar nicht . . .
– . . . . . so schön . . . was für einen Hals du hast . . .
– . . . . Vadim . . . . . . Vadim . . . .
– . . . . Ljudočka . . . .
– . . . .
– . . . . es ist . . . so schön mit dir . . . . .
– Vadim . . .
– . . . .
– Nicht doch . . . . . . Liebster . . . . wozu . . . .
– . . . .
– Vadik . . . . aaah . . .
– . . . .
– Mein Kleiner . . . . nicht . . . .
– . . . .
– So zieht man es nicht aus . . . .
– . . . .
– Vadim . . . .
– . . . .
– Warte. Ich ziehe die Vorhänge zu.
– Du bist so schön.
– Zieh den Bettüberwurf weg . . .
– Komm zu mir . . .
– Knöpf mich auf . . . da hat sichs verhakt . . .
– Ja . . . . . . mein Blümchen . . .
– Herrgott . . . das verdammte Kleid . . .
– So . . .
– Noch ein bißchen . . .
– Liebste . . .
– Oh . . . . . .
– . . . . . .
– . . . . . . ach . . . . mein Kleiner . . . .
– . . . .
– . . . . Kleiner . . . . Liebster . . .
– . . . . aaah . . . .
– Mein Liebster . . .
– . . . .

– Oj ...
– Haaa ...
– Aach ...
– Haaa ...
– Aach ...
– Haaa ...
– Ach ...
– Haaa ...
– Acha ... Lie ... ber ...
– Haaa ...
– Aaach ...
– Haaa ...
– Aaach ... oj ...
– Haaa ...
– Ooaah ... ach ...
– Ha ...
– Aaach ... Sü ... ßer ...
– Haa ...
– Aaach ... oooh ...
– Haaa ...
– Aach ... Va ... di ... mmm ...
– Haa ...
– Aaach ...
– Haaa ...
– Aaach ... Klei ... ner ...
– Haaa ...
– Aaach ...
– Haa ...
– Ach ...
– Haaa ...
– Aaach ...
– Haa ...
– Ach ... ach ...
– Haaa ...
– Aaach ...
– Haaa ... Lieb ... ste ...
– Aach ... Lie ... lieb ... ster ...
– Haa ...

– Aaaaah!
– Haaa ...
– Aaach ...
– Haaa ...
– Aaach ... aaah ... aaah!
– Haa ...
– Aaach ...
– Haaa ... Du ... du ...
– Aaach ...
– Haaa!
– Aaaach ...
– Haa!
– Aach ...
– Ha!
– Acha ...
– Ha!
– Ach ...
– Ha!
– Ach.
– Ha!
– Ach.
– Ha!
– Ach.
– Ha!
– Ach.
– Ha!
– Ach.
– Ha!
– Aaaa ...
– Ha!
– Ach.
– Ha!
– Aaach ... oj ...
– Ha!
– Aaach ...
– Haa!
– Aaach ...
– Haa!

– Ach.
– Ha!
– Aaach . . .
– Ha!
– Aaach . . .
– Ha! Oj!
– Aaach . . . Liebste . . . rr . . .
– Ha!
– Aaah . . . aaah! Aah! Aaaah! Oj! Süßer! Aaaah! Aaaah!
– Ha!
– Aaaah! aaaa! Oj! Aaach . . . Liebster! Aaaah! Aaaah!
– Ha!
– Aaaah . . . aaaaach . . . aaaaah . . .
– Ha! Aaaah . . . uuuh . . . oooaaah . . . ich lie . . . jaaa . . .
– Oooj . . . oooh . . . mein Liebster . . . Kleiner . . . aaaach . . .
– Aaaah . . . aaah . . . du Schöne . . . Schöne . . . aaah . . .
– Oooj . . . mein kleiner Kater . . . ooooj . . .
– Aaaah . . . aaah . . . aaah . . . ich liebe dich . . .
– Ooooch . . . ich bete dich an . . .
– Meine Liebste . . .
– Mein kleiner Kater . . .
– Liebste . . .
– Mein Goldjunge . . . Kleiner . . .
– Du Schöne . . .
– Mein kleiner Kater . . .
– Du hast einfach wunderbare Brüste . . .
– Gefallen sie dir?
– Die gefallen sicher jedem.
– Mein frecher kleiner Lausebengel . . .
– Du Schöne . . .
– Oh, wir haben auf dem Deckbett gelegen . . . ziehs weg.
– Aha . . .
– Vadik, warte, ich bin gleich wieder da . . .
– Du hast eine göttliche Figur. Wie Kleopatra.
– Hör mal, komm mit, ich wasche dich . . .
– Mein Gott . . . ich schlafe wohl . . .
– Komm her . . .
– Liebste . . .

– Komm rein ... steck den Stöpsel rein ...
– Oh ... ist das kalt ...
– Gleich kommt es warm ...
– Uuuh! Diese Wasserhähne!
– Es ist gleich voll ... rück mal ein Stück ...
– Ein richtiger Wasserfall ... uuuch ...
– Gib mir die Seife ... dort ...
– Aha ...
– Knie dich hin ...
– Meine Schöne ...
– Halt dich an mir fest ...
– Und dann wasche ich dich. Ja?
– Natürlich ... so ... das süße kleine Würstchen ...
– Meine Schöne ...
– Hat sich so angestrengt ... der Ärmste ...
– Oj!
– Ersäuf mich nicht, paß auf ...
– Es ist so heiß ...
– Mach den kalten weiter auf ...
– Aha ... so ... jetzt ist gut ...
– So ein kleiner ... so ein hübscher ...
– Oj ...
– Und hier ... das gemütliche Eckchen ...
– Aaaach ...
– Und das Popochen waschen wir auch ... der ist ganz verschwitzt ...
– Oj ... hast du zärtliche Hände ...
– Und hier ... so ...
– Aaaach ...
– Und hier ... und hier ...
– Und was ist das für eine Narbe, Ljud?
– Da ist mir ein Glas draufgefallen ... und hier ...
– Liebste ...
– So ... daß alleß ßön ßauber wird ...
– Und jetzt ich dich.
– Mach das Wasser aus, sie wird zu voll.
– Aha ...
– Du bist richtig gut gebaut ... ein muskulöser junger Mann ...

– Hör zu . . . oj, du meine Schöne . . .
– Mein kleiner Kater . . .
– Wie schön . . .
– Gefallen sie dir?
– Sie sind wunderbar . . . schau mal, wie glatt . . .
– Sie gehören dir, Kater . . .
– Hör mal, wollen wir hier, ja?
– Oooh . . . was sehe ich! Da ist ja ein dritter bei uns!
– Komm, Liebste . . .
– Auf der Brücke standen drei: er, sie und seiner . . .
– Ach komm, komm . . .
– Was, in der Badewanne? Das wird nichts . . . ich gehe raus . . .
– Meine Kleopatra . . .
– Komm, so . . .
– Bück dich ein bißchen . . . so . . .
– Oj . . . Liebster . . . oooch . . .
– Haaa . . .
– Aaach . . .
– Haaa . . .
– Aaach . . .
– Haaa . . .
– Aaach . . .
– Hss!
– Aaach . . . mein . . . klei . . . ner . . . Ka . . . ter . . .
– Haaa . . .
– Aaaach . . .
– Haaa . . .
– Aaaach . . .
– Haaa!
– Aaach . . . aaah . . .
– Haaa! Du Schö . . . ne . . .
– Aaach . . .
– Haaa!
– Aaaah . . . aaah . . .
– Haaa!
– Aaaach . . .
– Haaa . . .
– Ach . . .

– Ha . . .
– Aaaach . . .
– Haaa!
– Ooooj! aaah . . .
– Haaa . . .
– Aaach . . .
– Haa . . .
– Aach . . .
– Haa . . .
– Aaach . . .
– Haaa! Ooooh . . . ommm . . .
– Aaaach . . .
– Haaa!
– Oooj . . . wei . . . ter . . . Lieb . . . ster . . .
– Ha! . . .
– Och . . .
– Ha!
– Aaach . . .
– Ha!
– Ach . . .
– Ha! Oj . . . oj . . .
– Aaaach . . .
– Haaa . . .
– Aaaach . . .
– Haaa . . .
– Aaach . . .
– Haaa . . .
– Aaach . . .
– Haaa . . .
– Aaaach . . . mmmein . . . Sü . . . ßer . . .
– Ha!
– Ach . . .
– Ha!
– Ach!
– Ha!
– Ach!
– Ach!
– Ha!

– Achchch ... oooh ...
– Ha!
– Aaaach ... oj ... ja ...
– Ha!
– Ooooch ... oj ...
– Ach!
– Oooch ...
– Acha!
– Aaaah ...
– Ooooh ...
– Acha!
– Oj ...
– Acha!
– Oj ... Lieb ... ster ...
– Acha!
– Aaaah ...
– Acha!
– Aaaaah ...
– Acha!
– Aaaach ...
– Acha!
– Oooj ... oj!
– Acha!
– Oj!
– Acha!
– Oj ... oj ...
– Acha!
– Oj ...
– Acha!
– Oj ...
– Acha!
– Mach wei ... ter ... aaah ...
– Acha!
– Oj ...
– Acha!
– Oj ...
– Acha!
– Aaah ...

– Acha!
– Aaaah . . .
– Acha!
– Aaaah . . .
– Och!
– Aaaa . . .
– Oj!
– Aaah . . .
– Oh!
– Aaaah . . .
– Hach!
– Aaaah . . . oj . . . mein . . . Ka . . . ter . . .
– Hach!
– Weit . . . teeer . . .
– Hach!
– Ooooch . . .
– Hach!
– Aaaach . . .
– Hach!
– Aaaah! Aaaaaa! Oj! Aaaah! Aaaaaah! Oj! Aaaaaah! Aaaaah! Aaaaaaaah!
– Hach!
– Aaaaah!
– Hach!
– Aaaaaai!
– Hach!
– Aaaai!
– Haaa!
– Aaaai!
– Haa!
– Aaj!
– Ha!
– Aj!
– Ha!
– Aaaah . . . oj . . . Liebster . . . ich kann nicht mehr . . .
– Ha!
– Oh . . . ich . . . kann . . . nicht . . . mehr . . .
– Ha!

– Oj . . . ja . . .
– Ha!
– Oj . . .
– Ha!
– Oj . . .
– Ha!
– Oj . . .
– Ha . . . Aaaaaaammmmmaaaaah . . . ammmmmmmaah . . . oommm . . . mmmm . . .
– Mmmmein . . . Häs . . . chen . . .
– Mmmmm . . . ooommmm . . . mmmm . . . ommm . . . oaaammm . . .
– Ka . . . ter . . .
– Ommmm . . .
– Sü . . . ßer . . .
– Mmmm . . .
– Kater . . .
– Oj . . .
– Kater . . .
– Oj . . .
– Mein Katerchen. Wie schön ist das mit dir . . .
– Oj . . .
– Liebster . . .
– Oj . . . gehn wir raus . . . geh . . . oj . . .
– Paß auf, ertrink nicht . . .
– Puuuh . . . ich kann nicht mehr . . .
– Rück zur Seite . . . oh! Es läuft über . . .
– Puuuh . . . du bist völlig wahnsinnig . . . fuuu . . .
– Mein lieber kleiner Kater . . .
– Ooooooj . . . die Seligkeit . . . leg dich hierhin . . .
– Mach mir die Haare nicht naß . . . hoppla . . . och!
– Ist das schön . . .
– Mein Kater . . .
– Komm, machen wir das Licht aus und schlafen!

Deutsch von Peter Urban

Max Goldt

ORGASMUSMARATHON

Unhöfliche Menschen sind schier einfach überhaupt nicht zum Aushalten. Ich notiere diese durchaus unoriginelle Ansicht, um den Kolumnenkonsumenten schonend darauf vorzubereiten, daß ihm allerlei Auslassungen über die Unhöflichkeit ins Haus stehen, da ich finde, daß es höchste Eisenbahn ist, mit der Unhöflichkeit hart ins Gericht zu gehen. Ich bin der Meinung, daß ich dies unbedingt tun sollte, da der Zeitschriftenmarkt vor Artikeln über die Unhöflichkeit nicht gerade trieft. Statt dessen las ich z. B. gestern in einer sogenannten Schundzeitschrift einen Artikel über den *Orgasmus.* Frauen haben, so stand da, bestimmte Punkte im Leib, auf die sie nur geschickt drücken müssen, um Orgasmen von fast beliebiger Länge zu erzeugen. Von einer britischen Hausfrau wird berichtet, daß sie sich einen vier Stunden langen Orgasmus gedrückt, man ist fast geneigt zu sagen: programmiert haben soll. Ich hoffe aber, das greift nicht um sich. Es kann ja auch nicht im Interesse der Männer liegen, wenn am Abend die Freundin anruft und sagt: »Du, ich kann heute leider nicht mit ins Kino kommen. Ich habe gerade einen Orgasmus.« Und wenn man bei *Bolle* nach Käse ansteht, will man doch auch lieber, daß die Verkäuferin normal ist, denn ein Orgasmusmarathon dürfte kaum höflichkeitssteigernd sein.

Stephen Fry

POSTKOITALE VERWIRRUNG

»Du bist doch nicht schwul, Adrian?«

Die Frage schreckte ihn auf.

»Also«, sagte er, »ich weiß, was mir gefällt.«

»Und gefalle ich dir?«

»Gefällst du mir? Ich bin schließlich aus Fleisch und Blut. Wie könnte irgendwer keinen Schauer verspüren angesichts deiner zarten, fleischigen Gliedmaßen, deiner zuckenden Fesseln, deines zitternden Halses, deines glänzenden Hinterteils, deiner erbebenden, erschauernden Flanken?«

»Dann fick mich, Herrgott noch mal. Ich werde wahnsinnig.«

Trotz aller Worte hatte Adrian keine Erfahrung mit einem menschlichen Wesen des anderen Geschlechts, und bei den Verschlingungen mit Clare erstaunte ihn die Stärke ihres Verlangens. Er hatte nicht erwartet, daß Frauen wirklich denselben Trieb und dieselbe Begierde verspürten wie Männer. Jeder wußte schließlich, daß Frauen sich nach Persönlichkeit, Stärke und Sicherheit sehnten und sich nur dann mit der Notwendigkeit abfanden, penetriert zu werden, wenn das der Preis war, den Mann zu halten, den sie liebten. Daß sie ihre Rücken durchbogen, die Lippen ihres Geschlechts weit aufsperrten und ihn hineindrängten, war etwas, auf das er nicht gefaßt war. Adrians Zimmer lag ganz oben in der Schule, und sie hatten die Tür abgeschlossen, aber er wurde das Gefühl nicht los, daß jeder ihr Jaulen und Wonnegebrüll hören konnte.

»Bums mich, du Bastard, bums mich durch! Härter! Tiefer und härter, du Scheißhaufen. Gott, tut das gut!«

Es erklärte all die Witze über Bettfedern. Das Geschlecht, an dem er bislang Anteil genommen hatte, entwickelte nicht diese kolossal stampfenden Rhythmen. Er merkte, daß er es immer schneller trieb und in ihr Schreien einfiel.

»Ich ... glaube ... ich ... komme ... oooooooh! ... puuuuuuh! ... aaaaaaah ...«

Er brach auf ihr zusammen, während sie zur Ruhe zuckte. Keuchend und schwitzend wanden sie sich zusammen in eine Art atemloser Stille.

Sie packte ihn an den Schultern.

»Du wunderbarer verfluchter Hurenbock. Mein Gott, hatte ich das nötig. Puuh!«

»Wo du's grade sagst«, japste Adrian, »ich glaube, ich auch.«

In jenem Semester brachte Clare ihm eine Menge bei.

Deutsch von Ulrich Blumenbach

Am nächsten Tag gab es mehr Licht, und sie tranken vorher zusammen eine halbe Flasche Wein aus der Minibar. Yolande war kühner und gesprächiger. »Heute berühren wir uns nur, aber es gibt keine verbotenen Zonen, wir dürfen anfassen, wo wir wollen und wie wir wollen, okay? Und nicht nur mit den Händen, sondern auch mit Mund und Zunge. Möchtest du an meinen Brüsten saugen? Komm, tu dir keinen Zwang an. Ist das schön? Gut, für mich auch. Darf ich lutschen? Keine Angst, ich drücke ganz fest zu, so, damit du nicht kommst. Okay. Ganz locker. War das schön? Gut. Aber ja, natürlich mache ich das gern. Lutschen und Lecken sind sehr wichtige sinnliche Erfahrungen. Was einem Mann gefällt, liegt ja buchstäblich auf der Hand, bei Frauen ist das anders, da ist alles verborgen und versteckt, man muß erst lernen, sich zurechtzufinden. Komm, mach deinen Finger naß, ich führe dich.«

Er war schockiert, benommen, buchstäblich außer Atem nach dieser stürmischen Reise in eine Welt der Worte und Gesten, bei denen es kein Tabu gab, gleichzeitig aber auch in Hochstimmung – und an der hielt er sich aus Leibeskräften fest. »Machen wir heute Liebe?« bat er.

»Auch das ist Liebe machen, Bernard. Ich finde es wunderschön.«

»Ja, aber du weißt, was ich meine.«

»Machen wir heute Liebe?« fragte er, während er ihr das rote Kleid aufknöpfte. »Ich meine – richtige Liebe . . .«

»Nein, heute nicht. Morgen.«

»Morgen?« jammerte er. »Ja, sag mal, was bleibt denn noch zwischen gestern und morgen?«

»Das zum Beispiel.« Sie stieg aus dem Kleid. Darunter kam ein weißes Satinkorselett mit Spitzenbesatz zum Vorschein.

Er schloß kopfschüttelnd die Augen. »Yolande, Yolande . . .«

»Was ist? Macht dich das an?«

»Ja, natürlich.«

»Dann hilf mir beim Ausziehen.«

Er zupfte ungeschickt an den Schulterträgern, und sie befreite ihre Arme. Das Korselett fiel auf ihre Hüften herunter und gab die Brüste frei, die Bernard zärtlich küßte. »Yolande«, stöhnte er, »Yolande, was machst du da mit mir?«

»Man könnte es Sexualerziehung nennen. Die amerikanische Masche, Bernard. Alles läßt sich lernen. Der Erfolg. Die Kunst, einen Roman zu schreiben. Die Technik der Liebe . . .«

»Hast du das vorher schon einmal jemandem beigebracht?«

»Nein. Es wäre gegen das Berufsethos.«

Er lachte ein bißchen hysterisch. »Und warum ist es bei mir nicht gegen das Berufsethos?«

»Weil du kein Patient bist, sondern ein Freund.«

»Du machst das sehr fachmännisch.«

»Na gut, wenn du es unbedingt wissen willst . . . Vor acht Jahren hatte Lewis mal Potenzprobleme. Wir waren zusammen in der Therapie, und es hat geholfen.«

Das Korselett fiel zu Boden, und sie stand vor ihm, straff, gut geformt, braungebrannt, ein Akt von Gauguin – bis auf die hellen Bikiniränder über Brust und Lenden. Er fiel in die Knie, drückte sein Gesicht an ihren Leib und streichelte ihre Hüften. »Du bist so schön«, sagte er.

»Das ist toll, du.« Sie massierte sanft mit den Fingerspitzen seine Kopfhaut. »Es ist wunderbar, wenn einen wieder jemand in den Armen hält.«

»Bin ich der erste, seit Lewis nicht mehr da ist?«

»Ja. Wenn ich Lust bekomme, helfe ich mir mit einem Vibrator. Schockiert dich das?«

»Mich kann nichts mehr schockieren«, sagte Bernard. »Manchmal denke ich, du mußt eine Hexe sein, eine schöne glutäugige Hexe. Wie könnte ich sonst all diese Sachen machen, ohne vor Scham und Verlegenheit zu vergehen? Noch dazu mit der Frau, die um ein Haar meinen Vater umgebracht hätte.«

»Wenn ich Freudianerin wäre«, sagte Yolande und zog ihn hoch, »würde ich sagen, daß das den Reiz noch erhöht. Ich habe dir gleich gefallen, nicht?«

»Ja. Ich sah dich nach dem Unfall so deutlich vor mir in deinem roten Kleid. Daß ich es dir eines Tages ausziehen würde, hätte ich mir allerdings nicht träumen lassen.«

»Ja, so geht's ... Das Leben ist voller Überraschungen. Leg dich auf den Bauch.«

»Ganz gegen den Spielverlauf.«

»Was?« Sie begann, ihm systematisch Nacken und Schultern zu massieren.

»Ach, nichts. Eine Sache, auf die wir gekommen sind, als ich heute bei Ursula war.«

»Worüber redet ihr beiden eigentlich?«

»Heute war der Himmel dran.«

»Aber du glaubst doch gar nicht an den Himmel.«

»Nein, aber ich weiß gut darüber Bescheid.«

Yolande lachte. »Typisch Akademiker!«

»Und du?«

»Ich denke, wir müssen uns auf dieser Erde unseren Himmel selber machen. Und unsere eigenen Gebete erhören. Wie du, als du die Schlüssel am Strand wiedergefunden hast. Dreh dich um.«

»Können wir nicht jetzt Liebe machen?«

»Heute üben wir, wie du mich nimmst, ohne zu kommen«, sagte Yolande. »Wenn du merkst, daß du kommst, sagst du es mir, okay? Daß mit Geschlechtskrankheiten bei dir nichts sein kann, wissen wir. Wenn man es recht bedenkt, bist du der sicherste Lover in ganz Honolulu. Du könntest deinen Körper für horrende Summen an die reichen Witwen im Royal Hawaiian verkaufen. Und zu deiner Beruhigung – als ich erfuhr, daß Lewis mich betrogen hatte, habe ich sofort einen HIV-Test machen lassen. Negativ.«

»An so etwas hätte ich nie gedacht«, sagte Bernard.

»Solltest du aber. Um ganz sicherzugehen, verpasse ich dir ein Kondom ... Okay? Ich knie mich auf dich, so, und nehme dich ganz behutsam in mich auf, so, siehst du, und dann verhalten wir uns ein, zwei Minuten ganz still. Okay? Wie ist das?«

»Himmlisch!«

»Und das? Spürst du das?«

»Gott im Himmel, ja ...«

»Guter Muskeltonus, was? Ich habe irgendwo gelesen, daß die Mädchen auf Hawaii das früher von ihren Großmüttern gelernt haben. Sie nannten es *amo-amo.* Wörtlich heißt das *zwinker-zwinker.* Ich rede so viel, damit du nicht kommst.«

»Ich liebe, ich liebe.«

»Was?«

»Amo ist ›ich liebe‹ auf latein.«

»Ach so ... Jetzt bewege ich mich ganz vorsichtig ein paarmal auf und ab, okay? Und dann gehe ich weg.«

»Nein«, sagte Bernard und hielt ihre Hüften fest.

»Und in ein paar Minuten machen wir das noch mal.«

»Nein«, sagte Bernard. »Geh nicht weg.«

»Der Sinn der Sache ist, daß du auf diese Weise lernst, deine Erektion zu beherrschen.«

»Ich habe meine Erektion die letzten drei Tage beherrscht«, sagte er. »Jetzt will ich einfach mal loslassen.«

»Du kannst dich hinterher selbst zum Höhepunkt bringen«, sagte Yolande. »Ich helfe dir, wenn du willst.«

»Nein, danke bestens. Irgendwo hört's auch bei mir auf. Ich habe noch nicht jedes Schamgefühl verloren. Schluß mit dem Unterricht. Laß uns Liebe machen. Ich liebe dich, Yolande.«

»Darüber müssen wir reden«, sagte sie und versuchte herunterzusteigen, aber er wölbte den Rücken und hielt sie fest. Die Beherrschung verließ ihn. »Geh nicht weg«, stieß er hervor. »Gehnichtweg gehnichtweg gehnichtweg.«

»Okay«, keuchte sie. »Okayokayokayokayooohhh ...«

Hinterher schliefen sie, nur mit einem Laken zugedeckt und eng aneinandergeschmiegt. Er wachte davon auf, daß Yolande die Nachttischlampe anknipste. Draußen schien es dunkel zu sein.

»O mein Gott«, stöhnte sie und versuchte, mit zusammengekniffenen Augen das Zifferblatt ihrer Uhr zu erkennen. »Roxy wird sich schon Gedanken machen.«

Sie rief, nackt auf der Bettkante sitzend, rasch ihre Tochter an. Als Bernard ihre Schulter streichelte, griff sie nach seiner Hand und hielt sie fest. Sie legte auf und zog sich schnell an.

»Morgen um die gleiche Zeit?« fragte er.

Sie sah mit einem seltsamen, leicht befangenen Lächeln zu ihm hinüber. »Der Kurs ist vorbei, Bernard. Herzlichen Glückwunsch. Du hast mit Glanz bestanden.«

»Nicht durchgefallen? Ich dachte, weil ich doch eine Stufe übersprungen habe ...«

»In Sexualkunde hat das gereicht. Aber in Durchsetzungsvermögen hast du dir eine glatte Eins verdient.«

»Ich liebe dich, Yolande.«

»Weißt du genau, daß du nicht Dankbarkeit mit Liebe verwechselst?«

»Genau weiß ich inzwischen überhaupt nichts mehr«, sagte er. »Nur, daß ich dich wiedersehen möchte.«

»Okay. Dann morgen nachmittag.«

Sie streckte den Kopf vor, um ihm den gewohnten freundschaftlichen Abschiedskuß zu geben, aber er legte die Arme um sie und küßte sie lange und leidenschaftlich. »Bis heute habe ich nicht gewußt, was es wirklich bedeutet, mit jemandem zu schlafen«, sagte er.

»Das ist schön, Bernard, aber ich muß jetzt wirklich los.«

Deutsch von Renate Orth-Guttmann

Robert Gernhardt

REICH DER SINNE, WELT DER WÖRTER

Beim Paar, das sich auf dem schmalen Bett liebte, gab es Schwierigkeiten.

»Komm nicht so mit der Zunge«, sagte er, worauf sie, verschreckt, die Zunge gar nicht mehr bewegte. Das war ihm nun auch wieder nicht recht: »Komm mehr mit der Zunge.«

Sie dachte daran, wie einfach anfangs alles gewesen war. Er überprüfte derweil seine Erektion. Sie schien in Ordnung zu sein, nun wollte er etwas dafür haben. Sie könnte feuchter sein, dachte er und erinnerte sich daran, wie feucht sie früher immer gewesen war. Oder setzte da bereits Verklärung ein?

»Komm«, sagte er und spürte, wie sie ihm immer mehr entglitt. Wo war sie jetzt eigentlich? Er stützte sich auf und schaute an ihr hinunter, dann auf sein Glied, das stetig in ihr verschwand. Kraftvoll, fiel ihm dazu ein, monoton, dachte er. Seine kraftvolle Monotonie ging ihm langsam auf den Geist. Sie stöhnte leise auf. Jetzt habe ich sie, vermutete er und beschleunigte seine Stöße. Sie hatte aber lediglich deswegen aufgestöhnt, weil er ihr nicht hatte folgen können. Dabei hatte er sie doch früher immer aufgestöbert, gestellt und mitgenommen. Oder war sie es gewesen, die ihn abgefangen und geführt hatte? Sie hätte ihm gerne gesagt, wo sie gerade war und wohin sie jetzt wollte, doch da hätte sie zu weit ausholen und zu lange reden müssen. Und eigentlich hatten ja nun die Körper das Wort. Warum sagten sie einander nichts? Sie überlegte, wie sie sich ehrenhaft aus der Affaire ziehen konnte. Wieder stöhnte sie auf, doch diesmal in der Hoffnung, ihn zu täuschen.

Geschmeichelt biß er sie ins Ohr. Jetzt habe ich sie wirklich, dachte er und spürte Freude darüber, daß sie nicht zu wissen schien, wie wenig sie ihn hatte. Er hatte seine Erektion, und das genügte ihm erst mal. Nun wollte er es ihr besorgen. Gutgelaunt biß er sie ein weiteres Mal ins Ohr.

»Aua«, sagte sie unbedacht und tadelte sich sogleich dafür. In Ekstase sagt man nicht »Aua«. Sie erwog, das »Aua« durch einen sinnlichen Seufzer vergessen zu machen oder doch wenigstens zu neutralisieren, doch sie wußte nur zu gut, daß es dafür bereits zu spät war.

Er fuhr auf. »Habe ich dir weh getan?« fragte er. Jetzt geht das Gerede doch noch los, dachte sie erschrocken und richtete sich ein wenig auf, um seinen Hals zu lecken. Sie fühlte sich schuldig und glaubte, durch ein leidenschaftliches Festsaugen sühnen zu müssen. Er hatte noch ihr »Aua« im Ohr, nun verstörte ihn ihre Zunge am Hals. »Was machst du denn da?« fragte er halblaut. Sogleich tat ihm die Frage wieder leid. War es nicht das gute Recht der leidenschaftlichen Frau, sich am Hals des potenten Mannes festzusaugen, ohne an Folgen zu denken wie Flecken, Vertuschungen und kumpelhafte Kommentare? Aber sagte eine Frau in Ekstase »Aua«?

Sie ließ nicht sogleich ab. Sie wollte die Sache jetzt hinter sich bringen und hoffte, ihn im Sturm mitnehmen und zum Orgasmus mitreißen zu können. Zu seinem Orgasmus, richtiger gesagt, denn an ihren glaubte sie schon lange nicht mehr. Wenn er doch nur an seinen glauben könnte! Sie saugte heftiger.

»Aua«, sagte er. Sie ließ ihren Kopf kraftlos auf das Kissen fallen und öffnete die Augen. Prüfend schauten sie einander an, während unten das Stoßen und Ziehen weiterging. Das hatte nun schon fast gar nichts mehr mit ihnen zu tun.

Jedes Einanderanschauen ist eine Kraftprobe. Irgendwann schaut einer zuerst weg, im normalen Leben. Beim normalen Beischlaf schließt gewöhnlich einer zuerst die Augen. Damit bedeutet er dem anderen, daß er noch auf dem Weg ist und um das Ziel weiß. Mit solch einem einzigen Augenschließen wird oft mehr gelogen als mit vielen Worten.

Noch schaut das Paar sich an. Beide wissen, daß sie ein Mißlingen des Beischlafs nicht zulassen können. Noch nie ist ihnen ein Beischlaf mißlungen, und daraus haben sie immer wieder die Kraft und den Sinn bezogen, erneut miteinander zu schlafen. Denn eigentlich ist so ein Beischlaf ja die unnatürlichste Sache der Welt. Die jeweiligen Körperkräfte und Körpersäfte mochten zwei verschiedene Menschen noch halbwegs koordinieren, aber all das lief lediglich auf einen Aneinandervorbeischlaf hinaus, wenn nicht zugleich die Phantasien, die Tag- und Nachtträume – der ganze unaussprechliche Bodensatz der Person also – miteinander ins Gespräch und gemeinsam in Bewegung kamen. Und das bitteschön auch noch sprachlos. Schweigend schauten sie einander an.

Beide hatten Schuld auf sich genommen. Beide hatten sie die geforderte Lust nicht bereitet und nicht erbracht. Jedenfalls nicht eindeutig genug. Lust und Schmerz sind ein ehrwürdiges Gespann, Lust und Aua schließen einander aus. Beide wußten, daß sie an einem Kreuzweg standen. Aber wo ging's lang?

Droht ein Beischlaf zu mißlingen, sorgt gerade die Nähe der Körper dafür, daß die Gefühle sich immer weiter voneinander entfernen. Sie ist enttäuscht, und er ist beleidigt. Hat er nicht eine sehr brauchbare Erektion vorzuweisen? Noch jedenfalls, denn er ist ja kein Heiliger. Irgendwann ist auch die schönste Erektion zum Teufel, wenn die Frau sie nicht zu würdigen bereit ist. Obwohl der Mann um die Komplexheit der psychologischen Zusammenhänge der weiblichen Lust weiß, hält er das Zusammenspiel der Bedingungen, die einen Mann wie ihn zur Lust befähigen, für ungleich komplizierter. Eigentlich müßten alle Glokken läuten, wenn er eine bombensichere Erektion hat, statt dessen macht sie Schwierigkeiten. Sofort schämt er sich für diesen Gedanken, aber beleidigt ist er trotzdem. Tief in ihm flackert die undeutliche Vorstellung von jener Frau auf, die glücklich und dankbar dafür wäre, eine Erektion wie die seine klaglos genießen und fraglos feiern zu dürfen. Schmerzlich reißt ihn die Erinnerung daran, daß die Frau unter ihm bisher dazu durchaus in der Lage gewesen ist, an seinen Kreuzweg zurück. Welche Richtung soll er nun einschlagen? Forschend schaut er die Frau an, enttäuscht schließt diese die Augen.

Nicht, daß sie von ihm enttäuscht wäre. Da sie dem Mann über ihr gefallen will, möchte sie ihm gerne jede Enttäuschung ersparen, auch die, sie enttäuscht zu haben. Sie würde seine Freude über seine Erektion gerne teilen; daß sie es nicht vermag, sieht sie als ihr Versagen an. Früher war sie dazu in der Lage gewesen, seine Lust als ihr Verdienst zu buchen, erst das Verläßliche, geradezu Mechanische seiner körperlichen Funktionen hatte sie nach und nach verstört. Was hatten diese stetigen Erektionen eigentlich noch mit ihr zu tun? Wieweit galten sie nicht einfach all jenen Auslösern, die sie mit allen anderen Frauen gemein hatte? Er hatte sich einmal für ihre Beinbehaarung begeistert, ein dichtes Vlies, das ihr immer etwas peinlich gewesen war. Dafür, daß er es liebte, hatte sie ihn an jenem Nachmittag besonders geliebt, und da sie sich nicht allzu häufig lieben konnten – sie war verheiratet –, war ihr dieses Zusammensein in besonderer Erinnerung geblieben. Doch das lag nun schon lange zurück, und dunkel malte sie sich einen Mann aus, der nicht deswegen funktionierte, weil er auf all die Funktionen ansprach, die sie mit ihrem Geschlecht teilte, sondern sie für all das und mit all dem liebte, was sie einzigartig und unverwechselbar machte, und das mußte keine Liebe mit Pauken und Trompeten sein, da würde bereits eine zärtliche Zunge genügen, die die Behaarung ihres Beines gegen den Strich leckte. Warum tat der da über ihr das nicht? Wieso arbeitete er sich derart ab? Weshalb war es nach Lage der Dinge so ganz und gar unmöglich, ihm auf die Sprünge zu helfen? Enttäuscht schloß sie die Augen.

Der Mann, der in den geöffneten Augen der Frau bereits Infragestellung, ja Ablehnung gelesen hatte, wertete ihr Augenschließen als Erfolg. Sie ergab sich also. Nun konnte auch er seine Augen schließen und seine Stöße wieder beschleunigen. Alles würde gut werden, so, wie ja immer alles gutgegangen war. Er schloß die Augen und spürte, wie sie ihre Arme um seinen Nakken schlang. Sie zog seinen Kopf ruckartig zu sich hinunter, in der Erwartung, auf ihren Mund zu treffen, öffnete er seinen. Doch in jäher Erinnerung an ihre unerwünschte Zunge hatte sie im letzten Augenblick den Kopf beiseite gedreht, so daß seine Zunge nun auf das Kissen stieß. Das geschah so unvermittelt, daß er verwirrt die Augen öffnete, freilich ohne viel zu sehen. Nun preßten die Arme der Frau sein Gesicht in das Dunkel des Kissens, verärgert schloß er den Mund. Wie kam er eigentlich dazu, ein Kissen abzuschlecken? Er wollte zum Licht zurück, doch ihre verschränkten Arme hinderten ihn daran. Ein Gerangel entstand, das beide nicht richtig zu deuten vermochten. Sie, nun ganz und gar dazu bereit, von sich abzusehen und ihm den Vortritt zu lassen, glaubte, in seinem Ruckeln und Rackeln den Beweis dafür zu erhalten, daß wenigstens er wieder Tritt gefaßt hatte und sich unter seiner Lust wand. Teilnehmend verstärkte sie ihren Griff. Er glaubte, aus dieser Tatsache herauslesen zu können, daß sie dabei war, in Bereiche ganz selbstischer, für ihn unbetretbarer Lust abzudriften. Das schmeichelte ihm, zugleich aber wurde die Luft knapp. Er drehte seinen Kopf so weit zur Seite, daß er wieder atmen konnte. Nun lagen ihre beiden Köpfe Hinterkopf an Hinterkopf; dieser stoßweise atmende und aus Gründen, die nichts mehr mit irgendeiner Lust zu tun hatten, seufzende Januskopf aber gehörte zwei Körpern, die einander immer noch Lust bereiten wollten. Noch immer drang der eine Körper in den anderen ein, immer noch kam der andere Körper dem einen stetig entgegen, jeder vom jeweiligen Kopf dazu angehalten, dem anderen Körper das zu bescheren, was nach Ansicht des jeweiligen Kopfes der je andere Körper begehrte und der je andere Kopf ersehnte. Das dauerte an und wurde langsam fad.

Nun sind die Weichen gestellt, in dieser unguten Stellung müssen die beiden durchhalten. Sie müßten allerdings auch dann weitermachen, wenn sie die Stellung verbesserten. Doch so viel Kraft hat keiner der beiden mehr. Jetzt hofft jeder, der andere möge ihm ein Zeichen geben. Wenn wenigstens einer ankommt, ist das immerhin die halbe Miete. Doch da jeder der beiden nur daran denkt, den andern zum Ziel zu bringen, bewegt sich nichts mehr. Außer den beiden Körpern natürlich, deren Bewegungen immer unsinniger werden. Noch allerdings glaubt jeder der beiden, die Erkenntnis dieser Unsinnigkeit für sich behalten zu können. Noch schließt jeder der beiden krampfhaft die Augen, da er weiß, daß nun jeder Blick zu beredt wäre. So horchen sie einander ab, jeder in der Hoffnung, dem anderen endlich den erlösenden Seufzer zu entlocken. Fahrt ins Verderben.

Als all das lange genug, ja schon viel zu lange angedauert hatte, beschlossen beide fast gleichzeitig, die glückliche Ankunft wenigstens zu simulieren. Sie beschleunigten ihre Bewegungen und verstärkten ihr Geseufze und Gestöhne. Dieser unerwartete Gleichklang überraschte die Frau und den Mann dermaßen, daß sie ungläubig die Augen aufrissen und die Köpfe einander zuwandten. Das konnte doch nicht wahr sein, daß sie nach all den Ab- und Irrwegen auf einmal gemeinsam ankamen. Sich anblikkend erkannten sie, wie unwahr es war. Es war so durch und durch gelogen, daß ihnen die Erkenntnis rasch wieder die Augen verschloß. Doch nun, da sie einander erkannt hatten, gab es keine Rettung mehr. Sie lösten sich voneinander und öffneten die Augen, diesmal, um aneinander vorbeizuschauen. Sie tastete nach ihrer Armbanduhr, die sie zuvor auf dem Fußboden abgelegt hatte. Da!

»Du, ich muß gehen«, sagte sie, »Herbert kommt heute früher.«

Kränkung! Mittwochs war Herbert bisher nie früher gekommen. Wieso kam er ausgerechnet heute früher? Beleidigt setzte er sich auf. Versöhnlich fuhr sie ihm über den Rücken, da blieb ihr Zeigefinger an einer Unebenheit seiner Haut hängen. Gedankenverloren kratzte sie daran. »Laß das«, sagte er. Nun war auch sie beleidigt.

Von da an schwiegen beide, beim Aufstehen, beim Anziehen, beim Gang zur Bushaltestelle.

Der Abschied zog sich etwas, da der Bus auf sich warten ließ. »Gehst du noch wohin?« fragte sie schließlich.

»Nein, ich muß nochmal rauf. Etwas arbeiten.«

»Überarbeite dich mal nicht.« Das war liebevoll gemeint, doch er hörte aus diesen Worten eine Kritik seines Beischlafs heraus. Dabei hatte er doch getan, was er konnte. Sie hatte es nicht gebracht.

»Bald bist du ja wieder bei deinem Herbert«, sagte er.

»Was heißt denn das schon wieder?«

»Genau das, was es besagt.«

»Und was besagt es?«

»Genau das, was es heißt.«

Verärgert blickte sie ihn an, da mußte er lächeln. Was besagte schon heißen, was hieß schon besagen? Das waren doch alles bloß Worte, nicht eindeutig festgestellte, nie wirklich feststellbare Zeichen, die sich fortwährend zu den schönsten Zweideutigkeiten verbinden und nutzen ließen, da genügte ja bereits eine Veränderung des Tonfalls. Mein Element, dachte er, und erinnerte sich fast befremdet daran, was sein Körper noch vor kurzem zusammengestoppelt hatte. Welch ein restringierter Code, diese Körpersprache! Da gab es nur wahre oder unwahre Aussagen, eigentlich nur wahre, da die Lügen ja doch immer gleich aufflogen – auf einmal kam ihm das ganze, nun schon fast zwei Jahre andauernde Verhältnis ganz unglaublich und ganz und gar unmöglich vor. Immerzu diese Direktheit der Körper! Ihre unveränderlich schlichte Botschaft! Alles Aussagesätze: Ich begehre dich. Ich will dich. Wenn es nicht lediglich Befehlssätze der reduziertesten Sorte waren: Ja! Jetzt! Komm! Keinen Konjunktiv vermochten diese Körper zu bilden, zu keinerlei uneigentlichem Sprechen waren sie fähig. War eine ironische Erektion denkbar, ein ironischer Orgasmus gar? Was immer die Körper einander da mitteilten, bewegten sich ihre Botschaften nicht stets auf Holzhackerniveau? Oder noch darunter? Ich Tarzan, du Jane – war das nicht die eigentliche Quintessenz all der schweißtreibenden Dialoge, die sie miteinander auf dem schmalen Bett geführt hatten?

Wieder mußte er lächeln.

»Woran denkst du gerade?« fragte sie. Statt einer Antwort trommelte er auf seine Brust und stieß einen Tarzan-Schrei aus, der allerdings wegen der Umstehenden ziemlich moderat ausfiel, fast tonlos: Uaaahiohuu.

»Herbert kommt heute wirklich früher«, sagte sie, da sie den nur gehauchten Tarzanschrei als humorig formulierte Klage mißverstand. Als wolle sie sein Einverständnis oder doch wenigstens sein Begreifen aus ihm herauspressen und herausschütteln, drückte sie ihre Arme an ihn und rüttelte an seinen Schultern: »Du!«

»Ich Tarzan«, sagte er. »Du Jane?«

»Sei doch mal ein einziges Mal ernst!«

Als ob er das nicht den ganzen Nachmittag über gewesen wäre! Nein, länger noch. Fast zwei Jahre lang. Alles hatte er ernst genommen: Sie, Herbert, die gefährdete Ehe der beiden, das Gefährliche ihrer Liebe, vor allem aber ihre Lust, da die doch die einzige Rechtfertigung dafür gebildet hatte, Eheglück und Seelenfrieden fortwährend aufs Spiel zu setzen – er hatte sich mit der Zeit in einem wüsten Geröllfeld von Gefühls- und Körper-Ernsthaftigkeit verloren, jetzt überkam ihn der Wunsch, sich so rasch wie möglich in den nächstgelegenen Sumpf zu retten, in doppelbödiges Gelände, dorthin, wo Handlungen schon deswegen ohne Folgen blieben, weil sie nichts bewirkten, und Worte, weil sie nichts bedeuteten.

»Woran denkst du?« fragte sie nochmals.

Er hätte es ihr unmöglich mitteilen können. Er wußte, daß es sie nach einem handfesten, sauber in Worte verpackten Stück Gefühls verlangte, nach etwas, womit sie leben konnte, so hatte sie es einmal genannt, dabei verlor doch er sich gerade in einem Gedankenfluß, der ihn immer weiter ins Ungefähre trug. Schon lagen Tarzan und Jane weit hinter ihm, gerade war er durch eine weitere trübe Überlegung geglitten, die, daß er zeit seines Lebens zum Ernstsein angehalten worden war, von Pfarrern erst, dann von Lehrern, schließlich von Frauen; dem Glaubens- und Lernernst war er glücklich entkommen, doch nur, um sich in Körper- und Lusternst zu verfangen; dabei hatte er doch eine Zeitlang selber geglaubt, ein jeder ordentlicher Beischlaf außerhalb der Legalität sei ein Tritt in das Gesäß jener Mächte, die ihn einst zur Ordnung gerufen hatten; nun aber meinte er die unheilige Allianz der scheinbaren Widersacher zu durchschauen: War nicht »Mensch, werde wesentlich« ihre stets gleich lautende Botschaft, und hatte nicht er, der sich immer herzlich unwesentlich vorgekommen war, dauernd simulieren müssen, um wenigstens den Schein zu wahren: Glaubensgewißheit und Lerneifer einst, Körperlust heute nachmittag, doch auch das war ja nicht das erste Mal gewesen, wem brachte er eigentlich all diese Opfer?

»Sag doch endlich einmal, woran du denkst!« bat sie abermals. Forderte sie es nicht vielmehr?

Gedankenkontrolle! War das nicht schon immer das erklärte Ziel all dieser totalitären Mächte gewesen, der Pfarrer, der Lehrer, der Frauen? Jetzt trug es ihn so richtig aus der Kurve, und er genoß es.

Wahrheit und Lüge – ließen sich plumpere, irreführendere Wegweiser durch die Unwegsamkeit des Lebens denken? Hatte die Menschheit nicht lediglich deswegen überlebt, weil zumindest ein Teil der Spezies es erlernt hatte, diese Wegweiser zu unterlaufen, statt ihnen nachzulaufen? In seinem Kopf kreiste und kreißte es, fast entschuldigend nahm er sie in die Arme. Sie schaute ihn forschend an, da kam ein Bus. Es war der falsche, sie vertieften sich wieder ineinander. Er hatte das Gefühl, etwas tun zu müssen; wider bessere Einsicht versuchte er seinem Blick etwas Bedeutungsvolles, mild Schmerzliches zu geben. Vielleicht kam er damit durch.

»Sag doch was!« bat sie.

Er blickte noch schmerzlicher und ließ sich noch genußvoller von seinen Gedanken fortreißen. Ein schwarzer GI mit einem mächtigen Kofferradio gesellte sich zu den Wartenden, und ihm fiel ein Freund ein, von dem er tags zuvor erfahren hatte, wieso ein gemeinsamer Bekannter überraschenderweise in die USA übergesiedelt war: »Der hat doch immer diese vielen Freundinnen gehabt.« Ja und? »Doch dann ist ihm vor einem halben Jahr diese Schwarze über den Weg gelaufen.« Ach was? »Ja, und Bimbo-Mausi hat dann alle anderen Mausis weggebissen«, und nun folgte er ihr in die Staaten – doch das hatte ihn, den Zuhörenden, schon gar nicht mehr interessiert, da seine ganze Begeisterung Bimbo-Mausi und den anderen Mausis gegolten hatte, der Verwandlung von aschgrauem Faktum in glänzende Mitteilung also, jener glorreichen Transsubstantiation von Stoff in Geist, von Wirklichkeit in Schnirklichkeit –

»Sag doch was. Bitte!«

Da war die Wirklichkeit wieder! »Mausi«, sagte er beschwörend.

»Was?« Sie fuhr zurück. Gerade wollte er ihr erklären, wieso er diesen zwischen ihnen bisher vollkommen ungewohnten Kosenamen gewählt hatte, da kam ihr Bus. Augenblick der bisher immer nur vorläufigen Trennung, der bisher stets erbrachten Bekräftigung, der bisher verläßlich geleisteten Versprechung, sich wiederzusehen. Heute jedoch zögerten beide. »Du!« sagte sie drängend, schon halb im Bus. »Bimbo-Mausi«, antwortete er und mußte lachen.

»Du Idiot!« Sie stieg in den Bus, ohne sich nach ihm umzudrehen. Sie wandte nicht den Kopf, als der Bus anfuhr, auch nicht, als er sich entfernte.

Gekränkt schaute er dem Bus nach, da fiel ihm ein, daß »Idiot« eigentlich auch ein ganz schön zweideutiges Wort war. Hatte es nicht ursprünglich denjenigen gemeint, der sich aus öffentlichen Angelegenheiten raushielt, einen Privatier? War es nicht erst im Laufe der Jahrhunderte zum Synonym von Tor, Narr, Irrer heruntergekommen? Und trafen nicht beide Bedeutungen auf ihn zu?

»Ich Idiot«, dachte er, und die Worte freuten ihn so sehr, daß er sie halblaut wiederholte: »Ich Idiot.«

Oben hatte er ein Fremdwörterlexikon, heimgekehrt wollte er darin nachlesen, was es mit dem Idioten eigentlich auf sich hatte. Er wandte sich zum Gehen. »Ich Idiot«, sagte er sich, um seinen Vorsatz nicht gleich wieder zu vergessen, »ich Idiot!«

F. W. Bernstein

AUS DEM SCHMATZKÄSTLEIN DES SCHWEINISCHEN HAUSFREUNDES

Es werden aus unserem Körperbau
kaum noch die Doktoren schlau.
Vielen ist als Sitz der Lust
nur die Brieftasche bewußt.
Wenn die von den Lüsten wüßten,
was sic alles wissen müßten,

alle Punkte, Stellen, Tricks –
doch Doktoren wissen nix.
Nur der Dichter packt noch die
menschliche Anatomie;
findet sich zurecht in vielen
dichterischen Doktorspielen,
sucht und sucht mit heißen Ohren,
wo er sonst gar nix verloren.
Findet auch ganz im geheimen
eine böse Lust beim Reimen;
und so fügt er eine geile
Zeile an die nächste Zeile,
und das wird – man ahnt es schon –
Körperbauspekulation.

Meistens macht die Suche Sinn:
sie bringt hohen Lustgewinn.
Lyrik forscht nach wundervollen
Teilen, die wir haben sollen;
ganz besonders die speziellen
libidinös besetzten Stellen
nimmt der Dichter wahr, und zwar
lustbetont mit Haut und Haar.
Prahlen wird er mit den schmalen,
dicken, haarigen und kahlen,
idealen und realen,
illegalen, cerebralen,
coolen und sentimentalen,
total tollen Regionen,
wo die Fleischeslüste wohnen.
Dieses Streben nach dem Glück
ist an sich ein starkes Stück,
ja vom Standpunkt der Moral
ist es Schweinkram und Skandal –
Ist dem Dichter ganz egal.
Siehe, er verkündet allen
Menschen noch mehr Wohlgefallen
an den Knöcheln, Knien und Kehlen,

auch der Kopf, der darf nicht fehlen,
ganz zu schweigen von Gefühlen,
die beim Wühlen in den Pfühlen ...

Schluß jetzt! Aus! Kurz und knapp:
Da geht's ab:

I
Von den siebzehn Körperteilen
nenne ich zuerst die geilen:
Daumen, Gaumen, Busen, Mund,
Nabel, Schniebel, Wadel, und
da war doch noch so ein Teil,
den vergeß ich immer, weil,
es hat einen wüsten Namen,
einen häßlichen, infamen.
Es heißt ähnlich wie das Ding,
das meist gar nicht mehr abging –
gleich fällt mir der Name ein:
's wird wohl die Brustwarze sein.

II
Zwischen Knie und Sockenrand
ist erotisch ödes Land.
Schön ist zwar die Wade,
doch sie bringt's nicht. Schade.

III
Viele Freuden bringt der Fuß,
den man vorher waschen muß.
Auch der Stiefelfetischist
liebt den Fuß nicht, wie er ist;
hat ihn gern im Schuh –
und Du?

IV
Dinge wie das Unterhemd
sind eigentlich körperfremd,

doch tut selbst ein alter Hut
oft erotisch noch sehr gut;
magst ihn in besonders heißen
Nächten in die Krempe beißen;
kannst ihn küssen, kannst ihn knüllen,
ihn mit Lust und Liebe füllen –
Herz mein Herz, was willst Du mehr?
Etwa noch Geschlechtsverkehr?

V

Mancher Herr hat solche Stellen,
die bei der Berührung schwellen;
Beulen, die am Kopf entstehn,
sind nur selten erogen.

Andre Teile wieder schrumpeln,
wenn zwei aufeinanderpumpeln.
Beispielsweise das Plumeau
und das Diskussionsniveau.

Was auch zusammenschrumpfen tut,
grade in der höchsten Glut:
das ist das Brikett
und die Zigarett.

VI

Erogen ganz ohne Frage
ist die Stereoanlage.
Den, der dran rummachen darf,
macht sie fickerig und scharf.

VII

Manche sagen jetzt, es fehle
auf der Liste noch die Seele.
Seele, Seele fehlt nicht, weil:
Seele ist total echt geil.

III.

LASSET DIE KINDLEIN ZU MIR KOMMEN

Kuppler, Kirche, Cupido

Marcel Aymé

GEFÄLLIGKEITEN

Honoré betrog seine Frau nie, abgesehen von zeitweiligen gemeinsamen Besuchen der Pferdehändler im Freudenhaus an der Rue des Oiseaux in Saint-Margelon. Aber das war beinahe unumgänglich aus Berufsrücksichten, und andererseits war er der Ansicht, die Huren gehörten einer fast unwirklichen Welt an. Desgleichen darf man die Gefälligkeiten, die er der Magd erwies, damals, als er noch eine hatte, nicht mitzählen. In den guten bodenständigen Bauernhäusern war es Brauch, altehrwürdiger Brauch, daß die Magd, die das Vertrauen der Herrschaft genoß, sich mit der Ehefrau in die Bettfreuden ihres Meisters teilte, und Adelaide fand denn auch im Ernst nie etwas daran auszusetzen. In Claquebue bot Honorés Aufführung nie Stoff und Anlaß zu übler Nachrede; die Weiber waren hier überdies leidlich tugendhaft und ehrbar, und Honoré, der seine Frau liebte, hätte ihr nicht vor den Augen der ganzen Gegend einen Schimpf antun wollen.

Adelaide wußte sich dieses Vertrauens würdig zu erweisen. Sie verging sich nur ein einziges Mal dagegen, doch fand sie bei diesem Fehltritt so tiefe Lust, daß sie sich großes Verdienst erwarb, weil sie es nicht zur Gewohnheit werden ließ. An einem Winternachmittag, als sie mit ihrer Magd allein zu Hause war, bat ein Landstreicher, ein rüstiger Vierziger, um die Erlaubnis, im Pferdestall übernachten zu dürfen. Die Magd ging mit ihm und gab ihm ein Bündel Stroh zum Draufliegen, und als sie zurückkam, beklagte sie sich, der Mann habe sie im Stall rücklings hinschmeißen wollen. Adelaide wollte diese Vorstellung nicht mehr aus dem Sinn, nachdenklich und bedrückt ging sie umher, und eine erbarmungsvolle Hitze rötete ihre Wangen. Dann ging sie in den Stall hinaus. Der Mann lag schon lang ausgestreckt auf dem Stroh zwischen zwei Kühen, die ihm ihre Wärme gaben und ihr Futter wiederkäuten. Sie setzte sich dicht zu ihm heran, und ihre Hände machten sich liebreich an ihm zu schaffen. Dann beugte sie sich über ihn. Der Mann rührte sich nicht, voll Angst, er könnte sonst diesen über ihn geneigten Kopf verscheuchen. Er war ein armer einfältiger Mann, den keine Traditionen hemmten, und er tat sich nicht aus Scham Zwang an, als ihn die Lust überkam. Er fing zärtlich an zu fluchen, und Adelaide stöhnte leise dazu. Über ihnen standen schnaufend die Kühe.

Als Adelaide in der Beichte diese Untreue bekannte, war der Pfarrer zunächst hoch erfreut. Zwar tat ihm Honoré im tiefsten Herzen leid, aber er frohlockte gleichwohl, daß der Teufel selbst einen Baustein zum christlichen Gebäude Claquebues beitrug. Der Wurm hatte die Frucht angenagt, und endlich würde das Ärgernis ein Ende nehmen, das dieser Ungläubige bot, indem er in Frieden die Gaben des lieben Gottes genoß. Ein Jahr verging, ohne daß Adelaide sich eines neuerlichen Ehebruchs angeklagt hätte. Der Pfarrer wurde nachgerade unruhig. Jedesmal, wenn ein Landstreicher an seine Tür klopfte, reichte er ihm ein Stück Brot, entschuldigte sich, weil er keinen Platz habe, und zeigte ihm den Weg zu Honorés Haus, wo er bestimmt ein Obdach finden werde. Doch Adelaides Standhaftigkeit kam nie wieder ins Wanken, und dafür verbreitete sich weit im Umkreis von Claquebue das Gerücht, Honoré Haudouin habe eine stets offene Hand für Landstreicher und obdachlose Gesellen.

Deutsch von Walter Widmer

Eckhard Henscheid

FRAU KNOPF UND HERR EIERMANN

Im achten Ehejahr rang Irene Knopf wieder energischer mit der Überzeugung, ihr Mann müsse sie »trotz allem« betrügen – denn sonst, würgte es durch Frau Knopfs Kopf, »hat das Ganze ja schon gar keinen Sinn, gar keinen!« In langen bleiernen Stunden, im Halbschlaf, Knopf lag neben ihr und ächzte ruhig, auch während des Kochens, Fernsehens, des Hausputzes malte sie sich jetzt aus, wie ihr Mann es mit einer anderen trieb. Schwer atmend, erregt, ganz Begierde war sie dann – nach was, wußte sie nicht genau zu sagen. Nach einigen erfolgreichen Versuchen fielen ihr die Visionen schwerer. Hatte sie aber wieder ein Bild zusammengezimmert, dann bebte sie vor Entzücken und flüsterte lautlos wonnig vor sich hin: »Die Sau, die Sau, die ganz elende Sau!« Und plötzlich wurde sie inne, wie heiß und flehentlich sie sich wünschte, ihr Mann möge sie betrügen, ihr Mann, »die Sau«, möge fremdgehen, »was das Zeug hält«, denn dann, sann sie inständig und fühlte darüber Frohsinn, ja fast »Lebenssinn«, »dann ist wieder irgendwas, und damit ich weiß, was ist. Ich Sau!«

Manchmal mußte sie laut auflachen, denn nun wußte sie ja auch ganz genau, daß »trotzdem« bzw. »eben darum« ihr Mann so unwillig wie unfähig zum Ehebruch sei, sie wußte es einfach – und jetzt glaubte sie auch den Grund zu kennen, aus dem ihr, worüber sie sich gelegentlich gewundert hatte, nie der Plan sich verfestigt hatte, die Sache wirklich »detektivisch« zu erforschen. »Und ich Sau«, spann Irene Knopf bebenden Herzens, süße Bosheit im Gehirn, den Faden weiter, »werde ihn also ausstechen, damit er weiß, was los ist auf der Welt!«

Und mit schwärmerischer Wollust schwor sie sich, Knopf bei nächster Gelegenheit, sobald nur irgendeine winzigste Chance sich eröffnete, zu betrügen; zu betrügen, »daß es nur so rauscht!«

»Ich habe einen Geliebten, ich habe einen Geliebten!« so flüsterte sie jetzt ein ums andere Mal vor sich hin, und die Einbildung, die ja eine vorweggenommene Wahrheit war, durchpulste sie so wonnig, als sei sie von einer zweiten Pubertät überkommen.

Die Gelegenheit kam schneller als erwartet, einen Monat vor dem achten Hochzeitstag. Zum Schulabschluß hatten Hanaus Lehrer nach längerer Pause erstmals wieder einen großen Lehrerball organisiert, einen Ball sogar mit kabarettistischen Einlagen, die ein paar jüngere Lehrer geschrieben hatten und spielten, Texte und Sketche, in denen die Lehrer vom Kultusministerium bis zur neueren Didaktik so manches auf die Schippe nahmen, zuletzt auch satirisch zum immerwährenden Lehrerstreik aufriefen, was die Stimmung unter den hundert Lehrerehepaaren im Casinosaal des Lustschlößchens Wilhelmsbad rasch entfachte.

Es war der erste Ball, den Irene Knopf seit fünf Jahren besuchte, die erste gesellige Veranstaltung. Im Garten schwärte Junihitze, Mondschein schien zu flüstern, Hauch von Jasmin strich durch den Park. Im Saal ging es bald laut und sehr animiert zu. Die Lehrer tanzten lang und ausgiebig und tummelten sich an der meist überfüllten Bar; Scherze, Anspielungen flogen hin und her. Irene Knopf hatte sich das kurze Haar etwas wachsen lassen und zu neckischen Zöpfen verflochten, das zinnoberrote Kleid, seitlich leicht geschlitzt, unterstrich das Feste und doch weich Flutende ihrer Gestalt. Schon nach zwanzig Minuten beschloß Frau Knopf, sich heute jenen Kollegen Knopfs zu angeln, der zwei Tische weiter saß und sie nach Knopf als erster zum Tanz engagiert hatte. Sie hatte ihn nicht gekannt, aber es war sofort lustig gewesen, mit ihm zur Rockmusik eine Art Tango hinzulegen, er hatte ihr einen munteren, beweglichen, fast ausgelassenen Eindruck gemacht. Er würde sicher wiederkommen, er hatte sie so knisternd um die Hüfte gefaßt, daß, dachte Frau Knopf, »es einfach etwas werden muß!«

Er kam wieder, verbeugte sich übertreibend komisch und stellte sich beim zweiten Tanze vor. Er hieß Edmund Eiermann. Ein knapp mittelgroßer, drahtiger, vollbärtiger und grundhäßlicher Mann, vermutlich genau ihres Alters. Frau Knopfs Augen suchten sofort nach seiner Frau. Es war, soweit zu sehen, eine Dicke, größer als ihr Mann. Frau Knopf und Herr Eiermann waren gleich groß. Das genügte Frau Knopf. So nahe wie irgend möglich schob sie ihren noch hübschen, nur ein wenig breiigen Leib an den von Eiermann, schon nach dem vierten Tanz erwartete sie, Eiermann würde sie, Knopf zur Schande, ins Freie schleppen, hinter die Parkbüsche, und sie unverweilt nehmen, dies wäre ihr am liebsten gewesen, »nur zu, junger Mann«, dachte Frau Knopf und freute sich, daß der häßliche Knirps ihr schon viel besser gefiel als Knopf selbst zur Verlobungszeit – indessen, Eiermann, der, wie Frau Knopf erfuhr, mit Knopf nur flüchtig bekannt war, schien zwar das Tanzen wie wahnsinnig zu genießen, machte aber noch keine Anstalten, zur Sache zu gehen. In den Tanzpausen versuchte Irene Knopf, sich wie eine längst beschlossene Sache an Eiermann schräg lehnend, ihm das Bild von Seligkeit zu bieten. Knopf bildete keine Gefahr. Meist träge lächelnd lauschte er dem würdelosen Geschwätz der Lehrer an seinem Tisch. Erstmals und hell auflachend fiel Irene Knopf das Wortspiel ein: »Knopf, du Tropf!«

Eine Stunde nach Mitternacht war Eiermann bedrohlich angetrunken. Frau Knopf wußte, würde sie jetzt nicht eilig die Initiative ergreifen, wäre Eiermann als Fehlschlag zu buchen, »die letzte Chance vertan«, redete Frau Knopf zu sich. Da umschlang sie also wie übermütig Eiermanns dürren Hals und küßte gleichsam schmelzend den schwarzen Bart unter der gelben Wange. Flugs legte sie auch den Kopf in seine Halsgrube, schüttelte ihn, wie sich selber ernüchternd, und sprengte dann mit letzter Kraft all das Leid aus ihren Augen, das Eiermann gefügig machen sollte, das ja wirklich in ihr hauste. Sie würde ihn, Eiermann, gern morgen um 19 Uhr treffen, stieß Frau Knopf hervor, ganz leise, ob er, Eiermann, sie mit dem Auto an der Ampel beim Kindergarten erwarten könne. Endlich hatte Eiermann verstanden. Er schien erst leicht geniert, dann drückte er Frau Knopf überwältigt an den schlaksigen Leib. Die Tanzpause war zu Ende, es folgte ein Slowfox. Frau Knopf preßte die schmale Brust Eiermanns nun ihrerseits an sich, mit einem Schwall von Rührung, in der viel Selbstbewunderung lag: Sie hatte es geschafft! Welch ein unglaubliches Glück, daß Eiermanns Frau ein Trampel war! Und daß sich Knopf und Eiermann kaum kannten! Und daß sie endlich ihren hübschen Mann ausstach, »ich Sau!«

Am anderen Tag ging Frau Knopf mit Jasmin am Mainufer spazieren. Wind strich durch ihr frisch gewaschenes Haar, Jasmin leierte unentwegt zwei Zeilen eines Lieds, im Geäst schliefen zehn sehr große schwarze Vögel, in Reih und Glied. Das schläfrige Geplätscher des glitzernden Flusses steigerte Frau Knopfs Beklommenheit. Immer wieder rief sie sich Eiermanns Häßlichkeit vor Augen und schämte sich vor dem Kind Jasmin. Dann redete sie sich aber ein, ja gerade deshalb etwas Heldenhaftes zu tun, »die Welt zu bluffen«, flüsterte Frau Knopf. Zuletzt beschwichtigte sie sich selber, noch sei ja »nichts entschieden, nichts entschieden«.

Das erste Rendezvous fand statt an der Peripherie Hanaus, in einer Weingroßhandlung, in deren Hinterzimmer, wie Eiermann wußte, zu jeder Tageszeit Siemens-Angestellte zum Trinken sich zusammenfanden, Kranke, Blaufeiernde – die Arbeitenden gesellten sich nach bzw. vor dem Dienst hinzu. Der Abend war noch heißer als der gestrige. Wie jeden Donnerstag war Knopf um 18.45 Uhr Kartenspielen gegangen, fünf Minuten später war Irene Knopf aus dem Haus gelaufen. Sie trug ein lindgrünes Sommerkostüm und Stöckelschuhe, beides sollte ihrer Vorstellung nach die Fleischlichkeit des Kommenden ins Aparte verzaubern. Eiermann dagegen war, vorausschauend, nicht im Staat, sondern in einer gleichsam proletarischen Freizeitkleidung erschienen, in Lederjacke, das karierte Hemd offen bis unter die Brust, die dichte dunkle Brustwolle unterstreichend. Sein Gesicht war gelb wie Wachs, die schmalen Augen freuten sich schmunzelnd. Bald legte er beide Hände auf die von Frau Knopf.

Das Rendezvous endete hinter den Büschen der Mainallee. Weil Irene Knopf in der Weinhandlung erstmals die übel zugerichteten Zähne Eiermanns genauer ins Auge gefaßt hatte, hatte sie, statt des vorgesehenen einen, zwei Viertel Edelzwicker getrunken. Wie sich nun beim Küssen herausstellte, überwucherte aber Eiermanns mulmiger, pelziger Mundgeruch noch immer scharf den Wein.

Gräser strömten Sommerduft, Wolken türmten sich wie feiernd. Noch während der Kopulation seufzte Eiermann: »Mit dir möchte ich meinen Lebensabend verbringen!« Sofort nachher zog er aus seiner Geldbörse ein Fünfzigpfennigstück und gab es Frau Knopf. Er beauftragte sie, ihrerseits ein Fünfzigpfennigstück zuzulegen, morgen ein Sparschwein zu kaufen und beide Münzen hineinzuwerfen – und so würden sie es künftig nach jedem Verkehr machen. Im Alter würden sie dann das Schwein aufbrechen und nachzählen. Zweimal fünfzig Pfennig, eine Mark, entspräche einem Liebesakt. Mit dem Geld, sagte Eiermann, würden sie dann »groß chinesisch essen gehen«.

Irene Knopf, leicht beschwipst, erhitzt, mit dem Gelingen des ersten Ehebruchs satt zufrieden, mußte lachen. Die Vulgarität der Idee, die sie erahnte, gefiel ihr sehr. Und die Kopulation war weniger widerlich gewesen, als sie befürchtet hatte. Ein Glockengong schlug neun, Frau Knopf sah auf ihre Uhr. Wind fauchte leis. Übrigens habe er mit Knopf früher gelegentlich Karten gespielt, fiel da Eiermann ein, jetzt nicht mehr. Der einzige gesellschaftliche Kontakt, den er pflege, sei der zu den Jungdemokraten. Frau Knopf sagte träumerisch und legte den Kopf in Eiermanns Schoß, ihr Mann gehe schon gar zu oft Karten spielen. Wie sich selber lauschend und den Sommergerüchen, sagte sie es heiter, ohne jede Klage. Beide mußten hellauf lachen. Eiermann zog ihren Kopf an seinen Magen. Früher, erzählte er, habe er auch gern Karten gespielt, seit aber zwei Kinder, zwei Töchter, vier und sechs, daseien, sitze er lieber zu Hause, spiele mit sich selber Schach und sehe fern.

Dann blieben ihre Augen wieder ineinander haften, sie leckten sich die Nasen und sprachen noch ein wenig. Mit jedem Wort dünkte Frau Knopf die Unterhaltung süßer. Ihr Mann war wunderbar »ausgetrickst, der Tropf«, mit jedem Ton, den Eiermann sprach, unweigerlicher.

Als er sie heimchauffierte, überreichte Eiermann Frau Knopf einen Zwanzigmarkschein. Auch zu diesem solle sie, Frau Knopf, – unabhängig von dem Fünfzigpfennigstück – die gleiche Summe zulegen und mit den vierzig Mark ein Kennwortkonto auf den Namen »Tannhäuser« eröffnen, gleich morgen bei der Bank für Gemeinwirtschaft. Das ergäben, Eiermann lächelte wie aus langer Hand vorbereitet und strich den Bart, im Jahr 480 Mark, in zehn Jahren 4800 Mark, in dreißig 14400 Mark. Mit dem Geld würden sie beide eine wunderbare Weltreise machen. Der Zins, erläuterte Eiermann, halte sich ungefähr mit dem Kaufkraftverlust die Waage.

Fünfhundert Meter vor der Wohnung Knopf entließ Eiermann seine Geliebte aus dem Auto. Weil sie »nichts mehr gefährden« wollte, versuchte Frau Knopf, den Abschiedsumarmungen aus dem Weg zu gehen, aber Eiermann bestand auf nachgerade ellenlangen Küssen. Zuerst würgte es Frau Knopf wieder etwas, dann aber stellte sie verblüfft fest, daß sie den pelz- und zugleich gasartigen, wein- und zigarettendunstigen Mundgeschmack Eiermanns schon gleichsam liebte. Er war wie das große gemeinsame Band, dachte Frau Knopf, »wie eine Verschwörung!«

Das Kind übernachtete bei seiner Großmutter, Knopf war vom Kartenspielen noch nicht zurück. Die menschenleere Wohnung schien Frau Knopf von der neuen Affaire wie von einem frivolen Parfüm durchtränkt. Stolz schwellte die Ehebrecherin erneut. Definitiv hatte sie es erreicht. Sie war stolz, einen Geliebten wie Herrn Eiermann zu haben, gerade, lachte sie vergnügt, weil er so viel häßlicher war als ihr Mann. Durchs offene Fenster schwärmte Grasduft nach. Sie legte sich angekleidet auf ihr Bett, seufzte glücklich und betastete ihre Brüste, als prüfe sie, ob deren

Schönheit Eiermann auf Dauer zufriedenstellen könne. Dann schlüpfte sie ins Bett. Kurz nach Mitternacht kam ihr Mann, legte sich neben sie. Da überfiel sie so gewaltiger Triumph, daß sie Mühe hatte, sich schlafend zu stellen. »Dieser schöne Mann«, sann sie, drückte die Fäuste an die Schläfen, »gehört mir, aber ich liebe ein Stinktier. Einen Iltis. Liebe ich ihn? Natürlich liebe ich ihn, den Iltis!«

Am anderen Tag eröffnete sie ein Kennwortkonto auf den Namen »Tannhäuser« und zahlte die 40 Mark ein. Dann kaufte sie ein Plastiksparschwein. Darein warf sie zweimal 50 Pfennige, schüttelte an ihm und stellte das Schwein hinter ihren Wäschestapel.

George Grosz

SÜSSE STUTE

Süße verfickte Evamaud!

Heut' nacht habe ich von Dir geträumt, Du hattest Dich hingekniet und ich ritt auf Dir, ich preßte Deinen Rücken zwischen meine Beine, beugte mich zu Dir hinab und . . . ich leckte Deine süße heiße Fickmuschel, meine spitze steife Zunge spürte Dein geiles schlüpfriges rosiges Votzenfleisch. Ich fuhr mit meiner Zunge tief in Dein stutiges Loch, mein Schwanz fühlte Deinen glatten Rücken. Ich hörte Dein wollüstiges Stöhnen, hörte Deine geilen ermunternden Reden: lack, leck, – bleib dran – leck die Votze, nicht aufhören – leck sie – bis mir's kommt – nein – weiter – hach – leck. Dein üppiger Popo zuckt erregt hin und her – ich spüre, wie Dein süßer Stutenhintern vor Ficklust juckt und zittert.

Ich liege jetzt unter Dir. Fühle unbeschreibliches Lustgefühl, wie Dein geiler Mund meinen Steifen leckt, wie Du den Schwanz in den Mund nimmst – gleichsam als ist Dein Mund eine zweite süß-schlüpfrige Votze – dann reibst Du mit der einen Hand meinen hocherregten Zagel an Deiner glatten Zungenspitze, in aufregender Evamanier wichst Du – mit Deiner anderen Hand spielst Du schweinisch und verständnisvoll für alles, was mit Ficken zu tun hat, an meiner stocksteifen Rute, streichelst sie und fühlst sie ab bis zur Wurzel, spürst da unten noch die durchgehende erregende Steifheit, und steckst dann Deinen schlüpfrigen Finger in meine Rosette, auf und ab führst Du den geilen Finger, und erregst mich noch mehr. Eine süße üppige ficktolle Stute liegst Du über mir. Ich sehe, wie Deine schwarzseidenen Strumpfbänder Deinen dicken Stutenschenkel teilen – sehe schwarze, seidene nach unten schlank werdende Beine. Sehe die stumpfen Halbschuhe – alles dies gibt ein obszön süßes erregendes pornographisches Gemälde ... Sehe das weiße kühle Frauenfleisch zwischen rosa und schwarzbrauner Seide, die oben Deine Schenkel so fest und stramm umspannt. Das Sehen ist bei mir wichtig – Du erotisches Bild ... das Schreiben löst mancherlei »Hemmungen« – besonders da Du fern bist. Du bist so wunderbar weiblich-fleischlich! Diese verdammten erotischen Spannungen – es wäre so gut, wenn ich eine Serie Bilder von Dir hier hätte. Fetische – besser wäre es natürlich, Dich in Person hier zu haben. Es ist doch toll, daß man erst durch eine Entfernung diese starke sexuelle Bindung merkt ...

Sicherlich wird diese Entspannung von mir Dir guttun. Und ich kann absolut verstehen, daß Dir eine neue sexuelle Verliebtheit frisches Aussehen und neue Spannkraft gibt. Außerdem reagierst Du ja kaum Deine Geilheit so ab, wie ich es kann – in Zeichnungen oder hier und so. Und diese Geilheit wird sich schließlich irgendwie entladen müssen ... Ich küsse Dich, süß und geil ... ich ficke Dich und spritze alle Geilheit in Dein heißes Fickloch – bitte antworte bald Deinem SO neugierigen Hengste.

Lieber Daum,
die Fotos müßten recht »scharf« sein – auch in der Fotografie – und aufreizend, wie Marlene, dabei viel direkter. Sie müssen Dich geben, ganz hingegeben in Deiner süßen Stutigkeit und sehr frech. Du mußt Dich natürlich ein bißchen »zurechtmachen«. Mußt in »Stimmung« sein – vielleicht recht geil, damit Deine Braune schön in Saft kommt. Na, Du verstehst, denke Dir nur recht »aufregende« Posen aus ...

Als erstes dachte ich mir Dich als Zofe angezogen – halbangezogen: als schweinisch-süße Fickzofe ... Du müßtest von hinten aufgenommen werden, aber Dein geil-freches süßes Gesicht mit Häubchen müßte den Beschauer (mich) ansehen – so, als sähest du Dich amüsiert um, nach dem steifen Schwanz, der Dir gerade verpaßt werden soll ... Eventuell die eine Brust mit erigierter Warze dem Betrachter mit der rechten Hand zugewandt. Zwei: im schwarzen Abendkleid, darunter nichts, ausgezogene Höschen als Stilleben nebenbei – schwarze Handschuhe – Strümpfe. So, als wärest Du gerade nach Hause gekommen von einer Gesellschaft, und sollst nun gevögelt werden – das Kleid frech und aufreizend hochgestreift, stehend. Beine breit, ein wenig nach vorne rüber gebückt, als ließest Du Dich eben mal schnell im Stehen ficken. Das Vötzchen muß aber auch geil sein, kannst mit der einen Hand das Kleid über den Popo halten, vielleicht mit der anderen an den Popo fassen, hier frechen Hut auf. Dann eine, mit Strümpfen und Strumpfbändern, sonst vollkommen nackt, nur mit breitem Gürtel um die Hüften fest eingeschnürt – auf Seite von hinten auf Hüfte liegend, Kopf zu mir gewandt. Hier soll Dein Popo wirken, Deine saftige Aprikose herausgedrückt. Eventuell auch süße Handschuhe, um das weiße Fleisch reizvoll zu betonen. Eine von vorn, stehend, als Zofe, mit hochgeschnürten Brüsten; Brustwarzen müssen »stehen«, angeschminkt; die süße Braune eventuell frech mit der einen unbehandschuhten Hand nach vorne sichtbar machen. Beine ein wenig gespreizt, so, als zeigtest Du einem Anbeter Deine Süße. Dabei könntest Du die Zunge zeigen. Dann: Rock über den Kopf gezogen, darunter kurzes Hemdchen, als zögest Du Dich eben für ein schweinisches Intermezzo aus, von hinten, Hüften zum Betrachter, den Stutenpopo und mehr zu sehen. Eine, in Strümpfen nackt, mit betontem Bauch, nach vorne herausgedrückt, geil gespreizten Schenkeln in der Luft dem Beschauer zu, Brüste mit Händen gehalten wie Äpfel – Dein Stutenloch erregt offen, mit steifem Kitzler, als hättest Du eben die ersten Fickstöße empfangen ... müßtest überhaupt nebenbei immer ein wenig auf erregendes Stillebenarrangement achten: Bananen, Lippenstifte, Puderdose – so als wären es richtige Fickszenen; Wäsche, die ausgezogen unter Dir liegt, und so. Kannst auch bei einer Aufnahme, wo Du Deine Schlüpfrige zeigst, gerade eine abgezogene Banane wie einen Steifen im Munde haben (erregend). Posen müssen alle »sehr« scharf sein. Ein bis drei Großaufnahmen der Mösch, läufig-stehend ... Je mehr Aufnahmen, je besser, ich bezahle alles. Die ganzen Bilder müssen »lustig-geil-exhibitionistisch« wirken. Dies sind nur ein paar Wunschfantasien ... Es wäre meine GRÖSSTE und HEISSESTE Geburtstagsfreude von Dir ... Ich fürchte, dieser Brief kommt zu spät – es wäre jammerschade (wirklich). Angst wegen schicken habe nicht – klebe gut zu – eventuell zahle das höhere Porto – innen nochmals mit dünnerem Papier undurchsichtig zukleben. Das muß ankommen. Ich erwarte das Brieflein recht bald ... Ich bin nun mal so »bildhungrig« nach Dir ... Empfinde meine »Liebesbriefe« nicht als allzu verrückt – hatte Dir ja schon mal einen enorm langen getippt. Kam dann aus »Hemmungen« nie zum Vorlesen. Jetzt, wo ich hier allein bin, fällt das weg und ich schreibe Dir frisch von der Leber (vom Schwanz) weg, alle Gedanken, die mich bewegen. Diese »Erotik« besitzt mich nach Dir hin zur Zeit sehr – es wird schon auch noch »kühlere« Strähnen geben – tröste Dich. Dann schreibe ich mehr von New York ... Dann folgen wieder kühle Treubriefe ...

Dein Dir sehr hingegebener

Lieber Daum!
... ist ja geradezu lächerlich, daß ich an Dich solche erotischen Hymnen loßließ, Quatsch mit Soße war's, in der Tat, es war verkehrt – beg'ye 'paad'n. Soll auch nicht wieder vorkommen. Du hast Recht mit Deinen 100prozentigen common-sense-Briefen. Für einen verheirateten Familienvater geziemt sich derlei nicht. Ich werde fernerhin brave stupide Ehemanns-common-sense-Briefe tippen und banale Fragen beantworten; einen langen Brief sehe ich eben noch in kleinen Stücken aus dem Fenster flattern – lebt wohl, kuriose dumme Zeilen, vermischt euch mit dem Dreck da unten und flattert fort in die New Yorker Straßen ... Der Tenor besonders Deines letzten Briefes war nicht besonders »ergreifend« ... Keine direkte kalte Dusche, nee, das nicht, aber so Mittellage – »fehlst mir mehr psychisch als physisch« und so ... Seffvaständlich kommen Fotos so nicht in Frage ... (det haak nämlich allent nur so jeträumt, ick wär ooch nich wieda

quatschn) ... Fragebeantwortung 1 ... 2 ... 3 ... 4. Warum so'n Interesse für meine Anzüge? Bin ja ganz stolz über dies Interesse – geht zu weit (mehr psychisch) (Minderwertigkeitskomplex) – nee, hab ich nicht gekauft (palm beach suit); spare, damit Ihr nicht hungert und friert im Winter (ick sorje nämlich ooch for meine Familje, weeste, sonst hab ick ja nischt ze tun, da jrüüble ick nua, so is det, vastehste) ... 5 ... 6. Wo soll ich hier nebenbei Sport treiben? Will zusehen, mich in der 14ten Straße in ein Straßenjungen-base-ball-Team einzureihen – kuck man – man wird hier sonst zu fett – die paar Pfund Schweiß täglich sind ja zu wenig – stärken auch die Elastizität nicht so recht (sorry, das det ick vons fysische spreche). Tennisschläger werde ich mir schon immer kaufen, sind bei Macys billig, was hältst Du vom Tischtennis? Wird mich das fitter machen? Dank für Hinweis! 7. Ja, habe enorm viel Zeit hier, jeder Tag hat hier 24 Stunden, die sind alle vollständig leer. Sowie ich das empfinde, grüble ich, meist eifersüchtig ... hoffe, daß Dich nun mein Brief mehr befriedigt. Nee, gegen Tanzen habe ich nichts, nee ich habe überhaupt gegen nischt – nischt. Is ja alles harmlos. Is ja alles psychisch, weeßte. Im übrigen halte ich's Maul, weil eben alle Menschen, besonders die Männer, Engel sind. Ich tanze ja ooch am liebsten nur mit der Seele – psychisch, weeßte. Körper is mir schnurz. Jawoll doch! ... Sonst habe ich Zeit, gute Laune und bin über Deine reizenden Briefe, die so vernünftig sind, höchst »glöcklich«.

that's all, kiss night (psychisch) ...

Süße Maud!

... Als ich heute beim Frühstück Deinen Brief aufmachte, und wie ich dann die Fotos sah, stand mein Schwanz im Nu vor geilem plötzlichem Entzücken über Deine süßen fotografischen Nacktheiten. O süße Eva, Du wirst in Deinem common sense meine Geilheit nach Dir vielleicht gar nicht verstehen ... vielleicht bist Du gar nicht so – sicher bist Du nicht nur geil, wie ich mir hier das immer lüstern ausmale – aber da ich keine andere Frau neben Dir seit undenklichen Zeiten gehabt habe, so sind eben meine stärksten letzten erotischen Exzesse und Erinnerungen mit Dir verknüpft – und so lebst Du hier in diesen erotischen Liebesepisteln eben als: die süße dicke läufige verfickte Stute. Deine erotischen Fähigkeiten sind nämlich bedeutend – ob bewußt oder unbewußt – mit Dir zu ficken und sich schweinisch zu amüsieren ist ein herrlicher Genuß. Abgesehen davon, daß Du die süßeste Leckerin bist. Ja süße Stute – ich sitze hier an der Maschine, mein Schwanz steht – vor mir habe ich, neben der Maschine, Deine süßen Fotos liegen – ich betrachte sie ab und zu, indem ich im Schreiben anhalte, ich muß mich beherrschen, um nicht zu wichsen – denn ein Blick auf Deinen großen herrlichen Frauenpopo ist aufregend. Alle schweinischen Spiele und lüsternen Fickvorspiele zwischen Dir und mir stelle ich mir dabei vor – mein harter Schwanz juckt vor Geilheit. Ich sandte Dir gerade vor zwei Tagen einen geilen Brief, da habe ich Dir als süßen Gruß die geile Rute porträtiert. Ich wünschte, ich könnte Dir kinomäßig zeigen, wie meine Rute plötzlich geil dick anschwillt, wenn ich Deine Bilder in die Hand nehme, wie mein Mund vor Lüsternheit auf Deine Nacktheiten trocken wird, wie aller Saft in die Rute steigt, wenn ich dich nackt sehe. Lieber Daum, Fickerin, süß-süße Schwanzlekkerin – ich freue mich so aufs Wiedersehen mit Dir . . .

Aristophanes

KOMM, LEG DICH ZU MIR

KINESIAS Wie kannst du so mir's machen, Böse? Folgst
Den Weibern da, und marterst mich, und quälst
Dich selber mit? *Greift nach ihr*
MYRRHINE Die Hand weg! Laß mir Ruh'!
KINESIAS Du ziehst die Hand ab, und zuschanden geht
Daheim mein Gut und deines!
MYRRHINE Schert mich wenig!
KINESIAS So? Dir ist's gleich, wenn deine Weberei
Herab die Hühner zerren?
MYRRHINE Mir ist's gleich!
KINESIAS Wie lang schon hast du Aphrodites Nachtfest
Nicht mitgemacht? – Sag, kommst du nicht mit heim?

MYRRHINE Niemals, bei Zeus, wenn ihr den Krieg nicht endigt
Und Frieden macht!
KINESIAS Nun, wenn's nicht anders ist,
Wir wollen's tun!
MYRRHINE Nun, wenn' nicht anders ist,
Dann komm' ich mit! Für jetzt – hab' ich's verschworen!
KINESIAS Komm, nach so langer Zeit, lieg her zu mir!
MYRRHINE Nein! – Und ich lieb' dich doch, ich will's nicht leugnen!
KINESIAS Du liebst mich, Myrrhchen? Ei, so leg dich her!
MYRRHINE Spaßhafter Mann, vor unserem Bübchen da?
KINESIAS Nicht doch. *Zum Sklaven* Du, Manes, trag das Kind nach Haus! *Manes mit dem Kind ab*
Nun sieh, jetzt ist das Kind auch weggeschafft!
Komm, leg dich!
MYRRHINE Loser Schelm, wo ist denn nur
Ein Plätzchen –?
KINESIAS In der Grotte Pans – bequem!
MYRRHINE Dann komm' ich ja nicht rein zur Burg zurück?
KINESIAS Ganz gut, du wäscht dich in der Klepsydra!
MYRRHINE Und dann den Eid, Gottloser, soll ich brechen?
KINESIAS Die Schuld komm' über mich! Vergiß den Eid!
MYRRHINE Nun denn, ich hol' ne Bettstatt!
KINESIAS Laß! – Es geht
Am Boden!
MYRRHINE Beim Apollon, nein, du darfst,
Wenn's auch pressiert, mir nicht am Boden liegen! *Ab*
KINESIAS Mein Weibchen liebt mich doch, das seh' ich klar!
MYRRHINE *bringt die Bettstatt*
Sieh! Leg dich nun geschwind! Ich zieh' mich aus!
Halt – 's fehlt das Dings da – die Matratze – noch!
KINESIAS Wozu? Ich brauch' das nicht!
MYRRHINE Bei Artemis,
Auf Gurten wär's doch garstig!
KINESIAS Komm, ein Küßchen!
MYRRHINE *küßt ihn* Da! *läuft fort*
KINESIAS Du! – Der Teufel ! – Komm doch, komm nur schnell!
MYRRHINE *bringt die Matratze*

Da ist sie! Leg dich jetzt, ich zieh' mich aus! –
Noch etwas – richtig! – noch kein Kissen da!
KINESIAS Mein Gott, ich brauch' ja keines!
MYRRHINE *fortlaufend* Aber ich.
KINESIAS *zu seinem Phallos*
Zurüstungen für dich, als käm' Herakles!
MYRRHINE *kommt mit dem Kissen und legt es ihm unter*
Steh auf, spring' auf!
KINESIAS Gottlob, nun hätt' ich alles!
MYRRHINE Ja? – Wirklich alles?
KINESIAS Komm, mein Goldchen, komm!
MYRRHINE Schon knüpf' ich auf mein Busenband! – Hör aber,
Du hältst doch Wort? Vergiß den Frieden nicht!
KINESIAS Ich will verdammt sein –
MYRRHINE Ach, da fehlt die Decke!
KINESIAS Wozu? Ich will ja nichts, als dich umarmen!
MYRRHINE Das sollst du auch: gleich bin ich wieder da! *Ab*
KINESIAS Das Weibsstück bringt mich um mit ihren Decken!
MYRRHINE *bringt einen Schafpelz*
So! Richt' dich auf!
KINESIAS 'S ist alles aufgerichtet!
MYRRHINE Soll ich dich salben?
KINESIAS Beim Apoll, mich nicht!
MYRRHINE Bei Aphrodite, komm und sträub dich nicht. *Läuft fort*
KINESIAS Großmächt'ger Zeus, laß sie den Topf verschütten!
Myrrhine bringt einen Salbentopf.
MYRRHINE Komm, gib die Hand, da nimm und salbe dich!
KINESIAS Die Salbe duftet nicht gar süß, sie riecht
Hochzeitlich nicht, und doch wär's hohe Zeit!
MYRRHINE Wie dumm auch! Bring' ich da die Rhodossalbe
KINESIAS Schon gut, du Schalk, so laß doch!
MYRRHINE Sei kein Närrchen! *Ab*
KINESIAS Der Henker hol' den ersten Salbenkoch!
MYRRHINE *kommt mit einer anderen Salbenbüchse*
Da, nimm die Dos'!
KINESIAS Ich hab' dir andre Dosen!
Komm, leg dich, Hexchen, schlepp doch nun nichts mehr
Herbei!

MYRRHINE Bei Artemis, ich folg' und binde
Die Schuh' auf! – Aber gelt, mein liebes Männchen,
Du stimmst doch für den Frieden? . . .
Macht sich los und flieht
KINESIAS Ganz gewiß! . . .
Vernichtet, umgebracht hat mich das Weib! –
O ich Armer, was tu' ich, wo find' ich ein Weib.
Da die Schönste von allen so schnöd mich gefoppt?
Wer erbarmt sich nun deiner, du Waisenkind?
Komm, Fuchshund, und schaff
Mir für Geld eine Amme dem Jungen!
CHOR DER MÄNNER O wie jammerst du mich, unglücklicher Mann,
So entsetzlich geprellt und im Herzen gebeugt!
Ach! ach, ich vergehe vor Mitleid!
Wie sollen's ertragen die Nieren im Leib,
Wie ein männliches Herz und ein männlicher Sack,
Wie ertragen's die Lenden, wie trägt es der Schweif,
Der begehrlich sich bäumt
Und am Morgen vergeblich sich umsieht?
KINESIAS O entsetzlicher Krampf, der den Leib mir durchzuckt!
CHOR DER MÄNNER Nein, daß sie dir das, du Verehrter, getan,
Das abscheuliche, garstige, teuflische Weib!
KINESIAS O Apollon! Das süßeste, göttliche Weib!
CHOR DER MÄNNER Die Süßeste, wie? – Das verruchteste Weib!
Zeus, mächtiger Zeus,
Oh, ergreife sie, schleudre, wie stäubende Spreu,
Sie mit Sturmesgewalt und mit Donner und Blitz
Zu den Woken und dreh' sie im Wirbel herum,
Dann aber laß hoch aus den Lüften herab
Sie sinken und fallen zur Erde zurück
Und in jähem Sturz
An dem Pfahle des Mannes sich spießen!

Deutsch von Ludwig Seeger

Lola
GESCHWISTERLIEBE

Als ich mit siebzehn heiratete, war ich schwanger. Mit dem Fikken begann ich jedoch schon mit vierzehn, hatte also gute drei Jahre, in denen ich herumspielen konnte, und dieses Vergnügen verdankte ich meinen beiden Brüdern. Einer war ein Jahr älter als ich, der andere ein Jahr jünger. Eines Tages überraschten sie mich dabei, wie ich – völlig unschuldig – in der Schule mit ein paar Jungen herumspielte. Sie erpreßten mich, drohten mir mit allem möglichen; sie sagten, wenn ich mit diesen Jungen nicht bis zum Letzten ginge – und sie dabei zusehen ließe –, würden sie unseren Eltern erzählen, was ich getrieben hätte. Da alles, was ich getrieben hatte, weit unschuldiger war als das, was sie von mir verlangten, weiß ich nicht, warum ich ihren Drohungen nachgegeben habe. Vermutlich wollte ich ganz einfach gefickt werden. Ich erinnere mich, daß meine Brüder daneben standen und den anderen Jungen erklärten, wie sie es machen mußten (wir waren zu jenem Zeitpunkt alle noch Jungfrauen), und ich erinnere mich heute noch an die Mischung aus Angst und Erregung, die ihr Dabeisein den Vorgängen hinzufügte. Obwohl keiner meiner Brüder tatsächlich mit mir geschlafen hat, tun sie es in meinen Phantasien, haben sie es immer getan.

Nach der Erpressungsepisode lag ich des Nachts oft allein zu Hause in meinem Bett wach und stellte mir vor, meine Brüder kämen durchs Haus zu meinem Zimmer geschlichen. Jedes Geräusch in dem stillen Haus hörte sich an wie ihre Schritte. Oft stellte ich mir vor, die beiden kämen gemeinsam zu mir. Sie stiegen rechts und links von mir ins Bett. An eine Nacht, als ich gerade vierzehn war, erinnere ich mich vor allem; ich lag da, dachte an den Schwanz meines älteren Bruders – ich hatte ihn natürlich gesehen –, und stellte mir vor, wie er in mich eindrang und in mir anschwoll. Plötzlich konnte ich mich nicht mehr beherrschen und war überzeugt, der Lärm, den ich machte – ich wimmerte tatsächlich laut –, müsse meine Eltern wecken. Aber ich hielt mir mit einer Hand den Mund zu – dabei stellte ich mir vor, es wäre mein jüngerer Bruder –, während ich mit der anderen Hand masturbierte und mir vorstellte, es wäre mein älterer Bruder. Ich trieb mich nahezu in Bewußtlosigkeit hinein. Je intensiver ich daran dachte, wie unrecht das Ganze war, was ich mir vorstellte, desto erregter wurde ich.

Selbst heute – ich bin einundfünfzig – stelle ich mir, wenn ich gefickt werde, vor, daß einer meiner Brüder neben mir steht – genau wie es damals, als sie mich zwangen, in Wirklichkeit geschah –, während ich mir vorstelle, daß mich der andere fickt. Derjenige, der steht, hat seinen Schwanz herausgenommen, und ich spiele damit (während der andere in mir steckt), bis er mir mitten ins Gesicht kommt. Dann tauschen sie die Positionen, und wir machen weiter, bis alle zufrieden sind.

Manchmal nehme ich auch die Ehefrauen meiner Brüder in die Phantasien auf, schaffe eine größere Familienszene und stelle mir vor, wieviel Vergnügen mein Mann diesen Frauen verschaffen könnte, während ich es mit ihren Männern, meinen heißgeliebten Brüdern, treibe. Normalerweise sind es aber nur ich und die Jungen. Sind Sie schockiert? Das sollten Sie nicht sein; in der Wirklichkeit kommen derartige Dinge öfter vor, als Sie es sich vorstellen können. Ich weiß es. Und nicht nur bei armen Familien wie der meinen. Brüder und Schwestern . . . Es kommt in den besten Familien vor.

Deutsch von Antonia Rühl

Eugen Neter

VERSPIELTE GRIFFE

Der Mann kauerte nackt auf dem Küchentisch. Voll behaart mit dicken roten Fransen hockte er da. Die Hände im Schoß. Sein ganzer Leib war mit Sommersprossen besät wie das Ei eines Regenpfeifers. Auf seiner rechten Schulter saß ein grüner Papagei. »Schuri, schuri«, ächzte der Mann. Der Papagei sagte: »Huri.« Die Küchentür öffnete sich; herein kam eine sehr dicke Alte in brauner Küchenschürze. »Glei' isches soweit«, sagte die Frau. Sie ging zum Spülstein, zog einen metallenen Gegenstand aus der Schürze und hielt ihn unter den Wasserhahn. »Mama«, sagte der

Mann. Er hob die Hand an die Stirn. »Ich halt's kaum noch aus.« Die Alte drehte den Kopf. »Pederle, Pederle«, sagte sie. »Jetzt wart's halt mol ab.« In der Spüle bildete sich Schaum.

Zweimal im Jahr, jeweils an einem Mittwoch, war Schuri-Tag. Da ließ sich der wuchtig gebaute Mann von seiner Muttter das Leibhaar scheren. Eine Zeremonie, der er lange zuvor schon entgegenfieberte. Immer hatte die Frau noch eine kleine Überraschung für ihn.

Die Alte legte den Metallgegenstand auf die Spüle. Dann taperte sie zum Küchenschrank, zog eine Schublade und holte eine Hundeschere heraus. Kurz darauf bestieg sie den Tisch und ging hinter dem Sohn in die Knie. »Schuri, schuri«, bettelte der Mann. Er kratzte sich voller Vorfreude die Hoden.

Die Schere schnitt elegant am Rücken entlang. Rote Härchen senkten sich auf den Tisch. Die Alte rückte näher heran, die mächtige Wölbung unter der Schürze streifte die stopplige Haut. Der Mann grunzte. »Huri«, krächzte der Papagei. Der Vogel saß auf der Schulter und rührte sich nicht. Erst als die Schere den rechten Arm erreichte, kroch er den Nacken hinauf und hockte sich auf den wolligen Kopf. Der Mann sagte: »Gib ihm doch mal 'ne Erdnuß.« Die Alte kletterte vom Tisch, ging wieder zum Schrank und ließ eine Tüte knistern. »Gib *du* se ihm«, sagte sie. Sie stellte sich vor den Mann, nahm die Schere auf und begann das Brusthaar zu schneiden. Der Mann reichte die Erdnuß nach oben. Es knackte. Dann fielen Schalenstückchen herab.

Die Mutter werkte von oben nach unten. Am Bauch angelangt, strich sie mit der freien Hand wie beiläufig übers Glied. Der Mann stöhnte. »Pederle, Pederle«, sagte die Frau. Sie schnitt weiter. Die Hand koste. Kleine verspielte Griffe. Das Glied richtete sich langsam und zitternd auf. Der Mann ließ die Zunge im Mundwinkel tanzen. Eine rote Franse fiel auf die Eichel. Die Mutter spitzte zwei Finger, faßte die Franse und zog sie behutsam weg. »Haar vom Schatz am falsche Platz«, sagte sie lächelnd. Der Mann ruckte unruhig hin und her. Die Schere glitt beinahe lautlos durch den üppigen Schampelz. Die alte erfahrene Hand massierte die Hoden. »Huri«, tönte der Papagei. Haare über den Fliesen, Haare quer über dem Küchentisch. »Ich komme«, ächzte der Mann. Die Mutter fuhr mit der Schere die Beine entlang. Sie bückte sich ein Stück vor und stopfte das dicke Glied in den Mund. Der Mann stieß zu. Seine Keimdrüsen spannten sich. Die Mutter schnitt weiter, die Eichel im Rachen. »Pederle, Pederle«, summte sie klebrig. Dann schoß ihr der Sohn seine Ladung hinter die Zähne. Zärtlich kneipte die Frau seine Hoden. Der Mann hielt die Mutter krampfhaft am Kopf.

Als beide Beine geschoren waren, ging die Mutter zum Spülstein. Sie schöpfte den Schaum in eine Schüssel, nahm den Metallgegenstand – ein Rasiermesser – und tappte damit zurück an den Tisch. »Schuri, schuri«, sagte der Mann. Sein Glied war wieder geschrumpft, der ganze Körper ein einziges Stoppelfeld. Die Frau langte mit beiden Händen in die Schüssel. Dann seifte sie Peterle ein. Der Mann grunzte wohlig. Irgendwo in der Wohnung ging eine Tür zu. »Glei' kommt die Überraschung«, sagte die Alte. Die Schaumblasen blitzten im Licht. Der Papagei hockte immer noch auf dem Kopf.

Dann schwang die Küchentür auf. Der Mann drehte sich um und sah eine blutjunge Thai, vollkommen nackt. »Pederle, schau«, sagte die Mutter. Peterle schaute. Sein riesiges Glied zuckte sofort wieder hoch. Die Alte schob einen Stuhl an den Tisch. »Komm, Pederle«, lockte sie. »Komm, hock di mol uffde Schduhl.« Der Mann rutschte vom Tisch und ließ sich auf den Küchenstuhl sinken. Das Mädchen trat näher. Ihr linkes Bein war bis zum Oberschenkel hinauf tätowiert, ein buntes Blumengerank. Darüber, auf der schmalen Gesäßbacke, thronte ein roter Schmetterling. Ein überaus schlankes und kleinwüchsiges Thaimädchen mit brauner Haut. Ihr Haar war halblang und schwarz, die Brust bestand nur aus zwei tiefbraunen Nippeln. »Un', Pederle?« sagte die Mutter. »G'falltse dir?« Der Mann ächzte, packte sein schaumtriefendes Glied und begann zu reiben. »Huri«, schnarrte der Papgei. Die Frau winkte das Mädchen heran. »Des ischer, Pim«, sagte sie. »Des isch mei Sohn.« Die Kleine nickte. Sie sprach kein Wort. »Ich habse in der Kondaktschbalde g'funne«, sagte die Alte. »Dann bini extra in'd Schdadt und habse o'guckt.« Das Mädchen lächelte, streckte den Finger aus und strich dem Mann ein Kreuz in die Schaumbrust. Peterle wichste heftiger. »Jetzt laß halt«, mahnte die Mutter. »Für des isch sie doch do. So, Fräulein, zeige Se mol, was Se könne.«

Die Kleine schmiegte sich auf Peterles Knie. Das Blumengerank am Schenkel schimmerte. Sie schob das Becken vor und zurück. Unter ihr glitschte es. Der Papagei auf dem Kopf rührte sich nicht. Der Mann packte die Thai an den Hüften und zog sie zu sich heran. Das Mädchen schien sich zu wehren, bäumte sich auf, lachte dabei aber so, daß der Mann noch verlangender zog. Lautloses Lachen, das Mädchen blieb stumm. Plötzlich erhob sie sich, spreizte die Beine, steppte zwei winzige Schritte nach vorne, griff nach unten und umfaßte das ragende Glied. Dann ließ sie sich langsam sinken und führte den pochenden Kolben ein. Der Mann legte den Kopf zurück. »Huri«, sagte der Papagei und flog auf den Küchenschrank. Die Mutter bückte sich vor das Paar und begann ihrem Sohn die Hoden zu streicheln. Zärtlich folgte sie seinen Stoßbewegungen. Der Mann erzitterte. Zwischen ihm und der zarten Mädchenbrust war nur eine dünne Schaumschicht. Er umarmte die Thai und preßte sie enger an sich. Der Schaum fatschte, vermischt mit Schweiß. Das Mädchen paßte sich den heftigen Stößen an. Grazil bog sie sich vor und schob dem Mann die Zunge zwischen die Lippen. Dann krümmte sie sich lächelnd nach hinten. »Ich fick dich durch, du geile Sau«, sagte der Mann. »Hach, isch des schö'«, sagte die Mutter. Mit der einen Hand strich sie über die Hoden, mit der anderen knetete sie ihrem Sohn die Schenkel. »Hach, isch des schö'.« Der Mann packte die Thai am Gesäß, hob sie hoch und stand ruckartig auf. das Mädchen ließ sich tragen und drückte ihm die angewinkelten Beine in die Seiten. Zum erstenmal sagte sie etwas. »Hhhhhh«, sagte sie, »biss aber stark.« Der Mann stieß sie wie rasend im Stehen, die Mutter stellte sich aufmunternd nickend daneben. Die Kleine ließ ihre filigranen Finger im schaumigen Rücken kreisen. Küßte den Mann, ein schmelzender Kuß. Ihr Hintern wippte. Das Glied drang klatschend in hartem Rhythmus in ihre enge Scheide. Das Mädchen schloß die Augen. Krampfte die Arme um ihren Partner. Dann schrie sie los. »Uuuuiiii«, schrie sie, »du biss ja ein geiler Kerl.« Der Schrei stachelte den Mann fast zum Schuß.

Schließlich spritzte er los. Er verkrallte sich im schmalen Hintern der Thai und stieß ein dröhnendes Bellen aus. Die Mutter lachte vergnügt und knaupelte seine Hoden. Sie sah, wie sich die

Drüsen zusammenzogen, wie der Saft durch den Schaft zuckte. Das Mädchen machte ein Hohlkreuz und empfing den Samen mit stakkatoartigem Glucksen. Ihr schlanker Leib wand sich wie eine Schlange. Sie schrie wieder. Spitze unartikulierte Schreie. Die Scheide schien ihr zu platzen. Der Mann hörte nicht auf zu stoßen. Er trug die Kleine, ging ein paar Schritte und besorgte es ihr mit flatternden Hoden. Der Schwall ebbte nicht ab. Das Sperma rauschte endlos in den engen und feuchten Kanal. Der nächste Orgasmus riß das Mädchen fast auseinander. Sie jammerte und zwängte dem Mann die Zunge hinter die Lippen. Dann war es zu Ende. Peterle ließ die Kleine sinken. Erschlagen sank er auf den Stuhl und zog das Mädchen auf seinen Schoß. Die Mutter zwickte ihn voller Übermut in die entleerten Keimdrüsen. »Pederle, Pederle«, sagte sie. Der Papagei flog vom Küchenschrank und landete auf Peterles Kopf. »Huri«, krächzte er. »Alla«, sagte die Alte. Sie klappte das Rasiermesser auf und begann dem Mann die Stoppeln zu schneiden. »Des Mädel isch noch ä paar Schdunde do«, sagte sie. »Du bisch doch mei großer Bu'.«

Mario Vargas Llosa

ALLES GUTE ZUM GEBURTSTAG

»Was für einen hübschen Brief du mir geschrieben hast, Foncho. Das schönste Geburtstagsgeschenk, das ich je bekommen habe, das schwör ich dir.«

Das Kind war aufgesprungen und stand schon im Bett. Es lächelte ihr zu, mit ausgebreiteten Armen. Während Doña Lukrezia auf es zuging und ebenfalls lächelte, erhaschte – erriet? – sie in den Augen ihres Stiefsohnes einen Blick, der von Freude zu Verwirrung wechselte und sich perplex auf ihren Oberkörper heftete. ›Mein Gott, du bist ja fast nackt‹, dachte sie. ›Wie konntest du nur so dumm sein und den Morgenmantel vergessen. Was für ein Anblick für den armen Jungen.‹ Hatte sie vielleicht etwas zuviel getrunken?

Aber Alfonsito umarmte sie schon. »Alles Gute zum Geburtstag, Stiefmutter!« Seine frische und sorglose Stimme machte die Nacht jung. Doña Lukrezia spürte gegen ihren Körper die aufgeschossene Gestalt mit ihren zerbrechlichen kleinen Knochen und mußte an einen Vogel denken. Ihr kam der Gedanke, daß das Kind wie Schilfrohr zerbrechen könne, wenn sie es allzu fest drückte. Wie er so auf dem Bett stand, waren sie beide gleich groß. Er hatte seine schmalen Arme um ihren Hals geschlungen und küßte sie zärtlich auf die Wange. Doña Lukrezia umarmte ihn ebenfalls; ihre eine Hand, die unter die Jacke des marineblauen Schlafanzuges mit roten Streifen geglitten war, strich ihm über den Rücken und versetzte ihm kleine Klapse, wobei sie mit den Fingerspitzen die zarte Linie seiner Wirbelsäule spürte. »Ich hab dich sehr lieb, Stiefmutter«, flüsterte die kleine Stimme an ihrem Ohr. Doña Lukrezia fühlte schmale Lippen, die vor ihrem Ohrläppchen innehielten, es mit ihrem Atem wärmten, es küßten und spielerisch an ihm knabberten. Sie hatte den Eindruck, als würde Alfonsito, während er sie liebkoste, gleichzeitig lachen. Das Herz ging ihr über vor Rührung. Und dabei hatten ihr die Freundinnen prophezeit, daß dieser Stiefsohn das größte Hindernis sein würde, daß sie seinethalben mit Rigoberto niemals glücklich werden könnte. Bewegt küßte auch sie ihn, auf die Wangen, auf die Stirn, auf das zerwühlte Haar, während vage, wie von ferne, ohne daß sie es richtig gewahrte, ein anderes Gefühl ihren ganzen Körper durchdrang und sich vor allem an jenen Stellen konzentrierte – den Brüsten, dem Bauch, den Oberschenkeln, dem Hals, den Schultern, den Wangen –, die sich mit dem Kind berührten. »Hast du mich wirklich sehr lieb?« fragte sie, während sie sich zu befreien suchte. Aber Alfonsito ließ sie nicht los. Er hängte sich nur noch mehr an sie, während er ihr mit heller Stimme antwortete: »Unheimlich lieb, Stiefmutter, dich am allermeisten.« Dann nahmen seine kleinen Hände sie bei den Schläfen und bogen ihren Kopf zurück. Doña Lukrezia spürte kleine rasche Küsse auf der Stirn, auf den Augen, auf den Augenbrauen, auf der Wange, auf dem Kinn . . . Als die schmalen Lippen die ihren streiften, preßte sie verwirrt die Zähne aufeinander. Wußte Fonchito, was er da tat? Sollte sie ihn zurückstoßen? Aber nein, nein, was konnte schlecht sein am übermütigen Geflatter dieser ausgelassenen Lippen, die sich zwei-, dreimal, während sie die Geographie ihres Gesichtes durchirrten, einen winzigen Augenblick lang auf die ihren legten und sie gierig preßten.

»Schön, und jetzt wird geschlafen«, sagte sie schließlich, während sie sich aus den Armen des Kindes löste. Sie bemühte sich, unbefangener zu wirken, als sie war. »Sonst kommst du morgen nicht aus dem Bett und zur Schule, mein Kleines.«

Das Kind nickte und legte sich hin. Es strahlte sie an, mit geröteten Wangen und verzücktem Gesicht. Wie konnte etwas Schlechtes an ihm sein! Dieses reine, kleine Gesicht, seine fröhlichen Augen, sein kleiner Körper, der sich unter den Laken zurechtkuschelte und zusammenrollte, waren sie nicht die Verkörperung der Unschuld? Verdorben bist du, Lukrezia! Sie deckte ihn zu, richtete das Kopfkissen gerade, küßte ihn auf die Haare und knipste die Nachttischlampe aus. Als sie das Zimmer verließ, hörte sie ihn zwitschern:

»Ich werde Klassenbester, und das ist dann mein Geschenk für dich, Stiefmutter!«

»Versprochen, Fonchito?«

»Ehrenwort!«

Während Doña Lukrezia in der komplizenhaften Intimität der Treppe zum Schlafzimmer zurückkehrte, spürte sie, daß sie von Kopf bis Fuß glühte. ›Das ist doch kein Fieber‹, dachte sie benommen. War es möglich, daß die unschuldige Zärtlichkeit eines Kindes sie so erregte? Du verdirbst allmählich, meine Liebe. Ob dies das erste Zeichen des Alters war? Denn soviel war gewiß: sie stand in Flammen, und ihre Beine waren naß. Schäm dich, Lukrezia, schäm dich! Und plötzlich schoß ihr die Erinnerung an eine frivole Freundin durch den Kopf, die bei einer Teegesellschaft, auf der Gelder für das Rote Kreuz gesammelt wurden, rote Gesichter und nervöses Kichern an ihrem Tisch ausgelöst hatte, als sie erzählte, sie brenne wie eine Fackel, wenn sie nackt mit einem kleinen Patensohn die Siesta halte und sich von ihm den Rücken kraulen lasse.

Don Rigoberto lag rücklings auf der granatroten Bettdecke, die mit einem Muster in Form von Skorpionen bedruckt war, nackt. In dem dunklen Zimmer, das kaum erhellt wurde vom Widerschein der Straße, zeigte seine lange weißliche Gestalt mit

Haaren auf Brust und Schamhügel keine Regung, während Doña Lukrezia sich die Slipper abstreifte und an seine Seite schlüpfte, ohne ihn zu berühren. Ob ihr Mann schon schlief?

»Wo warst du?« hörte sie ihn murmeln, mit der gedehnten, trägen Stimme des Mannes, der aus prickelnder Erwartung heraus spricht, eine Stimme, die sie so gut kannte. »Warum hast du mich verlassen, mein Herz?«

»Ich war bei Fonchito, um ihm einen Kuß zu geben. Er hat mir einen Geburtstagsbrief geschrieben, das kannst du dir nicht vorstellen. Fast hätte ich geweint, so liebevoll ist er.«

Sie erriet, daß er sie kaum hörte. Sie spürte, wie die rechte Hand Don Rigobertos ihren Oberschenkel streifte. Er glühte wie eine kochendheiße Kompresse. Seine Finger wühlten ungeschickt in den vielen Falten ihres Nachthemdes. ›Er wird merken, daß ich ganz naß bin‹, dachte sie verlegen. Es war ein flüchtiges Unbehagen, denn die gleiche heftige Welle, die sie plötzlich auf der Treppe erfaßt hatte, kehrte in den Körper zurück und stellte alle ihre Härchen auf. Ihr war, als würden sich sämtliche Poren öffnen und begierig warten.

»Fonchito hat dich im Nachthemd gesehen?« phantasierte die Stimme ihres Ehemannes erhitzt. »Du hast den Kleinen bestimmt auf schlimme Gedanken gebracht. Heute nacht wird er womöglich seinen ersten erotischen Traum haben.«

Sie hörte ihn lachen, erregt, und fiel in sein Lachen ein. »Was sagst du da, Dummkopf.« Gleichzeitig tat sie, als wollte sie ihn schlagen, und ließ die linke Hand auf Don Rigobertos Bauch niederfallen. Aber was sie berührte, war ein menschlicher Schaft, steil aufgerichtet und pochend.

»Was ist denn das? Was ist denn das?« rief Doña Lukrezia aus, während sie ihn drückte, langzog, losließ und wieder faßte. »Sieh mal, was ich gefunden habe, na, das ist vielleicht eine Überraschung.«

Don Rigoberto hatte sie schon auf sich gezogen und küßte sie genußvoll, sog an ihren Lippen, öffnete sie. Lange Zeit, während sie mit geschlossenen Augen spürte, wie die Zungenspitze ihres Mannes die Höhlung ihres Mundes erkundete, über das Zahnfleisch und den Gaumen glitt, hartnäckig bemüht, alles zu kosten und zu kennen, war Doña Lukrezia in selige Betäubung versunken. Es war ein Gefühl von pulsierender Dichte, das ihre Glieder mürbe zu machen und aufzulösen schien und sie schwerelos dahintreiben, untergehen, taumeln ließ. Am Grunde des lustvollen Wirbels, in dem sie und das Leben versanken, zeichnete sich wie ein rasch aufscheinendes und wieder verschwindendes Bild in einem halbblinden Spiegel als ungebetener Dritter das kleine Gesicht eines rotblonden Engels ab. Ihr Mann hatte ihr das Nachthemd hochgeschoben und liebkoste ihre Hinterbacken in einer kreisförmigen, methodischen Bewegung, während er ihre Brüste küßte. Sie hörte ihn murmeln, daß er sie liebe, hörte ihn zärtlich flüstern, mit ihr erst habe das wahre Leben für ihn begonnen. Doña Lukrezia küßte ihn auf den Hals und knabberte an seinen kleinen Brustwarzen, bis sie ihn stöhnen hörte; dann leckte sie langsam jene Höhlen, die ihm so lustvolle Gefühle bereiteten und die er vor dem Schlafengehen sorgsam für sie gewaschen und parfümiert hatte: die Achseln. Sie hörte ihn schnurren wie einen zärtlichen Kater, während er sich unter ihrem Körper wand. Hastig, in beinahe wütender Erregung, schoben seine Hände Doña Lukrezias Beine auseinander. Dann setzte er sie rittlings auf sich, rückte sie zurecht, öffnete sie. Doña Lukrezia stöhnte, klagend und lustvoll, während ihr in einem undeutlichen Wirbel ein Bild des von Pfeilen durchbohrten, gekreuzigten und gepfählten heiligen Sebastian durch den Kopf schoß. Ihr war, als stoße man ihr mitten ins Herz. Nun hielt sie sich nicht mehr zurück. Die Augen halb geschlossen, die Hände hinter dem Kopf, die Brüste nach vorne geneigt, ritt sie auf dieser Folterbank der Liebe, die in ihrem Rhythmus mitschwang, und stammelte Worte, die sie kaum artikulieren konnte, bis sie spürte, daß sie verging.

Deutsch von Elke Wehr

Vladimir Sorokin

DIE FREISTUNDE

Černyš erwischte den kichernden Gera an der Garderobe, packte ihn am Kragen und zerrte ihn zurück:

– Los ... komm ... keine Gegenwehr ... gleich sag ichs den anderen ...

Gera klammerte sich, immer noch lachend, an das hölzerne Geländer:

– Hilfe! Üüüberfall!

Seine Stimme gellte durch den leeren Schulkorridor.

– Los, – zischte Černyš und riß Geras tintenverschmierte Hände vom Geländer, – gleich ruf ich Saška ... fängt Streit an und freut sich noch ...

– Hi-il-fe!

Gera bog sich rasch nach hinten, stieß mit dem Hinterkopf Černyš ans Kinn und lachte:

– Warte, du Scheusal ... – Černyš riß ihn von der Garderobe weg und zerrte ihn mit sich. Die dunkelblaue Jacke rutschte Gera über den Kopf, seine Schuhe schrammten über die Fliesen.

– O. k., es reicht, Černyi ... genug ... hörst du ...

– Keine Gegenwehr ...

Von hinten hallten Schritte.

– Černyšov! – tönte es durch den Korridor.

Černyš ließ von seinem Opfer ab.

– Was soll das? – Zinaida Michajlovna war schon bei ihnen und zog ihn an der Schulter von Gera weg. – Was ist hier los?! Kannst du mir das erklären!

Der befreite Gera stand auf und zog seine Jacke zurecht.

Černyš zog geräuschvoll die Nase hoch und schaute zur Wand.

Gera schaute auch dorthin.

– Wieso seid ihr nicht im Unterricht? – Zinaida Michajlovna verschränkte die Arme vor dem Bauch.

– Weil, wir haben ... Zinaid Michalna ... wir durften gehen ... eine Freistunde ...

– Bei wem? In der 5b?

– Ja.

– Und wieso? Wieso eine Freistunde?

– Svetlana Nikolaevna ist krank.

– Aaaa . . . so. Ja und? Ist das ein Grund, verrückt zu spielen? Gerasimenko! Was soll das? Was brüllt ihr durch die ganze Schule?

Gera sah zur Wand.

– Tatjana Borisovna hat uns Aufgaben gegeben und ist weggegangen.

– Ja und? Warum treibt ihr euch im Schulhaus herum? Hm?

– Wir sind fertig, Zinaid Michalna . . .

– Und die Hausaufgaben? Habt ihr keine? Nein? Was nehmt ihr gerade durch?

Die Jungen schwiegen.

Zinaida Michajlovna seufzte und faßte Černyšov an der Schulter:

– Gerasimenko, geh in die Klasse. Černyšov, du kommst mit mir . . .

– Aber, Zinaid Michalna . . .

– Komm, komm! Gerasimenko, sag, sie sollen leise sein. Ich komme gleich zu euch.

Gera rannte weg.

Die Direktorin ging mit Černyšov in die entgegengesetzte Richtung.

– Komm, Černyšov. Du wirst, wie ich sehe, immer frecher. Gestern das mit der Bolšova, heute schleifst du Gerasimenko über den Fußboden . . .

– Zinaid Michalna, ich tus auch nie wieder . . .

– Geh, geh. Red dich nicht heraus. Gestern hat die Bolšova im Lehrerzimmer geweint. Ach ja, warum bist du eigentlich gestern nach dem Unterricht nicht zu mir gekommen? He? Ich hatte dich doch gebeten?

– Bin ich doch, Zinaid Michalna, aber Sie waren nicht da.

– Nicht da? Jetzt lügst du auch noch frech. Bravo!!

Zinaida Michajlovna blieb vor ihrem Zimmer stehen und öffnete weit die Tür.

– Geh rein.

Černyšov ging langsam hinein.

Zinaida Michajlovna folgte ihm und lehnte die Tür an:

– So. Bis hierhin habe ich euch schreien hören. Durch die ganze Schule.

Sie ließ die Schlüssel auf den Tisch fallen, setzte sich und nickte Černyšov zu:

– Komm mal her.

Er trottete langsam zum Tisch und blieb vor ihr stehen. Zinaida Michajlovna nahm die Brille ab, rieb sich die Nasenwurzel und sah ihn müde an:

– Was soll ich mit dir machen, Černyšov?

Černyšov senkte den Kopf und schwieg.

Das zerknitterte Pionierhalstuch war ihm seitlich auf die Schulter gerutscht.

– Wir heißt du denn mit Vornamen?

– Šereža.

– Šereža. Du gehst jetzt in die fünfte Klasse. In ungefähr zwei Jahren kommt du in die achte . . . Und dann? Glaubst du, mit so einem Betragen können wir dich in die neunte übernehmen? Was hast du in Betragen?

– Eine Drei.

– Und in Algebra?

– Eine Zwei.

– Gottseidank . . . und in Literatur?

– Eine Drei.

– Und in Russisch?

– Drei . . .

– Na ja. Du willst wohl auf die Berufsschule gehen? Sag doch was!

Černyš zog die Nase hoch:

– Nein. Ich will weiterlernen.

– Das merkt man dir nicht an. Und mit solchen Noten lassen wir dich auch nicht. Mit so einem Betragen.

– Zinaid Michalna, aber ich hab doch in Geometrie eine Eins und in Zeichnen auch . . .

Zinaida Michajlovna legte die Brille ins Etui:

– Rück mal dein Halstuch zurecht.

Černyšov tastete nach dem Knoten und zog ihn an seinen Platz.

– Was sind deine Eltern von Beruf?

– Mein Papa ist Ingenieur. Meine Mama Verkäuferin. Im Kaufhaus »Moskva« . . .

– Na siehst du. Und du? Hast du vielleicht beschlossen, dir an Kulikov ein Beispiel zu nehmen? Der ist im Waisenhaus aufgewachsen, aber du hast noch Mama und Papa. Er hat keinen, der ihm was sagt, aber du? Ist es deinen Eltern denn egal, wie du in der Schule bist?

– Nein, egal nicht ...

– Schaut dein Vater in dein Heft?

– Ja.

– Und?

– Schimpft ...

– Und du?

– Naja ... ich werde mich nicht mehr so aufführen, Zinaid Michalna ...

– Immer die alte Leier, wie ein Papagei! Du bist doch ein Pionier, ein erwachsener Mensch! Es geht doch nicht darum, ob du das tust oder nicht, sondern was aus dir wird! Verstehst du das?

– Ja ... ich werde mich bessern ...

Zinaida Michajlovna seufzte:

– Ich glaube dir nicht, Černyšov.

– Ehrenwort ...

– Ach, du und dein Ehrenwort ... – lächelnd stand sie auf, ging zum Fenster, zog fröstelnd die vollen Schultern zusammen. – Was war denn gestern mit dir und der Bolšova los?

Černyšov stockte:

– Ach ... ich habe bloß ...

– Was, bloß? Bloß ein Mädchen beleidigt? Bloß so, hergenommen und beleidigt!

– Ich wollte das doch gar nicht ... wir sind uns bloß hinterhergerannt ... das war ein Spiel ...

– Ein Spiel, Černyšov, endet nicht mit Tränen ...

– Aber ich wollte nicht, daß sie weint.

– Und deshalb hast du ihr den Rock hochgehoben?

– Ich habe ihn ja gar nicht hochgehoben ... bloß ...

Zinaida Michajlovna kam auf ihn zu.

– Sag, warum hast du das gemacht?

– Sie hat mich gekniffen, Zinaid Michalna, und auf den Rükken geschlagen ...

– Und du hast ihr den Rock hochgehoben. Du, ein Pionier,

den Rock hochgehoben?! Černyšov! Wenn das irgendein Straßenrowdy wie Kulikov täte, den Rock hochheben, würde mich das nicht wundern. Aber – du?! Du bist doch im letzten Jahr auf die Stadtolympiade für Geometrie gefahren! Und du – hebst einem Mädchen den Rock hoch?

– Ich hab ein einziges Mal ...

– Aber wozu denn? Wozu?

– Ich weiß nicht ...

– Eine Absicht, irgendeine Absicht wirst du doch gehabt haben? Wolltest du vielleicht sehen, was darunter ist?

– Nee ...

– Und warum hast du ihn dann hochgehoben?

– Ich weiß nicht ...

– Das alte Lied. Warum hast du ihn hochgehoben? Hast du nicht den Mut, es einzugestehen? Als künftiger Komsomolze!

– Ach, ich wollte bloß ...

– Bloß mal sehen, was drunter ist? Komm, sei doch ehrlich. Hm?!

– Ja ...

Zinaida Michajlovna lachte:

– Was bist du dumm ... Was hast denn du unter der Hose?

– Na Unterhosen.

– Und die Mädchen ebenfalls. Oder hast du gedacht, einen Pullover? Weißt du etwa nicht, daß Mädchen auch Unterhosen tragen?

– Doch ... klar ...

– Wenn das so klar ist, warum hast du ihn dann hochgehoben?

– Sie hat mich eben gekniffen ...

– Aber gerade hast du mir doch gesagt, du wolltest sehen, was sie unter dem Rock hat!

Černyšov schwieg.

Zinaida Michajlovna schüttelte den Kopf:

– Černyšov, Černyšov ... Warum lügst du mich an. Schämst du dich nicht?

– Ich lüge nicht, Zinaid Michalna.

– Doch! Du lügst! – Sie beugte sich zu ihm. – Ist es denn so schwer, die Wahrheit zu sagen? Du lügst! Nicht die Unterhosen haben dich interessiert und nicht der Rock! Sondern was unter den Unterhosen ist!

Černyšov ließ den Kopf noch tiefer sinken.

Zinaida Michajlovna rüttelte ihn leicht an den Schultern:

– Das, das ist es, was dich interessiert hat!

– Nein ... nein ... – murmelte Černyšov.

– Und peinlich ist gar nicht das. Das ist sogar ganz natürlich. Peinlich ist, daß du mir nicht die Wahrheit sagen kannst! Das ist peinlich!

– Ich kann ja ... wirklich ...

– Nein, das kannst du nicht!

– Doch ...

– Dann sag es selbst.

Zinaida Michajlovna setzte sich an den Tisch und stützte das Kinn in die Hand.

Černyšov zog die Nase hoch, kratzte sich die Wange:

– Naja, ich ...

– Ohne naja!

– Naja ... mich hat interessiert ... es hat mich bloß interessiert ...

Zinaida Michajlovna nickte verständnisvoll:

– Sag, wie alt bist du, Černyšov?

– Zwölf.

– Zwölf ... Ein erwachsener Mensch. Hast du eine Schwester?

– Nein.

Zinaida Michajlovna drehte einen Bleistift in den Fingern.

– Aha ... Hör zu! In der letzten Woche hast du dich mit Nina Zacepina geprügelt! Wolltest du da auch sehen, was sie unter der Unterhose hat?

– Nein, gar nicht ... da habe ich ... das war was ganz anderes ...

– Na komm, schau mir in die Augen, lüg wenigstens jetzt nicht.

Černyšov ließ den Kopf sinken.

– Da wolltest du doch auch nachsehen. Stimmt's? Hm?

Er nickte.

Zinaida Michajlovna lächelte:

– Černyšov, glaub nur nicht, ich lach dich aus oder will dich bestrafen. Das ist was ganz anderes. Du bist zwölf Jahre alt. Das neugierigste Alter. Alles möchte man wissen, alles sehen. Ich erinnere mich doch, ich war ja auch mal zwölf. Oder denkst du, Direktorinnen werden schon als Direktorinnen geboren? Ich war auch mal ein Mädchen. Aber ich hatte meinen Bruder Volodja. Einen älteren Bruder. Und als die Zeit gekommen war, hat er mir alles gezeigt. Worin sich die Jungen von den Mädchen unterscheiden. Und ich habs ihm auch gezeigt. So einfach war das. Und keiner mußte Röcke hochheben. Wir sind zu normalen Leuten herangewachsen. Er ist Pilot bei der Zivilluftfahrt und ich Schuldirektorin. So ist das.

Černyšov sah sie mißtrauisch an.

Zinaida Michajlovna lächelte noch immer:

– Wie du siehst, ist alles sehr einfach. Ist es doch, oder?

– M-hm ...

– Hast du denn vielleicht irgendeine Verwandte in deinem Alter?

– Nein. Einen Cousin hab ich ... aber keine Cousinen ...

– Na, oder eine Freundin, eine richtige Freundin? Ich meine, eine Freundin im besten Sinn, einen wirklichen Freund? Eine, der man alles anvertrauen kann?

– Nein, nein ...

Zinaida Michajlovna legte den Bleistift zur Seite und kratzte sich an der Schläfe.

– Eure Generation ist zu bedauern. Keine Schwestern, keine Freundinnen ... Und mit 18 besinnt ihr euch und macht dann die Dummheiten ... ja ...

Sie schwieg eine Weile, dann stand sie auf, ging zur Tür, schloß sie und drehte den Schlüssel zweimal um. Dann ging sie schnell an Černyšov vorbei und zog die Vorhänge zu:

– Merk dir eins, Černyšov, schreibs dir hinter die Ohren. Versuche niemals, etwas auf unehrliche Weise zu erfahren. Solches Wissen verdirbt dich nur. Komm her.

Černyšov drehte sich zu ihr.

Sie trat vom Fenster weg, hob ihren braunen Rock, klemmte ihn sich unters Kinn und fing an, die Strumpfhose, unter der hellblaue Unterhosen durchschimmerten, hinunterzuschieben.

Černyšov zog den Kopf ein und wich zurück.

Zinaida Michajlovna ließ die Strumpfhose hinab, fuhr mit beiden Händen in die Unterhose und ließ sie, mit dem Hintern etwas nachhelfend, bis zu den Knien rutschen.

Černyšov drehte sich weg.

– Bleib hier! Du bleibst hier, du Dummerchen! – Sie hielt den Rock festgeklemmt, packte Černyšov am Arm und drehte ihn zu sich. – Wehe, du drehst dich weg! Für dich bemüh ich mich doch, du Tölpel! Schau hin!

Sie bog die rundlichen Knie auseinander und faßte den zurückgewichenen Jungen am Arm:

– Schau hin! Hörst du! Černyšov!

Černyšov schaute und drehte sich wieder weg.

– Schau hin! Schau hin! Schau hin!

Sie rückte näher an ihn heran, die Beine gespreizt.

Černyšovs Lippen verzogen sich, er begann zu schluchzen.

– Schau hin! Das hast du doch gewollt. Hier ... hier ...

Sie hob den Rock noch höher.

Černyšov weinte, das Gesicht im Ärmel vergraben.

– Aber warum heulst du denn, Černyšov? Hör auf. Sei sofort still. Wovor hast du denn Angst? Sei still ... sei endlich still!

Sie zog ihn zu den längs der Wand stehenden Stühlen.

– Setz dich. Setz dich hin und beruhige dich.

Černyšov ließ sich auf einen Stuhl fallen und schluchzte, das Gesicht mit den Armen bedeckt.

Zinaida Michajlovna ließ schnell den Rock herunter und setzte sich neben ihn:

– Aber was ist denn, Černyšov? Was hast du? Šereža!

Sie legte den Arm um seine Schultern.

– Genug jetzt. Hörst du? Na was, bist du ein Mädchen? Eine Erstkläßlerin?

Černyšov weinte weiter.

– Schämst du dich nicht? Na komm, es reicht. Schluß. Du hast es ja selbst gewollt. Na komm, hör schon auf! Sich so gehenzulassen. Hör auf!

Sie schüttelte ihn.

Černyšov schluchzte einmal laut auf und verstummte. Zusammengekauert blieb er sitzen.

– Na siehst du ... wisch dir die Tränen ab ... heult man denn so ... ach du ...

Schluchzend wischte sich Černyšov mit dem Handrücken die Augen.

Zinaida Michajlovna strich ihm über den Kopf und flüsterte:

– Na, was. Was hat dich erschreckt? Hm? Sag. Na sag doch! Hm? Gib mir eine Antwort.

– Ich weiß nicht . . .

– Glaubst du etwa, ich erzähle es allen weiter? Dummerchen. Wozu habe ich denn die Vorhänge zugezogen. Ich verspreche es dir, Ehrenwort. Ich sage es niemandem weiter. Hörst du? Niemandem. Glaubst du das? Glaubst du mir?

– Ja . . .

– Wovor hattest du dann Angst?

– Ich weiß nicht . . .

– Hast du immer noch Angst? Hast du wirklich Angst?

– Nein . . . – schluchzte Černyšov.

Zinaida Michajlovna flüsterte ihm ins Ohr:

– Mein Ehrenwort als Parteimitglied, ich sage es niemandem. Partei-Ehrenwort! Du weißt, was das heißt, das Ehrenwort eines Parteimitglieds!

– Ja . . . weiß ich . . .

– Glaubst du mir? Hm? Sag. Glaubst du mir? Ich gebe mir die Mühe doch für dich, Dummerchen. Hinterher wirst du danke sagen. Glaubst du mir, sag?

– Hm . . . ich glaubs . . .

– Nicht – hm, ich glaubs! Sondern: Ich glaube Ihnen, Zinaida Michajlovna.

– Ich glaube Ihnen, Zinaida Michajlovna.

– Du wirst nicht mehr heulen?

– Nein.

– Versprichst du es?

– Ich versprechs.

– Gib mir dein Pionier-Ehrenwort, daß du nicht heulen wirst und es niemandem sagen.

– Pionier-Ehrenwort.

– Worauf Pionier-Ehrenwort?

– Ich werde nicht heulen und es niemandem sagen . . .

– Na also. Du hast bestimmt gedacht, daß ich mich über dich lustig mache . . . Hast du das gedacht, sag? Hast du das gedacht?

Hast du nämlich, du Tolpatsch, hm? – lachte sie leise und rüttelte ihn an den Schultern.

– Ein bißchen ... – murmelte Černyšov und lächelte.

– Bist du dumm, Černyšov. Hat dir wirklich noch kein einziges Mädchen diese Stelle gezeigt?

– M-nee ... keins ...

– Und du hast kein einziges Mal nett darum gefragt? Schauen zu dürfen?

– M-nee ...

– Aber schauen möchtest du schon? Sag ehrlich, möchtest du?

Černyšov zuckte die Schultern:

– Weiß nicht ...

– Lüg nicht. Wir spielen doch hier mit offenen Karten! Möchtest du? Antworte mir wie ein Pionier! Ehrlich! Möchtest du?!

– Na ... ja ...

Sie hob langsam den Rock und spreizte die drallen Beine.

– Dann schau hin ... schau hin, dreh dich nicht weg ...

Černyšov schaute mißtrauisch hin.

Sie zog an der auf die Stiefel gerutschten Strumpfhose und dem Schlüpfer und öffnete die Knie noch weiter.

– Schau hin. Beug dich näher ran und schau ...

Černyšov zog die Nase hoch und beugte sich vor.

– Na, siehst du?

– Ja ...

– Und wieso hast du am Anfang Angst gehabt? Hm?

– Ich weiß nicht ... Zinaid Michalna ... vielleicht lieber doch nicht ...

– Schämst du dich nicht! Wovon hast du gerade noch gesprochen? Schau lieber hin!

Černyšov sah schweigend hin.

– Kannst du was erkennen? – Sie beugte sich zu ihm. – Sonst stelle ich mich so ...

Sie stellte sich vor ihn hin.

Černyšov sah auf ihre dicht mit schwarzen Haaren bewachsene Leistengegend.

Darüber hing ein glatter Bauch mit einem großen Nabel in der Mitte. Auf dem Bauch zeichnete sich deutlich die Druckstelle vom Gummiband ab.

– Wenn du willst, kannst du mal anfassen ... faß an, wenn du willst, hab keine Angst ...

Zinaida Michajlovna nahm seine noch von den Tränen feuchte Hand und legte sie auf ihren Schamhügel.

– Faß allein an ... na ... faß an ...

Černyšov berührte den behaarten Hügel.

– Da ist doch gar nichts dabei, oder? – lächelte die rot gewordene Zinaida Michajlovna. – Nicht wahr? Hm? Nicht wahr, frage ich?

Ihr Kopf schwankte, die geschminkten Lippen zuckten nervös.

– Nein.

– Dann faß noch mal an.

Černyšov hob die Hand und faßte noch einmal hin.

– Na, noch mal. Unten. Faß weiter unten an. Hab keine Angst ...

Sie machte die zitternden Beine noch breiter.

Černyšov berührte ihre geschwollenen Schamlippen.

– Faß mehr an ... mehr ... was hast du Angst ... du bist doch kein kleines Mädchen ... immerhin ein Pionier ...

Černyšov fuhr mit der Handfläche über ihre Genitalien.

– Du kannst auch von hinten anfassen ... das ist sogar näher ... paß mal auf ...

Sie drehte ihm den Hintern zu und hob den Rock noch höher.

– Faß mal von hinten an ... na, komm ...

Černyšov schob seine Hand zwischen die hängenden Pobakken und stieß wieder an die feuchten Genitalien.

– Na siehst du ... faß an ... noch mehr ... jetzt wieder von vorne ...

Černyšov berührte sie von vorn.

– Und jetzt wieder von hinten ... so ... faß fester zu, richtig, was fürchtest du dich ... da ist ein kleines Loch ... such es mit dem Finger ... nein, tiefer ... ja. Steck ihn rein ... so ...

Černyšov steckte den Finger in ihre Scheide.

– So. Siehst du ... hast es gefunden ... das Loch ... – flüsterte Zinaida Michajlovna, streckte den Hintern stärker heraus und sah an die Decke. – Nein ... bleib noch drin ... so ... stell dich hin ... doch nicht im Sitzen!

Černyšov stand auf.

– Fühl mit der einen Hand von hinten und mit der anderen von vorne . . . so . . .

Er berührte sie mit beiden Händen.

– Ja, so! Soll ich denn bei dir auch mal hinfassen? Willst du?

– Ich weiß nicht . . . vielleicht lieber nicht . . .

– Ich weiß doch, daß du willst . . . nur mal anfassen . . . du faßt bei mir ja auch an . . . mich interessiert das auch . . .

Sie tastete nach seinem Hosenlatz, knöpfte ihn auf und schob schnell die Hand hinein.

– Siehst du . . . siehst du . . . du hast da einen kleinen . . . und wenn du groß bist . . . das heißt, wenn er groß wird . . . dann . . . dann kannst du . . . mach weiter, hab keine Angst . . . dann kannst du ihn hier ins Loch reinstecken . . . siehst du . . . jetzt ist es noch zu früh . . . warum ziehst du die Hand weg . . . mach weiter . . .

Es klingelte.

– Schluß jetzt . . . – sie richtete sich auf, zog schnell den Schlüpfer samt Strumpfhosen hoch und strich den Rock glatt.

– Schluß jetzt . . . und du sagst es niemandem? Ganz bestimmt?

– Nein, ich sage nichts . . .

– Pionier-Ehrenwort?

– Pionier-Ehrenwort.

– Das ist nämlich unser Geheimnis, nicht?

– M-hm.

– Den anderen Jungs erzählst du nichts?

– Nein.

– Und deiner Mama auch nicht?

– Nein.

– Schwöre. Heb die Hand und sag – Pionier-Ehrenwort.

Černyšov hob die schmierige Handfläche an die Stirn:

– Pionier-Ehrenwort.

Zinaida Michajlovna drehte sich zu dem Lenin-Porträt über dem Tisch:

– Partei-Ehrenwort.

Wieder ertönte die Klingel.

– Was ist jetzt, Pause oder Unterricht . . . murmelte die Direktorin und legte die Hand an ihre glühende Wange.

– Pause ... – sagte Černyšov.

Zinaida Michajlvona ging ans Fenster, zog die Vorhänge zurück, dann drehte sie sich zu Černyšov.

– Bin ich sehr rot?

– Nein, nein.

– Nein? Na, dann lauf. Und versuch dich zu benehmen ...

Sie schloß die Tür auf.

– Lauf ... Halt! Mach den Hosenlatz zu.

Černyšov wandte sich ab und knöpfte die Hose zu.

– Was habt ihr jetzt?

– Naturkunde ...

– In Raum 18?

– Ja, da oben ...

– Na, geh.

Sie öffnete die Tür weit.

Černyšov trat über die Schwelle und rannte davon.

Deutsch von Gabriele Leupold

E. L. Doctorow

KÜHLER SCHLAMM IM WALD

Die Sache mir Drew war die, daß sie sich nicht unmittelbar genital verhielt, sie wollte meine Rippen küssen und meine weiße, jugendhafte Brust, sie umspannte meine Beine und fuhr mit den Händen hinten an meinen Schenkeln auf und nieder, sie streichelte meinen Hintern und saugte an meinen Ohrläppchen und an meinem Mund, und sie tat all dies, als wolle sie nur das, sie gab, als kommentiere sie das Geschehen, kleine einleitende Laute der Billigung oder des Entzückens von sich, kleine, vereinzelte, hohe Töne, geflüsterte Klänge ohne Text, wie Bemerkungen zu sich selbst, es war, als verzehre sie mich, es war wie ein Akt des Essens und Trinkens und nicht dazu gedacht, mich aufzureizen, welcher Junge in dieser Situation hätte schon aufgereizt werden müssen, sobald sie den Wagen zum Stehen brachte, schwoll ich an, und ich wartete auf ein Zeichen der Anerkennung von ihr, daß auch dies in der Tat ein Teil von mir war, aber es kam nicht und kam nicht, und ich loderte durch meine Not in eine köstliche Qual hinein, ich glaubte, ich würde wahnsinnig, ich fing an zu beben, und da erst entdeckte ich ihre Verfügbarkeit, daß sie während all dessen nur darauf wartete, daß ich ihre absolute Bereitschaft entdeckte, still zu sein und zur Abwechslung einmal auf mich zu hören. Dies war so mädchenhaft von ihr, so überraschend zurückhaltend und unterwürfig, daß ich nicht gewandt, sondern einfach ich selbst war, und dies löste bei ihr ein verschwörerisches Lachen aus, es schenkte ihr das Vergnügen der Großzügigkeit, mich in sich zu haben, es war nicht aufregend, sondern eher ein Glück, diesen Jungen in sich zu haben, sie schlang ihre Beine um meinen Rücken, und ich schaukelte uns auf der Rückbank des Wagens auf und ab, mit aus der offenen Tür ragenden Füßen, und als ich kam, schloß sie mich so fest in die Arme, daß mir der Atem stockte, und sie schluchzte und küßte mein Gesicht, als wäre mir etwas Entsetzliches geschehen, als wäre ich verwundet und sie versuchte in einem verzweifelten Akt des Mitleids, es ungeschehen zu machen. Dann folgte ich ihr splitternackt durchs Gebüsch zu diesem Nichtort von so herrlich grüner Wucht, den sie aus einer Laune oder zufällig gewählt hatte, mit ihrer Gabe, die Welt sich um sie drehen zu lassen, so daß sich für mein Gefühl alles wunderschön auf einen Punkt konzentrierte, auf genau den Ort, wo man sein wollte; ich folgte ihrer leuchtenden weißen Gestalt um Bäume herum, kroch durch Gestrüpp, wich peitschenden Ästen aus, während ganze unsichtbare Vogelvölker mir in geistreichem Gezwitscher kundtaten, mit welcher Verspätung ich diesen Ort gefunden hatte. Und dann gingen wir überwiegend bergab, und die Erde wurde sumpfig und die Luft stickig, und auf einmal war ich damit beschäftigt, auf Hautstellen zu schlagen, wo mich etwas gestochen hatte, ich hatte sie fangen wollen, über sie herfallen und sie erneut vögeln wollen, und nun tat sie mir das hier an, setzte mich diesen Furien von Moskitos aus. Aber als ich sie einholte, hockte sie da und schaufelte mit den Händen Schlamm auf sich und gegenseitig bestrichen wir uns mit diesem kühlen Schlamm und dann wanderten wir wie Kinder in wachsende Walddunkelheit hinein, Hand in Hand wie Märchenkinder in tiefer, furchtbarer

Not, was wir ja auch tatsächlich waren, und dann befanden wir uns plötzlich an diesem stillen Teich, schwärzer, als ich Wasser je gesehen hatte, und natürlich watete sie hinein und hieß mich ihr folgen, und mein Gott, roch das widerlich, es war warm und schleimig, meine Füße steckten in nassen Matten von Teichpflanzen, ich trat Wasser, um mit den Füßen nicht einzusinken, und konnte nicht schnell genug wieder zurückkriechen, aber sie schwamm ein paar Meter weit auf dem Rücken und kam dann auf allen vieren herausgekrochen, und sie war mit diesem durchsichtigen Schleim bedeckt, ihr Körper war schleimig wie meiner und wir legten uns in diesen Schlamm und ich bohrte mich in sie und drückte ihren blonden Kopf in den Schlamm und pumpte Schleim in sie hinein, und da lagen wir bumsend in diesem ekligen Sumpf und ich kam und hielt sie am Boden und wollte sie sich nicht bewegen lassen, sondern blieb so in ihr liegen, ihr Atem laut in meinem Ohr, und als ich den Kopf hob und in ihre grünen Augen blickte, die verstört waren von panischer Angst vor Verlust, wurde ich noch in ihr wieder steif, und sie begann sich zu bewegen, und dieses Mal hatten wir Zeit, beim dritten Mal dauert es seine Zeit, und ich entdeckte die Urstimme in ihr, wie ein Todesröcheln, ein gellendes, geschlechtsloses Bellen, immer und immer wieder, wenn ich in sie hineinrammte, und die Stimme brach zitternd, wurde zu furchtbarer, schreiender Verzweiflung, und dann schrie sie so schrill, daß ich dachte, etwas sei nicht in Ordnung, und mich aufrichtete, um sie anzusehen, sie fletschte die Zähne, und ihre grünen Augen trübten sich, als ich hineinsah, sie hatten die Sehkraft verloren, waren flach geworden, als wäre ihr der Verstand geraubt worden, als hätte der Ablauf der Zeit sich in ihr umgedreht und sie wäre in die Kindheit zurückgekehrt und durch die Geburt hindurch ins Nichts gefallen, und für einen Moment waren es keine Augen mehr, für einen Moment waren sie erst im Begriff, Augen zu werden, die Augen der Seelenlosigkeit.

Doch kurz darauf lächelte sie und küßte mich und drückte mich an sich, als hätte ich etwas Liebes getan, ihr eine Blume gebracht oder so.

Deutsch von Angela Praesent

Ludwig Homann

GEPLÄTSCHER IN DER NACHT

Obwohl Titgemeier in Julia immer das Mädchen und mehr noch: die halbfertige Frau sah, konnte er sich doch nicht darüber hinwegtäuschen, daß sie noch Kind war. Es machte ihn aber wütend, wenn sie sich als Kind zeigte oder verriet. Auch deshalb mußte er immer an sich halten, wenn sie malte. Wenn sie in einer Illustrierten nichts weiter interessierte als die Seite mit den in albernen Abenteuern verstrickten hopsenden, quakenden, vermenschlichten Tieren, konnte er explodieren und sie anfahren: »Paß bloß auf, daß du nicht verblödest.« Legte sie die Zeitung weg, nahm er sie und riß die Kinderseite heraus. Ihr Näschen und auch ihre etwas auseinanderstehenden Schneidezähne konnte er schließlich übersehen, aber wenn sie wie ein Kind dasaß, mit gespreizten Knien und nach innen gerichteten Füßen, oder wenn sie sich ungeniert wie ein Kind unterm Pullover kratzte, verwies er ihr das, sie jedesmal grob anfahrend. Als sie einmal gedankenlos Marmelade schleckte, gab er ihr eins auf die Finger und herrschte sie an, sie solle das seinlassen, über das Alter sei sie hinaus. Der Blick, mit dem Julia ihn dann ansah, war verstehend und verständnislos zugleich. Er drohte ihn verlegen zu machen; Titgemeier verschwand dann meist in seiner Kabine oder nach draußen.

Auch wegen dieser nicht zu übersehenden Kindlichkeit ließ er Julia tagelang in Ruhe. Er litt allerdings auch an sich nicht unter einem übermäßig drängenden Trieb. Zwar, von Zeit zu Zeit meldete sich der untere Herr, und dann konnte er an nichts anderes mehr denken, lief in der Stadt herum, tastete mit den Augen alles ab, was weiblich war, und stellte sich jedes Mädchen und jede Frau ohne das vor, was sie sichtbar trugen. Die kleinsten Gören, die sich achtlos hinhockten, konnten ihm den Herzschlag stokken machen, und noch eine verhutzelte Hundertjährige, die sich unter den Rock sehen ließ, hätte seinen Blick festgehalten, wenn er auch wohl gleichzeitig angewidert gewesen wäre. In solchen Phasen konnte er Mädchen in kurzen Röcken lange verfolgen, durch Straßen und Kaufhäuser, nur darauf wartend, daß sie irgendwo eine Treppe vor ihm hochstiegen. Einmal hätte er beinahe Prügel bezogen. Er hatte eine wegen Straßenarbeiten errichtete Fußgängerüberführung mit Treppen aus Metallrosten entdeckt. Stundenlang stand er unter ihr und schielte nach den Frauen. Er meinte, kein Mensch nehme Notiz von ihm in dem Gewusel zur Hauptgeschäftszeit. Aber eine hatte ihren Macker bei sich, und der sah, wie er mit in den Nacken gelegtem Kopf und offenem Mund seiner Tusnelda unter den Rock starrte. Er war die Treppe heruntergekommen. Noch brenzliger wurde es einmal auf der Kirmes. Er stand bei der Berg-und-Tal-Bahn, unten an der Rampe im Dunkeln, und sah, die Hände bis zu den Ellbogen in den Taschen, den Johnny in Arbeit, zu den Mädchen auf, die oben standen, zurück ans Geländer gelehnt. Auf einmal tippte ihm jemand auf die Schulter, zwei Polypen, die Kirmesstreife, standen vor ihm. Ein Mädchen hatte sie gerufen, zeigte auf ihn und sagte: »Die ganze Zeit steht er schon da und gafft.« Zum Glück nahmen die Bullen die Sache humorvoll, nannten ihn Wichser und sagten, er solle verschwinden. Das tat er denn schleunigst.

Am Ende der ersten Woche, nachdem er Julia etliche Tage unbehelligt gelassen hatte, brachte sie selbst ihn, unfreiwillig zwar, auf krumme Gedanken. Er wurde nachts von Geräuschen vorn im Wagen wach. Nach dem ersten Schreck wußte er, daß es Wassergeplätscher war. Gleich ahnte er, daß Julia da vorn etwas trieb, bei dem sie vor ihm sicher sein wollte. Vorsichtig stand er auf und lugte um die Ecke. Da sah er sie als hellen Schemen mitten im Wagen stehen, sie wusch sich offenbar von Kopf bis Fuß. Sie bemühte sich wohl, leise zu sein, aber es gab doch immer Geräusch, wenn sie den Lappen in den Eimer tauchte und ausdrückte.

Warum konnte es jetzt nicht mondhell sein? Vollmond, dann wäre der Platz da vorn wunderbar ausgeleuchtet, er würde sie ganz deutlich sehen können. So nahm er sie nur als verschwommene, fahle Erscheinung wahr, als ein helles Etwas, das sich vorbeugte und aufrichtete und sich bewegte. Er hörte den Lappen auf ihrer Haut reiben. Das war kein Geist, was er da vorn undeutlich sah, sondern ein Wesen aus Fleisch und Blut, die verdammte Kleine, nackt wie Eva. Es gab an seiner Tür keinen Lichtschalter für die Lampe vorn, sonst hätte er plötzlich Licht gemacht. Er überlegte, vorzuspringen, Julia vom rettenden Sofa mit der

Decke wegzudrängen und dann Licht zu machen. Er sah aber das Theater voraus, das Gekreisch, Gezappel, das Handgemenge. Er würde nichts davon haben, sie nicht einmal richtig sehen können. Ungeschoren durfte das Biestchen aber nicht davonkommen, jetzt, da er sie schon ertappt hatte.

Das Geplätscher hörte schließlich auf, und er wußte, daß es jetzt höchste Zeit war. Aber wofür eigentlich? Er gähnte laut, tat, als remple er schlaftrunken die Tür, und fuhr mit beiden Händen tastend über die Wände des Gangs. Warum er sich Julia ankündigte und sie nicht überfiel, wußte er nicht. Sie war im Nu unter der Decke.

»Was ist hier los?« tat er überrascht und machte Licht. »Wieder ausbrechen?«

Es war aber, als durchschaute Julia ihn genau. Sie antwortete nicht, starrte ihn aus weiten Augen an und zog sich die Decke bis zum Kinn. Titgemeier verschwand auf der Toilette. Dort ärgerte er sich wahnsinnig und kam sich dumm und lächerlich vor. Ließ sich hier ein affiges Gehabe aufzwingen, eine blödsinnige Rolle, als wäre er nicht in seinem Wagen, in dem er doch tun und lassen konnte, was er wollte, und niemandem Rechenschaft schuldig war. Außerdem hatte er eine einmalige Gelegenheit verpatzt. Stand jetzt auf seinem Örtchen wie eingesperrt. Wütend stieß er die Klotür auf, trat zwei Schritte vor und präsentierte sich Julia breitbeinig. Sie warf sich, nein, nein schreiend, zur Wand herum und zog die Decke über den Kopf. Er trat ans Sofa, kniete nieder und schob beide Hände unter die Decke.

»Komm, Schnuckengelchen, stell dich jetzt nicht an!«

Sie begann wild zu strampeln, als er sie berührte, schlug unter der Decke nach seinen Händen und schrie: »Geh weg, das darfst du nicht.« Er rang etwas mehr mit ihr und versuchte es mit leichtem Nachdruck. Sie wand sich und schrie wieder: »Das darfst du nicht, ich sag es der Polizei.« Dabei stieß sie ihm absichtslos einen Ellbogen ins Gesicht. Das war zuviel. Er fuhr ihr an den Hals und drückte zu.

Julia ergab sich augenblicklich, fiel schlaff auf den Rücken und wehrte sich nicht mehr. Mit zitternden Fingern strich er über sie hin. Alles war so warm, so schmal und zart. Alles war ihm überlassen. Es schoß aus ihm heraus, er ließ stöhnend den Kopf auf die

Sofakante sinken. »Ach, Schnuckengelchen, wenn du wüßtest, wenn du wüßtest«, sagte er.

Nach einiger Zeit richtete er sich auf. Julia lag wie leblos vor ihm, ruhig atmend, aber wie ohnmächtig. Er berührte eines ihrer geschlossen Augenlider mit dem Finger, sie zuckte zurück. Eine Verdrossenheit stieg in ihm auf, darüber, daß das vorhin mit solchem Theater verbunden war. Warum konnte es bei ihnen nicht wie bei anderen Paaren sein? Bei denen war's einfach selbstverständlich, die Frau gab, der Mann nahm, beide waren zufrieden. Kein Geschrei, kein Theater. Warum stellte sie sich so an? Sie dachte bloß an sich. Sie wollte nicht, basta. Sie trug's zwischen den Beinen mit sich herum, wo sie ging und stand, aber war geizig damit und tat, als wollte er es ihr wegnehmen oder kaputtmachen. Sollte sie ihn doch lassen, einfach lassen, die paar Minuten stillhalten. Hatte er nicht sogar ein Recht darauf, hier in seinem Wagen?

Er ging in seine Kabine zurück und legte sich wieder hin. Es war ja noch Nacht. Vielleicht hatte sie es morgen früh schon überwunden und war vernünftig. Es war ihr dann vielleicht selbst zu dumm, daß sie wegen einer ganz natürlichen Sache so ein Spektakel machte. Die ganze Welt tat's doch, also.

Amanda Filipacchi

KINDLICHE BEGIERDE

Mit bösen Ahnungen mache ich die Tür auf. Sara kommt in einem weißen Frotteebademantel herein.

»Ich habe nur Spaß gemacht«, sagt sie. »Ich habe gar keine Überraschung. Ich wollte nur, daß du die Tür aufmachst.«

Sie zieht den Bademantel aus und läßt ihn auf den Boden fallen. Jetzt ist sie nackt.

Ich halte mich am Schrank fest, um zu verhindern, wie der Bademantel auf den Boden zu fallen. »Was machst du da?« frage ich.

»Mir ist heiß. Kümmere dich nicht um mich.«

Sie legt sich auf mein Bett, macht das Radio an und beginnt nervös in der Hotelbibel zu blättern, genau im Takt der Musik, wie ein Metronom. Es ist geradezu klassisch.

Ich hebe ihren Bademantel auf und werfe ihn über sie. »Bitte zieh das wieder an, oder verschwinde aus meinem Zimmer. Du solltest dich vor mir nicht nackt zeigen.«

Sie schleudert den Bademantel mit einem Tritt weg. »Warum? Ich bin doch nur ein kleines Mädchen. Kinder dürfen nackt sein. Du siehst so komisch aus, wenn du streng sein willst.«

»Du willst ihn also nicht wieder anziehen?«

»Nein, das will ich nicht, mir ist heiß.«

»Und du willst auch nicht verschwinden?«

»Nein, ich will reden. Ich kann nicht einschlafen.«

Plötzlich habe ich einen glänzenden Einfall, auf den ich sehr stolz bin. Ich freue mich diebisch, wie maßlos enttäuscht sie sein wird, weil sie nichts dagegen machen kann. Ich ziehe die Schublade auf und hole eine meiner langen schwarzen Socken heraus. Ich gehe zum Sessel am Fenster, feixend und ohne Sara anzuschauen, obwohl ich aus den Augenwinkeln sehen kann, daß sie jede Bewegung von mir verfolgt, wahrscheinlich voller Neugier. Ich setze mich auf den Sessel und binde mir die Socke um den Kopf, über die Augen. Ich frage mich, ob sie ihre Enttäuschung zeigen oder verbergen wird.

»Du bist ganz schön prüde, Jeremy, weißt du das?« sagt sie.

»Das ist ja nett. Sonst noch was auf Lager?«

»Nein, sonst nichts.«

»Wie schade. Also, worüber willst du nun reden?«

Ich höre, wie sie die Bibel auf den Nachttisch knallt. Jetzt, wo ich die Augen verbunden habe, erinnere ich mich an den Körper, den ich gesehen habe, und betrachte ihn im Geist. Ich kann die Augen nicht von ihm abwenden. Es ist der makelloseste und schönste Körper, den ich je gesehen habe.

Sara lacht und setzt sich auf meinen Schoß. Sie ist ziemlich schwer für ein vermeintlich kleines Mädchen.

»Jetzt hab ich dich«, sagt sie.

»Nun laß das doch«, quengele ich.

»Du kannst mich ja nicht sehen, also was soll's? Was dich angeht, könnte ich einen Raumanzug anhaben.«

Sie streicht mir über das Haar, spielt mit dem Ende der Socke.

»Was sollte ich deiner Meinung nach tun, damit ich einschlafen kann?« fragt sie.

»Stell dir vor, daß du langsam in ein dunkles Loch fällst, so wie Alice im Wunderland.«

Sie küßt mich zum ersten Mal auf den Mund. Meine Lippen sind fest zusammengepreßt. Ich atme nicht.

»Entspann dich«, sagt sie. »Stell dir vor, daß du in ein dunkles Loch fällst, wie Alice im Wunderland.«

»Du solltest das mit jemand in deinem Alter machen«, sage ich.

Sie schiebt die Hand unter meinen Pullover und streichelt meine nackte Haut. Ich bin wie gelähmt. Sie erregt mich, und darum bin ich wie gelähmt. Ständig muß ich denken: Na ja, sie *will* es doch. Nicht, daß sie nicht alles versucht hätte. Sie versucht es doch schon seit Wochen, und wie, sie tut doch alles in ihrer Macht Stehende, damit es passiert. Sie wäre schrecklich verletzt, wenn ich ihr jetzt einen Korb geben würde. Es könnte eine bleibende Narbe hinterlassen.

Und ich werde schamrot bei dem Gedanken daran, was die Gesellschaft denken würde, wenn sie meine Gedanken hören könnte. Aber die Gedanken kommen immer wieder, ich kann sie nicht verbannen. Warum sollte sie mit elf keinen Sex haben? Sie scheint auf jeden Fall soweit zu sein.

Und als würde sie meinen Gedanken beipflichten, sagt Sara: »Vor sechs Monaten habe ich meinen ersten Orgasmus gehabt, nur ein paar Wochen, nachdem ich meine erste Periode bekommen habe. Ist das nicht interessant? Ich bin soweit.«

Meine Gedanken kreisen weiter. Diese Offenheit. Diese Frechheit. Wer weiß, vielleicht ist sie ja so frühreif wie die Mädchen in Afrika. Die tun's schon mit fünf, wie ich gehört habe. Und abgesehen davon sehe ich doch genau, daß sie es schrecklich gern tun möchte. Das ist nicht bloß unschuldige platonische kindliche Zuneigung. Das ist sexuelle Erregung und Begierde. Daran ist nicht zu deuteln. Ich weiß nicht, was ich machen soll.

Ich hole meinen Kugelschreiber aus der Tasche und stütze den einen Schneidezahn auf den Drücker, obwohl ich mir geschworen hatte, das nie wieder zu tun.

Sie legt die Hand auf meinen Hosenschlitz, und das ruft bei mir plötzliche, automatische, bedingte Mißbilligung hervor. »Das solltest du mit jemand in deinem Alter machen«, sage ich, ziehe ihre Hand weg und stütze wieder den Zahn auf den Kugelschreiber.

Der Kugelschreiber rutscht ab und bohrt sich in meinen Gaumen. Blut schießt hervor. Ich mache mir nicht einmal die Mühe, es rasch zu schlucken. Mein Mund füllt sich.

»Oh, du hast dich verletzt«, sagt sie. »Das ist meine Schuld. Ich habe dich nervös gemacht, und jetzt blutest du. Verzeihst du mir?«

Ich nicke mit dem Kopf und spüre, wie mir ein Tropfen aus dem Mundwinkel läuft.

Sie küßt mich. Sie knöpft meine Hose auf, öffnet den Reißverschluß. Sie steht auf und zieht mir, so gut es geht, Hose und Unterhose runter. Ich habe einen Steifen.

»Oh, so sieht ein Pimmel also aus«, sagt sie.

Ich wünschte, ich könnte ihr einen mißbilligenden Blick zuwerfen, aber da meine Augen verbunden sind, muß ich mich eben mit dem Mund ausdrücken, und darum verziehe ich die Lippen irgendwie vorwurfsvoll.

»Ich mache doch nur Spaß«, sagt sie. »Du weißt doch, daß ich mit nackten Männern lebe. Ich weiß, wie die Dinger aussehen.«

Sie versucht mit aller Kraft, meine Hose unter mit herunterzuziehen, schafft es aber nicht.

»Könntest du vielleicht mal ein bißchen auf und ab hüpfen?« fragt sie.

Ich bleibe wie gelähmt sitzen. Ich gestatte mir nicht, »auf und ab zu hüpfen«, obwohl ich es gern täte. Sie zerrt an der einen Seite meiner Hose und dann an der anderen. Es ist schwierig, und ich weiß, daß sie nicht weiterkommt, weil ich genau spüre, daß der obere Teil meiner Hose unter mir zusammengeknüllt ist und vom Gewicht meines Hinterns blockiert wird. Aber ich helfe ihr nicht. Das wäre ein Verbrechen; ich würde mich der Mithilfe schuldig machen.

Plötzlich hört sie auf zu zerren und lacht. »Du siehst zu komisch aus.«

Ich kann mir vorstellen, daß ich komisch aussehe. Einen Moment lang spüre ich, wie ein Lachen in mir aufsteigt. Ich bin darauf gefaßt, daß es zumindest in Form eines ununterdrückbaren Lächelns durchsickern wird, aber ein gemischtes Gefühl aus Panik und Verlangen erstickt das Lächeln, bevor es zum Vorschein kommen kann, wie ein unterdrücktes Niesen. Nicht der kleinste Muskel und kein einziges Fältchen zuckt in meinem Gesicht. Ich bin in meinem ganzen gottverdammten Leben noch nie so sexuell erregt gewesen. Ich nehme die ganze Sache sehr viel ernster als sie.

Ich höre Papier reißen. Es klingt wie Zellophan. Ich spüre ihre Hände. Sie zieht mir ein Kondom über. Das hatte ich nicht erwartet. Unter meiner Socke sind meine Augen vor Überraschung weit aufgerissen.

»Hast du das schon mal gemacht?« frage ich.

»Nein«, sagt sie, und ihre Stimme klingt stolz. Stolz auf ihre Geschicklichkeit, nicht stolz darauf, daß sie das noch nie gemacht hat. Ich erläutere dies nur, weil ich es mit absoluter Sicherheit weiß und weil es mißverstanden werden könnte.

O doch, das hast du, du verlogenes kleines Aas. Ein phantastischer Gedanke meinerseits, der jeder Grundlage entbehrt und über den ich mir keinerlei Gedanken gemacht habe.

»Ich möchte mir von dir keine unheilbare Krankheit andrehen lassen«, sagt sie zur Erklärung. »Oder eine unheilbar tödliche Krankheit oder eine tödlich unheilbare.«

Wie romantisch.

»Ich habe an alle Kombinationen gedacht«, sagt sie.

Allerdings.

»Im übrigen«, fährt sie fort, »möchte ich mir von dir auch kein Kind andrehen lassen, weil ich dann in eine von diesen Fernsehsendungen gehen müßte, mit vielen anderen Mädchen zusammen, die mickrige Nummern haben und sich Babys haben andrehen lassen. Ich werde dir jetzt die Augenbinde abnehmen.«

»Nein!« schreie ich. »Ich möchte dein Gesicht lieber nicht sehen.«

»Aber ich möchte, daß du uns siehst.«

»Nein, ich darf auf keinen Fall dein Gesicht sehen.«

»Du bist ganz schön schwierig, du verwöhnter kleiner Fratz«, sagt sie ärgerlich.

Sie steht auf. Ich höre, wie sie im Zimmer herumgeht, Sachen durchwühlt. Sie kommt wieder zu mir, setzt sich mir gespreizten Beinen auf meinen Schoß und nimmt mir die Augenbinde ab. Ich stoße einen gellenden Schrei aus. Auf mir sitzt Mickey Mouse. Nein, es ist nur eine Maske. Sara ist ja so erfinderisch. Jetzt brauche ich nicht in ihr Gesicht zu starren, jetzt kann ich Mickey Mouse anstarren. Sie steckt mich in sich hinein. Der Mäuserich grinst mich obszön an; er sieht aus, als würde er sich blendend amüsieren, während ich mir vorstelle, daß Sara unter der Maske vor Schmerzen die Augen verdreht und die Zähne zusammenbeißt. Ich lasse die schimmernden schwarzen Augen hinter den Mäuserichaugen nicht aus den Augen, und sie fixieren mich ebenfalls. Ich wünschte, ich könnte ihren Gesichtsausdruck sehen, um zu wissen, ob sie tatsächlich Grimassen schneidet, wie ich mir vorstelle, oder ob es anders ist. Ich kann nichts erkennen. Der Mäuserich lächelt weiter, und das Radio spielt weiter, und sie weiß sogar, daß man sich dabei bewegen muß. Ich bewege mich nicht. Ich finde es egoistisch, sich nicht zu bewegen, aber es ist nun mal gegen meine Prinzipien.

Sie schlägt mir auf den Arm. »Beweg dich! Ich weiß doch, daß du's willst.«

Falls sie anfangen sollte, mich zu schlagen, werde ich nicht stur an meinen Prinzipien festhalten. Das wäre denn doch zuviel verlangt. Also bewege ich mich.

Hinterher begleite ich sie zu ihrem Zimmer und frage: »Hat's weh getan?«

»Ja«, sagt sie.

Ich lasse sie allein und gehe ins Freie. Ich wandere durch die Nacht und heule. Ich bin pervers. Wäre etwa ein normaler Mann dazu fähig gewesen, sich von einer Elfjährigen sexuell erregen zu lassen, selbst wenn sie sich ihm an den Hals geworfen hätte? Wohl kaum. Ich überlege, was nun passiert. Die Kleine wird es ihrer Mutter erzählen, die Mutter wird es der Polizei erzählen, und die Polizei wird bei mir erscheinen und mich abholen und mich für den Rest meines Lebens ins Gefängnis stecken, und ich werde mich nicht wehren, weil das, was ich getan habe, etwas Abscheuliches ist. Nicht, daß ich nicht wüßte, daß es etwas Abscheuliches ist. Die Gesellschaft hämmert es einem doch von Kindheit an ein.

Ich wußte doch genau, daß es für kleine Mädchen oder kleine Jungen abscheulich ist, Geschlechtsverkehr mit einem Erwachsenen zu haben oder überhaupt mit jemandem. Abscheulich. Man nennt das Unzucht mit Kindern, sogar Vergewaltigung, wenn sie in dem Alter sind, und du bist in dem Alter. Weil Kinder Erwachsene nun einmal nicht anmachen, sie tun das einfach nicht, das ist eine allseits bekannte Tatsache, außer wenn sie sich in absoluter kindlicher Unschuld an einen heranmachen, um die Zuwendung des Vaters oder der Mutter zu bekommen. Aber sie denken überhaupt nicht an Sex, sie haben keinen Geschlechtstrieb, sie sind bloß neugierig. All das wußte ich, aber ich zog es vor, nicht daran zu denken. Ich werde der Polizei keinen Widerstand leisten. Ich werde einfach warten, bis man mich abholen kommt. Vielleicht sollte ich mich umbringen.

Deutsch von Ursula-Maria Mössner

Bob Leuci

HINTERBACKEN

Monty Adams, zehn Jahre jünger als Officer Rivera und zweifacher Champion der New York City Golden Gloves-Schwergewichtsmeisterschaften, war mit seinen ein Meter dreiundneunzig und neunundneunzig Kilo der Terminator des Reviers. Der Prinz der Pein höchstpersönlich.

Als er sich dem Gebäude näherte, kam er an zartweißen Statuen aus überquellenden Mülltonnen vorbei, die bewegungslos im gelben Licht der Straßenlaterne standen. Das Licht warf einen grellen Schein in den Durchgang der Mietskaserne, und sein Schatten fuhr wie ein Gespenst über die Vorderfront des Gebäudes. Er konnte es sich nicht erklären, aber an dem Schatten war was, bei dem er sich gut fühlte; ein Schauder durchfuhr sein Nervensystem, und in seinem Hinterkopf wisperte eine Stimme: »Hol ihn dir, Gesetzeshüter.«

Officer Rivera folgte Adams zu den Stufen des Hauses. Er war ein wenig unsicher auf den Beinen.

Als Rivera an ihm vorbeikam, ging Adams auf, daß der alte Ray wahrscheinlich genausoviel Spaß an der Sache hatte wie er selbst. Schließlich war es dessen Neffe gewesen, nach dem der Scheißer gegrabscht hatte. Aber andererseits war eh jeder Schweineschwarten fressender Puertoricaner im Revier irgendwie mit dem alten Ray verwandt.

Einen Augenblick lang kam Monty Adams die dunkle Stille des Hauses ins Bewußtsein, und die schwindelnde Erregung, die ihm wie eine Flut in der Brust schwoll, war ihm peinlich. Der Augenblick weigerte sich vorbeizugehen, und er spürte, wie sich seine Schultern und Arme verspannten. Es war schön, dieses Gefühl, gut und männlich, Gottes Werk mit einem guten, soliden Partner zu tun. Schon einen guten, soliden, sich bereithaltenden Partner zu finden kostete heutzutage einige Mühe. Er wollte Ray sagen: »Hey, Kumpel, ich bin froh, daß ich dich gefunden habe. Ich bin glücklich, daß du mein Partner bist.«

Der Sturm des Februarblizzards war stark, aber Monty Adams' Hirn und Blut brodelte, also war es ihm egal.

Auf der anderen Straßenseite stand B-Eye, ein großer purpurschwarzer Mann, im Türeingang zu Slim's Grillbude und suchte in seinen Taschen nach seinem kleinen Schraubenzieher.

B-Eye verbrachte seine Tage damit, Weißen im Park Slope Goldkettchen abzureißen; seine Nächte brachte er im Hook zu und wartete. B-Eye hätte ganz gern gewußt, wo die Bullen eigentlich hinwollten. Er hätte es gern gewußt, denn wenn die Bullen sich den Freak geschnappt hätten, den sie schnappen wollten, dann könnte er sich an die Tür lehnen und mit seinem kleinen Schraubenzieher vielleicht das Zimmer in Besitz nehmen. B-Eye beschloß zu warten. Er würde sich ruhig verhalten und abwarten.

Ramon öffnete die Eingangstür mit einem Schlüssel. Adams zündete sich eine Zigarette an und drückte sie wieder aus; zog einen Totschläger aus seinem Mantel, eine gute, über dreihundert Gramm schwere Klatsche, überprüfte die Feder und schob ihn wieder in die Tasche.

Er sagte: »Wir hätten diesen Arschficker schon vor Wochen vermöbeln sollen, dann hätten wir's hinter uns.«

»Der Arsch ist umgezogen«, sagte Ramon. »Ich mußte ihn erst finden.« Graue Wasserlachen, der schmelzende Schnee von ihren Stiefeln, folgten ihnen die Stufen hinauf. Sie hielten sich am Geländer fest und berührten die geborstenen, feuchtgrünen Wände, um sich schweigend abzustützen. Mitternacht war gerade vorbei.

Ramon holte tief Luft. Adams lächelte, dann stiegen sie in den vierten Stock und blieben vor der Wohnung 5F stehen.

Draußen saßen Girl-Girl, Mr. T., Ronnie und V-Ting mit etwas nettem Stoff, den sie östlich der Avenue A auf der Ist Street erwischt hatten, in dem Schwarz-Taxi, das in einer Schneewehe direkt vor dem Polizeiwagen steckte. Sie wußten, daß der Stoff gut war, weil auf dem Siegel der für einen halben Löffel reichenden Tüte chinesische Schriftzeichen waren. Sie hatten den Atem angehalten, als die Bullen vorbeigeflitzt kamen, und hatten sie beobachtet, als sie in dem Gebäude verschwanden. Girl-Girl nahm eine Handvoll Maisstärke aus ihrer Manteltasche und fing an zu kauen. Sie hatte in letzter Zeit eine Menge Maisstärke gegessen, was bedeutete, daß sie vielleicht schwanger war. Girl-Girl aß immer Maisstärke, wenn sie angebumst war oder wenn sie Angst hatte. In diesem Augenblick hatte sie rasende Angst. Die Bullen waren sehr nah gekommen. Und V-Ting hatte eine neue Pistole und war todkrank. Niemand würde ihn hopsnehmen, nicht so krank wie er war. Das sagte V-Ting, und Girl-Girl glaubte ihm.

Ramon klopfte mit dem Handrücken an die Tür. Keine Antwort. Adams schlug mit der flachen Faust dagegen. Er traf die Tür an der empfindlichen Stelle oberhalb des fünf mal zehn Zentimeter starken Querriegels und sagte scharf: »Polizei, aufmachen!«

»Welche Polizei? Heute nacht geht doch keine Polizei raus! Wen wollt ihr denn verarschen? Weg von der Tür? Ich bin verrückt und hab 'n Gewehr. Ich bring euch verdammte Ärsche um, wenn ihr nicht von meiner Tür verschwindet!«

Adams brüllte: »Vor Ihrem Haus ist ein Streifenwagen geparkt. Schauen Sie nach. Wir haben gehört, in dieser Wohnung ist eine Frau, die die Polizei angerufen hat.«

»Blödsinn, hier ist niemand außer mir.«

Adams trat gegen die Tür. Eine Küchenschabe verschwand in einem Mauerspalt wie ein Gespenst.

»Immer langsam, Himmel, immer mal langsam. Treten Sie ja nicht gegen die Tür.«

Monty Adams grunzte. Er nahm seinen Totschläger, hob die rechte Hand und schlug gegen die Tür. »Ich werde langsam richtig wütend vom Rumstehen«, sagte er. »Ich sage Ihnen, ich bin Polizist, und ich habe Grund zu der Annahme, daß hier eine Frau drin ist, die um Hilfe gerufen hat. Sie haben vielleicht noch zwei Sekunden, diese Tür zu öffnen, sonst trete ich sie von hier bis Queens. Haben Sie mich verstanden?«

Eine dünne Stimme sagte: »Aber hier ist keine Frau.«

»Wenn das der Fall ist, werden wir wieder gehen. Aber das können wir erst, wenn wir selber nachgeschaut haben. Verstehen Sie, was ich Ihnen sage?«

»Also«, sagte Ramon Rivera zur Tür, »warum werfen Sie nicht einfach einen Blick aus dem Fenster. Sie werden direkt vor Ihrem Haus ein Dienstfahrzeug der New York City Police parken sehen. Sobald Sie sich vergewissert haben und sich sicher fühlen, könnten Sie unserer Bitte Folge leisten und Ihre Wohnungstür öffnen wie ein guter Bürger.«

»Ray«, flüsterte Adams, »ich will dir mal was sagen.« Er machte eine Pause, rieb sich die Hände und fuhr fort. »Ich hasse es, verdammt noch mal, wenn du so redest.«

Ramon Rivera setzte ein breites Lächeln auf den geschlossenen Mund und zuckte mit den Schultern. Ein paar Sekunden später öffnete sich die Tür zur Wohnung 5F.

Adams schlug die Tür hinter sich zu. Der Geruch von süßem, nach Moschus riechendem Eau de Toilette schlug ihm entgegen, und er versuchte, nicht zu atmen.

Einen Schritt von der Tür entfernt stand Felix Falco, und sein Anblick ließ Adams zucken. Er konnte spüren, wie die heißen, bitteren Magensäfte hochstiegen, ihm in die Brust krochen, in den Mund flossen und in die Kehle tropften. Sogar das Sprechen fiel ihm schwer, obwohl er es tat und Ramon sagte, er solle hineingehen und im anderen Zimmer nachsehen.

Felix Falco war ein großer, fetter Mann, und das blaue Kleid, das er trug, ließ ihn nur noch runder wirken. Er trug ein grünes Barett mit einer roten Feder, die sich an der Seite kringelte. Bei dem Kleid handelte es sich eigentlich um ein langes Nachthemd, das die Füße bedeckte, aber für Monty Adams trug Felix Falco ein Kleid, so einfach war das.

Adams trat Falco in die Seite, mit Schwung, und ließ ihn durchs Zimmer kreisen, und Falco wirbelte herum und machte dabei eine süße, kleine Pirouette – ein Tänzer in einem blauen Abendkleid. Er kam auf eine Couch zu liegen und schrie. Er schrie noch ein wenig, dann erneut, und die Schreie verknüpften sich und wurden zu einem Heulen. Zu benommen, um sich zu rühren, sah er Ramon an, dann wieder Adams.

»Warum wollt ihr –«, schrie Felix Falco, und dann fuhr seine Hand vors Gesicht, aber er war einfach zu langsam. Monty Adams warf ihm eine Linke entgegen. Sie traf Falco an der Nasenwurzel, schleuderte ihn quer über die Couch und rollte ihn zur Wand. Falco kroch über den Fußboden, und Adams ließ ihn ein wenig davonkommen, fing ihn aber in der Ecke wieder ab. Hilflos und eingezwängt, versuchte Falco sich zu schützen. Adams verpaßte ihm drei scharfe Schläge. Einen auf den Hinterkopf, einen auf die Schulter, den dritten in den Nacken.

»Leg ihn nicht um«, sagte Ramon.

»Der Kerl vögelt Kinder, den muß man umlegen«, sagte Adams. »Aber ich leg dich nicht um.« Er trat erneut nach Felix Falco.

»Steh auf«, sagte Adams. »Hoch.«

Falco stand auf, zuerst auf Hände und Knie, dann rollte er sich auf seine Hinterbacken. Er stand auf einem Fuß und stützte sich an der Wand ab, als Adams' Rechte ihn mitten auf den Mund traf.

Blut gurgelte und floß ihm dann aus dem Mund. Es rann ihm über die Lippen und befleckte sein blaues Nachthemd. Er schleuderte gegen die Wand und glitt dann zu Boden, sein grünes Barett im Schoß, die Feder verschwunden. Voller Entsetzen rief er Gott an.

Adams und Falco sahen sich eine lange Sekunde an.

»Du bist ein Mörder«, sagte Falco, »ein verrückter Mörder. Schau dir an, was du da gemacht hast. Warum willst du mich umbringen?«

»Weil du ein kurzsichtiges, kindervögelndes Stück Scheiße bist und ich hier bin, um dir die einzige Gerechtigkeit zuteil werden zu lassen, die du in diesem Pißpott von Stadt jemals kriegen wirst. Hoch mit dir«, sagte er und stellte Felix Falco auf die Beine.

»Zum Küchentisch«, sagte er und zerrte Falco durchs Zimmer.

Seine Wut stieg, und er konnte sich das alles recht deutlich vorstellen. Ein kleiner, dunkelhaariger Junge, der sich vornüberbeugt, die Hosen auf die Knie heruntergelassen, glänzendes Öl auf einem winzigen kaffebraunen Hintern. Monty Adams verlor die Fassung.

Er grinste auf Felix Falco herab.

»Du bist eine Schande für die menschliche Rasse«, brüllte er.

Falco murmelte etwas.

Officer Rivera ging ins Schlafzimmer.

Felix Falco war im Schockzustand; seine Augen waren glasig, und er zitterte. Zuerst weinte er unmerklich, doch dann kamen die Schluchzer in konvulsivischen Ausbrüchen. Er versuchte etwas zu sagen, doch bevor er noch ein Wort herausbringen konnte, griff ihm Adams in den Kragen seines Nachthemds und riß es herunter.

Falco ging in die Knie und senkte den Kopf. Er bekam nicht genug Luft und japste.

»Du vögelst kleine Jungs in den Arsch, stimmt's?« brüllte Adams.

Falco schüttelte den Kopf.

»Du perverses Stück Dreck, du solltest besser nachdenken und die Wahrheit sagen«, flüsterte Adams. »Du vögelst kleine Jungs, stimmt's?«

Falco nickte.

»Nun, du hast den Falschen gevögelt.«

Jetzt fing Falco richtig an zu heulen.

»Weißt du, was der Ayatollah mit dir machen würde?«

»W-Wer?« stammelte Falco.

»Na gut«, sagte Adams, »steh auf und leg dein Ding auf die Tischkante.

Felix Falco tat, wie ihm geheißen. Er zitterte, er stellte sich ungeschickt an, er jammerte, aber als Monty Adams sagte: »Ich werde dir meine Waffe in den Arsch stecken, du fette Tunte, wenn du nicht schneller machst«, tat Falco wie geheißen.

»An die Ecke, näher an die Kante«, sagte Adams mit ganz ruhiger Stimme. Dann zog er die gut dreihundert Gramm schwere Klatsche aus der Tasche. Er konnte mit dem Totschläger ebensogut umgehen wie mit einer Peitsche.

Deutsch von Peter Torberg

Herodot

DER GOTTHEIT ZU DIENSTEN

Von ihren Sitten ist folgendes zu sagen. Die verständigste Sitte, die, wie ich erfahre, auch bei den Enetern in Illyrien herrscht, ist meiner Meinung nach die folgende. In jedem Dorfe des Landes wurden alljährlich sämtliche mannbaren Jungfrauen zusammengerufen und auf einem Platz versammelt. Rings herum stellten sich die Jünglinge, und nun ließ der Herold jedes Mädchen für sich aufstehen und bot es feil. Zuerst kam das allerschönste. War es um einen hohen Preis losgeschlagen, so rief er ein zweites zum Verkauf aus, nämlich das nächstschönste. Und zwar wurden sie zur Ehe verkauft. Die Freier, die reich waren, überboten einander und erstanden die schönsten Mädchen. Die Jünglinge aus dem Volke aber, denen es um Schönheit nicht zu tun war, bekamen die häßlicheren Mädchen und noch Geld dazu. Wenn nämlich der Herold mit dem Verkauf der schönsten Jungfrauen fertig war, hieß er die unansehnlichste, oder etwa eine verkrüppelte, aufstehen und bot sie feil, d. h. er schlug sie dem zu, der sich unter der mindesten Geldforderung bereit erklärte, sie zur Frau zu nehmen. Das Geld wurde vom Erlös der schönen Jungfrauen genommen, und so verheirateten gewissermaßen die schönen Mädchen die häßlichen und krüppelhaften. Es war nicht erlaubt, seine Tochter einem beliebigen Jüngling zur Frau zu geben. Auch durfte man das gekaufte Mädchen nicht, ohne einen Bürgen zu stellen, heimführen; erst wenn man Bürgen dafür stellte, daß man mit ihr zusammen leben wollte, durfte man sie heimführen. Und wer nicht mit seinem Mädchen zusammenblieb, war verpflichtet, das empfangene Geld zurückzubringen. Sogar aus anderen Dörfern durften Freier kommen und ein Mädchen kaufen. Das war jener höchst verständige Brauch, der aber jetzt nicht mehr geübt wird. Dagegen haben sie neuerdings ein anderes Mittel ausfindig gemacht, um die Mädchen zu versorgen. Die Verarmung des Landes infolge der Unterjochung hat alle bedürftigen Leute aus dem Volk dazu geführt, ihre Töchter für Geld preiszugeben.

Nächst der genannten ist folgende Sitte der Babylonier die verständigste. Kranke werden auf den Markt getragen; denn sie haben keine Ärzte. Vorübergehende geben dem Kranken gute Ratschläge, Leute, die an derselben Krankheit gelitten haben oder einen anderen an ihr haben leiden sehen. Danach geben sie dem Kranken Ratschläge und erklären ihm, auf welche Weise sie von einer ähnlichen Krankheit geheilt worden seien oder andere hätten geheilt werden sehen. Schweigend an dem Kranken vorüberzugehen, ist nicht erlaubt. Jeder muß fragen, was für eine Krankheit er hat.

Die Toten werden in Honig gelegt, und die Trauergebräuche sind ähnlich wie die der Ägypter.

Wenn ein Babylonier mit seinem Weibe Gemeinschaft gepflogen hat, opfert er Räucherwerk und setzt sich davor, ebenso sein Weib. Ist dann der Tag angebrochen, so nehmen beide ein Bad. Vor diesem Bad dürfen sie kein Gefäß anrühren. Denselben Brauch haben die Araber.

Die häßlichste Sitte der Babylonier dagegen ist folgende. Jede Babylonierin muß sich einmal in ihrem Leben in den Tempel der Aphrodite begeben, dort niedersitzen und sich einem Manne aus der Fremde preisgeben. Viele Frauen, die sich nicht unter die Menge mischen wollen, weil sie reich und hochmütig sind, fahren in einem verdeckten Wagen zum Tempel; zahlreiche Dienerschaft begleitet sie. Die meisten Frauen dagegen machen es folgendermaßen. Sie sitzen in dem Heiligtum der Aphrodite und haben eine aus Stricken geflochtene Binde ums Haupt. Es sind viele zu gleicher Zeit da; die einen kommen, die anderen gehen. Geradlinige Gassen nach jeder Richtung ziehen sich durch die harrenden Frauen, und die fremden Männer schreiten hindurch und wählen sich eine aus. Hat sich eine Frau hier einmal niedergelassen, so darf sie nicht eher nach Hause zurückkehren, als bis einer der Fremden ihr Geld in den Schoß geworfen und sich draußen außerhalb des Heiligtums mit ihr vereinigt hat. Wenn er ihr das Geld zuwirft, braucht er nur die Worte zu sprechen: »Ich rufe dich zum Dienste der Göttin Mylitta.« Aphrodite heißt nämlich bei den Assyriern Mylitta.

Die Größe des Geldstücks ist beliebig. Sie weist es nicht zurück, weil sie es nicht darf; denn es ist heiliges Geld. Dem ersten, der es ihr zuwirft, folgt sie; keinen verwirft sie. Ist es vorüber, so geht sie nach Hause und ist der Pflicht gegen die Göttin ledig. Wenn du ihr nachher noch so viel bietest, du kannst sie nicht noch einmal gewinnen. Die Schönen und Wohlgewachsenen sind sehr schnell befreit; die Häßlichen müssen lange Zeit warten und gelangen nicht dazu, dem Brauch zu genügen. Drei, vier Jahre müssen manche im Tempel weilen. Auch auf Kypros herrscht hie und da eine ähnliche Sitte.

Deutsch von A. Horneffer

Günter Frorath

DIE UNBESIEGBARE ISIS

Das Römisch-Germanische Museum zu Köln am Rhein verwaltet unter der Inventar-Nummer 29, 306 eine Sitzstatue der ägyptischen Göttin Isis, deren Umfang so beschaffen ist, daß ein kleines Kind mühelos seine Arme um sie schlingen könnte. Sie ist eines jener zahllosen ehemals heiligen Bildwerke, zu denen römische Legionäre im neblig-trüben Nordeuropa fröstelnd ihre Zuflucht nahmen, um tief beim Gebet einzuatmen und im Angesicht der himmlischen Frau eine Ahnung von jenen trunken machenden Düften einzusaugen, die die Niederungen des Nils schwer und gleichzeitig belebend anfüllen, dort, wo Isis ihre Heimat hatte.

Die Figur mit der Nummer 29, 306 macht heute allerdings nur noch einen bescheidenen Eindruck. Die Mutter- und Himmelsgöttin, die Üppigkeit spendende Herrin über die Naturkräfte, über Vegetation und jegliche Fruchtbarkeit ist im Museum nur als Fragment erhalten. In einem langen, ehemals fein fallenden, nun jedoch schon etwas zerfressenen Gewand sitzt sie kopflos auf einem Thron. Bei flüchtigem Hinsehen könnte man meinen, es handle sich um das untere Stück der Jungfrau Maria, wären da nicht auf dem Sockel zu ihren Füßen die Worte eingemeißelt: Isidi Invicte – der unbesiegbaren Isis.

Dies alles nahm ich bei meinem ersten Besuch im Römisch-Germanischen Museum sehr genau wahr, um mich dann allerdings anderen, für mich wichtigeren Gegenständen zuzuwenden. Ich war hierher gekommen, um später im Rundfunk etwas über frühchristliche Grabmäler vorzutragen; von irgend etwas muß der Mensch ja leben. Isis mußte also ernsteren Dingen Platz machen, und ich hätte mich wahrscheinlich ihrer nie mehr erinnert, wäre da nicht mehrere Tage lang diese merkwürdige Museumsbesucherin gewesen, die, unübersehbar und bei den Wärtern heftigen Argwohn weckend, heiter durch die Hallen hüpfte.

Sie war klein, vielleicht einssechzig, und mindestens achtzig Jahre alt, wenn nicht gar neunzig, hatte ein gebräuntes Gesicht mit aufgeregt geweiteten Augen und hochgezogenen Lidern, nicht unähnlich einem Kind, das zum ersten Mal auf einem Flughafen startenden Maschinen zuschauen darf. In der Beuge ihres rechten dünnen und faltigen Arms baumelte ein rosa Lackhandtäschchen. Sie trug einen glockigen, rot-grün karierten Schottenrock, gelbe Söckchen, Turnschuhe und eine lindgrüne Seidenbluse von unverschämter Farbintensität. Den Kopf krönte eine Radfahrerschlägermütze mit aufgedruckter Werbung für eine Reifenfirma.

Am zweiten Tag meines Arbeitsaufenthalts kam ich mit der keck gekleideten alten Frau ins Gespräch oder besser gesagt: sie mit mir. Ein Wanderlied summend, stand sie vor der Isisstatue und schaute grinsend und mit einem Auge zwinkernd zu mir und meinen Gräbern herüber. Ich versuchte zuerst, mich ihrer Zirzerei dadurch zu entziehen, daß ich meinen Kopf tief in eine Manuskriptmappe tauchte. Aber es half nichts.

An diesem Tag und an den folgenden Tagen bekam ich von der behenden grellen Eidechse Geschichten zu hören, die mir die Lust an meinem Gräbervortrag gründlich mies machten, so daß ich schließlich das ganze Projekt fallenließ. Statt dessen brachte ich einiges über die alte Göttin zu Papier, über Isis, die Lust- und Wonnespendende. Denn von irgend etwas muß der Mensch ja leben.

Es war im Jahr 1881, als die Großmutter der bunten Museumsbesucherin aus einem Dorf in der Nähe von Budapest nach Köln am Rhein übersiedelte, um hier als Klavier- und Handarbeitslehrerin ihren Lebensunterhalt zu verdienen. Sie war zwar schon Mitte zwanzig, doch war es das erste Mal, daß sie für längere Zeit in einer größeren Stadt war. Jung, strebsam und fromm nahm sie eine Mansardenwohnung in der Nähe der Kirche Sankt Ursula. Von ihrem Pfarrer wurde sie bald schon darauf hingewiesen, daß es in der Pfarrgemeinde einen Paramentenverein gebe, einen Zusammenschluß von Frauen, die um Gotteslohn, also ohne Bezahlung, für die textile Ausstattung des lebenden und toten Kircheninventars zu sorgen hatten.

An einem Frühlingsabend des folgenden Jahres 1882 eilte die Klavier- und Handarbeitslehrerin mit einer spitzenapplizierten Leinendecke unterm Arm in die Kirche, um das soeben grob zusammengenähte Stück, als erste Anprobe gewissermaßen, auf einen Seitenaltar zu legen.

Im Kirchenschiff war ein heilloses Durcheinander. Überall standen gewaltige Baugerüste, der Boden war mit einer dicken Staubschicht bedeckt, an verschiedenen Stellen türmten sich Berge von Steinen und Mörtel, und von den Wänden war hier und da der Putz abgeschlagen. Dem Zeitgeschmack huldigend, war man einige Tage zuvor darangegangen, das Gotteshaus einer gründlichen Umgestaltung zu unterziehen. Hilflos stand die Frau mit ihrem zusammengerollten Altartuch zwischen den Schubkarren, Eimern und Zementsäcken, als von oben her eine Männerstimme rief: »Kommen Sie doch herauf, schöne Frau. Hier oben ist der Himmel.«

Sie schaute aufwärts. Das erste, was sie als etwas Menschliches erkannte, waren die zwei kräftigen, in Drillichzeug steckenden Oberschenkel eines Knienden auf einem hohen Gerüst. Ihr Blick glitt weiter bis zum Gürtel, kreiste über einen nackten Oberkörper und blieb stehen auf dem Gesicht eines Mannes Anfang Dreißig. Sie atmete kaum. Dieser breite Schädel, diese kräftigen Backenknochen, dieser Dreitagebart, dieses kurzgeschorene Kopfhaar und mein Gott dieses Lachen!

Der Mann lachte laut. Die Frau durchströmte eine gewaltige Glut. Die Starre, die sie beim ersten Blick auf den Mann im Gewölbe befallen hatte, schien wie ein Fachwerkhaus in ihrem inneren Feuer zu verbrennen. Die Asche wehte fort auf eine Wiese; dort aber standen viele schöne Männer, die der jungen Frau zuwinkten und sie aufforderten, mit ihnen zu tanzen. Benommen schritt sie auf das Gerüst zu. Wie ein Urwaldtier sprang der Arbeiter von seinem Platz auf, hantelte sich herab, reichte ihr seine Pranke und zog sie zu sich herauf auf das erste Brett; dann klomm er wieder höher, zog sie nach auf die zweite, dann auf die dritte und schließlich auf die vierte Etage.

»Da unten liegt die Erde«, rief er, und mit weit ausholender Gebärde führte er die Hand im Halbkreis über den Kirchenraum.

Sie kannte sich selbst nicht mehr. In keinem der zahlreichen Fortsetzungsromane in den Familienzeitschriften, auf die ihre Familie abonniert war, hatte sie je etwas über die Art ihrer momentanen Wallungen gelesen. Aber das war ihr jetzt auch ziemlich gleichgültig. Sie schaute auf ihre zitternden Hände, die sich langsam hoben und sein Gesicht, dann seinen Hals und schließlich seine Brust abtasteten. Mit der Zunge pflückte sie einen dikken Schweißtropfen, der an einem seiner Brusthaare hing wie eine Christbaumkugel an der Weihnachtstanne.

Als er plötzlich »Psst« machte, »Psst, da kommt jemand, lehn dich zurück«, tat sie es wie in Trance. Sie folgte nur dem Duft seiner Stimme, nicht etwa der Vernunft oder gar der Angst. Warum auch? Was hatte sie mit denen da unten zu tun?

Die Kirche wurde abgeschlossen, es dämmerte, und sie entkleideten sich in schwindelnder Höhe mit der Leichtigkeit von Drahtseilkünstlern in der Zirkuskuppel. Er warf seine Kleider hinunter auf den Kirchenboden; sie pellte sich, leise stöhnend, aus ihrer Leibwäsche: einer einteiligen Hemdhose aus Leinen, mit feiner Spitze besetzt. Nachdem die große Glut aus ihren Körpern herausgepreßt war, drapierten sie das Säulenkapitell mit dem Kleidungsstück und schufen sich so ein Kissen. Dort saßen sie, von süßer Leere erfüllt, bis zum frühen Morgen.

Dann zog sich die Großmutter der bunten alten Frau wieder an, stieg vom Gerüst herab, klemmte sich ihr Bündel Altarwäsche unter den Arm, wartete in einer Nische, bis die Kirche aufgeschlossen wurde, und entschwand.

An diesem Tag, aber das erfuhr sie erst einige Wochen später, entdeckte man unter dem Putz des Säulenkapitells, vor dem sie sich mit dem unbekannten Mann vereinigt hatte, die römische Kultfigur einer Isis mit der eingemeißelten Inschrift: ISIDI INVICTE. Es handelte sich genau um jene Statue, die heute im Römisch-Germanischen Museum unter der Nummer 29, 306 verwahrt wird. Ein Mann vom Fach schrieb damals in der örtlichen Zeitung, dieser Fund sei nicht ungewöhnlich. In der frühen Christenheit sei es häufig vorgekommen, daß man die Standbilder heidnischer Gottheiten in christliches Gemäuer eingezwängt habe, um den alten Herrschaften gründlich zu zeigen, wer nun und in Zukunft im Himmel und auf Erden am Steuer sitze. Für manchen Kölner Pfarrer jedoch war in den folgenden Wochen der Fund ein willkommener Anlaß zu Predigten über die wahre Religion.

Offensichtlich war die Entmachtung aber doch nicht so perfekt vonstatten gegangen, wie allgemein angenommen wurde. Die junge Frau war nämlich seit jenem Abend wie verwandelt. Ihre Lust am Umhäkeln von Altardecken hatte rapide abgenommen, ihre Lust auf Männer hingegen wuchs und wuchs. Hinzu gesellte sich noch eine plötzliche Unruhe, ein Drang zu Neuem, eine Sehnsucht nach Veränderung, kurz: Lust aufs Leben.

Im Herbst las sie in einer Anzeige, daß das Damenorchester eines Berliner Varietés eine Pianistin suche; kurz darauf zog sie fort und verließ in heiterer Stimmung ihren heiteren Gespielen. In Berlin bekam sie einige Monate später eine Tochter.

Auch in deren Blut pulsierte die Lust am Abenteuer, die Gier nach Unbekanntem und die große Leidenschaft für Männer. Bevor sie mit neunzehn nach San Francisco zog, um dort in Vaudevilles aufzutreten, wurde ihr die Geschichte ihrer Zeugung einschließlich der weißleinenen spitzenapplizierten Unterwäsche mit auf den Weg gegeben. Die Zeit verging, sie zeugte in irgendeiner Nacht mit irgendeinem Mann eine Tochter, nämlich die alte bunte Eidechse, diese lernte tanzen, arbeitete auf vielen Bühnen, liebte die Männer, erfuhr eines Tages von der Liebesnacht im Schatten der Isis, bekam die Unterwäsche zu treuen Händen und wurde alt.

Eines schönen Tages, sie war damals schon über siebzig, kam

sie von einer größeren Ferienreise nach Hause zurück. Im Schlafzimmer merkte sie voll Schrecken: die Isiswäsche war verschwunden. Sie rief ihr Mädchen.

»Oh, die Wäsche? Ja, gnädige Frau. Weg. Aber für einen guten Zweck. Einen *sehr* guten Zweck.«

»Sehr guten Zweck? Was soll das heißen?«

»Also. Sie tragen sie ja doch nicht. Und da dachte ich . . . Es ist so: Unser Kirchenchor ist gestern nach Rom geflogen. Er wird vor dem Heiligen Vater singen, auf einer echten Privataudienz, und da muß man ihm ja schließlich ein paar Geschenke machen.«

»Dem Papst Geschenke machen mit meiner –?«

»Ja, das macht man so, daß man dem Papst Geschenke macht. Zur Ehre Gottes, für die Messe. Wir haben in der ganzen Stadt für einen Kelch gesammelt, und aus Ihrem Gewand haben wir ein Chorhemd gemacht, wegen der schönen Spitzen.«

Die alte Tänzerin goß sich einen Whiskey ein und machte auf einem Notizblock versonnen ein paar Striche. Alle Achtung, dachte sie, alle Achtung. Erst ist Isis unbesiegt, dann wird sie eingegipst, plötzlich spendet sie erneut Leben – und jetzt ist sie römisch vernäht. Ein klarer Sieg nach Punkten fürs Christentum.

Ein paar Wochen später, es war ein Ostermorgen, wurde sie von ihrem eigenen lustvollen Stöhnen wach. Sie hatte einen Traum geträumt, den sie mir im Museum nicht erzählen wollte. Er muß jedenfalls so gewaltig gewesen sein, daß sie, um ihre Gedanken wieder ein wenig beieinander zu bekommen, den Fernseher einschaltete. Das Bild zeigte den Petersplatz in Rom. Auf der Loggia vor der Kathedrale stand der Papst. Neben ihm – aber das kann doch nicht wahr sein – neben ihm stand ein junger Geistlicher; und er trug, es gab gar keinen Zweifel, die umgearbeitete Unterwäsche der Isisnacht. Der Jüngling schien nervös; seine Augen waren klein und gerötet. Auch die älteren Würdenträger auf der Loggia waren unkonzentriert, und manche wirkten, als müßten sie dringend zum Klo. Als dann die Kamera über den Platz schwenkte, waren Nonnen zu sehen, die, den Segensworten des Papstes gänzlich unangemessen, wie kleine Mädchen auf *einem* Bein hüpften. Unter den Arkaden liefen Junge und Alte, Männer und Frauen, aufgeregt hin und her, schauten sich nach einander um und musterten sich mit stierem Blick. An jenem Ostertag begegnete der alten Museumsbesucherin die letzte große Liebe ihres Lebens. Sie dauerte nur eine Nacht, doch übertraf sie, wie sie mir versicherte, alles, was sie bisher erlebt hatte. Und nun war sie, am Ende ihres Lebens, hier am Ort des Beginns, bei der verwitterten, aber noch immer rüstigen, nicht totzukriegenden Lebensspenderin.

Am Tag ihrer Abreise kam die kleine grelle und beschwingte Greisin zu meinen christlichen Grabdenkmälern herüber, nahm meinen Kopf zwischen ihre Hände und drückte mir einen schmatzenden Kuß zwischen die Augen. Dann drehte sie sich blitzschnell um, und wie ein halbwüchsiges Mädchen, das Dame spielt, stolzierte sie mit wackelnden Hüften, dem Aufsichtspersonal Handküßchen zuwerfend, dem Ausgang zu.

Nur noch eins. Seit jener Begegnung im Römisch-Germanischen Museum zu Köln am Rhein spüre ich sehr häufig und sehr heftig die Göttin Isis in mir. Manchmal schon in aller Herrgottsfrühe. Dann weiß ich: im Vatikan ist Morgenmesse.

Guy de Maupassant

DIE AUFERSTEHUNG DES FLEISCHES

Von den Frauen und Frankreich als unbestrittener Führungsmacht in Sachen Frauenverehrung und Galanterie war man schließlich beim dritten Cognac und Fragen der Religion angelangt.

»Wir Franzosen«, ließ sich Monsieur de Sombreterre vernehmen, »sind von Geburt an gute Katholiken. Zweifellos läßt sich auch unsere tiefverwurzelte Frauenverehrung von der Verehrung Unserer Lieben Frau herleiten – sie ist gewissermaßen die Frau schlechthin, in der wir alle Frauen beispielhaft wiedererkennen.«

Ein sardonisches Lächeln umspielte bei diesem Satz Monsieur Rades Lippen: »Monsieur, Sie sollten bei Menschen, ganz besonders bei Franzosen, grundsätzlich nie ein edles Motiv annehmen, wenn sich ein niedriges finden läßt. Ich will Ihnen ein Beispiel geben«, schob er eilig hinterher, wobei er mit den Händen die allgemein aufflackernde Empörung zu dämpfen suchte. »Sehen Sie, der Auferstehungsmythos – und ein solcher ist er, denn er durchzieht zahlreiche Religionen der Antike, ich will nur den wiederauferstandenen Dionysos erwähnen – stellt sich mir sehr viel schlichter und einleuchtender dar als die abgeschmackte Passionsgeschichte, die wir auch noch jährlich als Osterfest pompös nachbeten. Wenn die Gläubigen wüßten«, hier verzog sich sein Lächeln zu einer zynischen Grimasse, »was sie da in der Tat als Auferstehung des Fleisches feiern ... Meine Herren, bitte lassen Sie mich ausreden.« Zum zweitenmal wischte er aufkommende Einwände so souverän vom Tisch, daß ihm die ungeteilte Aufmerksamkeit aller sicher war. Jeder wußte, Monsieur Rade war unmöglich, aber immer für eine Überraschung gut. »Die ergreifende Geschichte des Gottessohnes – genau wie die seines heidnischen Gottesbruders Dionysos, Gott des Rausches und der Sinneslust – ist nichts anderes als das Gleichnis von der intermittierenden Virilität.« Ratlosigkeit spiegelte sich in den Zügen der Zuhörer. »Ich will mich deutlicher, ja – da wir unter Männern sind – drastischer ausdrücken. Der Menschensohn am errichteten Kreuz steht für das erigierte Glied. Nicht umsonst wählten die frühen Christen den Fisch als Erkennungssymbol. Das erregte und aufgerichtete männliche Glied riecht nach Fisch. Jesu Worte ›Es ist vollbracht‹ meinen nichts anders, als daß nach der Ejakulation das Glied zusammenfällt, sprich Kreuzabnahme. Nach erzwungener Ruhepause – ›hinabgefahren in die Hölle‹ – ist das Glied bereit zur Auferstehung. Und wer ist zuerst an Jesu Grab und bewirkt die Auferstehung? – Lesen Sie's selbst nach, meine Herren, das ›Buch der Bücher‹ bildet durchaus und bringt manch pikante Aufklärung. – Natürlich Maria Magdalena. Die Geliebte und wie man hier weiß kundige Professionelle hat die Auferstehung schnell im Griff, wenn Sie den Ausdruck gestatten. Sie können das von allen Seiten beleuchten, alles stimmt, alles paßt, sogar der Ausdruck Menschensohn, womit wiederum sein Schwanz gemeint ist, der durchaus ein gewisses Eigenleben an den Tag legt. Tod und Auferstehung des Menschensohnes, der Christus-Mythos ist nichts anderes als die gleichnishafte Darstellung vom Geheimnis des samenspendenden, dann ruhen müssenden und wiederauferstehenden membrum virilis.«

Der dann ausbrechende Tumult der Tafelrunde war unbeschreiblich. Rade wurde nicht zum Unterchef in Charenton ernannt.

Deutsch von Willy Zumpf

Oscar Wilde

ZAGHAFTES KLOPFEN

Gerade als er zu Gott flehte, gerade als er seine Hände in quälendem demütigem Gebet nach den Füßen des Kruzifixes ausgestreckt hatte, vor dem er seine härtesten Kämpfe ausgefochten und gewonnen hatte, gerade, als Tränen äußerster Zerknirschung und elender Selbstverzweiflung seine Augen trübten, da klopfte es zaghaft an das Fenster neben ihm. Er erhob sich und zog verwundert den dunkelbraunen Vorhang zurück, da stand vor dem offenen Fenster im Mondlicht eine kleine weiße Gestalt, da stand barfüßig auf dem mondlichtbleichen Rasen, nur mit einem langen weißen Nachthemde bekleidet, sein kleiner Ministrant, der Knabe, dessen kleine kindliche Hände seine ganze Zukunft hielten.

»Wilfred, was machst du hier?« fragte er mit bebender Stimme.

»Ich konnte nicht schlafen, Pater, weil ich an Sie dachte und da ich in Ihrem Zimmer ein Licht sah, kletterte ich durch das Fenster und kam zu Ihnen. Sind Sie mir deshalb böse, Pater?« fragte er mit stockender Stimme, als er den beinahe grimmigen Ausdruck in dem hageren asketischen Gesicht sah.

»Warum kamst du zu mir?« Der Priester wagte kaum sich über die Lage zu vergewissern und er überhörte fast die Antwort des Knaben.

»Weil ich Sie liebe, weil ich dich o so sehr liebe! aber du, du bist mir böse. O, warum mußte ich denn auch kommen? Warum mußte ich denn auch kommen? Ich hätte niemals gedacht, daß du böse sein würdest!« Und der kleine Knabe sank ins Gras und begann zu weinen.

Der Priester sprang durch das offene Fenster, nahm die schmächtige Gestalt auf den Arm und trug sie ins Zimmer. Er zog den Vorhang vor, ließ sich in den tiefen Armstuhl sinken, legte den kleinen blonden Kopf an seine Brust und küßte die Locken wieder und wieder.

»O mein Liebling! Du mein schöner Liebling!« flüsterte er, »wie könnte ich dir jemals böse sein? Du bist mir mehr als die ganze Welt. O Gott, wie ich dich liebe, mein Liebling! mein holder Liebling!«

Beinahe eine Stunde blieb der Knabe ruhig in seinen Armen liegen und drückte seine weiche Wange gegen die des Priesters. Dann sagte ihm der Priester, er müsse gehen. Ihre Lippen trafen sich noch in einem letzten, langen Kusse. Dann schlüpfte die zierliche weiße Gestalt durch das Fenster, durcheilte den kleinen mondhellen Garten und verschwand durch das gegenüberliegende Fenster.

Als sie sich am nächsten Morgen in der Sakristei trafen, hob der Knabe sein wundervolles blumengleiches Gesicht, der Priester umarmte ihn leicht und küßte ihn auf den Mund.

»Mein Liebling! Mein Liebling!« war alles, was er sagte. Aber der Knabe erwiderte schweigend seine Küsse mit einem Lächeln voll wunderbarer, beinahe himmlischer Liebe, und sein Schweigen war sprechender als Worte.

»Ich möchte wohl wissen, was diesen Morgen mit dem Pater los war?« sagte eine alte Frau zu einer andern, als sie aus der Kapelle kamen. »Es schickte sich durchaus nicht für ihn; er machte heute morgen mehr Fehler als Pater Thomas im ganzen Jahre, wie er hier war.«

»Als ob er nie eine Messe gelesen hätte!« erwiderte etwas verächtlich die Freundin. – Und in jener Nacht, und noch in vielen Nächten nachher zog der Priester mit dem bleichen, ermüdet aussehenden Antlitz den Vorhang vor das Kruzifix und wartete am Fenster auf den Widerschein des bleichen Sommermondlichtes auf einer Krone goldener Locken. Er wartete auf die schlanken Glieder eines Knaben, bekleidet mit einem langen weißen Nachthemd, das nur noch die Schönheit jeder Bewegung und die wundervolle Weiße der kleinen, über den Rasen schreitenden Füße erhöhte. Da am Fenster wartete er Nacht für Nacht, um zu fühlen, wie sich zarte, liebende Arme um seinen Nacken schlangen, um die berauschende Wonne der Küsse zu empfinden, die von wunderschönen Knabenlippen auf seine regneten.

Deutsch von A. W. Hiller

Luigi Malerba

DIE SÜNDE DER WOLLUST

Der Diakon folgte dem ahnungslosen Mädchen, das seinen viterbischen Schmerz wiedererweckt hatte, mutig auf einen baufälligen Dachboden. Die Alte, die sie bis zur Kammertür begleitet hatte, sagte, sie müsse ausgehen, und stieg holzschuhklappernd die Treppe hinunter. Der Diakon drückte das Mädchen an sich, um sie zu küssen, und wiederholte wie aus einem imaginären Regiebuch die versäumten Taten jenes fernen ländlichen Septembertags bei Viterbo.

»Wir können uns aufs Bett legen«, sagte das Mädchen nach diesem verliebten Kuß, den sie der Schüchternheit des jungen Klosterbruders zuschrieb.

»Sag mir doch bitte, wie du heißt.«

»Ich heiße Margeritha, aber alle nennen mich Margotta, das reimt sich auf mignotta (Dirne). Und du?«

Der Diakon zögerte einen Augenblick.

»Baldassare. Nicht immer stimmen die Namen mit den Personen überein.«

»Er paßt aber gut zu dir, für mich klingt er richtig. Du bist der erste Baldassare, den ich kenne.«

»Für mich ist Margotta auch neu.«

Der Diakon begann sich langsam auszuziehen, wobei er seine schwarzen Kleider zu denen des Mädchens auf ein kleines Strohsofa legte. Bei diesen übereinandergelegten Kleidern durchzog ihn ein Schauer der geheimnisvollen Berührung der Geschlechter, aber seine Gedanken verfolgten, mit Groll und mit Liebe, das zwanghafte Bild des Brombeermädchens. Er konzentrierte sich auf jenes ländliche Bild, schloß die Augen und hielt sie so lange geschlossen, bis er sich, als er sie wieder öffnete, ganz nackt im Zimmer stehen sah und das auf dem Bett liegende Mädchen erblickte, auch sie nackt, die langen Haare kunstvoll über das Kopfkissen gebreitet. Einen Augenblick geriet er in Panik – es war das erste Mal, daß er sich in dieser Lage befand, die so natürlich war und doch so schwierig für einen, der vierundzwanzig Jahre alt geworden war, ohne jemals die glorreiche Sünde Adams begangen zu haben. Eine unerwartete Hilfe wurde ihm zuteil, als das obszöne Bild aus seiner Klosterzelle, das seine Sinne so oft erregt hatte, vor seinen inneren Augen erschien. War dies das Bild der Wahrheit?

Das Mädchen hatte die Unerfahrenheit des jungen Diakons sofort erkannt und mochte ihm ihr Repertoire erotischer Phantasien nicht vorführen, um ihn nicht zu erschrecken. Sie drückte ihn mit Seufzen und Stöhnen an sich und half ihm beim Ausüben des Liebesakts mit zartfühlender Hand und einer Beteiligung, die ihm aufrichtig erschien.

Am Schluß, noch atemlos von den Mühen der Liebe, fragte Margotta ihn, ob es ihm gefallen habe. Der Diakon antwortete, er hätte den Eindruck gehabt, in einer gut gefederten Kutsche zu fahren, und am Ende habe er zu fliegen geglaubt. Das Mädchen lachte bei diesen so neuen und seltsamen Worten.

Dem Diakon, noch verwirrt von der Liebesekstase, kam plötzlich jener Satz in den Sinn, den er auf jenem rattenzernagten Pergament gelesen hatte: »Demonstratio absoluti stat cum evidentia . . .«, und er fragte sich, ob nicht vielleicht gerade die Liebesekstase der Beweis des Absoluten sei . . .

Deutsch von Iris Schnebel-Kaschnitz

Josefine Mutzenbacher

WERKZEUGE DER WOLLUST

Es war Sommer, aber im großen Pfarrhaus umfing mich eine heilige Kühle und eine Stille, die mir Ehrfurcht einflößte. Ich las an den Türen die Namensschilder und klopfte an die Türe, auf der »Kooperator Mayer« stand. Er öffnete mir selbst. Er war in Hemdsärmeln, und seine schwarze Weste war aufgeknöpft, so daß sein ungeheurer Bauch hervorquoll.

Jetzt, da ich ihn außerhalb des Beichtstuhles zum ersten Male wiedersah und sein dickes, rotes Pfaffengesicht mir Respekt erregte und mir außerdem einfiel, daß er von mir das viele wußte, trieb mir die Beschämung und die Angst das Blut ins Gesicht.

»Gelobt sei Jesus Christus . . .«

»In Ewigkeit . . .« antwortete er. »Da bist du ja . . .«

Ich küßte seine fleischige, warme Hand, und er versperrte die Tür. Wir traten durch ein kleines, dunkles Vorgelaß in sein Zimmer. Es ging auf den Friedhof. Die Fenster standen offen, und die grünen Baumwipfel versperrten jede Aussicht. Das Zimmer war breit und ganz weiß gestrichen. Ein großes Kruzifix hing schwarz an der einen Wand, davor stand ein Betschemel. An der anderen Wand stand ein Eisenbett, eine gesteppte Decke war darüber gebreitet. Ein breiter Schreibtisch nahm die Mitte ein, mit einem riesigen, schwarzledernen Armsessel.

Der Kooperator zog seine Soutane an und knöpfte sie zu.

»Komm«, sagte er.

Wir traten an das Betpult, knieten nebeneinander nieder und sprachen ein Vaterunser.

Dann führte er mich an der Hand zum Großvaterstuhl, setzte sich hinein, und ich stand vor ihm gegen die Schreibtischkante fest angelehnt.

»Na«, sagte er, »also ich höre . . .«

Ich schwieg aber und wußte nicht, wie ich anfangen sollte vor Verwirrung.

»Also erzähl . . .«

Ich schwieg noch immer und schaute zu Boden.

»Hör zu!« begann er, faßte mich unterm Kinn und zwang mich, ihm in die Augen zu schauen. »Du weißt, daß du schon gesündigt hast ... Unkeuschheit ... eine Todsünde ... verstehst du ... und mit dem eigenen Bruder ... Blutschande ...«

Ich hörte das Wort zum ersten Mal, und ohne es zu verstehen, erbebte ich.

Er fuhr fort: »... Wer weiß ... vielleicht bist du ganz verdammt und hast dein Seelenheil schon verwirkt für immer ... wenn ich deine Seele noch retten soll, muß ich alles wissen, ganz genau ... und du mußt es mit Bußfertigkeit erzählen.«

Er sprach mit leiser, stockender Stimme, und das machte einen solchen Eindruck auf mich, daß ich zu weinen anfing.

»Wein nicht«, herrschte er mich an. Ich schluchzte.

Er wurde milder: »Na, wein nicht, Kinderl. Vielleicht wird alles gut ... erzähl nur.«

Ich wischte mir die Tränen ab, vermochte aber nichts zu sagen.

»Ja, ja«, hub er an, »die Versuchung ist groß ... und du hast vielleicht gar nicht gewußt, daß das so eine Sünd ist, was? Gewiß ... du bist ja noch ein Kind ... du hast nichts gewußt ... nicht wahr?«

Ich faßte Mut: »Nein, nichts hab' ich gewußt ...«

»Na«, sprach er, »das ist schon besser ... bist du nicht dem eigenen Drang gefolgt ... sondern verführt worden ... zum Beispiel ...?«

Ich erinnerte mich sofort an das erste »Vater– und Mutterspiel« und beteuerte lebhaft: »Ja, Hochwürden ... verleitet bin ich worden ...«

»Hab' mir's gleich gedacht ...«, nickte er mild, »wenn man das da sichtbar tragt ... das lockt die Versucher an.« Er legte seine Hand leicht auf meine Brust, die schon spitz und hoch unter meiner Bluse hervorstach. Ich spürte die Wärme, die von ihm ausging, und es beruhigte mich, aber mir fiel nichts Arges dabei ein.

»Das ist ein Werk des Satans«, fuhr er fort, »daß er einem Kind schon die Brüste eines Weibes gibt ...« Dabei nahm er meine andere Brust in die zweite Hand und hielt nun beide.

»Aber die Duteln müssen die Weiber verstecken«, sprach er weiter, »sie müssen sie unsichtbar machen und schnüren, um die Männer nicht zu reizen. Diese Duteln sind Werkzeuge der Wollust ... Gott hat sie dem Weibe verliehen, damit sie ihre Kinder säugen, aber der Teufel hat ein Spielzeug für die Unkeuschen daraus gemacht, und man muß sie verstecken.«

Ich fand nichts dabei, daß er das tat, sondern hörte ihm voll Spannung und Erbauung zu.

»Also wie ist das gewesen«, fragte er wieder.

Aber wieder war es mir nicht möglich, davon zu reden.

»Gut ...« meinte er milde, nachdem er eine Weile gewartet hatte, daß ich spreche: »Gut ... ich sehe ... dein Herz ist rein ... und du trägst Scham, von diesen Dingen zu sprechen.«

»Ja ... Hochwürden ...« stammelte ich begeistert.

»Also ...« flüsterte er, »ich werde dich fragen, und du wirst antworten, oder besser, wenn du nicht sprechen kannst, wirst du mir durch Gebärden zeigen, was du verbrochen hast! Ja?«

»Ich will's, Hochwürden«, versprach ich dankbar, nahm seine Hand von meiner Brust und küßte sie inbrünstig.

»Ich muß«, erläuterte er weiter, »alle Grade und Arten der Unkeuschheit kennen, die du begangen hast. Also beginne. Hast du den Schweif in den Mund genommen ...?« Ich nickte.

»Oft ...?«

Ich nickte wieder.

»Und was hast du mit ihm gemacht ... der Reihe nach ...?«

Ich schaute ihn ratlos an.

»Hast du mit der Hand gespielt damit?«

Ich nickte wieder.

»Wie hast du gespielt ...?«

Ich stand da, ohne zu wissen, was ich sagen oder tun sollte.

»Zeig mir genau«, flüsterte er, »wie du's gemacht hast ...«

Meine Ratlosigkeit stieg auf ihren Gipfel.

Er lächelte salbungsvoll: »Nimm nur meinen Schweif ...« sagte er, »an dem geweihten Priester ist alles rein ... nichts an ihm ist Sünde ... und nichts an ihm ist sündig.«

Ich war sehr erschrocken und rührte mich nicht.

Er faßte mich bei der Hand und flüsterte weiter: »Nimm nur mein Glied und zeige mir alle deine Sünden. Ich leihe dir meinen Leib, damit du vor meinem Angesicht beichtest und dich reinigst.« Und damit führte er mich an sein Hosentürl. Ich mußte dabei tief unter seinen Bauch greifen und zitterte vor Ehrerbietung dabei. Er knöpfte sich auf, und ein dicker kurzer Schwanz stand aufrecht und steif unter der schwarzen Mauer seiner Hose.

»Wie hast du mit ihm gespielt?« fragte er.

Ich war furchtbar verlegen. Aber ich faßte, wenn auch zaghaft, die Nudel, zu der er mich führte, umschloß sie mit der Hand und fuhr zwei–, dreimal schüchtern auf und nieder.

Er machte ein ernstes Gesicht und forschte weiter: »Das war alles? Verheimliche mir jetzt nichts . . . ich sag' es dir . . .«

Ich fuhr noch ein paarmal hin und her.

»Was hast du noch damit getan?«

Ich erinnerte mich an den Griff Klementines, faßte ihn mit Daumen und Mittelfinger unter der Eichel und tupfte mit dem Zeigefinger die Vorhaut herab. Er lehnte sich im Großvaterstuhl zurück. »Was hast du noch für verruchte Künste geübt?«

Ich scheute mich, mehr zu tun, ließ ihn beim Schwanz los und lispelte: »In den Mund . . . hab' ich's genommen . . .«

»Wie . . .?« Er atmete heftig, ». . . wie hast du das getan?«

Zweifelnd blickte ich ihn an. Aber er schaute voll Ernst und Würde auf mich und meinte: »Bist du bereit? Oder willst du mir undankbar sein für die Gnade, die ich dir erweise. Wisse denn, du bist von aller Sünde schon halb gereinigt, wenn du mich so berührst wie deine Buhlen . . .«

Das leuchtete mir außerordentlich ein, und ich pries mich glücklich, daß ich so von den Sünden kommen dürfe.

Wie er also nochmals fragte: »Was hast du noch damit getan«, kniete ich ungesäumt nieder und nahm vorsichtig seinen Schwanz in den Mund.

»Nur das Spitzel . . .« fragte er.

Augenblicklich stieß er mir den Storchenschaft tiefer in den Rachen.

»Und sonst nichts . . .?« tönte die Stimme von oben.

Ich fuhr mit den Lippen auf und ab, zuzelte und sog an diesem Speer und kitzelte mit der Zunge daran herum, und eine heftige Erregung erfaßte mich. Aber ich wußte damals nicht, ob es mehr Angst, Bußfertigkeit oder Geilheit war.

Ich hörte, wie der Kooperator stöhnte: »Ach . . . ach . . . so was . . . so eine Sünderin . . . ach . . . ach . . .« und ich bedauerte ihn so sehr, daß ich nachließ, ihm diese Qual nicht länger zu bereiten, sondern aufhörte. Ich ließ seinen Schwanz aus meinem Mund gleiten, trocknete ihn, der in meiner Hand zuckte, mit dem Taschentuch sorgsam ab und stand auf.

Der Kooperator war blaurot im Gesicht und haschte mit der Hand nach mir.

»Und was noch ... was hast du mit den Schwänzen, so du gehabt hast ... noch getan ...«

»Unkeuschheit getrieben, Hochwürden«, flüsterte ich.

»Das weiß ich ...« flüsterte er, nach Atem ringend, »du hast mir jetzt drei Arten davon gezeigt ... hast dich von drei Arten gereinigt ... du hast aber noch mehr mit einem Schwanz getan ... willst du jetzt leugnen ...?«

»Nein, Hochwürden ...«

»Also, was war's, was du getan hast ...?«

»Gevögelt habe ich, Hochwürden ...«

»Wie gevögelt ...?«

»Na ... gevögelt ...«, wiederholte ich.

»Damit weiß ich gar nichts«, brauste er auf, »du mußt mir zeigen, wie du's gemacht hast ...«

Ich war wieder ratlos. Meine Röcke aufzuheben und mich selbst mit seinem Schweif zu vögeln, traute ich mich doch nicht.

»Soll ich dir's vielleicht zeigen, wie du's gemacht hast ...« fragte er. »Soll ich dich selber fragen?«

»Ja ...« Ich war jetzt selbst begierig, daß alles geschehen möge, und war froh zugleich, denn mit ihm schien es ja keine Sünde, sondern ein Mittel, die Sünde abzubüßen. Und da ich so lange schon keinen Schwanz im Mund oder sonstwo gehabt hatte, war mir bei diesem Schlecken doch der Wunsch erwacht, diesen Pfeil auch in das Zentrum gestoßen zu kriegen.

Der Kooperator stand auf und führte mich zum Bett.

»Wie hast du's gemacht ...?«

Ich sagte: »Hochwürden wissen schon ...«

»Nichts weiß ich«, fiel er ein, »du mußt mir alles sagen. Hast du dich niedergelegt oder bist du oben gelegen ...?«

»Einmal so und dann wieder so ... Hochwürden ...«

»Also wie bist du unten gelegen ...?«

Ich legte mich, wie ich stand, quer mit dem Rücken über das Bett. Meine Beine hingen über den Rand herab.

»So bist du gelegen ...?«

»Ja.«

»Da wirst du aber wohl schwerlich was angestellt haben ...«

meinte er, »da kann dir ja der böse Versucher nicht an den Leib . . . was hast du dann noch gemacht . . . oder hat er dir die Röcke aufgehoben . . .?«

»Ja.«

»So vielleicht . . .?« Er streifte mit einem Ruck meine Kleider in die Höhe, so daß meine nackten Schenkeln und die blondbraune frischbehaarte Grotte freilagen.

»War es so . . .?« fragte er.

»Ja . . . Hochwürden«, gab ich liegend zur Antwort.

Er schob meine Knie auseinander: »Und so . . .?«

»Ja . . .«

Er trat zwischen meine Beine, und sein dicker Bauch lag auf dem meinigen, obwohl der Herr Kooperator stand.

»Und ist der Schweif so zu dir hineingekommen, um dir fleischliche Lüste zu bereiten . . .?«

Stehend schob er mir seine geweihte Kerze, die ganz warm war, an die Öffnung. Ich mußte, als ich das verspürte, ihm entgegenstoßen. Langsam, sehr langsam drang er ein. Der Kooperator, dessen Gesicht ich nicht sah, keuchte laut. Ich hielt mit meiner Muschel seinen Stiel umklammert, der ziemlich weit eingedrungen war. Jetzt wollte ich auch gevögelt sein. Da es keine Sünde war, erst recht. Ich lag da, mit einem Gefühl, in das sich Staunen, Wollust, Freude und Lachlust mengten und in dem meine Befangenheit sich endlich löste. Ich fing an zu begreifen, daß der Herr Kooperator eine Komödie spielte und es einfach darauf abgesehen hatte, mich zu pudern. Aber ich war entschlossen, diese Komödie mitzumachen, mir nichts merken zu lassen, und im übrigen glaubte ich doch daran, daß der Herr Kooperator die Macht habe, mich von meinen Sünden zu absolvieren. Wie er nun so mit seinem Pfahl in meinem Fleisch steckte und nicht hin- noch herfahren wollte, nur schnaufte, begann ich mit dem Popo auf- und niederzuhüpfen, wodurch sein Keuchen sich nur vermehrte.

»Hochwürden . . .« flüsterte ich.

»Was denn . . .?« fragte er schnaubend.

»So ist's nicht gewesen«, sagte ich leise.

»Wie denn . . .?«

»Hin und her, aus und ein ist er mir gefahren.«

Er begann vorsichtig, aber kräftig und rasch zu stoßen. »So vielleicht?«

»Ach . . .« rief ich, von Wollustschauern durchzuckt, »ach ja . . . so . . . nur schneller . . . Hochwürden . . . schneller . . .«

»Brav, mein Kind . . . brav . . .« keuchte er, »so . . . sag mir alles, wie es war . . . sprich nur . . .« Er konnte nicht weiterreden, so stürmisch flog sein Atem und so heftig remmelte er.

Ich ließ mich nicht weiter aufmuntern: »Ach . . . ach . . . so war's . . . so ist's gut . . . besser . . . Hochwürden . . . spritzen Sie . . . mir kommt's . . . mir kommt's . . . ich kann nichts dafür . . . aber . . . Hochwürden . . . der Schwanz ist so gut . . . so viel gut ist das, was Hochwürden tun . . .«

Er stützte die Hände auf und war über mich gebeugt, so weit es sein fetter Bauch gestattete. Sein dunkles breites Gesicht war blau angelaufen. Er sah mich mit Augen an, wie ein abgestochenes Kalb, remmelte wie ein Ziegenbock und flüsterte: »Nimm nur den Gnadenhammer . . . so . . . so . . . das schadet dir nichts . . . nimm nur, Mäderl . . . spritzen soll ich . . . das willst du auch . . .? Also gut, ich werde spritzen . . . werde dich salben . . .«

»Hochwürden«, fiel ich ihm ins Wort, »Hochwürden, ich hab auch mit der Brust dabei gesündigt.«

»Wieso . . .?« Er glotzte mich fragend an.

»Weil . . . ach . . . ach . . . mir kommt's schon wieder . . . weil ich mir beim Vögeln hab' immer die Duteln streicheln und küssen und abzuzeln lassen.«

Ich sagte das, damit er es tue, denn ich fühlte den Wunsch, meine Brüste gepreßt und gestreichelt zu bekommen.

Aber seine Fettleibigkeit hinderte ihn, auch meine Brüste zu bedienen. Mit den Händen mußte er sich auf dem Bett stützen, und mit dem Kopf erreichte er mich überhaupt nicht. »Das kommt . . . später . . . später . . . will ich deine Duterln hernehmen«, sagte er stoßend. »Laß mich zuerst spritzen . . . ich . . . beweg dich nur, Muzerl, das ist mir angenehm, reib nur dein Fotzerl, dein süßes, hin und her . . . ach, du kannst es gut . . . sehr gut kannst du's . . . laß mich nur ausspritzen, dann werd ich deine schönen kleinen Duteln schon noch hernehmen . . . so . . . mir kommt's . . . heiliger Gott . . . ist das süß . . .« Und indem er so stammelte, platzte ihm der Samen los, und ein großer Strom flutete aus ihm zu mir herüber.

Als er fertig war, sagte er mit Würde: »Du hast gehört, meine Tochter, was ich gesprochen habe . . . Siehe, ich habe die Reden des Erzfeindes und des Verführers nachgeahmt, in deinem Interesse . . . damit auch die unflätigen Worte, die du in buhlerischer Umarmung vernommen hast, ihre böse Gewalt über dich verlieren.«

Ich saß auf dem Bettrand und wischte mit meinem Sacktuch die Überschwemmung fort, die der Kooperator zwischen meinen Beinen angerichtet hatte. Und ich merkte sehr wohl, was er jetzt mir vorlügen wollte. Aber ich sagte nichts. Gevögelt war eben gevögelt, der Kooperator war für mich jetzt wie der Herr Horak oder der Herr Ekhardt. Nur interessierte er mich doch mehr, weil er ja viel feiner war als diese und weil ich bei alledem sehr viel Respekt vor ihm hatte. Und dann auch, weil ich ja auch gern zu ihm hielt, da er für mich den Vorzug hatte, mich doppelt zu erfreuen, erstens durch seinen Gnadenhammer und zweitens durch seinen Sündenablaß, an den ich noch immer glaubte.

Er hatte sich wieder in den Großvaterstuhl gesetzt und rief mich.

»Komm jetzt«, sagte er noch schnaufend, »jetzt werde ich dir nach deinem Willen die Duteln behandeln.« Er knöpfte mir das Kleid auf und nahm meine runden kleinen Brüste heraus. Sie standen wie zwei Elfenbeinkugeln von mir ab und trugen die Warzen, als läge auf dem Elfenbein je eine Himbeere. Der Kooperator mochte ein Freund von so frischem Obst sein, denn er nahm in aller Eile eine Himbeere nach der anderen in den Mund und zuzelte sie ab, daß sie davon nur noch glänzender wurden, wie manche Obstverkäufer in Capri ihre Erdbeeren mit der Zunge ablecken, um ihnen durch den Speichel einen appetitlichen Glanz zu verleihen.

Als er das mit vielem Grunzen und Schnaufen eine hübsche Weile so getrieben hatte, sagte er: »Ist es so recht . . .?«

»Ja«, antwortete ich, »so ist's recht . . .«

»Na, und bist denn du ganz faul gewesen, wenn dir an der Brust gespielt wurde?« fragte er weiter, indem er meine Gspaßlaberln auf und ab hupfen ließ. »Hast denn du gar nichts dabei getan? Hast du nicht mit der Nudel gespielt?«

Nun wußte ich, was er wollte, und begann sein Gehänge zu traktieren. Es war aber schlaff und erhob sich nicht mehr.

»Setz dich herauf...« befahl er mir.

Ich setzte mich vor ihm auf den Schreibtisch, so daß meine Füße auf seinen Knien sich stützten.

»Jetzt«, sagte er, »kommt das beste, die Hauptsache...«

Ich wußte nicht, was er meinte, und sah ihn lächelnd an.

»Ja, meine Tochter«, fuhr er stöhnend fort, »jetzt will ich selbst dich reinigen und alles austilgen, was deinen Schoß befleckt.«

Damit nahm er meine Kleider hoch, daß ich wieder ganz entblößt war. Er legte sich meine Schenkel über seine Schultern, hatte seinen Kopf zwischen meinen Beinen, und ich mußte mich mit den Ellbogen auf die Schreibtischplatte stützen.

Er hatte seinen Mund meiner Spalte genähert, und sein heißer Atem bestrich mich dort. Ich wußte nicht, was er wollte, aber ich hoffte auf etwas Angenehmes.

Wie ward mir, als ich seine dicken heißen Lippen auf meinen Schamlippen spürte, als er mit seiner weichen, heißen Zunge einmal von unten her bis oben meine Spalte auswischte. Ein nie gekanntes Gefühl ließ mich erbeben. Diese Wonne hatte ich noch nie gespürt. Bisher ließen sich die Männer immer von meinem Mund bedienen, aber dieser wackere Priester war der erste, der mir auch seine Zunge lieh.

Ich zuckte mit den Hinterbacken und zog meine Männerfalle zusammen, als gelte es einen neuen Stößer einzufangen.

Er hob den Kopf und fragte mich: »Ist dir das angenehm...?«

Vor Begierde zitternd und nach mehr verlangend, sagte ich rasch: »Ja, Hochwürden.« Er fuhr wieder mit der Zunge über mein Loch und über meinen Wollustweiser hin, so zart, daß die Wonne peinigend und beglückend war. Dann fragte er wieder:

»Hat dir das schon einer gemacht...?«

»Nein«, sagte ich und hob den Popo, daß meine Muschel wie ein dargereichter Becher an die Lippen gesetzt wurde.

»Das reinigt dich«, sagte er, »das nimmt alles von dir ab...«

Ich faßte mit einer Hand keck seinen Kopf, erwischte ihn bei der Tonsur und duckte ihn herunter, damit er von seinem Mund einen besseren Gebrauch mache als reden.

Er fing nun an, zuerst meinen Kitzler zu bearbeiten. Mir war, als säße alles, was Empfindung war, plötzlich dort unten, mein Mund, meine Brustwarzen, das Innerste meiner Fut. Wo seine Zungenspitze mich berührte, schien mir Elektrizität in den Körper einzuschießen. Ich verlor den Atem, das Zimmer drehte sich mit mir, und ich schloß die Augen.

Da ließ er plötzlich ab davon, glitschte tiefer und fuhr mir mit der Zunge in die Einfahrt. Ich tanzte mit dem Popo einen Czardas auf dem Schreibtisch. Denn was war das Vögeln gegen diesen Reiz? Ich fuhr ihm, indem ich mit dem Arsch auf- und absauste, mit meiner Spalte über das ganze Gesicht. Ich fühlte seine Zunge bald tief in mich eindringen, bald auf dem Kitzler zitternde Wirbel schlagen, bald seine Lippen an meiner ganzen Geschichte saugen. Es kam mir, daß ich glaubte, mein Inneres werde ausgeleert. Was mir da geschah, war besser noch als das beste Vögeln, und doch hatte ich dabei nur einen Gedanken, den Gedanken an einen riesigen Schweif, der mir vorschwebte, den ich mir wünschte und der in mich hineinfahren sollte bis zum Magen.

»Es kommt mir ... immerfort kommt's mir«, rief ich aus, »ach, das ist wie im Himmel, Hochwürden ... so gut ist mir's noch nie gewesen ... bitte ... vögel mich, Hochwürden ... gib mir deinen Schweif ... vögel mich ... nein, bleib ... so ... so ... ach, ich schrei ... ich schrei ...«

Ich fühlte mich plötzlich umgeworfen, lag mit dem Kopf auf dem Tintenfaß. Hochwürden aber hatte sich erhoben. Sein Gesicht tauchte blau angelaufen, mit Schaum vor dem Mund, vor mir auf.

»Komm«, schnaufte er mir zu, »setz dich auf mich ... dann kannst du den Schweif noch einmal haben.«

Er lag dann in seinem Großvaterstuhl weit zurückgelehnt. Ich hielt mich an beiden Armlehnen fest und ritt auf der Spitze seiner Lanze, denn mehr kam unter seinem dicken Bauch nicht zum Vorschein. Damit ich aber nicht herunterfalle, hatte er meine beiden Brüste mit seinen Fäusten umklammert, und so ließen wir die zweite Nummer abschnurren, die uns allen beiden mächtig viel Vergnügen bereitete.

Dann ließ er mich von seinem Knie herabgleiten und reichte mir ein Handtuch. Wie ich mich abwischen wollte, meinte er: »Wart, Mauserl, du wirst brunzen wollen . . .«, und er brachte mir selbst einen riesigen blauen Nachttopf herbei. Ich ließ mein Wasser da hinein und all das heilige Öl, mit dem mich der Kooperator so reichlich gesalbt hatte.

Er stand dabei und knöpfelte seine Hose zu. Dann machte ich mich zurecht, und als ich mein Kleid wieder geschlossen hatte, nicht ohne daß der Kooperator vorher von meinen Brüsten tätschelnd Abschied nahm, wartete ich der weiteren Dinge.

Aber es kam nichts. Der Kooperator sagte: »Geh jetzt, meine Tochter, ich werde heute für dich beten, und morgen kommst du in der Früh zu mir in die Kirche beichten . . .«

Julian Barnes

KRAMPF DER GESCHLECHTER

In *In die Sonne sehen*, meinem Roman, beklagt sich ein Mädchen, ihr Freund mache sich nie übers »Mannsein« Gedanken; womit sie sich keineswegs auf maskuline Großtaten wie Bergsteigen oder Eishockey bezieht, sondern einfach nur auf das Faktum, daß jemand ein Mann und nicht etwas anderes ist. Für ihn, sagt sie, sei Mannsein so etwas wie die Norm des Menschseins, während Frauen eine wohl interessante, aber eindeutig abweichende Spezies darstellten. Ein Freund schrieb beim Lesen des Buchmanuskripts an den Rand: »Stimmt. Männer denken nicht nach über das Mannsein, jedenfalls nicht so, wie Frauen über das Frausein nachdenken. Ist das nicht in beiden Fällen ein Vorzug?«

Also, ich weiß nicht recht. Wenn Männer schon nicht geneigt sind, sich Fragen zu stellen über ihr eigenes grundlegendes Wesen, wie wollen sie dann eine Untersuchung des anderen Geschlechts in Angriff nehmen? Ein Mann, der sich zum ersten Mal über eine Frau den Kopf zerbricht, gleicht einem Kühlschrank, dem man einen Lyrikband präsentiert: Beide reagieren mit bleiernem Schweigen. Doch nach Jahren verstockter Begriffsstutzigkeit taut die männliche Person möglicherweise auf und erstellt folgenden Fragenkatalog:

1. Weshalb ist sie mit diesem gräßlichen Typ zusammen statt mit mir?
Verschiedene Möglichkeiten. (a) Sie hat noch nicht gemerkt, wie gräßlich er ist. (b) Sie weiß zwar, daß er gräßlich ist, macht sich aber weiterhin etwas vor. (c) Sie mögen ihn zwar gräßlich finden, doch im Grunde seines Herzens ist er irgendwie süß und kann gut mit Kindern umgehen – allerdings muß man erst mal zum Grunde seines Herzens *gelangen.* (d) Sie selber sind ja noch gräßlicher, und sie hat mit ihm das kleinere Übel erwischt.

2. Warum ist sie mir nicht schon früher aufgefallen?
Sie erinnern mich an Mel Brooks' zweitausend Jahre alten Mann, der über die Zeit, als er jung war, sagt: »Wir wußten nicht mal, daß es hier Damen gab, so blöde waren wir.« Der ebenso steinalte Bernie entdeckte dann das Weib: »Eines Morgens stand er lächelnd auf.« Auf die Frage, wie der Vorzeitmensch das Männchen vom Weibchen unterschied, antwortet der zweitausend Jahre alte Mann: »Ich denke immer, die weicheren waren die Damen.«

3. Was will sie von mir?
Durch die Köpfe schwirren grelle Vorstellungen – von Rang, Geld, Potenz –, die Ihre Beziehung entsprechend ruinieren können, wenn Sie es zulassen. Doch sanftere Vorstellungen können auf ihre Art genauso großen Schaden anrichten. Anita Brookner hat die schillernde weibliche Träumerei beschrieben, gegen Abend lesend in einem Garten zu sitzen und auf die Heimkehr des Mannes zu warten. Ist es vielleicht das, was sie will, fragen Sie sich. Und selbst wenn sie es sagt, meint sie es auch ernst? Was ist, wenn sie etwas anderes sagt, doch unbewußt genau das will? Und ist es etwa Ihr stiller Wunsch, sich mit einer schweren Aktentasche unterm Arm in einem übervollen Vorortzug nach Hause zu quälen zu einer Frau, die den lieben langen Tag die Füße hochgelegt und ein *Buch* gelesen hat?

4. Was mag sie wohl in mir sehen?
Wahrscheinlich eine verbesserte, klar umrissene Version von Ihnen, der Sie in der Folge zu entsprechen versuchen. Sie sieht in Ihnen eine vollständige, in sich stimmige Person, nicht das chaotische Durcheinander, als das Sie sich selbst empfinden. Vergessen Sie jedoch nicht, daß dies auf Gegenseitigkeit beruht.

5. Wird sie mit mir ins Bett gehen?
Gut möglich. Ich kann's nicht versprechen. Hängt teilweise davon ab, wie sehr Sie es wollen. Begehrt zu werden kann ein viel wirkungsvolleres Aphrodisiakum sein als Geld, Charme oder gutes Aussehen; das heißt aber nicht, daß Sie die Wirksamkeit der letzteren Faktoren unterschätzen dürfen.

6. Wie wird es für sie sein, wenn sie mit mir ins Bett geht?
Ziemlich durchschnittlich. Moment, nun mal ein bißchen langsam – denken Sie darüber nach. Hat je ein Mann behauptet, als Liebhaber sei er lausig und hoffnungslos? Hat je ein Mann behauptet, er sei ein mittelmäßiger Liebhaber, so lala, nichts Besonderes? Alle Männer stufen sich auf einer Skala zwischen »schlicht saumäßig gut« und »schlicht sensationelle Extraspitzenklasse« ein. Daher ist ein »guter« Liebhaber ein ziemlich durchschnittlicher Liebhaber, quod erat demonstrandum. Natürlich wird sie sich hüten, Ihnen das auf die Nase zu binden.

7. Was wird sie danach hinter meinem Rücken über mich erzählen?
Mehr – und Besseres – als Sie verdienen. Diese eine Sache, die Ihnen besonders peinlich ist, erwähnt sie bestimmt nicht einmal.

8. Wird sie mich durchschauen?
Schneit es im Winter in Kanada?

9. Warum, frage ich mich manchmal, gehen Frauen mit Männern ins Bett und nicht mit anderen Frauen?
Das ist allerdings eines der größten Rätsel des Lebens. Frauen sind den Männern nicht nur moralisch und ästhetisch überlegen, sondern auch, wie der zweitausend Jahre alte Mann bemerkte, weich. Selbst die nicht besonders schlauen Männer sind

schlau genug, dahinterzukommen, daß Frauen die sinnvollsten Objekte für ihre Begierden sind. Außerdem sind sie den Männern natürlich sexuell überlegen. Erstens in puncto Timing ihrer sexuellen Entwicklung: Männer erreichen ihre höchste sexuelle Leistungskraft, wenn sie anfangen, sich regelmäßig zu rasieren – Kinder, die man mit einer Kiste Feuerwerkskörper auf die Menschheit losläßt; Frauen dagegen erreichen den Höhepunkt ihrer sexuellen Entwicklung um die dreißig, wenn sie auch auf anderen Gebieten auf der Höhe sind. Darauf läßt sich das oftmals hektisch-infantile Gebaren von Männern zurückführen. Zweitens: in der Intensität ihrer erotischen Reaktionen. Das betrifft nicht nur ihre einer Streubombe ähnelnde Orgasmuskapazität, die zu erreichen sich Männer vergeblich abplagen, sondern auch das Ausmaß ihrer sexuellen Empfindungen. Klinische Untersuchungen über die Anzahl Synapsen, die beim weiblichen – im Gegensatz zum männlichen – Orgasmus losklingeln, ergaben eine numerische Überlegenheit, die etwa derjenigen der Bodenstreitkräfte des Warschauer Paktes über die in Europa stationierten Bodenstreitkräfte der NATO entspricht. In den vergangenen paar Tausend Jahren sind Unmengen männlichen Einfallsreichtums darauf verwendet worden, (a) den Frauen weiszumachen, daß sie keine sexuellen Wesen seien, daß es ihnen bestimmt sei zu stimulieren, nicht zu reagieren, und (b) ihnen einzureden, daß Frauen nicht mit anderen Frauen ins Bett gingen. Einer der schlausten Schachzüge im viktorianischen England war es, die Homosexualität des Mannes zu kriminalisieren, nicht jedoch die der Frau. (Dies wird gelegentlich auf die Weigerung Königin Viktorias zurückgeführt, an die Existenz von Sapphismus zu glauben – was darauf schließen läßt, daß Prinz Albert sie einer erfolgreichen Gehirnwäsche unterzog.) Die Straffreiheit für lesbische Liebe führte dazu, daß sie lange Zeit niemand ausprobieren wollte. Doch irgendwann taten sie es, und seitdem versuchen die Männer, durch allerlei Rückzugsgefechte die zu rasche Verbreitung dieser Neuigkeit zu verhindern. Zur Zeit werden Politik und Medien noch von Männern kontrolliert, so daß sich die meisten Frauen nach wie vor einreden lassen, sie bräuchten nichts dringender in ihrem Leben als einen Mann; doch wenn die Männer nicht unausgesetzt auf der Hut sind, werden sie diese lebenswichtige Möglichkeit der Irreführung für immer verlieren.

10. Warum habe ich Angst vor ihr?
Das liegt doch nach dem eben Gesagten auf der Hand, oder? Die von Andrea Dworkin in ihrem Buch *Intercourse* geäußerte Ansicht, sogar der zärtlichste Moment sexueller Zweisamkeit sei in Wirklichkeit ein brutaler Akt des Unterwerfens und Beherrschens, läßt sich auch auf den Kopf stellen: Jede Frau, auch (und gerade!) die unterwürfigste, will in Wirklichkeit verschlingen und verzehren, die Säfte rauben, will bändigen und fesseln. Das ist nicht wahr? Wir beschäftigen uns hier ja auch nicht mit Wahrheiten, sondern mit Ängsten. Andere Gründe, in Panik zu geraten: daß sie, wenn Sie sie lieben, Ihre Macht an sie verlieren könnten; daß Sie sie gar nicht so sehr lieben, wie die von Ihnen verwendeten Wörter erwarten ließen, und daß diese Sprache, da sie sich nicht zurücknehmen läßt, für Sie zur Falle würde; daß es Ihrer Liebe an Durchhaltevermögen fehlen könnte.

11. Wie lange wird es dauern, bis wir über »unsere Beziehung« reden müssen?
Isaac Bashevis Singers französische Übersetzerin übertrug einmal eine Liebesgeschichte aus dem Englischen ins Französische; durch das allgegenwärtige englische *you* verunsichert, fragte sie ihren Mann, an welcher Stelle der Geschichte sie am besten aus dem *vous* ins *tu* schlüpfen solle. »*Après*«, antwortete er. Und »*Après*« lautet auch die Antwort auf Ihre Frage – was morgen oder gestern heißen kann. Sehen Sie, es kann nicht immerzu nur nach Ihrer Nase gehen. Für eine Frau gehört »über Ihre Beziehung reden« einfach zu einer guten, gesunden Beziehung; für einen Mann dagegen ist »über Ihre Beziehung reden« das Indiz für eine verkorkste und sich verschlechternde Beziehung.

12. Warum trägt sie eigentlich diese ekelhaften limonengrünen Hosen?
Verschiedene Möglichkeiten. (a) Sie hat keine Freundin. Wenn, wie man so sagt, jede Frau eine Ehefrau braucht, so braucht jedes Mädchen eine Freundin, die ihr den Unterschied zwischen Plissee- und Bügelfalten klarmacht. Natürlich könnte sie auch eine

dieser durchtriebenen Freundinnen haben, die absichtlich schlechte Ratschläge verteilen, damit sie selbst eleganter aussehen. (b) Vielleicht ist sie farbenblind. (c) Vielleicht sind Sie farbenblind. (d) Was die Lektüre von schicken Modemagazinen betrifft, hängen Sie etwa zwei Jahre zurück, und limonengrün (genauer gesagt jener besonders ätzende limonengrüne Farbton, der Ihnen die Tränen in die Augen treibt) ist der *Dernier cri* dieser Saison. (e) Wo haben Sie eigentlich diesen gräßlichen Anzug her? Tragen Sie ihn doch noch ein Weilchen länger, vielleicht wird er dann schon wieder modern.

13. Übrigens, warum spielen Männer besser Schach als Frauen?
Weil Schach zwar vollkommen befriedigend, aber auch vollkommen nutzlos ist.

14. Warum gibt es keine großen weiblichen Baseballstars?
Weil es keine großen männlichen Patchworkdeckenkünstler gibt.

15. Wenn man berücksichtigt, daß Frau Ghandi den Angriff auf den Goldenen Tempel anordnete, Mrs. Thatcher die Falklandinseln wieder besetzen ließ und Golda Meir genauso ein Falke wie ihre männlichen Pendants war, beweist dies nicht, daß Frauen nicht das sanftere Geschlecht, sondern in ihrem Innersten so aggressiv wie Männer sind und mit ebensogroßer Wahrscheinlichkeit Atomraketen abschießen könnten?
Nein, es beweist lediglich, daß Politik beide Geschlechter gleichermaßen korrumpiert.

16. Werde ich sie auch weiterhin mögen?
Eine knifflige Frage. Bedenken Sie folgendes: Der Autor, der 1953 schrieb: »Frauen sind viel netter als Männer – kein Wunder, daß wir sie mögen«, veröffentlichte 1984 folgende Sätze:

»Genaugenommen wollen Frauen nur das eine: daß Männer sie ficken. Haben sie sie soweit, dann sind die Männer die Gefickten. Bin ich besoffen? Eigentlich wollte ich sagen, wenn du eine Frau ficken willst, bist du nachher der Gefickte. Willst du nicht, wirst du eben deswegen erst recht gefickt.«

Dabei müssen wir allerdings die prismatischen Berechnungen

von Dichtung und Literatur berücksichtigen, und vielleicht geht es Ihnen ja anders als Kingsley Amis. Verlassen Sie sich einfach nicht darauf, daß Ihr Glück Bestand hat, mehr will ich damit gar nicht sagen.

17. Warum sind Frauen netter als Männer?
Aha, wie ich sehe, sind Sie immer noch auf dem Stand von 1953. Tja, einige bleiben ihr Leben lang dort hängen. Sie haben die Wahl: Vererbung oder Erziehung, Chromosomen oder Milieu.

Aber sind Sie sich eigentlich im klaren darüber, wie ernst ein solcher Vergleich zu nehmen ist? Netter als wer oder was wären demnach Männer?

18. Warum sind Frauen ehrlicher als Männer?
Tugend; Idealismus; Naivität.

19. Werde ich sie auch in Zukunft glücklich machen?
Männer tendieren zur Bequemlichkeit, Frauen zur Unzufriedenheit. Dieser Unterschied wird häufig mit sozialen Bedingungen, Phallozentrismus oder wirtschaftlichen Zwängen erklärt; er könnte sich aber irgendwann vielleicht als grundlegender Unterschied zwischen den Geschlechtern erweisen. Zu bekommen, was man haben wollte, und unzufrieden damit zu sein, ist natürlich ein allgemein menschlicher Zug – der Frauen allerdings oft mehr zu schaffen macht. Siehe das maßgebliche Buch zum Thema, *Madame Bovary*.

20. Wie fühlt sie sich in ihrer Haut?
Ich glaubte schon nicht mehr daran, daß Sie die Frage je stellen würden. *Sie* jedenfalls rechnet schon längst nicht mehr damit. Die meisten Schriftsteller würden ein Jahr ihres Lebens geben im Austausch für eine Woche als ein Mensch des anderen Geschlechts; Soziologen stellen sich vor, die Ehe würde sich in eitel Sonnenschein verwandeln, könnten wir uns wirklich in die Rolle des anderen hineinversetzen. Der logische Haken dabei: Um wirklich der andere zu werden, müssen wir aufhören, wir selbst zu sein; statt wir selbst zu sein und uns über sie zu wundern, werden wir zu ihnen und wundern uns über uns. Ohnehin könnte es

zu den Dingen gehören, deren Entdeckung vernichtende Folgen hat, wie wenn man sein genaues Todesdatum in Erfahrung brächte; vielleicht ist das anstrengende, alte, dilettantische System, höfliche Ausreden und Halbwahrheiten nach dem abzugrasen, was man in Erfahrung bringen kann, doch noch gesünder. Wenn ich darüber nachgrüble, wie präzise und gut Männer über Frauen Bescheid wissen, fällt mir manchmal die alte Geschichte aus der Zeit der Napoleonischen Kriege ein, als ein Affe an die Südküste Englands gespült wurde; die Briten hängten ihn, weil sie ihn für einen Franzosen hielten. Dennoch, hören Sie nie auf zu fragen, und vergessen Sie ebensowenig, daß auch sie Fragen hat. Die 21. und letzte Ihrer Fragen sollte also lauten: Wie sehen ihre zwanzig Fragen aus?

Deutsch von Hans M. Herzog

Robert Burton

MIT DEN AUGEN DER LIEBE

Es ist kein Liebender, der die Geliebte nicht vergöttert, sie sei so schief, wie sie will, so krumm, wie sie kann; runzlig, ranzig, blaß, sommersprossig, rotes Haar und gelbe Haut, ein talgiges Galgengesicht oder eine runde, platte Schießscheibe, oder dumm, dürr und dürftig, schief und schäbig wie eine Vogelscheuche, kahl, glotzäugig, triefäugig, hohläugig, hühneräugig, schielt wie ein Huhn in der Sonne und blinzelt wie eine Katze vorm Ofen, hat Ränder und Ringe um die Augen wie eine Eule, einen Spatzenmund und darüber einen Nasenhaken wie ein persischer Teppichhändler, oder eine spitze Fuchsnase, eine rote Rübe, eine plattgedrückte Nase wie ein Chinese, gelbe Biberzähne, oder schwarz und schief und durcheinander wie ein alter Judenfriedhof, zusammengewachsene Brauen über wimpernlosen Lidern, Hexenbart und Warzen, ihr Atem stinkt durch das ganze Zimmer, die Nase tropft Sommer und Winter, hat einen Kropf unterm Kopf und einen bayrischen Beutel unterm Kinn, Mickymausohren oder Hängeohren wie ein Wachtelhund, einen Hals wie ein Kranich, *pendulis mammis,* Titten wie Quitten oder gar keine, ein Plättbrett als Busen, Hitzpocken oder Frostbeulen, lange schwarze Nägel, Schorf an den Händen und Räude an den Füßen, krumm, klapprig, rippendürr, lahm, Plattfüße, Schweißfüße, geht einwärts und schurrt mit den Schuhen, ein wahrer Wechselbalg, ein Alpdruck, ein halbgebackenes Gespenst, schilt wie eine Rohrammer und schrillt wie der Griffel auf dem Schiefer, eine wüste Schlampe, eine schleichende Pest, eine läufige Hündin und ranzige Otter, *in summa* und um's kurz zu machen: ein Kuhfladen im Backofen. Du kannst sie nicht sehen, dich ekelt's vor ihr, würdest ihr am liebsten ins Gesicht spucken oder ihr, mit Verlaub, auf den Busen rotzen; *remedium amoris,* ein Heilmittel gegen Liebe; denn sie ist eine Schlampe und Vogelscheuche, zetert und zankt, ein rammelndes Reff, dumm und dreist, feige und frech, ein Unflat, ungebildet und unerzogen, Polyphems Tochter, Thersites' Schwester und Grobians Schülerin – aber er liebt sie, er bewundert sie, sieht an ihr kein Fehl und kein Falsch, und will nur sie und sonst keine. Wenn Thetis' Füße schimmern wie Silber und Hebes Enkel wie Kristall, Auroras Arme wie Rosen und Junos Busen wie Schnee – was kümmert's ihn? »Komm, Süße, komm! O du mein Ein und Alles!« Sag' mir: ist eine schlimmere Sklaverei auf Erden als diese?

Deutsch von Peter Gan

IV.

FRAUENFREUDEN

O Solo, Duo, Trio

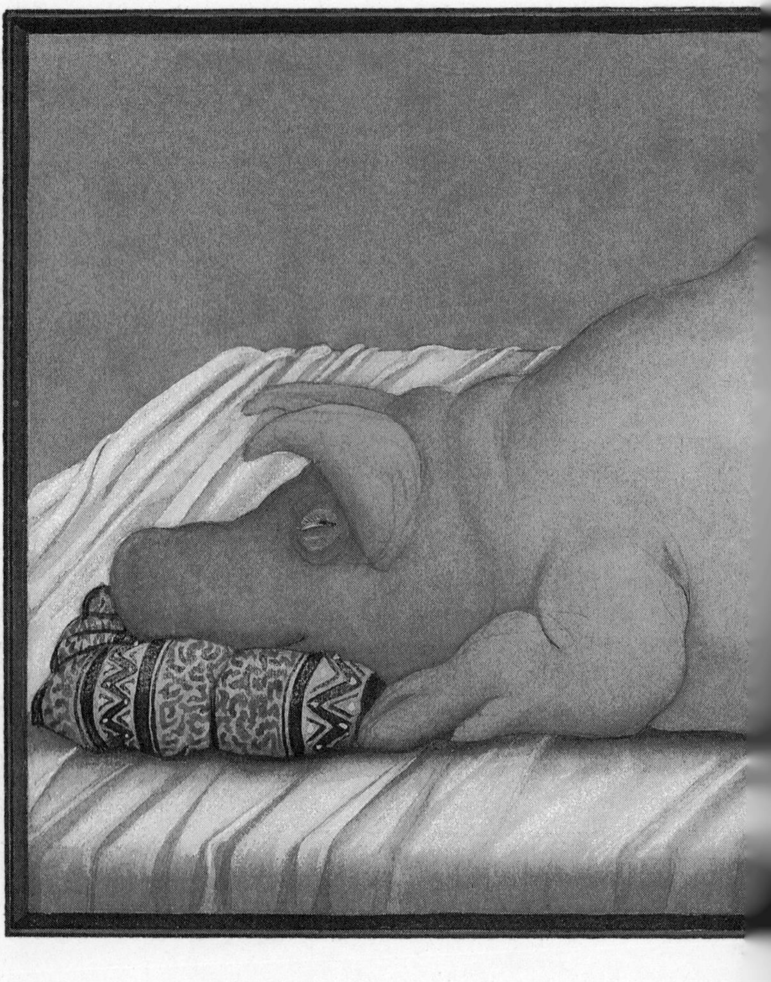

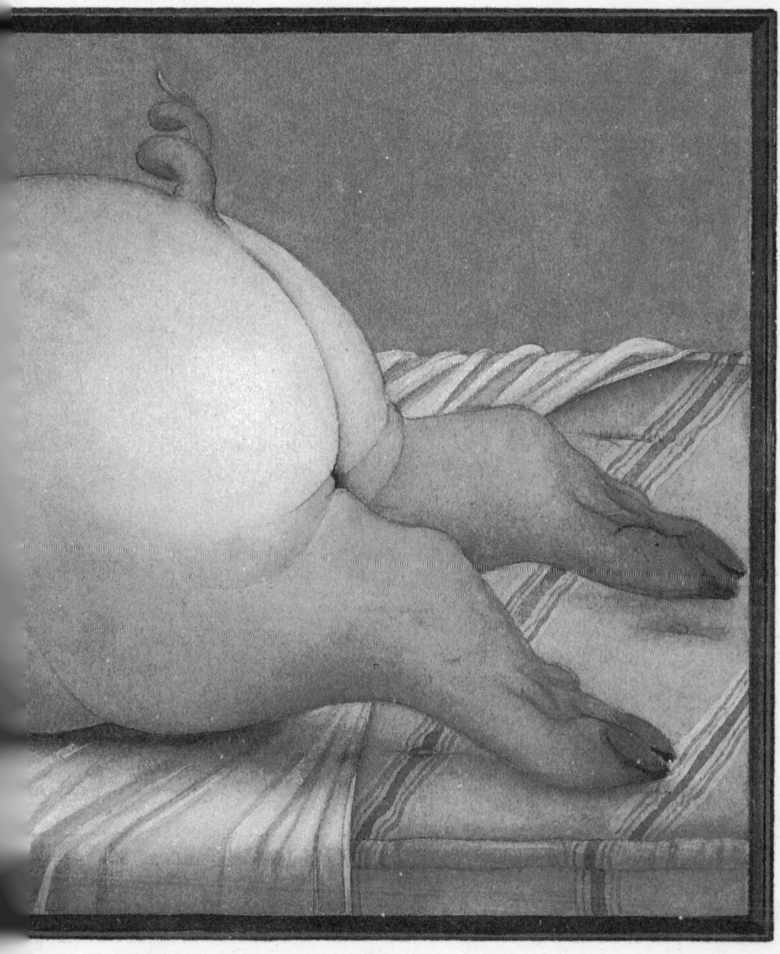

Cora Stephan

MADAME BOVARY ODER DIE FRAU, DIE SICH ALLES SELBER MACHEN MUSSTE

»Ich bin zwei Frauen«, dachte Martha Stodolka und nahm sich vor, mit dieser Paraphrase aus dem Repertoire der werbenden Wirtschaft eine Kurzgeschichte beginnen zu lassen. Aber erst: an die Arbeit. Die Uhr läuft. Der Abend beginnt. Der Kaffee ist getrunken.

»Sie erschrak, als sich seine Augen plötzlich verdunkelten und ihr einen Abgrund eröffneten, der zum Absturz einlud. Als James St. Andree sie küßte, gab der Boden unter ihr nach, und sie fiel, um gleichsam hochzufliegen an seine harte Brust. Schmerzhaft an ihn gepreßt öffneten sich ihre Lippen seinem festen, warmen Mund, der sie umschloß, streifte und wieder verließ, bis sie fast besinnungslos ihn zu nehmen versuchte, fiebernd nach einer, der endgültigen Berührung. Ein schluchzendes Stöhnen antwortete ihm, als er endlich in sie eindrang; seine kräftige, große Zunge hieß ihren Körper, sich zu verraten und sich an ihn zu pressen, um die pulsierende Härte (den harten Puls, die pochende Länge, das drängende Zucken) seines Schwanzes (Glied? Geschlecht?) an ihrem Bauch (Schenkel? Schambein?) zu fühlen. Die laue Nacht auf ihren bloßen Schultern ließ sie erzittern, während sich in ihrem Inneren glühende Lava zu ballen schien, bereit zum Ausbruch, zum zerstörerischen Hinwegschwemmen aller Hemmnisse, die Kultur ihrem Leib, ihrem Leben auferlegt hatte. Seine Hände waren auf ihre angespannten Hinterbacken geglitten, und er preßte sie in einer leichten flutenden Bewegung an sich, immer wieder, bis die Bewegung seiner Zunge dem langsamen Tanz ihrer Körper entsprach, langsam, immer langsamer, mit einer süßen Schwere, einer schweren Süße, einer . . .«

Zigarette. Die Uhr läuft. Noch acht Seiten bis Mitternacht. Martha, Martha, du entschwandest, sagte sich die Heldin der Arbeit resigniert, man muß den Redakteuren was zum Streichen lassen, aber doch nicht alles, meine Liebe, doch nicht alles. Was hatte der harte Puls mit der Liebe zu tun, die überdies der Höhepunkt und nicht der Beginn jener wunderbaren Freundschaft sein sollte zwischen Ihm und Ihr! Das Setting, ermahnte sie sich, das Setting muß stimmen, bevor wir die schwellenden Geschlechtsorgane aufeinanderloslassen, das Immergleiche in erregenden neuen Kombinationen, achwas: die Jahrtausende alte Routine, der niemand schreibend Neues abgewinnen kann, weshalb das Setting das entscheidende ist. Zwei disparate Justierungspunkte auf dem Schlachtfeld des Geschlechterkampfes, dahinter Fußvolk und Troß, je nach der Größe des Königreichs der beiden Kombattanten (keine Johanna ohne Land mehr!); die Karte gezeichnet, die Anmarschwege kalkuliert, die Waffen in Position gebracht, und dann los. Je schwieriger das Gelände, desto länger die Umwege und desto schärfer der Ritt: Nebel in der Senke, Morast am Seeufer, uneinnehmbare Feldherrenhügel, schützende Wälder – schützt mir die Flanke! – und List. Offene, ehrliche List. Der schöne scharfe Schein. Und erst zum Schluß: der süße Tod im Morgengrauen. In seinen Armen verlöschen. Die Preußen sind gekommen.

Die Kombattanten, also, wie die Königin von Saba und Salomo: mächtig, stark und schön. In moderner Ausführung. Zum Beispiel James St. Andree. Er war auf jeden Fall ein Mann, der auf dem harten Weg des Erfolgs nichts von dem eingebüßt hatte, was ihn zum Mann machte. Also war er wahrscheinlich eine Mischung aus sensiblem Naturburschen und zupackendem Machtmenschen, mit allen Parketts dieser Erde gewaschen und auf allen Wassern des Globus zuhause, ein Mann, der mit seinem unauffälligen englischen Luxusauto nie zwei Behindertenparkplätze auf einmal zuparkte, ein Mann, der sein Studium der Sinologie erfolgreich mit dem Doktortitel abgeschlossen hatte und jede Party in Frankfurt zur Not auch mit spätem TWA, frühem TM und mittlerem R.-R. zu bereichern vermochte, ein Mann, der sich bescheiden erst nach drängendem Nachfragen zu Segelschein, Flugschein, altem Adel, Restaurants im Burgund und mehrmaliger Besteigung irgendeiner Nordflanke irgendeines Bergriesen (Messner nachschlagen!) bekannte. Ein Mann, natürlich, mit Wunden, Narben und Verletzungen, geheimnisvoll, aber handwerklich geschickt (Szene einbauen, in der er mit ein paar gezielten Handkantenschlägen einen antiken Stuhl wieder auf die Reihe bringt, der unter der Heldin zusammengestürzt ist!, oder so ähnlich).

Ein Mann überdies, der wußte, was er wollte und deshalb warten konnte, wie Robert Redford in diesem Film über Indien, in dem er Meryl Streep in den Busch schleppt, ihr jeden Abend ein Diner à deux mit wohltemperiertem Rotwein serviert und sie dann ins Zelt schickt, bis sie es nun wirklich nicht mehr aushält – ja, so einer, bei dem man als Frau schließlich nicht mehr anders kann. Gott!, dachte Martha, daß die nie warten können, die Männer, oder zu lange oder eben sowieso nicht sonderlich aufregend sind oder am Wochenende der abtrünnigen Gattin die Sorge ums Kind abnehmen müssen, weil die zu irgendeiner Tagung will, wichtig-wichtig. Ganz zu schweigen von denen, die es zu Rachmaninoff nicht können oder auf die Dynamik eines guten CD-Spielers nicht eingestellt sind – Gott!, dachte Martha, Dynamik! Anschwellen, Zurücknehmen, das ist doch hier wie dort Moses und die Propheten, Ficken ist keine Einbahnstraße und ein Schwanz keine Moulinex, stufenlos zu regeln, woraufhin sie kichern mußte und sich die zweite Zigarette ansteckte.

»Sie hatte ihre Prinzipien. Das Büro, zum Beispiel, war Tabu: dort hielt sie Hof und Distanz. Keine Kumpanei mit Untergebenen, kein augenzwinkerndes Einverständnis mit Geschäftspartnern. In der harten Welt des schnellen Geldes in Manhattan (London, Paris, Madrid, nie: Frankfurt!) mußte man als eine der erfolgreichsten jungen Brokerinnen (Inhaberin einer Werbeagentur, Immobilienmaklerin, Literaturagentin) die Nase und die Augenbraue oben behalten: mit ihr, so signalisierte ihr makelloses Schneiderkostüm (seidener Overall, strenger Hosenanzug, feminines leinenes Hemdblusenkleid), konnte niemand Schlittenfahren oder Badengehen. Nein, daß sie eine Frau war, sollte, durfte keine Rolle spielen und war auch im Ernst kein Problem: die Arbeit ließ ihr gar keine Zeit für dumme Gedanken. Bis James St. Andree das erste Mal ihr elegantes, kühl gestyltes Büro in der East 32nd Street (Stadtpläne!!!) betrat und sich selbst von Mrs. Moneypenny nicht hatte einschüchtern lassen: in welcher Angelegenheit er Ms. (Madame, gnädige Frau, Chefin) Veronica de Lacloche (Katharine McKennan, Isabella Gracia Verveur, Doris

Granata) sprechen wolle? Das könne er ihr mit Sicherheit besser selbst erklären – und dabei lehnte er, berichtete Miss Moneypenny ihr später in einer Mischung aus Entsetzen und Bewunderung, lässig am japanischen Lesepult mit der Erstausgabe (vom Guinnessbuch der Rekorde, vom Who is Who, von der Gutenberg-Bibel) (Herrenmode vom Herbst checken!). Es war wohl ein Fünkchen Neugier, das sie veranlaßte, ihn nur knapp zwanzig Minuten in den bequemen Designersofas des großzügigen Entrees warten zu lassen.«

Laß es sein, sagte Martha zu Martha und blinzelte an ihrem mattleuchtenden Monitor vorbei auf Gottlieb, der den ledernen Besuchersessel schon wieder vollgehaart hatte und sich mit in die Luft gestreckten Beinen wohlig räkelte. Oder doch: Klischee muß sein, die Leserin will sich schließlich wiedererkennen bzw. jene Erfolgsfrauen, die sie im Fernsehen gesehen hat, und da die Serien aus Amerika mit jahrelanger Verspätung hierzulande versendet werden, trägt die Phantasie noch Schneiderkostüm, wo längst die Designerjeans Einzug gehalten hat, aber auf keinen Fall: Lederteile im Büro! Mein Gott!, dachte Martha angewidert. Die gibt es auch nur bei mir, Erbstücke aus dem Büro der lieben Mutter, Erfolgsfrau a. D., also tiefe siebziger Jahre, aber was soll man als Tochter schon machen – vor allem, wenn man Martha heißt. Maria, Martha, Magdalena. Walter, Wolfgang, Werner.

Also dann doch lieber: James. Trotz der Butler-Assoziation und der *Same procedure as every year*-Routine. Die Kombattanten sind identifiziert, das Terrain ist angedeutet, James betritt wie weiland die Königin von Saba den Palast des weisen Salomo, die Auslegeware unseres eleganten Büros ist also mit Rosenwasser getränkt, um herauszufinden, ob James unter seinen Hosenbeinen Bocksbeine oder Seidenstrümpfe führt – James also lüpft die Hosen akkurat über dem Knie und läßt sich auf irgendeinem, natürlich schon wieder: Designermöbel nieder und jetzt – jetzt kommt die Kriegserklärung. Ohne eine ordentliche Feindschaft ist Leidenschaft nicht denkbar (Carl Schmitt). Jetzt also die Hand an die Hosennaht und vorgetragen, redete sich Martha zu, die auf Millimeterpapier und mit der Hand und einem weichen Bleistift die Schlachtordnung entworfen hatte, während der dritten Zigarette und dem ersten Glas Wein – und er hub an und sagte:

(Ogott, jetzt bitte nichts sagen) Marthas Hände schwebten über der Tastatur (bitte bitte jetzt nichts sagen) schwebten über der Tastatur (nein sag jetzt nichts) kräftige Hände mit den kurzgeschnittenen Nägeln (sag nichts jetzt, nein?) schwebten über der Tastatur (sags mir sags mir) die Hände über der Tastatur (machs mir) Martha über der Tastatur, die Hände über der Tastatur, Marthas Hände ... Die Uhr läuft. Noch sechs Seiten bis Mitternacht. Eine Zigarette. Wein.

»Dieser Mann war unerträglich, das durchzuckte sie auf den ersten Blick mit hellwachen Instinkten, dieser Mann war arrogant und herrisch, hatte keine Manieren und eine niederträchtige Art, sie herablassend und mit leiser Ironie auflaufen zu lassen. Nach einem kurzen Moment der Verblüffung über seine Unverfrorenheit wurde sie innerlich ganz ruhig und kalt: der Fehdehandschuh war aufgenommen. Isabella beschloß, mit allen ihren nicht unerheblichen Kräften zurückzuschlagen. James St. Andree betrachtete die Frau hinter dem ausladenden italienischen Tischmöbel mit sachlicher Belustigung. Eine dieser gepflegten Geschlechtslosen, konstatierte er bei sich, 1a Figur, peinlich gepflegt und trocken wie ein Stockfisch, wahrscheinlich ausgestattet mit der Eingleisigkeit einer hochkarätigen deformation professionelle: über Marketingstrategien kann sie stundenlang referieren, aber keinen Mercurey von einem Montagny unterscheiden. Nun, auf der geschäftlichen Ebene wäre sie sicherlich eine formidable Gegnerin, mach sie dir also gewogen, alter Junge, sagte er zu sich, ein paar charmante Auflockerungsübungen kommen einem guten Abschluß meist entgegen – wobei es schade ist, daß man mit diesen Weibern nicht einfach ordentlich einen heben kann. Gott gebe, daß dieser Branche noch lange ein paar trinkfreudige, bestechliche Männer erhalten bleiben.«

Noch vier Seiten bis Mitternacht, die Uhr läuft, Martha hebt die Brauen und das Glas und wünscht sich, sie hätte die beiden schon unter südlichem Himmel, an der Bar, im Meer oder endlich im Bett. Woher nimmt man das Drama in der heutigen Welt, die Leidenschaften, die Unmöglichkeiten, dies »Siekonntenzueinandernichtkommendas Wasser«, alle Ingredienzen demnach, die grenzenlose Leidenschaften entfesseln, grenzenlos der Grenzen wegen, der Einhegungen, Umzäunungen, Sperrgebiete, Tabuzonen. Wo nehm ich ein Verhängnis her, fragte sie sich, betrachtete den schnarchenden Gottlieb, versprach sich, ihm morgen ein Flohhalsband zu kaufen, und stützte ihre rechte Brust mit der linken Hand: noch eine Zigarette. Und ein Glas Wein, bitte.

Danke, liebe Martha. Du bist so gut zu mir.

»Merkwürdig: irgendwie konnte Doris ihren großen Triumph nicht genießen. Hatte nicht Penthesilea den schönen Helden Achill nicht nur besiegt, sondern im Blutrausch geradezu zerrissen, oder wie war das noch? Ach Unsinn: James St. Andree würde die Niederlage überleben. Und trotzdem – der Gedanke ließ ihr Herz klopfen, während sie sich auf der Terrasse des Hotels bei einer Zigarette dem fächelnden Meerwind hingab, den Mund nachdenklich verzogen, die Hand aufs Herz gepreßt. Und trotzdem ... ›Gratuliere‹, plötzlich stand er neben ihr. ›Eine gewonnene Schlacht, Madame, entscheidet oft den ganzen Krieg.‹ ›Sie wollen wohl Friedensverhandlungen?‹ Katherine wollte leicht, wollte kühl bleiben. ›Nein‹, sagte seine rauhe, spöttische Stimme dicht neben ihrem Ohr, ›nur ein anderes Schlachtfeld.‹ Isabella fühlte die Wut wieder in sich hochsteigen, als sich seine Hand um ihren Oberarm schloß. Schon wollte sie sich ihm entreißen, aber er wich von selbst zurück. ›Duell‹, schoß es ihr durch den Kopf, ›Zweikampf. Auf Leben und Tod‹. Und wieder dieses seltsame Gefühl der Erregung in ihrer Magengrube. ›James‹, hörte sie sich sagen, ›wählen Sie die Waffen‹. Er hielt hörbar die Luft an, da, zwei Meter von ihr entfernt, eine schlanke, kräftige Silhouette im Lichte des Mondes. ›Die Begegnung, gnädige Frau, die ich mir vorstelle‹, sagte er schließlich, ›bediente sich der bloßen Hände, ersatzweise auch ...‹«

Gott!, wasn Schrott, fluchte Martha, während die Uhr läuft, Penthesilea im Schlabberlook und Achill mit Schlips und was kostet das Leben? Wie kann man sich eine tosende Leidenschaft zu so einer dummen Trine wie dieser No-Nonsense-Madame überhaupt noch vorstellen und was soll mir dieses Frackgespenst mit seinen Bergsteigerallüren, dieser dröge Heini mit Handkanten- und Zungenschlag, und wann darf er ihr endlich an die Bluse gehen, damit dieses Leid ein Ende hat? Gleich sagt sie ihm, daß man jetzt vernünftig sein müsse oder »Nicht hier, Liebling«, oder er stürzt sie aus Versehen über die Balustrade, mit beiden Händen, versteht sich, weil er im Mondlicht den Abstand zu ihren Titten nicht richtig einkalkuliert hat; können wir sie nicht in alter Manier die Schloßtreppe herunterkollern lassen, sie fällt in Ohnmacht, er hat den Flachmann dabei, so kommt sie in die Horizontale und ihm in die Hände, der Weg ins Bett scheint dann ganz natürlich, Gott! sagte Martha, und goß sich Wein nach, einmal nicht bei der Vorlust bleiben müssen, er ihr an die Bluse, sie ihm an die Hose, meinetwegen auch im Stehen, vorm Kamin, schau mir in die Augen, Kleines! – und dann Helm ab zum Gebet.

Zigarette. Die Beine auf den Schreibtisch. Martha, sinnend. Kommt Leidenschaft ohne Vater-, Mutter- oder Kindsmord aus? Kann sich Erotik in den heutigen Zeiten wenigstens des Börsenkrachs oder eines Erdbebens bedienen? Muß Blut fließen, damit es in Wallung gerät? Oder hatte sie nur den falschen Beruf?

Bertolt Brecht

LIEBESUNTERRICHT

Aber, Mädchen, ich empfehle
Etwas Lockung im Gekreisch:
Fleischlich lieb ich mir die Seele
Und beseelt lieb ich das Fleisch.

Keuschheit kann nicht Wollust mindern
Hungrig wär ich gerne satt.
Mag's wenn Tugend einen Hintern
Und ein Hintern Tugend hat.

Seit der Gott den Schwan geritten
Wurd es manchem Mädchen bang
Hat sie es auch gern gelitten:
Er bestand auf Schwanensang.

Irmgard Keun
EINSAME HERREN

Am Sonntag sitzen Gilgi und Herr Reuter zusammen im »Domhotel«. Gilgi hat das Gefühl, zu Abend gegessen, Herr Reuter das Gefühl, soupiert zu haben. Sie trinken Haut-Sauternes. Von Glas zu Glas verkleinern sich Herrn Reuters schwärzliche Korinthenaugen um Millimeterbruchteile. Gilgis kleine Brüste zeichnen sich deutlich unter dem taubenblauen Samtkleid ab und überzeugen Herrn Reuter, daß Gilgi »die« Frau ist, die ihn versteht. Er sagt es und glaubt, was er sagt. Er breitet sein Innenleben vor ihr aus wie eine offene Skatkarte. So ist er. Gilgi nimmt zur gefälligen Kenntnis, höflich und mäßig interessiert. Armer Idiot, wenn du ein Junger wärst, brauchte man keine Zeit mit dir zu verlieren. Hör auf, nicht soviel Lyrik, paßt nicht zu deinem Pickel am Kinn. Warum kann man nun nicht sagen: gib nichts aus, wenn's nichts einbringt, steck' kein Gefühlskapital in ein aussichtsloses Unternehmen. Kann man nicht sagen. Armer Alter, deine Mischung barock-merkantil verträgt kein glattes Nein. Also! Schließlich kommt's mir einzig auf mich an, nicht wahr? Auf die hundertfünfzig Mark, die ich monatlich bei dir auf dem Büro verdiene, auf ungestörte Arbeit. Bei meiner Arbeit kann ich Ihren Gemütszucker nicht vertragen, mein Herr – also!

»Prost!« – »Prost!« Klink-klink. Herr Reuter hält Gilgis Hand. Man sollte nicht soviel reden, man sollte jetzt . . . nicht mehr soviel reden. So viele Leute um einen herum. Ja, wenn man bedenkt, daß sie alle Strümpfe brauchen und Trikotagen, dann muß man sie nett finden und gern haben, aber wenn sie nicht hier säßen und trotzdem Strümpfe und Trikotagen brauchten –

man fände sie noch viel netter. Kellner sind üble Zeiterscheinungen, wenn sie rumstehn und nichts zu tun haben. »Haroba (Herr Ober), noch 'ne Flasche!« Gilgi überhört die Aufforderung Herrn Reuters, ihn du zu nennen, am Ende soll sie nachher auch noch Friedrich zu ihm sagen.

Eine Dame geht suchend an den Tischen vorbei. Eine schöne Dame, eine leuchtende Dame. »Eine Bekannte«, haucht Gilgi. Höchste Zeit, Olga! funkt sie mit dem linken Auge.

»Guten Abend, Fräulein Kron.«

»Guten Abend, Fräulein Jahn. Darf ich bekannt machen . . .«

»Sehr angenehm«, lügt Herr Reuter.

»Mit Bekannten verabredet – nach dem Theater – noch nicht da – so peinlich –« Olga macht hilflose Augen, ihre Marzipanfinger streicheln zärtlich den teuren Fehpelz, von dem erst die dritte Rate bezahlt ist.

»Ja, wenn Sie . . .« Gilgi ist sichtlich ratlos, enttäuscht, verlegen. »Wenn Sie solange hier Platz nehmen wollen«, kommt Herr Reuter zu Hilfe. Er ist Kavalier. Nicht gern. »Wenn ich darf! Handelt sich ja nur um einen Augenblick.« Olga sieht Herrn Reuter unendlich dankbar an. Er hilft ihr aus dem Mantel. Er ist Kavalier. Nicht ungern. Er merkt, daß andere Männer ihn beneiden, als Olga sich an seinen Tisch setzt. Angebot erhöht die Nachfrage, Herr Reuter findet Olga schön. Trotzdem stört sie ihn, denn Gilgis kleine, braune Hand ist jetzt unerreichbar weit fort.

Olga erzählt von Reisen nach Kairo und Luxor, von Fahrten nach Spitzbergen. Gilgi geht zur Telefonzelle, um nach Hause zu telefonieren. Als sie wiederkommt, empfindet Herr Reuter Olga nicht mehr als störend.

Gilgi verschwindet nach einiger Zeit für eine Viertelstunde auf die Toilette. Herr Reuter erinnert sich, daß eigentlich »blond« sein Typ ist. Er wird geistreich. Olga sieht ihn bewundernd an, und Herr Reuter ist überzeugt, sich sein Leben lang unterschätzt zu haben. Gilgi kommt zurück, sitzt still und bescheiden da und läßt sich von Olga überblenden. Sie ist ein unscheinbares, kleines Mädchen. Herr Reuter erinnert sich an etwas verrostete Prinzipien: mit Angestellten keine Liebschaften anfangen und so weiter.

Gilgi geht für zehn Minuten ins Vestibül, um nach einer Zeitung zu suchen. Durch cremefarbene Spitzen schimmert Olgas frische, rosige Blondinenhaut und überzeugt Herrn Reuter, daß Olga »die« Frau ist, die ihn versteht,

Eine halbe Stunde später bringt er erst Gilgi, dann Olga nach Hause.

Carl Djerassi

DARF ICH SIE KOSTEN?

A. Luftig (Achilles L. Luftig laut Paß) war 64 – ein Alter, wie man meinen sollte, in dem das Sexuelle bei einem Mann in den Hintergrund zu treten beginnt, wenn nicht gar in Vergessenheit gerät. Damit könnte man natürlich recht haben, aber bei Luftig befände man sich im Irrtum. Er wurde vor 64 Jahren geboren – vor 64 Jahren, 4 Monaten, 2 Wochen und einem Tag, um genau zu sein. Sein Alter war nicht leicht zu schätzen, da es vom jeweiligen Betrachter abhing. Eine Frau von sagen wir 50 würde ihn höchst akzeptabel finden – besonders wenn sie sich auf sein Gesicht konzentrierte: gefurchte Stirn mit interessanten Falten, glattrasierte Wangen, die zum Streicheln einluden, strohblondes Haar (die Art, die nie grau oder weiß wird), forschende Augen. In voller Kleidung wirkte sein Körper so fit, daß eine Frau von 50 der Meinung sein konnte, daß er regelmäßig joggte oder Squash spielte. Seine Schlankheit war jedoch genetisch bedingt; nackt waren Luftigs Muskeln weniger imponierend.

Frauen von sagen wir 34 oder 29 – Altersgruppen, die er noch immer sammelte – reagierten anders. Wenn sie nicht wußten, wer er war, wäre es ihnen nicht im Traum eingefallen, die Strümpfe zurechtzuziehen. Aber wenn sie hörten, daß das Achilles Luftig war, dann schenkten sie ihm Beachtung – und nicht nur wegen seines ausgefallenen Namens. Gott allein weiß, welche absonderlichen Namenskombinationen manche Eltern bereit sind, ihren Kindern aufzuoktroyieren. Ein geflüstertes »Da drüben ist Achilles« ordnete ihn unverzüglich in eine ganz spezielle

Kategorie ein: wie Henry unter Politologen, Magic unter Basketballspielern, Norman unter Schriftstellern.

Auf die letztgenannte Gruppe von Frauen wirkte er bei der ersten Begegnung alt genug, um ihr Vater zu sein. Aber wenn sie ihn in ein Gespräch verwickelten und plötzlich feststellten, daß sie der alleinige Gegenstand seines Interesses waren, dann begann sich der Altersunterschied zu verwischen. Die Erwägung der Möglichkeit, mit ihm intim zu werden, erschien ihnen nicht so absurd, wenn er, gelegentlich fast ohne jede Einleitung, fragte: »Darf ich Sie kosten?«

Wenn seine Zunge dann, feucht und erfahren, langsam über die Unterlippe der Frau strich, wobei er etwa in der Mitte begann und sich erstaunlich sanft zum rechten Mundwinkel vortastete, begann sich der Mund der Frau zu öffnen. Und zwar immer. Erst wenn er den rechten Mundwinkel erreicht hatte, drang seine Zunge langsam in den Mund der Frau ein und wanderte dann wieder zur Mitte, wo er begonnen hatte – nur daß seine sondierende Zunge auf dem Rückweg tief im Mund der Frau blieb. Dann zog er sie heraus – so langsam, wie er begonnen hatte – und entfernte sich einige Zentimeter, bis seine Augen scheinbar miteinander verschmolzen und ihn in einen leicht unscharfen Zyklopen verwandelten. ›Jetzt Sie‹, murmelte er dann. Und in neun von zehn Fällen drang die Zunge der jungen Frau in den Mund des 64jährigen ein.

Ihre Augen waren gewöhnlich geschlossen, aber selbst wenn sie es nicht waren, hatte sich die Kenntnis seines Alters – ein Faktum, das er nie verheimlichte, mit dem er sogar protzte – in der mösigen Feuchte aufgelöst, die sie zwischen den Schenkeln zu spüren begonnen hatte. (Luftig benutzte so gut wie nie ordinäre Ausdrücke oder Ableitungen davon. ›Fick‹ oder ›vögeln‹ gehörten nicht zu seinem aktiven Wortschatz – weder im Bett noch im Gespräch allgemein, nicht einmal scherzweise unter Männern. Die einzige Ausnahme war ›mösig‹.)

»Was für ein köstlicher mösiger Geschmack«, konnte er flüstern, wenn die junge Frau, mit geöffneten Schenkeln, die gespreizten Beine auf Luftigs Schultern gelegt, sich heftig hob und senkte, nachdem seine Zunge auf die gleiche sanfte, methodische, sondierende Art und Weise, derer er sich bei den Lippen bedient hatte, über die Schamlippen der Frau gewandert war, um ihr »Lustknöpfchen« zu finden – ein weiterer antiquierter Ausdruck von ihm, der auf sein Alter hätte hinweisen müssen, es aber nicht tat. Er benutzte nicht immer das Wort »mösig« – nicht, wenn die Frau einen strengen oder säuerlichen Geschmack hatte. Aber er benutzte es unweigerlich dann, wenn seine Lippen, sein Mund, sein Kinn, manchmal sogar ein Teil seiner Wangen glitschig waren von dem leicht moschusartigen Aroma einer geilen Frau. Erst dann führte er seinen rechten Daumen ein – einen etwas kurz geratenen, aber perfekt geformten Ersatz für einen unermüdlich erigierten Phallus –, an dem sich die Frau kreisend und stoßend zum Orgasmus bringen konnte. Als idealer selbstloser Liebhaber war Luftig alterslos geworden.

Nur wenn die Frau zur Penetration aufforderte (was einige nie taten, da die Liebkosungen sie in einen Zustand klitoraler Sensitivität versetzt hatten, der sie veranlaßte, sich ganz ihren konvulsiven Zuckungen hinzugeben), nahm er seinen nassen rechten Daumen heraus, und ließ ihn über die Innenfläche der Hand gleiten, um seinen Penis anzufeuchten und zu massieren, so daß er – selbst bei unvollständiger Erektion – ohne große Mühe in die Frau hätte eindringen können.

Er hätte es gekonnt, aber tatsächlich tat er es nur selten. »Schieb ihn rein«, befahl er meist, woraufhin sie nach unten griff und sein mit »Mösenhonig« gleitfähig gemachtes Glied zwischen ihren weit geöffneten Schamlippen einführte – genau so, wie seine Zunge in ihren offenen, hungrigen Mund eingedrungen war.

Deutsch von Ursula-Maria Wössner

Nicholson Baker

ANRUF GENÜGT

»Und als erstes«, sagte er, »würde mein Bein die Rauheit deiner Schamhaare spüren, ich würde spüren, wie sie sich aneinander reiben, und dann würde ich spüren, daß du offen bist, und ich würde ein nasses Hitzeoval auf meinem Oberschenkelmuskel spüren, und ich würde auf deine abgewinkelten Beine runterschauen, die mein Bein umspannen, und sie mit den Händen hochfahren und wieder dein Hemd bauschen, und diesmal würde ich es mit den nach oben gleitenden Händen anheben, und ich würde ihnen dabei zusehen, ich würde zusehen, wie dein Hemd sich hebt, der Hemdsaum ist über meinen Handgelenken, und dann gelange ich zu deinen Brüsten, und ich hebe dein Hemd und den BH noch ein kleines Stückchen weiter hoch und, ah, da sind sie endlich, deine Nippel, und du siehst, wie meine Hände sie entblößen, und ich sehe, wie deine Brüste sich beim Atmen leicht bewegen, und ich setze mich auf und beuge mich ihnen entgegen, aber dann überlege ich es mir anders und lecke mir die Lippen und küsse dich, und deine Zunge ist sehr warm und sehr freundlich.«

»Uuuh!«

»Und dann würde ich mich wieder zu einer deiner Brüste runterbeugen, und ich würde den Mund öffnen, dem endlich wieder eingefallen ist, wie man küßt, einfach dadurch, daß er dich geküßt hat, und ich hauche nur auf deinen Nippel, und das Hemd fällt langsam drüber, und ich stupse es mit der Zunge weg und halte es dann mit der Hand aus dem Weg, und nun habe ich deine Brust ganz mit den Händen umschlossen, und du spürst, daß sie so gehalten wird, völlig in meiner Obhut, und mit der Zungenspitze berühre ich das fast flache Plateau deines Nippels, der hart ist, einmal, ganz leicht, und dann mache ich den Mund weit auf und ziehe die Zunge ganz nach hinten zurück, und du streckst ein bißchen den Rücken durch, so daß meine Lippen mit deiner Brust Kontakt aufnehmen, deinen Nippel umfassen, aber *nicht* berühren, und ich sauge daran, ebenfalls ohne ihn zu berühren, so daß du den Sog spürst, während er in meinen Mund gesogen wird, und davon, daß er so hineingesogen wird, würde er sogar weich oder verlöre seine Konturen, und jetzt möchte er richtig berührt werden, und dann spürst du, wie meine Zungenspitze gerade so an den Ansatz deines Nippels kommt und dann einen warmen vertikalen Streifen darüberzieht, aufwärts, dann wieder abwärts, und dann stößt und drängt meine ganze Zunge, viel breiter und dicker ist sie jetzt, gegen deinen Nippel, und dann halte ich Mund und Zunge still und ein bißchen lockerer und bewege darunter deine ganze Brust im Kreis hin und her, so daß du in meinen Händen ihre ganze Größe spürst, hoh, ich sauge an deinen Brüsten . . .«

»Und ich würde deinen Kopf halten, während du an meinen Brüsten saugst, und würde deine Zunge, die all die schönen Sachen mit mir macht, durch deine Wangen spüren. Ich bin ja so *naß.*«

»Oh, und ich würde meinen Schenkelmuskel anspannen, wo deine Möse draufdrückt, und spüren, wie deine nasse Stelle über mich gleitet, und ich würde zu dir hochschauen und dich wieder küssen und mit den Händen deine Hüften runterfahren und sie niederdrücken, damit noch mehr Druck auf deiner Pussi ist, und ich würde spüren, wie sich deine Hüften leicht bewegen, sich zurechtrücken, damit es sich wirklich gut anfühlt . . .«

»Und während wir uns küssen, würde ich runterlangen und die Finger in ein Beinloch deiner Unterhose haken und sie hoch über deinen Schwanz und deine Eier ziehen, und dann hielte ich einen Moment lang deine Eier in der Hand, und dann würde ich die Hand weiter hochnehmen und deine Schwanzspitze mit der Faust packen und daran ziehen und sie ganz fest drücken.«

»Und beim Küssen würdest du spüren, wie meine Lippen aus Lust darüber, was deine Hand da macht, eine *Oh*-Form bilden, und hoh, gleich müßte ich deine Klit lecken, weil ich merken würde, daß es schon aus mir herausspritzen will, wir würden also die Stellung wechseln, so daß du auf dem Sessel sitzt und ich auf dem Boden knie, und du würdest mit den Hüften vorrutschen, so daß dein Arsch unmittelbar an der Polsterkante wäre, und wenn du runterschauen würdest, könntest du deine Brüste sehen und deine Schamhaare und wie deine Knie zusammengehalten werden, und meine Hände darauf, und du würdest die glänzend nasse Stelle auf meinem Schenkel sehen, und dann würde ich deine Beine mit einem Arm umschlingen, sie zusammenhalten und mich über deinen Busch beugen und darauf hauchen, auf das wenige, das ich davon sehen kann, und ich würde mit den Fingern die lange Linie entlangfahren, wo sich die Innenseiten deiner Schenkel berühren, ganz hoch, bis zu den Knien, und dann würde ich deine Beine loslassen, und sie würden etwas auseinanderfallen, und während sich meine Hände mit weit gespreizten Fingern allmählich an ihrer Innenseite hocharbeiten, würden sie immer weiter auseinandergehen, und dann würde ich deine Knie nehmen und sie über die Sessellehnen haken, so daß du weit offen für mich wärst, und in der Dunkelheit wäre dein Busch noch immer undeutlich zu sehen, und ich würde zu dir hochschauen, und ich würde auf den Knien heranrutschen, damit ich dir näher bin, damit ich dir meinen Schwanz reinschieben könnte, wenn ich wollte, und ich würde dich mit den Händen an den Schultern fassen und mit den Fingerspitzen über deine Brüste und über deinen Bauch ganz runter bis kurz über deinen Busch streichen, nur um die Haare zu spüren, und dann würde ich sagen: ›Jetzt leck ich dich‹, und ich würde beide Nippel einmal ganz kurz zum Abschied lecken und mich hinabhauchen, und dann streiche ich über deinen Busch, diesmal mit dem Mund, und ich sehe, wo die Bräune aufhört und die Haare anfangen, und ich mache weiter, und deine Beine sind weit gespreizt, ich küsse dich also in die eine Kniekehle, dann gegenüber in die andere, und noch einmal, höher, hin und zurück, und am Ende jedes Kusses lecke ich mit der Zunge ein bißchen aufwärts, hoch leck, leck, leck, hin und zurück, nähere mich immer weiter der Stelle, wo deine Schenkel zusammenkommen. Und wenn ich das letzte Mal den Kopf drehe, kann ich gar nicht anders, dann ist mein Mund einfach in deinem Schamhaar vergraben, und ich hauche hindurch, ich erfülle es mit Wärme, und ich öffne den Mund weiter, und ich strecke die Zunge heraus, und ich fange unten an, und die Unterseite meiner Zunge berührt meine unteren Zähne, und ich lecke langsam aufwärts, bis ich an die Stelle komme, wo die Haut mehr Falten hat, und ich finde die schöne Klitoris, und ich fahre mit der Zunge darüber, und wenn ich sie dann gefunden habe, schließe ich den Mund und wühle mich sozusagen in dich hinein, so daß die Schamhaare alle von meinem Mund weg sind, und mein Mund umschließt deine Klit, und ich halte dich mit den Händen ganz weit oben an der Innenseite deiner Schenkel, ertaste die gespannten Sehnen, damit du spürst, wie weit gespreizt du bist, und ich sauge die Haut um deine Klitoris ein, wie ich es mit dem Nippel getan habe, so daß du spürst, wie sie in meinen Mund gesogen wird, und während du spürst, wie sie reingesogen wird, gehe ich mit der Zunge ganz hoch, genau an den Ansatz deiner Klitoris, wo ich den Anfang des kleinen Grats spüren kann, und ich fange an, darüber hin und her zu streichen, langsam hin und her, und du spürst, wie meine Zungenspitze zu der Stelle runterwandert, wo es heißer ist, und dann komme ich zu dem ganz fülligen Teil deiner Klitoris, und du ziehst die Hüften ein bißchen zurück und stellst dich auf das neue Gefühl ein, und ich fasse dir mit den hohlen Händen unter den Arsch und hebe dich meinem Mund entgegen und *lutsche* einfach an dir, und ich schüttle den Kopf ganz schnell, als würde ich sagen, nein, nein, nein, aber mit der Zunge sage ich zu deiner Klit ja.«

»Oh, ich komme bald. Steck mir deinen Schwanz rein, ich möchte mir vorstellen, wie dein Schwanz in mir ist.«

»Sind deine Beine weit gespreizt?«

»Ja.«

»Oh, und streichelst du deine Klit?«

»Ja.«

»Okay, ich würde also ein langes letztes Mal deine Möse hochlecken und mich dann aufrichten, und noch immer würde ich deinen Arsch in den hohlen Händen halten, und inzwischen wärst du sehr gut zu sehen, weit geöffnet, triefnaß, und mit der einen Hand würde ich meinen Schwanz nehmen und ihn irgendwie so auf deiner Klit vibrieren lassen, und du würdest nach unten fassen und mit den Fingern die Lippen auseinanderhalten, und dann würde ich den Schwanz runterdrücken und spüren, wie heiß du bist, und ich müßte ihn langsam ganz reinschieben, und dann würde ich mich fast ganz wieder zurückziehen und von neuem hineingleiten in die schöne Kapuzinerblume, und immer, wenn ich mich zurückzöge, könnte ich sehen, wie deine Hand deine Klit umkreist, und ich würde hineingleiten, bis mein Schambein gegen dich stieße, und ich würde sehen, wie sich jedesmal, wenn ich an diese Grenze komme, deine Brüste bewegen, und wir würden ficken, rein und raus . . .«

»Oh!«

»Und dein Finger würde über deine Klit fliegen, deine Hand würde sich heben, und dein Finger würde hin und her fliegen, und ich hätte deine beiden Arschbacken in den hohlen Händen, so daß du an deinem Arschloch ein Ziehen spüren würdest, und ich würde ihn mit langen Bewegungen rausziehen und wieder reinstoßen und raus und rein, und ich würde sehen, wie sich deine Titten dazu bewegen . . .«

»Oh! *Oh*!«

»Oh, es geht los, gleich komme ich für dich, mein Schwanz pumpt in dir . . .«

»*Oh!* Nnnnnnnn! Nnn! Nnn! Nnn! Nnn! Nnn!«

»Es spritzt raus. Ich kann nicht anders! Ah! Ah! Ooooooo.«

Deutsch von Eike Schönfeld

Dorothy Parker

FALSCH VERBUNDEN

»Detroit ist frei«, sagte die Stimme vom Amt.

»Hallo«, sagte die junge Frau in New York.

»Hallo?« sagte der junge Mann in Detroit.

»Oh, Jack!« sagte sie. »Oh, Liebling, wie wunderschön, dich zu hören. Du weißt ja nicht, wie sehr ich –«

»Hallo?« sagte er.

»Ja? Kannst du mich nicht hören?« sagte sie. »Aber wieso denn, ich höre dich, als ob du genau neben mir sitzt. Ist es so besser, Schatz? Kannst du mich jetzt hören?«

»Wen möchten Sie sprechen?« sagte er.

»Dich, Jack!« sagte sie. »Dich, dich. Hier ist Jean, Liebling. Ach bitte, versuch doch, mich zu hören. Hier ist Jean.«

»Wer?« sagte er.

»Jean«, sagte sie. »Erkennst du denn meine Stimme nicht? Hier ist Jean, Schatz. Jean.«

»Ach hallo, ja«, sagte er. »Du. Ja, du lieber Gott. Wie geht's dir denn?«

»Ganz gut«, sagte sie. »Das heißt, nein, gar nicht, Liebling. Ich – ach, es ist ganz furchtbar. Ich halte das nicht mehr aus. Kommst du denn gar nicht wieder? Bitte, wann kommst du zurück? Du weißt ja gar nicht, wie schrecklich es ist, ohne dich. Das geht jetzt schon so lange, Schatz – du hast doch gesagt, es wären nur vier, fünf Tage, und jetzt sind es schon fast drei Wochen. Es kommt mir vor wie Jahre. Ach, es ist so schrecklich, Liebchen – es ist einfach –«

»Heh, tut mir ja furchtbar leid«, sagte er, »aber ich kann kein verdammtes Wort verstehen. Kannst du nicht lauter reden oder so?«

»Ich versuch's ja schon«, sagte sie. »So besser? Kannst du mich jetzt hören?«

»Hm-ja, jetzt geht's ein bißchen«, sagte er. »Red nicht so schnell, ja? Was hast du eben gesagt?«

»Ich habe gesagt, es ist schrecklich ohne dich«, sagte sie. »Es dauert so lange, Schatz. Und ich habe kein Wort von dir gehört. Ich – oh, ich bin eben fast verrückt geworden, Jack. Nicht mal eine einzige Postkarte, Liebster, oder ein –«

»Ehrlich, ich hatte keinen Moment Zeit«, sagte er. »Ich schufte wie ein Idiot. Mein Gott, ich bin nur im Druck.«

»Oh, wirklich?« sagte sie. »Das tut mir leid, Schatz. Es war albern von mir. Aber es war einfach – ach, es war einfach die Hölle, ohne irgendein Wort von dir. Ich dachte, du rufst vielleicht mal an und sagst mir gute Nacht, manchmal – weißt du, wie sonst auch, wenn du weg warst.«

»Wieso, das wollte ich auch, und zwar jede Menge«, sagte er, »aber dann dachte ich, du bist vielleicht aus oder so.«

»Ich war nicht aus«, sagte sie. »Ich war immer hier, ganz allein. Es war – es ist besser so, irgendwie. Ich will niemand sehen. Alle fragen: ›Wann kommt denn Jack wieder?‹ und: ›Was hört man denn so von Jack?‹ und ich habe immer Angst, daß ich vor ihnen losheulen muß. Liebling, es tut so schrecklich weh, wenn sie nach dir fragen und ich dann sagen muß, ich –«

»Das ist die beschissenste Mistverbindung in meinem ganzen Leben«, sagte er. »Was tut dir weh? Was ist denn los?«

»Ich habe gesagt, es tut schrecklich weh, wenn die Leute mich nach dir fragen«, sagte sie, »und ich muß dann sagen – Ach, laß nur. Laß doch jetzt. Wie geht es dir, Schatz? Erzähl, wie es dir geht.«

»Och, ganz nett«, sagte er. »Bin nur hundemüde. Und du, alles klar?«

»Jack, ich – das wollte ich dir ja gerade sagen«, sagte sie. »Ich mache mir furchtbare Sorgen. Ich verliere noch den Verstand. Oh, was soll ich denn bloß tun, Schatz, was sollen wir bloß tun? Oh, Jack, Jack. Liebling!«

»Heh, wie soll ich dich eigentlich hören, wenn du so nuschelst?« sagte er. »Kannst du nicht mal lauter reden? Sprich doch mal richtig in dies – wie heißt das Ding?«

»Ich kann's doch nicht durchs Telefon brüllen«, sagte sie. »Bist du nicht bei Sinnen? Weißt du denn nicht, was ich dir hier erzähle? Weißt du das gar nicht? Weißt du das gar nicht?«

»Ich geb's auf«, sagte er. »Erst nuschelst du, und dann schreist du. Sieh mal, das hat doch keinen Sinn. Ich verstehe nichts bei dieser elenden Verbindung. Warum schreibst du mir nicht einen Brief, gleich morgen früh? Mach das doch, ja? Und ich schreibe dir auch, ja?«

»Jack, hör zu, hör zu!« sagte sie. »Du hörst mir jetzt zu! Ich muß mit dir reden. Ich sage dir, ich bin fast verrückt. Bitte, Liebster, hör mir doch zu. Jack, ich –«

»Moment mal«, sagte er. »Da klopft jemand an der Tür. *Kommt rein. Ach, du Scheibenhonig! Na los, rein, Jungs. Hängt die Mäntel in den Flur und setzt euch. Der Scotch steht im Schrank, und Eis ist da im Kübel. Fühlt euch ganz wie zu Hause – tut einfach, als wärt ihr in einer ganz normalen Kneipe. Bin gleich bei euch.* Hallo? Hör mal, hier ist gerade ein Rudel Wahnsinniger eingefallen, und ich kann mich sowieso nicht mehr konzentrieren. Du setzt dich morgen schön hin und schreibst mir einen Brief. Ja?«

»Dir einen Brief schreiben!« sagte sie. »Mein Gott, glaubst du etwa, ich hätte dir nicht schon längst geschrieben, wenn ich gewußt hätte, wo ich dich erreiche? Ich wußte ja nicht mal das, erst heute in deinem Büro haben sie es mir gesagt. Ich war ja so –«

»Ach ja, haben sie das?« sagte er. »Ich dachte, ich – *Heh, haltet mal die Luft an. Laßt mich auch mal zum Zuge kommen. Das Gespräch hier kostet ne Stange Geld.* Sag mal, sieh mal, das kostet dich doch ein Vermögen. Das mußt du doch nicht machen.«

»Und du glaubst, das interessiert mich jetzt auch nur im geringsten?« sagte sie. »Ich sterbe, wenn ich jetzt nicht mit dir rede, Jack. Ich sage dir, ich sterbe. Liebster, was ist denn nur?

Willst du gar nicht mit mir reden? Sag doch, warum bist du denn so? Ist es – magst du mich wirklich nicht mehr? Ist es das? Gar nicht?«

»Verdammt, ich höre nichts«, sagte er. »Gar nicht – was?«

»Bitte«, sagte sie. »Bitte, bitte. Bitte, Jack, hör mir zu. Wann kommst du zurück, Liebling? Ich brauche dich. Ich brauche dich so sehr. Wann kommst du denn wieder?«

»Wieso, darum geht es ja gerade«, sagte er. »Das wollte ich dir ja morgen schreiben. *Heh da, wie wär's, wenn ihr mal eine Minute die Klappe haltet? Auch Witze haben mal Pause.* Hallo? Hörst du mich gut? Also, sieh mal, wie es sich entwickelt hat, sieht es fast so aus, als ob ich erst noch nach Chicago muß. Riecht nach ner ziemlich großen Sache, wäre auch nicht für sehr lange, glaube ich. Sieht so aus, als müßte ich wohl nächste Woche hin.«

»Jack, nein!« sagte sie. »Tu das nicht! Das kannst du doch nicht machen. Du kannst mich doch nicht so allein lassen. Ich muß dich sehen, Liebling. Ich muß einfach. Du mußt zurückkommen, oder ich muß zu dir kommen. Ich steh das nicht durch, Jack, ich kann nicht. Ich –«

»Hör mal, laß uns jetzt mal lieber gute Nacht sagen«, sagte er. »Hat doch keinen Sinn, daß ich mir solche Mühe gebe, dich zu verstehen, wenn du ewig so ein Zeug redest. Hier ist auch viel zuviel Trara – *Heh, macht doch mal halblang, okay? Mein Gott, ist das furchtbar. Soll ich aus der Wohnung fliegen?* Du gehst dich jetzt erst mal schön ausschlafen, und ich schreibe dir morgen alles genau auf.«

»Hör zu!« sagte sie. »Jack, du gehst jetzt nicht weg! Hilf mir, Liebling. Sag irgendwas, damit ich die Nacht überstehe. Sag, daß du mich liebst, um Gotteswillen, sag, daß du mich noch liebst. Sag es. Sag es.«

»Du, ich kann jetzt nicht reden«, sagte er. »Das ist ja gräßlich hier. Ich schreibe dir morgen früh, gleich als erstes. Mach's gut. Danke für den Anruf.«

»Jack!« sagte sie. »Jack, geh nicht weg. Jack, warte doch mal. Ich muß mit dir reden. Ich will auch ruhig reden. Und nicht weinen. Ich werde so sprechen, daß du mich verstehst. Bitte, Schatz, bitte –«

»Fertig mit Detroit?« sagte die Stimme vom Amt.

»Nein!« sagte sie. »Nein, nein, nein! Geben Sie ihn mir, geben Sie ihn mir sofort wieder! Stellen Sie durch. Nein, macht gar nichts. Macht jetzt überhaupt nichts. Gar nichts –«

Deutsch von Pieke Biermann

Eckhard Henscheid
FLACHLEGEN

In die Stadt zurückgekehrt, ließen die Fräuleins durchblicken, daß sie den restlichen Tag mit Herrn Ulf verbringen wollten. Es war irgendwie von einem Abendmahl die Rede und einem Film, bezog sich aber offensichtlich auf die gesamte Sexualität. Mich schmerzte das wegen Frl. Majewski schon auch ein wenig, aber kaum hatten sich die drei von uns beiden Herren getrennt, brummte Herr Jackopp geradezu schneidend hinter den Zähnen hervor: »*Diese verfluchte Scheiße!*« und auch: »*Diese verdammte Czernatzke!*«

Wie man sich gut vorstellen kann, war ich recht verblüfft über diese groben Worte und das bittere Gefühl, das, so ahnte ich sofort, dahinterstehen mußte. Nachdem wir gerade an einer Stehkneipe vorüberkamen, bogen wir auch gleich hinein, nahmen Platz, und ich fragte Herrn Jackopp in einer Mischung aus Anstand, Neugierde und noch immer Ahnungslosigkeit, wie er das meine und was denn betreffs Frl. Czernatzke los sei. »Ja«, sagte Herr Jackopp dumpf, »das ist doch klar, bis *acht Uhr habe ich das durchziehen wollen.* Mit der Czernatzke.«

Ich war einen Augenblick lang etwas benommen, dann ließ mich meine stets wache Geistesgegenwart schlagartig die Zusammenhänge erkennen. Dennoch fragte ich Herrn Jackopp nochmals aus Vorsicht und Neugierde, was er denn da habe durchziehen wollen. »Ja«, brummte Herr Jackopp langsam und wiederum schneidend-schmerzlich, »ich *wollte die Czernatzke flachlegen. Ich habe gedacht, bis 8 Uhr wäre alles durchgezogen.*«

Ich muß sagen, ich persönlich bin gegen solche starken Formulierungen, schon weil ich das schöne Geschlecht viel zu sehr schätze und verehre. Herrn Jackopps Worte taten mir also gewissermaßen im Namen aller Frauen sofort weh, aus Feingefühl wies ich ihn aber zu diesem Zeitpunkt noch nicht auf meine sprachlichen Bedenken hin, sondern ermittelte zuerst einmal so nach und nach die Hintergründe seines mir sehr unvermittelten Satzes. Dabei stellte sich heraus, daß Herr Jackopp am Vortag und an der Krenz'schen Theke Frl. Czernatzke »*schon alles gesagt*« habe, es sei »*alles klar*« gewesen, er, Jackopp, sei gewissermaßen schon darauf eingestellt gewesen, »*und jetzt diese verdammte Scheiße*«, und noch mehrmals sagte Herr Jackopp, er habe fest damit gerechnet, daß »bis acht Uhr alles durchgezogen« sei. Anläßlich meiner weiteren Nachfragen erfuhr ich jetzt auch, daß Frl. Czernatzke ihm allerdings gesagt habe, sie liebe schon den Herrn Ulf. Aber »im Prinzip« – was Herr Jackopp darunter verstand, war nicht zu ermitteln – sei doch »alles klar« gewesen.

Inzwischen hatte ich ein Bier und Herrn Jackopp einen doppelten Schnaps und einen Obstkuchen bestellt, welchen er sehr schnell aufaß und dabei so beharrlich weiterredete, und zwar immer dasselbe, so daß ich immer interessierter hinhörte, was dieser sonst so schweigsame Mensch da alles zusammenbrummte. Dabei fiel mir auf, daß Herr Jackopp immer wieder die Worte »umlegen«, »flachlegen«, »durchziehen«, aber auch »verknallt« benutzte, und das sei ihm schon »seit 1957« nicht mehr passiert. und jetzt sei »diese verdammte Scheiße« plötzlich da.

Dazu ist zweierlei zu sagen. Erstens muß sich Herr Jackopp in der Jahreszahl geirrt haben, denn 1957 war er, wenn ich richtig rechne, erst 9 Jahre alt. Zweitens möchte ich nochmals betonen, daß ich aus intellektuellen und gefühlsmäßigen Gründen sehr gegen solche hitzigen Formulierungen bin. Natürlich ist es auch blöd, »Liebe« oder »lieben« zu sagen oder andererseits »beiwohnen« oder so was, von den bekannten abscheulichen Wörtern ganz zu schweigen. Ich muß allerdings sagen, daß mir als einzige Ausnahme »vögeln« ganz gut gefällt, es hat so etwas von Walther von der Vogelweide und seinem bezaubernden Gedicht, außerdem, finde ich, trifft es die Sache und imaginiert so etwas grenzenlos Lyrisches, und was ist denn die Liebe schließlich anderes als ein einziger großer Lyrismus . . .?

Auch »knöpfeln« finde ich neuerdings ganz hübsch. Aber vielleicht ist es am besten, man nennt diese doch sehr sehr subtilen Dinge überhaupt nicht mit Namen, sondern überläßt sich blind und träumerisch dem Zauber des ewig reizvollen Geschehens ...

Plötzlich fragte Herr Jackopp, was er denn nun tun solle. »Was meinst du?« brummte er. Ich warf Herrn Jackopp vor, er hätte doch heute auf dem Fußballplatz Frl. Czernatzke eine Andeutung machen können, daß erstens die Sache an der Theke kein blödes Gerede, sondern wahr gewesen sei, und daß er sie zweitens noch heute abend »umlegen« wolle, wie er es nenne. Ich ließ hier erstmals Herrn Jackopp gegenüber eine leise Kritik an seinem Sprachgebaren durchschimmern, die aber dieser nicht aufgriff, sondern störrisch darauf beharrte, »im Prinzip ist klargewesen, daß ich sie flachlegen wollte, verdammt!«

Aus dem Gefühl heraus, daß hier unsere Unterredung stockte, schlug ich Herrn Jackopp vor, zu Herrn Rösselmann zu gehen, denn ich war gespannt, was dieser Herr zu dieser Neuerung so alles zu sagen hätte. Leider war Herr Rösselmann, dieser sonst so eifrige Wohner, nicht zu Hause, deshalb beschloß ich, Jackopp zu Frau Johanna Knott zu schleusen und diese um Rat zu fragen. Dabei verfolgte ich natürlich auch mehrere Interessen meinerseits. Erstens wollte ich Frau Knott um Rücksprache bitten, wegen des erotischen Vorkommnisses von gestern abend, zweitens hatte ich Durst nach ihrem guten Jasmin-Tee, und drittens erhoffte ich mir im stillen neue Merkwürdigkeiten. Hinzu kam auch noch, daß Frau Knott als Amateur-Psychologin – sie ist Spezialistin für eine Psychologie, die von einem gewissen Groddeck vertreten wird – Herrn Jackopp vielleicht wirklich würde beraten können.

Auf dem Weg zu Frau Knott – Herr Jackopp trottete immer einen Meter hinter mir nach – fiel mir plötzlich ein, wie parallel doch mein und Herrn Jackopps Schicksalsstrang verliefen. Jeder von uns hatte gestern abend einer Dame den Antrag des Beischlafs gemacht, und ein jeder war gescheitert. Und es gab sogar noch eine zweite und erstaunlichere Parallele! Jeder von uns liebte eine Person, die gleichwohl von Herrn Ulf beherrscht wurde. Nur, bei mir verteilte sich die ganze Sache auf zwei Frauen. Das war der große Unterschied, und wahrscheinlich bin ich deshalb so lustig.

Frau Knott warf uns den Hausschlüssel auf die Straße, damit wir eindringen konnten. Wir nahmen Platz und bekamen gleich darauf den wunderbaren Knott'schen Jasmin-Tee gereicht. Dann erklärten wir Frau Knott die neue Problemlage. Dabei stellte sich heraus, daß diese durch Eigenbeobachtung über die Ereignisse vom Vortag schon überraschend gut Bescheid wußte. Frau Knott zeigte einerseits tiefes Verständnis, daß so etwas schon mal passieren könne (sie machte ein ernstes Gesicht und spitzte die Lippen zu einem neckischen, aber Bedenklichkeit signalisierenden Rüsselchen), andererseits merkte ich aber auch, daß sie gleich mir der Liebe des Herrn Jackopp von vornherein mißtrauisch gegenüberstand und diesen genau wie ich mehrmals fragte, warum er denn heute auf dem Fußballplatz sein gestriges Anliegen und Wollen nicht wiederholt, wiederaufgefrischt und möglicherweise sogar ergänzt habe. Ich selbst faßte nach, daß doch etwa während der Halbzeit oder während der zahlreichen flauen Spielphasen Zeit für einen süßen Blick oder gar einen Schenkeldruck bestanden habe. Darauf vermochte Herr Jackopp, der immerzu auf den Wohnzimmertisch starrte, keine nennenswerte Antwort zu geben. Er sagte nur wiederholt, so etwas Blödes sei ihm noch nie passiert, verflucht, und indem er plötzlich malerisch die Hände über dem Gesicht zusammenschlug, brummte er mehrmals hintereinander, da sei *»ein verfluchter Bruch in der Logik!«*, aber er komme nicht darauf wo. »Verflucht!«

Während ich mir im geheimen so dachte, da ist höchstens ein Bruch in deiner Logik (Herr Jackopp hat kein Abitur), und nicht in der Logik der Geschichte, fragte Frau Knott interessiert, ob das denn schon lange gehe. »Was?« fragte Herr Jackopp verstört zurück. Die Zuneigung zum Frl. Czernatzke, sagte Frau Knott. Daraufhin gab Herr Jackopp abermals keine Antwort, sondern wiederholte das mit der Logik, »verdammt«. Ab hier begann ich mitzuzählen, wie oft er »verdammt« sagte. Bis ich das Spielchen etwa zwei Stunden später wieder vergaß, kam ich auf 7 »verdammt« und 17 »verflucht«. Das machte zusammen 24, genau das Alter von Frl. Czernatzke!

Frau Knott riet jetzt gleichsam nüchtern, die Sache reifen zu lassen und schön Geduld zu haben, soviel sie ihrerseits wisse, habe sich Frl. Czernatzke in der Öffentlichkeit mehrmals positiv über Herrn Jackopp geäußert, auch was Schönheit und Erotik anginge. »Verflucht!« fiel ihr hier Herr Jackopp leidenschaftlich ins Wort, natürlich, vor acht Wochen hätte er sie ja *»jederzeit umlegen«* können, aber damals habe er noch nicht gewollt »wegen der Mizzi« (das ist eine Arbeitskollegin von Frl. Czernatzke). *»Sie stand auf mir«*, sagte Herr Jackopp mit schmerzverzerrter Stimme, aber damals habe er nicht gewollt, und jetzt, wo er wolle, *»will sie nicht«*. Das sei eben »die verfluchte Logik« bzw. *»der Bruch in der Logik und der ganzen Scheiße«*.

Herr Jackopp glaubte wohl in diesem Augenblick, das sei ein besonders tiefsinniger und verwegener Gedanke, der vielleicht sogar die Philosophie und die menschliche Erkenntnis weiterbringen könne. Das finde ich überhaupt nicht. So ein Krampf passiert doch täglich. Außerdem muß es natürlich heißen: »der Bruch der Logik in der ganzen Scheiße«. Denn »der Bruch in der Scheiße« – das wäre doch wohl ein allzu kühnes Bild! Im übrigen: Ich habe auch einmal eine Dame gekannt, die ich hätte umlegen können, aber dann später – aber nein, das würde jetzt zu weit führen, außerdem ist die Geschichte vollkommen uninteressant. Aber immerhin: wieder diese Parallele zwischen Herrn Jackopp und mir ... Außerdem habe ich Grund zu der Annahme, daß es keineswegs ausgemacht ist, daß Herr Jackopp Frl. Czernatzke vor acht Wochen hätte umlegen können. Da möchte ich fast wetten! Aber hierüber mich genauer auszulassen, verbieten mir die Platznot und die straffe Handlungsgestaltung.

Auf einmal fragte Herr Jackopp und beendete sein Starren auf den Tisch, wo denn eigentlich der Herr Knott sei. Aber hör mal, sagte Frau Knott, der sei doch schon seit fast drei Wochen auf Ibiza, das wisse doch jeder. Er habe es aber nicht gewußt, antwortete Herr Jackopp in kaum gezügeltem Zorn, »mir sagt man ja nichts, das ist ja die verfluchte Scheiße«. Er, Jackopp, sei aber inzwischen doch schon vier-fünfmal hier gewesen, konterte Frau Knott, da hätte er es doch erfahren können. Oder fragen!

»Wieso fragen?« fragte darauf, seinen Tee austrinkend, Herr Jackopp und starrte Frau Knott fassungslos an. Dies schien mir ein guter Anlaß, Herrn Jackopp wieder auf seine Liebe zu bringen. Ich fragte ihn nämlich, ob er vielleicht den Parzival kenne. Warum? fragte Herr Jackopp fast angewidert. Ich erklärte darauf

Herrn Jackopp, daß sich nämlich der Grundfehler des Parzival genau mit seinem eigenen decke: nur ja nichts fragen! Wie Jakkopp erleide Parzival schwerste Prüfungen und Schicksale allein deswegen, weil er es versäume, im rechten Augenblick Fragen zu stellen. Siehe im Fall Peter Knott, siehe auch im Fall Czernatzke heute nachmittag auf dem Fußballplatz ...

Herr Jackopp sah mir nachdenklich ins Gesicht und sagte dann drohend »Ich kenne keinen Parzival. *Auf dieses mittelalterliche Gewichse scheiß ich!«* Obwohl das natürlich ein sehr plastisches Bild ist, verbat ich Herrn Jackopp solche Redensarten und erklärte ihm, daß der Parzival erstens ein hochbedeutsames historisches Dokument sei und daß – hier ließ ich mich wohl in der Erregung hinreißen – daß das Fragestellen ein Akt der Humanität sei: Fragenstellen sei dem Menschen sozusagen arteigentümlich. Frau Knott nickte ernst mit dem Kopf. Da starrte Herr Jackopp wieder auf den Tisch und brummte ganz kurz und wegwerfend: *»Ach was!«*

Ihm gehe vielmehr dieser Bruch in der Logik nicht aus dem Kopf. Daß er nämlich Frl. Czernatzke noch vor vierzehn Tagen hätte umlegen können, jederzeit, aber damals habe er nicht gewollt. Und Herr Jackopp schlug sich mit der Hand anklagend vor den Kopf. Ich meinerseits bemerkte dazu, daß er, Jackopp, gerade vorhin noch gesagt habe, vor acht Wochen – und nicht vor vierzehn Tagen! – hätte er sie umlegen können, und machte Herrn Jackopp auf diesen erneuten Bruch in der Logik aufmerksam. Herr Jackopp schnellte erneut seinen Kopf zu mir hoch, sah mir streng ins Gesicht und sagte zweimal rasch hintereinander: »Was? Was sagst du?«

Da gab ich es auf und sagte Herrn Jackopp, am besten sei es, wir gingen jetzt ins Kino, »um vorläufig alles zu vergessen«. »Diese verfluchte Scheiße«, antwortete erwartungsgemäß Herr Jackopp, und dann verabschiedeten wir uns von Frau Knott, die Herrn Jackopp auf der Stiege noch nachrief, sie wolle demnächst im Weiberrat einmal diskret auf Frl. Czernatzke eindringen und deren Seele erforschen. »Ja, ist gut«, brummte etwas heller als sonst Herr Jackopp, und dann sagte er noch merkwürdigerweise: »Bis später.«

Der Weiberrat, von dem Frau Knott sprach, ist übrigens eine

sehr dunkle und geheimnisvolle Sache, die seit kurzem auch in unserer Stadt grassiert und bei der fast alle unsere Damen, Frl. Czernatzke, Frl. Majewski, Frau Knott, Frl. Kopler usw. Mitglied sind. Kurz gesagt, diese betreffenden »Weiber« wollen alles und jedes verbessern und schrecken dabei, soviel ich weiß, auch vor Gewalttaten nicht zurück, predigen den perfekten Sozialismus, und manche wollen sogar uns Männer ausrotten. Nun, ich meine, ich bin auch jederzeit für das Gute und den Fortschritt, aber irgendwo muß natürlich eine Grenze sein, denn heraus kommen am Ende nur Unsicherheit und Umsturz, und die Dummen sind die kleinen Sparer. Ich habe das diesen Weiberrätinnen auch schon einmal öffentlich im »Krenz« gesagt, aber sie haben mich nur ausgelacht, und eine ganz freche Frauensperson hat mir sogar das Wort »*Male-Chauvinism*« ins Gesicht geschleudert.

Ich habe mich aber zusammen mit meinem Freund Wilhelm Domingo gerächt. Als der Weiberrat wieder einmal bei Frl. Czernatzke, die dortmals noch Wand an Wand mit mir wohnte, tagte, haben wir auf meinem Grammophon so laut Operettenmusik laufen lassen, daß der Weiberrat nebenan unbedingt in seiner Untergrundarbeit durcheinandergeraten mußte. Wir wählten dazu das unsterbliche Lied »Der Polin Reiz bleibt unerreicht«, und so ist es ja auch. Aber statt daß sie auf ihre Reize schauen, machen sie Sozialismus und Unfug! Ich meine, natürlich ist der Sozialismus nicht von Haus aus Unfug, das weiß ich schon selber, und insofern nehme ich diesen Satz zurück. Aber andererseits sieht man ja, was bei unseren Damen dabei rauskommt. Keineswegs ein geglückteres Leben, keineswegs eine geordnetere Erotik, sondern sie legen nur so wehrlose Männer wie Herrn Jackopp herein, und der brummt dann heftig! Anschließend haben Herr Domingo und ich an der Tür des Weiberrats gelauscht (Herren sind dort nicht zugelassen, und das sagt ja alles), und Herr Domingo hat dabei gehört, wie sich zwei Frauen bzw. »Weiber« darüber stritten, wie oft man den Partner wechseln dürfe. Herr Domingo hat beim Lauschen ganz leise und sehr erregt gekichert, und anschließend sind wir zum Tischfußball und haben gegen zwei Türken gewonnen, die uns im übrigen sehr artig behandelten ...

»Hör mal«, begann, als wir dem Kino entgegenmarschierten, Herr Jackopp erneut, »wenn ich ein Weib flachlegen will, dann leg ich es auch flach. Alles andere ist Scheißdreck.« Ich wäre jetzt am liebsten davongelaufen, andererseits mußte Herr Jackopp heute abend unbedingt gestützt werden, und außerdem hing ich auf einmal wie mit unsichtbaren Fäden an seinen an sich unschönen Ausdrücken. So antwortete ich denn, das sei schon irgendwie wahr, andererseits müsse man aber doch auch die oft überraschende und, wenn es gut geht, sogar sehr reizvolle Eigengesetzlichkeit des anderen Geschlechts berücksichtigen und respektieren. »Aber das ist ja diese Unlogik!« schrie fast Herr Jackopp. »Was ist die Unlogik?« fragte ich sanft. »Ach!« ächzte Herr Jackopp, »meine Alte, die steht auf mich, aber ich steh nicht auf sie. Sondern ich steh auf der Czernatzke, und sie steht hundertprozentig auf mich. Aber sie läßt sich nicht umlegen. Meine Frau könnte ich jederzeit umlegen. *Warum läßt sich die Czernatzke nicht flachlegen?*«

Diese Frage konnte ich natürlich nicht beantworten. Aber irgendwie war ich jetzt doch sehr stark beeindruckt. Diese gewaltigen erotischen Energien! Dieses enorme Sexualgetöse in diesem schmächtigen, kleinen Körper aus der Schweiz! Ob es solche da unten mehrere gibt? Irgendwie war das doch alles sehr ehrfurchtgebietend, ja sogar erfrischend.

Kaum betraten wir das Kino, drückte mir Herr Jackopp 20 Mark in die Hand: »Für die Unkosten, die du heute mit mir gehabt hast und alles, und vielleicht habe ich nach dem Kino kein Geld mehr, und dann bezahlst du meine Zeche.« Ein eigenartig symbolisch-irisierender Satz, wie mir erst jetzt bei der Niederschrift auffällt. Ich sagte eben Herrn Jackopp, ich hätte heute keinen Pfennig Unkosten mit ihm gehabt (im Gegenteil, ich habe ihm sogar ein paarmal heimlich eine Zigarette weggenommen), und seiner seelischen Dinge nähme ich mich gern und natürlich ohne Honorar an. Da nahm Herr Jackopp den 20-Mark-Schein wieder und gab ihn der Kino-Kassiererin mit den Worten: »Zweimal erster Platz, der Rest ist für Sie.« Den Nachsatz hatte die Frau offenbar nicht verstanden, und sie gab deshalb 8 Mark wieder heraus. Darauf sagte Herr Jackopp erneut: »Lassen Sie nur, es ist gut.« Die Frau, der so etwas wahrscheinlich in ihrer ganzen Laufbahn noch nicht passiert war, schaute ungläubig drein. »Nehmen Sie nur«, wiederholte Herr Jackopp, »was soll ich mit dem Geld?« Vielleicht hätte die Kassiererin im nächsten Augenblick das Geld an sich gerissen, deshalb sprang ich schnell in die Bresche und lächelte freundlich, mein Freund scherze gern, und nahm das Wechselgeld an mich. Sicherlich würden wir es nach dem Kino gut brauchen können, denn gerade in unserer Stadt kann man an den Wochenenden gar nicht genug in der Hosentasche haben. Ich habe einmal in einer ganz gewöhnlichen und anspruchslosen Schenke zwischen 1 Uhr und 3 Uhr nachts 83,70 Mark ausgegeben, ich weiß auch nicht, wofür. Nach diesem Sinnesrausch schaute ich natürlich blöd. Wir haben dann auf 80 Mark abgerundet. Weil ich auch die nicht bei mir hatte, hat sie mir mein Freund Rösselmann ausgelegt. Demnächst kriegt er sie vielleicht zurück.

Im Kino wurde dann der pornografische Streifen »Die Mutzenbacherin« gezeigt. Ich kannte den Stoff schon, weil ich mir von einem Herrn Lothar Strobach, einem gewaltigen Freund der Sexualität, schon vor vier Jahren das damals noch sehr seltene und kostbare Buch ausgeliehen habe. Es kommt auch ein »Herr Eckart« drinnen vor, das hat mir wegen der Übereinstimmung mit meinem Namen besonders gut gefallen, allerdings bin ich nicht ganz so gierig wie dieser, sondern eher kultiviert. Inzwischen ist ja diese Mutzenbacherin in aller Munde. Ich persönlich finde die dort vorherrschende sexuelle Lage hinsichtlich der sozialen Verhältnisse Wiens um die Jahrhundertwende stark überzeichnet bzw. es ging dem Dichter nur ums Geld und nicht um die konstruktive Kritik. So ist es oft. Aber vielleicht würde Herrn Jackopp gerade die Demonstration des rein und plump Sexuellen innerhalb seiner Gesamtsexualität ein wenig entspannen und ihn von seiner eigenen Leidenschaft etwas ablenken. Bzw. Herr Jackopp sollte sehen, wie blöd das alles ist usw.

Diese Hoffnung war aber trügerisch, denn immer gerade bei den ordinärsten Stellen des Films beugte sich Herr Jackopp zu mir herüber und sagte so Sachen wie: »Das ist der Bruch der Logik, der verdammte.« Indessen gab ich mich ganz dem volkstümlichen Genuß hin. Es waren fast nur noch ältere Frauen und Männer, meistens Ehepaare da, die quietschten häufig vor

Freude. Einmal vergriff sich der Pfarrer an der Mutzenbacherin und bekam dabei einen knallroten Kopf, und das ganze Kino barst vor Spaß, da beugte sich Herr Jackopp erneut zu mir und fragte mich nahezu tonlos, ob ich wisse, wie oft es das Frl. Czernatzke mit dem Ulf treibe. Ich antwortete, meines Wissens und mit Vorbehalt treibe sie es nicht allzu oft, aber wenn, dann »völlig wild und wahnsinnig« (diese Information kam über Herrn Domingo an mich). »Das ist gut so«, sagte darauf gleichsam zufriedengestellt Herr Jackopp und schwieg wieder. Kurz vor dem Ende des Films sagte Herr Jackopp noch ziemlich laut und gut hörbar für die Umsitzenden: »*Vielleicht kann ich sie morgen flachlegen.*« Ich antwortete, ja, vielleicht.

Da war der Film auch schon wieder aus. Ich erinnerte Herrn Jackopp daran, daß wir zusammen noch acht Mark hätten und also ein wenig ausgehen könnten. »Ja«, sagte Herr Jackopp, »ist gut.« Auf dem Weg zu dem Lokal »Alt-Heidelberg« fiel mir ein, daß ich vergessen hatte, Frau Knott zu fragen, wie sie das gestern gemeint habe, daß ich mir den Wunsch des Geschlechterverkehrs ja auch nüchtern einfallen lassen könne. Herr Knott kam ja erst morgen aus Ibiza zurück, da wäre ja vielleicht heute noch ein Plätzchen freigewesen, und ich war auch vollkommen nüchtern. Nun, die Hoffnung war ohnedies wacklig, und außerdem brauchte mich der Herr Jackopp heute viel notwendiger. Frau Knott würde wahrscheinlich alleine vor dem Spiegel herumtanzen, und das war für sie sicher genauso schön wie ich.

Giacomo Casanova

DEN HÄNDEN ANVERTRAUT

Nach dem kleinen Mahl setzte ich mich zwischen die beiden, nahm ihre Hände, bedeckte sie mit Küssen und fragte, ob sie wirklich meine Freundinnen seien und ob sie die unwürdige Art billigten, wie Angela mich behandelt habe. Sie antworteten mir einmütig, sie hätten meinetwegen Tränen vergossen. »Lassen Sie mich Ihnen also die Zuneigung eines wirklichen Bruders entgegenbringen«, sagte ich, »und teilen Sie diese Liebe, als wären Sie meine Schwestern; geben wir uns Unterpfänder in der Unschuld unserer Herzen, umarmen wir uns und schwören wir einander ewige Treue!«

Die ersten Küsse, die ich ihnen gab, entsprangen weder einem verliebten Sehnen noch der Absicht, ihnen den Kopf zu verdrehen, und sie ihrerseits schworen mir einige Tage später, sie hätten sie nur erwidert, um mir zu bestätigen, daß sie meine sittsamen geschwisterlichen Gefühle teilten; aber diese Küsse wurden sehr bald feuriger und setzten uns alle drei in Brand, worüber wir wohl recht verwundert waren, denn wir hielten ein und schauten uns erstaunt und bedeutsam an. Dann standen die beiden Schwestern unter einem Vorwand auf, und ich blieb in Gedanken versunken allein. Natürlich machte mich das Feuer, das diese Küsse in meinem Herzen entfacht hatten und mir durch alle Glieder strömte, augenblicklich und unrettbar in die zwei Mädchen verliebt. Sie waren beide hübscher als Angela, und Nanetta war ihr an Geist, Martina durch ihr sanftes, ungekünsteltes Wesen unendlich überlegen. Ich wunderte mich sehr, daß ich ihre Vorzüge bislang nicht bemerkt hatte; doch waren sie hochherzige und sehr anständige Mädchen, und der Zufall, der sie meinen Händen anvertraut hatte, durfte ihnen nicht zum Verhängnis werden. Ich war nicht so eingebildet zu glauben, daß sie mich liebten; aber ich durfte annehmen, daß die Küsse auf sie ebenso gewirkt hatten wie auf mich. Dies vorausgesetzt, war mir klar, daß es mir mit Hilfe von Schlauheit und süßen Reden, deren Macht sie nicht ahnen konnten, nicht schwerfallen würde, sie im Laufe der langen Nacht, die ich mit ihnen verbringen sollte, zu Zugeständnissen zu bringen, die entscheidende Folgen haben konnten. Dieser Gedanke war mir ein Greuel. Ich erlegte mir ein strenges Gesetz auf und machte mich darauf gefaßt, daß ich große Kraft brauchen würde, um es einzuhalten.

Als sie mit sorglosen und vergnügten Gesichtern wieder auftauchten, gab ich mir den gleichen unbekümmerten Anschein, war aber fest entschlossen, mich nicht nochmals der Glut ihrer Küsse auszusetzen.

Eine Stunde verging in Gesprächen über Angela. Ich sagte, ich sei entschlossen, sie nicht mehr zu sehen, weil ich überzeugt sei, sie liebe mich nicht. »Sie liebt Sie«, erwiderte die treuherzige Martina, »das weiß ich genau; wenn Sie aber nicht an Heirat denken, werden Sie gut daran tun, völlig mit ihr zu brechen, denn sie ist entschlossen, Ihnen nicht einen einzigen Kuß zu gewähren, solange Sie nur Ihr Verehrer sind. Sie müssen sich also von ihr trennen oder darauf gefaßt sein, nicht das geringste Entgegenkommen zu finden.«

»Sie sprechen wie ein Engel; aber woher können Sie so genau wissen, daß sie mich liebt?«

»Ganz genau. In der geschwisterlichen Liebe, die wir uns gelobt haben, darf ich es Ihnen ja aufrichtig sagen. Wenn Angela bei uns schläft, überschüttet sie mich mit Küssen und nennt mich ihren liebsten Abate.«

Da mußte Nanetta hellauf lachen und hielt ihr die Hand vor den Mund; aber diese Treuherzigkeit brachte mich so in Feuer, daß ich nur mit allergrößter Mühe Haltung bewahrte. Martina sagte zu Nanetta, da ich doch so klug sei, könne mir unmöglich verborgen sein, was zwei gute Freundinnen trieben, wenn sie zusammen schliefen.

»Freilich«, fiel ich ein; »alle Welt weiß von diesen Kindereien, und ich glaube nicht, liebe Nanetta, daß Sie Ihre Schwester wegen dieser freundschaftlichen Vertraulichkeit zu indiskret finden.«

»Nun gut, lassen wir das; aber von solchen Sachen spricht man nicht. Wenn Angela das wüßte! ...«

»Sie wäre verzweifelt, ich weiß wohl; aber Martina hat mir einen solchen Beweis ihrer Freundschaft gegeben, daß ich ihr bis zum Tode dankbar sein werde. Es ist aus. Ich verabscheue Angela und will nie mehr mit ihr sprechen. Sie ist ein falsches Geschöpf und will nur mein Verderben.«

»Aber wenn sie Sie liebt, ist es doch kein Unrecht von ihr, Sie zum Mann zu begehren.«

»Gewiß; aber bei ihrer Methode denkt sie nur an ihr liebes Ich, und da sie weiß, wie ich leide, kann sie mich so nur behandeln, wenn sie mich nicht liebt. Sie begnügt sich vorerst mit einer falschen, widernatürlichen Einbildung und stillt ihr sinnliches Verlangen mit der reizenden Martina, die ihr gern den Mann ersetzt.«

Da mußte Nanetta erst recht lachen; aber ich blieb bei meiner ernsten Miene und änderte auch mein Verhalten gegen Martina nicht, sondern hielt die hochtrabendsten Lobreden auf ihre schöne Aufrichtigkeit.

Da dieses Gespräch mir das größte Vergnügen machte, meinte ich zu Martina, daß Angela ihr wohl ebenfalls den Mann ersetze; da erwiderte sie mir unter Lachen, sie sei nur Nanettas Mann, und Nanetta mußte es zugeben.

»Aber wie nennt sie denn ihren Mann in ihrer Schwärmerei?«

»Das verrät sie nicht.«

»Sie lieben also jemanden?« fragte ich Nanetta.

»Allerdings, aber niemand soll mein Geheimnis erfahren.« Da schmeichelte ich mir, Nanetta könnte wohl Angelas heimliche Nebenbuhlerin sein. Doch über diesen anzüglichen Reden verließ mich die Lust, die Nacht bei den beiden zur Liebe geschaffenen Mädchen untätig zu verbringen. Ich sagte, zu meinem Glück empfände ich für sie lediglich freundschaftliche Gefühle, denn sonst wäre ich in arger Verlegenheit, mit ihnen die Nacht zu verbringen ohne den Wunsch, ihnen Beweise meiner Zuneigung zu geben und solche von ihnen zu erhalten. Ganz gelassen erklärte ich ihnen: »Ihr seid eine wie die andere entzückend schön und dazu geschaffen, jedem Mann den Kopf zu verdrehen, dem ihr Gelegenheit gebt, euch näher kennenzulernen.« Nach diesen Worten tat ich, als sei ich schläfrig. »Machen Sie keine Umstände«, sagte Nanetta; »legen Sie sich ins Bett. Wir gehen ins andere Zimmer und schlafen auf dem Sofa.«

»Dabei käme ich mir ganz erbärmlich vor. Plaudern wir doch. Die Schlaflust wird mir schon vergehen. Es tut mir nur Ihretwegen leid. Sie sollten sich zu Bett legen, und ich werde ins andere Zimmer gehen. Wenn Sie mir nicht trauen, schließen Sie sich ein; aber das wäre unnötig, denn ich liebe Sie nur mit brüderlichen Gefühlen.«

»Das werden wir keinesfalls tun«, erwiderte Nanetta. »Lassen Sie sich bereden, legen Sie sich hier zu Bett.«

»Angezogen kann ich nicht schlafen.«

»So ziehen Sie sich aus. Wir werden nicht hinsehen.«

»Das macht mir nichts aus; aber ich könnte auf keinen Fall

einschlafen, wenn ich sähe, daß Sie meinetwegen wach bleiben müßten.«

»Wir werden uns auch ins Bett legen«, sagte Martina, »aber ohne uns auszuziehen.«

»Das ist ein Mißtrauen, das meine Rechtschaffenheit anzweifelt. Sagen Sie, Nanetta, halten Sie mich für anständig?«

»Ja, gewiß.«

»Nun also! Wie wollen Sie mich davon überzeugen? Sie müssen sich beide ganz ausgezogen neben mich ins Bett legen und auf mein gegebenes Ehrenwort vertrauen, daß ich Sie nicht anrühren werde. Sie sind zu zweit, ich bin allein, was sollten Sie schon fürchten? Steht es nicht bei Ihnen, aus dem Bett zu springen, wenn ich unartig werde? Kurz, wenn Sie nicht versprechen, mir diesen Vertrauensbeweis zu geben, spätestens sobald Sie sehen, daß ich eingeschlafen bin, werde ich mich nicht ins Bett legen.«

Dann sagte ich nichts mehr und tat, als schliefe ich ein. Die Mädchen tuschelten miteinander; dann sagte mir Martina, ich solle mich ins Bett legen, und sie würden das gleiche tun, sobald ich eingeschlafen sei. Auch Nanetta versprach es mir; darauf kehrte ich ihnen den Rücken zu, zog mich ganz aus, legte mich ins Bett und wünschte ihnen eine gute Nacht. Zuerst stellte ich mich schlafend, doch eine Viertelstunde später schlief ich wirklich ein. Ich erwachte erst wieder, als sie ins Bett kamen; ich drehte mich gleich um, als wolle ich weiterschlafen. Erst als ich mit Grund annehmen konnte, daß sie eingeschlafen waren, begann ich mich zu rühren. Wenn sie nicht schliefen, so stellten sie sich wenigstens schlafend. Sie lagen beide mit dem Rücken zu mir, und es war dunkel. Ich wandte mich zuerst der zu, die unmittelbar vor mir lag, ohne zu wissen, ob es Nanetta oder Martina war. Sie hatte die Beine angezogen und war in ihr Hemd gehüllt; da ich aber nichts übereilte und das Werk nur mit winzigen Schritten vorantrieb, kam sie zur Überzeugung, sie könne nichts Besseres tun, als sich schlafend stellen und mich gewähren lassen. Nach und nach schälte ich sie heraus, nach und nach streckte sie sich, nach und nach und mit ganz langsamen, aber stetigen und wunderbar natürlichen Bewegungen nahm sie eine Stellung ein, wie sie nicht einladender hätte sein können, wollte sie sich nicht verraten. Ich machte mich sogleich ans Werk, aber damit es vollkommen wurde, mußte sie so daran mitwirken, daß sie es nicht mehr leugnen konnte; und schließlich zwang die Natur sie zur Entscheidung. Ich fand sie zweifelsfrei unberührt, und da ich sehr wohl wußte, welchen Schmerz man dabei ausstand, war ich überrascht. Da ich mich zur unverbrüchlichen Beachtung eines Vorurteils verpflichtet fühlte und dabei eine Befriedigung empfand, deren Süße ich zum erstenmal in meinem Leben auskostete, ließ ich mein Opfer in Ruhe und wandte mich nach der anderen Seite, um mit der Schwester, die auf meine ganze Dankbarkeit zählen durfte, ebenso zu verfahren.

Ich fand sie regungslos in der Stellung, die man etwa einnimmt, wenn man im tiefen, sorglosesten Schlaf auf dem Rücken liegt. Mit größter Behutsamkeit und scheinbar ängstlich besorgt, sie nicht aufzuwecken, begann ich, ihre empfindsamste Stelle sanft zu streicheln, und vergewisserte mich, daß sie ebenso unberührt war wie ihre Schwester. Ich säumte nicht, mit ihr das gleiche zu tun, bis sie mir mit einer anscheinend sehr natürlichen Bewegung, ohne die ich unmöglich mein Werk hätte krönen können, zum Triumph verhalf; aber im Höhepunkt verließ sie die Kraft, sich weiter zu verstellen. Sie heuchelte nicht länger, schloß mich ganz eng in ihre Arme und preßte ihren Mund auf den meinen. Hinterher sagte ich zu ihr: »Ich weiß genau, Sie sind Nanetta.«

»Ja, und ich preise mich wie meine Schwester glücklich, wenn Sie anständig und treu sind.«

»Bis in den Tod, meine Engel! Alles, was wir getan haben, war das Werk der Liebe, und von Angela sei nie mehr die Rede.«

Ich bat sie nun aufzustehen und Kerzen anzuzünden, und Martina erfüllte freundlicherweise meine Bitte. Mit der vom Feuer der Liebe beseelten Nanetta in meinen Armen und Martina neben mir, die uns mit einer Kerze in der Hand zusah und uns des Undanks zu zeihen schien, weil wir nichts sagten, obwohl sie doch als erste meine Liebkosungen geduldet und dadurch ihre Schwester zur Nachahmung ermutigt hatte, fühlte ich so recht mein ganzes Glück.

»Stehen wir auf«, sagte ich; »schwören wir einander ewige Freundschaft und stärken wir uns!«

Wir wuschen uns nach meinem Vorschlag und unter Gelächter

selbdritt in einem kleinen Zuber voll Wasser, und das entzündete von neuem unser Verlangen. Dann verspeisten wir im Kostüm des goldenen Zeitalters den Rest der Räucherzunge und leerten die zweite Flasche. Wir sagten uns hundert Dinge, deren Beurteilung bei der Trunkenheit unserer Sinne ausschließlich der Liebe überlassen bleiben muß; dann legten wir uns wieder ins Bett und verbrachten unter abwechslungsreichem Geplänkel den Rest der Nacht. Nanetta machte den Abschluß. Da Signora Orio bereits zur Messe gegangen war, mußte ich die beiden etwas überstürzt verlassen. Ich schwor ihnen, nie mehr an Angela zu denken, und begab mich dann nach Hause, um bis zum Mittagessen in tiefen Schlaf zu fallen.

Deutsch von Heinz von Sauter

Kurt Tucholsky

GUTE NACHT

Ich nahm einen Stuhl und setzte mich zur Prinzessin. Einen Augenblick lang hatte der Stuhl in meiner Hand geschwankt; er wollte zu Billie, der Stuhl. »Also – gebt mal her!« Ich las, warf das Papier herunter, hob es wieder auf und probierte mit dem Bleistift auf einem neuen Blatt. Die beiden sahen spöttisch zu. »Na?« – »So schnell geht das nicht!« – »Er weiß ja auch nicht!« sagte Billie. »Wir wollen erst mal alle in den Rotwein steigen!« sagte ich. Das geschah.

»Sehr hübsch«, sagte die Prinzessin. »Rotweinflecke haben Hausfrauen gern, besonders auf der Bettwäsche. Du altes Ferkel!« Das galt mir. »Die gehn doch raus«, maulte ich. »Salzflecke werden gereinigt, indem man Rotwein darüber gießt«, lehrte die Prinzessin. Und dann lagen sie wieder beide bäuchlings an ihrem Blatt und lösten. Und es ging nicht vorwärts. Billie hatte die Haare aus der Stirn gestrichen und sah wie ein Baby aus. Wie ein Babybild von Billie. Wie rund ihr Gesicht war, wie rund. »Ge . . . Geweihe –!« schrie Billie. »Geweihe! Für Jagdtrophäen! Siehst du, das haben wir vorhin nicht gewußt! Aber wohin gehört chrys-

chrys ...« – »Ich auch!« Nun lag ich halb auf dem Bett, bei der Prinzessin, und starrte angestrengt auf die Bleistiftschreiberei. »Chrysopras!« sagte ich plötzlich. »Chrysopras! Gebt mal her!« Die beiden schwiegen bewundernd, und ich genoß meine lexikalische Bildung. Wir horchten. Ein Windstoß fuhr gegen die Scheiben, draußen trommelte der Nachtregen.

»Kalt ist das ...« sagte ich. »Komm zu mir!« sagte die Prinzessin. »Du erlaubst es doch, Billie?« Billie erlaubte. Ganz still lag ich neben der Prinzessin.

»Gestalt aus Shakespeares ›*Sturm*‹ ...« Allmählich rann die Wärme Lydias zu mir herüber. Mir lief etwas leise den Rücken hinunter. Billie rauchte und sah an die Decke. Ich legte meine Hand hinüber – sie nahm sie und streichelte mich sanft. Ihr Ring blitzte matt. Noch lagen wir beieinander wie junge Tiere – wohlig im Zusammensein und froh, daß wir beisammen waren: ich in der Mitte, wie geborgen. Billie fing an, in der Kehle zu knurren. »Was knurrst du da?« sagte Lydia. »Ich knurre«, sagte Billie. Gestalt aus Shakespeares ›*Sturm*‹ ... War es das Wort? Das Wort Sturm? Wenn Bienen andre Bienen zornig summen hören, werden sie selber zornig. War es das Wort Sturm? Oben in den Schulterblättern begann es, ich dehnte mich ein ganz klein wenig, und die Prinzessin sah mich an. »Was hast du?« Niemand sagte etwas. Billie knackte mit meinen Nägeln. Wir hatten das Blatt sinken lassen. Es war ganz still.

»Gib mal Billie einen Kuß!« sagte die Prinzessin halblaut. Mein Zwerchfell hob sich – ist das der Sitz der Seele? Ich richtete mich auf und küßte Billie. Erst ließ sie mich nur gewähren, dann war es, wie wenn sie aus mir tränke. Lange, lange ... Dann küßte ich die Prinzessin. Das war wie Heimkehr aus fremden Ländern.

Sturm.

Als Zephir begann es – wir waren ›außer uns‹, denn jeder war beim andern. Es war ein Spiel, kindliche Neugier, die Freude an einer fremden Brust ... Ich war doppelt, und ich verglich; drei Augenpaare sahen. Sie entfalteten den Fächer: Frau. Und Billie war eine andre Billie. Ich sah es mit Staunen.

Ihre Züge, diese immer ein wenig fremdartigen Züge, lösten sich, die Augen waren feucht, ihre Gespanntheit wich, und sie dehnte sich ... Der Pyjama erblühte bunt. Nichts war verabredet, alles war wie gewohnt – als müßte es so sein. Und da verloren wir uns.

Es war, wie wenn jemand lange mit seinem Bobsleigh am Start gestanden hatte, und nun wurde losgelassen – da sauste der Schlitten zu Tal! Wir gaben uns jenem, der die Menschen niederdrückt und aufhebt, zum tiefsten und höchsten Punkt zugleich ... ich wußte nichts mehr. Lust steigerte sich an Lust, dann wurde der Traum klarer, und ich versank in ihnen, sie in mir – wir flüchteten aus der Einsamkeit der Welt zueinander. Ein Gran Böses war dabei, ein Löffelchen Ironie, nichts Schmachtendes, sehr viel Wille, sehr viel Erfahrung und sehr viel Unschuld. Wir flüsterten; wir sprachen erst übereinander, dann über das, was wir taten, dann nichts mehr. Und keinen Augenblick ließ die Kraft nach, die uns zueinander trieb; keinen Augenblick gab es einen Sprung, es hielt an, eine starke Süße erfüllte uns ganz, nun waren wie bewußt geworden, ganz und gar bewußt. Vieles habe ich von dieser Stunde vergessen – aber eins weiß ich noch heute: wir liebten uns am meisten mit den Augen.

»Mach das Licht aus!« sagte Lydia. Das Licht erlosch, erst die große Krone im Zimmer, dann das Lämpchen auf dem Nachttisch.

Wir lagen ganz still. Am Fenster war ein schwacher Schein. Billies Herz klopfte, sie atmete stark, die Prinzessin neben mir rührte sich nicht. Aus den Haaren der Frauen stieg ein Duft auf und mischte sich mit etwas Schwachem, was die Blumen sein mochten oder das Parfum. Sanft löste sich Billies Hand aus der meinen. »Geh«, sagte die Prinzessin, fast unhörbar.

Da stand ich nebenan im Zimmer Billies und sah vor mich hin. Kikeriki – machte es ganz leise in mir, aber das war gleich vorbei, und ein starkes Gefühl der Zärtlichkeit wehte zu denen da hinüber. Ich legte mich nieder.

Sprachen sie? Ich konnte es nicht hören. Ich stand wieder auf und kroch unter die Dusche. Eine süße Müdigkeit befiel mich – und ein fast zwanghafter Trieb, hinzugehen und ihnen Rosen auf die Decke ... wo bekommt man denn jetzt nachts Rosen her ... das ist ja – Jemand war an der Tür.

»Du kannst gute Nacht sagen!« sagte die Prinzessin. Ich ging hinein.

Billie sah mich lächelnd an; das Lächeln war sauber. Die Prinzessin lag neben ihr, so still. Zu jeder ging ich, und jede küßte ich leise auf den Mund. »Gute Nacht...« und »Gute Nacht...« Kräftig rauschten draußen die Bäume. Eine Sekunde lang stand ich noch am Bett.

»Wie ist denn das alles so plötzlich gekommen?« sagte die Prinzessin leise.

Nobert Klugmann

FEINSCHMECKER

Wieder die Hand auf meiner Stirn, ihr Gesicht an meinem Gesicht, ihre Haare auf meiner Stirn, auf meinen Wangen. Wie sie roch. Sie war doch schon so dicht, sie mußte doch nur noch ... Ich war nur eine Sekunde überrascht, dann erwiderte ich den Kuß. Danach blickte sie mich an.

»Mehr«, forderte ich, und sie gab mir mehr. Tom räusperte sich, ging an den Tisch, wo er lautstark mit Pistazienkernen spielte.

»Tut so, als wenn ich gar nicht da wäre«, sagte er. Ricarda wollte lächeln, ich zog sie an mich. Lächeln ging nur von der wertvollen Zeit ab.

Ricarda tat, was sie tat, ganz. Und sie behielt ihre Gelassenheit. Ich hatte Frauen erlebt, die in dem Moment, in dem der erste Knopf geöffnet wurde, eine hektische Motorik wie in Stummfilmen an den Abend gelegt hatten. Ricarda war anders. Jeder Kuß währte länger als der vorhergehende, und wir küßten uns mehr als zweimal. Ich konnte meinen Kopf bequem auf der Decke liegen lassen, Ricarda entzog sich nicht. Sie war ganz da, da für mich. Sie setzte beim Küssen ihre Zähne ein, daß ich Gänsehaut bekam, überall. Der erste Kuß hätte noch als freundschaftlich inspirierter Schmatz durchgehen können. Der zweite und alle folgenden keineswegs. Das riesige Spinnennetz, in das ich mich seit meiner Ankunft in Ricardas Hütte eingewoben fühlte, bekam erste Risse. Ich begann mich freizustrampeln. Der Zustand der allgemeinen Lähmung wich, um sich zwischen meinen Beinen naturgemäß zu verstärken. In dem Maße, in dem ich mir meiner Erektion bewußt wurde, wuchs in mir das Unbehagen über Toms Anwesenheit. Solange Tom in der Hütte saß, waren Küsse das Äußerste, wenn sie auch schon dermaßen geil gerieten, daß sie zur Not gereicht hätten. Zur Not, zur Not, zur großen Not.

»Viel mehr«, flüsterte ich Ricarda ins Ohr und biß zart hinein. Meine selige Lage als Untermann gab ich nicht auf. Ricarda sollte ruhig sehen, daß nicht jeder Liebhaber scharf auf gymnastische Übungen war. Aber Liebhaber wollte ich sein, jetzt. Erst einmal, dann Pause, dann zum zweitenmal, dann längere Pause, und dann wäre Ricarda vielleicht eingeschlafen. Ich wollte Ricarda lieben, ich dachte an nichts anderes, nicht an das, was mich seit Tagen verfolgte, und nicht an das, was sich meinem Verständnis hartnäckig entzog. Ich fing Ricardas Blick ein, wies zu Tom hinüber, der in der Küche Lärm machte:

»Er stört.« Ricarda schüttelte den Kopf. »Er stört mich«, wiederholte ich. »Es geht nicht.«

Im nächsten Moment hatte Ricarda eine Hand in meine Hose geschoben, umfaßte meine Erektion und flüsterte: »Es wird phantastisch gehen.«

Mit einem Ruck zerriß ich die Reste des Spinnennetzes und saß aufrecht. Ricarda drückte mich auf den Rücken, wobei sie ihre Hand ließ, wo sie war, und ihre Zunge dorthin brachte, wo meine war. Mir war schleierhaft, wie sie es gleichzeitig fertigbrachte, »Du Feigling« zu sagen. Ich spürte Ricardas Brüste an meiner Brust, ihren Beckenknochen an meinem Becken. Vor allem spürte ich ihre Hand in meiner Hose. Und wo eben noch Angst gewesen war, begann in Sekundenschnelle ein Na-wenn-schon-Bewußtsein zu wachsen. Ich wollte es haben, jetzt und nicht morgen oder übermorgen. Keine Verabredungen. Keine Verschiebungen. Jetzt. Die Knöpfe von Ricardas Bluse lösten sich butterweich von den Knopflöchern. Jetzt hatten sich fast alle Haare gelöst. Ricarda blickte mich an. Wie sie mich anblickte. In Ricardas Augen stand geschrieben, was jetzt passieren würde. Ihre Augen sagten mir, daß sie es wollte. Sie hatte damit angefangen, sie wollte es bis zum Ende bringen. Meine Aufgabe war nun, dafür zu sorgen, daß das Ende nicht zu plötzlich kam. Ich war bei der ersten Begegnung mit einer Frau immer gut für ein Malheur. Diese Erfahrung hatte dazu geführt, daß ich ein vielschichtiges Verhaltens- und Gesprächsrepertoire ausgebildet hatte, um das Malheur zu überspielen. Bei Ricarda fühlte ich mich jedoch gleichzeitig so herrlich schlapp und so teuflisch gierig, daß ich nur begeistert zusah, wie Ricarda ihre Bluse auszog. Sie stand vor dem Bett, hielt die Bluse in der Hand, griff sich auf den Kopf, ließ die Haarspange fallen, zwei weitere Bewegungen, und sie stand vollkommen nackt vor mir. In rasender Eile begann ich, mich auszuziehen. Das Wildschweinfell flog knapp an den Kerzen vorbei. Bei den Hosen half mir Ricarda. Ich hielt dies anfangs nur für Hilfsbereitschaft, bis sie mich dann ohne Umstände in den Mund nahm. Ich schloß die Augen, öffnete sie sofort wieder und sah mir, gestützt auf die Unterarme, an, wie Ricarda mit Lippen und Zunge die Lebensdauer meiner Erregung zu einem schnellen Ende führen würde. Ich ließ mich zurücksinken, spürte Ricardas Haare auf meinen Beinen und meinem Bauch. Aber vor allem spürte ich sie im Zentrum. Ich spürte noch etwas, öffnete die Augen und erblickte Tom. Er stand am Fußende, er war nackt, er strahlte übers ganze Gesicht und rieb sich freudig erregt die Hände. Bevor er sich noch andere Teile reiben konnte, war ich aus dem Bett, daß es die nichtsahnende Ricarda halb um die eigene Achse drehte. Ich erinnere mich noch an ihren verschleierten Blick, als sie mich mit Tom ins Badezimmer stürzen sah. Im Grunde war es so, daß ich ihn dorthin abführte, denn ich hatte eine Hand um seinen Hals gelegt.

Das Badezimmer war so klein, daß wir, als wir uns neben der Wanne gegenüberstanden, Mühe hatten, uns nicht zu berühren.

»Das geht nicht«, herrschte ich Tom an.

»Was geht nicht, und warum?«

»Mir vergeht alles, wenn ich dich sehe.«

»So? Sah mir aber gar nicht danach aus.«

»Das war, bevor du so vor dem Bett standest.«

»So? Wie so?«

»So nackt.«

»Was ist damit?« fragte Tom ehrlich erstaunt und betrieb in den folgenden Sekunden eine peinigend exakte körperliche Nachschau, wobei er keinen Handgriff ausließ. Zum Schluß stand er mit zwei vollen Händen Bauchspeck vor mir und sagte: »Ich gebe zu, man könnte das für überflüssiges Fettgewebe halten. Aber es steht mir, ich bin der Typ dafür, und ich habe einiges dafür getan, daß ich so aussehe, wie ich aussehe. Und jetzt gehen wir wieder rein und nehmen uns Ricar . . .«

»Tom!« Er stand in der Tür, kratzte sich versonnen am Schamhaar und war dick und unschuldig. »Tom, das machen wir nicht.«

»Aber warum denn nicht? Wenn sie die rote Karte zeigt, ist sofort Schluß.«

»Das kriege ich nicht fertig«, schrie ich fast. Es war der lauteste Satz seit meiner Rückkehr in Ricardas Hütte.

»Aber Jot We«, sagte Tom und legte mir einen seiner dicken Arme um meine schmächtigen Schultern. »Hast du nicht selbst das Gefühl, daß heute nacht ein Traum wahr wird?«

»Habe ich, wenn du jetzt ins Auto steigst und nach Hause fährst.«

»Pfui«, sagte er betrübt. »Das macht mich betroffen, ehrlich. Haben wir nicht immer alles geteilt, in guten und in schlechten Tagen?«

»Stimmt. Hier geht es um etwas viel Größeres, um eine wunderbare Frau.«

»Tom, sei so lieb und binde dir ein Handtuch um die Hüften, ja?«

Er blickte erstaunt nach unten. Mich machte seine permanente Halberektion fertig. Und das nicht nur, weil ich mich wegen meines kleineren Schwanzes schämte.

»Was ist denn, Junge?« fragte Tom zärtlich.

»Es ist nur, weil ich . . . also das wird todsicher schiefgehen. Stell dir das Durcheinander vor.«

»Ach was«, sagte Tom ernst. »Das geht alles in deutscher Ordnung vor sich. Wir stellen uns an, und Ricarda nimmt sich einen nach dem anderen vor.«

»Dann geh bitte so lange vor die Hütte, ja?«

Ich blickte Tom an. Er würde die Hütte nicht verlassen, das stand fest. Nicht solange Ricarda und ich in der Hütte sein würden.

»Aber wenn es nicht geht, diskutieren wir neu«, sagte ich flehentlich. Tom nickte.

Ein paar Sekunden standen wir uns gegenüber, schätzten uns ab, und Tom sagte: »Geh jetzt rein und bring sie um den Verstand. Ich komme dann nach.«

»Um den Verstand? Wie soll ich denn ...?«

»Du legst dich auf den Rücken und hältst still.«

Da begriff ich, und die jäh hochschießende Erinnerung an Ricardas Leckerei trieb mir das Blut in die Lenden.

»Gut so«, sagte Tom anerkennend. »Strom ist da. Jetzt geh rein und laß ihn fließen.«

Er klatschte mir auf die Schulter und schob mich aus dem Badezimmer. Wie ich Tom einschätzte, würde er die Gelegenheit nutzen und in aller Ruhe urinieren.

»Mein Schatz, ich ...« brachte ich noch heraus, dann schwieg ich. Ricarda lag auf dem Bett und onanierte. Sie lag nackt auf dem Bett, keine Decke oder Kissen, die die Sicht trüben konnten, eine Hand auf den Brüsten, eine Hand zwischen den Beinen, die Beine ganz leicht gespreizt, die Hand angespannt und ohne Hektik bewegt, die Augen geschlossen. Ich stand mit dem Rücken an der Badezimmertür und klopfte leise mit der Ferse dagegen. Ich klopfte ein zweites Mal, dann mit der Innenfläche einer Hand. Endlich kam Tom heraus. Er erkannte die Situation mit einem Blick. Wir standen Seit an Seit vor der Badezimmertür, und Tom flüsterte: »Das werde ich dir nie vergessen, Jot We.«

Ricarda atmete beherrscht, aber vernehmbar, arbeitete sich auf ihr Ziel zu, und ich spürte die Berührung, ehe ich begriff, daß Tom sich an mir zu schaffen machen wollte. Es gelang mir, diese Attacke abzuwenden. Tom griff auf sich selbst zurück, das war mehr als ein schaler Ersatz. Uns war ohne Absprache klar, daß wir Ricarda unmöglich stören könnten. Obwohl mir auch klar war, daß Ricarda es vielleicht schon in einer Minute geschafft haben würde, konnte ich bis dahin unmöglich untätig bleiben, zumal neben mir Tom zügig zu einer juckelnden Bewegungsweise gefunden hatte, die etwas Mitreißendes hatte.

»Ich erklär's dir später«, sagte er schon ziemlich atemlos.

»Du mußt mir nichts erklären«, sagte ich mit einer Stimme, die kaum zitterte. Ich wußte nicht, wo ich zuerst hingucken sollte. Ich brauchte Halt und fand ihn an mir selbst. Weil Tom rechts von mir stand und im Gegensatz zu mir Linkshänder war, kamen wir uns sofort ins Gehege. In diesem Moment schaute Ricarda uns an. Sie ließ ihre Hände, wo sie waren, schaute uns an, und ich war schlagartig so verlegen, daß ich ihr mit links zuwinkte. Ricarda nahm die Hand von ihrer Brust und hielt sie uns einladend entgegen. Während ich noch überlegte, was das zu bedeuten haben könnte, war Tom bereits unterwegs. Ricardas Bett war breit, bestimmt eins achtzig, vielleicht noch breiter. Tom saß rechts neben ihr auf der Kante, sein Schwanz hatte den Fußmarsch ohne sichtbares Anzeichen von Schwäche überstanden. Strahlend sah er zu, wie sich Ricardas rechte Hand um sein gutes Stück schloß und zu einer mehr zarten als harten Auf- und Abbewegung fand. Ricardas andere Hand blieb zwischen ihren Beinen. Tom ließ sich ein wenig nach hinten sinken, ich stand immer noch an der Badezimmertür und kam mir einsam und vergessen vor. Ich wollte, daß mir Ricarda ihre zweite Hand schenkte. Aber es war im Augenblick nicht wichtig für mich, denn ich war zusammengefallen wie ein Hochhaus bei der Sprengung. Tom wiegte den Oberkörper in Ricardas Rhythmus.

Ich hätte jetzt fünf Minuten hinters Haus gehen können oder den Abwasch erledigen. Aber schon in dieser Minute waren die Bande zwischen uns dreien so stark, daß ich nicht im Ernst daran dachte, die beiden allein zu lassen. Dieses Nebeneinander von erotischer Anspannung bei völliger Gelassenheit hatte ich bisher nur in den glücklichsten Momenten meines Liebeslebens gespürt. Und immer war es die Frau gewesen, die diese Stimmung erzeugt hatte, oder nicht. Ich hatte oft geliebt, als wenn ich in zehn Minuten einen unaufschiebbaren Termin haben würde. Bis zu dieser Nacht hatte ich noch nie in einer Försterhütte geliebt, noch nie Ricarda geliebt, noch nie bei meinem dicken Tom gesehen, wo er überall dick werden konnte. Sein Schwanz war größer als meiner. Aber meiner gefiel mir besser. Tom hatte Krampfadern, meiner sah aus, als wenn er zu einem Künstler gehören würde: kultiviert, zurückhaltend und doch funktionsfähig.

Ricardas Körper begann sich zu spannen. Ich ließ mich gegen die Badezimmertür sinken, war froh, Halt zu haben. Ricardas Mund öffnete sich leicht, das Reiben mit der linken Hand wurde schneller, aber sie schaffte es immer noch, Tom festzuhalten. Vielleicht beherrschte Ricarda die Kunst, mit Händen und Füßen verschiedene Rhythmen zu schlagen. Ich betete, daß die beiden nicht auf eine zeitgleiche Freude lossteuerten, so was verband erfahrungsgemäß doch stark und wurde in der Erinnerung von Tag zu Tag schöner.

Ricarda war ganz kurz davor. Ihr Mund, ihr ernstes Gesicht, ihre wirren Haare, das Ebenmaß ihres nackten Körpers. Und ich wußte nicht mehr, wohin mit meinen Händen. Sinnlos zupfte ich zwei-, dreimal an meinem hartnäckig manierlichen Schniedel herum, dann setzte ich mich auf den Stuhl am Tisch, auf dem vorhin Tom gesessen hatte. Im Profil gesehen konnte Tom keines seiner 225 Pfund verleugnen. Mir war schleierhaft, wie Ricarda es schaffte, ihre Sympathie so offensichtlich fifty-fifty zwischen uns zu verteilen. Einen kleinen Bonus hätte ich mit meiner Sahnefigur zweifellos verdient gehabt. Ich mußte von Jahr zu Jahr mehr für den Erhalt meines Körpers tun. Die Abmagerungskuren schlugen schlechter an als noch vor wenigen Jahren. Ich hatte die Adventszeit und den April als Abspeckmonate institutionalisiert. In beiden Monaten nahm ich jeweils acht bis zehn Pfund ab – ohne danach weniger zu wiegen als im Vorjahr. Denn ich nahm in der Zeit zwischen den bewußten Monaten mit der Erbarmungslosigkeit eines Uhrwerks acht bis zehn Pfund zu.

Tom hatte Zeiten durchgemacht, in denen er mit obskuren Schlankheitspillen und medizinisch unsinnigen Blitzdiäten gegen seine damals noch manierlichen Pölsterchen angerannt war. Aber der Mann aß einfach viel zu gern, um das Duell auf Dauer unentschieden gestalten zu können. Ich wußte auch von keiner intimen Beziehung, die durch sein Übergewicht belastet worden wäre. Vielleicht hatte er mir diese Beziehungen verschwiegen. Aber dafür war Tom zu redselig. Und wenn er vor einem Menschen keine Geheimnisse hatte, dann vor mir. Was nicht bedeutete, daß er vor mir keine Geheimnisse hatte. Ich war nur sicher, daß keiner mehr von Tom wußte als ich. Das machte mich stolz. Aber ich wäre nicht unglücklich gewesen, wenn ich einen 50 Pfund leichteren Freund gehabt hätte. Wie das wabbelte! Wie das schwankte!

»Stöhn doch nicht so.«

Nichts an dem Mobile kam aus dem Rhythmus.

»Muß sein.«

Ricardas Lippen waren leicht geöffnet und gaben ihr diesen gewissen Ausdruck zwischen Naivität und Gier. Und ihr Körper, ihr Körper, jetzt erst begann mich dieser phantastische Körper so richtig anzumachen. Blut schoß in meine Genitalien. Ich wurde nicht ein bißchen steif, ich war sofort zum Bersten prall, und natürlich mußte Tom in der Sekunde, in der ich prüfend einen Finger gegegen meinen Stiel stieß, die Augen öffnen und sie mit wohlig gegrunztem »Na endlich« wieder schließen. Dann kam Ricarda. Es schoß durch ihren Körper wie ein Stromstoß. Von tief unten brach ein großer Seufzer aus ihr hervor. Ihr Becken hob sich, die Hand saß so hart über der Spalte, daß ich die hervortretenden Adern auf Ricardas Handrücken sah. Vor allem ließ sie Toms Wurmfortsatz los, das befriedigte mich momentan mehr als alles andere. Tom öffnete verdutzt die Augen. Diesen Moment nutzte ich. Wie von der Sehne geschnellt sprang ich vor das Fußende und sah zu, wie Ricardas Orgasmus ausklang. Ich war so erregt, daß es mich schmerzte. Das war mir lange nicht mehr passiert, strenggenommen nicht seit der ersten Nacht mit Diana, nach der ich eine Woche wund gewesen war. Ricardas Gesicht war überflutet von Haarsträhnen, Wangen und Hals waren dunkelrot, ihre Bräune reichte nicht hin, den Andrang des Blutes zu verdecken. Sie öffnete die Augen, sah mich an, nicht Tom, nur mich mich mich, sie blickte an mir hinunter, ich konnte meine Arme nicht länger seriös vor der Brust verschränkt halten, ließ sie herabhängen und lauerte auf das Signal. Ricardas Augen gaben es mir an, bevor ihre Beine es vollzogen. Ricarda öffnete die Beine, öffnete sie für mich, ich kniete zwischen ihren Beinen, zögerte einen Moment, ob ich sie erst auf den Mund küssen oder gleich eindringen sollte. Ricarda nutzte den Moment, griff hinter sich und legte das Kissen unter ihren Hintern. Ich mußte hinein, ich konnte ihr kein zweites Mal über den Bauch streicheln. Alles ging herrlich glatt, es war nicht warm, sondern heiß, nicht feucht, sondern naß, und ich war ganz Schwanz, von Kopf bis zur Sohle ganz Schwanz. Ricarda zog mich herunter, bis wir Bauch an Bauch, Brust an Brust lagen. Ricardas Zunge drang in meinen Mund ein, mit einer Hand umfuhr ich erst, knetete dann ihre Brust. Es war etwas mehr als eine Handvoll Fleisch, von der Konsistenz, die ich am liebsten mochte: weich, aber nicht wie Pudding;

handfest, aber nicht knabenhaft. Ich wollte meine Oberschenkel auf Ricardas Oberschenkel legen, aber sie entzog sich, spreizte die Beine, einen entsetzlichen Moment sah ich die drohende Vertreibung aus dem heißen Paradies voraus, aber ihre Beine schlossen sich, und sie taten es hinter meinem Rücken. Damit war es um mich geschehen, und ich ergoß mich in Ricardas Schoß. Ich hatte Tränen in den Augen, wurde Zeuge, wie immer noch etwas kam, wie ich Ricardas unglaublichen Kuß erwiderte, mich zwischen ihr Schulterblatt und die Matratze wühlte, um Ricarda mit beiden Armen umfassen zu können. Wir waren so dicht zusammen, wie eine Frau und ein Mann zusammen sein können. Es fehlte nur noch ein gemeinsames Konto.

Ich kniff die Augen zusammen, ich brauchte sie jetzt nicht. Ich erfühlte ja alles, was wichtig war. Und solange ich die Augen geschlossen hielt, mußte ich mich auch nicht darum kümmern, was das Rumoren zu bedeuten hatte, das weder von mir noch von Ricarda stammte. Das Rumoren erledigte sich nicht von allein, es blieb hartnäckig wie eine Ratte, die sich durch ein Stück Preßspanplatte nagt. Ich öffnete die Augen, Ricarda blickte mich so schelmisch an wie noch nie. Bisher war sie entweder traumhaft ernst oder lauthals gutgelaunt gewesen. Die Zwischentöne ihrer Blicke lernte ich erst jetzt kennen. Sie schnappte meine Unterlippe und begann auf ihr zu nagen. Ihre Hände lagen auf meinen Arschbacken, ihre Beine knoteten sich um meine Beine. Sie sah mir so glücklich aus, daß ich die Erklärung für meinen vorzeitigen Samenerguß auf später verschob.

Und dann erklang diese weinerliche Stimme neben uns: »Warum kümmert sich keiner um mich?«

Ricarda und ich wandten uns dem Mühsamen und Beladenen dieser Nacht zu. Tom kniete neben uns, auf Gesicht und Schniedel herrschte der gleiche Ausdruck: Trauer. Dies war wohl die neue Taktik, die Tom flexibel den veränderten chemischen Verhältnissen in der Hütte angepaßt hatte. Er bettelte um einen Sozialfick, aber noch war ich am Leben, und ich würde ihm diese Tour vermasseln. Ich war bei Ricarda der erste gewesen, ich hatte gewonnen. Schönheit und Klugheit hatten sich gegen Frechheit durchgesetzt.

»Ich geh hier nicht raus«, sagte ich Tom und vergewisserte

mich schnell bei Ricarda, daß sie das herrlich fand. Sie streichelte meinen Rücken, und ich spürte entzückt, daß ich noch einige Minuten die Stellung halten konnte.

»Du kannst bleiben, wo du bist«, sagte Tom.

»Wie meinst du das?« fragte ich mißtrauisch. Sein Ziesemann rappelte sich auf, und Tom sagte eifrig:

»Ich zeig euch, wie ich es meine.«

Im nächten Moment hatte er Ricarda und mich um neunzig Grad zur Seite gedreht. Tom besaß so viel Kraft, und ich war nicht auf diese Attacke gefaßt gewesen. Ricarda und ich lagen auf der Seite, ich umklammerte sie und sah verdutzt zu, wie Tom sich in Stellung brachte.

»Werde ich eigentlich gar nicht gefragt?« Ricarda mußte sich räuspern, bevor ihre Stimme klar klang.

»Ich frage dich«, säuselte Tom und begann Ricardas Rücken zu liebkosten. Er küßte wahllos und erwischte mehr als einmal meinen Handrücken und meine Unterarme. Mich befiel spontan das Bedürfnis, sie abzuwischen, aber ich sah zu, wie Ricarda Toms Haare verwüstete. Ich hatte Angst, in Vergessenheit zu geraten. Tom küßte und liebkoste und streichelte, und als ich den Mund öffnete, um Tom zurechtzuweisen, hatte ich Ricardas Zunge in meinem Mund. Ich strampelte meine Zunge frei und flüsterte:

»Er wird dir weh tun.«

»Quatsch«, sagte Tom eifrig, und Ricarda flüsterte: »Ich spüre noch nichts.«

Das war für Tom der Startschuß. Er rutschte ein Stück nach unten, so daß er nur noch leicht sein Becken heben mußte, um sich von hinten in Ricarda zu schieben.

»Iih«, rief ich, als ich ihn an meinem Schwanz spürte. Mir war in der verwirrenden Situation nicht ganz klar, wie ich mir das Geschehen physiologisch vorzustellen hatte. Ich spürte jedenfalls Toms Schwanz, wenn nicht direkt, so doch dermaßen deutlich, als wenn unsere Genitalien nur durch einen Vorhang getrennt wären. Ich weiß noch genau, daß mir das Bild vom schweren Samtvorhang einfiel. Er war von einem dunklen Grün, wie es einem brünetten Typ wie Ricarda wunderbar stehen würde. Plötzlich verzog Ricarda das Gesicht.

»Du tust ihr weh, du Bauer«, rief ich. Aber Ricarda hielt sich an mir fest und flüsterte mir heiß ins Ohr: »Halt mich ganz fest.«

Das tat ich natürlich.

Tom wirkte im verborgenen, ein kurzer Stoß, ein Blitz durch Ricardas Gesicht, dann Frieden und Toms überflüssige Versicherung: »Ich tu dir nicht weh.«

Die Lage brachte es mit sich, daß Tom und ich uns über Ricardas Schulter hinweg anschauten. Der Kerl brachte es fertig, mich anzulächeln. Er hob eine Hand und schickte mir mit zwei Fingern das Victory-Zeichen herüber.

»Was du meinst, schreibt man mit F«, flüsterte ich und versuchte das Unmögliche: Ich tat, als wenn ich Toms Drücken und Ziehen nicht spüren würde.

»Er weiß es nicht besser«, flüsterte ich Ricarda ins Ohr. Sie lächelte, aber sie war schon nicht mehr ganz bei mir, sondern bei diesem Klotz in ihrem zarten Unterleib. Toms Augen waren jetzt geschlossen. Das war gut, um so besser konnte ich ihn mir angukken. Er atmete durch die Nase, und es ging wieder los.

»Wenn du stöhnst, drehe ich ihn dir ab«, drohte ich dem Lustmolch. Aber ich spürte da schon, wie sehr mich alles erregte. Ich war zwei, drei Minuten auf dem besten Wege gewesen, schlaff zu werden und mich draußen vor der Tür wiederzufinden. Doch Ricardas Körper, gegen den sich von der anderen Seite Tom drückte, ließ mich wieder anschwellen – nicht in Zehntelsekundenschnelle wie vorhin, aber die Richtung stimmte. Ich war drauf und dran, etwas zu vollbringen, was ich seit 15 Jahren nicht mehr geschafft hatte: zweimal zu kommen, ohne die Frau zwischenzeitlich verlassen zu haben. Ich beobachtete Ricarda, sie war weit weg, sie sah eher vergeistigt als geil aus. Tom benahm sich ritterlich, das mußte ich ihm zugestehen. Er stieß nicht einfach drauflos, er vögelte praktisch mit Messer und Gabel, und ich beneidete ihn natürlich. Ich hatte bis zu dieser Nacht nur zweimal das Glück gehabt, ihn einer Frau hinten reinstecken zu dürfen. Mehrere diesbezügliche Versuche waren gescheitert, und bei allen anderen Frauen hatte sich schon der Versuch verboten.

Toms Gesicht wurde konzentrierter. In diesem Stadium war ein Mann ganz allein und mußte es auch sein, wenn es gelingen sollte. Dann hob erneut das Stöhnen an.

»Wenn du schreist, spuck ich dich an«, drohte ich, und Ricarda zeigte mir, wie perfekt sie ihre Scheidenmuskulatur beherrschte. Sie gab mir ein Gefühl, ein Gefühl, zwei Gefühle, Hunderte ...

Toms Gesicht wurde immer konzentrierter, und sekundenlang hatte ich Angst, daß er mich naß machen würde.

Ricarda griff nach hinten, zog Toms Kopf an ihren Hals, was zur Folge hatte, daß ich meinen Kopf ein Stück nach hinten nahm. Ich machte alles aus den Lenden heraus, ich war noch weit davon entfernt, ein zweites Mal zu kommen. Aber ich war auf dem Weg. Tom dagegen war am Ziel, denn er fuhr an Ricardas Hals hinab und hinauf, stieß dann einen Schrei aus und donnerte sein Becken gegen Ricardas Hinterteil, daß er mich um ein Haar hinauskatapultiert hätte. Tom schrie kein zweites Mal, doch er gönnte sich für jeden Spritzer ein ordentliches Zucken, das uns drei und das Bett erschütterte. Wir hielten uns aneinander fest. Tom sabberte ein wenig, auf der Stirn hatte er Schweißperlen. Sein Gesicht verlor die Anspannung. Tom öffnete erst ein Auge, dann das zweite, schloß das erste wieder, lächelte mich mit einem Auge an und formte stumm das Wort »Wahnsinn«.

Ich war um Ricarda besorgt, sie atmete mit geblähten Nüstern tief ein und aus, blickte mich an, sah mich aber nicht. Ich wollte sie küssen, um ihr den Glauben an die Männerwelt wiederzugeben, aber sie kam mir zuvor, küßte mich kurz auf den geschlossenen Mund, und als ich ihn öffnete, war sie schon wieder davon. Toms Gesicht kam mir selbstgefällig vor. Nachdem ich noch vor wenigen Minuten die Angst gehabt hatte, nicht zum Zuge zu kommen, fürchtete ich nun, die beiden Freunde durch meine Aktivitäten zu stören. Ich sah sie im Geiste am Tisch sitzen und die Reste des Essens verputzen, während ich mich auf dem Bett wälzte und so kurz nach dem ersten Höhepunkt den zweiten nicht schaffte, immer nur bis auf Sichtweite an ihn herankam, ohne ihn jemals zu erreichen. Das war einer meiner Angstträume: daß Alltägliches entsetzlich schwer wird, weil plötzlich die normalen Abläufe ihre Gültigkeit verlieren und ich wie in einem Gelee aus Zeit umherschwimme: eine Tür öffnen, eine Gabel zum Mund führen, eine Jacke anziehen.

»Was hat mein Liebster?« flüsterte Ricarda. Tom rückte von ihr ab. Ich spürte hinter dem grünen Samtvorhang einen fleischigen

Gast das Apartment verlassen. Sein Gehen zog sich ziemlich in die Länge, und ich verfolgte, was sich auf Ricardas Gesicht abspielte. Sie schien erschöpft, und ich bestand nicht darauf, ein zweites Mal zu kommen, was beim ersten Mal der Himmel gewesen war. Ricarda verschwand im Badezimmer.

»Wahnsinn«, hauchte Tom. »Da weiß man, wofür man lebt.«

Giovanni Boccaccio

GASTLICHE BETTEN

In der Ebene des Mugnone lebte vor noch nicht langer Zeit ein guter Mann, der den Reisenden für ihr Geld zu essen und zu trinken gab und, obwohl er arm und seine Hütte klein war, doch bisweilen in dringenden Fällen zwar nicht jedermann, aber doch seine Bekannten beherbergte. Dieser hatte nun eine recht hübsche Frau zum Weibe, von der er zwei Kinder besaß. Eines von ihnen war ein hübsches und zierliches Mädchen von etwa fünfzehn oder sechzehn Jahren, das noch keinen Mann hatte, das andere ein kleiner Knabe von noch nicht einem Jahr, den die Mutter selbst nährte.

Auf dies Mädchen nun hatte ein hübscher und gefälliger junger Mann aus unserer Stadt, der häufig in der Gegend verkehrte, ein Auge geworfen und liebte es feurig. Sie aber, die es sich zu ihrem Ruhme rechnete, solch einen Liebhaber zu besitzen, verliebte sich, während sie ihn mit freundlichen Mienen in seiner Neigung zu erhalten versuchte, gleicherweise in ihn, und schon mehrmals hätte diese Liebe zur Freude beider Teile Erfolg gehabt, wenn nicht Pinuccio, so hieß der Jüngling, die Schande des Mädchens und seine eigene gescheut hätte. Als jedoch die Liebesglut sich von Tag zu Tag mehrte, flößte sie Pinuccio das Verlangen ein, sich mit jener zusammenzufinden. Dabei verfiel er auf den Gedanken, dies dadurch möglich zu machen, daß er bei ihrem Vater übernachtete, wobei er, der die Einrichtung jenes Hauses wohl kannte, hoffte, wenn er nur dort herberge, zu ihr gelangen zu können, ohne daß jemand es gewahr würde.

In der Tat führte er diesen Vorsatz ohne Aufschub aus. Begleitet von einem vertrauten Genossen namens Adriano, der von dieser Liebschaft unterrichtet war, nahmen sie eines Abends spät zwei Mietgäule, legten ihnen zwei Mantelsäcke auf, die vielleicht mit Stroh gefüllt waren, verließen Florenz und machten einen weiten Umweg nach dem Mugnonetal, das sie erreichten, als es schon Nacht war. Hier drehten sie um, so daß es schien, als kämen sie aus der Romagna, ritten auf das Haus zu und klopften an die Tür des guten Mannes, welcher, da er mit den beiden sehr bekannt war, sogleich öffnete. »Sieh«, sagte Pinuccio zu ihm, »du mußt uns diese Nacht beherbergen. Wir glaubten noch nach Florenz hineinzukommen, haben uns aber doch nicht so zu beeilen gewußt, daß wir nicht zu so später Stunde, wie du siehst, hier angelangt wären.« »Pinuccio«, antwortete ihm der Wirt, »du weißt wohl, wie wenig ich eingerichtet bin, solche Herren wie euch bei mir aufnehmen zu können. Doch da euch einmal die späte Stunde hier überrascht hat und es keine Zeit mehr ist, anderswo unterzukommen, so will ich euch für die Nacht gern beherbergen, so gut ich eben kann.« Die jungen Männer stiegen nun ab, traten in das kleine Wirtshaus ein, brachten erst ihre Pferde unter und speisten dann, da sie zum Abendessen etwas mitgebracht hatten, zusammen mit ihrem Wirt.

Nun hatte dieser nur eine einzige, ziemlich kleine Kammer, in welcher er drei Betten, so gut es sich tun ließ, aufgestellt hatte. Da nun zwei dieser Betten auf der einen Seite, das dritte aber ihnen gegenüber auf der andern Seite stand, so war nur so viel Raum übriggeblieben, daß man mit genauer Not hindurchgehen konnte. Von diesen drei Betten ließ der Wirt das am wenigsten schlechte für die beiden Reisegefährten richten und sie darin sich niederlegen. Bald darauf, als noch keiner von jenen schlief, obschon sie taten, als schliefen sie längst, hieß er seine Tochter in das eine der beiden andern Betten sich legen und bestieg mit seiner Frau das dritte. Die letztere stellte noch neben das Bett, in dem sie schlief, die Wiege, in der sie ihren kleinen Sohn hatte.

Nachdem diese Einrichtungen getroffen waren und Pinuccio, der alles wohl bemerkt hatte, nach Verlauf einer gewissen Zeit glauben konnte, daß sie alle eingeschlafen seien, stand er leise auf, ging zu dem Bette hin, wo sein geliebtes Mädchen ruhte, legte sich ihr, die ihn furchtsam und freudig zugleich empfing, zur Seite und verweilte bei ihr im Genusse der Lust, die sie beide vor allem ersehnt hatten.

Während Pinuccio so bei dem Mädchen lag, begab es sich, daß die Katze etwas umwarf, worüber die Frau erwachte und es hörte. Besorgt, was geschehen sei, stand sie im Finstern auf und ging, nackt wie sie war, dorthin, von wo sie das Geräusch vernommen hatte. Adriano, der hierauf nicht achtete, erhob sich inzwischen wegen eines körperlichen Bedürfnisses gleichfalls, und während er dies abzumachen ging, traf er auf die Wiege, welche die Frau dorthin gestellt hatte. Da er nun nicht vorüber konnte, ohne sie wegzunehmen, ergriff er sie, hob sie von der Stelle weg, wo sie stand, und setzte sie an der Seite des Bettes nieder, in dem er selbst schlief. Nachdem er verrichtet hatte, wozu er aufgestanden war, kehrte er zurück und legte sich, ohne weiter an die Wiege zu denken, wieder in sein Bett.

Die Frau, die unterdessen gesucht und gefunden hatte, daß das, was gefallen, nicht das Vermeintliche gewesen, wollte nicht erst Licht anzünden, um zu sehen, was es gewesen sei, sondern schalt nur mit der Katze, kehrte dann in die Kammer zurück und ging tappend auf das Bett zu, worin ihr Mann schlief. Da sie jedoch hier die Wiege nicht fand, sprach sie bei sich selbst: »Oh, ich Ärmste! Seht nur, was ich eben zu tun im Begriff war! So wahr Gott lebt, ich ging gerade auf das Bett unserer Gäste zu.« Dann ging sie noch ein wenig weiter, fand endlich die Wiege und legte sich nun in das Bett, an dessen Seite sie stand, zum Adriano, während sie bei ihrem Mann zu liegen glaubte. Adriano, der noch nicht schlief, merkte dies, empfing sie gut und freudig, und ohne weiter ein Wort zu sagen, warf er zum großen Vergnügen der Frau mehr denn einmal Anker.

Während diese beiden so beschäftigt waren, fürchtete Pinuccio, daß der Schlaf ihn bei seiner Geliebten überraschen möchte, und da er die Freude genossen hatte, nach der er verlangte, erhob er sich von ihrer Seite, um in sein Bett zum Schlafen zurückzukehren. Als er dahin kam, traf er auf die Wiege und glaubte nun nicht anders, als dies sei das Bett des Wirtes, weshalb er ein wenig weiterging und sich zu dem Wirt legte. Dieser wachte von der Ankunft des Pinuccio auf. Pinuccio, der an der Seite Adrianos zu liegen glaubte, sprach nun: »Ich sage dir, wahrhaftig, nichts Süßeres gab es je in der Welt als diese Niccolosa! Beim Leibe Gottes, ich habe die größte Wonne genossen, die nur je ein Mann bei einem Weibe gehabt hat, und ich sage dir, sechsmal und öfter bin ich zur Stadt gefahren, seitdem ich von dir wegging.« Als der Wirt diese Botschaft hörte, die ihm nicht allzu wohl gefiel, sprach er erst bei sich: »Was zum Teufel macht der denn hier?« Dann rief er, mehr vom Zorn als von der Klugheit geleitet: »Pinuccio, was du getan hast, ist eine große Schändlichkeit, und ich weiß nicht, wie du mir dies antun konntest. Aber beim Leibe Christi, du sollst mir dafür bezahlen.«

Pinuccio, der nicht eben der Klügste war, versuchte keinerlei Ausrede, um seine Übereilung soviel wie möglich wieder gutzumachen, sondern fragte: »Wofür soll ich bezahlen? Und was kannst du mir tun?« Die Wirtsfrau, die bei ihrem Manne zu liegen glaubte, sagte nun zu Adriano: »O weh, hörst du unsere Gäste, die sich, wer weiß über was, miteinander streiten?« »Laß sie nur«, antwortete Adriano lächelnd, »Gott schickt ihnen böse Zeit; sie haben gestern zuviel getrunken.« Die Frau, der es doch vorkam, als hätte sie ihren Mann zanken gehört, sah nun, als sie die Stimme des Adriano erkannte, wohl ein, wo und bei wem sie gewesen war. Sofort stand sie als eine verständige Frau, ohne ein Wort zu erwidern, auf, nahm die Wiege ihres kleinen Sohnes und trug sie, obwohl in der Kammer auch nicht ein Schimmer von Licht zu sehen war, aufs Geratewohl zu dem Bett hin, wo ihre Tochter schlief, und legte sich zu dieser.

Dann aber rief sie ihren Mann, als wäre sie von dem Lärm, den er machte, erwacht, und fragte ihn, was er mit Pinuccio für einen Streit habe. »Hörst du nicht«, antwortete der Mann, »was er sagt, das er diese Nacht mit unserer Niccolosa gemacht?« »Da lügt er gründlich in seinen Hals hinein«, erwiderte die Frau, »denn bei der Niccolosa ist er nimmer gewesen. Ich habe mich gleich gestern zu ihr gelegt und seitdem nicht einen Augenblick schlafen können, und du bist ein Tropf, wenn du ihm glaubst. Ihr Männer trinkt immer des Abends so viel, daß ihr nachts träumt und hier und dort umhergeht, ohne etwas von euch zu wissen, und dann glaubt ihr wunder was. Schade nur, daß ihr euch nicht den Hals brecht. Aber was macht denn Pinuccio dort, und warum liegt er nicht in seinem Bett?«

Adriano, der nun seinerseits erkannte, wie klug die Frau ihre eigene Schmach und die ihrer Tochter zu verdecken wußte, sprach dazwischen: »Pinuccio, ich hab es dir schon hundertmal gesagt, du sollst nachts nicht umhergehen, denn diese deine Untugend, im Schlaf aufzustehen und dann den Unsinn, den du träumst, als Wahrheit zu erzählen, wird dich noch einmal ins Unglück bringen. Komm zurück, oder Gott schicke dir eine üble Nacht.« Als der Wirt vernahm, was seine Frau und Adriano sagten, fing er an, völlig überzeugt zu werden, daß Pinuccio träume. Darum nahm er ihn bei der Schulter, rüttelte ihn und rief ihm zu, indem er sagte: »Pinuccio, wach doch auf und geh in dein Bett zurück.«

Pinuccio, der sich endlich zusammenreimte, was hin und her gesprochen worden war, fing nun nach Art eines Träumenden an, noch allerhand andern Unsinn zu schwatzen, worüber der Wirt in das herzlichste Lachen von der Welt ausbrach. Zuletzt aber tat er, als wache er von jenem Rütteln auf, rief den Adriano und sagte: »Ist es schon Tag, daß du mich weckst?« »Jawohl«, antwortete Adriano, »komm nur her.« Jener verstellte sich ferner und spielte den Schlaftrunkenen, bis er endlich von der Seite des Wirts aufstand und zu Adriano ins Bett zurückkehrte.

Als der Tag anbrach und alle aufgestanden waren, lachte der Wirt noch herzlich über ihn und hatte ihn wegen seiner Träume zum besten. Und so von einer Scherzrede zur andern richteten die jungen Männer wieder ihre Pferde her, legten ihnen die Mantelsäcke auf, tranken noch einmal mit dem Wirt, schwangen sich dann in den Sattel und kehrten, nicht minder zufrieden mit der Art, wie sich die Sache zugetragen, als mit ihrem Erfolg selbst, nach Florenz zurück.

Später aber wußte Pinuccio andere Wege zu finden und traf noch oft mit der Niccolosa zusammen, die ihrer Mutter beteuerte, er müsse sicherlich geträumt haben. Diese aber, welche sich der Umarmungen Adrianos erinnerte, dachte bei sich, sie allein sei die Wachende gewesen.

Deutsch von Karl Witte

Sie lachte ihr köstliches, heiseres Lachen. »Ernest, Sie ungezogener Junge.«

»Sie haben's also gemacht?«

»Natürlich. John hat einen ziemlich großen . . . Appetit.«

»Was ist passiert?«

»Das geht Sie nichts an.«

»Doch, es geht mich wohl was an. Das gehört alles zu meinem Roman, Ihre Beziehung zu John Schmidt.«

Sie kicherte. Anscheinend war es ihr peinlich, ausgerechnet ihr. »Strengen Sie Ihre Phantasie ein bißchen an, Norm.«

»Nein. Ich möchte lieber genau wissen, was sich abgespielt hat.« Sie sah ihn neugierig an, lachte, aber sagte nichts. »Nun reden Sie schon. Das gehört zu unserer Abmachung. Sie haben gesagt, Sie würden mir alles erzählen.«

»Also . . .« Sie schlug die Beine übereinander, als würde sie sich selbst nicht trauen, flezte sich auf dem Sofa und fing an zu erzählen. »Wir waren sehr ungezogen. Wir haben so ungefähr alles gemacht, was man sich vorstellen kann.«

»Alles? Was zum Beispiel? Was heißt, alles?« Er rang nach Luft.

»Ich habe ihn gefragt, ob er mich ausziehen will. Die Frage stelle ich immer. Manchen gefällt's, manchen nicht. Er sagte, ja, gerne. Da habe ich ihn rangelassen, und er hat sich ganz schön Zeit genommen, der Junge hat keine Eile, das kann man wohl sagen. Zuerst hat er mir den Reißverschluß vom Rock aufgemacht . . .«

»Im Liegen?«

»Nein, im Stehen. Er machte mir also den Rock auf und zog ihn mir über den Kopf.« Sie sprach jetzt sehr leise. »Dann zog er mir den Schlüpfer aus. Ich hatte noch meine Strumpfhose und meinen Hüftgürtel an, dazu noch meine Bluse und meinen BH.« Sie sah rüber zu Ernest, der wie gebannt zuhörte. »Weiter wollte er mich nicht ausziehen. Er musterte mich eine Zeitlang, und dann bat er mich, die Rollen zu vertauschen und ihn auszuziehen.«

»Und das haben Sie gemacht?«

»Der Kunde ist König, Norm. Wir leben schließlich in Amerika. Als ich ihm alle seine Klamotten ausgezogen hatte und ihn aufs Sofa schob und so, da war er ziemlich . . . aufgegeilt. Ich war auch schon reichlich heiß. Ich habe ihn gefragt, ob ich mich draufsetzen könnte, aber er sagte, noch nicht.«

»Um wieviel Uhr abends war das?« fragte Ernest, ohne aufzuschauen, so sehr war er damit beschäftigt, ihren genauen Wortlaut zu notieren.

»Es war nicht abends. Es war tagsüber.«

Das erstaunte Ernest. »Ach so. Ich dachte, Sie gingen nur abends anschaffen.«

»Wie kommen Sie denn darauf?«

»Ich weiß nicht. Hab ich mir irgendwie so vorgestellt. Ich dachte, das sei die übliche Zeit . . . zum Anschaffen.«

»Nein. Ich habe viele Termine tagsüber. Mittagessen mit anschließendem Nickerchen und so. Eine lange Mittagspause können verheiratete Männer ihren Frauen viel leichter erklären als einen Termin am Abend.«

»Was kam dann?«

»Ich mußte mich neben ihn auf den Boden knien, und er hat mich ganz nackt ausgezogen.«

»Was dann?«

»Er zog mir zuerst die Bluse aus, ganz langsam, sehr zärtlich, und küßte mich ununterbrochen dabei. Dann kam mein BH dran. Da bin ich immer ein bißchen nervös, weil mein Busen nicht so groß ist, manche Männer legen da Wert drauf. Nicht daß es entscheidend ist, weil . . . klein kommt gut, wie man so sagt, und ich komme immer.« Sie lachte.

»Was kam dann?« fragte Ernest zum dritten Mal. Er merkte, daß sich sein Beitrag zum Gespräch in Grenzen hielt.

»Als ich immer noch meine Strümpfe und meinen Hüftgürtel anhatte, drückte er mich behutsam runter, über die Sofalehne, und drang von hinten in mich ein. Ich konnte es kaum abwarten, ich war total spitz die ganze Zeit. Ich habe mich köstlich amüsiert.«

Ernest starrte sie an. Er riß sich zusammen, hörte auf zu sabbern und schrieb weiter an seinen Notizen. Toll, dachte er. Das werden die besten Bettszenen, die ich jemals in einem Buch beschrieben habe. Bettszenen waren bisher immer seine großen Schwachpunkte gewesen, auch wenn sie, davon war er überzeugt, zu dem Erfolg seiner Bücher beigetragen hatten, zumindest was die Verkaufszahlen betraf. Aber sie waren ihm immer schwergefallen. »Ich meine, wieviel verschiedene Möglichkeiten gibt es schon, Titten zu beschreiben?« hatte er Mark Down einmal gefragt.

»Erzählen Sie weiter.«

»Tja . . . Sie kommen nie drauf, was dann passiert ist«, sagte sie verspielt neckisch.

»Da haben Sie recht«, hauchte er etwas heiser. »Sagen Sie schon.«

»Dreimal dürfen Sie raten.«

Ernest malte sich die wildesten Phantasien aus. Unzählige Bilder schossen ihm durch den Kopf, jede Stellung, jede Perversion, von der er mal gehört hatte. »Ich geb's auf.«

Sie zog die Knie an, auf das Sofa, und schlang die Arme um die Beine. Das Kleid bedeckte jetzt selbst Knöchel und Füße. Sie sah Ernest durchdringend an und sagte, ohne mit der Wimper zu zucken: »Abel Pile kam ins Zimmer.«

»Als Sie beide gerade mitten dabei waren . . .?«

»Genau. Sie haben's erfaßt. Als wir beide gerade dabei waren!«

Ernest bekam große Augen. »Und?«

»Und er hatte eine Frau dabei.«

»Wen?«

»Ich weiß nicht, Norm. Ich war mit Vögeln beschäftigt, nicht gerade der passende Moment, um sich miteinander bekannt zu machen.«

»Was hat er gesagt?«

»Nichts.«

Das brachte Ernest vollends aus der Fassung. »Hat denn keiner ein Wort gesagt?«

»Nein. Wir haben einfach weitergevögelt. Aber dann ging erst richtig die Post ab.«

Ernest hörte auf, sich Notizen zu machen, und sah sie einen Moment an. »Die Post? Welche Post?« Er schluckte nervös. Er merkte, daß er sich andauernd wiederholte.

»Als John und ich fertig waren, hat er's mit ihr getrieben. Dann hat John es mit ihr getrieben und Abel mit mir. Dann wollten die beiden Männer zuschauen, wie ich's mit ihr treibe, was ihr zuerst nicht recht war, aber ich glaube, zum Schluß hat's ihr Spaß gemacht, ich habe ja gesagt, ich hätte die beste Zunge in der Branche. Dann haben Abel und John es miteinander getrieben.«

Ernest rang nach Luft. »Das ist nicht Ihr Ernst.«

»Doch. Wieso?«

»Es ist nur, daß ich . . . ich habe noch nie so eine Orgie mitgemacht.«

»Nein?« Sie war nicht sonderlich neugierig oder erstaunt.

»Ich bin echt schockiert«, sagte er. »Ich kann nicht genau erklären, warum, aber . . .«

Joanna lächelte ungezwungen. »Es ist ganz egal, worauf Sie stehen, Norm. Zu werten ist nie gut. Natürlich habe ich auch kein Recht zu werten, das ist mir klar, aber haben Sie das vielleicht?«

Er wußte keine Antwort darauf. Sie kam zum Ende ihrer Geschichte. »Und jetzt komme ich zu dem interessanten Teil. Nachher haben wir alle geduscht und uns angezogen, und dann passierte etwas Merkwürdiges.«

»Was?« hauchte Ernest.

»Wir haben gebetet. Das heißt, die drei haben gebetet. Ich habe so getan, als würde ich mitmachen. Wie gesagt, der Kunde ist König. Wenn sie mich vögeln wollen, wird gevögelt. Wenn ich beten soll, wird gebetet.«

Ernest hatte es für einen Moment die Sprache verschlagen. Die Gedanken rasten. War Abel Pile wirklich religiös trotz seines anormalen Verhaltens? War das Beten nur ein Manöver, um Eindruck vor Joanna zu schinden? Sicher nicht. Sie wußte, wer er war, oder würde es jedenfalls merken, wenn sie ihn morgen im Gerichtssaal wiedererkannte. Man brauchte kein solches Affentheater zu veranstalten, um Eindruck auf eine Nutte zu machen. Vielleicht sollte das Gebet dem Wohl der anderen Frau dienen? Er hatte eine Idee. »War das vielleicht irgendein halbreligiöser, sexuell perverser Ritus, an dem Sie da teilgenommen haben?«

Sie zuckte die Schultern. »Kann ich nicht sagen. Was mich betrifft, haben wir uns einfach einen netten Nachmittag gemacht. Wollen Sie sonst noch was wissen?« Sie stand auf.

»Ja. Können Sie sich an das Gebet erinnern?«

Sie mußte einen Augenblick überlegen, bevor sie antwortete. »Ich glaube, ja. Er dankte Gott, daß er uns dieses Vergnügen geschenkt hat. Sie glauben, Sex sei eine gute Sache, ein Geschenk Gottes, an dem Männer und Frauen ihren Spaß haben sollten, für das man sich nicht zu schämen brauchte. Als wir mit Beten fertig waren, sagte er noch, wir sollten nicht negativ über unsere Sexualität denken, wir sollten stolz darauf sein. Soll ich Ihnen mal was sagen? Ich überlege, ob ich seiner Kirche nicht beitreten soll, wenn wir es schaffen, daß er nicht ins Gefängnis kommt. Als ich ging, hatte ich ein tolles Gefühl.« Sie ging zur Tür und machte sie auf. »Sehen wir uns morgen im Gerichtssaal?« fragte sie.

»Ja. Noch eins. Wie sah das Mädchen aus?«

»Mein Gott, Norm. Ich dachte, Sie schreiben Romane. Lassen Sie sich was einfallen.« Sie ging zur Tür hinaus und verschwand.

Deutsch von Thomas Stegers

Marquis de Sade

WOLLUSTTEMPEL

Wir wurden alle vier in ein prächtiges Gemach geführt, wo uns unsere Führerin auskleiden und die Befehle Sr. Durchlaucht erwarten ließ.

Jetzt konnte ich auch mit Muße die natürliche Anmut der herrlichen sanften Reize meiner drei Genossinnen bewundern. Man konnte sich nichts Schlankeres denken, wie ihre Taille, nichts Frischeres wie ihren Busen, nichts Wollusterregenderes, wie ihre Schenkel, nichts Niedlicheres, wie ihren reizenden, fleischigen Hintern. – Ich verzehrte sie, besonders Minette, fast mit meinen zärtlichen Küssen, die sie mit einer solch ungezwungenen Natürlichkeit erwiderten, daß ich in ihren Armen entlud.

Fast eine dreiviertel Stunde gaben wir uns so dem Ungestüm unseres Verlangens hin, bis endlich ein großer, schöner, fast vollständig nackter Diener uns benachrichtigte, daß wir vor dem Herzog erscheinen sollten und zwar die Älteste zuerst. – Endlich kam auch an mich – als Dritte – die Reihe, das Allerheiligste des Wollusttempels dieses neuen Sardanapal zu betreten und Sie werden hören, wie es mir (gleich meinen Genossinnen) dort erging.

Das Kabinett, in welchem uns der Herzog erwartete, war rund und alle Wände vollständig mit Spiegeln verkleidet; in der Mitte befand sich ein etwa zehn Zoll hoher Säulenstumpf aus Porphyr. Ich mußte dieses Piedestal besteigen und der Diener, von dem ich vorhin sprach und der bei den Vergnügungen seines Herrn diensttuender Adjutant war, befestigte nun meine beiden Füße an Bronze-Ringe, die eigens zu diesem Zwecke angebracht waren, dann hieß er mich, die Arme in die Höhe zu heben und band sie an einer Schnur fest, wodurch sie fast senkrecht aufwärts gehalten wurden. Jetzt erst näherte sich mir der Herzog, der bis dahin auf dem Sofa gelegen und sich am Schwanze herumgespielt hatte; er trug nichts weiter, als eine einfache Weste ohne Ärmel von braunem Atlas, sonst war er vollständig nackt; unter dem linken Arm hatte er eine schmale, biegsame Rute, mit einem schwarzen Bande umwunden. Er mochte ungefähr 40 Jahre alt sein; sein Äußeres war grobkörnig und sein Inneres schien demselben ganz zu entsprechen. – Lubin, sagte er zu seinem Diener, die scheint mir noch besser für mich geeignet, wie die anderen, ihr Arsch ist rundlicher, ihre Haut feiner, ihr Gesicht interessanter; es tut mir leid um sie, aber sie wird deshalb nur noch mehr auszustehen haben; bei diesen Worten näherte der Unhold seine Schnauze meinem Hintern, küßte ihn erst und biß dann hinein. – Ich stieß einen Schrei aus. – Ah! ah! Du bist empfindlich, scheint's; desto schlimmer für Dich, denn wir sind noch lange nicht zu Ende. – Ich spürte nun, wie seine krallenartigen Nägel sich in meine Arschbacken einbohren und mir an mehreren Stellen ganze Fetzen Haut herunterreißen; mein Wehegeschrei stachelte den Verruchten nur noch mehr auf, der nun zwei Finger in meine Scheide steckte und sie mit Haut aus dem Innern dieser so sehr empfindlichen Stelle bedeckt, wieder herauszog. – Lubin, rief er voller Freude dem Diener zu und zeigte ihm seine blutigen Finger, »Triumph, Lubin, ich habe Haut aus der Votze«, und damit überzog er die Eichel des Dieners, dessen Schwanz kerzengerade hinaus stand, mit dieser

Haut. Hierauf nahm er aus einem geheimen Wandschränkchen eine Guirlande von grünen Blättern; ich wußte weder welchen Gebrauch er von dieser Guirlande machen wolle, noch aus welchen Pflanzen sie gewunden war; welcher Schrecken ergriff mich aber, als ich sah, daß es Dornen waren. – Er schlang mir dieselbe, mit Hilfe seines Adjutanten einigemale rings um den Körper und befestigte sie sodann auf eine zwar sehr malerische, aber ebenso schmerzhafte Weise, denn er preßte sie fest an meinen Körper, besonders an meinen Busen, wodurch ich überall von den Dornen zerfleischt wurde; nur meine Arschbacken blieben von diesem grausamen Schmuck verschont, denn diese sollten Qualen anderer Art erdulden; von allen Seiten recht bloßgelegt, boten sie den Augen des Wüstlings ihre ganze Fülle dar, die bald den Spielplatz der Rute abgeben sollte. Als mich Dendemar in dem gewünschten Zustande sah, meinte er, so, jetzt können wir anfangen, die Geschichte wird aber ein bißchen lange dauern. Zehn leichte Hiebe, die er mir versetzt, sind nur die Vorboten des Ungewitters, das gleich darauf meinen Arsch überzieht. – Vorwärts! zum Teufel! schrie der Herzog, weg mit aller Schonung und damit ließ er ohne anzuhalten mit voller Kraft mehr als zweihundert Rutenstreiche auf meine beiden Arschbacken niedersausen. Während er auf diese Weise arbeitete, kniete sich der Diener vor ihn hin und strengte sich an, dem Unmenschen durch Lutschen am Schwanze das Gift auszusaugen, das ihn so bösartig machte; endlich schrie der Herzog mit Aufgebot seiner ganzen Lungenkraft: »Ah! das Saumensch . . . die Hure . . . ah! wie verabscheue ich das Weibsgezeug, oh könnte ich das ganze Gezücht mit Rutenhieben ausrotten . . . Sie blutet . . . endlich, endlich Blut . . . ah! zum Henker, sie blutet . . . sauge zu, Lubin, sauge zu . . . ich bin glücklich, ich sehe Blut«; hierauf nähert er seinen Mund meinem Arsche und leckt das Blut, das er mit solcher Wonne fließen sieht, sorgfältig auf. Dann fuhr er fort: Wie Du siehst, Lubin, will mir der Schwanz noch immer nicht stehen, darum werde ich zuhauen, bis er steht, bis ich abprotze; ei, was, das Hurenmensch ist ja jung, das wird's schon aushalten. Das blutige Schauspiel beginnt von neuem, nur ändert sich diesmal die Szene, denn Lubin lutscht nicht mehr, sondern er gibt mit einem tüchtigen Ochsenziemer die Hiebe, die sein Herr mir versetzt, diesem hundertfach wieder. – Ich bin mit Blut bedeckt, es läuft mir an den Schenkeln herab, das Piedestal rötet sich; von den Dornen, von den Hieben zerfleischt, wußte ich nicht, welcher Teil meines Körpers mich am meisten schmerzte. – Endlich ließ mich der Henker, der Folterung müde, losbinden und warf sich auf das Sofa, Schaum vor dem Munde von geiler Wut. – Ich näherte mich ihm mit schlotternden Knien, er küßte die Spuren seiner Grausamkeit und sagte mir: Wichse mich ab . . . oder nein . . . wichse Lubin einen ab; ich sehe lieber einen Anderen abprotzen, als daß ich selbst entlade und dann, so schön Du auch bist, ich bezweifle sehr, daß es Dir bei mir gelingen würde. Lubin wirft sich sogleich auf mich, wobei mir der Unmensch mit Fleiß die Dornen – ich hatte die unselige Guirlande noch um – noch tiefer ins Fleisch drückt, während ich ihn zur Entladung zu bringen suche. – Seine Stellung war dabei derart, daß sobald ich zum Ziele gelangte, er seinen kalten Bauer seinem Herrn ins Gesicht spritzte; dieser letztere aber fuhr unterdessen fort, mich mit der einen Hand in den Hintern zu petzen, während er mit der anderen an seinem Schwanze spielte. – Endlich geht's los, das Gesicht des Herzogs wird über und über mit Samen begossen, den seinigen aber läßt er nicht kommen, den will er erst bei einer noch tolleren Szene verspritzen.

Deutsch von N. N.

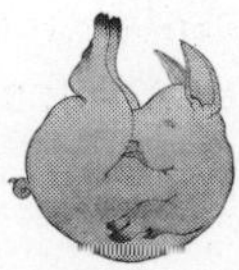

V.

HARDCORE

Saugen, Sabbern, Supersex

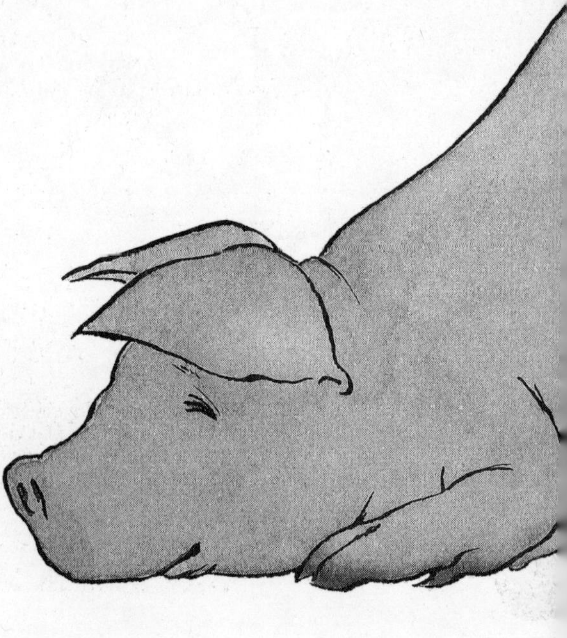

Hubert Fichte

LOB DES STRICHS

Berlin, 12.–16. März 85

Am Bahnhof Zoo verängstigte, verhuschte Freier und kriminelle Stricher.
Klar.
Wer hier noch losgeht, hat entweder einen positiven Befund und ein schlechtes Gewissen oder er will viel Geld abstauben.
Da ist G.
Mit rotangelaufenen Augen.
Er hat geschnupft.
Will sofort mit mir los.
Was trinken.
Er kann mich nicht ansehn.
Fragt warum ich ihn ansehe.
Redet viel vom Zuschlagen.
Ich nehme ihn nicht mit.
Der Kurde ist nicht da.
Im Striptease am Theater des Westens kaum was los.
Die Toiletten am Kurfürstendamm sind ausgestorben.

Die Schwulen mit positiver Lymphreaktion geben ein Fest.
Der Kurde Ahmed.
– Warum sind alle in Deutschland so mürrisch, so traurig?
– Ist Krieg oder was?
Hussein der blonde Libanese.
Familienvater.
Mit jenem unaussprechlichen Mehr an Rundung am Arsch.
Wie er stöhnt und sich ficken läßt, oder fickt.
Was für ein Jammer.

Robert O'Connor

NUTTEN KÜSSEN NICHT GERN

Die Tür geht auf, eine Frau tritt herein und schließt sie sacht hinter sich. Sie trägt einen kurzen Rock mit einer grauen Jacke, und ihr dunkles Haar, das auf dem Foto so wild und lose aussah, ist in einen Pferdeschwanz zurückgebunden.

»Du siehst aus wie eine Geschäftsfrau«, sagst du.

»Bin ich auch«, sagt sie lachend, und du spürst, daß du diese hier mögen wirst.

»Ich bin froh, daß du Englisch sprichst«, sagst du. »Wie heißt du?«

»Mireille«, sagt sie. Sie entnimmt ihrer Handtasche die Gesundheitskarte und reicht sie dir. Du wirfst einen Blick darauf und gibst sie zurück.

»Dein Name gefällt mir. Ist das ein Künstlername, oder bist du wirklich Französin?«

»Ich bin Französin«, sagt sie.

»Dann laß mal hören«, sagst du, aber du glaubst ihr bereits, schon bevor sie mit der Vorführung beginnt, deren Worte zum Sturzbach werden.

»Was hast du gesagt?« fragst du.

»Ich habe gefragt, was du machen möchtest.«

»Sehr geschäftsmäßig«, sagst du. »Ich möchte, daß du meinen Namen sagst.«

»Wie lautet er?«

»Colonel Berman«, sagst du. »Jetzt sag ihn bitte.«

»Colonel Berman«, sagt sie und dehnt die Silben.

»Jetzt möchte ich zusehen, wie du dich ausziehst – ganz langsam.«

»Okay«, sagt sie.

Dann gehst du auf sie zu, nimmst sie in die Arme und küßt sie. Sie sträubt sich einen Moment, und du spürst die prickelnde Wolle unter deinen Fingern, aber dann gibt sie nach und läßt deine Zunge mit ihrer herumtollen. Nutten küssen nicht gern, weißt du. Sie machen alles mögliche mit dem Mund: blasen dir einen, lutschen dir die Eier ab, bis du fast explodierst, stecken dir die Zunge in den Arsch, aber sie enthalten sich der allergewöhnlichsten Gefühlsbekundung. Es ist, als könnten sie, indem sie einen Teil abtrennen, sich selbst unversehrt erhalten. Und du möchtest natürlich diese Trennung zerstören und sie durch die Zerstörung zu der Deinen machen, wenn auch nur für kurze Zeit.

Du greifst hinter ihren Rücken, ziehst das Haarband ab, und sie schüttelt ihr dunkles Haar, so daß es ihr über die Schultern fällt.

»Was kann ich für Sie tun, Colonel?« fragt sie.

»Ich möchte, daß wir zusammen duschen. Geht das?«

Sie nickt, weicht einen Schritt von dir zurück und zieht sich weiter aus. Allein dafür würdest du schon bezahlen. Du siehst zu, wie sie durch die Kniffligkeiten ihrer Knöpfe manövriert, und siehst plötzlich Hautstücke hervorblitzen, noch halb von Stoff verborgen. Sie dreht sich von dir weg, hängt ihr Jackett über eine Stuhllehne, läßt die Bluse fallen und zieht dann den Reißverschluß ihres Rocks auf. Sie stellt einen Fuß auf den Stuhl, während sie sich die Strumpfhose abwickelt, und dich beeindruckt wie immer die gemächliche Anmut einer sich entkleidenden Frau. Als sie fertig ist, ziehst du dich aus. Da du auf dem Linoleum bloß einen halben Meter von ihr weg stehst, bist du ihr so nah, daß sich alles elektrisch anfühlt. Es ist, als ob die Luft zwischen euch dich vorwärts saugte. Deine Knie beugen sich, du fühlst, wie deine Brusthaare sich aufrichten, aber du berührst sie nicht.

Mireille geht als erste ins Badezimmer. Du hörst, wie sie in die Dusche steigt, wie das Wasser gegen die Kacheln plätschert.

»Fertig«, ruft sie.

Du steigst hinein und schiebst die Plastiktür sorgfältig zu, damit kein Wasser auf den Badezimmerboden tropft und ins darunterliegende Schlafzimmer sickert. Mit einer Frau, selbst mit dieser Frau, kannst du dir kurz vormachen, du wärst etwas Besseres, jemand, dem die Welt nicht egal ist.

»Kann ich vorbei?« fragst du. Sie gleitet zur Seite, eure Körper streifen sich bloß, und jeder Teil von dir lebt. Du nimmst den Duschgriff und näherst den Duschkopf ihrer Haut, massierst sie mit dem Wasser. Du magst deutsche Duschen mit ihren Schläuchen und dem hohen Wasserdruck. Wenn du in Deutschland aus der Dusche kommst, fühlst du dich sauber.

»Möchtest du, daß ich dich anpisse?« fragt sie höflich. »Viele Männer mögen das.«

»Liebend gerne«, sagst du. »Nur zu.«

Du siehst Urin an Mireilles Bein hinablaufen, das Gelb mischt sich mit dem Wasser und strudelt um deine Füße, mit deutlich tierischem Geruch.

Sie lacht, wischt sich Wasser aus den Augen und schüttelt den Kopf, so daß ihr Haar herumschwingt. Der Klang ihres Lachens beruhigt dich, bringt dich wieder zu dir.

»Shampoo?« fragst du. Sie senkt den Kopf, du nimmst ihn in die Hände, und sanft seifst du ihr die Haare ein, reibst ihr die cremige Flüssigkeit in den Skalp, und deine Hände gleiten die Schräge ihres Halses hinab auf die Schultern. Du spülst sie ab, seifst den Rücken ein, arbeitest dich hinunter bis zu den kleinen Muskelhuckeln über ihren Pobacken, die du mit den Fingern umkreist. Du arbeitest dich bis in ihre Kniekehlen hinab, den Spalten zwischen den Zehen, ihren erhitzten roten Fußsohlen.

»Jetzt mach dasselbe bei mir«, sagst du.

Du spürst, wie ihre versierten Finger um deinen Hals und deine Schultern fahren, dir die Knoten wegkneten, den Wetterbericht von bewölkt zu klarem, unbedecktem Himmel ändern. Du bist so glücklich, daß du fast Angst hast zu atmen.

Sie arbeitet sich hinunter, ihre Hände berühren die Umgebung deiner Organe und erwecken deinen ganzen Körper zum Leben. Alles an dir ist elektrisch und kommt. Deine große Zehe kann kommen, die Unebenheiten deiner Schultern, deine Ohrläppchen, deine Fingerspitzen, deine Haare.

Nachdem ihr aus der Dusche gestiegen seid, trocknest du ihr von Hand die Haare, ziehst das Handtuch durch sie hindurch und wickelst es dann so um sie herum, daß sie aussieht wie die Königin von Saba. Ihr Körper ist so schlüpfrig wie eine Robbe.

»Jetzt?« fragt sie.

»Einverstanden«, sagst du.

Im Schlafzimmer holst du die Kodakdose aus deiner Hose und sniffst eine Prise Koks. Skeg ist schlecht für dich – auf Skeg kannst du nicht vögeln –, aber mit Koks läuft die Sache besser. Du bietest ihr etwas an, was sie akzeptiert, und als sie fertig ist, nimmst du noch eine Prise, um steif zu werden. Dann stellst du die Kodakdose direkt neben das Bett, falls du zur Halbzeit eine Stärkung brauchst. Für beste Bilder vögel mit Kodak.

Ihr fangt an euch zu berühren. Ihr erforscht euch langsam, entdeckt den Körper des andern. Du schlängelst dich an ihrem Körper hinab, deine Zunge umkreist ihre Nippel, ihre Rippen, und macht dann unten weiter, bis du ihren kitzelnden Haarbusch im Mund hast. Du wirst sie nicht lecken, wärmst sie aber auf, indem du's ihr mit den Fingern machst. Erst mit einem, dann zweien, dann dreien, erweiterst ihren Kanal, feuchtest sie an, bis sie fast kommt. Dann hörst du auf und greifst wieder nach der Kodakdose.

»Ich brauch hier unten heut abend ein bißchen Hilfe«, sagst du und merkst, wie dein Steifer weich wird. Genaugenommen brauchst du da unten jeden Abend Hilfe. Das Geheimnis des Körpers ist Entropie, besserer Sex durch Chemie. Du mußt deinen Sprengkopf zum MIRV machen. Eine Prise Koks und schon mietest du Supermans Schwanz. Einen Stahlträger.

»Na klar«, sagt sie. »Ich mach's dir drauf.«

Sie streut ein paar Kristalle auf deine Schwanzspitze, und du spürst ihn sofort erblühen. Sie nimmt den Rest, schüttet ihn sich auf die Zunge und macht es dir französisch. Du reibst dich in ihr, und dein Schwanz erwacht zum Leben. Du hast einen anderthalbfachen Steifen. Wie Popeye mit seinem Spinat läuft's bei dir mit deinen C-Rationen. Der Quell ewigen Vögelns.

Mireille sagt nichts, gleitet bereits mit dir, dein neuer und verbesserter Schwanz dringt in sie ein, hinunter und hinein, du führst ihn mit der Hand hoch. Mireilles Muschi, entdeckst du, ist anders als die jeder anderen Frau. Es ist, als wäre sie anders konstruiert, ihr Körper an deinen angepaßt. Sie ist da unten eng geschlungen, und sobald du einmal drin bist, schraubst du dich direkt hoch, dann auf die Seite und verkorkst sie. Und dann kannst du für alle Ewigkeit vögeln. Du bist so starr und hart, daß du das Gefühl hast, dieser Augenblick könnte den Rest deines Lebens andauern.

Als du kommst und dein Körper sich vor Erlösung verspannt, hast du wieder einen MPK, dein Geist ist klar, mit Ziel auf die wirren Haare. Sie hat jetzt deinen Schlüssel, das unausweichliche und schreckliche Wissen über dich.

Sie sieht wieder fort, aus dem Fenster, lauscht den Kähnen auf dem Fluß. Du möchtest in ihren Kopf kriechen können.

»Erzähl mir etwas von dir«, sagst du. Sie legt dir die Hand auf die Schulter, und ihre Berührung saugt die böse Energie ab, stampft sie in Grund und Boden. Du fühlst dich immer großartiger, wie ihr da beide nackt auf dem Bett liegt, nebeneinander, und wie Kinder an die Decke starrt. Dampf steigt von euch auf, Moschus. Das ist jetzt die Zeit, wo du klar denken, deine Wachsamkeit den nötigen Augenblick lang abklingen lassen kannst. Klarheit und Hoffnung lautet die Tagesparole.

»Als kleines Mädchen«, sagt sie, »habe ich immer gedacht, ich wäre ein Vogel – verstehst du? Wollte ein Nest bauen und am Sommerende fortfliegen und niemals zurücksehen. Sobald ich einen Ort besucht und gelernt habe, was es dort zu lernen gibt, gehe ich fort.«

»Vielleicht komm ich mit dir mit«, sagst du, obwohl euch beiden klar ist, daß du lügst. Sie antwortet darauf nicht, und du magst es, daß sie zu höflich ist, dir zu sagen, daß du voller Scheiße steckst.

»Liebst du jemanden?« fragst du.

Sie berührt dein Gesicht. »Amerikaner«, sagt sie. »Ihr habt keine Vergangenheit.«

»Uns gefällt es so«, sagst du. »Aber ich meinte einen Menschen.«

Aber Mireille antwortet nicht darauf, wendet sich nur ab. Du zündest dir eine Zigarette an und hast Frieden, mit dem von euch aufsteigenden Moschus, dem Tuten später Schiffe in der Abendstille. Obwohl du es noch nie laut gesagt hast, hast du das Gefühl, ihr beiden wärt durch euer Duschen und Lieben von der Außenwelt geläutert worden, wie ihr daliegt wie Adam und Eva vor dem Sündenfall. Alles ist wieder neu. Und jede Woche kannst du zurückkommen und eine neue Eva ausprobieren.

Nur wenn du hier im Stop'n'Pop bist, brauchst du keine Angst zu haben. Nur hier, in jemandes Armen, kehrst du zu einem besseren Selbst zurück, in glücklichere Tage, als du ein echter Mensch warst und ein Leben führtest, das diesen Namen verdiente.

Während Mireille einschläft, merkst du, wie du runterkommst. Dein relativer Paranoia-Index beginnt zu steigen, Gewitterwolken türmen sich auf. Du hast wieder Angst. Du faßt hinüber, legst deine Hand leicht auf ihre Kehle, fühlst ihren Puls und die harte Luftröhre, umgeben von lieblichen Muskeln. Unter deinen Fingern ist Leben, merkst du, und du drückst ganz leicht, ganz leicht, bis du den Rhythmus ihres Herzens in deiner Hand spürst.

Du flüsterst: »Ich möchte dir etwas erzählen, Mireille. In Wirklichkeit heiße ich Elwood, Ray Elwood.«

Sie bewegt sich und stöhnt leise. Ihre Haare sind feucht und kleben wie ein Seil.

»Wie heiße ich?« fragst du. Etwas fällt von dir ab, etwas Hohles wächst in deiner Magengrube.

»El . . .«, sagt sie.

Zumindest einen Augenblick lang bist du erleichtert.

Deutsch von Ulrich Blumenbach

Jörg Fauser

EINE KLEINE PRISE

Blum rollte einen Hundertmarkschein zusammen. Allzu viele hatte er nicht mehr davon.

»Ich habe einen Käufer«, sagte er. Über diesen Punkt hatten sie noch nicht gesprochen. Er putzte sich sorgfältig die Nase.

»Nun mach schon.«

»Du kannst es anscheinend nicht erwarten, hm? Bist du süchtig?«

»Von Kokain wird man nicht süchtig, Blum. Kokain bringt andere Probleme. Das müßtest du doch eigentlich wissen.«

Sie sah zu, wie er zwei Lines schnupfte. Er wartete, bis er das Prickeln im Kopf und die Flocken im Körper spürte, dann steckte er sich eine Zigarette an. Cora setzte den Spiegel auf sein Knie und zog sich die beiden anderen rein. Dann schloß sie die Augen und legte sich zwischen seine Beine, ihren Kopf in seinem Schoß, ihre Hände an seinen Fußgelenken. Blum sah herunter auf ihre Brüste, die sich hoben und senkten. Sie hatte ziemlich viel davon. Sie nahm seine Hand mit der Zigarette, küßte die Handfläche, nahm einen tiefen Zug und blies ihm den Rauch langsam auf die

Finger. Dann streifte sie seine Socken herunter und massierte seine Füße. Ihre Finger waren kühl. Sein Glied schwoll an und drückte gegen ihren Nacken. Er begann, mit der linken Hand ihre Schulter zu streicheln und war bis zu ihrer Brust vorgedrungen, als sie die Augen schloß, ihren Kopf ganz nach hinten bog, auf seinen geschwollenen, pulsierenden Schwanz, und sagte: »Komm, wir ziehn uns noch was rein.«

Sie nahmen noch etwas. Diesmal konnte Blum nicht sitzen bleiben, er hob ab, marschierte durch das Zimmer, trank mal einen Schluck Wasser, dann Whisky, steckte sich zwei Zigaretten gleichzeitig an, tapste ins Bad, betrachtete sich ausgiebig im Spiegel, streckte die Zunge heraus – alles tipp-topp, rosa, kein Belag. Dann starrte er wieder aus dem Fenster. Draußen bekam die Dunkelheit trübe graue Ränder. Die erste Bahn bog knirschend um die Ecke. Cora lag die ganze Zeit im Sessel, ein nacktes Bein über der Lehne, die Hände im Nacken verschränkt, die Augen mal geschlossen, dann wieder auf Blum, der sich das Hemd vom Leib riß und die zehnte Zigarette anmachte.

»Wie geht es dir, Blum?«

»Hervorragend«, schnarrte er.

»Ich werde immer so ruhig davon. Ich finde es schön, daß du nicht auf diesen Quassel-Trip kommst. Andere labern einen dann stundenlang an.«

»Ich nicht!« versicherte Blum, der nichts lieber getan hätte.

»So ruhig wirkst du aber gar nicht.«

»Das sieht nur so aus. Ich sehe alles glasklar – die ganze Sache. Die Zusammenhänge, verstehst du?«

»Welche Zusammenhänge?«

»Ach Gott, alles hängt doch zusammen. *Alles.*«

»Auch du und ich?«

»Sicher, auch du und ich. Die ganze Entwicklung – wenn ich an Malta denke –«

Sie streckte ihm die Arme hin.

»Komm, zeig mir den Zusammenhang.«

Nach dem Sessel, dem Kokosfaserteppich und dem Bettvorleger hingen sie auf dem Bett zusammen, schweißüberströmt, Cora mit nassem Schamhaar und grünlich verschmierten Lidern, Blum keuchend, am Abschnappen.

»Komm, komm, komm«, rief Cora, aber er konnte nicht kommen. Sie küßte seinen Schwanz, der hart und zitternd von ihm abstand, sie streichelte seine Schenkel.

»Ich kann nicht kommen«, murmelte er.

»Doch, du kannst. Du kannst.«

Oben ging ein Radio an, volle Lautstärke, Musik zur Morgengymnastik, eine Frauenstimme sagte: »Und jetzt gehen wir in die Hocke und lockern unser Hüftgelenk, und links zwei drei, und rechts zwei drei«, dann donnerte jemand gegen die Wand und das Radio wurde leisergestellt. Blum lachte. Sein Hals brannte. Er knipste das Licht aus, und sie lagen nebeneinander und schwitzten in die Bettücher.

»Meinst du, es ist möglich, Blum?«

»Natürlich. Klar. Alles ist möglich. Ich weiß nicht. Warum nicht?«

»Ich meine, ob wir möglich sind?«

Er schwieg. Was meinte sie damit? Er hörte Möwen schreien. Möwen waren möglich. Man lag am Strand, ausgepumpt, zwischen den Dosen und Brotrinden, und plötzlich waren sie über einem. Das war möglich.

Cora seufzte, rieb seinen Schwanz über ihre Brüste, preßte eine Brustwarze auf den Spalt, band Haarsträhnen um die Eichel, leckte sie frei, lachte, griff zum Kokain, schüttete eine Spur bläulichen Schnee auf den Penis und steckte ihn bei sich rein. Etwas platzte in seinem Kopf, der Himmel riß, die Möwen stürzten ins Meer, Cora schrie, schrie, schrie, und Blum kam.

Stephen Fry

DIE HITZE DER FLANKEN

David schloß das Buch und starrte ins Nichts, als er zur Deckenrosette aufsah. Um elf war es so dämmrig geworden, daß es das Schlagen der Stalluhr zum Schweigen gebracht hatte. Seitdem waren zwei Stunden vergangen. In einer Stunde wäre er bereit. Im Moment war es das Sicherste, aufgeregt wie er war, seinen ganzen Körper zu entspannen und sich auf nichts zu konzentrieren.

Er dachte an einen Kreis, und in diesem ein weiterer Kreis, und darin noch einer und noch einer und noch einer, und ließ sein geistiges Auge mit hohem Tempo durch die endlosen Ringe aus Ringen rasen, fand einen glühenden Mittelpunkt, der sich seinerseits als weiterer Kreis entpuppte, der abermals mehr und mehr Kreise enthielt. Es war, als tauche man ins Zentrum der Dinge und lenke den Geist von allen niedrigen, weltlichen Gedanken ab. Die Technik stammte aus einem Buch über yogische Meditation, das er sich in den letzten Ferien gekauft hatte, und funktionierte bemerkenswert gut, solange es einem gelang, sich mit äußerster Kraft zu konzentrieren und gleichzeitig völlig entspannt zu bleiben.

In diesem Zustand verging die Zeit wie im Fluge, und David wußte, ohne auf dem Wecker nachschauen zu müssen, als es genau zwei Uhr war.

Er stand nackt vor einem großen Spiegel und atmete schwer. Die Nacht war warm, aber er brauchte etwas Schutz. Er suchte sich ein T-Shirt, eine ausgebeulte Trainingshose und Turnschuhe. Weder Socken noch Unterhose. Nachdem er eine Taschenlampe, einen Apfel und ein kleines, in Kleenex-Tücher gewickeltes Glas vom Nachttisch genommen hatte, verließ er das Zimmer.

Er hatte mal gehört, wie jemand das einen Dreiviertelmond genannt hatte. Halbe-halbe. Genug Licht zum Sehen, genug Dunkel zum Verstecken. Licht war nicht wirklich wichtig. Im Moment fühlte er sich, als könne er die Mission mit verbundenen Augen ausführen.

Im Schatten des Hauses und dann vor dem verschwommenen Schwarz des Rasens glänzten seine Turnschuhe in undeutlichem Weiß, vor und zurück hüpfende weiße Blitze. Beim Hochschauen sah er den Gürtel im Sternbild Orion funkeln und Sirius bläulich nach Osten kreisen. Das Geräusch seiner durchs Gras streifenden Turnschuhe erstarb im samtnen Tief der Nacht.

»Und alle Luft«, flüsterte er sich zum Rhythmus des Laufens und Keuchens zu, »die schwere Stille hält. Und alle Luft . . . die schwere . . . Stille . . . hält. Und alle Luft . . . die schwere . . . Stille . . . hält!«

Er war da. Der lange Schatten der Turmuhr fiel in den Hof zwischen den Ställen, und der warme Geruch von Pferdeäpfeln überrollte ihn. Lautlos wie eine Motte huschte er auf die Tür zum Eckraum zu, in dem das Zaumzeug aufbewahrt wurde. Drinnen erwartete ihn ein neuer Duft, das Parfum von Sattelöl und Lederseife, so intensiv, daß er husten mußte. Er hielt die Luft an, tastete nach dem Holzschemel und hob ihn am ausgesparten Loch in der Mitte der Sitzfläche hoch. Ein loses Stück Zaumzeug, ein Zügel oder ein unbefestigtes Martingal, fiel dabei mit sprödem Klirren zu Boden, als er den Hocker anhob, aber er wußte, daß das Geräusch nur an seine Ohren drang und an die der Pferde, die wußten, was er plante, und es guthießen.

Er erreichte Lilacs Box und entriegelte die obere Hälfte der Box. Lilac drehte den Kopf, als habe sie ihn erwartet, und hieß ihn willkommen.

»Hallo«, sagte David telepathisch, ohne jede Bewegung von Lippen, Atem oder Stimmbändern. »Ich hab dir einen Apfel mitgebracht.«

Lilac nahm das Geschenk wie ein appetitloser Patient, der weiß, daß er essen muß, um wieder zu Kräften zu kommen. Während sie langsam den Apfel zermalmte, ihn von Backe zu Backe schob, zog David sein T-Shirt aus und schlüpfte aus seiner Trainingshose. Weil er sich lächerlich vorkam, als er bis auf ein Paar Turnschuhe nackt war, zog er die auch aus und stand barfuß im Mondlicht.

Er erschauerte etwas und merkte, daß er an den Beinen eine Gänsehaut bekam.

»Bist du bereit, altes Mädchen?« fragte er, erneut ohne die Stimme zu benutzen. »Ich ja.« Er bückte sich und zog das Glas und seine Papierverpackung aus der Hosentasche. Die Taschenlampe brauchte er nicht.

Er übte sanften Druck auf Lilacs Schultern aus, als er die untere Torhälfte aufriegelte und, den Hocker umklammernd, hineinschritt, aber sie machte keine Anstalten, in den Hof hinauszulaufen. Gemächlich schloß er das ganze Tor, und sie waren allein in der absoluten Finsternis.

Sie war friedfertig, lediglich leichter Schweiß zeugte von ihrem furchtbaren Gebrechen. Schweigend stand sie da, gelegentlich stampfte ein Hinterhuf auf die Steinplatten. David glitt an ihrer Seite entlang, sein Körper berührte ihren, als er sich nach hinten in den Stall vortastete. Die Hitze ihrer Flanken erregte auch ihn zu neuer Hitze, und als er auf den Schemel stieg, merkte er, wie seine Eichel sich durch die Vorhaut schob und wie sein Schwanz höher und dicker und härter wurde als je zuvor. Er stellte sich aufrecht auf den Hocker, stützte sich mit einer Hand auf Lilacs Hinterteil und verlangsamte seine Lungen auf den Rhythmus ihres Atmens. Sie war brünstig und würde nicht mit den Beinen ausschlagen, wie es außerhalb der Brunst vorkommen konnte. Und selbst wenn es so gewesen wäre, David wußte, daß er ihr willkommen war.

Als er soweit war und wußte, daß sie eins waren, grub er zwei Finger ins Glas und holte einen dicken Klumpen Vaseline heraus. Mit der anderen Hand schob er Lilacs Schweif beiseite. Gehorsam zuckte sie, ihr Busch reckte sich hoch, und er konnte mit beiden Händen arbeiten. Unter Schweifstumpf und Anus waren die äußeren Schamlippen leicht zu finden, und hinter ihnen erspürte er den Buckel der Klitoris und dahinter das weiche Fleisch ihrer inneren Lippen. Sanft mit einem Finger drückend, fand er, was er für die Harnröhre hielt, und lenkte seinen Finger vorsichtig weiter zu dem lockeren, zarten Gewebe darunter. Wie um seine Entdeckung zu bestätigen, schnaubte Lilac leise durch die Nüstern und stampfte mit dem Huf auf.

David rieb den Geleekloß in die Scheidenöffnung und merkte, daß seine Finger ohne weiteres hinein- und herausschlüpften. Mit der verbleibenden Vaseline salbte er sich selbst, obwohl er sich schon mit seinem eigenen dünnen Saftstrom versorgte.

Der Schwanz glitt mit wunderbarer Mühelosigkeit hinein, seine feste glatte Härte wurde durch ein kurzes Zucken Lilacs weitergezogen. Die Wände schlossen sich um ihn, zogen ihn immer tiefer hinein, und David keuchte angesichts des blendenden Frohlockens seiner Empfindungen. Eine Hand auf jeder Seite der Schweifwurzel experimentierte er vorsichtig, indem er ein winziges Stück zurückzog und wieder ein winziges Stück vorschob. Das Gefühl erfüllte seinen Kopf mit Sternen. Einen Millimeter hierhin, einen Millimeter dorthin, Hufe donnerten durch sein Gehirn, und die heißen Kristalle in seinem Bauch zerstoben zu Milliarden brennender Körnchen. Die absolute Richtigkeit und Heiligkeit und Vollkommenheit und Schönheit des Lebens durchstürmten ihn. Er konnte ewig in dieser Stellung bleiben, er und das gesamte Königreich des Lebens – Tiere, Pflanzen und Menschen, vereinigt im Wirbelwind der Liebe. Das andere Mal war für ihn alles zu schnell gegangen, um diese Ekstase zu erleben: Das war damals mit einer Frau, es gab Spannungen und war nötig geworden, mit Worten zu reden.

»Du bist ganz, Lilac«, rief seine innere Stimme ihr zu. »Mit dieser Gabe reinen Geistes erkläre ich dich für ganz und geheilt.«

Die Lichter in seinem Kopf rannen über und wirbelten und drehten sich in verzweifelter Verzückung, während er stieß und stieß, außerstande, die unauslotbare Tiefe und Intensität des Aufruhrs an Genuß zu begreifen, der ihn durchtobte, und dann blitzte eine große Fläche weißen Lichts in seinem Kopf auf, und er spürte, wie die Wellen seines Geistes wogten und wogten und wogten und wogten, als würde das nie ein Ende haben.

Als er aufhörte und sich den letzten Tropfen abrang, fiel das Vaselineglas klirrend zu Boden, Lilac wieherte erschrocken und zog ihren großen Ringmuskel in einem quetschenden Griff zusammen.

David krümmte sich, gab aber keinen Laut von sich; er wußte, daß Lilac nachgeben würde, wenn er sich ruhig verhielt. Das Krampfen ihrer Flanken verebbte, sie entspannte ihren Muskel und ließ David sich zurückziehen.

Er stand einen Augenblick da, seine heißen Hände an ihrer Seite, jubelnd und erschöpft. Schließlich stieg er herab, griff nach den Tüchern, in die er das Glas eingewickelt hatte, und begann, Lilac sorgfältig abzureiben, wobei er ihr die ganze Zeit gut zuredete.

Draußen im Hof zwischen den Ställen erschauerte er, als er das T-Shirt wieder anzog. Er sah auf seinen feuchten baumelnden Schwanz hinab.

»Du mußt mit dieser großen Gabe schonend umgehen«, sagte er sich, »sehr schonend.«

Deutsch von Ulrich Blumenbach

Marquis de Sade
HÖCHSTE UNZUCHT

Nach diesen Schmeichelreden, aus denen ich mir sehr wenig machte, gingen wir zu ernsteren Dingen über. Ghigi wollte noch einmal meinen Hintern betrachten, an dem er sich nicht satt sehen könne. Olympia, Bracciani, er und ich begaben uns deshalb in das Geheimkabinett der Vergnügungen der Fürstin, wo feierlichst neue Schandtaten begangen werden sollten und ich erröte, auf Ehre, Ihnen dieselben mitzuteilen.

Diese verdammte Borghese verstand sich auf alle Gelüste, und ihre Phantasie war bewundernswert. Ein Verschnittener, ein Zwitter (Hermaphrodit), ein Zwerg, ein achtzigjähriges Weib, ein Truthahn, ein Affe, eine große Dogge, eine Ziege und ein Knabe von vier Jahren – Urenkel des alten Weibes – das waren die Gegenstände, welche die Kammerfrauen der Fürstin unserer Unzucht preisgaben. O großer Gott, rief ich aus, als ich alles dies sah, welche Verworfenheit! Und doch ist nichts natürlicher, sagte Bracciani, die Erschöpfung der Genüsse macht es nötig, nach neuen zu forschen, für die gewöhnlichen Dinge abgestumpft, wünscht man sich ganz besondere, darum ist auch das Verbrechen die letzte Stufe der Unzucht. Ich weiß nicht wie Du, Julchen, Dich dieser sonderbaren Objekte bedienen würdest, aber dafür stehe ich Dir ein, daß die Fürstin, mein Freund und ich in denselben die Quelle großer Freuden finden werden. Ich werde auch daran Anteil nehmen, antwortete ich, und ich gebe Euch im voraus die Versicherung, daß ich was Unzucht und Schweinereien betrifft nicht hinter Euch zurückbleiben werde.

Ich hatte noch nicht geendet, als die große Dogge, ohne Zweifel an solches Tun gewöhnt, unter meinen Röcken herumschnüffelte. Aha! Lucifer ist im Zuge, sagte Olympia lachend. Ziehe Dich aus, Julchen, und gib Deine Reize den Liebkosungen dieses prächtigen Tieres hin; Du wirst sehen, wie Du damit zufrieden sein wirst. – Angenommen – wie hätte auch irgend eine Schweinerei mich anwidern können, mich, die dieselben täglich mit größtem Eifer aufsuchte. Ich mußte mich auf allen Vieren mitten in's Zimmer stellen, die Dogge umkreist mich, beriecht mich, leckt mich und besteigt mich schließlich, um mich aufs herrlichste zu ficken, wobei sie mir ihren kalten Bauer bis in das Innerste der Mutter spritzt. Aber nun geschah etwas Merkwürdiges, das Glied war während des Fickens dermaßen angeschwollen, daß es mir furchtbare Schmerzen verursacht, als das Tier es herausziehen will. Der Schlingel wollte noch einmal und wir fanden, daß dies das einfachste sei. Nachdem ihn darauf eine zweite Ausspritzung wirklich geschwächt hatte, zog er sich zurück, na er hatte mein Inneres zweimal tüchtig mit seinen Samen eingeseift.

Paßt auf, sagte Ghigi, jetzt werdet Ihr Herrn Lucifer mich gerade so behandeln sehen, wie unser Julchen. Furchtbar ausschweifend in seinen Gelüsten, verehrt dieses reizende Tier die Schönheit, wo es sie findet und ich wette, daß es meinen Arsch mit demselben Vergnügen ficken wird, mit der es eben erst Julchens Votze gevögelt hat. Aber ich werde dabei nicht so untätig bleiben, wie unsere liebe Freundin und während ich Lucifer als Hure diene, werde ich die Ziege bocken. Ich habe noch nie etwas Seltsameres gesehen, als diesen Genuß. Ghigi geizte mit seinem Samen und spritzte nicht, aber er schien in dieser wollüstigen Ausschweifung außerordentliches Vergnügen zu finden. Nun schaut mich an, sagt Bracciani, ich will Euch jetzt ein anderes Schauspiel bieten ... Er läßt sich von dem Verschnittenen den Schwanz in den Hinteren stecken, während er selbst den Truthahn in den Arsch fickt.

Olympia, die Arschbacken ihm zugewendet, hielt zwischen ihren Schenkeln den Kopf des Tieres, den sie im selben Augenblicke abschnitt, wo der Physiker seinen Samen verlor. Das, sagte der Wüstling, ist das köstlichste aller Vergnügen, Ihr könnt Euch gar nicht denken, welche Empfindung die Zusammenziehung des Arschringes des Truthahns verursacht, wenn man ihm im Moment der Krisis den Hals abschneidet.

Das habe ich noch nie versucht, sagt Ghigi, aber ich habe diese Art des Vögelns so sehr rühmen hören, daß ich sie auch, jedoch in anderer Weise probieren muß. Julchen, sagt er zu mir, nimm dieses Kind zwischen Deine Beine, während ich es in den Arsch ficke, und im selben Augenblicke, wo Dir meine Flüche meine Ekstase kundgeben, schneidest Du ihm den Hals ab. Ganz schön, sagt Olympia, aber, mein Lieber, wenn meine Freundin Dir dient, soll sie auch genießen. Der Hermaphrodit wird sich also derart unter ihren Mund legen, daß sie in ihm die beiden Geschlechter liebkost, indem sie mit ihrer Zunge bald die Beweise seiner Männlichkeit, bald die seiner Weiblichkeit belecken kann. Halt, meint Bracciani, die Gruppe können wir dahin vervollständigen, daß ich dabei dem Zwitter meinen Schwanz in den Arsch stecke, während der Eunuch mich vögelt und die Alte mit ihrem Arsche über meiner Nase liegend, mir in den Mund scheißt. Welche Verworfenheit! sagt Olympia. Meine Liebe, erwidert Bracciani, das läßt sich alles erklären, es gibt keine Neigung, deren Ursache man nicht entschleiern könnte. Nun wohl, sagt Ghigi, da Ihr alle eine Kette bilden wollt, so muß der Affe mich in den Arsch ficken, während der Zwerg sich rittlings auf den kleinen Knaben setzt und mir seine Arschbacken zum Küssen darbietet. So geht alles auf's schönste, sagte Olympia; es bliebe also niemand weiter unbeschäftigt, als ich, Lucifer und die Ziege. Nichts ist leichter zu machen, als daß wir alle miteinander in Aktion treten, meinte Ghigi. Du und die Ziege legt Euch mir so zur Seite, daß ich mit Eueren Ärschen abwechseln kann und wenn ich mich nicht mit Deinem Arsch beschäftige, wird Dir Lucifer seinen Schwanz hineinstecken, aber entladen werde ich stets nur in den Hinteren des kleinen Knaben, dem Julchen den Hals durchschneiden wird, sowie sie bemerkt, daß ich in eine wollüstige Ohnmacht sinke.

Das Bild wird, wie angegeben, gestellt und nie war etwas so Widernatürliches von höchster Unzucht ausgeführt worden. Nichts desto weniger entluden wir alle, das Kind wurde genau zur richtigen Zeit enthauptet und wir lösten die Gruppe nur auf, um ein Loblied auf die göttlichen Genüsse anzustimmen, welche uns diese Ausgeburt der Phantasie verschafft hatte.

Den Rest des Tages verbrachten wir mit ähnlichen Sauereien. Ich wurde vom Affen gerammelt, dann nochmals von der Dogge, aber diesmal in den Arsch, vom Zwitter, vom Verschnittenen, von den beiden Italienern und schließlich fickte mich noch Olympia mit ihrem Godmiché; die Übrigen griffen mich aus, leckten mich und erst nach zehn Stunden der pikantesten Genüsse hörte dieses neue und sonderbare Gelage für mich auf. Ein köstliches Nachtessen krönte das Fest, bei dem wir noch ein griechisches Opfer feierten, bei welchem alle Tiere, die uns zur Wollust gedient hatten, hingeschlachtet wurden, die Alte aber wurde gebunden und geknebelt auf den für die Tierleichen errichteten Scheiterhaufen gelegt und lebendig verbrannt.

Nur der Zwitter und der Verschnittene wurden verschont; wir aber flogen neuen Genüssen entgegen.

Deutsch von N. N.

Jo
LUSTVOLLER KUCHEN

Diese Phantasie habe ich oft, wenn ich allein bin, oder viel Zeit habe, oder sogar, wenn ich mit meinem Ehemann schlafe.

Ich bin allein im Haus. Mein Mann ist zur Arbeit gegangen. Ich fange im Erdgeschoß mit der Hausarbeit an, räume das Geschirr vom Eßzimmer in die Küche. Ich ziehe mein Nachthemd und meinen Morgenrock aus und arbeite nackt. Während ich arbeite, folgt mir der Hund des Nachbarn überall hin. Ich beachte ihn nicht, doch jedesmal, wenn ich stehenbleibe, spüre ich seine feuchte Nase und seinen warmen Atem zwischen meinen Beinen. Flüchtig öffne ich meine Beine, und seine Zunge schnellt hervor und leckt mich, während ich weiterhantiere, als wäre er gar nicht da. Ich gehe umher, ohne ihm oder mir zuviel zu gönnen. Ganz allmählich, als merkte ich es nicht, gönne ich ihm mehr, jetzt zweimal lecken, dann dreimal, viermal, seine Nase bohrt sich in meine Geschlechtsteile, und ich lasse ihn immer länger an mich heran. Plötzlich hat er keine Lust mehr und hört auf, mir zu folgen, als ich gerade mit dem Putzen der unteren Zimmer fertig bin. Bis auf die Küche. Die Küche lasse ich immer bis zuletzt.

Rasch gehe ich in die Küche und rufe ihn, und als er drinnen ist, schließe ich die Tür, damit er nicht wieder hinaus kann. Jetzt beeile ich mich. Ich möchte verhindern, daß er das Interesse verliert. Ich hole eine Schüssel und eine Packung Schokoladenkuchenmix heraus, den Lieblingskuchen meines Mannes. Hastig rühre ich den Teig und gebe die Hälfte in eine Kuchenform, damit wir am Abend wenigstens ein bißchen Kuchen zum Nachtisch haben. Die andere Hälfte schmiere ich mir auf die Brüste, und als ich mich bücke, um den Kuchen in den Ofen zu schieben, lasse ich mir von dem Hund den Teig von den Brüsten lecken. Mit dem Finger kratze ich Teig heraus und schmiere ihn immer wieder auf die Brustwarzen, damit er nicht aufhört, an ihnen zu lecken, bis sie schmerzen, bis mir alles wehtut. Dann gehe ich zum Kühlschrank, hole die Butter für den Guß heraus, hole den Zucker aus dem Schrank und außerdem eine kleine Flasche Fleischextrakt. Um den Zucker mit der Butter zu verrühren, setze ich mich auf den Küchenstuhl, die Schüssel auf dem Schoß, direkt neben den Küchentisch. Ich bestreiche meine Fotze innen und außen mit dem Fleischextrakt, und während ich Zucker und Butter verrühre, drängt sich der Hund zwischen meine Beine und leckt mich dort. Ich presse die Schüssel an mich, rühre kräftig, immer glatter. Ich hänge jetzt richtig auf dem Stuhl, die Beine weit gespreizt, die große Schüssel verdeckt den Hund. Der warme, süße Duft des Kuchens erfüllt die Küche. Durch das Glas in der Ofentür kann ich sehen, wie der Kuchen langsam aufgeht. Immer wieder tauche ich den Finger in das Glas mit dem Fleischextrakt und bestreiche meine Fotze, damit der Hund immer heftiger leckt, jetzt von einer Seite zur anderen, aufgeregt, als spiele er mit einem Knochen. Der süße Kuchenduft erfüllt meinen Kopf, während ich mir vorstelle, wie das leuchtend rote Ding des Hundes ein- und ausschlüpft. Der Kuchen im Ofen wird immer größer, so groß, daß es scheint, als fülle er den ganzen Ofen, drücke die Tür auf und quelle über in die Küche, ersticke uns in seiner süßen Wärme. Ich bete, daß der Hund nicht aufhört und der Kuchen nicht in meine schöne, saubere Küche überquillt, ehe mein Mann nach Hause kommt, ehe ich fertig bin, ehe der Hund fertig ist.

Deutsch von Antonia Rühl

Robert Gernhardt

ANIMALEROTICA

Der NASENBÄR sprach zu der Bärin:
»Ich will dich jetzt was Schönes lehren!«
Worauf er ihr ins Weiche griff
und dazu »La Paloma« pfiff.

Die DÄCHSIN sprach zum Dachsen:
»Mann, bist du gut gewachsen!«
Der Dachs, der lächelte verhalten,
denn er hielt nichts von seiner Alten.

Der Förster, der grad Möhren dörrte
und dabei ein Röhren hörte,
sprach: »Wer den HIRSCH beim Röhren stört,
der eben in den Föhren röhrt,
dem schlag ich meine Möhren
achtkantig um die Ohren.«

Der BÄR schaut seinen Ziesemann
nie ohne stille Demut an.

Der MOPS hat seinen Zeugungstrieb
ganz schrecklich gern und furchtbar lieb.

Das Vorspiel nahm den HENGST so mit,
daß er geschwächt zu Boden glitt.

Der WAL vollzieht den Liebesakt
zumeist im Wasser. Und stets nackt.

Zu Nachtzeit faßt der KORMORAN
zu gern die Kormoranin an,
die dieses, wenn auch ungern, duldet,
da sie ihm zwei Mark fünfzig schuldet.

Der HABICHT fraß die Wanderratte,
nachdem er sie geschändet hatte.

Der PELIKAN steht wie gelähmt,
nie hat ihn jemand so beschämt,
wie jener feiste Kolibri,
der ihn des Pubertierens zieh.

In Köln, da können sich die DOHLEN
selbst auf dem Dom ein Liebchen holen.

Zum Adler sprach die GABELWEIHE,
daß sie auf seinen Nabel speie,
nähm' er nicht sofort seinen Schnabel
aus ihrer frischgekämmten Gabel.

Im Kurbordell von Königstein
ist jeden Samstag Tanz.
Dort treten sieben MÄUSCHEN
ohn' Unterlaß und Päuschen
der Katze auf den Schwaha,
der Katze auf den Schwanz.

Gisbert Haefs

BEMERKUNGEN ÜBER DEN SPERBER

Des Sperbers Leben hängt am Faden,
entdeckt er unterm Pürzel Maden.

Hängt wo ein Schwert, so wittert es
ein Sperber namens Damokles.

Ein Sperber, der gern Fisch massiert,
wird um die Morgenstund kastriert;

es sei denn, er massierte Aal –
Aal ist dem Kastrateur egal.

Der Sperber, trägt er Damenbinden,
ist äußerst schwierig aufzufinden.

Der Sperber den Kaplan gern neckt,
indem er den Altar versteckt.

Es schwor der wüste Rummelhammel,
daß er alsbald die Hummel rammel'.
Der Sperber, bei dem Hammelrummel,
bestieg derweil die Rammelhummel.

Der Sperber zwickt das arme Frettchen
bisweilen roh ins Morgenlättchen.

Ein Sperber, der gern Watte frißt,
weiß nie genau, wie satt er ist.

Der Sperber ist schon eine Last
als nekrophiler Trauergast.

Dem Sperber geht die Frau des Otters
gern an die Eier, ob des Dotters;
und war der erste Schuß mal schlecht,
läßt er sie an sein Zweitgemächt.

Er spricht, droht Ejakulation,
der Sperber matt: »Ich komm ja schon.«

Ein Sperber mit Analneurose
verscheißt oft die Pyjamahose.

Der Sperber ist beim Liebesspiel
nicht nur igal, nein auch frovil.

Ein Sperber, der sein Schamhaar scheitelt,
gilt bei den Seinen als vereitelt.

Der Sperber auf der Kirchenglocke
spürt oft Vibrieren in der Socke.

Ein Sperber, der vom Rocke singt,
oft nur mit einer Socke ringt.

Ein Sperber, der im Kreißsaal krähte
bis man ihm das Gebiß vernähte,
schiß drauf der Kreißenden aufs Vlies,
daß sie erstank, während sie kriß.

Der Sperber hat, an Kant geschult,
sich oft im Loch An Sich gesuhlt,
doch brachte Cunt ihm mehr Plaisir.
Heut suhlt er sich im Loch An Ihr.

Nibelungenlied

DIE GLIEDER KRACHEN

Wie grimmig sie das rächte, daß er zerzerret ihr Kleid!
Was half ihm da die Stärke, was seine große Kraft?
Sie erwies dem Degen ihres Leibes Meisterschaft.
Sie trug ihn übermächtig, das mußte nur so sein,
Und drückt' ihn ungefüge zwischen die Wand und einen Schrein.
»O weh«, gedacht' er, »soll ich Leben nun und Leib
Von einer Maid verlieren, so mag jedes Weib
In allen künft'gen Zeiten tragen Frevelmut
Dem Mann gegenüber, die es sonst wohl nimmer tut.«
Der König hörte alles: er bangte für den Mann.
Da schämte sich Siegfried, zu zürnen fing er an.
Mit ungefügen Kräften ihr widersetzt' er sich
Und versuchte seine Stärke an Brunhilden ängstiglich.
Es währte lang' dem König, bis Siegfried sie bezwang.
Sie drückte seine Hände, daß aus den Nägeln sprang

Das Blut von ihren Kräften, das war dem Helden leid.
Da zwang er zu verleugnen diese herrliche Maid
Den ungestümen Willen, den sie erst dargetan.
Alles vernahm der König, doch hört' er's schweigend an.
Er drückte sie ans Bette, daß sie aufschrie laut:
Des starken Siegfrieds Kräfte schmerzten übel die Braut.
Da griff sie nach der Hüfte, wo sie die Borte fand,
Und dacht' ihn zu binden: doch wehrt' es seine Hand,
Daß ihr die Glieder krachten, dazu der ganze Leib.
Da war der Streit zu Ende: da wurde sie Gunthers Weib.
Sie sprach: »Edler König, nimm mir das Leben nicht:
Was ich dir tat zuleide, vergüt' ich dir nach Pflicht.
Ich wehre mich nicht wieder der edlen Minne dein:
Ich hab' es wohl erfahren, daß du magst Frauen Meister sein.«

Ulla Hahn

HITZE ZWISCHEN DEN BEINEN

Sie waren dort für ein langes Wochenende gewesen, er mit einem Teil des Chors, Maria ununterbrochen und unsichtbar in seinem Zimmer. Sie hatte nichts von der Stadt gesehen, sich sogar vor dem Hotelpersonal verborgen gehalten. Während Küstermann unterwegs und beschäftigt war, verdämmerte sie die Zeit in dem schwülen Raum, Jalousien zerschnitten das Licht in wandernde Streifen, mitunter kam Küstermann in einer Pause vorbei, brachte ihr Früchte, Brot und Wein, erwartete, daß sie sich dankbar und geil zeigte, und reagierte sich zwischen zwei Terminen auf ihr ab. Kaum war er fort, hätschelte sie ihr Geschlecht, umrundete langsam und liebevoll die Brüste, die Küstermann ein paarmal in die Fäuste gequetscht hatte, derweil er stieß und sich über ihr Trockensein beklagte, cremte die Warzen sorgfältig ein, rief Fühlen und Vertrauen und Lust wieder in ihren Körper zurück.

Einmal hörte sie kurz vor dem Höhepunkt, wie er die Tür aufschloß, hatte gerade noch Zeit, die schleimigen Finger hinterm Kopf zu verschränken und sich schlafend zu stellen.

Mitten im »Hallo, da bin ich« brach Küstermann ab. Leise legte er die Aktenmappe aus den Händen, schlich ans Bett, sie hörte das Metall eines Etuis auf- und zuklappen, Küstermann hatte die Lesebrille aufgesetzt und ließ sich nun behutsam, so dicht es, ohne sie zu berühren, möglich war, auf dem Bett zwischen ihren Beinen nieder. Von draußen drang Kindergeplapper, eine Frauenstimme schrillte unablässig: »Massimo, Massimo, vieni qua, vieni qua!«

Die erste Berührung der Fingerspitzen war so leicht, daß ihr Zucken sie beinah verraten hätte. Sie hielten beide inne. Küstermann erhob sich, sie hörte, wie er die Jalousien ganz herunterließ, dann ein Scharren von Holz und Metall, etwas legte sich auf die Matratze, dann ein Klicken, sie spürte die plötzliche Hitze direkt zwischen den Beinen bis zur Mitte des Bauches. Küstermann hatte das Licht der Stehlampe direkt auf ihr Geschlechtsteil gerichtet. Er strich ihr übers Gesicht, ein Hypnotiseur, der sich des tiefen Schlafes seines Mediums versichert, sie rührte sich nicht. Alsdann machte er sich daran, die innere Scham zu studieren.

Er spreizte die äußeren von den inneren Lippen ab, legte Kitzler und Harnröhre frei, sie zuckte, als ein pelziges Ding sich in das feine Loch bohren wollte, später fiel ihr ein, daß dies wohl Küstermanns Pfeifenreiniger war.

Wie viele Finger er in ihrer Scheide unterbrachte, vermochte Maria nicht auszumachen, es war, als wolle er mit seiner Künstlerhand, auf deren schlanke Eleganz er so stolz war, in sie hineingreifen wie die Köchin ins Huhn.

Sie war etwa zehn, als sie die Großmutter in der Küche überraschte, wo sie, mit brüchiger Stimme das »Ave verum« von Mozart singend, bis zu den Ellenbogen einen Puterkorpus auslotete. Sie sah das Kind nicht, und es machte sich, obgleich die Hitze es auf ein Glas Himbeersaft hierhergetrieben hatte, nicht bemerkbar. Aus den gemütlichen Apfelbäckchen der alten Frau war alle Farbe gewichen, ihr Blick blieb in strenger Sehnsucht auf die Delfter Kacheln an der Wand gegenüber gerichtet. Sie traf die Töne mit ihrer geschulten Stimme noch immer ganz genau. Öffentlich war sie nie aufgetreten, Großvater, hieß es, habe es ihr, kurz vor dem ersten Konzert, gleich nach der Heirat verboten.

Die Gestalt stand erstarrt, von den gespreizten Füßen in den halbhohen, braun-beige karierten Filzpantoffeln mit Blechschnappschnallen, die sie sommers wie winters trug, über den Ansatz der nackten, immer noch schwarzbehaarten Waden, über das immergleiche Kleid, das wie ein Kittel von oben bis unten auf Knöpfe schloß; erst oberhalb der Taille kam minimale Regung zustande, der hagere Busen hob und senkte sich gemäß den Anforderungen des Zwerchfells unter den Biesen des Pikees, der Kehlkopf stieg und fiel im dürren Hals, der Mund, dessen Lippen das Alter fast aufgezehrt hatte, artikulierte kaum, klappte nur, den Bewegungen des Unterkiefers folgend, auf und zu – alles Leben der Greisin schien in die Hand in der Höhlung des Putenleibs konzentriert. Jetzt, dachte das Kind, hat die Großmutter, deren stets kalte Finger so widerlich sind, endlich eine warme Hand. Erst als das Ende eines blauweißen Darmgeschlinges, schillernd wie gesintertes Glas, das sie, träumerisch Witterung aufnehmend, unter der Nase hin- und herführte, ihr in das singende Mundloch geriet und sich in der Kehle verfing, einen gewaltigen Hustenreiz und ein Ende der Trance auslöste, suchte Maria das Weite und erbrach sich in den Johannisbeersträuchern.

Sie spürte Küstermanns tastende Finger, spürte, wie er versuchte, den Gebärmuttermund zu öffnen, er badete seine Hand in ihrem Wasser. Dann ließ er von ihr ab, ließ sie liegen, richtete die Lampe auf ihr Gesicht. Sie stellte sich starr.

Die Feuchtigkeit für den nächsten Griff strich er aus der Scheide über den Damm zur Afterrosette, die sich schmerzhaft zusammenzog. Küstermanns Hände schraubten sich in ihren Leib, ohne Schonung, ohne Rücksicht. Sie schrie.

Als sie wieder zu sich kam, stand die Lampe an ihrem Platz, und Küstermann sagte: »Hallo, wie geht's? Da bin ich schon. Hast du schön geträumt?«

Charles Bukowski

DER POSTMANN KOMMT

Ich steckte den Zettel in den Briefkasten und begann die Treppe hinabzusteigen.

Die Tür ging auf, und sie kam herausgerannt. Sie trug eines dieser durchsichtigen Negligés und keinen BH. Nur ein dunkelblaues Höschen. Ihre Haare waren nicht gekämmt und zeigten in alle Himmelsrichtungen, als wollten sie ihr entkommen. Sie schien eine Art Creme im Gesicht zu haben, vor allem unter den Augen. Die Haut an ihrem ganzen Körper war so weiß, als sei sie nie der Sonne ausgesetzt, doch ihr Gesicht sah gesund aus, und ihr Mund stand offen. Die Spur eines Lippenstifts war zu erkennen, und sie war fantastisch gebaut . . .

Ich stellte das alles fest, während sie auf mich zustürzte. Ich steckte den Einschreibebrief in die Posttasche zurück . . .

Sie kreischte: »Geben Sie mir meinen Brief!«

Ich sagte: »Gute Frau, Sie müssen aber . . .«

Sie schnappte sich den Brief und rannte zur Tür, machte sie auf und lief hinein.

Verdammte Scheiße! Ich brauchte entweder den Einschreibebrief oder ihre Unterschrift! Für Einschreibsendungen mußten sogar wir Briefträger unterschreiben, bevor wir das Postamt verließen!

»HEH!«

Ich rannte hinter ihr her und brachte gerade noch rechtzeitig meinen Fuß in die Tür.

»HEH, WAS SOLL DENN DAS, HIMMEL ARSCH!«

»Fort mit Ihnen! Fort mit Ihnen! Sie sind ein böser Mann!«

»Hören Sie! Verstehen Sie mich doch! Sie müssen für diesen Brief unterschreiben! So kann ich ihn nicht hergeben! Sie bestehlen die Post der Vereinigten Staaten von Amerika!«

»Fort mit Ihnen, böser Mann!«

Ich stemmte mich mit meinem ganzen Gewicht gegen die Tür und drängte mich in das Zimmer. Es war dunkel da drin. Alle Jalousien waren runtergelassen. Im ganzen Haus.

»SIE HABEN KEIN RECHT, HIER EINZUDRINGEN! VERSCHWINDEN SIE!«

»Und Sie haben kein Recht, Briefe zu klauen! Entweder geben Sie den Brief zurück, oder Sie unterschreiben dafür. Dann geh ich.«

»Schon gut! Schon gut! Ich unterschreibe.«

Ich zeigte ihr, wo sie zu unterschreiben hatte, und gab ihr einen Kugelschreiber. Ich betrachtete ihre Brüste und all das andere, und ich dachte, so ein Jammer, daß sie verrückt ist.

Sie gab mir den Kugelschreiber und die Unterschrift zurück – es war nur ein Gekritzel. Sie öffnete den Brief und fing an ihn zu lesen, während ich mich umdrehte, um wegzugehen.

Dann stand sie vor der Tür und versperrte mit ausgebreiteten Armen den Weg. Der Brief lag auf dem Boden.

»Böser böser böser Mann! Sie sind nur gekommen, um mich zu vergewaltigen!«

»Lassen Sie mich jetzt endlich vorbei.«

»DIE BOSHEIT STEHT IHNEN DEUTLICH IM GESICHT!«

»Glauben Sie vielleicht, das weiß ich nicht? Und jetzt lassen Sie mich hier endlich raus!«

Mit einer Hand versuchte ich sie wegzuschieben. Sie zerkratzte mir die eine Gesichtshälfte, und zwar gründlich. Ich ließ meine Posttasche fallen, meine Mütze fiel zu Boden, und während ich mir mit dem Taschentuch das Blut abwischte, griff sie mich erneut an und zerkratzte die andere Seite.

»DU BLÖDE VOTZE! DU BIST WOHL ÜBERGESCHNAPPT!«

»Aha, aha, da haben wir's! Sie sind böse!«

Sie stand ganz dicht vor mir. Ich packte ihren Arsch und drückte ihr meine Lippen auf den Mund. Diese Brüste bedrängten mich, die ganze Frau bedrängte mich. Sie bog den Kopf zurück und schrie:

»Unhold! Unhold! Böser Unhold!«

Ich ging mit dem Kopf nach unten und erwischte eine ihrer Titten mit dem Mund, und dann die andere.

»Ein Unhold! Hilfe! Ich werde vergewaltigt!«

Sie hatte recht. Ich riß ihr das Höschen herunter, öffnete den Reißverschluß an meiner Hose, drang in sie ein und schob sie dann vor mir her auf die Couch zu. Dort ließen wir uns der Länge nach hinfallen.

Sie streckte die Beine hoch in die Luft.

»VERGEWALTIGUNG!« kreischte sie.

Ich gab ihr den Rest, machte meinen Hosenlatz zu, nahm meine Posttasche und Mütze und machte mich auf den Weg, während sie stumm zur Decke starrend zurückblieb ...

Deutsch von Hans Hermann

Wilhelm von Humboldt

GEPEINIGTE SKLAVINNEN

Auf der Fähre arbeitete ein Mädchen mit, äußerst häßlich, aber stark, männlich, arbeitsam. Es ist unbegreiflich, wie anziehend für mich solch ein Anblick, und jeder Anblick angestrengter Körperkraft bei Weibern – vorzüglich niedrigeren Standes – ist. Es wird mir beinahe unmöglich, meine Augen wegzuwenden, und nichts reizt so stark jede wollüstige Begier in mir ... wie sich zuerst meine Seele mit Weibern beschäftigte, dachte sie sich immer Sklavinnen, durch allerlei Arbeiten gedrückt, tausend Martern gepeinigt, auf die verächtlichste Weise behandelt.

Norbert Johannimloh

DIE ANHALTERIN

»Na dann«, sagte Roggenkämper und nahm die Tasche mit den Butterbroten untern Arm. Seine Frau stand an der Tür, in der ermunternden Haltung einer Schaufensterpuppe hielt sie die rechte Backe hin für den üblichen Abschiedstupfer. Er sah geschäftig auf die Uhr und ließ im Vorbeigehen die ohnehin erhobene Linke leicht über ihr Haar gleiten. »Es wird Zeit«, sagte er, »mach's gut.« Die Tür klappte zu. Sie öffnete das kleine Seitenfenster. Er ließ den Motor an und trat dreimal das Gaspedal durch. Der Motor brüllte dreimal auf. Roggenkämper wußte, daß es nicht gut war, den kalten Motor so hochzujagen, er tat es trotzdem. Er hob die Hand kurz wie winkend zur Haustür hin und fuhr mit quietschenden Reifen los. – Typisch, die Backe hinhalten und warten, einfach warten! – Nachts im Bett, als sie teilnahmslos wie eine Matratze unter ihm lag, hatte er ihr die Hände um den Hals gelegt und zugedrückt. Sie lag still wie sonst auch. Sie zappelte nicht, und sie brachte keine gurgelnden Laute hervor, sie hielt den Atem einfach an und wartete ab. Er ließ rechtzeitig wieder los, ja natürlich ließ er rechtzeitig wieder los, denn er hatte keine Lust, den Rest des Lebens im Gefängnis zu verbringen. Das wußte sie. – Und abends würde sie gehörig wieder die Backe hinhalten oder sonstwas.

Die Straße war fast leer. Die Birken zu beiden Seiten glitten flott vorüber. Die Sonne schien. Kleine weiße Wolken am blauen Himmel. Es war ein schöner Tag.

Eine junge Frau stand am Straßenrand. Roggenkämper trat sofort leicht auf die Bremse. Er sah, daß die Anhalterin eine ganz gute Figur hatte. Trotzdem fuhr er langsam an ihr vorbei. Er mußte zuerst immer das Gesicht richtig sehen, bevor er sich entschloß, eine Frau mitzunehmen. Da konnte eine noch so gut proportioniert sein und noch so aufregende Beine haben. Das Gesicht mußte dazu passen. Sein Kollege hatte ihn deswegen schon oft ausgelacht. »Spielt doch keine Geige«, hatte der gesagt. »Kannste doch zur Not 'n Handtuch drüber werfen.«

Kaum war sein Wagen auf gleicher Höhe mit der Anhalterin, da trat er scharf auf die Bremse. Nach wenigen Metern stand der Wagen.

»Fahren Sie nach Bielefeld?« rief die Frau.

»Ja, wohin denn sonst!«

»Na, was weiß ich!«

»Ich fahre genau da hin, wo Sie hinwollen. Da staunen Sie, was!« – Die junge Frau stand zögernd am Straßenrand. Sie richtete ihren Blick auf ein anderes Auto, das herannahte. Es fuhr vorbei.

»Wollen Sie nun mitfahren oder nicht?«

»Wohin fahren Sie denn wirklich?«

»Hab ich das nicht gesagt?«

»Nein.«

»Sagen Sie mal, gefällt Ihnen mein Mercedes nicht?«

»Ich fahr genau so gern mit einem alten Käfer, wenn ich weiß, wie ich dran bin.«

»Und das wissen Sie bei mir nicht! – Also ich fahre nach Bielefeld, Gütersloher Straße Nummer 7. Ist das eindeutig genug?«

»Ja natürlich! Entschuldigen Sie!«

Die junge Frau stieg ein wenig unsicher ein. Kaum hatte sie die Tür zugeklappt, da fuhr er mit quietschenden Reifen los und steigerte schnell die Geschwindigkeit.

»So«, sagte er, »jetzt hab ich Sie«, und lachte schallend.

»Was wollen Sie damit sagen?« fragte die Frau mit belegter Stimme.

»Was ich damit sagen will? – Muß ich alles zweimal sagen? – Ich will genau das sagen, was ich gesagt habe: Ich habe Sie. Sie sind meine Gefangene. – Oder wollen Sie bei so einem Tempo aus dem Wagen springen? Das würde Ihren hübschen Beinen nicht gut bekommen, ganz zu schweigen von Ihrem schönen Gesicht. Schauen Sie mal auf den Tacho!«

»Sie haben nicht einkalkuliert, daß es Verkehrsampeln gibt.«

»Wo ich hinfahre, gibt es keine Ampeln.«

»In Bielefeld gibt es jede Menge Ampeln, die mit großer Ausdauer Rot zeigen.« – Sie versuchte einen Lacher, wollte zeigen, daß sie nicht überängstlich war, daß sie keß genug war, auf seine Späße einzugehen. Er lachte herzhaft mit.

»Wollte nur mal sehen, was Sie mir alles zutrauen«, sagte er, »und worauf Sie gefaßt sind, wenn Sie als Anhalterin irgendwo einsteigen. – Na, ich sehe wohl zu gutmütig aus für so ein Spielchen. Ich werde immer gleich durchschaut. Meine Harmlosigkeit ist zu offensichtlich. Schicksal«, sagte er seufzend und wartete auf eine Reaktion. Aber die junge Frau sah geradeaus und schwieg. Da sagte er auch nichts mehr. Beide schauten steif auf den weißen Strich, der stur geradeaus lief und sich in der Ferne im dunstigen Graugrün eines großen Waldes verlor.

»Darf man wissen, was Sie in Bielefeld machen wollen?« fragte er dann unvermittelt.

»Bin dort an der Uni beschäftigt. War übers Wochenende zuhause.«

»Und was machen Sie an der Uni?«

»Sekretärin. – Leider nur ne Halbtags-Stelle!«

»Bei einem Professor?«

»Ja, bei einem ausgewachsenen Professor. Die Semi-Professoren haben keine eigene Sekretärin.«

»Hm, da müssen Sie aber ein kluges Köpfchen haben!«

»Wieso? Ob von Rilke-Gedichten oder von Zitzengummis die Rede ist, das bleibt sich gleich, die Orthographie ist überall die gleiche.« Er lachte ausgiebig.

»Wie kommen Sie auf Zitzengummis?«

»Hab mal bei einer Melkmaschinen-Firma gearbeitet.«

»Können Sie melken?«

»Kann jeder, wenn er eine Galaktoria-Melkmaschine hat und die dazu passenden Zitzengummis der Marke Kingston.«

»Ich meine so richtig mit der Hand.«

»Natürlich nicht!«

»Wieso natürlich nicht, wo Sie doch hinter Buxterhudingen zuhause sind? Auf dem platten Lande!«

»Meinen Sie, Melkmaschinen wären für die Städte gedacht?«

»Bravo! Eins zu Null für Sie, sagt der Schiedsrichter. War aber Abseitsstellung! Wollte nur sagen, daß die Leute auf dem Lande sich doch wohl nicht so ganz abhängig machen von den Maschinen. Zur Not müssen sie doch wohl noch so einiges von Hand machen können.«

»Wir haben keine Kühe zuhause. Nur Bullen. Die kommen im Mai auf die grüne Weide und im November ins Schlachthaus. Die machen uns weiter keine Arbeit.«

»Schande!« knurrte Roggenkämper.

»Wie bitte?«

»Wozu ist einer ein Bulle und wird auf die grüne Weide gelassen?«

»Damit er ordentlich Fleisch ansetzt.«

»Bravo! Und dann landet er im Bratentopf oder in einer Blechdose, ohne auch nur ein einziges Mal einen Färsenarsch vor die Kanone gekriegt zu haben. Wenns hoch kommt, darf er mal ein bißchen an alten kalten Kuhschwänzen schnüffeln über den Elektrozaun hinweg. Ist das keine Schande? Das ist Tierquälerei! Vor lauter Not springen sie sich gegenseitig auf den Rücken und stecken ihren Spieß in die Luft. Ich sehe es jeden Tag, wenn ich über die Landstraßen fahre. Das ist schlimmer als Tierquälerei.«

Roggenkämper ereiferte sich und wartete auf Reaktion. Aber die junge Frau sagte nichts dazu. Rechts vorn tauchte eine Weide mit Jungtieren auf. Als sie näher herangekommen waren, konnte man sehen, daß es lauter Bullen waren. Die Sekretärin registrierte das aus den Augenwinkeln heraus, ohne den Kopf auch nur ein wenig zu drehen. Sie sah angespannt auf den weißen Strich, der immer noch schnurgeradeaus lief. Dann fragte sie:

»Und was machen Sie in Bielefeld?«

»Davon wollen wir lieber nicht reden«, wehrte er ab.

»Und warum nicht?«

»Weil es kein schönes Thema ist. Ich fahre auch nicht nur nach Bielefeld. Ich fahre so überall im Lande rum.«

»Soll ich mal raten, was Sie machen?«

»Bitte sehr!«

»Sie sind Ärztebesucher. Oder wie nennt man das? Pharmavertreter?«

»Ich bin kein Vertreter, sondern ein Repräsentant. Meine Pillenfirma kann sich Repräsentanten leisten. Aber wie sind Sie gleich drauf gekommen?«

»War nicht schwer. Man braucht nur die Schachteln auf den Rücksitzen anzuschauen. Ixmal SALUTARIS. Aber warum wollen Sie nicht darüber reden, wenn Sie so einen ›repräsentativen‹ Beruf haben?«

»Weil es eigentlich nicht mein Beruf ist. Und weil es überhaupt ein mieser Job ist. Repräsentativ daran ist nur der gepflegte Anzug mit sauberem Hemd und tadellos sitzender Krawatte. So hänge ich dann gepflegt in den Wartezimmern der Ärzte rum, bis ich gnädig mal so zwischendurch vorgelassen werde. Kaum bin ich im Sprechzimmer, sagt der Arzt: ›Packen Sie nur alles, was Sie haben, da in die Ecke!‹ Ich versuche an den Mann zu bringen, was die Firma uns in den Schulungswochen beigebracht hat, neue Analysen, Testergebnisse usw. ›Das können Sie sich sparen‹, sagt der Mann im weißen Kittel. ›Packen Sie nur alles da in die Ecke!‹ Er setzt sich an den Schreibtisch, öffnet Briefe, hantiert herum, wartet. Wenn ich aufhöre auszupacken, sagt er: ›Na dann auf Wiedersehen!‹ Und er öffnet die Tür. ›Könnten Sie mir bitte eben den Empfang der Proben bestätigen? Ich muß der Firma nachweisen, daß ...‹ – ›Na sowas Kleinliches‹, brummt er und unterschreibt stehend und macht die Tür hinter mir zu. So oder so ähnlich wird der Repräsentant der Firma SALUTARIS abgefertigt. Erfahrungsaustausch? Interessante Gespräche? Keine Spur.«

»Und was ist Ihr eigentlicher Beruf?« fragte die Sekretärin.

»Darüber möchte ich nicht reden«, sagte er mit großer Bestimmtheit, wobei auch Bitterkeit nicht zu überhören war. Es verging eine ziemlich lange Zeit, in der beide schwiegen. Aus den Augenwinkeln heraus musterte er seine Beifahrerin. Sie schaute ausdauernd auf den weißen Strich.

Nach einer Weile nahm Roggenkämper gezielt eine bestimmte Kassette aus der Box und schob sie in den Recorder. Lale Andersen sang: ›He sä mi so veel‹ und ›Jehann ik mutt fort‹. »Darf ich Sie mal was fragen?« sagte er merkwürdig langgezogen und betont akzentuiert. »Warum sagt das Mädchen in dem Lied ›Jehann ik mutt fort‹, obwohl sie doch nur zu gern bei dem Jehann bleiben würde? Können Sie mir das erklären?«

»Sie wird schon ihre Gründe haben.«

»Was für Gründe?«

»Was weiß ich!« Die Sekretärin lehnte sich zurück und war offensichtlich nicht geneigt, sich näher zu dem Thema zu äußern. Aber Roggenkämper ließ nicht locker. »Sie sind doch nun auch so eine junge Frau«, sagte er. »Sie müßten sich doch in das Mädchen hineinversetzen können. Mal angenommen, ich würde jetzt meine Hand auf Ihr Knie legen. – Sie brauchen nicht wegzurutschen. Ich tu das ja nicht. Nur mal angenommen, ich würde meine Hand vom Lenkrad runter über den Schaltknüppel auf Ihr Knie gleiten lassen, und weiter angenommen, ich wäre Ihnen nicht ganz unsympathisch und Sie hätten das ganz gern, wenn ich meine Hand auf Ihr Knie lege, dann würden Sie doch sicher trotzdem sagen ›Jehann ik mutt fort‹ oder so was ähnliches. Warum? Warum bloß?«

Die junge Frau hatte unwillkürlich ihre Knie zusammengepreßt und war ein kleines Stück zur Tür hin gerutscht. Roggenkämper lachte. »Dies ist ein theoretischer Fall«, sagte er betont trocken. »Sie brauchen nicht von mir wegzurücken. – Ein rein theoretischer Fall.«

Die Sekretärin wußte nicht recht, was sie von der Sache halten sollte. Auf alle Fälle war sie sehr froh, daß sie an diesem Tag eine Hose angezogen hatte und keinen Rock, wie der Professor das eigentlich lieber sah. So fühlte sie sich nicht ganz ungeschützt. Nach einigem Zögern hielt sie es für ratsam, mitzuspielen und sich auf die theoretische Frage einzulassen:

»Ich denke, das Mädchen hat Angst.«

»Angst? – Wovor?«

»Angst, wie es weitergeht und was am Ende steht.«

»Das ist das alte Leiden«, sagte er mit einem pathetischen Seufzer. »Die Menschen machen sich die schönsten Gelegenheiten und die schönsten Stunden kaputt, weil sie immer gleich daran denken, was am Ende wohl dabei herauskommen könnte. Das ist Dummheit, sage ich. Meine Devise ist: Immer nur kommen lassen! Komme, was da kommen will. Ich lebe heute und nicht morgen. Ich lebe immer nur heute und niemals morgen. Aber das machen sich die Leute nicht klar. Sie leben immer nur auf das Morgen hin, und dabei vermasseln sie sich alles, weil sie das Leben immer nur vor sich her schieben wie einen Korb voll Äpfel auf der Schiebkarre. Und nie kommen sie auf die Idee, die Karre einfach abzusetzen und sich über die Äpfel herzumachen. Sie haben alle Hände voll damit zu tun, die Karre weiterzuschieben nach morgen, und so laufen sie stets in zwei Meter Abstand hinter dem Korb des Lebens her.«

Roggenkämper ereiferte sich wie ein Missionsprediger. Betont nüchtern sagte darauf die Sekretärin: »Ich kenne ein paar Leute, die sitzen heute im Schlamassel, weil sie gestern nicht bedacht haben, daß heute auch noch ein Tag ist.«

»Und weil es ein paar Leute gibt, die in irgendeinen Schlamassel gerutscht sind, fangen neunzig Prozent von allen Leuten erst gar nicht an, richtig zu leben, nur weil sie Angst haben, daß sie auch ins Rutschen kommen könnten. Ich hab einen Kollegen, der ißt für sein Leben gern saftige Bratkartoffeln. Aber er ißt sie nur einmal pro Woche, weil man davon Arterienverkalkung kriegen könnte. Ein anderer trinkt für sein Leben gern Bier, aber er genehmigt sich nur eine 0,33-Liter-Flasche pro Tag, weil man sonst einen Bierbauch kriegen könnte. Da gibt einer seine geliebte Brasil-Zigarre auf, weil er Angst hat vor einem schwarzen Bein. Und ein anderer erlaubt sich keinen Steinhäger mehr, weil er einen Herzinfarkt fürchtet. – Und bei den Frauen ist das noch viel schlimmer. Die eine nimmt die Pille nicht, weil sie Angst hat vor Krampfadern, und die andere nimmt sie nicht, weil sie sich bangemachen läßt von der katholischen Hölle, und verlangt deshalb von sich und ihrem Mann, sich mit dürftigen päpstlich abgesegneten Praktiken zufriedenzugeben. Ein Leben lang nicht richtig leben! Schauen Sie sich um in der Welt. Neunzig Prozent sind das mindestens, die ein Leben lang nicht wagen zu leben. – Bis vor kurzem habe ich auch noch dazugehört. Damit ist jetzt Schluß. – Es wurde aber auch Zeit. Wenn einer bis fünfzig die Kurve nicht kriegt, dann kann er ruhig auf dem alten Patt bleiben. Ich bin noch keine fünfzig. Und mein Motto ist: Hier und heute! – Aber ich langweile Sie mit langen Reden.« Er steckte sich ein Zigarillo an.

»Ich finde das gar nicht langweilig«, sagte die Sekretärin. »Reden Sie nur weiter!«

Lale Andersen sang gerade: »Vader slöppt, Moder slöppt, ik slaop alläin.« Und dann: »Kumm bi de Nacht, kumm bi de Nacht!«

»De Deern gefällt mi«, sagte Roggenkämper. »Darf ich Sie mal was fragen?«

»Bitte!« sagte die Sekretärin ein wenig unsicher.

»Zu welcher Sorte gehören Sie eigentlich? Sagen Sie, wenn's drauf ankommt ›Jehann ik mutt fort‹, oder sagen Sie ›Kumm bi de Nacht‹?« Die junge Frau zögerte einen Augenblick und sagte dann entschlossen: »Das geht Sie nichts an.« – Roggenkämper stieß eine Qualmwolke aus, kniff ein Auge zu und sagte: »Warum so abweisend? Ich habe Ihnen doch auch so einiges von mir erzählt. Alles im Leben beruht auf Gegenseitigkeit.«

»Ich habe Ihnen keine Fragen gestellt.«

»Aber Sie haben gesagt, daß Sie das gar nicht langweilig finden, was ich Ihnen erzählt habe. Dann könnten Sie ja auch mal was tun, daß ich mich nicht langweilen muß.«

Er war gespannt, wie sie darauf reagieren würde. Er blickte sie kurz an, sah ihr ratloses Gesicht, und schaute dann ostentativ zur anderen Seite in den Außenspiegel. Anhaltend in den Spiegel blickend, fragte er beiläufig: »Nehmen Sie die Pille?«

»Das geht Sie nichts an«, entgegnete die Sekretärin in scharfem Ton.

»Ich meine ja man bloß«, sagte er vage. »Wenn jemand sich öfter so als Anhalterin durch die Gegend fahren läßt, dann ist das doch ganz praktisch, die Pille zu nehmen.«

»Was wollen Sie damit sagen?« fragte sie wütend.

»Nichts Besonderes«, reagierte er gelassen. »Wer Zeitung liest, der weiß doch, daß man nie weiß, was einer Anhalterin auf Straßen und Plätzen, in Büschen und Wäldern so alles passieren kann.« Er beobachtete sie aus den Augenwinkeln und fügte dann beiläufig hinzu: »Es soll auch Anhalterinnen geben, die wollen sich nichts schenken lassen, die wollen die Fahrt bezahlen.«

»So ein Unsinn«, sagte sie ärgerlich. »Wer per Anhalter fährt, hat kein Geld für Bus oder Bahn oder eigenes Auto. Wer per Anhalter fährt, kann oder will nicht zahlen, das ist doch klar.«

»Das ist nur halb richtig«, entgegnete er. »Wer per Anhalter fährt, kann oder will nicht mit Geld bezahlen. Das ist Geschäftsgrundlage. Aber daß ein Anhalter sich auf andere Art und Weise für eine Gefälligkeit revanchieren kann, ist doch klar. Zum Beispiel indem er dazu beiträgt, daß eine lange Fahrt nicht allzu langweilig wird. Und eine junge, gut aussehende Anhalterin hat da ja bekanntlich ganz spezielle Möglichkeiten.«

»Sie glauben doch nicht etwa, daß ich zu dieser Sorte gehöre!«

»Sachte, sachte! – Es gibt auch Anhalterinnen, die wollen mit nichts bezahlen, und am Ende zahlen sie doch, weil sie schließlich einsehen müssen, daß man sich nicht gegen den Lauf der Welt stemmen kann, ohne erdrückt zu werden. – Eine Hand wäscht die andere. So ist das nun mal im Leben. Umsonst ist der Tod, sagt das Sprichwort, und auch das ist noch falsch, denn Pastor und Totengräber kassieren von dem Toten oder von seinen Erben. Mit pietätvoller Geste natürlich, aber sie kassieren. Es hat eben alles seinen Preis. Und wenn der Pastor von Himmel und Hölle und Fegefeuer predigt, dann sagt er mit anderen Worten doch auch, daß alles bezahlt wird, so oder so. Und das glaube ich sogar einem Pastor.«

Die Sekretärin versuchte das Gespräch abzulenken von dem,

was der Fahrer offenbar im Auge hatte, und griff deshalb bereitwillig das weitab liegende Thema Himmel auf: »Den Himmel«, sagte sie, »kann man sich auch anders vorstellen als einen ewigen Auszahlungstag. Sonst wäre es ja nur ein Himmel für die Profitmacher.«

»Vorstellen kann man sich viel. Soll ich Ihnen mal verraten, was ich mir jetzt vorstelle?«

»Das sollten Sie lieber für sich behalten«, sagte sie, weil sie ahnte, daß er das Gespräch wieder zurücklenken wollte auf den bewußten Punkt.

»Es wäre aber besser für Sie, wenn ich Ihnen das sagen würde.«

»Wenn Sie meinen.«

»Ich kann mir gut vorstellen, daß Sie mich für diese Fahrt heute auch noch bezahlen.« Er schaltete den Kassettenrecorder aus. Es war drückend still im Auto, trotz des Motorbrummens. Plötzlich sagte die Sekretärin: »Fahren Sie bitte rechts ran! Ich möchte aussteigen.«

»Hier mitten in der Wallachei?«

»Ist mir egal. Ich möchte aussteigen, und zwar sofort.«

»Das sollten Sie sich doch nochmal überlegen!«

»Da gibt es für mich nichts mehr zu überlegen.«

»Vielleicht doch«, sagte er ruhig. »Ich kann mir nämlich vorstellen, daß Sie mich ganz freiwillig bezahlen.«

»Was soll das nun wieder heißen?«

»Das soll heißen, Sie brauchen keine Angst zu haben, daß ich Sie mit Gewalt ans Bezahlen kriegen will. Ich kann mir nämlich vorstellen, daß Sie das ganz von sich aus tun.«

»Da können Sie aber lange warten!«

»Ich kann mir vorstellen . . .« – Roggenkämper blieb hartnäkkig bei seiner Formel. »Ich kann mir vorstellen«, sagte er mit einem Ton hinterhältiger Treuherzigkeit, »daß Sie mich nicht allzu lange warten lassen.«

»Sie sind verrückt.« Sie schob sich unwillkürlich ein Stück nach rechts zur Tür hin.

»Daß ich ab und zu ein bißchen verrückt bin, will ich nicht bestreiten. Manchmal helfe ich auch mit allerlei Pillen ein wenig nach. Ich hab ja genug davon bei meinem Job. Es ist ungemein befreiend, mal verrückt zu sein. Aber was ich eben gesagt habe, ist ganz und gar nicht verrückt. Und wenn Sie ein bißchen darüber nachdenken, dann werden Sie einsehen, daß das sehr vernünftig überlegt ist, was ich Ihnen eben gesagt habe.«

»Da bin ich aber gespannt.«

»Passen Sie auf! – Wenn ein Autofahrer für die Gefälligkeit, eine Anhalterin mitzunehmen, bezahlt werden will, die Anhalterin aber nicht bereit ist, dann bleibt ihm doch nichts anderes übrig, als Gewalt anzuwenden. Nicht wahr! – Wenn er aber Gewalt anwendet, muß er damit rechnen, daß er angezeigt wird und ins Kittchen kommt. – Wenn er aber nicht ins Kittchen will, dann bleibt ihm nichts anderes übrig: er muß dafür sorgen, daß die Anhalterin ihn nicht mehr anzeigen kann. Nicht wahr! – Warum, glauben Sie wohl, werden so viele Frauen und Mädchen umgebracht? Das sind nicht lauter Lustmörder, die sowas machen. Das sind meistens Angstmörder. Die haben Angst, daß die Frau hinterher zur Polizei läuft. Ich sage Ihnen, es ist lebensgefährlich für eine Frau, wenn sie es darauf ankommen läßt, daß der Mann Gewalt anwendet. Wenn sie klug ist, läßt sie es erst gar nicht so weit kommen. – Das ist doch leicht einzusehen, nicht wahr? Und das ist doch ganz vernünftig überlegt. Oder meinen Sie immer noch, es wäre verrückt von mir, wenn ich mir vorstellen kann, daß Sie ganz freiwillig gefällig zu mir sind, nur weil ich so ein netter Kerl bin! – Schauen Sie mich doch mal an! Ich sehe gar nicht so übel aus. Sie haben mich überhaupt noch nicht richtig angesehen. Sie starren immer nur auf den weißen Strich. Man muß sich den Menschen voll zuwenden, wo immer man ihnen begegnet. Das ist Christenpflicht. Menschen brauchen viel Zuwendung. Nehmen Sie mich als Beispiel. Ich habe Sie mir von unten bis oben angesehen, bevor ich anhielt und Sie mitnahm.«

Die Sekretärin langte mit beiden Händen zum Haltegriff, so als ob der Wagen mit großer Geschwindigkeit in eine gefährliche Kurve führe. Der Fahrer zog heftig an seinem Zigarillo und stieß eine dicke Qualmwolke aus. Dabei kniff er wieder das rechte Auge halb zu. Er drehte die Fensterscheibe herunter und warf den brennenden Stummel auf die Straße. Der Aschenbecher im Wagen war zwar groß genug, aber Roggenkämper konnte den Geruch von ausgehenden Zigarrenstummeln nicht ertragen.

Die Sekretärin hielt sich lange Zeit mit beiden Händen am

Haltegriff fest und sah mit starrem Gesicht auf den weißen Strich, der in sanften Windungen vorauseilte und in einen flirrenden Lichtstreifen mündete. Darüber weiße Wölkchen und ein tiefblauer Himmel.

»Was sind Sie bloß für ein Mensch!«

»Kein Verrückter! Das ist Ihnen doch sicher inzwischen klar geworden. Nur ein bißchen rücksichtslos. – Das hat man mir beigebracht. Schule des Lebens. – Aber so schlimm kann das auch wieder nicht sein, denn Sie sind ja gleich gefällig zu mir, nur weil ich so ein netter Kerl bin.«

Jetzt wandte sich die Sekretärin voll dem Fahrer zu. Für einen Augenblick war die Wut über den hinterlistigen Kerl größer als die Angst: »Glauben Sie wirklich, daß ich Sie hinterher nicht anzeigen würde, bloß weil Sie der Gewalt eine raffinierte Maske aufsetzen?«

Roggenkämper steckte sich in aller Ruhe ein neues Zigarillo an. »Es stört Sie doch hoffentlich nicht, daß ich rauche«, sagte er in höflichem Umgangston, so als ob sie vorher nichts als Konversation betrieben hätten. Die Sekretärin glaubte schon, mit ihrer Drohung Wirkung erzielt zu haben, und setzte nochmal nach: »Glauben Sie wirklich, ich würde Sie hinterher nicht anzeigen?«

»So was sollten Sie nicht so laut sagen«, entgegnete er. »Sie zeigen damit nur, daß Sie die heutige Lektion noch nicht voll begriffen haben. Dabei glaubte ich die Sache so schön deutlich dargelegt zu haben, daß eigentlich jeder sie kapieren mußte. Aber Frauen haben bekanntlich ein kleineres Gehirn als Männer. Deshalb dauert es manchmal ein bißchen länger, bis bei ihnen der Groschen fällt. Aber wenn Sie sich die Sache nochmal richtig durch den Kopf gehen lassen, bin ich ziemlich sicher, daß Sie nicht noch einmal so etwas Dummes sagen wie eben. Im Ernstfall könnte das nämlich lebensgefährlich sein. Und mit dem Ernstfall muß man immer rechnen.«

Er zog heftig an seinem Zigarillo und kniff das rechte Auge wieder halb zu, so als ob dieses Auge den Zigarrenqualm nicht vertragen könnte: »Mit so einer Anzeige würden Sie übrigens ganz schön auf die Nase fallen. Was könnten Sie mir denn vorwerfen. Ich habe Sie darüber aufgeklärt, in welche Gefahr eine Anhalterin geraten kann und wie sich ein kluges Kind in so einer

Gefahr am besten verhält. Das ist alles. Polizisten und Richter würden Sie auslachen, wenn Sie mit so einer Anklage kämen. Es würde eine peinliche Sache für Sie werden, wenn Sie von Vergewaltigung redeten und könnten keine zerrissenen Kleider oder blaue Flecken oder so was Ähnliches vorweisen. Den Gedanken sollten Sie sich lieber aus dem Kopf schlagen!« Nach kurzer Pause fügte er mit erhobener Stimme hinzu: »Wenn Sie klug sind!«

»Sie sind widerlich!«

»Das ist reichlich übertrieben«, sagte er kühl. »Ich bin ein Mitmensch, der Ihnen zeigt, wie Sie in einer gefährlichen Situation überleben können. Sie könnten mir auch ein bißchen dankbar sein. Und ich wäre Ihnen dankbar, wenn Sie mir nun allmählich zeigen würden, daß Sie die heutige Lektion kapiert haben.« Er drehte die Rückenlehne etwas weiter nach hinten und lehnte sich ein wenig zurück.

»Warum sitzt man nur immer aufrecht wie ne Eins hinterm Steuer! Dabei kann man es sich in einem bequemen Wagen ganz schön bequem machen.«

Die Sekretärin warf einen verängstigten Blick zu ihm rüber und sagte hastig: »Sie machen doch nur Spaß, nicht wahr!« – Er sagte nichts. »Sie haben mir jetzt genug Angst gemacht«, fuhr sie fort. »Nun sagen Sie doch, daß Sie nur Spaß gemacht haben!« – Er paffte an seinem Zigarillo, kniff das rechte Auge halb zu und sagte nichts. »Sie wollen das Spiel nur noch ein bißchen weiter treiben, nicht wahr! – Aber Sie haben es nun wirklich weit genug getrieben. Ich bin voll darauf hereingefallen. Sie haben Ihr Ziel erreicht. Nun sagen Sie doch, daß alles nur ein Spaß war!«

»Sehe ich aus wie einer, der Späße macht?« sagte er düster. Dabei trat er auf die Bremse, schaltete einen Gang runter, und ohne die Geschwindigkeit allzu sehr zurückzunehmen, bog er nach rechts ab in eine schmale Bauerschafts-Straße.

»Was soll das? – Wo fahren Sie hin?« Sie hielt sich wieder mit beiden Händen an dem Haltegriff fest.

»Nur ein kleiner Umweg«, sagte er. »Die Strecke ist ruhiger. Da kommt kaum mal ein Auto. Und außerdem möchte ich Ihnen was zeigen. Nicht weit von hier ist der Ravensberger Wald. Sagt Ihnen der Name etwas?«

»Ich wüßte nicht.«

»Das ist der Wald, wo man im vorigen Jahr die Studentin aus Münster gefunden hat. Mit zerrissenen Kleidern und mit blauen Flecken an den Oberschenkeln und mit einem ganz blauen Hals. Zugedeckt war sie mit grünen Birkenzweigen. – Das arme Kind war sicher nicht darüber aufgeklärt worden, wie gefährlich es für eine Anhalterin ist, wenn sie es zu Gewalt kommen läßt. – Sie können mir wirklich dankbar sein, daß ich Sie früh genug aufgeklärt habe. – Ich kann Ihnen gleich die Stelle zeigen, wo die Studentin aus Münster gelegen hat.«

Die Sekretärin fing an zu weinen, holte aber kein Taschentuch heraus, hielt sich mit beiden Händen am Haltegriff fest, ließ die Tränen einfach runterlaufen. Mit großen Augen schaute sie geradeaus, obwohl kein weißer Strich mehr da war als Richtschnur. Sie sagte nichts mehr.

Nach einiger Zeit trat Roggenkämper wieder auf die Bremse und bog in einen unbefestigten Waldweg ab.

»Wir kommen gleich zu einer idyllischen Lichtung«, sagte er. »Aber bevor ich anhalte, noch eine sachliche Mitteilung: In meinen besten Zeiten habe ich die 100 Meter in 10,9 Sekunden gelaufen, und ich bin auch jetzt noch kein alter Mann. Ist das klar?« – Er bekam keine Antwort. Aber ein Schluchzen sagte ihm, daß sie verstanden hatte. Er hielt an.

Es war wirklich eine schöne Waldlichtung. Ringsum standen hohe Tannen, Kiefern und Fichten, davor ein Kranz von jungen Birken. Die ernste und feierliche Stimmung, die von den düstren Nadelbäumen ausging, wurde durch die weißen Stämme und die frischgrünen Kronen der Birken freundlich aufgehellt. In der Mitte der Lichtung wuchs Heidekraut.

»Sie sehen, ich habe nicht zuviel versprochen«, sagte Roggenkämper, stieg aus, ging schnell um den Wagen herum und öffnete die Tür auf der anderen Seite. »Kommen Sie doch raus«, sagte er. »Die Luft ist gut. Es wird Ihnen gut tun.«

Die Sekretärin ließ langsam den Haltegriff los und stieg sehr langsam aus. »Geben Sir mir Ihre Hand, daß Sie nicht über die Baumwurzeln stolpern«, sagte er fürsorglich. »Ich zeige Ihnen die Stelle, wo die dumme Studentin aus Münster gelegen hat. Da rüber!« Er zog sie sanft zur Mitte der Lichtung ins Heidekraut.

Sie ging mit. Rundum war alles still. In den Birken sang ein Fitis sein verhaltenes Liedchen, und oben aus den Tannen drang das dumpfe Gurren einer Holztaube herüber.

»Hier!« sagte Roggenkämper und zeigte auf eine kleine sandige Mulde. »Und das da sind sicher noch die alten Birkenzweige, mit denen sie zugedeckt war. Sie hatte sonst nichts an. Die zerrissenen Kleider hingen da im Heidekraut.«

Die Sekretärin starrte zu der Bodensenke hinunter. Es verschwamm ihr alles vor den Augen. Sie legte sich in die Sandmulde.

»Wie schön, daß Sie so vernünftig sind«, sagte er. »Aber es hat noch nicht alles seine Richtigkeit. Ihre Kleider hingen da im Heidekraut.« Sie zog sich aus und warf die Kleider rüber zum Heidekraut. »Jetzt ist es beinahe ganz richtig«, sagte er. »Nur die Arme waren noch anders. Mit dem linken Arm schien sie ihre Brüste zu umarmen. Und die rechte Hand lag auf dem Schoß.« Die Sekretärin folgte seiner Beschreibung mit ihren Armen und Händen, hielt aber den Kopf angestrengt hoch. »Schön, daß Sie so vernünftig sind«, sagte er. Dann brach er ein paar frische Birkenzweige ab und legte sie ihr auf Brust und Schoß. »Schön«, sagte er. Als sie den Kopf nach hinten über sinken ließ und mit großen Augen in den blauen Himmel schaute, zog er seine Minox aus der Tasche und drückte auf den Auslöser.

Als sie aus dem Wald zurück zur Bundesstraße fuhren, schwiegen beide. Schließlich sagte Roggenkämper: »Ich bitte Sie um Entschuldigung.« Er sagte es fast tonlos, ganz ohne Nachdruck. Die Sekretärin ließ keine Reaktion erkennen. Sie schaute ruhig geradeaus auf die flirrende Fahrbahn. Nach einer Weile sagte er mit fester Stimme: »Ich weiß nicht, ob Sie Anzeige erstatten wollen. Ich werde es nicht verhindern. Weil ich Sie liebgewonnen habe.« – Die junge Frau verharrte in ihrer reglosen Haltung. In der nächsten Ortschaft hielt er vor der Polizeistation an. Sie blieb bewegungslos neben ihm sitzen und schaute weiter steif geradeaus. Er wartete eine Weile. Dann fuhren sie zusammen weiter. – Als die Sekretärin in Bielefeld ausgestiegen war, kurbelte Roggenkämper das Fenster runter und rief ihr nach: »Wenn Sie es sich nochmal überlegen wollen, die Nummernschilder am Wagen sind nicht gefälscht.«

VI.

FINALE FURIOSO

Sado, Maso, Porno

James Joyce

PEITSCHE MEIN NACKTES FLEISCH

AN NORA BARNACLE JOYCE

Zu anderen gehen? Du gibst mir alles und mehr, als die mir geben können. Glaubst Du endlich an meine Liebe, Liebste? Ah, Du mußt, Nora! Weißt Du, alle, die mich je gesehen haben, lesen es in meinen Augen, wenn ich von Dir spreche. »Sie leuchten wie Kerzen in meinem Gesicht auf«, wie Deine Mutter sagt.

Die Zeit wird jetzt im Flug vergehen, mein Liebling, bis Deine zarten liebenden Arme mich umfangen. Ich werde Dich *nie* wieder verlassen. Nicht nur will ich Deinen Körper (wie Du weißt), sondern ich will auch Deine Gesellschaft. Mein Liebling, ich glaube, daß verglichen mit Deiner herrlichen großmütigen Liebe zu mir, sich meine Liebe zu Dir sehr armselig und kärglich ausnimmt. Aber es ist das Beste, was ich Dir geben kann, mein innig geliebtes Herz. Nimm sie, meine Geliebte, rette mich und schirme mich. Ich bin Dein Kind, wie ich Dir sagte, und Du mußt streng mit mir sein, meine kleine Mutter. Bestrafe mich soviel Du willst. Ich wäre entzückt, mein Fleisch unter Deiner Hand brennen zu fühlen. Weißt Du, was ich meine, Nora, Liebe? Ich wünschte, Du würdest mich schlagen oder sogar auspeitschen. Nicht im Spaß, Liebe, im Ernst und auf mein nacktes Fleisch. Ich wünschte, du wärst stark, *stark*, Liebe, und hättest einen großen vollen stolzen Busen und große dicke Schenkel. Mir wäre es eine Lust, von Dir gepeitscht zu werden, Nora, Geliebte! [. . .] Verzeih mir, Liebe, wenn dies alles albern ist. Ich habe diesen Brief so ruhig angefangen und doch *muß* ich ihn auf meine eigene irre Weise enden.

Bist Du beleidigt durch mein grauenvolles, schamloses Schreiben, Liebe? Bei manchen dieser dreckigen Dinge, die ich geschrieben habe, bist Du bestimmt rot geworden. Bist Du beleidigt, weil ich gesagt habe, ich sähe den braunen Fleck so gern an, der hinten auf Deiner mädchenhaften weißen Hose durchkommt? Du hältst mich sicher für einen dreckigen, gemeinen Kerl. Wie wirst Du auf diese Briefe antworten? Ich hoffe und hoffe, *auch Du* wirst mir Briefe schreiben, die noch irrer und schmutziger sind als meine an Dich.

Deutsch von Kurt Heinrich Hansen

Hermann Kinder

SCHWEISS

Nach dem Rat, später den eindringlichen Vorhaltungen seiner Freunde wie seiner Ärzte hätte I, der, wenngleich wegen seiner langjährigen sportlichen Aktivität von stabilerer Konstitution als mancher seiner Altersgenossen, nicht mehr der Jüngste war, seine Boxhandschuhe an den Nagel hängen sollen. Weniger dies, daß ihm, Beamter von fester Arbeits- und also Freizeit, nun die Abende lang geworden wären, war die Ursache dafür, daß I unbelehrbar darauf bestand, auch weiterhin zur Kampfstaffel der Senioren zu gehören. Vielmehr trieb I ein anderer Umstand dazu, wo immer es möglich war, einen Wettkampf durchzustehen. Seine Frau nämlich liebte es, wenn er, ohne sich im Vereinsheim geduscht zu haben, im verschwitzten Trainingsanzug umgehend nach Hause zurückkehrte, um den noch immer hitzen Körper von den schweißigen Nackenhaaren abwärts über die breite behaarte Brust, von der sie den Trainingsanzug wie einen Theatervorhang mit den Handkanten zu beiden Seiten schob, bis weit unter die durch einen hohen und festsitzenden Steg markierte Gürtellinie der Boxhose zu kosen. I hätte gewiß seinen Körper auch im Walde oder, wenn es regnete oder schneite, auf einer mehrfach zusammengefalteten Wolldecke im Heizungskeller des Eigenheimes schwülnaß rennen können. Doch hatte I seit einiger Zeit bemerkt, daß sie diejenigen Stellen seines Körpers, die Spuren eines Kampfes aufwiesen, mit ebenso ausdauernder wie lammweicher Zunge umspielte, bespeichelte, besog und bezupfte, beknibberte und betrommelte, so daß I hingeworfen wurde, sich sofort mit ihr in voller Liebe zu vereinigen, welch bäuchlings drängender Wunsch ihm auch stehenden Fußes willfährig erfüllt wurde. I benötigte also den Kampf zur Liebe und suchte, da ihm verweigert wurde, im Verein auch nur eine kameradschaftliche Trainingsrunde zu boxen, die Boxhalle auf dem Volksfest auf, in der er, brüllend von den Zuschauern unterstützt, gegen den als Schwarzen Panther ausgerufenen bräunlichen Sizilianer anzutreten hatte, der, da sowohl jünger wie offensichtlich unfairer und womöglich mit eisengestopften Handschuhen boxend, ihm beide Augenbrauen so zerschlug, daß I während der rasch angetretenen Heimfahrt nahezu nichts durch die Blutschlieren vor den Augen erkennen konnte. Ihn erblickend, warf sie sich auf I mit tiefsten Schreck und Lust mischendem Schrei, sog ihm das Blut aus den Augenwinkeln und von den Wangen, wobei sie Is Glied mit zugleich sanfter wie herzhaft zupackender Hand so massierte, daß I stöhnend zu Boden sank. Noch einmal stellte sich I dem Schwarzen Panther, noch einmal wurde er blutig gehämmert, noch einmal versanken sie darauf in Glück bis zur ruhigen Sattheit. Da in der Boxhalle auf dem Volksfest stets ein Kämpfer benötigt wurde, der durch seine Niederlagen die Wut des Publikums gegen die vom Veranstalter gestellten Kämpfer vollauf befriedigen konnte, kam es dahin, daß I seinen Beruf aufgab und mit der Boxhalle von Stadt zu Jahrmarkt zog, um sich drei- oder viermal am Tage von aus dem Publikum herausgeforderten jungen Zimmerleuten oder Bundeswehrsoldaten oder ehrgeizigen Amateurboxern zusammenhauen zu lassen, wonach er jedesmal in den Wohnwagen eilte, um sich mit ihr zu vereinen. So taumlig, verquollen, von Blut besudelt, zahnlos, von Hämatomen verfärbt I auch war, liebte sie ihn gleichwohl nicht minder, nein: viel mehr noch als je zuvor, was ihn, schon wieder durch ein Klingelzeichen in die Boxhalle hinübergerufen, günstigerweise so sehr schwächte, daß er umso schneller und umso gezeichneter zurückkehren konnte. Infolgedessen aber wurden die Runden, die I sich in der Halle auf den Beinen zu halten verstand, immer kürzer und weniger, so daß sich unter den um das Ausleben ihres Siegesrausches gebrachten Zuschauern schon der Verdacht erhob, die Niederlagen des alternden I seien nur vorgetäuscht, ja: man verlangte gar das Eintrittsgeld zurück. I wurde fristlos gekündigt, um einen überzeugenderen Niederlieger einstellen zu können. In seinem letzten Kampf nun gelang es I, den Gegner, einen vor Kampfeslust brennenden Jura- und Corpsstudenten, welcher aufs schärfste von seinen Verbindungsbrüdern nebst ihren Couleurdamen angefeuert wurde, durch gemeine Schläge dermaßen zu reizen, daß dieser in einer plötzlich wie tierhaft hervorbrechenden Wütigkeit I in einem solchen Ausmaß verunstaltete, daß I, die Rippen gebrochen, alle nur notdürftig geheilten

Narben aufgeplatzt, sich nur noch kriechend und blind über den staubigen Festplatz hin in den Wohnwagen zurücktasten konnte, wobei ihm dieser und jener auf die bislang wegen der Handschuhe unversehrten Hände trat. Sie erwartete ihn schon in einem fadenscheinigen Hausgewand und einem im Schritt sichtlich offenen Slip aus rotem Nylon. Zum ersten Mal aber, seitdem I boxte, regte sich sein Glied nicht, welche Liebkosung sie ihm auch zuteil werden ließ. Im bittersten Schmerz darüber, daß sein letzter und größter Kampf hätte vergeblich sein können, und rasend in Sehnsucht nach ihr, die ihn in rasender Sehnsucht vergebens aufzustacheln versuchte, ergriff I das auf dem Bettisch wie immer bereitliegende Rasiermesser und schnitt sich die Brust bis zum Bauchnabel auf, so daß sie die Haut mit den Handkanten gleichsam wie einen Theatervorhang zu beiden Seiten wegschieben konnte und er geöffnet lag, tot und zugleich äußerst begehrsam.

Anaïs Nin

AUSREITEN

Es war Frühling. Bijou hatte Reitstunden genommen, und dies war ihr erster Ausritt ohne ihren Lehrer. Sie ritten langsam und plauderten miteinander. Dann ließ Leila ihr Pferd im Galopp laufen. Bijou ritt hinterher. Etwas später verlangsamten sie ihr Tempo. Ihre Gesichter waren gerötet.

Bijou fühlte eine angenehme Reizung zwischen den Beinen; ihr Hintern war warm geworden. Fühlte Leila dasselbe? Nach einer weiteren halben Stunde war ihre Erregung gestiegen: Ihre Augen glänzten, ihre Lippen waren feucht. Leila sah sie voller Bewunderung an.

»Reiten steht dir gut«, sagte sie.

In der einen Hand hielt sie nonchalant eine Reitpeitsche. Ihre Finger steckten in engen Handschuhen. Sie trug ein Männerhemd mit Manschettenknöpfen. Ihr Reitkostüm akzentuierte die schmale Taille, die wohlgeformte Brust, das feste kleine Gesäß.

Bijous üppigere Figur wurde von einem engen Kostüm umschlossen, das die vollen, hoch angesetzten und keck nach oben weisenden Brüste hervorhob. Ihr Haar flatterte lose im Wind.

Wie warm war ihr Hintern, wie heiß war ihr zwischen den Beinen geworden! Es war fast so, als hätte eine geschickte Masseuse sie erst mit Franzbranntwein abgerieben und ihr dann leichte Schläge versetzt. Jedesmal, wenn sie sich im Sattel hob und wieder fallen ließ, verspürte sie dieses wunderbare Kribbeln. Leila ritt hinter ihr und genoß den Anblick von Bijous Figur auf dem Pferd. Bijou, eine Anfängerin, lehnte sich im Sattel vornüber und streckte den von engen Reithosen umspannten Hintern heraus; sie zeigte ihre formvollendeten Beine.

Die Pferde schwitzten und schäumten. Ein starker Geruch stieg von ihnen auf und durchdrang die Kleidung der beiden Reiterinnen. Leilas Körper schien immer leichter zu werden. Nervös fingerte sie an der Peitsche. Mit halb offenen Mündern galoppierten sie nun Seite an Seite, den Wind in ihren Gesichtern. Als Bijou ihre Oberschenkel an die Flanken des Pferdes drückte, erinnerte es sie daran, wie sie einmal auf dem Bauch des Basken gesessen hatte. Hinterher war sie aufgestanden und hatte sich auf seinen Brustkasten gestellt. Dabei war ihre Fotze genau im Blickfeld des Basken gewesen. Er hatte sie festgehalten und sich an dem Anblick geweidet. Ein anderes Mal war er auf allen vieren auf dem Boden gekrochen, und sie hatte sich rittlings auf ihn gesetzt und versucht, ihm durch den Druck ihrer Knie in seine Flanken Schmerz zuzufügen. Er hatte nervös gelacht und sie angefeuert, weiterzumachen. Ihre Knie waren so kräftig wie die eines Mannes, der ein Pferd reitet. Es hatte den Basken in eine derartige Erregung versetzt, daß er mit einem Riesenständer im ganzen Zimmer herumgekrochen war.

Von Zeit zu Zeit hob Leilas Pferd während des Galopps den Schweif, peitschte sich die Flanken und enthüllte dabei goldflimmernde Härchen. Im einsamsten Teil des Waldes hielten die beiden Frauen und stiegen ab. Sie führten die Pferde zu einer moosüberwachsenen Lichtung und setzten sich auf den Waldboden, um sich auszuruhen. Dann rauchten sie. Leilas Hand hielt noch immer die Reitpeitsche.

Bijou sagte: »Mein Hintern steht in Flammen vom Reiten.«

»Zeig doch mal«, entgegnete Leila. »Wir hätten das erstemal nicht so lange reiten sollen. Zeig mal, wie du aussiehst.«

Langsam öffnete Bijou ihren Gürtel, knöpfte sich die Hose auf und zog sie ein wenig herunter, damit Leila es sehen konnte. Leila nahm Bijou übers Knie und sagte wieder: »Zeig doch mal.« Dann streifte sie ihr die Hose herunter und entblößte die geröteten Pobacken. Sie berührte sie.

»Tut's weh?« wollte sie wissen.

»Es tut nicht weh. Es brennt nur, es ist warm.«

Leilas Hand umschloß beide Rundungen. »Arme kleine Dinger«, flüsterte sie zärtlich. »Tut es hier weh?« Und dabei fuhr sie mit der Hand tiefer in die Hose, tiefer zwischen Bijous Beine.

»Es brennt, es ist warm«, sagte Bijou.

»Dann zieh doch die Hose ganz aus, damit sich die Haut abkühlen kann«, schlug Leila vor und streifte die Hosen noch ein wenig weiter herunter. Bijou lag über ihren Knien, ihren Po in die Luft gereckt.

»Was hast du doch für eine herrliche Haut, Bijou. Wie sie das Licht einfängt, wie sie schimmert! Laß die Luft dich dort abkühlen.«

Und sie fuhr fort, Bijous Haut zwischen den Beinen zu streicheln, als sei sie ein Kätzchen. Jedesmal, wenn die Hose wieder heraufrutschte, um alles zuzudecken, schob sie sie aus dem Weg.

»Es brennt aber noch immer«, sagte Bijou und bewegte sich nicht.

»Wenn das nicht aufhört«, erwiderte Leila, »müssen wir zu anderen Mitteln greifen.«

»Du kannst tun, was du willst«, sagte Bijou.

Leila hob die Hand mit der Reitpeitsche und versetzte dem wohlgerundeten Hintern einen ganz sanften Schlag.

Bijou sagte: »Das macht mich noch wärmer.«

»Ich möchte, daß dir wärmer wird, Bijou, ich will dich dort unten ganz heiß haben, so heiß, wie du es ertragen kannst.«

Bijou hielt still. Wieder sauste die Peitsche herunter. Diesmal ließ der Hieb einen roten Striemen zurück. »Wie warm es ist, Leila«, sagte Bijou.

»Ich will, daß du da unten brennst«, erwiderte Leila, »bis du nicht heißer brennen kannst, bis du es nicht mehr aushältst.« Sie machte eine Pause. »Dann möchte ich dich dort küssen.« Wieder sauste ein Hieb herunter, wieder hielt Bijou ganz still. Dann kamen noch kräftigere Schläge. Bijou flüsterte: »Es ist so heiß, Leila. Bitte küß mich.«

Leila beugte sich vor und gab ihr einen langen Kuß, dort, wo die Kurven der Backen abwärts liefen und im feuchten Dickicht zwischen den Beinen mündeten. Dann schlug sie abermals zu. Und wieder. Bijou zuckte mit dem Hintern, als täte er ihr weh, aber sie spürte nur eine brennende Lust.

»Hau ruhig fest zu«, sagte sie.

Leila gehorchte. Dann sagte sie: »Willst du es auch bei mir machen?«

»Ja«, erwiderte Bijou und stand auf, zog sich aber nicht die Hose hoch. Statt dessen setzte sie sich ins kühle Moos, nahm Leila übers Knie, knöpfte ihr die Hose auf und schlug sie zuerst ganz sanft. Dann aber wurden die Hiebe kräftiger, bis Leila sich bei jedem Schlag krümmte. Ihre Arschbacken waren rot und brennend heiß geworden.

Sie ächzte: »Ziehen wir uns ganz aus und steigen wir zusammen auf ein Pferd.«

Sie zogen sich aus und bestiegen eines der Pferde. Der Sattel war warm. Sie kuschelten sich eng aneinander. Leila, die hinten saß, schlang ihre Arme um Bijous Brüste und küßte sie auf die Schulter. So ritten sie eine Weile. Bei jeder Bewegung rieb sich der Sattel an ihrer Scham. Leila biß Bijou in die Schulter. Bijou drehte sich um und biß Leila in die Brustwarze.

Dann ritten sie zurück zu ihrer moosigen Lichtung, wo ihre Kleider lagen, und zogen sich wieder an. Aber ehe Bijou ihre Reithose ganz hochziehen konnte, hielt Leila sie fest und küßte Bijous Kitzler. Bijou spürte aber nur ihre brennenden Hinterbakken und flehte Leila an, etwas dagegen zu unternehmen.

Leila liebkoste die geröteten Hügel, nahm die Peitsche wieder hoch und ließ sie mit voller Wucht heruntersausen. Bijou krümmte sich unter den Hieben. Dann spreizte Leila Bijous Hintern mit einer Hand, damit die Peitschenschnur genau zwischen die Backen traf, dort, wo sich die empfindliche Öffnung befand.

Bijou schrie auf. Wieder und wieder schlug Leila zu, bis Bijou sich in Zuckungen wand.

Dann aber drehte Bijou sich um und verpaßte Leila Schläge mit der Peitsche. Sie war wütend, denn die Hiebe hatten sie zwar scharf gemacht, aber nicht befriedigt. Sie brannte weiter, die Reizung hörte nicht auf. Jedesmal, wenn sie zuschlug, spürte sie ein Pochen zwischen den Beinen, als würde Leila sie vergewaltigen. Zum Schluß waren beide ganz rot und wild vor lauter Schlägen. Mit Händen und Zungen fielen sie übereinander her, bis sie schließlich ihr tobendes Verlangen gestillt hatten.

Deutsch von Eva Bornemann

Elfriede Jellinek

DAS EINHALTEN DES EHEVERTRAGS

Der Mann führt sie ins Bad, redet beruhigend auf sie ein und bückt sie über den Wannenrand. Er greift in ihrem Gebüsch herum, damit er endlich einsteigen kann und nicht erst auf die Nacht verwiesen werden muß. Ihr Laub, ihre Zweige biegt er auseinander. Die Fragmente des Kleides werden ihr abgerissen. Haar fällt in den Abfluß. Fest wird ihr auf den Hintern geschlagen, die Spannung dieses Portals soll endlich nachlassen, damit die Menge brüllend und schiebend ans Büffet stürzen kann, dieser liebe Verbund von Konsumenten und Lebensmittelpunktkonzernen. Hier sind wir und werden zum Dienst gebraucht. Der Frau wird ein gleichartiges, gleichwertiges oder ähnliches Organ entgegengestreckt. Er reißt ihr den Arsch auf! Mehr braucht er eigentlich nicht, mit Ausnahme seines monatlichen Spitzengehalts. Sein Gebein erbebt, und er verschwendet seinen ganzen Inhalt, viel mehr als er an Geld einzunehmen vermochte, an die Frau, wie könnte sie nicht gerührt sein von diesem Strahl. Ja, jetzt enthält sie den ganzen Mann, soviel sie tragen kann, und der erhält sie, solange er an ihrem Interieur und den Tapeten noch Gefallen findet. Er wirft ihr Vorderteil in die Badewanne und spreizt als Geschäftsführer dieses Lokals und ähnlicher Lokale ihr Hinterzimmer. Kein Gast außer ihm darf soviel frische Luft hereinlassen. Dort wächst der Hausschwamm, man hört ihn Wasser saugen und Abfall produzieren. Kein anderer als der Direktor kann die Frau so unter seinen Regen und seine Traufe zwingen. Bald wird er sich schreiend erleichtert haben, dieses riesige Pferd, das seinen Karren mit verdrehten Augen und Gischtflocken am Gebiß in den Dreck zerrt. Und auch der PKW der Frau soll nicht dazu dienen, daß sie auf eigenen Wegen fährt, er hat ihr ja schon eine Spur vorgelegt mit seinen Geschossen, die brüllend Schneisen in den Wald gebrochen haben.

Die Frau stößt mit dem Absatz ihres Hausschuhs ungefügt nach hinten, um das Ungefüge ihres Mannes zu treffen. Sein Gemächte hat sie wie einen Mähdrescher gegen den Badewannenrand schlagen hören. Das macht ihn wütend. Kotreste werden bald an ihm kleben, was für ein Leben. Schlau kocht es im schwachen Geschlecht, das sich bemüht, auch noch schön zu sein. Der Mann beschließt, der Frau das Einhalten des Ehevertrags zu gebieten. Er preßt ihr die Hand auf den Mund und wird mit ein paar Prozent ihrer Kieferkraft gebissen. Da muß er die Hand wieder wegziehen. Er deckt die Frau mit Nacht zu, steckt ihr aber seine elektr. Leitung zu ihrer Erleuchtung und seiner Zufriedenheit in den Hintern. Sie versucht ihn abzuschütteln, erlahmt aber bald, sie muß bleiben, die Augen zu. Nicht liebt er Wildes, wild ist er selber. Ringsum gähnende Leere im Haus, bis auf den Buschen Haare vorn an ihrem und seinem Bauch, zum Zeichen: hier wird ausgeschenkt. Hier gibts den Heurigen alle Tage wieder. Wir sind doch alle nicht von gestern. Linkisch wird der Frau ins warme Ohrloch geträpfelt, was die Macht des Mannes alles kann, da braucht's keiner Listen und keiner Waffen. Sie muß nur das Tor aufmachen, denn hier wohnt er, und seinen Samen kann er nur unter Vorwänden und Vorhängen noch mühsam zurückhalten. Lächelnd treibt der Schöpfer aus den Männern ihr Produkt, damit es unter uns herumzurasen sich angewöhnen kann. Der Mann zerteilt die Schöpfung mit seinen kräftigen Tempi, und auch die Zeit vergeht in ihrem eigenen Tempo. Er zertrümmert die Kacheln und Scheiben in diesem schattigen Raum, der unter seinem Treiben und an seinem hellen Licht sich freut. Nur in der Frau da ist es dunkel. Er zieht in ihren Arsch ein und schlägt vorn ihr Gesicht gegen den Wannenrand. Sie schreit noch einmal. Er richtet sich in seiner kleinen Pilotenkanzel auf längeres Bleiben ein. Er selbst ist vielleicht schon zur Ruhe gegangen, aber sein Glied zieht noch nach seinem Willen von Klippe zu Klippe. So einer wirft sich in die Scheiße wie andre vom Strand ins Meer, setzt sein extra Sauggerät ein und hält mit nichts hinter dem riesigen Berg, bis er seinen Staubsack ganz geleert hat.

Dan Kavanagh

SIE WÜNSCHEN ERLEICHTERUNG?

Er verließ das Pub und sah links und rechts die Greek Street hinunter. Keine Zeit für einen Preis-Leistungs-Vergleich; außerdem war er nur zweihundert Meter von Martoffs Hauptquartier entfernt. Er verfiel wieder in den Freierschritt, überquerte die Straße und stieß die Tür zu »Aladins Wunderlampe« (»Massage für Manager«) auf. In dem kleinen Empfangsraum saß eine mittelalterliche Frau im weißen Nylonkittel; sie lächelte ihn freundlich an. Duffy kam sich vor wie in einem Damenfrisiersalon.

»Äh, ich hätte gern eine Massage, bitte«, murmelte er. Der Satz gehörte nicht zu seinem Repertoire.

»Selbstverständlich, der Herr. Mit Sauna?«

»Äh, nein, nein, ohne.«

»Also, Sie haben die Wahl: ein Mädchen acht Pfund; ein Mädchen oben ohne zehn; zwei Mädchen zwölf; zwei Mädchen oben ohne vierzehn.« Duffy überlegte, was bei den Gebühren inklusive war; nicht viel wahrscheinlich.

»Für wie lange?«

»Zwanzig Minuten.«

Wenn schon, denn schon.

»Ich nehme die zwei Mädchen oben ohne.«

»Bestens, Sir. Nummer drei. Ein Handtuch finden Sie drin.«

Duffy reichte ihr die vierzehn Pfund (fast ein Pfund pro Minute, überschlug er plötzlich) und ging am Tisch der Frau vorbei in einen schmalen Korridor. Hier befand sich eine Reihe von Kabinen aus rohem Kiefernholz. Besonders schalldicht kamen sie ihm nicht vor. Das Licht war gedämpft.

Er öffnete die Nummer drei. In der Mitte stand eine Art schmales hohes Bett: Matratze, Decken und obendrauf ein Plastiküberzug. Ein Stuhl für seine Kleider, darüber hing ein Handtuch; ein oder zwei Schränkchen; eine Anrichte, auf der mehrere Öle und Puder bereitlagen. Er zog sich aus und wand sich das Handtuch um die Hüften, wobei er feststellte, daß es zu kurz war, um ganz um seine Hüften zu reichen, und zu schmal, um seine Blöße richtig zu bedecken. Dann legte er sich aufs Bett.

Die beiden Mädchen kamen fröhlich plappernd hereinspaziert. Sie trugen abgeschnittene Jeans und Dr.-Scholl-Sandalen. Das eine Mädchen hatte kleine, spitze Brüste, das andere größere, die eher herunterhingen; vermutlich waren die Paare so kombiniert, um bei den Kunden auf Nummer Sicher zu gehen.

»Öl oder Puder, Sir?« Das eine Mädchen stellte eine Küchenuhr auf zwanzig Minuten.

Duffy konnte sich nicht entscheiden. Öl ging sicher schlecht ab? Aber Puder klang nicht gerade vielversprechend. Öl klang eher nach Sex.

»Öl, bitte.«

Sie drehten ihn auf den Bauch und begannen mit der Massage. Die eine konzentrierte sich auf die Schulter- und Rückenpartie; sie rieb ihn mit Öl ein und senkte immer mal wieder ihren Oberkörper, so daß ihre Titten über seinen Rücken strichen; es war das Mädchen mit den größeren Titten, das bekam er ganz genau zu spüren. Das andere Mädchen hielt sich an seine Beine und arbeitete sich immer weiter aufwärts. Duffys wachsende Erektion war eingequetscht zwischen Bett und Oberschenkel.

Dann drehten sie ihn auf den Rücken. Dabei verrutschte offenbar das Handtuch, und seine Erektion kam seitlich herausgebaumelt.

»Oh, so ein schlimmer, schlimmer Junge«, bemerkte das Mädchen am unteren Ende. »Was haben wir denn da?«

Duffy glaubte sich eine Antwort darauf sparen zu können. Die Mädchen bearbeiteten ihn weiter mit ihrem Öl und ihren Brüsten. Wie das Öl an seinem Körper von ihren Brüsten weggewischt wurde, fand Duffy wirklich sehr angenehm. Er fand überhaupt die ganze Sache äußerst angenehm und ganz besonders die Art, wie sich das Mädchen am unteren Ende immer näher an seinen Pimmel heranmachte. Immer wieder schien ihr Ellbogen wie zufällig drüberzustreifen und stupste ihn in eine immer härtere Erektion. Dennoch faßte sie seinen Pimmel nicht eigentlich an. Er erinnerte sich dunkel an irgendwelche juristischen Finessen, die erfüllt sein mußten, bevor sie ihm einen abwichsen konnte. Ja, genau das war es: Der Vorschlag mußte vom Kunden kommen. Duffy überlegte, wie so was wohl zu formulieren war. Schließlich versuchte er es mit:

»Ich möchte gern, daß du da weitermachst.«

Wie aus der Pistole geschossen und ohne ihre Handarbeit zu unterbrechen antwortete das untere Mädchen:

»Sie wünschen Erleichterung?«

Ja natürlich, so hieß das. Sie wünschen Erleichterung? Er nickte.

»Erleichterung macht zehn.«

Er deutete zu seinem Kleiderhaufen hinüber, und das Mädchen am Kopfende ging hin, wühlte nach seiner Brieftasche und zeigte ihm die zwei Fünf-Pfund-Noten, die sie herausnahm. Inzwischen hatte das untere Mädchen einen Schlag Öl herausgequetscht und rieb damit sanft seinen Pimmel und seine Eier ein. Ah, das brachte ihm schon einige Erleichterung, fand er. Das Mädchen am oberen Ende rieb ihre Titten mit wahrer Begeisterung an seiner Brust.

»Jetzt ist eine kleine Überraschung fällig«, sagte das Mädchen am unteren Ende, »bitte Augen zu.« Das Mädchen mit den großen Titten war ihm behilflich, indem sie ihre Brüste über sein Gesicht hielt, sie ein wenig hin und herschob und die Nippel schließlich sanft auf seinen Augenlidern zur Ruhe kommen ließ. Selbst als das Mädchen am anderen Ende für einen Augenblick mit dem Reiben aufhörte, pulsierte und ragte sein Pimmel weiter. Er hörte, wie eine Schranktür aufging, dann wieder geschlossen wurde, und fragte sich, was sie da machte. Vielleicht holte sie eine Kleenexschachtel.

Die Nippel des kräftigeren Mädchens waren fest auf seine Augen gepreßt. Das Mädchen am Ende zog noch ein paar Mal an seinem eingeölten Pimmel; dann spürte er, wie etwas sanft um den Ansatz seiner Eier geschlungen wurde. Wahrscheinlich irgendein orientalischer Trick, um den Orgy noch aufregender zu gestalten, dachte er.

»Jetzt dürfen Sie gucken«, sagte das Mädchen am unteren Ende. Die Nippel wurden von seinen Augen gehoben, und er sah an seinem Körper hinab. Was Duffy dann sah, war das erschreckendste Ding, das er in seinem ganzen Leben je gesehen hatte.

Um den Ansatz seines Pimmels und seiner Eier war ein dünner Kupferdraht geschlungen. Der Draht war da gekreuzt, wo sein Pimmel aus dem Bauch kam. An jedem Ende des Drahtes befand sich ein Holzgriff; das schlankere Mädchen hielt in jeder Hand einen. Es handelte sich um eine Garotte. Sie sagte ganz ruhig zu ihm:

»Keine Bewegung, Bulle.«

Das andere Mädchen ging an ihr vorbei und stieß die Tür auf. Herein trat Big Eddy Martoff. Er strahlte über das ganze Gesicht.

Deutsch von Willi Winkler

Daniil Charms

DER VORTRAG

Puškov sagte:
– Die Frau ist die Werkbank der Liebe, – und schon hatte er eine in der Fresse.
– Wieso? – fragte Puškov, da er aber auf seine Frage keine Antwort bekam, fuhr er fort:
– Ich meine: der Frau muß man von unten kommen. Frauen haben das gern und tun nur so, als ob sie es nicht gern hätten.
Da hauten sie Puškov wieder eine in die Fresse.

– Aber was ist denn los, Genossen! Dann sage ich eben nichts mehr, – sagte Puškov, aber nachdem er eine Viertelminute gewartet hatte, fuhr er fort:
– Die Frau ist so gebaut, daß sie ganz weich und feucht ist.
Da hauten sie Puškov wieder eine in die Fresse. Puškov versuchte, so zu tun, als hätte er nichts bemerkt, und fuhr fort:
– Wenn man an einer Frau riecht . . .
Aber da hauten sie Puškov eine solche in die Fresse, daß er sich an die Wange griff und sagte:
– Genossen, unter solchen Umständen ist es unmöglich, einen Vortrag zu halten. Wenn sich das noch einmal wiederholt, werde ich schweigen.
Puškov wartete einige Sekunden und fuhr fort:
– Wo war ich stehengeblieben? Ach ja! Also: die Frau betrachtet sich gern. Sie setzt sich vor den Spiegel, völlig nackt . . .
Bei diesem Wort bekam Puškov wieder eine in die Fresse.
– Nackt, – wiederholte Puškov.
– Zack! Zack! Zack! – hauten sie ihm in die Fresse.
– Nackt! – rief Puškov.
– Zack! Zack! Zack! Zack! – bekam er die Fresse voll.
– Nackt! Eine nackte Frau! Ein nacktes Weib! – schrie Puškov.
– Zack! Zack! Zack! Zack! – bekam Puškov wieder welche in die Fresse.
– Ein nacktes Weib mit der Kelle in der Hand! – schrie Puškov.
– Zack! Zack! Zack! Zack! – hagelten die Schläge auf Puškov nieder.
– Weiberschwanz! – rief Puškov und suchte vor den Schlägen Deckung. – Nackte Nonne!
Aber hier schlugen sie Puškov so schrecklich, daß er das Bewußtsein verlor und wie vom Blitz getroffen zu Boden stürzte.

Deutsch von Peter Urban

Daniel Defoe

DIE SELIGKEIT DES JUNGEN HERRN

Nicht lange nachher fand er neuerdings Gelegenheit, mich zu überraschen, und zwar auf ganz ähnliche Weise wie das erste Mal; von seiner Seite lag also wieder Absicht vor, von meiner Seite hingegen nicht die geringste. Das geschah folgendermaßen: Die jungen Damen waren mit ihrer Mutter auf Besuch, sein Bruder befand sich außer Haus, und der Vater war seit einer Woche in London. Er hatte mich so gut beobachtet, daß er genau wußte, wo ich mich aufhielt, während ich nicht einmal ahnte, ob er zu Hause war. Er kam rasch die Treppe herauf, und als er mich im Zimmer mit meiner Arbeit sah, trat er ohne weiteres ein, nahm mich, wie beim ersten Mal, in die Arme und küßte mich fast eine Viertelstunde.

Ich befand mich im Zimmer der jüngsten Schwester, und da niemand außer den Mädchen, die sich aber im unteren Stock aufhielten, im Hause war, wurde er diesmal wohl etwas kühner und fordernder. Vielleicht fand er mich allzu entgegenkommend, denn Gott weiß, ich leistete nicht den geringsten Widerstand, als er mich in den Armen hielt und küßte. Es war zu schön, um allzu abweisend zu sein.

Als wir des Küssens müde waren, setzten wir uns, und er redete eine ganze Weile auf mich ein. Er sagte, er sei von mir bezaubert und finde Tag und Nacht keine Ruhe, wenn er mir nicht wiederholen könne, wie sehr er mich liebe; ich würde ihn überglücklich machen, wenn ich ihn wiederlieben könnte, ich wäre seine ganze Seligkeit, und andere schöne Sachen mehr. Ich entgegnete nur wenig, merkte aber bald, daß ich zu dumm war, um zu verstehen, worauf er hinaus wollte.

Er ging dann im Zimmer auf und ab, und nachdem er mich bei der Hand genommen hatte, ging ich mit ihm. Schließlich nahm er die Gelegenheit wahr, warf mich auf ein Bett und küßte mich noch viel leidenschaftlicher als zuvor. Ich muß ihm aber die Gerechtigkeit widerfahren lassen, daß er keine Gewalt anwandte, sondern bloß lange Zeit küßte. Dann glaubte er, jemanden die Treppe heraufkommen zu hören, stand von dem Bett auf, half auch mir auf, beteuerte seine Liebe, sagte, es sei ehrliche Zuneigung zu mir und er wolle mir nichts Böses tun. Damit drückte er mir fünf Guineen in die Hand und ging hinunter.

Das Geld verwirrte mich mehr als zuvor seine Liebe, und ich fühlte mich so gehoben, daß ich kaum noch wußte, ob ich mit beiden Beinen auf der Erde stände. Ich bin in diesem Punkt mit Absicht ausführlich, damit ein unschuldiges junges Ding, dem meine Lebensgeschichte vielleicht einmal vor Augen kommt, daraus lerne, wieviel Unheil entstehen kann, wenn es zu früh weiß, daß es schön ist. Hält sich ein Mädchen für schön, dann hegt es keine Zweifel an der Aufrichtigkeit eines Mannes, der beteuert, er liebe es. Denn glaubt es, reizvoll genug zu sein, um ihm den Kopf zu verdrehen, so ist es nur natürlich, daß es auch glaubt, ihm den Kopf verdreht zu haben.

Die Lust des jungen Mannes war nun ebenso erregt wie meine Eitelkeit. Nach ungefähr einer halben Stunde kam er wieder zurück, gleichsam als hätte er gemerkt, die Umstände seien günstig, und als täte es ihm leid, sie nicht zu nutzen, und begann das gleiche Spiel, nur mit etwas weniger Vorbereitung.

Beim Eintritt in das Zimmer schloß er die Tür ab. »Ich bildete mir vorhin ein«, sagte er, »jemand käme die Treppe herauf; das stimmte aber nicht. Dennoch, Fräulein Betty«, fuhr er fort, »wenn man mich schon mit Ihnen in dem Zimmer findet, soll man mich nicht dabei ertappen, daß ich Sie küsse.« Ich sagte, ich wüßte nicht, wer heraufkommen sollte, da, wie ich glaubte, niemand außer der Köchin und dem Mädchen zu Hause wäre, die aber nie nach oben kämen. »Sicher ist sicher, meine Liebe!« Damit setzte er sich, und wir begannen zu sprechen. Ich war noch erregt von seinem ersten Besuch und sagte nur wenig; er indessen legte mir Worte in den Mund, die ich nie gesprochen hatte, beteuerte, wie heiß er mich liebe, daß er, auch wenn er nicht davon reden dürfe, bevor er über seine Güter verfügen könne, mich und sich glücklich machen, das heißt, mich heiraten wolle, und was so schöner Dinge mehr sind. Ich arme Närrin aber verstand nicht, worauf er abzielte, und tat, als gäbe es gar keine andere Liebe als die, welche zur Ehe führt. Hätte er jedoch von der anderen gesprochen, dann würde ich wohl weder Anlaß noch Kraft gefunden haben, ihm nein zu sagen. Aber so weit waren wir noch nicht.

Obzwar wir nicht lange saßen, stand er auf, erstickte mich fast mit Küssen und warf mich wieder auf das Bett. Diesmal aber, da wir beide aufgepeitscht waren, ging er weiter als die Schicklichkeit mir zu berichten gestattet, doch wäre ich außerstande gewesen, ihm etwas zu verwehren, selbst wenn er sich weit mehr erlaubt hätte.

Dennoch forderte er, trotz allen Freiheiten, die er sich gegen mich herausnahm, nicht den, wie man sagt, letzten Gunstbeweis, ja, er machte nicht einmal einen Versuch dazu; das muß ich um der Wahrheit willen betonen. Er benutzte aber diese Zurückhaltung als Vorwand für alle Freiheiten, die er sich später erlaubte. Überdies blieb er nicht lange, sondern steckte mir nur beinahe eine ganze Handvoll Gold zu und ging unter unzähligen Beteuerungen, wie herzlich er mir zugetan sei und wie er mich mehr als alle übrigen Frauen liebe, fort.

Natürlich überlegte ich nun allerhand, aber leider waren es bloß Gedanken, die einer festen Grundlage entbehrten, denn ich besaß zwar unbändig viel Eitelkeit und Stolz, aber nur wenig Tugend. Selbstverständlich fragte ich mich dann und wann, worauf der junge Herr abzielen mochte, ohne daß ich deswegen an anderes als die süßen Worte und das Gold dachte. Ob er mich heiraten oder nicht heiraten werde, schien mir keinen großen Unterschied auszumachen, und die Notwendigkeit, Bedingungen zu stellen, falls er mir irgendeinen Antrag machen würde, kam mir überhaupt nicht in den Sinn.

So lief ich blind in mein Verderben, und jedes Mädchen, das mehr Eitelkeit als Tugend besitzt, mag mich als abschreckendes Beispiel nehmen. Dümmer konnte man sich jedenfalls nicht betragen; denn hätte ich gehandelt, wie es sich geziemt, oder Widerstand geleistet, wie Tugend und Ehre es verlangen, dann hätte der junge Herr die Aussichtslosigkeit seines Beginnens erkannt und von mir abgelassen, oder er hätte mir in aller Form einen Heiratsantrag gemacht. In diesem Fall wäre er vielleicht, ich aber niemals zu tadeln gewesen. Hätte er mich gekannt und gewußt, wie leicht das, was er erstrebte, zu erhalten war, würde er sich darüber nicht länger den Kopf zerbrochen haben; er hätte mir einfach vier oder fünf Guineen gegeben und bei mir geschlafen. Hätte ich aber gewußt, für wie schwer er es hielt, mich herumzubekommen, würde ich Bedingungen gestellt, das heißt, wenn nicht sofortige Heirat, so doch eine Apanage bis zur Verheiratung gefordert haben. Ich hätte auch bekommen, was ich wollte, denn er war jetzt schon irrsinnig reich, von dem Erbe, das ihm noch zustand, ganz zu schweigen. Derartige Überlegungen aber stellte ich nicht an, so erfüllt war ich von Stolz auf meine Schönheit und die Liebe eines derart feinen jungen Herrn. Ich brachte Stunden damit zu, das Gold anzusehen, und zählte jeden Tag immer wieder meine Guineen. Noch nie war ein armselig eitles Geschöpf so völlig einer Lüge verfallen wie ich, die nicht bedachte, wie nahe mir das Verderben war. Ja, ich glaube sogar, ich sehnte es mehr herbei, als daß ich es abzuwenden wünschte.

Deutsch von W. M. Treichlinger

Norbert Eberlein

TREPPENNUMMER

Sie sieht wirklich ganz hübsch aus, diese Psychologin. Ich krümel ein »Na gut« von meinen Lippen und lasse mich beim Arm greifen, so, wie früher Kinderarme griffen, zu denen Stimmen gehörten, die »Verhaftet!« piepsten. Sie geleitet mich über die Straße, nur ein paar Schritte, dann links.

»Machst du das schon lange?«

»Was ist dir lieber: Ich bin heute angefangen oder das Gegenteil?« fragt sie zurück.

Ich weiß es nicht. Sie biegt nochmals links ab in einen schwach beleuchteten Hauseingang, wo gleich hinter der Tür eine steile, enge Treppe zielstrebig hinaufführt in den ersten Stock. Ich lasse sie voransteigen. Die Wände sind nur bis knapp über Kopfhöhe rot gestrichen und mit goldlackierten, leeren Schnörkelbilderrahmen geziert, darüber herrscht rissiger, blättriger Putz. Ein fast vergessener Geruch von Feuchtigkeit und Ofenheizung liegt in der Luft. Gewohnheitsmäßig nehme ich mit einem Schritt zwei Stufen; bei einer Treppe wie dieser muß man da schon zum Geländer greifen und sich hochziehen. Sonderbar klein kommen mir dabei meine Hände auf dem ungewöhnlich dicken Holzgeländer vor. Sie bleibt oben stehen, ich verharre drei Stufen unter ihr und ziehe tief die Luft ein. Dieser Duft ist reicher als der Mief von feuchter Ofenluft, ein Zwischenton liegt darin, der nach Topfschlagen klingt, ein Ei wird in den Topf geschlagen, ein Teig wird angerührt, Früchte aufgelegt, die Form in den Ofen gestellt, der Duft führt mich zu dem Ofen, vor dem sie steht, sich bückt, sie, Tante Eva, der Duft zieht vorbei an ihren langen, nackten Beinen, die sie vor dem warmen Ofen spreizt, die Ellenbogen aufgestützt, den Hintern rausgestreckt, viele Jahre zurück. Wie wahnsinnig sie mich machte, wenn sie vor mir die Treppe raufging, sie, für die man die Mini-Mode erfunden hatte, jeder Schritt ein Anstoßen in meinem Schlaf, bis der Frühling erwachte. Alle durften sich wundern, aber niemand durfte wissen, warum ich sie so gern besuchte. Meine Hausaufgaben wollte ich nur bei ihr machen, aber sie durfte mir nicht helfen, denn dann saß sie an meinem Tisch; viel lieber war es mir, wenn sie am Fenster saß und las, da, wo ich sie betrachten konnte. Ich wurde immer schlechter in der Schule. Welche Qualen, wenn sie sich auf dem Sofa ausstreckte, ich mich ihr näherte, das Kind spielte, während der Mann in mir tobte. Jede Rührung ihrer Beine, das leise Reiben der leicht beflaumten Haut, das Anwinkeln, Verrutschen von Stoff, Spreizen, Muskelanspannen, Hüfteschieben – Tante, du warst eine Raubkatze! Durfte ich mich zu dir setzen und mit dir spielen? Ringen? Scharf schmeckte mein Speichel, wenn ich deine schönen, festen Beine umklammerte, schmerzend pulsierte die Krone meines Zauberbaums in einer, ach, so engen Hüfthose, wenn ich deine Brüste faßte. Und dabei mußte ich mich schrecklich kindisch geben, lustverzerrt lachen, rasende Instinkte beherrschen. Lust, Tante, die man nicht teilen darf. Das Trauma meines Lebens.

Es war die Zeit der Malzbier-Mißgeschicke, wenn ich mit dem braunen Getränk meine großwandige Unterhose besudelte, um einen reinen Fleck zu erzeugen, der die Zeichen meines Glücks verdeckte und meiner moralfrommen Mutter merkwürdig, aber harmlos erscheinen mußte. Und du? Wußtest du nichts von meinen ersten Stürmen? Von meinen Heiratsabsichten und den noch süßeren Entführungsplänen? Doch, du wußtest alles, Tante

Eva, sonst hättest du nicht so gern mit mir gerungen, dich nach dem Bad vor meinen Blicken schläfrig abgetrocknet. Du wärst die Treppe anders hinaufgegangen, Tante, so wie die lustlose Psychologin, die mich nun schon das vierte Mal fragt, warum ich sie so anstarre.

»Könntest du noch mal die Treppe raufgehen für mich?«

»Hier herauf?«

Ich nickte. Sie stößt die Restluft aus den Lungen. »Muß das sein?«

Ich nicke immer weiter, sie läßt die Schultern sinken und trottet treppab. Ich folgte ihr und versuche, an meine Schwierigkeiten in Erdkunde und Biologie zu denken, und daß ich keine Lust mehr habe, ein 24er Rad zu fahren und die Nachbarn zu grüßen. Unten angekommen, will sie gleich wieder durchstarten, da halte ich sie zurück.

»Könntest du dich etwas weicher in den Hüften bewegen?«

Sie wirkt sofort konzentrierter. »Das ist dann aber nicht mehr Standard. Das ist 'n Extra.«

»Ja, ja.«

»Also so 'ne Treppennummer kommt bei mir normalerweise 'n Zwanziger.«

»Einverstanden, wenn du nur daran denkst: etwas weicher in den Hüften.« Sie sieht mich wie eine geschlossene Fahrstuhltür an. »Du weißt doch, was ich meine«, appelliere ich an ihren Profigeist.

»Logo.« Sie stapft los, zögert vor jedem Schritt kurz und stößt die Hüfte einmal rechts, beim nächsten Schritt links raus, als wollte sie sich beim Schlachter vordrängeln.

Ich will ihre Startgenehmigung zurückziehen, aber sie hat bereits auf Autopilot umgestellt. Als sie oben angelangt ist, dreht sie sich triumphierend um.

»Na, wie war ich?«

Ich will sie nicht entmutigen. »Das war schon ganz gut. Aber laß es uns noch mal probieren.«

Sie verdreht die Augen und stützt sich dann in Protesthaltung auf das Geländer: »Ich muß uns aber was zu trinken holen.«

»Bitte! Hol was zu trinken.«

»Ich trink 'n Piccolo. Und du?«

»Malzbier.«

Sie zieht aus meinem Gesichtsfeld, stöckelt über mir auf den vermoosten Holzdielen und klopft dann an eine Tür.

So wahnsinnig schwer kann es eigentlich nicht sein, die Treppe erotisch hinaufzugehen. Tante Eva war zwar außergewöhnlich, aber nicht außerplanetarisch. Leise zählend schwinge ich mich lasziv die ersten Stufen hinauf, laß nur die Fingerspitzen des abgeknickten Handgelenks über das Geländer streichen, stell mich auf die Fußballen und schwinge. Einssss ... Zweiiii ...

»So muß es sein«, kommentiere ich.

»Was machst du denn hier?« fährt mich eine harsche Stimme an. Eine Walküre in schwarzem Lack, einen Anzugträger an ihrer Seite, signalisiert, daß sie zu jeder spontanen Gewalttat bereit ist.

»Ich hab nur was geübt«, antiphoniere ich noch nervös, da kommt mir die Meine zu Hilfe.

»Ist schon okay, Wally«, ruft sie von oben, die Getränke in der Hand. »Wir machen hier 'ne Treppennummer.«

Wally gibt dem gefüllten Anzug neben sich einen zur Treppe drängenden Stoß. »Mensch, Eva«, poltert es aus ihr heraus. »Du greifst auch immer in die Scheiße.« So treibt sie ihren Mitmenschen voran, der zwischen seinen ängstlich hochgezogenen Schultern ein öliges Grinsen trägt.

»Wird schon nicht so schlimm werden, Kumpel«, gebe ich ihm noch auf den Weg.

Eva gibt mir ein Glas Sekt.

»Zwei Piccolo war doch richtig, oder? Ich krieg dann 20 Mark für jedes Getränk. Prost!« Sie trinkt kaum. »Mußt schon entschuldigen«, weist sie mit einer Kopfbewegung in die Richtung der entschwundenen Harschen. »Wally kann Männer total nicht leiden. Die kriegt das glatte Kotzen, wenn die nur 'n Typ sieht. Ist ja auch verständlich.«

»Natürlich.« Mein Glas ist leer. »Darf ich dich noch um ein paar Kleinigkeiten bitten?« frage ich hoffnungslos.

»Kommt drauf an, was.«

»Ich möchte gern, daß wir uns hier unten treffen.«

Sie macht eine generöse Geste. »Schon passiert.«

»Nein, nein. Du kommst vom Einkaufen, verstehst du? Hier, du kannst meine Plastiktüte nehmen. Da ist mein Manuskript drin, aber das braucht dich nicht zu kümmern. Stell dir vor, da sind Erdbeeren drin und Backpulver und Malzbier. So kommst du gerade vom Einkaufen, verstehst du? Du bist meine Tante.«

»Ich bin die Tante.«

»Genau. Und ich komm dazu. Ich komme aus der Schule.«

»Aha.«

»Ja. Und ich lauf dir hier ins Haus nach und rufe nach dir.«

»›Tante, Tante.‹«

»Zum Beispiel. Und du streichst mir so ein bißchen über den Kopf und sagst: ›Na, mein kleiner Fefe.‹ So hat sie mich nämlich immer genannt.«

»Die Tante.«

»Richtig. Und dann frag ich dich, ob wir wieder ein bißchen kämpfen wollen.«

»Das ist dann aber ein Extra.«

»Meinetwegen. Und du sagst: ›Gern, mein Süßer. Aber daß du nichts deiner Mutti verrätst.‹«

»Sagt mal«, kreischt es von oben, »könnt ihr mal das Maul halten? Hier wird gearbeitet!«

»Und dann gehst du die Treppe rauf, und zwar etwas weicher, geschmeidiger noch als vorhin.«

»Habt ihr Bretter auf den Ohren, oder was?«

»Ist schon in Ordnung, Gaby«, ruft Eva gutmütig rauf. »Sei nicht so genervt. Wir machen hier was ziemlich Kompliziertes.«

»Ist doch wahr«, trottet Gaby wieder in ihr Lustquartier.

»Ich hab noch vergessen«, ergänze ich gewissenhaft, »daß ich dir vorher noch die Plastiktüte abnehme. Dann erst gehst du rauf.«

»Und das wär's dann?« erkundigt sie sich kolonialwarenhändlerisch.

»Erst mal ja.«

»Gut, dann laß mich rechnen, damit es nachher keinen Ärger gibt. 30 Mark Standard, 20 Treppe rauf, zweimal 20 für die Piccos, 20 Mark für die ganzen Texte. Ich muß dir außerdem 20 Mark Lakenreinigung und 'n Zehner für die Aufwartfrau hinwegverlangen. Dann macht das alles bis jetzt 160 Mark.«

»Ja, ja«, nicke ich ungeduldig. »Du hast die Plastiktüte? Gut. Dann laß uns jetzt anfangen.« Ich senke den Blick, versenke mich in traumatische Zeiten unerlaubter Lust, als mein Sammelalbum mit Porträts der Bundesliga-Kicker gerade voll war, Mutti noch die eheliche Bettumrandung allwöchentlich über die Klopfstange hängte und das Fußspray seinen Siegeszug feierte. Als ich Tante Eva liebte.

»Tante, Tante.« In dem blauen Blümchenrock mochte ich sie am liebsten sehen.

»Na, mein kleiner Pepe. Willst du mir die Plastiktüte tragen?« Eine braune Einkaufstasche aus Kunstleder müßte man haben. »Komm, du kleiner Wüstling. Wir gehen aufs Zimmer und ringen ein bißchen.« Sie benutzte immer so ein Obst- und Gemüse-Shampoo, das ihrer Erotik etwas ganz Natürliches verlieh. »Und da, mein Pepelein, bestellen wir uns dann noch ein Malzbier.«

»Sag mal, Eva, hast du vielleicht eine braune Einkaufstasche, so, wie man sie früher hatte?«

»Jetzt hab ich aber bald keine Lust mehr zu dem Scheiß!«

»Und einen blauen Blümchenrock?«

»Was spielt denn das für eine Rolle, Mann? Du bist doch verrückt!«

»Außerdem hat sie mich Fefe genannt, nicht Pepe.«

»Also, die Tante mach ich dir für 180, wie abgemacht, aber die Burgschauspielerin gibt's bei mir erst ab 250.«

»Die Treppe ist auch nicht hundertprozentig richtig. Habt ihr hier in der Nachbarschaft nicht vielleicht die gleiche Treppe, nur nicht aus Holz, sondern aus Granit?«

»Sonst noch was?«

Sie versteht mich nicht, nicht die Bedeutung jener Ereignisse. Wieviel freier wäre ich geworden, wenn meine erste Leidenschaft einem verschwitzten, verpickelten, fettglänzenden Mädchen aus meiner Klasse gegolten hätte, frei hätte blühen dürfen! Ich hätte Beifall gefunden, ja sogar Ansporn zu weiteren Hormontaten. Aber meine erste Liebe war nicht dieser Art, wurde belastet vom Geheimnis, ans Schamgefühl gekettet, und so lag meine Triebfreude auch heute noch schmachtend in einem Kerker, den nur der Schlüssel der Vergangenheit – Trauma! Trauma! Schon schwankt das Tantenimitat die Treppe rauf, fest im Vorsatz, bald an ihr Geld zu kommen. Aber die Treppe ist falsch, das Licht war auch anders. Wo sind die Nachbarn, die uns lästig stets entgegenkamen, gerade wenn ich Tantchens kraftvoll steigende Schenkel besonders begehrlich begutachtete?

Wo ist ihr blauer Blümchenrock geblieben?

»So, ich bin da!« ächzt sie und läßt Gaby mit ihrem afrikanischen Freier an sich vorbei.

»Mensch, Eva, seid ihr immer noch nicht fertig?« wundert sich die Kollegin.

»Ach, der Typ hat 'n Trauma!« winkt Eva ab.

Die Stufen sind auch viel zu hoch. Für mich ist es gut, denn sie gleichen mein Wachstum aus, das sich an die Tanten-Affäre schloß. Aber Tante Eva hatte nie so hoch steigen müssen. Der Winkel von Ober- und Unterschenkel war stumpfer. Außerdem hörte man immer Musik aus der Parterrewohnung rechts.

»Ehrlich, Felix, ich bin ganz schön enttäuscht von dir«, meint Eva und hält die Hand auf. »Ich hab gedacht, wenn wir mal die Liebe weglassen, kommst du vielleicht mal richtig aus dir raus. Statt dessen tischst du diese Uralt-Geschichte auf. 280 summa summarum.«

»Du verstehst das nicht, Eva«, retourniere ich. »Dieses Trauma, diese große Hemmung ist mein Leben, meine Wirklichkeit.«

»Das denkst du.«

Ich zeige ihr meinen Zeigefinger. »Psychologie, Eva.«

Sie schielt. »Zahlemann und Söhne, Alter.«

Ich ziehe meine Brieftasche, da setzt ein Schreien, Poltern, Brechen in einem der näheren Zimmer ein. Gleich darauf wird eine Tür aufgerissen, und der Anzugträger, der seinen Anzug jedoch nicht am Körper, sondern über dem Arm trägt, katapultiert sich heraus, dicht gefolgt von einer hysterisch schreienden Wally Walküre, die jedoch kurz vor uns zusammenbricht, sich weinend und erfolglos am Geländer aufzurichten sucht:

»Er hat mich vollgepißt, die Sau! Das Dreckschwein hat mich vollgepißt!«

Gaby, die sich in Beruf und Freizeit durch Schnelligkeit auszeichnet und noch unten an der Tür steht, kann dem Flüchtenden mit einigem Schwung zwei, drei Zentimeter ihrer Pömpspitze in den frisch entleerten Harnröhren-Bereich wuchten, was zwar für einen Moment die Fluchtbahn des Mitbürgers verändert, ihn aber letztlich nicht aufhalten kann. Sodann läuft die beliebte Kollegin wieder die Treppe hinauf, nimmt ihre heulende Nachbarin in den Arm und fordert sie gegen deren »Kacksau«- und »Schweinkerle«-Schluchzer leise auf, in ihr Zimmer zu gehen und sich abzuduschen.

Kaum habe ich mich von diesem Bild gelöst, da bemerke ich, daß Eva verschwunden ist. Im Herunterlaufen falle ich fast über die Plastiktüte, die sie mir auf der vorletzten Stufe hinterlassen hat. Auf der Straße ist nichts mehr zu sehen von ihr.

Karr & Wehner

STEIG EIN

Sie stand drüben an der Bushaltestelle vor den handgemalten Schildern für die Verbindung nach Warschau. Gonzo sah sie, als er die Suzie in den Kombi zu der Reservekamera lud. Er holte die Kassette mit dem Berber heraus, legte ein Leerband ein und schob einen frischen Akku in den Schacht. Allzeit bereit.

»Gonschorek Videoproduktion?«

Sie war herübergekommen und las die Aufschrift auf dem Wagen. Ihr polnischer Akzent klang grauenhaft. Ihre Lederjacke fiel scheinbar zufällig auseinander. Darunter hatte sie nur ein Hemd an. Durch den Stoff zeichneten sich große dunkle Brustwarzen ab. Gonzo schluckte. Sie zeigte mit dem Finger auf die Schrift am Wagen und dann auf Gonzo. »Gonschorek?«

»Und wenn?«

Sie tippte sich an die Brust. »Dana.«

Gonzo zog die Nase hoch. Es war jetzt kurz nach eins, und das Band sollte erst um zwei im Studio sein. Zeit genug, um schon mal einen Teil von Herberts dreihundert Mark auf den Kopf zu hauen. »Wieviel?«

Dana drängte sich an ihn, ihre Hand schob sich zwischen Gonzos Beine. »Starker Mann. Hundert, französisch.«

»Njet.«

»Fünfzig?«

»Zwanzig.«

Sie fing an, auf polnisch zu schimpfen.

»Dreißig«, meinte Gonzo.

Sie hörte auf zu schimpfen.

»Steig ein.«

Im Wagen bediente sie sich sofort von den Zigaretten, die der WDR-Typ auf der Ablage vergessen hatte. Der Rauch stach Gonzo in die Nase. Aus dem Funkgerät quäkten leise die Routinemeldungen der Polizei. Gonzo schaltete den Scanner aus. Er fuhr unter der Bahnhofsbrücke hindurch, bog hinter der ehemaligen CAMERA am Kaiserhof ein paarmal links und rechts ab und erreichte den Verschiebebahnhof. Von hier waren es nicht mal vier Minuten bis zu dem großen Zeitungskomplex, in dessen Innenhof das Studio lag. Gonzo kippte den Sitz nach hinten. Dana warf einen Blick auf die Kameras in ihren Halterungen.

»Video?«

»Video«, bestätigte Gonzo und holte seine Brieftasche heraus. Er drückte ihr einen Zehner und einen Zwanziger in die Hand.

»Dziekuje.«

»Wohl knapp bei Kasse, Mädchen?« Er machte seine Hose auf. Ihr Blick hing immer noch an den Videokameras, während sie ihn mit der Hand massierte. Schließlich sah sie auf Gonzo herunter, ließ ihn los und kramte in ihrer Handtasche. Gonzo schloß die Augen und kämpfte gegen den Niesreiz, der ihm in der Nase kribbelte. Dana ließ mit dem Kondom auf sich warten, und als Gonzo die Augen wieder aufschlug, sah er gerade noch, wie sie die Reizgaspatrone auf sein Gesicht richtete. Gonzo warf sich zur Seite, so daß die Ladung an ihm vorbeiging. Dana hatte sich ein Taschentuch vors Gesicht gepreßt; sie hing über ihm und zerrte hinten den kleinen Camcorder aus der Halterung, den Gonzo immer als Reserve mitnahm. Gonzo schmiß sich gegen die Tür. Verriegelt, sein verdammter Sicherheitstick. Das Reizgas fraß sich in seine Lungen. Dana lag jetzt schon auf ihm; die große Suzie war auf die Schaumgummimatte gefallen, und endlich bekam sie den Camcorder los. Gonzo bäumte sich auf. Sie drehte sich und verpaßte ihm das restliche Gas. Er versuchte auszuweichen und knallte mit dem Kopf gegen den Seitenholm. Sterne tanzten vor seinen Augen. »Luder!« röchelte er und versuchte, sie an ihrer Lederjacke festzuhalten.

Dana riß den Camcorder fluchend an sich. Genau wie Gonzo kriegte sie kaum noch Luft. Dann schaffte sie es, die Tür auf ihrer Seite aufzumachen. Sie fiel fast aus dem Wagen, taumelte, kniete ein paar Sekunden hustend und würgend neben dem Kotflügel und kam schließlich torkelnd auf die Beine.

Gonzo schnappte nach Luft und kroch aus dem Fahrzeug. Dana lief gerade los, den Camcorder vor die Brust gepreßt. Gonzo stolperte über seine Hose, die ihm in den Knien hing. Er wollte sich am Kotflügel festhalten, hatte dann aber ein paar Koordinationsprobleme und ging zu Boden.

»Dich pack ich noch, du Aas!« Trotz der tränenden Augen bekam er das Bild einigermaßen scharf. Er sah Dana am Ladeschuppen vorbei zur Straßenkreuzung rennen. Ein dunkler BMW konnte ihr gerade noch mit quietschenden Reifen ausweichen.

Gonzo zog sich an der Stoßstange hoch, arbeitete sich über den Kühlergrill zur Motorhaube vor und lehnte sich schließlich benommen gegen den Wagen. Nach einer Weile raffte er seine Hose hoch. Dann schlich er um den Kombi herum, riß Türen und Heckklappe auf und wartete, daß das Gas aus dem Innenraum abzog.

Eugen Neter

TAUSEND HÄNDE

Der Abgeordnete Joseph »Joey« Groß liebte es, morgens in die Bildzeitung zu blicken, besonders die Nacktbildchen hatten es dem sechzigjährigen Knebelbart angetan. Die Zeitung brachte gerade eine Serie, ein renommierter Fotograf knipste unbekannte Schönheiten, junge Mädchen, meistens in aufregenden Dessous. Groß schnitt sich die Fotos oft aus und legte sie dann in eine Mappe. Als er eines Freitagmorgens wieder einmal das Blatt aufschlug, durchfuhr es ihn bis in die Gliedspitze. Das war ja sagenhaft. Ein Mädchen mit langem rotbraunem Gelock, Pasqualina hieß sie, lächelte ihm mit dunkelrot geschminktem Mund entgegen. Sie trug weiße Strapse, weiße Nahtstrümpfe, weiße hochhackige Pumps und war phantastisch gebaut, mit kleinen knabenhaften Brüsten. Groß las den Text zu diesem Bild und erfuhr, daß man die Neunzehnjährige jeden Freitagabend ab acht in der Bonner Disco »Dorian Gray« sehen und treffen könne, das sei ihr Stammlokal. »Wenn jemand meint«, stand da außerdem, »auf diesem oder jenem Foto sehe ich besonders geil aus, war ich's in diesem Moment ganz bestimmt nicht...« Groß kümmerte das nicht, für ihn zählte nur die Wirkung, nicht das Sein. Hauptsache, er selber war geil.

An diesem Freitagabend putzte sich »Joey« besonders heraus. Er trug Frack, Nelke im Knopfloch, penibel gewichste Lackschuhe und einen Zylinder. Als er schließlich in der Discothek eintrudelte, sah er sie sofort. Sie stand an der Bar, hatte ein sehr kurzes weißes Kleid an und war sonst genauso zurechtgemacht wie auf dem Bild. Groß erstarrte, seine Hoden zogen sich zusammen. Er mußte diesen scharfen Hasen sofort abschleppen, koste es, was es wolle. Er stellte sich vor, sagte, er sei Politiker, habe glänzende Verbindungen, könne ihrer, Pasqualinas, Karriere dienlich sein, ob sie nicht Lust habe, auf ein Gläschen Champagner mit zu ihm nach Hause zu kommen, dort könne man alles besprechen. Pasqualina war sich keine Sekunde darüber im unklaren, was der geschniegelte Graukopf von ihr wollte. Sie war in der Tat auf Karriere aus, auf eine Karriere als Fotomodell, und dieser bekannte Politiker mit seinen vielen Beziehungen könnte vielleicht ein Sprungbrett sein. Aber gern, hauchte sie, wollen wir gleich gehen?

Als die beiden dann in Groß' Abgeordnetenbude waren, strich der Hausherr zur Bar, öffnete eine Flasche Schampus und stellte zwei Gläser hin. Sie nahmen auf den Barhockern Platz, prosteten sich zu und tranken. Groß bot ihr das Du an, sie solle Joey zu ihm sagen. Gern, Joey, antwortete Pasqualina. Dann müssen wir uns aber auch einen Bruderkuß geben. Sie spitzte die dunkelroten Lippen und beugte sich herüber. Groß spürte sein Glied schwellen. Pasqualina stand auf, griff ganz langsam mit schlanken, rotlackierten Fingern nach seiner Hose, rückte näher und drückte ihm eine lange Zunge in den Mund. Groß wäre beinahe explodiert. Aaahhh, aaahhh, stammelte er, umfaßte das Mädchen, fand hinten am Kleid den Reißverschluß und zog ihn hastig herunter. Pasqualina wand sich lächelnd heraus und legte das Kleid beiseite. Auf einer ihrer zierlichen Brüste prangte ein riesiger Leberfleck. Groß starrte das Mädchen an, ihre Oberschenkel waren etwas füllig, die Waden ein wenig krumm, aber das konnte den Gesamteindruck keineswegs stören, im Gegenteil, so ein paar kleine Makel machten die Sache nur noch schärfer. Sie hatte tausend Hände, zog ihm Frack und Hemd aus, strich ihm über die haargraue Brust, knöpfte die Hose auf, schob sie herunter, fingerte spielerisch in seinen Slip, spürte die noch etwas schwache Erektion. Hmmmm, hauchte sie liederlich, ist das alles, Joey? Sie streifte den Tanga ab. Müssen wir ihn noch ein bißchen beatmen? Sie ging in die Knie und legte die Lippen um seine Eichel. Joey bückte sich fahrig und zog Schuhe und Strümpfe aus. Als er wieder hochkam, ging Pasqualina hinüber zum Bett, mit aufreizend wiegenden Schritten, wie ein Mannequin auf dem Laufsteg. Groß hatte so etwas Scharfes noch nie gesehen, er wollte sie sofort begatten, den prallen Schwanz in sie stecken; als sie sich wieder zu ihm umdrehte, stierte er auf ihre langen rosa Schamlippen, die weißen Strapse, die Nahtstrümpfe, die sehr steilen Pumps, er sah die Halskettchen, das Bauchkettchen, die schlanke, sich leise windende Figur, am liebsten hätte er sofort losgespritzt.

Dann standen sie beide vor dem Bett, Pasqualina knaupelte seine Hoden, sein knallvolles Glied, die ragende Eichel, mit der anderen Hand streichelte sie über seine Arschbacken, dann höher, den Rücken hinauf, wieder hinunter, kitzelte von hinten die Hoden. Groß preßte sie an sich, hastete ihre Brüste entlang, knutschte sie am Hals, an den Wangen, schob ihr gierig die Zunge in den Mund, drückte ihr mit dem Finger den Kitzler, ganz Mister Technik. Hmmmm, stöhnte Pasqualina, willst schon spritzen, hm? In meine Hand spritzen? Sie ließ das Becken kreisen, hob das bestrumpfte Knie, rieb es an Joeys Oberschenkel. Aaaahhhh, bist du scharf, keuchte Groß, er begann in ihre Hand zu stoßen, sie wichste ihn heftiger, knetete und knaupelte, er grunzte, alles zog sich in ihm zusammen, er spürte, daß er gleich kam. Pasqualina gurrte lockend, rieb und streichelte, drückte die Eichel. Joey platzte fast, er ergoß sich brüllend in ihre

Hand. Hmmm, sagte Pasqualina, hmm, du bist vielleicht ein geiler Hengst. Komm, Joey, jetzt machen wir's aber richtig.

Sie zog ihn aufs Bett. Es machte ihr Spaß, mit diesem alten Bock zu vögeln, diesem Bock mit den guten Beziehungen, es geilte sie auf, wenn sie daran dachte, wie er sich für sie einsetzen, sie mit den richtigen Leuten bekannt machen würde, dafür ließ sie sich gerne ficken. Groß' Glied zitterte, er hatte noch längst nicht genug. Pasqualina legte sich girrend auf den Rücken, zog ihn am Schwanz heran. Komm, Süßer, mein kleiner Eber, willst du nicht mein Döschen lecken? Joey wollte nichts lieber als das. Er kletterte über sie, über dieses scharfe bestrapste junge Weib, drehte sich um, drückte ihr seinen grauen Hintern entgegen, schob sich nach unten, beugte sich über die glitzernd behaarte Fotze, begann die Schamlippen zu lecken, und Pasqualina, leise aufstöhnend, kitzelte seine Hoden, spielte mit langen Fingern an seinem wiederauferstandenen Schwanz, walkte ihn und schob ihn sich zwischen die roten Lippen. Oben und unten gieriges Stöhnen, Grunzen, Knurren, Joeys Zunge tief in der saftigen Scheide, Pasqualinas Zunge um die Eichel gewunden, saugend, tiefer und tiefer, sie streichelte die Sacknaht, den Schaft, saugte verlangender, gurrte, kreischte auf, als Groß ihren Kitzler leckte, stöhnte laut: Jaaaa, Joey, jaa, hmmmm, komm, leck weiter, aahhh. Ihre Scheide krampfte sich zusammen, drei Orgasmen durchzuckten sie kurz hintereinander. Groß wäre fast in ihrem Mund gekommen, aber jetzt zog er ihn heraus, er wollte sie in die Fotze kacheln, diesen Discohasen durchrammeln, seinen Saft in sie verspritzen. Er drehte sich um, legte sich auf den schlanken Frauenkörper, drang in sie ein, sie begannen sich zu paaren, wuchtige Stöße, dann wälzten sie sich auf die Seite, Pasqualina zog geil das Knie an, ließ ihn die Seidenstrümpfe spüren, er hastete mit der Hand über die Strapse, den Strumpfansatz, die hochhackigen Pumps, wieder zurück, grapschte nach ihren Brüsten, dem Bauchkettchen, stierte brünstig auf ihre Beine, die gespannten Waden, die schmalen Fesseln, die beschuhten Füße, er wurde fast wahnsinnig vor Gier, stieß zu wie ein rammelnder Hund, Pasqualinas Scheide bebte, das Mädchen kam schon wieder, sie gurrte und stöhnte, Groß' Schwanz schien zu explodieren, ein rasender Rammbock, das Paar sog einander die Zunge aus dem Mund, dann ergoß sich Groß, spritzte in diese verlangende Scheide, er brüllte wie ein waidwunder Hirsch und verkrallte sich in Pasqualinas Hinterbacken. Anschließend blieben sie eine Weile schwer atmend liegen, sein Schweif noch immer in ihr, sie gurrte, glitt mit der Hand zwischen seine Schenkel und spielte mit seinen Hoden. Hmmmmm, aaahhhh, hauchte sie, hast du aber saftige Eier. So naß hat mich schon lang keiner mehr gemacht. Sie löste sich langsam von ihm, stand auf, aus ihrer Möse strömte ein Sturzbach von Samen. Dann sagte sie: Joey, du süßer Bock, gleich machst du den Hengst noch mal, hm? Sie beugte sich hinunter und knaupelte zärtlich sein tropfendes Glied. Dann ging sie ins Badezimmer, um sich abzuduschen.

Groß blieb noch liegen, er wußte, er würde diesen jungen Zahn noch die ganze Nacht vögeln, sie ficken und ficken und fikken – bis seine Eier nichts mehr hergäben.

Malcolm Lowry

SICHWEGWERFEN

Erst sah er nur die wohlgeformten Beine des Mädchens, das ihn jetzt, nur auf Grund der geballten Macht des schmerzenden Fleisches, kläglich zitternder und doch brutaler Begierde, durch die kleinen Milchglaszellen führte, durch immer kleinere und dunklere Räume, vorbei an dem Mingitorio, den »Señores«, aus dessen übelriechender Finsternis er ein unheimliches Gekicher hörte, bis in einen lichtlosen Anbau, nicht größer als ein Schrank, in dem zwei Männer, deren Gesichter er nicht erkennen konnte, entweder trinkend oder konspirierend saßen.

Dann befiel ihn der Gedanke, daß ihn zwar eine mörderische Gewalt rücksichtslos weiterzog, weiterzwang, daß er sich dabei aber der allzu möglichen Folgen leidenschaftlich bewußt und irgendwie genauso unschuldig unbewußt war, daß er im Begriff war, gewissenlos und ohne Vorsichtsmaßnahmen etwas zu tun, was er nie würde ableugnen oder ungeschehen machen können. Unwiderstehlich zog sie ihn hinaus in den Garten, der in diesem

Augenblick von Blitzen erfüllt war und ihn verrückterweise an sein eigenes Haus erinnerte und auch an das El Popo, wohin er vorhin hatte gehen wollen, nur daß dies hier das häßlichere Gegenstück war – zog ihn durch die offene Tür in einen der halbdunklen Räume, die auf den Patio hinausgingen.

Das also war es, das endgültige, dumme Sichwegwerfen ohne Vorsichtsmaßnahmen. Noch konnte er es verhindern. Er würde es nicht verhindern. Aber vielleicht wußten seine Vertrauten oder eine seiner Stimmen einen guten Rat; er sah sich um und lauschte; *erectis huribus.* Keine Stimmen waren zu hören. Plötzlich lachte er: wie schlau von ihm, seine Stimmen an der Nase herumzuführen. Sie wußten gar nicht, daß er hier war. Das Zimmer selbst, in dem eine einzige blaue elektrische Birne brannte, war nicht schmutzig: es wirkte auf den ersten Blick wie eine Studentenbude. Es hatte sogar viel Ähnlichkeit mit seinem alten Collegezimmer, nur daß dieses geräumiger war. Da waren die gleichen großen Türen, ein Bücherschrank stand am gewohnten Platz, und oben auf dem Regal lag ein aufgeschlagenes Buch. In einer Ecke lehnte widersinnig ein riesiger Säbel. Kaschmir! Er glaubte, das Wort gesehen zu haben, dann war es fort. Wahrscheinlich hatte er es gesehen, denn das Buch war ausgerechnet eine spanische Geschichte von Britisch-Indien. Das Bett war unordentlich und wies Fußstapfen auf, ja, sogar etwas wie Blutflecke, obwohl auch das Bett an ein Studentenlager erinnerte. Er bemerkte daneben eine fast leere Flasche Mescal. Aber der Boden war mit roten Fliesen gekachelt, und seine kalte, strenge Logik machte das Entsetzliche zunichte: er leerte die Flasche. Das Mädchen hatte die Doppeltüren geschlossen und ihn dabei in irgendeiner fremden Sprache – vielleicht zapotecanisch – angeredet; jetzt kam sie auf ihn zu, und er sah, daß sie jung und hübsch war. Im Schein der Blitze stand eine Silhouette vor dem Fenster, die einen Augenblick Yvonne merkwürdig ähnlich war. »Quiere María«, bot sie sich wieder an, während sie die Arme um seinen Hals schlang und ihn auf das Bett niederzog. Auch ihr Körper war Yvonnes, ihre Beine, ihre Brüste, ihr leidenschaftlich klopfendes Herz. Elektrizität knisterte unter seinen Fingern, die über sie glitten, obwohl die sentimentale Illusion verging, in einem Meer versank, als wäre sie nie dagewesen; sie war zum Meer geworden, zu einem trostlosen Horizont mit einem riesigen schwarzen Segelschiff, das, den Rumpf unter Wasser, in den Sonnenuntergang hineinsegelte. Oder ihr Körper war ein Nichts, eine bloße Abstraktion, ein Unheil, ein teuflischer Apparat zur Erzeugung unheilvoller, Übelkeit erregender Sinnlichkeit; er war die Katastrophe, das Grauen, morgens vollständig bekleidet in Oaxaca aufzuwachen, jeden Morgen um halb vier, nachdem Yvonne weg war. Oaxaca und die nächtliche Flucht aus dem schlafenden Hotel Francia, wo er einmal mit Yvonne glücklich gewesen war, aus dem billigen Balkonzimmer hoch oben ins El Infierno, jenes andere Farolito. Das Suchen im Dunkeln nach der Flasche, die er nicht fand, der Geier im Waschbecken; seine lautlosen Schritte, Totenstille in den Korridoren, zu früh für die gräßlich quietschenden Schlachtgeräusche in der Küche unten – die teppichbelegte Treppe hinunter in den riesigen dunklen Schacht des leeren Speisesaals, einst der Patio, das Einsinken der Füße in das weiche Unheil des Teppichs, in Verzweiflung, als er die Treppe erreichte und noch halb auf dem Treppenabsatz zu sein glaubte – und der Stich von panischer Angst und Selbstekel, als er an den kalten Duschraum links hinten dachte, den er nur einmal und nie wieder benutzt hatte – und die stumme letzte, bebende Annäherung, das Versinken der Füße in Unheil (und in dieses Unheil drang er jetzt, bei María ein, der einzig lebendige Teil seines Körpers, dieses brennende, siedende, verdammte, böse Organ – Gott, kann es ein größeres Leiden geben, aus diesem Leiden muß etwas geboren werden, und was geboren wurde, war sein Tod). Denn ach, wie ähnlich ist das Stöhnen der Liebe dem der Sterbenden, wie gleichen sie einander, Liebesstöhnen und Todesstöhnen.

Deutsch von Susanna Rademacher, durchgesehen von Karin Graf

Peter Rühmkorf

VIKTORIANISCHE BREITBECKENBETTSTATT

12 Uhr British Museum, Science Section, und statt Sarkophagen nun Automobile, Velocipede, Feuerwehrautos, Rennwagen, Dampfmaschinen. Um 14.00 Essen mit Botschafter von Hase pp in einem entweihten Sakralraum (zu Edelfreßrestaurant umgestylte Kirche): Rouladen, Sauerkraut, gekochte Sellerie. Ab 16.00 Schnaps und Leute. 20.00 Höllerer und sein einigermaßen ansehnlicher London-Film. Mit H. und zwei jungen Damen seiner Begleitung essen, ich trinken. Um 2.00 einsam und unerlöst im Hotelchen, zuviel Treibstoff im Leib, beleidigte Seele, trauriger Kopf, keine privaten und nicht mal sachlich beseelte Connections. In einem wüsten Entschluß (eher subcortikalem Schwinger von unten her) nach Soho, was für sentimentalische Weltumsegler ja zunächst mal literarische Adresse ist. Der mich mehrfach verwarnende Taxifahrer. Die zerscherbten Gaslaternen im Zugwind (manche noch mit zaghaft pulsierenden Glühstrümpfen). Ein paar fröstelnde schwarze Mädchen mit eng gerafften Blütenblättern, die bibbernden Knie aneinander schubbernd. Da von St. P. im aufrechten Gang unter unwürdigen Umständen geschult (furchtlos in den Puffs dieser Welt und befangen nur auf den Parketten) mit einer schlafsüchtigen Mulattin (kakaobraun mit viel Kaffeeweißer) in ein Stundenhotel ihrer Wahl, wo man erstmal paar Schillinge in die Gasuhr werfen mußte, den Rest Erwärmungsgeld auf dem Kaminsims deponieren. Die gewaltige und uns beide auf die viktorianische Breitbekkenbettstatt schleudernde Initialexplosion, dann die ganz manierlich auf die Stange gereihten Flämmchen, ruckend und zuckend wie bengalische Wellensittiche. Cyndis Knurren und Murren unter der für Zweie zu knapp geratenen Decke. Meine fast schon zu pastoralem Wohlgefallen an amöner Landschaft heruntergekühlten Interessen: sanftes Dünengehügel, eine verpennte Endmoräne (2×). Weil ich nicht vorhatte, in dieser Gegend unbekannt aufzuwachen, klammheimlich den Zugang zu Jackenärmeln und Hosenbeinen gesucht, das mir reichlich erscheinende Gasgeld wieder von der Marmorkonsole gestrichen und um 7.00 Taxi. Aus Furcht vor meinem Enttäuschungshotel

(die halsabschnürenden Frühstückszeiten) ins Whimpy, wo zwei minderjährige Mondmädchen einen schwarzen Endymion zu erwecken suchten (man fragt sich ja allmählich, wer auf dieser mißgeschaffenen Welt noch Randgruppe ist). Vier gebutterte Pancakes mit Ahornsirup. Beim Entzünden der Zigarette die am glatten Schäftchen müde entgleitenden V-Finger, das Klebenbleiben an der Glut, das schreckhafte Wegzucken der Hand und das schmerzhafte Wegfetzen von einem Stück Lippenhaut. Am Toilettenspiegel: meine geröteten Augen, mein verwundeter Mund, die verstoppelten Backenmulden: – 3 Stunden nebelgrauer Schlaf und bis 19.00 im Zimmer herumgehangen und aufs gegenüberliegende Pärkchen geblickt: einer Frau mit zwei Pudeln nach. – 19.30 Übersetzersymposion, wo ich nichts zu suchen weil nichts zu sagen hatte: von drei ansehnlichen Lyrikbüchern bisher kein einziges Gedicht in eine fremde Sprache übertragen: poetry international. Doch, in Texas seinerzeit, wo ein paar Studenten sich einiger Stückchen erbarmt hatten. TB: kein Ort, um öffentlich Klage zu führen. Daß es mir schlecht geht, ist schlimm genug.

David Lodge

KOMM UND MISSBRAUCH MICH

Der Abend verlief wie gehabt: Wir aßen im Hotelrestaurant, und dann sagte Tubby, wir sollten uns zeitig hinlegen – jeder in sein Bett! Nicht zu fassen. Ich überlegte, ob ihn vielleicht irgendwas an mir abstieß, schlechter Atem womöglich, und ich checkte das in meinem Zimmer, aber es war alles in Ordnung. Dann zog ich mich aus, stellte mich vor den Spiegel und fand, daß mit meiner Figur auch alles in Ordnung war. Wenn ich ein Mann wäre, sagte ich mir, würde ich mir so was nicht entgehen lassen. Aus lauter Frust war ich inzwischen ganz schön geil und nicht ein bißchen müde und beschloß, mir einen Porno reinzuziehen. Ich holte mir eine halbe Flasche Champagner aus der Minibar und setzte mich im Morgenrock vor den Fernseher. Ich weiß nicht, ob du dir solche Filme schon mal in einem britischen Hotel angesehen hast. Nein? Da hast du nichts versäumt. Ich hab ab und zu mal reingeguckt, als ich Mark betreut und im Rummidge Post House übernachtet habe. Ihm hatten sie zu seinem großen Ärger den Bumskanal gesperrt. In diesen Filmen geht es nicht wilder zu als in vielen ganz normalen TV-Filmen, vielleicht sogar weniger wild, die sogenannten Pornos bestehen praktisch nur aus Sexszenen, sie sind unglaublich billig gemacht und schlecht gespielt und haben eine idiotische Handlung, außerdem sind sie sehr kurz und voll blödsinniger Schnitte, weil die richtig guten Stellen beim Verleih an die Hotels rausfliegen. Ich hatte mir zwar gedacht, daß die dänischen Filme ein bißchen handfester sein würden, aber auf eine so harte Tour war ich nicht gefaßt. Ich kam mitten in einen Film rein, in dem zwei Männer und eine Frau nackt auf einem Bett lagen. Die beiden Männer hatten riesige Erektionen, und einer ließ sich von der Frau lutschen, während der andere sie von hinten nahm. Ich traute meinen –

Wie? Mit Ihnen spreche ich doch gar nicht ... Ungewöhnlich gutes Gehör? Was kann ich denn dafür? Wenn Sie anderer Leute Privatgespräche nicht hören wollen, würde ich Ihnen vorschlagen, die Kopfhörer aufzusetzen, vielleicht gibt's was Schönes im Radio.

Frechheit! Sie tut mir ja leid mit ihrer Hysterektomie, aber so unverschämt brauchte sie nun auch nicht gleich zu werden. Hab ich denn so laut gesprochen? Schon gut, Hetty, ich rücke noch ein Stück näher und flüstere dir ins Ohr, ja? Da lutschten und fickten also diese drei Typen wie die Verrückten, und nach zehn Minuten hatten sie alle einen ungeheuerlichen Orgasmus – nein, einen echten, Hetty. Jedenfalls die Männer, man sah den Samen durch die Gegend spritzen, die Frau schmierte sich das Zeug ins Gesicht wie eine Pflegecreme. Alles in Ordnung, Schätzchen? Du siehst ein bißchen blaß aus. Wie spät ... Himmel, schon halb vier, ich muß gleich gehen, aber die Geschichte will ich dir noch zu Ende erzählen. In diesem Stil ging der Film dann weiter. In der nächsten Szene traten zwei nackte Frauen auf, eine schwarze und eine weiße, die sich gegenseitig leckten, aber sie waren offenbar nicht richtig lesbisch, denn die Männer aus der vorigen Szene standen am Fenster und guckten zu, und dann kamen sie herein, und die nächste Orgie ging ab. Inzwischen war ich total naß vor Aufregung und eine einzige Hitzewelle vom Kopf bis zu den Zehen. Ich habe mich in meinem ganzen Leben noch nie so geil gefühlt, in diesem Moment hätte ich *jeden* gefickt, und wozu saß denn eigentlich dieser nette saubere englische Drehbuchautor im Nebenzimmer, der mich ja wohl eigens deshalb nach Kopenhagen mitgenommen hatte? Wahrscheinlich ist er nur schüchtern, dachte ich und beschloß ihn anzurufen, ihm von dem tollen Video zu erzählen und ihn zu fragen, ob er es nicht mit mir zusammen ansehen wollte, dann würde ihm die Schüchternheit schon vergehen. Weil ich den Schampus inzwischen ausgetrunken hatte, war ich nicht nur geil, sondern auch ziemlich mutig. Es dauerte eine Weile, bis er abnahm, und ich sagte, ich hätte ihn hoffentlich nicht geweckt. Nein, sagte er, er habe am Fernseher gesessen und erst den Ton leiser stellen müssen – allerdings wohl nicht leise genug, denn die blecherne Discomusik und das Keuchen und Stöhnen im Hintergrund kamen mir bekannt vor. Dialoge gibt es in solchen Filmen kaum, eine Drehbuchredakteurin hätte da nicht viel zu tun.

Ich lachte und sagte: »Irre ich mich, oder sehen wir beide denselben Film?« Er brabbelte etwas und war furchtbar verlegen, und ich sagte: »Kommen Sie doch rüber, in Gesellschaft macht so was doch viel mehr Spaß.« Pause.

»Ich glaube, das wäre keine gute Idee«, sagte er dann, und ich fragte: »Warum nicht?« und er sagte: »Darum nicht«, so ging das eine Weile hin und her, bis mir der Geduldsfaden riß.

»Herrgott noch mal, was ist eigentlich mit Ihnen los, Tubby? Letzte Woche beim Italiener hätten Sie mich am liebsten sofort vernascht, und plötzlich wollen Sie nicht mehr. Wozu haben Sie mich dann überhaupt mitgenommen?« Wieder eine Pause.

Dann: »Genau dazu, das stimmt schon, aber als ich dann hier war, habe ich gemerkt, daß es nicht geht.«

Warum nicht, wollte ich wissen.

»Wegen Kierkegaard«, sagte er.

Ich mußte schrecklich lachen, und dann sagte ich: »Wir brauchen es ihm ja nicht zu verraten.«

»Nein, im Ernst. Vielleicht am Freitagabend, wenn Sie nicht so müde gewesen wären . . .«

»Bedudelt, meinen Sie wohl.«

»Na ja, Sie wissen schon ... Als wir dann anfingen, Kopenhagen zu erkunden und ich über Kierkegaard nachdachte und besonders im Museum ... also plötzlich war mir, als spürte ich seine Gegenwart wie die eines guten Geistes oder Engels, und dieser gute Geist sagte: ›Mißbrauche diese junge Frau nicht!‹«

»Aber ich bin ganz scharf darauf, mißbraucht zu werden«, sagte ich. »Komm rüber und mißbrauch mich, Tubby. Guck mal, was die im Fernsehen gerade treiben, würde dir das gefallen? Ich mach's mit dir.«

Ich verrat dir nicht, was es war, Schätzchen, ich will dich nicht schockieren.

»Sie wissen nicht, was Sie sagen«, sagte er. »Morgen früh würden Sie es bereuen.«

»Blech«, sagte ich. »Und wieso schaust du dir diesen Pornostreifen an, wenn du so ein Tugendpinsel bist? Wäre Kierkegaard denn damit einverstanden?«

»Wahrscheinlich nicht«, sagte er, »aber zumindest schädige ich damit keinen anderen.«

»Tubby«, sagte ich mit meiner verführerischsten Stimme, »ich will dich. Ich brauche dich. Jetzt. Komm. Nimm mich.«

Er seufzte abgrundtief und sagte: »Ich kann nicht. Ich habe mir gerade ein Handtuch aus dem Badezimmer geholt.«

Es dauerte einen Augenblick, ehe der Groschen bei mir gefallen war.

»Hoffentlich läßt du es auf dem Boden liegen, damit der nächste Gast es nicht kriegt«, sagte ich wütend und knallte den Hörer auf die Gabel. Ich machte den Fernseher aus, schluckte eine Schlaftablette und eine Miniflasche Scotch und war gleich darauf hinüber. Als ich am nächsten Morgen aufwachte, konnte ich über die ganze Geschichte schon wieder lachen, aber Tubby hatte mein Ticket am Empfang hinterlegt und dazugeschrieben, er sei noch mal auf den Friedhof gefahren, um nach Regines Grab zu suchen, und würde eine spätere Maschine nehmen.

Deutsch von Renate Orth-Guttmann

Josefine Mutzenbacher
NICHT SO TIEF

Wir verließen das Tor gemeinsam, und er rief, als wir durch ein paar Gassen gegangen waren, einen Komfortabel herbei. Wir stiegen ein, und als wir losfuhren, fragte er: »Du glaubst gewiß, ich will dich vögeln.«

Ich lächelte ihn kokett an: »Was denn sonst?«

»Ich will ganz was anderes ...« sagte er geheimnisvoll.

Ich mußte wieder lächeln und wollte klug sein:

»Aha ... ich weiß schon ...« sagte ich.

»Na, was denn?« neckte er.

»Vielleicht in den Mund?« rief ich.

»Nein ...« er lachte. »Was glaubst?«

»Von hinten ...?« riet ich weiter.

Er schüttelte den Kopf.

Ich dachte, er werde mich ihn so behandeln lassen, wie der junge Mann, den wir mit Ruten gestrichen hatten.

»Wollen Sie sich schlagen lassen?« riet ich wieder.

»Herrgott, du kennst dich aber aus«, meinte er, »nein, auch das nicht ...«

»Ja, dann weiß ich nicht ...« Ich gab es auf.

»Photographieren will ich dich ...« sagte er.

»Photo ...?«

»Ja, nackt photographieren, in allen möglichen Stellungen.«

Ich lachte. Ich war noch nie photographiert worden und glaubte, ich bekäme dann schöne Bilder von mir.

Wir kamen zu ihm. In einem neuen Vorstadthaus, tief in einem alten Garten versteckt, wohnte er. Vorne stand das Zinshaus, dann kam man durch den Hof, dann durch den alten Garten zu dem kleinen Haus, in dem er ein paar Zimmer und ein Atelier hatte.

Eine kleine, dicke Frau empfing uns. Sie war blond, hatte eine gedrungene Gestalt, die in einem roten Schlafrock noch fetter aussah. Ihre Augen schienen unterkohlt zu sein. Sie sah mich grüßend an und meinte: »Die wird gerade recht sein ...« Der Photograph sagte: »Tummeln wir uns, damit wir das Licht benutzen.«

Sie sagte: »Soll ich den Albert holen?«

Er: »Aber natürlich, wir können ja absolut nicht anfangen ohne ihn.«

Sie wollte fort, aber er hielt sie auf: »Warte, ich hol ihn selbst. Tut's euch lieber derweil herrichten.« Damit entfernte er sich durch den Garten. Die Frau sah ihm nach und meinte: »Jetzt fürchtet er sich schon wieder, ich könnt mit dem Albert allein sein.« Dann führte sie mich ins Haus, direkt in das Atelier, das mir mit seinem Glasplafond und seinen hohen Fenstern sehr gefiel.

Sie öffnete eine Tapetentür, nachdem sie einen Schrank, der sie verborgen hielt, weggeschoben hatte. Wir traten in eine Kammer, in der nur ein kleines, hoch angebrachtes Fenster Licht einließ.

»Ziehn Sie sich aus ...« sagte sie zu mir.

Zu meinem Erstaunen aber begann auch sie ihren Schlafrock abzustreifen.

»Sie müssen alles ausziehen«, meinte sie, »nur die Strümpfe und die Schuhe können Sie anbehalten.« Sie stand im Hemd vor mir und wartete, bis ich ganz bloß war. Dann kam sie dicht zu mir heran und musterte mich.

»Wie alt bist du denn?« Sie duzte mich auf einmal.

»Vierzehn?«

»Noch nicht«, gab ich Bescheid.

»Hat dir mein Mann schon gesagt, was er mit dir machen will ...?«

»Ja ...«

»Na also ...« meinte sie und streifte ihr Hemd ab.

»Das übrige wirst du schon sehen.«

»Wird er Sie auch photographieren?« fragte ich erstaunt.

Sie lachte: »Natürlich ... bis jetzt hat er überhaupt mich photographiert, weil wir noch kein anderes Frauenzimmer aufgetrieben haben. Denn erstens ist es viel zu gefährlich und zweitens waren alle zu teuer ...«

»Was krieg ich denn ...« erkundigte ich mich.

»Sei nur ruhig ...« vertröstete sie mich, »du wirst zufrieden sein.«

Ihr gutmütiger, freundlicher Ton gefiel mir.

»Ich bin ja ruhig«, sagte ich lächelnd.

»Er hätt' sicher keine andere genommen«, erzählte sie redselig, »aber er hat eine Bestellung, zu der braucht er ein junges Ding, wie du eins bist . . .«

»Sie sind ja auch noch jung . . .« Ich meinte, ihr dieses Kompliment machen zu müssen.

»O ja . . .« lachte sie, »da schau . . . hier, so eine große Brust, steht sie noch fest genug, was?«

Sie nahm ihre Brüste und wog sie in den Händen. Sie waren breit und fest und standen so stark zur Seite, daß man glauben konnte, die beiden Himbeeren wollten zwischen den Armen durch nach rückwärts schauen, wer wohl von hinten käme.

»Schön sind sie . . .« sagte ich anerkennend.

»Greif her . . .« lud sie mich ein.

Ich mußte ihren Busen in die Hand nehmen, er war wirklich hart und elastisch.

»Nur der Bauch ist ein bisserl dick . . .« sagte sie.

»O nein«, beruhigte ich sie.

»Und die Schenkel . . .« Sie klatschte darauf und lachte.

»Wenn mich der Albert sieht«, fuhr sie fort, »wird er gleich geil.«

»Das glaub ich . . .«

»Aber mein Mann ärgert sich . . .« lachte sie. »Ja, was wär's denn, wenn er ihm nicht stehen möcht . . .? Da könnt er uns doch gar nicht photographieren?«

Nach diesen Worten begann ich doch zu ahnen, was hier vor sich gehen sollte. Gleich darauf kam der Mann zurück und rief uns heraus. Wir traten in das Atelier, und da war noch ein Bursch von etwa achtzehn Jahren. Er mochte Laufbursche, Stallpage oder so etwas dergleichen sein. Denn er hatte ein sonnenverbranntes und verfrorenes Gesicht mit kleinen, dicken Ohren und einer roten, ziemlich dicken Nase. Er war schlank, aber kräftig und im ganzen nicht schlecht gekleidet. Mir wenigstens gefiel er ganz gut.

Der Herr Capuzzi, so hieß der Photograph, schickte den Burschen, in dem ich den herbeigerufenen Albert erkannte, sogleich in das Ankleidezimmer.

»Tummel dich«, rief er ihm nach, dann begann er mich zu mustern.

»Ist gar nicht so schlecht . . .« meinte er zu seiner Frau, »he?«

»Ja«, antwortete sie ihm ernst, »es ist gerade das, was du brauchst . . .«

»Wie die Duterln noch ganz hoch sitzen«, meinte er.

»Sie sind noch nicht ganz heraußen . . .« erklärte die Frau.

»Und gar keine Hüften noch«, konstatierte Capuzzi.

»Auch noch so wenig Haare . . .« zeigte ihm die Frau, auf meine Muschel deutend.

Sie waren zufrieden mit mir und Capuzzi versprach, daß ich es auch sein sollte. Er richtete seine photographischen Apparate, fuhr mit dem Kopf unter das schwarze Tuch, und ich sah ihm gespannt zu. Inzwischen kam Albert aus dem Zimmer und war nackt. Er lächelte mich an, weil ich wie gebannt auf sein Bajonett schaute, das er schon aufgepflanzt vor sich hertrug.

Frau Capuzzi lachte hell auf und rief: »Er steht ihm richtig schon wieder . . .«

Capuzzi knurrte: »Sei ruhig . . .«

Albert war schön gebaut. Ich bewunderte seine gewölbte Brust, den eingezogenen Bauch, die von Muskeln geschwellten Arme und Schenkel, und vor allem den dicken, geraden Solomuskel, der aus seinen Bauchhaaren gerade emporstieg.

Capuzzi sagte: »Also fangen wir an.«

Er schob mir eine kleine, teppichbehangene Bank ohne Lehne herbei und meinte: »Zuerst also du, Melanie, Albert und du – wie heißt du?« setzte er zu mir gewandt hinzu.

»Peperl«, sagte ich.

»Also Peperl . . . Albert, setz dich in die Mitte . . .«

»So, jetzt Melanie rechts zu ihm, und Pepi links zu ihm.«

Wir beeilten uns.

»So, und jetzt nimmt jede den Schweif in die Hand . . .«

Wir griffen zu.

»Albert . . .« rief Capuzzi, »Sie müssen aber auch etwas tun . . . Geben Sie die beiden Arme um die Schulter . . . still . . . einen Moment . . .«

Er verschwand hinter dem schwarzen Tuch: »So«, rief er hervor, »nicht bewegen. Melanie, schau den Albert an . . . du, Pepi, auch . . . und du, Albert, schau in die Höh . . . verdreh die Augen . . .«

Wir befolgten seinen Befehl. Alberts Schweif, von unsern beiden Händen umklammert, sah nur noch mit dem Spitzel hervor. »Eins ... zwei ... drei ... vier ... fünf ... sechs ...« zählte Capuzzi. »Fertig.«

Wir sprangen auf.

»Eine neue Stellung«, befahl er.

»Was für eine ...?« fragte die Frau.

»Leg dich nieder, Albert ...« befahl Capuzzi.

Albert legte sich auf die schmale Bank, seine Füße hingen vom Knie an herab.

»Melanie ... stell dich drüber ...«

Die Frau bekam rechts und links einen Polster, auf den sie steigen konnte.

»Beug dich über ihn ...« rief Capuzzi.

»Das haben wir ja schon oft gehabt«, rief die Frau.

»So nicht ... wirst schon sehen ...« wandte er ein. Sie beugte sich vor, stützte die Arme auf und ihre Brüste hingen gerade über Alberts Gesicht.

»Albert, nimm die Brust in die Hand ...« sagte er.

Albert ergriff die beiden runden Dinger und begann an den Warzeln zu spielen.

»Er regt mich schon wieder auf ...« rief Frau Capuzzi.

»Albert ...« schrie der Photograph, »ruhig mit der Hand, sonst werd ich dir helfen.«

Er hielt die Brüste ruhig in seiner Hand. Aber jetzt war es Melanie, die sich schaukelte und so ihre Duteln in Alberts Händen rieb.

»Da schauen S'«, sagte Albert, »jetzt spielen Sie ja selber ...«

»Melanie!« Der Photograph sagte es im vorwurfsvollen Tone.

»Na ja ...« meinte sie, »wenn ich jetzt schon so aufgeregt bin.«

»Peperl ...« wandte er sich zu mir, »nimm jetzt den Schweif und steck ihn hinein ... laß aber die Hand nicht los.«

Ich ergriff Alberts Flaggenstange und richtete sie auf. Aber sie kam mir zuvor, griff hin, und steckte sich den Propfen selbst ins Spundloch.

»Ach ...« seufzte sie dabei, »... ach ... die Quälerei geht schon wieder an ...«

»Nicht so tief, Melanie«, ermahnte ihr Mann, »man muß die Hand von der Peperl sehen ...«

»Vielleicht so?« fragte sie und hob den Popo, daß der Schweif nur mehr bis zur Eichel drin war.

»So ist's recht ...« stimmte er bei.

»Aber nein«, rief sie, »so kommt er mir ja aus«, und wieder senkte sie ihren Helm über dieses Haupt tief hinab.

»Nicht ...« brüllte ihr Mann, »höher ... zum Teufel ...«

Sie zog sich zurück und sagte: »Meinetwegen ... aber ich glaube, so wär's auch ganz schön ...« und wieder stieß sie sich ihn herein.

Der Mann sprang herzu und hieb ihr eins über das Gesäß, daß es nur so klatschte. »Du vögelst ja, du Luder ...« schrie er sie an, »aber mich betrügst du nicht ...«

»Das ist auch gevögelt ...« antwortete sie gereizt, »sobald er nur drinsteckt ... ist es gevögelt!«

»Nein«, ereiferte er sich, »wie oft habe ich dir das schon erklärt ... daß wir nur Stellungen ... das nennt man nur markieren. Markieren ist gestattet ... aber nie werde ich erlauben, daß meine Frau sich von einem anderen vögeln läßt.«

Damals leuchtete diese blödsinnige Unterscheidung mir und allen Beteiligten ein. Heute muß ich über den wunderbaren Ehemann lächeln.

Ich hielt Alberts Nagel und fühlte, wie er pulsierte, und langsam fuhr ich so hoch hinauf, daß ich mit der Hand auch die Muschelränder von Melanie berührte, und da fühlte ich, wie sie ihre Klappe jede Sekunde zusammenzog, wodurch Albert natürlich sehr gereizt werden mußte.

»Dauert's noch lang?« fragte Melanie.

»Nein ... schau in den Apparat hinein ... lächle ... Pepi, du auch ... so ... eins ... zwei ... drei ... vier ... fünf ... fertig!«

Melanie sprang von Albert herunter. »Gott sei Dank«, rief sie, »das hält man ja nicht aus.«

Albert lag regungslos da.

»Jetzt umgekehrt ... die Pepi hinauf ...« befahl der Photograph. Ich nahm Melanies Stellung ein.

»Melanie ... jetzt steckst du ihn der Peperl hinein ...« befahl der Mann.

»Soll ich ihr die Brust anpacken . . .?« fragte Albert.

»Aber ja . . . was fragst denn noch?« ermunterte ihn der Photograph.

Albert legte seine Hände auf meine Brust. Wir lächelten uns an, und er spielte sich damit.

Herr Capuzzi kümmerte sich gar nicht darum.

Da führte mir seine Frau den Stachel ein.

Albert und ich lächelten uns verständnisvoll an, dann fing er an zu stoßen und ich flog auf und nieder, so daß Melanie ihre Hand fortziehen mußte. Sie gönnte uns aber die Sache nicht, sondern rief gleich: »Da sagst nix . . . was? Die dürfen machen, was sie wollen . . .«

»Ruhig . . . Kinder . . .« gebot uns Capuzzi und zählte wieder. »Ein, zwei, drei, vier.«

Wir verhielten uns ruhig. Melanie griff wieder an Alberts Schweif, daß es aussah, als leiste sie uns Beihilfe.

»Fertig«, meldete Capuzzi.

Jetzt legten wir wieder los und vögelten. Aber Melanie wurde böse: »Albert . . .« schrie sie ihn an, »wirst du aufhören . . .«

»Nur das Spitzel . . .« sagte Capuzzi, »nur markieren . . .«

»Wirst du aufhören . . .« brüllte mir Capuzzi zu. Und weil das nichts half, riß er mich von meinem guten Platz herunter.

»Das verbitt ich mir«, sagte er, »das könnts ihr später tun . . . wenn ihr wollt.«

Er begann eine neue Gruppe zu bauen, wie er sich ausdrückte. Albert mußte auf seiner Bank liegen bleiben. Melanie kniete vor ihm und nahm seinen Schwanz in den Mund.

»Nur das Spitzel . . .« sagte Capuzzi, »nur markieren . . .«

Ich stellte mich über seinen Kopf und reichte meinen Freudenkelch seinen Lippen dar. Albert schlug mit seiner Zunge einen Triller an meinem Kitzler, der mir bewies, daß er ein Künstler war, und mich vor Wonne hin- und herwetzen ließ. Aber gleich darauf war er ruhig und markierte nur.

Melanie machte mir Konkurrenz. Ich sah es an ihren Wangen und an dem Zucken von Alberts Nudel, daß sie das Stückchen Mehlspeise, das ihr der Mann gönnte, heimlich mit ihrer Zunge streichelte. Sie schnaufte sehr und blinzelte zu ihrem Mann angstvoll hinüber. Als dieser hinter das schwarze Tuch tauchte, benützte sie die Gelegenheit, sich den Zapfen bis auf den Grund zu bohren.

Gleich darauf hieß es wieder: »Eins . . . zwei . . . Fertig!«

Albert verabschiedete mich mit einem Zungentriller.

»Umgekehrt«, befahl Capuzzi.

Ich war es jetzt, die auf Alberts Schweif kam, und ich nahm ihn bis ans Heft in den Mund, wobei ich ihm so wohltat, daß er erkennen mußte, ich verstünde mich auch auf die Kunst der Zunge. Melanie hockte auf seinem Mund. Und ich konnte an Alberts Bewegungen sehen, daß er nicht bloß markierte. Melanie hielt gewaltsam an sich, um sich nicht zu bewegen. Dennoch sah ich, wie ihre Flanken bebten, wie sie die Augen rollte und wie sie sich fester auf Albert niederließ.

»Melanie«, rief ihr Mann, »du könntest mit deinen Duteln spielen . . . mach so, als ob du dir die Warzen küssen wolltest.«

Sie hob ihre Brüste und senkte den Kopf und benützte die Gelegenheit, um ein bißchen hin- und herzuwetzen. Dabei mußte ihr Kitzler aus Alberts Mund geglitten sein, denn es gab plötzlich einen schmatzenden Laut.

Capuzzi hörte ihn, sprang hinzu und sagte wütend: »Albert, mir scheint, du schleckst wirklich . . .?«

»Aber nein . . .« gurgelte Albert unter seiner Last hervor.

»Ich rat' dir's nicht . . .« wiederholte Capuzzi, bückte sich und trachtete herauszubekommen, wie sich Albert verhalte.

»Aber nix macht er«, rief Melanie unwirsch.

Capuzzi sah ihr ins Gesicht: »Du bist ja ganz aufgeregt . . .« sagte er drohend.

»Natürlich«, versetzte sie, »ich bin immer aufgeregt dabei . . . man ist ja nicht von Holz. Tummel dich, daß wir fertig werden.«

Während Capuzzi aber zum Apparat zurückging und unter das schwarze Tuch schlüpfte, machte Melanie ein paar schnelle Wetzer, indem sie mir dabei zutuschelte, und Albert schlug ihr seinen Zungenwirbel in ihre Maultrommel.

Capuzzi aber war rascher fertig als sie. »Eins, zwei«, klang es vom Apparat her, und sein »Fertig« scheuchte uns auseinander.

»Was jetzt«, fragte Melanie, die mit bebenden Brüsten und keuchendem Atem dastand.

»Leg du dich hin . . .« sagte ihr Mann.

Sie tat es sofort.

»So«, meinte er, »jetzt soll sich die Peperl dir am Mund setzen und der Albert soll sich auf dich legen.«

»Nein«, protestierte sie, »ich mag der ihre Fut nicht schlecken.«

»Das brauchst du auch gar nicht ...« erwiderte er, »du sollst ja nur markieren.«

»Ach was ... ich mag's halt nicht beim Mund ...« antwortete sie.

»Na, soll sich die Pepi hinlegen ...« schlug er vor, »und du gehst auf sie.«

Aber sie wollte die Aussicht nicht aufgeben, seinen Schweif zu kriegen.

»Weißt was«, sagte sie, »die Peperl könnt mir ja am Busen spielen, das sieht unschuldiger aus.«

Er war einverstanden.

Ich kniete neben ihr auf den Boden, nahm ihre Brust in beide Hände und setzte meine Lippen auf ihre Himbeere. Was ich konnte, tat ich, und ich half ihr sogar zu einem kleinen Genuß. Von meinem Kuß angeregt, fing sie zu zucken an, sie hüpfte mit ihrem Popo in die Höhe und stieß sich so Alberts Balken ein paarmal tief in den Leib.

Mit einem Schritt war Capuzzi bei ihr und gab ihr eine Ohrfeige, »Kannst du das Vögeln nicht lassen? Du Luder, du ...« schrie er sie an.

»Ich mach ja nix ...« kreischte sie auf.

»O ja«, sagte er wütend, »immer machst du so ...«

»Du grobes Ding du ...« jammerte sie, »die Pepi zuzelt mich an der Brust und deshalb hab' ich so hupfen müssen ...«

»Hör zu zuzeln auf ...« befahl er mir, und zu seiner Frau gewendet schimpfte er weiter: »Das sind Ausreden ... immer probierst du, ob du mit dem Albert nicht pudern kannst ... ich weiß schon ...«

»Laß mich gehen ...« schalt sie, »es ist kein Wunder, daß man sich rührt, wenn einem so ein dicker Schweif aufgesetzt wird.«

»Na, na ...« meinte er, »du wirst's erwarten können ... ich mach dir's dann gleich.«

Damit verschwand er hinter seinem Tuch. Eins, zwei, und er war fertig.

»So«, meinte er, »ich muß in die Dunkelkammer ... aber das sag ich dir ... wenn du dich unterstehst und machst was ... derschlag ich dich ...«

»Jesus ...« seufzte Melanie, »das ist mir eine Marter immer.«

Albert meinte lächelnd: »Ich hätt' auch nichts dagegen, wenn ich mir's schon kommen lassen könnt'.«

»Mein lieber süßer Albert ...« flüsterte sie, »möchtst du mich nicht einmal pudern?«

»O ja ...« antwortete er, »sehr gern möcht ich's ... aber es geht nicht ...«

»O Gott, o Gott«, jammerte sie zu mir, »du glaubst gar nicht, wie gern ich den Burschen hab' ... du glaubst gar nicht, wie ich mir das wünsche, daß er mich einmal, ein einziges Mal vögeln möcht ...«

»Na, warum tun Sie's denn nicht?« fragte ich erstaunt.

»Es geht ja nicht ...« klagte sie.

»Jetzt«, schlug ich vor, »machen Sie's geschwind jetzt ...«

»O je ...« Sie schüttelte den Kopf. »Das möcht er ja gleich sehen ...«

»Wieso?«

Sie deutete auf die Tür, durch die Capuzzi verschwunden war.

»Durch das gelbe Glas durch, da sieht er alles ...«

Ich bemerkte jetzt erst die kleine dunkle Scheibe, die in die Tür eingelassen war.

»Das ist es ja«, sagte sie tief bedauernd, »zwei Monate arbeiten wir schon so ... was, Albertl ...? Seit zwei Monaten spür ich seinen Schweif ... hab' ihn in der Hand und im Mund und zwischen der Brust, und in der Fut, und im Arsch ... und überall ... immer nur das Spitzel ... immer nur den Anfang ... man möcht verrückt werden ...«

Albert pflichtete ihr bei: »Dös ist nicht recht ... wenn er nicht will, daß ich seiner Frau was mach', soll er mir's nicht herlegen.«

»Natürlich«, stimmte ich zu, »das ist gemein ...«

»Nicht wahr ... meinte er. »Nackend laßt er mich's anschauen. Und bei den Duteln laßt er mich's nehmen ... und die Fut kenn' ich schon so, als hätt' ich's sechzigmal gefickt ... und nie hab' ich was machen dürfen ... das gibt's ja nicht ...«

»Wie hast du dir's denn kommen lassen?« erkundigte ich mich.

Er wurde rot und schwieg.

»G'wiß hast dir's selber herunterg'rissen . . .?«

»Ah nein . . .« sagte er verlegen.

»Na, wie denn?« forschte ich weiter.

»Auf italienisch . . .« sagte Melanie lachend.

»Wie ist das?« fragte ich neugierig.

»Wirst es schon sehen . . .« sagte sie, »vielleicht photographiert ihn mein Mann wieder einmal dabei . . .«

Capuzzi kam heraus: »Die eine Stellung ist verpatzt«, sagte er, »die muß noch einmal gemacht werden . . .«

»Welche denn?«

»Die letzte . . . da bist du schuld . . .« knurrte er seine Frau an, »weil du gewackelt hast . . .«

Sie legte sich noch einmal hin. Albert steckte ihr nochmals seine Schwanzspitze hinein. Ich nahm sie nochmals bei der Brust. Als er »Fertig« rief, begann er ungeniert zu remmeln. Nur drei, vier Stöße, aber sie waren so heftig, daß Melanie aufschrie: »Jesus Maria . . .«

Capuzzi schleuderte ihn mit einem Griff weg, daß er beinahe umgefallen wäre. Aber Albert lachte verschmitzt. »Ich vögel sie doch einmal . . .« sagte er dabei. »Nie«, schrie Capuzzi wütend.

Melanie aber kreischte: »So komm doch du wenigstens her . . . ich halt's ja nicht aus.«

Capuzzi schäumte: »Da soll man arbeiten und was zusammenbringen . . . jetzt erst recht nicht . . . wart . . .«

Melanie griff sich mit den Fingern an der Spalte herum: »Komm her . . . komm her, oder ich ruf den Albert . . .«

»Schaut's, daß ihr hinauskommts . . .« herrschte Capuzzi mich und Albert an.

Wir ließen uns das nicht zweimal sagen und schlüpften ins Ankleidezimmer, wo wir uns gleich auf die Erde warfen.

»Ah . . .« sagte Albert, »ich bin froh, daß du da bist . . . ich bin froh . . . da kann ich wenigstens einmal ordentlich pudern . . . ah . . . gib's her . . . da brauch ich's mir gar nicht so kommen lassen . . . wie sonst . . . ah . . . eine gute kleine Fotz hast du . . . so ist's gut . . . rühr dich nur . . . wart . . . wart . . . die Dutel . . . so . . . ich küß dir die Dutelwarzen . . . fest . . .«

»Ich wart auch schon die ganze Zeit darauf . . .« rief ich, »das macht mich so geil . . . das Probieren . . . fester . . . ah . . . gut ist dein Schweif . . . so lang . . . und so warm . . . fester, ja . . . spritz . . . spritz nur . . . ah . . . wie wohl . . . noch? Ah . . . zweimal ist's mir gekommen.«

Wie wir fertig waren, hörten wir noch drinnen Capuzzi und seine Frau einander bearbeiten. »Nein . . . nein . . .« flüsterte sie, »noch nicht spritzen . . . noch nicht . . . ich hab' noch nicht genug . . . noch mehr . . . gib mir mehr . . .«

Er brummte: »Was . . . du möchtest aber doch lieber den Albert, was?«

»Ich scheiß auf ihn . . .« quakte sie deutlich genug, »du bist mir der liebste . . . fick nur . . . gib mir deinen Mund . . . deine Zunge . . . ach, ach . . .« Das andere war nur ein Geröchel.

Dann fragte Herr Capuzzi wieder: »Darf ich jetzt spritzen . . .? Du machst mich so hin . . . ach . . . deine Brüste . . . kann ich jetzt?«

Und sie: »Ja . . . spritz nur . . . jetzt . . . so . . . und jetzt kann der Albert herumwetzen, wieviel er will . . . jetzt reizt er mich nicht mehr . . . ah . . . das ist süß . . .«

»Warum reizt er dich denn?« fragte Capuzzi eifersüchtig. Sie waren beide fertig und plauschten noch. »Aber er reizt mich doch nicht«, beschwichtigte ihn seine Frau, »wenn er mit seiner Nudel da ist, oder wenn ich ihn in den Mund nehm', oder wenn er mich schleckt, dann denk ich ja nur an dich . . . der Albert ist mir wurscht . . .«

Albert lachte: »Schmarr'n«, sagte er, »sie lügt ihm ja was vor . . . du hast ja genau gehört, wie sie auf mich geil ist . . . sie hat uns es ja selbst gesagt . . .«

»Freilich«, bestätigte ich ihm. »Aber warum hast du sie nicht schon längst einmal gepudert . . . das müßt doch möglich sein?«

»Es ist unmöglich . . .« erklärte Albert.

»Warum . . .?«

»Weil der Kerl zu viel aufpaßt . . .«

»Aber wenn er nicht zu Haus' ist . . .?« meinte ich.

»Ah was . . .« Albert schüttelte den Kopf. »Der ist schlau, man weiß ja nie, wo er ist, und jeden Augenblick kann er da sein.«

»Na, und wenn schon . . .« lachte ich.

Albert wurde ernst. »Das ist nicht so . . . der derschlagt mich und sie . . . das ist er imstand . . . der Katzelmacher, der! Der hat mehr Kraft als ich . . .«

»Aber geh«, meinte ich zweifelnd.

»Wart nur . . .« sagte Albert, »bis du den einmal nackend siehst . . .«

»Wieso?«

»Na«, erklärte er mir, »manchmal läßt er sich von der Frau photographieren.«

»So . . .? Das sollt er jetzt mit mir tun . . .« wünschte ich.

»Weißt du . . .« fragte Albert, »wie oft der seine Frau vögelt alle Tag'?«

»Na, wie oft denn?«

»So sieben- bis achtmal, meine Liebe . . .«

»Da könnt' sie wohl genug haben . . .« entschied ich.

»Freilich«, meinte Albert, »aber er ist ihr schon zu fad . . .«

Wir wurden wieder hereingerufen.

»Eine neue Gruppe . . .« sagte Capuzzi. Er war im Hemd und in Unterhosen und hatte ein erhitztes Gesicht. Melanie hatte rote Flecken auf der Brust, rote Ohren, aber sie lachte befriedigt, und ihre Augen glänzten.

Karr & Wehner

DER SPANNER GREIFT EIN

Im Aufnahmeraum hatten sie alles schon soweit vorbereitet. Susann hockte nackt auf dem Bett und machte sich ihre Haare zurecht. Der Bodybuilder stand mit dem Gesicht zur Wand in der Ecke und baute sich mit einem Pornoheft für seinen Auftritt auf. Seine Rückenmuskeln zuckten rhythmisch.

Der Tonmann schob den Fellüberzug aufs Mikro. »Alles klar!«

Der Buchhaltertyp drückte sich neben der Tür herum und leckte sich nervös mit der Zunge über die Lippen.

»Kümmer dich nicht um den«, sagte Matzke leise neben Gonzo. »Der will nur zugucken.«

»Und wieviel drückt er dafür ab?«

»Nicht dein Problem. Los jetzt!«

Die Regiebesprechung fiel ziemlich kurz aus. Susann sollte zum Warmwerden ein bißchen an sich herumspielen. »Denk dir, daß du eine grüne Witwe oder so was bist.« Matzke winkte den Bodybuilder heran. »Dann kommt Harry dazu. Er ist der Gärtner oder der Briefträger, und du bläst ihm erst mal einen. Dann die Reiternummer, dann kommt er von hinten, und dann sehen wir weiter, okay?« Gonzo verschwendete keinen Gedanken daran, warum der Gärtner oder der Briefträger oder sonstwer nackt im Haus der grünen Witwe herumlief. Manche Genres hatten eben ihre eigenen Gesetze. Matzke machte sich mit der zweiten Kamera bereit, um die Schnittbilder aus einer anderen Perspektive zu drehen, und erklärte Gonzo, welche Positionen und Einstellung er von ihm haben wollte. Dann schickte er Harry wieder in die Ecke, und endlich ging es los.

Gonzo sah durchs Okular der Suzie, wie Susann sich auf dem Bett rekelte und sich zwischen die Beine griff. Er korrigierte hier und da ein paar Stellungen und ließ die Kamera laufen. Matzke begnügte sich an seiner Mühle mit der Totalen und versuchte einen Hauch von Hollywood zu erzeugen, indem er vor jeder Einstellung »action!« brüllte.

Susann zog ihre Witwennummer routiniert ab. Gonzo sah den dünnen Schweißfilm auf ihrer Haut, als sie sich massierte und rieb und die Augen verdrehte. Ihr Make-up verlief schon wieder. Eine halbe Stunde und drei Positionswechsel später hatte er endlich das Vorspiel im Kasten. Er nahm die Suzie vom Stativ, zerrte den Tonmann hinter sich her und drehte noch ein paar Details aus der Hand. Matzke legte seine Kamera weg und studierte stirnrunzelnd die zwei Zettel, die das Drehbuch darstellten. Der Spanner neben der Tür beobachtete die Szene mit in den Hosentaschen vergrabenen Händen.

»Fünf Minuten Pause!« ordnete Matzke an.

Gonzo verdrückte sich in die Teeküche. Die Frau in der Batikbluse stand am Fenster. Gonzo machte den Kühlschrank auf. Leer. »Habt ihr nicht mal was zu trinken?«

Die Maskenbildnerin zuckte mit den Schultern. »Frag Matzke.«

»Irma!« brüllte Matzke im gleichen Moment von draußen.

Irma verdrehte die Augen und schnappte sich ihre Schminksachen. Gonzo stöberte die Küchenschränke durch, bis er zwischen dem wild zusammengestapelten Geschirr ein halbwegs sauberes Glas fand, und ließ es unterm Wasserhahn vollaufen. Er stellte das Wasser nicht ab, machte das Fenster auf und setzte sich auf die Bank. Die Luft draußen war zwar nicht kühler, aber etwas frischer als die schwülen Ausdünstungen im Studio. Hinter dem Flachbau lag der alte Speditionshof mit verblichenen Parkmarkierungen für die Lastzüge, zwei Lagerschuppen und noch weiter hinten, schon auf dem Nachbargelände, eine Wellblechhalle, in der ein alter Pritschenlaster vor sich hin rostete. BRENNECKE-ENTSORGUNG stand auf der Fahrertür, und nach dem Schild auf dem Armaturenbrett hinter der Windschutzscheibe hieß der LKW Bernd. Unkraut wuchs vom Rand her über die Asphaltfläche, ein schmaler Streifen vergilbten Rasens mit einem rostigen Maschendrahtzaun trennte das Areal von dem Entsorgungshof mit seinen Schrotthalden, von denen die beiden grünen Kräne unablässig Metallmüll in die Binnenkähne im Hafenbecken hinüberschwenkten. Die Luft flimmerte und verzerrte die Konturen des Gebäudes. Löwenzahnsamen segelte durch den Zaun. Gonzo spülte sich den Mund mit einem Schluck lauwarmen Wasser und spuckte es aus dem Fenster. Drüben bei der Wellblechhalle bewegte sich etwas. Gonzo kniff die Augen zusammen und entdeckte eine hagere Gestalt im Schatten neben dem Lastwagenwrack. Ein Mann mit einer dunkelblauen Arbeitshose und einer Lederkappe. Darunter für einen Moment ein schmales, faltiges Gesicht. Als Gonzo sich aufrichtete, um mehr erkennen zu können, zog sich der Mann ins Dunkel der Halle zurück. Ein Metallteil fiel klirrend zu Boden. Gonzo kippte den Rest des Glases aus dem Fenster und füllte es wieder. Das Wasser lief inzwischen lange genug, es war kühl und schmeckte nach einem Hauch von Eisen. Gonzo war gerade bei seinem zweiten Glas, als er Matzke drüben nach ihm brüllen hörte.

Im Aufnahmeraum stand der Spanner am Bett und unterhielt sich mit Susann, immer eine Pfote in der Hosentasche. »Okay?« Matzke checkte seine Kamera und nahm sie auf die Schulter. »Weiter. Auf die Positionen. Harry!«

Harry war inzwischen von Irma komplett geschminkt und abgepudert und erwies sich als mittlere Katastrophe. Matzke mußte ihn dreimal ansetzen lassen, ehe er endlich mit einem vorzeigbaren Ständer in die Szene kam. Dicke Schweißbahnen liefen ihm übers Muskelfleisch und machten das Make-up zunichte. Die Luft in dem Raum war inzwischen zum Schneiden.

»Irma!« brüllte Matzke schon wieder.

Irma puderte Harry hektisch ab, während der sich mit der Hand in Form zu halten versuchte.

»Und action!«

Susann gab sich alle Mühe, ein bißchen Dialog zu produzieren, ehe Harry mit seiner Arbeit begann. Der Tonmann lag mit seinem Mikro vorm Bett und versuchte, die Szene einigermaßen aufs Band zu bekommen, während Gonzo langsam den Zoom auf Susanns Gesicht aufdrehte, wo Harry laut Drehbuch gleich abspritzen sollte. Das Muskelpaket hatte allerdings inzwischen schon wieder deutlich abgebaut.

Matzke setzte seine Kamera ab. »Aus!«

Harry zuckte zusammen.

»Ganz ruhig!« sagte Susann zu ihm. »Wir schaffen das schon.« Der Tonmann drehte die Augen zur Decke. Irma kroch aufs Bett, um Susanns verschmierten Lippenstift aufzufrischen.

Matzke nahm sich Harry vor. »Entweder du machst hier deinen Job, oder ich hol mir ein Double. Das bezahl ich dann aber von deiner Gage.«

Harrys Gesicht war knallrot. »Ich versteh das auch nicht«, quengelte er. »Das liegt alles an dieser Scheiß-Hitze.«

»Susann!« bellte Matzke. »Komm mal her.«

Susann schüttelte den Kopf. »Sein Problem. Soll er ihn sich selber hochlutschen.«

Die Zornesader auf Matzkes Stirn begann zu pochen.

»Ich hab das im Griff!« Harry schnappte sich sein Pornoheft und ging wieder in seine Ecke. Der Spanner glotzte. Harry arbeitete. Keiner sagte etwas. Harry keuchte, und als er sich nach ein paar Minuten endlich umdrehte, glotzte er wie ein debiler Bulle. Gonzo warf die Suzie an. »Läuft!«

»Und jetzt will ich was sehen!« Matzke schob Harry quer durchs Bild auf die Szene, und Susann nahm ihn sofort in den Mund, damit er nicht aus der Fasson kam. Der Tonmann fuchtelte mit seinem Mikro herum, und weil sich keiner mehr ans Drehbuch hielt, nahm Gonzo alles mit, was er aufs Band bekommen konnte. Sollte sich Matzke hinterher beim Schnitt etwas ausdenken.

Harry grunzte und bemühte sich, ihn weiter steifzuhalten. Susann massierte ihn mit der Hand und stülpte die Lippen über die Eichel. Harrys Nackenmuskeln schwollen an. Neben der Tür leckte sich der Spanner mit seiner Eidechsenzunge über die Lippen und japste: »Meine Fresse!«

Gonzo wollte schon aufatmen, als Harry heiser keuchte und schlagartig schlapp wurde.

»Scheiße!« sagte Harry.

»Scheiße!« sagte Susann.

»Ach du große Scheiße!« sagte der Tonmann.

Matzke sagte gar nichts, aber sein Hals schwoll auf den doppelten Umfang an.

Harry drehte sich um und starrte mit glasigem Blick in die Kamera. »Tut mir leid.«

Matzke tobte. Irma kroch aufs Bett und tupfte Susann ab. Harry stammelte etwas, was niemand ernstnahm, und Susann schüttelte genervt den Kopf. »Ich hab dir gleich gesagt, daß der Kerl ne Niete ist.«

Matzke fixierte Harry. »Versager!«

»Diese Mist ...«, begann Harry, fand aber dann doch, daß es besser war, wenn er nichts mehr sagte.

»Und jetzt?« fragte Gonzo. Entweder sie warteten, bis Harry es wieder brachte, oder sie konnten den Dreh abschreiben. Was für Matzke einen Verlust von knapp zweitausend Mark bedeutete.

»Wir brauchen einen Ersatzmann«, sagte Matzke. »Für den Spritzschuß. Den schneiden wir dann rein.« Er sah sich um. »Bernie, was ist?«

Der Tonmann zuckte zusammen. »Du spinnst wohl.«

Ratlos starrte Matzke auf seine Drehbuchzettel. »Mist, verdammter! Willst du, Gonzo?«

Gonzo schüttelte den Kopf. »Kein Interesse. Mach's doch selber.«

Matzke starrte an sich herunter. »Das sieht man. Ich bin zu fett.«

Im Hintergrund räusperte sich jemand. Gonzo sah sich um. Neben der Tür stand der Spanner und hatte die Hose herabgelassen. Sein Gesicht glänzte rot. »Meint ihr, das geht?«

Matzke wechselte einen schnellen Blick mit Gonzo. »Kommt hin von der Größe!« sagte Gonzo. »Ich nehm ihn von der Seite im Anschnitt.«

»Klar«, sagte Matzke. »Das geht ganz sicher.«

Gonzo war schon dabei, das Licht neu einzurichten. Auf dem Bett kicherte Susann, und Matzke verpaßte dem Spanner einen Schnellkurs in Sachen Pornofilm, während der Typ sich hektisch aus seinen Klamotten schälte. Er war blaß wie ein Fischbauch.

»Maske!« verlangte Matzke. Innerhalb von drei Minuten sorgte Irma mit einer halben Dose Abtöncreme und viel Puder dafür, daß der Spanner rund um die Arschbacken ein halbwegs gesundes Aussahen bekam, während Matzke mit Gonzo das Drehbuch änderte. Schließlich sackte er erschöpft in seinen Regiestuhl. »Und action!«

Im Okular sah Gonzo sich die Sache an und startete die Suzie. Susann leckte sich über die Lippen und fing an. Der Spanner machte seine Sache wirklich sehr gut und ließ dann alles ab, was sich bei ihm in den letzten zehn Jahren angestaut hatte. Manche Leute waren eben Naturtalente.

Als sie endlich fertig waren, verzog sich Susann ins ehemalige Speditionsklo, um sich zu waschen; der Tontechniker packte seine Sachen zusammen und machte, daß er davonkam. In der Küche sammelte Irma ihre Schminksachen ein.

Der Spanner lag glücklich grinsend auf dem Bett. Matzke warf ihm seine Klamotten hin. »Das kostet natürlich noch mal zweihundert extra.«

Gonzo traute seinen Augen nicht, als der Typ tatsächlich zwei Scheine aus der Hose nestelte. Matzke steckte das Geld ein und zwinkerte Gonzo zu.

Robert Gernhardt

JUX IST JUX, UND SEX IST SEX

Der Sohn dankte und schaute der Mutter dabei zu, wie sie langsam das Geschirr auf das Tablett stellte. Ihre Hände zitterten leicht, und das leise Klirren, das ihren Gang ins Haus begleitete, trieb ihm erneut Tränen in die Augen.

»Ich bin heute ziemlich nah am Wasser gebaut«, dachte er und hätte sich für diesen Ausdruck ohrfeigen können. Wo kam der nun wieder her? Von ihr hatte er den nicht, in diesem Punkt wenigstens war die Mutter unschuldig. Ob Verena ihn in sein Leben und Denken eingeschleppt hatte? Das sähe ihr eigentlich sehr ähnlich, überlegte er und befahl sich, auf andere Gedanken zu kommen. Er schloß die Augen und hielt den Kopf der Sonne entgegen. Wind, Wärme, Waldhorn, dachte er. Zwanglos alliterierend hängte sich »Verena« an. Seufzend griff der Sohn zum Cassell's.

»horny – hornig, hörnern, hornartig«.

»Horny Girls« wären demnach »Hornartige Mädchen«, eigentlich gar nicht so schlecht. Laut seinen Exzerpten hatte sich der Langenscheidt zwar weniger etepetete angestellt, war aber ebenfalls nicht ganz auf der Höhe der Zeit: »hornig, schwielig, geil (Mann)«.

Im Buch jedoch gaben ohne Frage geile Mädchen den Ton an. »Jodi und Rosa können nicht genug von dem guten, guten Stoff bekommen. Sie lieben es, wenn Männer sie hart hernehmen, stramme Liebhaber, die sexuell verkommen sind.« Da würde ihnen eine hornartige Beschaffenheit eigentlich ganz gute Dienste leisten, dachte der Sohn und wunderte sich zugleich darüber, wie der Klappentext den Inhalt des Werks referierte.

Soweit er das Buch kannte, und er kannte immerhin bereits elf Kapitel, waren die Männer bisher stets Opfer gewesen, die reichlich unschuldige, wenn auch willige Beute noch jungfräulicher Mädchen, die sehr bestimmte Vorstellungen davon hatten, wozu Männer gut waren und wie weit die Kerls gehen durften. Einstweilen jedenfalls. Denn nun schien die neunzehnjährige Jodi die Vorspielchen leid und drauf und dran zu sein, ihren sechsundvierzigjährigen, verwitweten Vater Wallace zu verführen. *»The fa-*

mily that lays together stays together«, hatte Robert Crumb einst gedichtet und dazu eine fröhlich ineinander verschränkte amerikanische Durchschnittsfamilie gezeichnet – der schien diese Jodi nacheifern zu wollen. Daß der Crumb-Vers ein schönes Motto für das Buch wäre, dachte der Sohn, wohl wissend, daß er damit bei Nagel nicht durchkäme. Der hatte ihm bereits in der Probeübersetzung der ersten zehn Seiten jeden Scherz gestrichen, darunter einen, dem er wirklich nachtrauerte: *»All characters and events depicted in this book are purely fictions«* – »Alle Personen und Ereignisse, die dieses Buch schildert, sind immer rein ficktief.«

»Jux ist Jux, und Sex ist Sex«, hatte Nagel während der Korrektur gesagt und hinzugefügt: »Ich verlege keine Literatur, ich verlege Pornos. Des Amerikanischen scheinst du ja mächtig zu sein, also halte dich bitte auch an den Wortlaut. *Cunt* übersetze bitte immer mit ›Votze‹, ›Möse‹ oder gar ›Muschi‹ verniedlichen den Körperteil, ›Scheide‹ oder ›Vagina‹ bringen ihn auf medizinisches Niveau runter. Unsere Leser wissen gottlob noch, was sie wollen, und genau das sollen sie auch kriegen. Sie wollen ›Votze‹, ›Schwanz‹ und ›ficken‹, daher werden sie nicht mit ›Bärchen‹, ›Glied‹ oder ›vögeln‹ abgespeist. Gott erhalte ›Votze‹, ›Schwanz‹ und ›ficken‹, Wörter mit einem wundersamerweise immer noch unverbrauchten Wallungswert, welcher allein dafür sorgt, daß die guten alten Verbalpornos bis auf den heutigen Tag sich haben halten können. Ein aussterbendes Genre, mein Lieber, nur dank ›Votze‹, ›Schwanz‹ und ›ficken‹ noch nicht ganz vom Erdboden verschwunden! Spätere Zeiten werden dieser Literatur nostalgische Anthologien widmen und demutsvolle Doktorarbeiten! Dann, wenn der durchschnittliche Pornophile, total verkabelt und durch computergesteuerte Elektroden erregt, vor dem Monitor sitzt und sich das synchron ablaufende Video reinzieht, auf welchem die immer näher rückende Frau ihm zuflüstert: ›Und jetzt greif ich dir an die Eier . . . Oh, ich liebe es, dir an die Eier zu greifen, du hast so feste Eier . . . Wie muß sich da erst dein Schwanz anfühlen, bitte, bitte laß mich deinen Riesenschwanz fühlen‹ – ein Riesenmarkt, der sich da auftut! Allerdings auch einer, der Rieseninvestitionen erfordert! Da werden wir Billig- und Verbalwichser nicht mehr mithalten können, da wird der Sprachkick nur noch einer von vielen sein: Vor deinen Augen öffnen sich die schimmerndsten Schenkel, erweitert der Spalt sich der feuchtesten Votze, zugleich stülpt kontrahierend ein warm gleitender Zylinder sich über deinen Schwanz, und während die sekretierende, motorisch betriebene Röhre unendlich einfühlsam sich rauf und runter bewegt und die vollsynchronisierten Eierkribbler deinen Eiern tausend unendlich lustvolle Impulse geben, Feinstreize, von denen eine naturgemäß grobe Frauenhand nur träumen kann – während dies bereits bis zum Zerspringen dich aufgeilt, ertönt zu alledem auch noch die rauchigste aller verworfenen Weiberstimmen oder, falls du es gern jungfräulich hast, als Kontrastprogramm das brüchigste und hingebungsvollste Mädchengepiepse, und all das flüstert, stöhnt und schluchzt stereo in deinem Kopf: ›Halt mich, nimm mich, fick mich!‹ Und das sind nur zwei von x möglichen Programmen! Denn du selber hast es ja in der Hand, ob du manuell oder maschinell befriedigt wirst, ob Mädchen oder Frauen, Knaben oder Männer sich dir hingeben oder dich hernehmen, ob Schwarze oder Weiße, Braune oder Gelbe, ob sie es in deutsch oder englisch oder in sonst einer Sprache des Erdballs tun, ob dezent oder indezent, ob stöhnend vor Erwartung oder fluchend vor Erregung, während du immer lüsterner Knöpfe drückst und Hebel umlegst, um dir immer entschiedener deinen ganz speziellen Cocktail zusammenzumixen – es ist ja alles kompatibel, Arsch und Schwanz oder Schwanz und Mund, Mund und Arsch oder Arsch und Vibrator, Vibrator und Votze oder Votze und Mund« – der Sohn hatte dem Obszönitätenschwall des Verlegers scheinbar ungerührt zugehört, manchmal in sich hineingelächelt, wenn er Adorno-Anklänge aus dessen, wie erzählt wurde, äußerst radikaler Studentenzeit herauszuhören glaubte, und häufig verstohlen zu den Nachbartischen hinübergeschaut. Doch obwohl sein Gesprächspartner eine nicht nur derbe, sondern auch laute Sprache führte, war offenbar keiner der Gäste des Cafés auf sie aufmerksam geworden, und nun, da sie zum Abschluß des Treffens Geschäftliches erörterten, drohte ohnehin keine Gefahr mehr.

Ob er ihm den ganzen Schrott bis Mitte Mai, bis zum 15. Mai, genau gesagt, übersetzen könne? Ach nein, das sei ja der Pfingstmontag. Aber am 16. Mai müsse er das Manuskript in

Händen haben, hundertprozentig, darauf könne er sich doch verlassen, oder?

Der Sohn hatte Nagel beruhigend zugenickt und den Vorschuß eingesteckt. Er war bereits seit geraumer Zeit ohne feste Anstellung und brauchte das Geld.

»Ich bin froh, daß du wieder schreibst«, sagte die Mutter, während sie ihr Strickzeug aufnahm. »Ich hatte schon immer das Gefühl, daß du dich in dieser Zeitung nicht richtig entfalten konntest.« Die Zeitung war ein Stadtblatt, dem ein neuer Besitzer ein drastisches Sparprogramm verordnet hatte, und der Sohn, zuständig für Film und Fressen, war eines der ersten Opfer gewesen.

»Es gehört bestimmt Mut dazu, eine solch sichere Existenz aufzugeben. Aber du hast schon immer deinen eigenen Kopf gehabt. Worum geht es denn in deinem Roman?«

Der Sohn machte eine vage Handbewegung. Die Handlung müsse sich entfalten, da er niemals nach Plan auf ein feststehendes Ziel hin schreibe, sich vielmehr selber von seinem Text und dessen Entwicklung überraschen lasse.

»Hast du denn schon einen Verlag für dein Buch?«

Es gebe da Interessenten, sagte der Sohn und verwünschte sich dafür, daß er der Mutter jemals etwas von einem Roman erzählt hatte. Was ging es die eigentlich an, woran er gerade schrieb? Nun saß er in selbstverschuldeter Zwickmühle. Einerseits hatte er erst etwa 90 oder 180 Seiten übersetzt, während der Pfingsttage würde er unablässig das Original und hin und wieder auch in den Cassell's schauen müssen, andererseits galt es den Schein des Originalautors zu wahren. Was, wenn die Mutter Verdacht schöpfte? Was, wenn sie ihn in Verkennung der Fakten mit Englischproblemen befaßt wähnte, die er für den Fortgang der Romanhandlung zu bewältigen hatte? Was, wenn sie ihm ihre vielfach bewährte, staatlich diplomierte Übersetzungshilfe anbot?

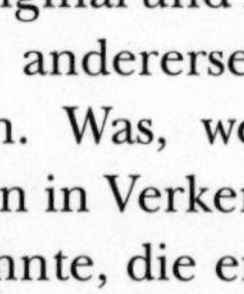

NACHWEISE UND REGISTER

Pietro Aretino (20. 4. 1492 Arezzo – 21. 10. 1556 Venedig)
Ein sinnliches Sonett 63
Aus: *Sonetti lussuriosi,* 1524, deutsch: *Die sinnlichen Sonette,* aus dem Italienischen von R. R., München: Verlag Klaus G. Renner 1982. Abdruck der Übersetzung mit freundlicher Genehmigung des Klaus G. Renner Verlags.

Aristophanes (um 445 v. Chr. Kydathen – um 385 v. Chr. Athen)
Komm, leg dich zu mir (Titel v. Hrsg.) . 207
Aus: *Lysistrate,* 411 v. Chr., deutsch: *Lysistrata,* aus dem Griechischen von Ludwig Seeger, München: Goldmann o. J.

Marcel Aymé (28. 3. 1902 Joigny/Burgund – 14. 10. 1967 Paris)
Gefälligkeiten (Titel v. Hrsg.) 195
Aus: *La jument verte,* 1933, deutsch: *Die grüne Stute,* aus dem Französischen von Walter Widmer, Köln: Kiepenheuer & Witsch 1952, 1987. Abdruck mit freundlicher Genehmigung des Verlags Kiepenheuer & Witsch.

Nicholson Baker (*1957 Rochester/New York)
Anruf genügt (Titel v. Hrsg.) 300
Aus: *Vox,* 1992, deutsch: *Vox,* aus dem Amerikanischen von Eike Schönfeld, Reinbek: Rowohlt 1992. Abdruck mit freundlicher Genehmigung des Rowohlt Verlags.

Julian Barnes (*19. 1. 1946 Leicester)
Schleimige Flecken (Titel v. Hrsg.) . . . 140
Aus: *Before She Met Me,* 1982, deutsch: *Vor meiner Zeit,* aus dem Englischen von Michael Walter, Zürich: Haffmans 1988.
Krampf der Geschlechter 275
Aus: *Qualms and the Man* im Magazin *Domino,* aus dem Englischen von Hans M. Herzog, deutsche Erstveröffentlichung in *Der Rabe 21,* Zürich: Haffmans 1988. Abdruck mit freundlicher Genehmigung des Autors.

Gottfried Benn (2. 5. 1886 Mansfeld – 7. 7. 1956 Berlin)
Tripper 72
Aus: *Sämtliche Werke,* Stuttgarter Ausg. in Verb. mit Ilse Benn hrsg. von Gerhard Schuster. Band II: Gedichte 2. Stuttgart: Klett-Cotta 1986. Abdruck mit freundlicher Genehmigung des Klett-Cotta Verlags.

F. W. Bernstein (*4. 3. 1938 Göppingen)
Aus dem Schmatzkästlein des schweinischen Hausfreundes 187
Aus: *Lockruf der Liebe,* Zürich: Haffmans 1988. Abdruck mit freundlicher Genehmigung des Autors.

Giovanni Boccaccio (1313 Florenz oder Certaldo – 21. 12. 1375 Certaldo)
Gastliche Betten (Titel v. Hrsg.) 339
Aus: *Il Decamerone.* 1470, deutsch: *Das Dekameron,* aus dem Italienischen von Karl Witte, Leipzig 1843.

Bertolt Brecht (10. 2. 1898 Augsburg – 14. 8. 1956 Berlin)
Liebesunterricht 295
Aus: *Gesammelte Werke, Bd. 10,* 1967 © Frankfurt a. M.: Suhrkamp. Abdruck mit freundlicher Genehmigung des Suhrkamp Verlags.

Charles Bukowski (16. 8. 1920 Andernach – 9. 3. 1994 Los Angeles)
Der Postmann kommt (Titel v. Hrsg.) . . 382
Aus: *Post Office,* 1971, deutsch: *Der Mann mit der Ledertasche,* aus dem Amerikanischen von Carl Weissner, Köln: Kiepenheuer & Witsch 1974, 1982. Abdruck mit freundlicher Genehmigung des Verlags Kiepenheuer & Witsch.

William S. Burroughs (*5. 2. 1914 St. Louis/Miss.)
Harte Eier (Titel v. Hrsg.) 75
Aus: *Naked Lunch,* 1959, deutsch: *Naked Lunch,* aus dem Amerikanischen von Carl Weissner, Frankfurt a. M.: Zweitausendeins 1978.

Robert Burton (8. 2. 1577 Lindlex – 25. 1. 1640 Oxford)
Mit den Augen der Liebe (Titel v. Hrsg.) 282
Aus: *Anatomy of Melancholy,* 1621, deutsch: *Schwermut der Liebe,* aus dem Englischen von Peter Gan, Zürich: Manesse 1992. Abdruck der Übersetzung mit freundlicher Genehmigung des Manesse Verlags.

Giacomo Casanova (2. 4. 1725 Venedig – 4. 6. 1798 Dux/Böhmen)
Den Händen anvertraut (Titel v. Hrsg.) 318
Aus: *Histoire de ma vie,* 1960–62, deutsch: *Geschichte meines Lebens,* aus dem Französischen von Heinz von Sauter, Frankfurt a. M.: Ullstein 1966, Band 1. Abdruck der Übersetzung mit freundlicher Genehmigung des Ullstein Verlags.

Daniil Charms (17. 12. 1905 St. Petersburg – 2. 2. 1942 Leningrad)
Aber der Maler setzte das Aktmodell 48
Der Vortrag 415
Aus: *Alle Fälle.* Das unvollständige Gesamtwerk in zeitlicher Folge, hrsg. und aus dem Russischen von Peter Urban, Zürich: Haffmans 1995, Abdruck mit freundlicher Genehmigung des Übersetzers und Herausgebers.

Daniel Defoe (1660 Cripplegate – 26. 4. 1731 Moorgate)
Die Seligkeit des jungen Herrn (Titel v. Hrsg.) 417
Aus: *The Fortunes and Misfortunes of the Famous Moll Flanders,* 1722, deutsch: *Glück und Unglück der berüchtigten Moll Flanders,* aus dem Englischen von W. M. Treichlinger, Hamburg: Rowohlt 1958. Abdruck der Übersetzung mit freundlicher Genehmigung des Rowohlt Verlags.

Carl Djerassi (*29. 10. 1923 Wien)
Darf ich Sie kosten? (Titel v. Hrsg.) . . . 298
Aus: *Marx, Deceased,* 1994, deutsch: *Marx, verschieden,* aus dem Amerikanischen von Ursula-Maria Mössner, Zürich: Haffmans 1994. Abdruck mit freundlicher Genehmigung des Autors.

E. L. Doctorow (*6. 1. 1931 New York)
Kühler Schlamm im Wald (Titel v. Hrsg.) 233
Aus: *Billy Bathgate,* 1989, deutsch: *Billy Bathgate,* aus dem Amerikanischen von Angela Praesent, Köln: Kiepenheuer & Witsch 1990. Abdruck mit freundlicher Genehmigung des Verlags Kiepenheuer & Witsch.

John Donne (22. 1. o. 2. 1572 London – 31. 3. 1631)
Seiner Geliebten da man zu Bette geht . . . 95
Aus: *Der Rabe 6,* Nachdichtung der XIX. Elegie aus dem Englischen von Gisbert Haefs, Zürich: Haffmans 1984. Abdruck mit freundlicher Genehmigung des Nachdichters.

Norbert Eberlein (*14. 8. 1956 Hamburg)
Treppennummer (Titel v. Hrsg.) 420
Aus: *Seidenmatt,* Zürich: Haffmans 1990. Abdruck mit freundlicher Genehmigung des Autors.

Jean Eustache (30. 11. 1938 Pessac – ca. 5. 11. 1981 Paris)
Eine schmutzige Geschichte 49
Aus: *Une sale histoire* in der Zeitschrift *Roman,* 1983, aus dem Französischen von Walter Klier in *Der Rabe 20,* Zürich: Haffmans 1988. Abdruck mit freundlicher Genehmigung des Rechtsinhabers.

Jörg Fauser (16. 7. 1944 Bad Schwalbach – 17. 7. 1987 München)
Eine kleine Prise (Titel v. Hrsg.) 363
Aus: *Der Schneemann,* München: Rogner & Bernhard GmbH & Co Verlags AG 1981. Abdruck mit freundlicher Genehmigung des Verlags Rogner & Bernhard.

Hubert Fichte (21. 3. 1935 Perleberg/Westprignitz – 8. 3. 1986 Hamburg)
Lob des Strichs (Titel v. Hrsg.) 357
Aus: *Tagebuch* Materialien für Afrika/Aids/Sahel/Der erste Mensch, 1985, *Der Rabe 34,* Zürich: Haffmans 1992. Abdruck mit freundlicher Genehmigung von Frau Leonore Mau.

Amanda Filipacchi (*1967 Frankreich)
Kindliche Begierde (Titel v. Hrsg.) . . . 239
Aus: *Nude Men,* 1993, deutsch: *Nackte Männer,* aus dem Amerikanischen von Ursula-Maria Mössner, Zürich: Haffmans

1993. Abdruck mit freundlicher Genehmigung der Autorin.

Gustave Flaubert (12. 12. 1821 Rouen – 8. 5. 1880 Croisset)
Brüste zum Beten 38
Aus einem Brief vom 10. 2. 1851 an Louis Bouilhet, aus dem Französischen von E. W. Fischer, Potsdam 1921.

Günter Frorath (*21. 6. 1946 Bad Hönningen)
Die unbesiegbare Isis 253
Aus: *Der Rabe XVI,* Zürich: Haffmans 1987. Abdruck mit freundlicher Genehmigung des Autors.

Stephen Fry (*24. 8. 1957 London)
Postkoitale Verwirrung (Titel v. Hrsg.) . 172
Aus: *The Liar,* 1991, deutsch: *Der Lügner,* aus dem Englischen von Ulrich Blumenbach, Zürich: Haffmans 1994.
Die Hitze der Flanken (Titel v. Hrsg.) . . 365
Aus: *Hippopotamus,* 1994, deutsch: *Das Nilpferd,* aus dem Englischen von Ulrich Blumenbach, Zürich: Haffmans 1994.
Fuck sagen 36
Aus: *Paperweight,* 1992, deutsch: *Paperweight,* aus dem Englischen von Ulrich Blumenbach, Zürich: Haffmans 1996. Abdruck mit freundlicher Genehmigung des Autors.

Robert Gernhardt (*13. 12. 1937 Reval/Estland)
Animalerotica 375
Aus: Robert Gernhardt, F. W. Bernstein, Friedrich Karl Waechter, *Die Drei,* Zürich: Haffmans 1991. Abdruck mit freundlicher Genehmigung des Autors.
Einmal hin und zurück 106
Aus: *Wörtersee,* © Robert Gernhardt, Frankfurt a. M.: Zweitausendeins 1981. Abdruck mit freundlicher Genehmigung des Zweitausendeins Verlags.
Ermunterung 13
Aus: *Körper in Cafés,* Zürich: Haffmans 1987. Abdruck mit freundlicher Genehmigung des Autors.
Jux ist Jux und Sex ist Sex (Titel v. Hrsg.) 459
Aus: *Lug und Trug,* Zürich: Haffmans 1991. Abdruck mit freundlicher Genehmigung des Autors.
Liebe – Eros – Sexus 30
Aus: Robert Gernhard, F. W. Bernstein, *Hört, hört!,* Zürich: Haffmans 1989. Abdruck mit freundlicher Genehmigung des Autors.
Obszöne Zeichnung am Volksbildungsheim 74
Aus: *Über Alles,* Zürich: Haffmans 1994. Abdruck mit freundlicher Genehmigung des Autors.
Reich der Sinne, Welt der Wörter 178
Aus: *Kippfigur,* Zürich: Haffmans 1986. Abdruck mit freundlicher Genehmigung des Autors.

Johann Wolfgang Goethe (28. 8. 1749 Frankfurt a. M. – 22. 3. 1832 Weimar)
Der Schwanz (Titel v. Hrsg.) 65
Aus: *Venetianische Epigramme,* Tübingen 1795.

Max Goldt (*1958 Göttingen)
Orgasmusmarathon (Titel v. Hrsg.) . . 172
Aus: *Ich möchte Maria Distel nicht kennenlernen* in *Quitten für die Menschen zwischen Emden und Zittau,* Zürich: Haffmans 1993.
Der unbekannte Geruch 81
Aus: *Die Radiotrinkerin,* Zürich: Haffmans 1991. Abdruck mit freundlicher Genehmigung des Autors.

Günter Grass (*16. 10. 1927 Danzig)
Sommerspiele (Titel v. Hrsg.) 133
Aus: *Katz und Maus,* Studienausgabe Band 2; © Copyright Göttingen: Steidl 1993. Abdruck mit freundlicher Genehmigung des Steidl Verlags.

Fritz Graßhoff (*9. 12. 1913 Quedlinburg)
Zur Person 48
Aus: *Graßhoff's unverblümtes Lieder- und Lästerbuch,* © Fritz Graßhoff, Köln: Kiepenheuer & Witsch 1965. Abdruck mit freundlicher Genehmigung des Autors.

George Grosz (26. 7. 1893 Berlin – 6. 7. 1959 Berlin)
Süße Stute (Titel v. Hrsg.) 202
Aus: *The Letters of George Grosz,* 1979, deutsch: *Briefe 1913–1959,* Reinbek: Rowohlt 1979. Abdruck mit freundlicher Genehmigung des Rowohlt Verlags.

Benoîte Groult (*1920)
Vögle mit mir in das Glück (Titel v. Hrsg.) 159
Aus: *Les Vaisseaux du cœur,* 1988, deutsch: *Salz auf unserer Haut,* aus dem Französischen von Irène Kuhn, München: Droemer Knaur 1989. Abdruck mit freundlicher Genehmigung des Droemer Knaur Verlags.

Gisbert Haefs (*9. 1. 1950 Wachtendonk)
Bemerkungen über den Sperber 376
Aus: *Der Rabe 8,* Zürich: Haffmans 1984. Neubearbeitung. Abdruck mit freundlicher Genehmigung des Autors.

Ulla Hahn (*30. 4. 1946 Brachthausen/Sauerland)
Hitze zwischen den Beinen (Titel v. Hrsg.) 379
Aus: *Ein Mann im Haus,* Stuttgart: DVA 1991. Abdruck mit freundlicher Genehmigung der Deutschen Verlags-Anstalt.

Jutta Heinrich (*4. 4. 1940 Berlin)
Laute Nächte (Titel v. Hrsg.) 110
Aus: *Das Geschlecht der Gedanken,* © München: Verlag Frauenoffensive 1977. Frankfurt a. M.: Fischer Taschenbuch Verlag GmbH 1988. Alle Rechte vorbehalten Fischer Taschenbuch Verlag GmbH. Abdruck mit freundlicher Genehmigung des Fischer Taschenbuch Verlags.

Eckhard Henscheid (*14. 9. 1941 Amberg/Oberpfalz)
Flachlegen (Titel v. Hrsg.) 309
Aus: *Die Vollidioten,* Frankfurt a. M.: Zweitausendeins 1978.
Frau Knopf und Herr Eiermann 196
Aus: *Die Lieblichkeit des Gardasees,* Frankfurt a. M.: Zweitausendeins 1993. Abdruck mit freundlicher Genehmigung des Zweitausendeins Verlags.
Freie Sicht (Titel v. Hrsg.) 46
Aus: *Wie Max Horkheimer einmal sogar Adorno hereinlegte.* Zürich: Haffmans 1983.
Wiener Nachtleben (Titel v. Hrsg.) . . . 143
Aus: *Die drei Müllerssöhne,* Zürich: Haffmans 1989. Abdruck mit freundlicher Genehmigung des Autors.

Herodot (um 485 v. Chr. Halikarnassos/Karien – um 425 v. Chr. Thurioi/Unteritalien)
Der Gottheit zu Diensten (Titel v. Hrsg.) 251
Aus: *Historien,* übertr. von A. Horneffer, Stuttgart: Alfred Kröner Verlag 1971. Abdruck der Übersetzung mit freundlicher Genehmigung des Kröner Verlags.

Max Herrmann-Neisse (23. 5. 1886 Neiße/Schlesien – 8. 4. 1941 London)
Das Kondom 73
Aus: *Schattenhafte Lockerung. Gedichte 3,* Frankfurt a. M.: Zweitausendeins 1986. Abdruck mit freundlicher Genehmigung des Zweitausendeins Verlags.

Ludwig Homann (*1942 Schlesien)
Geplätscher in der Nacht (Titel v. Hrsg.) 236
Aus: *Engelchen,* Zürich: Haffmans 1994. Abdruck mit freundlicher Genehmigung des Autors.

Wilhelm von Humboldt (22. 6. 1767 Potsdam – 8. 4. 1834 Berlin)
Gepeinigte Sklavinnen (Titel v. Hrsg.) 384
Aus: *Gesammelte Schriften,* Bd. 9, Berlin: Preußische Akademie der Wissenschaften 1912.

Joris-Karl Huysmans (5. 2. 1848 Paris – 12. 5. 1907)
Die Achselhöhle 79
Aus: *Croquis parisiens,* 1880, deutsch: *Pariser Skizzen,* aus dem Französischen von Cornelia Hasting, Bremen: Manholt Verlag 1989.
Abdruck der Übersetzung mit freundlicher Genehmigung des Manholt Verlags.

Elfriede Jelinek (*20. 10. 1946 Mürzzuschlag)
Das Einhalten des Ehevertrags (Titel v. Hrsg.) 410
Aus: *Lust,* Reinbek: Rowohlt 1989. Abdruck mit freundlicher Genhemigung des Rowohlt Verlags.

Jo
Lustvoller Kuchen (Titel v. Hrsg.) . . . 373
Aus: Nancy Friday, *Die sexuellen Phantasien der Frauen,* aus dem Amerikanischen von Antonia Rühl, Bern und München: Scherz 1978.

Aus: Nancy Friday, *Die sexuellen Phantasien der Frauen,* aus dem Amerikanischen von Antonia Rühl, Bern und München: Scherz 1978.
Abdruck mit freundlicher Genehmigung des Scherz Verlags.

Malcolm Lowry (28. 7. 1907 New Brighton bei Liverpool – 27. 6. 1957 Ripe/Sussex)
Sichwegwerfen (Titel v. Hrsg.) 433
Aus: *Under the Volcano,* 1947, deutsch: *Unter dem Vulkan,* aus dem Amerikanischen von Susanna Rademacher, durchgesehen von Karin Graf, Reinbek: Rowohlt 1984.
Abdruck mit freundlicher Genehmigung des Rowohlt Verlags.

Jonathan Lynn
Der Kunde ist König (Titel v. Hrsg.) . . 344
Aus: *Mayday,* 1993, deutsch: *Mayday,* aus dem Englischen von Thomas Stegers, Zürich: Haffmans 1995. Abdruck mit freundlicher Genehmigung des Autors.

Curzio Malaparte (9. 6. 1898 Prato – 19. 7. 1957 Rom)
Jungfrau zum Anfassen (Titel v. Hrsg.) 117
Aus: *La Pelle,* 1949, deutsch: *Die Haut,* aus dem Italienischen von Hellmut Ludwig, Karlsruhe: Stahlberg 1950. Abdruck mit freundlicher Genehmigung des S. Fischer Verlags.

Luigi Malerba (*11. 11. 1927 Berceto)
Die Sünde der Wollust (gekürzt) 263
Aus: *Le maschere,* 1995, deutsch: *Nackte Masken,* aus dem Italienischen von Iris Schnebel-Kaschnitz, Berlin: Wagenbach 1995. Abdruck mit freundlicher Genehmigung des Klaus Wagenbach Verlags.

Thomas Mann (6. 6. 1875 Lübeck – 12. 8. 1955 Kilchberg bei Zürich)
Bittere Lust (Titel v. Hrsg.) 19
Aus: *Die vertauschten Köpfe* in: Gesammelte Werke, Bd. VIII, Erzählungen, Frankfurt a. M.: S. Fischer 1960, 1974.
Abdruck mit freundlicher Genehmigung des S. Fischer Verlags.

Marina
Lieblingswerkzeug (Titel v. Hrsg.) . . . 146
Aus: Nancy Friday, *Die sexuellen Phantasien der Frauen,* aus dem Amerikanischen von Antonia Rühl, Bern und München: Scherz 1978. Abdruck mit freundlicher Genehmigung des Scherz Verlags.

Axel Marquardt (*29. 9. 1943 Insterburg)
Der Kunstwichser 127
Aus: *Sämtliche Werke, Bd. 1,* Zürich: Haffmans 1988.
Abdruck mit freundlicher Genehmigung des Autors.

Guy de Maupassant (5. 8. 1850 Schloß Miromesnil/Seine-Inférieure – 7. 7. 1893 Passay bei Paris)
Auferstehung des Fleisches 259
Aus: *Les Dimanches d'un Bourgeois de Paris.* ›*Le Gaulois*‹, 1. 4. 1880, aus dem Französischen von Willy Zumpf, Zürich 1995.

Gerhard Mensching (11. 10. 1932 Riga/Lettland – 8. 1. 1992 Bochum)
Das Ende des Kunstvereins (Titel v. Hrsg.) 42
Aus: *Löwe in Aspik,* Zürich: Haffmans 1982.
Lautsprecher atmen nicht (Titel v. Hrsg.) 109
Aus: *Die abschaltbare Frau,* Zürich: Haffmans 1991.
Abdruck mit freundlicher Genehmigung der Erben von Gerhard Mensching.

Henry Miller (26. 12. 1891 New York – 8. 6. 1980 Los Angeles)
Der Knallfrosch zwischen den Beinen (Titel v. Hrsg.) 20
Aus: *Sexus,* 1947, deutsch: *Sexus,* aus dem Amerikanischen von Kurt Wagenseil, Reinbek: Rowohlt 1978.
Die französische Bar (Titel v. Hrsg.) . . 151
Aus: *Quiet Days in Clichy,* 1956, deutsch: *Stille Tage in Clichy,* aus dem Amerikanischen von Kurt Wagenseil, Reinbek: Rowohlt 1978. Abdruck mit freundlicher Genehmigung des Rowohlt Verlags und Agence Hoffman, Paris & München.

Robert Musil (6. 11. 1880 Klagenfurt – 15. 4. 1942 Genf)
Im Halbschlaf erhitzt (Titel v. Hrsg.) . . . 27
Aus: *Die Verwirrungen des Zöglings Törless, Gesammelte Werke,* Bd. 6, Reinbek: Rowohlt 1978. Abdruck mit freundlicher Genehmigung des Rowohlt Verlags.

Josefine Mutzenbacher
Nicht so tief (Titel v. Hrsg.) 441

Mario Vargas Llosa (*1936 Arequipa)
Alles Gute zum Geburtstag (Titel v. Hrsg.) 216
Aus: *Elogio de la madrastra,* 1988, deutsch: *Lob der Stiefmutter,* aus dem Spanischen von Elke Wehr, © Frankfurt a. M.: Suhrkamp 1989. Abdruck mit freundlicher Genehmigung des Suhrkamp Verlags.

Boris Vian (10. 3. 1920 Ville-d'Avray – 23. 6. 1959 Paris)
Während des Kongresses 78
Aus: *Pendant le congrès,* in *Je voudrais pas crever,* 1962, deutsch: *Ich möchte nicht krepieren. Gedichte, Lieder und Texte,* aus dem Französischen von Klaus Völker, Frankfurt a. M.: Zweitausendeins 1985. Abdruck mit freundlicher Genehmigung des Zweitausendeins Verlags.

Walter
Über die Kopulation (Titel v. Hrsg.) . . . 55
Aus: *My Secret Life,* Amsterdam um 1890, aus dem Englischen von Joanna Schroeder, Zürich 1996.

Frank Wedekind (24. 7. 1864 Hannover – 9. 3. 1918 München)
Minet machen (Titel v. Hrsg.) 103
Aus: *Die Tagebücher,* Frankfurt a.M.: Athenäum 1986.

Fay Weldon (*1933 Alvechurch)
Das Riesending (Titel v. Hrsg.) 72
Aus: *Life force,* 1992, deutsch: *Die Kraft der Liebe,* aus dem Englischen von Karin Kersten, Hamburg: Hoffmann & Campe 1992. Abdruck mit freundlicher Genehmigung des Hoffmann & Campe Verlags.

Oscar Wilde (16. 10. 1854 Dublin – 30. 11. 1900 Paris)
Zaghaftes Klopfen (Titel v. Hrsg.) . . . 261
Aus: *Der Priester und der Ministrant,* aus dem Englischen von A. W. Hiller, Düsseldorf: Schmitz & Olbertz 1894. Wahrscheinlich O. W. zu Unrecht zugesprochen.

Emile Zola (2. 4. 1840 Paris – 29. 9. 1902 Paris)
In Selbstverzückung versenkt (Titel v. Hrsg.) 93
Aus: *Nana,* 1880, deutsch: *Nana,* aus dem Französischen von Gerhard Krüger, Berlin und Weimar: Aufbau-Verlag 1971. Abdruck der Übersetzung mit freundlicher Genehmigung des Aufbau-Verlags.

Herausgeber und Verlag danken allen Autoren, Agenturen, Editoren, Verlagen und sonstigen Rechtsinhabern für die Erteilung der Rechte. Die Rechtsinhaber konnten nicht in allen Fällen ermittelt werden. Der Verlag bittet, sich bei berechtigtem Anspruch an ihn zu wenden. Besonderer Dank geht an den Schweineschöpfer Nikolaus Heidelbach und für fruchtbare Hinweise an Mareike Boom und Joachim Kersten.